Asher

Gavin

Brock

MICHELLE CELMER

Asher

HARLEQUIN

Titre original : MONEY MAN'S FIANCEE NEGOTIATION

Traduction française de NATALIA DELYS

HARLEQUIN®
est une marque déposée par Harlequin

Ce roman a déjà été publié en novembre 2011

HARLEQUIN

83-85, boulevard Vincent Auriol, 75646 PARIS CEDEX 13.

Service Lectrices — Tél. : 01 45 82 47 47

www.harlequin.fr

ISBN 978-2-2803-5333-5

Prologue

Février

Melody Trent entassa ses vêtements dans la valise. Pourquoi était-elle aussi fébrile ? De toute façon, Ash ne serait pas là avant des heures… Ces derniers temps, il rentrait tard, et ils ne se voyaient pratiquement plus.

D'ailleurs il mettrait peut-être plusieurs jours à se rendre compte qu'elle était partie !

L'émotion lui noua la gorge. Elle n'allait quand même pas se mettre à pleurer, ce n'était pas son genre ! Ça devait être les hormones qui la tourmentaient. Elle se mordit l'intérieur de la joue et prit une profonde inspiration.

Dire qu'elle avait toujours reproché à sa mère de collectionner les hommes et qu'elle avait tout fait pour ne pas lui ressembler ! Le résultat n'était guère brillant.

Elle jeta un coup d'œil à la photo qui trônait sur la commode. La seule où on les voyait ensemble. Elle avait alors treize ans et le corps d'une petite fille de dix. Comme elle paraissait maigre et gauche, comparée à sa mère, si belle et voluptueuse ! Pas étonnant qu'à l'époque elle se soit sentie aussi insignifiante !

C'était seulement à l'université qu'elle avait commencé à ressembler à une vraie femme. Sa colocataire, qui était aussi professeur de fitness, lui avait enseigné quelques exercices à pratiquer quotidiennement. Peu à peu, son corps s'était galbé, et elle avait remarqué que ses nouvelles formes attiraient le regard des hommes.

Car elle n'était pas dupe. Si les hommes recherchaient sa

compagnie, c'était pour la mettre dans leur lit. Certes, elle était plutôt intelligente, mais elle savait qu'elle ne serait jamais aussi belle et élégante que certaines filles de sa promo. Et puis, contrairement à toutes ses camarades, qui ne pensaient qu'à faire la fête, elle préférait rester chez elle avec un bon livre.

Avec Ash, les choses s'étaient faites simplement et presque sans même qu'elle s'en aperçoive. Elle avait bien conscience que leur relation avait quelque chose d'un arrangement : c'était lui qui s'occupait de toutes les questions financières pendant qu'elle poursuivait ses études de droit. En contrepartie, elle n'hésitait pas à mettre la main à la patte et à s'occuper de l'intendance de la maison.

Mais elle devait reconnaître aussi que leur relation était bien plus qu'un arrangement matériel : le désir entre eux était évident, d'une violence comme elle n'en avait jamais connu. Ces six derniers mois cependant, elle avait senti Ash s'éloigner progressivement. Quand ils faisaient l'amour, elle avait l'impression qu'il avait l'esprit ailleurs. Quoi qu'elle fasse pour réveiller son intérêt, il montrait peu d'entrain…

Lorsque le mois dernier, ses règles avaient tardé, elle ne s'était pas inquiétée outre mesure : Ash lui avait dit dès leur première rencontre qu'il était stérile. Or, même si leur relation pouvait difficilement être qualifiée d'amoureuse, elle n'avait eu aucun autre partenaire depuis trois ans.

Mais, quand ses seins étaient devenus sensibles et son appétit insatiable, elle avait commencé à s'alarmer. Avant même de faire le test de grossesse, elle avait eu un terrible pressentiment : il serait positif.

A plusieurs occasions, Ash avait laissé entendre qu'il refusait tout engagement définitif. Connaissant sa droiture, elle savait néanmoins qu'il ne la laisserait pas dans le besoin. Elle s'était donc demandé ce qu'elle désirait vraiment. Voulait-elle s'enfermer dans une relation avec un homme qui ne les aimerait ni elle ni son bébé ? Certes pas, mais quitter Ash impliquerait forcément de tirer un trait sur ses études. Au fond, ce n'était pas si grave, le plus difficile serait sans doute de le lui annoncer, alors qu'il l'avait tant aidée.

Un soir pourtant, alors qu'elle s'était presque décidée à rompre, un événement avait failli la faire changer d'avis. Elle se trouvait sous la douche, préoccupée comme toujours par son avenir, quand Ash était entré, une caméra à la main. Elle savait ce que cela signifiait : c'était une habitude qu'ils avaient prise pour pimenter leurs ébats. Mais, fatiguée et anxieuse, elle n'était pas d'humeur à jouer. De toute façon, elle n'avait plus besoin de chercher à l'impressionner… Ces trois années passées à jouer les maîtresses insatiables l'avaient littéralement épuisée !

Pourtant, quand Ash était venu la rejoindre sous la douche et qu'il avait commencé à la caresser et à l'embrasser avec une tendresse inhabituelle, elle s'était laissé faire. Et pendant qu'ils faisaient l'amour, elle avait eu l'impression qu'il étreignait la vraie Melody pour la première fois. Peut-être que leur relation pourrait devenir plus authentique, s'était-elle dit alors. Peut-être qu'Ash pourrait tomber amoureux de celle qu'elle était au fond.

Ces deux dernières semaines, elle s'était torturé l'esprit sur la conduite à tenir. Elle avait même envisagé qu'il puisse se réjouir de sa grossesse…

Mais, quand il était rentré du travail hier soir, ses rêves s'étaient brisés d'un coup. Ash avait évoqué avec aigreur le cas de Jason Reagart, un de ses collègues obligé de se marier parce que sa compagne était tombée enceinte soi-disant par erreur. Il avait conclu en se félicitant que leur couple à eux ne risquait pas une mésaventure pareille.

Ces propos ne lui laissaient plus le choix : il fallait qu'elle parte…

Elle fourra ses derniers effets personnels dans la valise, laissant volontairement de côté les robes du soir et la lingerie sexy. Elle n'en aurait pas besoin, là où elle allait… Et puis, de toute façon, elle ne rentrerait plus dedans d'ici à quelques mois !

En bouclant ses bagages, elle songea avec tristesse que toute sa vie tenait dans deux valises et un sac. Elle avait vingt-quatre ans et pas grand-chose à son actif. Mais tout cela allait changer. Bientôt, elle aurait un enfant à aimer, et peut-être un jour rencontrerait-elle un homme qui l'apprécierait pour ce qu'elle était…

Avant d'ouvrir la porte, elle vérifia que les six mille dollars étaient bien dans son sac à main. C'était l'argent qu'elle avait économisé au cours des trois dernières années, en prévision d'un coup dur.

Et il était malheureusement arrivé…

Elle déposa sur le meuble de l'entrée les cartes de crédit qu'Ash lui avait données et avisa un bloc-notes. Elle aurait pu lui laisser un mot, mais pour écrire quoi ?

Le remercier de tout ce qu'il avait accompli pour elle ? Elle l'avait déjà suffisamment fait. Lui dire qu'elle était désolée ? Honnêtement, elle ne l'était pas. Elle lui rendait sa liberté, et c'était déjà beaucoup.

De toute façon, Ash trouverait rapidement une autre femme pour la remplacer. D'ici à quelques semaines, elle ne serait plus pour lui qu'un lointain souvenir.

Elle empoigna ses bagages et, après avoir jeté un dernier coup d'œil en arrière, elle fit ses adieux à tout un pan de sa vie.

1

Avril

Asher Williams n'aimait pas attendre — fort heureusement, ça ne lui arrivait presque jamais —, mais il s'était résolu à faire preuve de patience avec le détective privé qu'il avait engagé : retrouver la trace d'une personne disparue demandait du temps, surtout si la personne en question ne souhaitait pas être retrouvée !

Pourtant, lorsque son portable se mit à vibrer en pleine réunion, il fut surpris de découvrir que c'était le détective privé : après seulement deux jours d'investigations, il avait déjà une piste ! En temps normal, il n'aurait pas pris la communication, mais, là, impossible de résister. Ce que cet homme avait à lui annoncer ne pouvait le laisser indifférent…

— Excusez-moi un instant, dit-il à ses collègues, en se levant.

Il quitta la salle de réunion pour aller se mettre à l'abri des oreilles indiscrètes.

— Alors ? s'enquit-il. Quelles sont les nouvelles ?

— Je l'ai retrouvée.

Enfin ! Un étrange mélange de soulagement et d'amertume l'envahit.

— Où est-elle ?

— A Abilene, au Texas.

Ash fronça les sourcils. Qu'est-ce que Melody pouvait bien fabriquer au Texas ? Enfin… peu importait. L'essentiel, c'était de la ramener à la maison. Avec un peu de diplomatie, il parviendrait à la convaincre, il en était certain.

— Je suis en réunion, dit-il à son interlocuteur. Je vous rappelle dans cinq minutes.

Il éteignit son portable et rejoignit ses collègues.

— Désolé, mais je dois vous laisser, leur annonça-t-il. Il va falloir que je m'absente quelques jours, je ne sais pas encore combien exactement, mais je vous tiendrai au courant dès que j'en saurai davantage.

Et il tourna les talons pour ne pas avoir à en dire plus. Mais il imaginait sans mal leur mine ahurie. Depuis qu'il était directeur financier à Maddox Communications, il n'avait jamais manqué la moindre réunion. Les problèmes de santé, il ne connaissait pas et, très honnêtement, il ne se rappelait pas quand il avait pris des congés pour la dernière fois. Alors qu'il s'absente avec un préavis de deux minutes ! Ses collègues ne devaient pas en revenir.

En regagnant son bureau, il informa Rachel, sa secrétaire, qu'il n'était là pour personne.

— Et annulez tous mes rendez-vous de la semaine prochaine, ajouta-t-il.

— Tous ? fit Rachel, médusée.

Sans même répondre, il referma la porte de son bureau et s'installa dans son fauteuil pour composer le numéro du détective privé. Comment allait-il régler tout ce qu'il avait à faire avant son départ ?

L'homme décrocha dès la première sonnerie, et Ash reprit sans préambule où ils en étaient restés.

— D'après ce que vous m'aviez dit, ç'aurait dû prendre des mois pour la retrouver. Etes-vous certain qu'il s'agit de la bonne Melody Trent ?

— Sûr et certain. Votre petite amie a été impliquée dans un accident de la route. C'est ce qui m'a permis de la localiser rapidement.

Ash tiqua. Melody Trent n'était pas sa petite amie. Plutôt sa maîtresse. Leur relation n'avait rien de sentimental : il payait ses études et pourvoyait à ses besoins. En contrepartie, elle était là pour lui quand il rentrait du travail. Chacun y trouvait son compte.

Enfin, peu importait. Ce n'était pas le moment de se lancer dans un débat rhétorique.

— A-t-elle été blessée ?

Il posait cette question pour la forme, n'imaginant rien de plus que quelques bleus ou contusions.

— Selon le rapport de police, le conducteur, à savoir votre petite amie, a été sérieusement blessé. Et l'accident a également causé la mort d'une cycliste.

Ash sentit soudain son estomac se nouer.

— Qu'entendez-vous par « sérieusement blessé » ?

— Elle est hospitalisée depuis plusieurs semaines.

— Mais que s'est-il passé exactement ?

Le détective entama le récit détaillé de l'accident, et c'était bien pire que tout ce qu'il aurait pu imaginer. Soudain nerveux, il se mit à arpenter son bureau comme un lion en cage.

— La responsabilité de Melody est-elle engagée dans cet accident ?

— Heureusement, non. Selon la police, elle n'était pas en tort. Mais cela ne veut pas dire qu'il n'y aura pas de procès civil.

— Et comment va-t-elle maintenant ?

— N'étant pas un membre de sa famille, je n'ai pas pu avoir accès à son dossier médical. Tout ce que j'ai pu apprendre, c'est que son état était stationnaire. J'ai téléphoné à l'hôpital, en demandant à lui parler, mais on m'a répondu qu'elle ne pouvait prendre aucun appel. Cela signifie peut-être qu'elle est dans le coma…

Quand Melody l'avait quitté, Ash n'avait pas douté un instant qu'elle reviendrait, penaude, et lui demanderait pardon. Mais il avait attendu en vain, et il savait maintenant pourquoi. Maigre consolation.

— Je vais me faire passer pour un membre de sa famille…, annonça Ash au détective

— Pour son frère ? s'enquit le détective.

— Non, mieux que ça !

Il devait absolument savoir dans quel état se trouvait Melody, et, pour cela, il lui fallait la meilleure couverture possible. Quelque chose qui se rapprocherait au plus près de la vérité.

Oui… Il serait le fiancé de Melody !

Le lendemain matin, Ash prit le premier vol pour Dallas. Sur place, il loua une voiture afin de parcourir les trois cents kilomètres qui le séparaient encore d'Abilene. La veille, il avait joint l'hôpital et s'était entretenu avec le médecin de Melody. Sans entrer dans les détails, celui-ci l'avait rassuré : sa « fiancée » était consciente et hors de danger.

A l'hôpital, il omit volontairement de se présenter à la réception et se dirigea directement vers les ascenseurs. Contre toute attente, il était nerveux. Et si Melody refusait de rentrer avec lui ? C'était une éventualité qu'il n'avait pas envisagée et qui le faisait frémir.

Mais cela n'arriverait pas ! Elle avait forcément compris son erreur. Et puis, de toute façon, où passerait-elle sa convalescence, si ce n'était dans son appartement ? Aucun doute, Mel avait plus que jamais besoin de lui !

Ash se présenta au bureau des infirmières, qui bipèrent aussitôt le docteur qu'il avait eu au téléphone la veille et qui s'appelait Nelson.

Ce dernier arriva assez rapidement et se dirigea droit vers Ash

— Monsieur Williams ? dit le médecin en lui serrant la main.

Son badge indiquait qu'il dirigeait le service de neurologie. Ash en déduisit, non sans une certaine inquiétude, que Melody devait souffrir d'un problème cérébral.

— Où est ma fiancée ? s'enquit-il, surpris de déceler dans sa propre voix la panique qui l'envahissait.

Il devait se ressaisir : il n'arriverait à rien en se montrant désagréable et autoritaire, surtout si Melody révélait qu'il n'était pas réellement son fiancé !

Il prit une profonde inspiration afin de retrouver son calme, et demanda d'un ton plus posé s'il pouvait la voir.

— Bien entendu, lui répondit le médecin, mais, avant, je souhaiterais m'entretenir avec vous.

De plus en plus inquiet, Ash le suivit dans une petite salle.

— Que savez-vous exactement de l'accident ? lui demanda alors le Dr Nelson.

— On m'a dit que la voiture de Mel avait quitté la route et fait plusieurs tonneaux. Je sais aussi qu'une personne est décédée…

— C'est un miracle que votre fiancée s'en soit tirée, monsieur Williams, l'interrompit le médecin. L'accident s'est produit sur une petite route, et plusieurs heures se sont écoulées avant que quelqu'un ne passe par là et ne donne l'alerte. On a aussitôt transporté votre fiancée jusqu'ici, mais si les services de secours locaux n'avaient pas réagi aussi vite, c'est avec le coroner que vous discuteriez en ce moment…

La gorge d'Ash se serra. Mel était restée prisonnière de la carcasse pendant des heures. Il avait bien failli la perdre pour toujours ! Cette idée même lui était insupportable. Bien sûr, il lui en avait voulu d'être partie, mais ce qu'il désirait avant tout, c'était de la retrouver à ses côtés.

— De quoi souffre-t-elle exactement ?

— Elle présente un hématome sous-dural.

— Une lésion au cerveau ?

— C'est cela, confirma le médecin. On l'avait d'ailleurs plongée dans un coma artificiel, et elle en est sortie il y a deux jours.

— Mais elle va s'en tirer, n'est-ce pas ?

— *A priori*, oui.

Ash eut l'impression qu'on venait de lui ôter un poids énorme des épaules. Il respirait soudain plus librement. Mais le médecin parut se rembrunir.

— Je dois cependant être honnête avec vous : nous rencontrons quelques complications…

Ash fronça les sourcils.

— C'est-à-dire ?

— Votre fiancée a perdu son bébé, malheureusement.

— Son bébé ? fit Ash, incrédule.

Comment cela ? Mel n'était pas enceinte !

— Je suis désolé, je pensais que vous étiez au courant, pour sa grossesse, répondit le Dr Nelson.

Ce n'était pas possible : il était stérile ! A cause des rayons qu'il avait reçus pour soigner son cancer, quand il était enfant. Il devait y avoir erreur.

— En êtes-vous certain ?

— Aucun doute là-dessus.

Ash fut soudain frappé d'une évidence. Il ne voyait qu'une seule explication : Mel l'avait trompé. Et elle l'avait sans doute quitté pour rejoindre son amant. Le père de cet enfant.

Dire qu'il était parti à sa recherche, comme un amoureux transi, pour la convaincre de revenir vivre avec lui. Après tout ce qu'il avait fait pour elle, Melody l'avait trahi ! Jamais il n'aurait imaginé une chose pareille.

Il fut tenté de se lever et de s'en aller sans demander son reste. Mais quelque chose l'en empêcha. Il avait besoin de revoir Melody une dernière fois. De savoir pourquoi elle lui avait fait ça, alors qu'il lui avait toujours donné ce qu'elle désirait. Elle aurait tout de même pu avoir la décence et le courage de se montrer honnête avec lui !

Le médecin trouvait visiblement curieux qu'il ne soit pas au courant de la grossesse de Mel, mais il ne voyait pas pourquoi il lui fournirait une explication.

— Etait-elle enceinte depuis longtemps ? demanda-t-il.

— Environ quatorze semaines, d'après nos estimations.

— Mel n'a-t-elle pas confirmé ?

— Nous ne lui avons pas encore parlé de sa fausse couche. Ce serait trop traumatisant, vu son état.

— Elle se croit donc toujours enceinte ?

— Non. Elle ne sait pas qu'elle était enceinte au moment de l'accident.

Ash fronça les sourcils. Tout cela n'avait aucun sens.

— Je ne comprends pas…

— Monsieur Williams, je suis désolé, mais votre fiancée souffre d'amnésie.

* * *

Quel affreux mal de tête ! Depuis qu'elle était réveillée, Melody avait l'impression que son crâne était prisonnier d'un étau qui se resserrait impitoyablement.

— Il est l'heure de prendre vos antalgiques, Melody, annonça l'infirmière qui se matérialisa soudain à côté de son lit.

Etait-ce le simple effet de sa volonté ? A moins qu'elle n'ait pressé le bouton d'appel… A dire vrai, elle ne se rappelait pas. Ses pensées étaient encore un peu embrouillées, mais le médecin lui avait assuré que c'était un phénomène parfaitement normal. Après tout, elle venait à peine de sortir du coma.

L'infirmière lui tendit un verre d'eau et plusieurs comprimés.

— Tenez, avalez ça.

Mel s'exécuta précautionneusement, et l'eau fraîche soulagea sa gorge douloureuse. Maintenant, elle savait avaler des cachets, se brosser les dents et utiliser la télécommande de la télé. Elle parvenait aussi à se servir d'une fourchette et d'un couteau, et lisait sans difficultés la presse people que l'infirmière lui avait apportée…

Mais alors pourquoi son propre nom lui restait-il étranger ?

Elle ne se rappelait rien de sa vie passée, pas même l'accident qui l'avait conduite ici. Comme si quelqu'un avait pénétré dans son cerveau pour en effacer le disque dur !

Elle souffrait, avait dit son neurologue, d'amnésie posttraumatique. Lorsqu'elle avait demandé combien de temps cela durerait, le médecin ne s'était pas montré très encourageant.

— Le cerveau est un organe mystérieux, lui avait-il expliqué. Nous ne savons pas vraiment comment il fonctionne. Votre amnésie peut durer une semaine, comme un mois. Voire même plus… Il faut vous armer de patience.

Oui, mais voilà, elle avait du mal à se montrer patiente. Elle exigeait des réponses, et maintenant. On ne cessait de lui répéter qu'elle avait eu beaucoup de chance de s'en être sortie avec deux ou trois bleus et quelques blessures sans gravité. Pas de fractures ou de lésions plus sérieuses. Pas de cicatrices à vie non plus.

Mais comment s'estimer chanceuse alors qu'elle avait perdu la mémoire ? Impossible de reconnaître un visage à la télévision, même en zappant d'une chaîne à l'autre ; et elle avait beau étudier les aliments de son plateau-repas, elle n'arrivait pas à se souvenir de ses plats préférés !

En fait, elle avait plutôt l'impression d'être maudite. C'était comme si Dieu la punissait pour une faute terrible qu'elle ne se rappelait pas avoir commise.

L'infirmière vérifia sa perfusion et compléta un graphique sur son dossier avant de s'en aller.

— N'hésitez pas à me biper si vous avez besoin de quoi que ce soit, Melody.

C'est de réponses que j'ai besoin ! pensa-t-elle, une fois seule. *De réponses et rien d'autre.*

Elle effleura les points de suture qu'elle avait au-dessus de l'oreille gauche. Les médecins avaient pratiqué une incision pour réduire son hématome et soulager la pression qu'il exerçait sur le cerveau.

Certes, on l'avait ramenée parmi les vivants, mais qu'en était-il de l'existence qui l'attendait ? Selon l'assistante sociale de l'hôpital, elle n'avait aucun parent en vie. Pas de frères et sœurs, pas d'enfant, et elle n'avait apparemment jamais été mariée. Et si elle avait des amis ou des collègues, personne ne s'était manifesté pour le moment…

Avait-elle toujours été aussi seule ? D'après l'hôpital, elle vivait à San Francisco au moment de l'accident, soit à plus de deux mille kilomètres de là. Comment était-il possible qu'elle sache toujours lire et compter, alors que des photographies de la ville où elle était censée vivre depuis trois ans n'avaient pas éveillé le moindre souvenir chez elle ? Et puis pourquoi se trouvait-elle aussi loin de San Francisco ? Etait-elle en vacances ? Allait-elle rendre visite à des amis ? Mais, dans ce cas, ils auraient dû se manifester.

A moins que sa situation n'ait été plus compliquée…

Une fois qu'elle avait été en mesure de bouger, après sa sortie du coma, elle avait vidé le contenu de son sac à main, dans l'espoir qu'un objet ravive sa mémoire. Elle avait été surprise d'y trouver, entre un portefeuille, une brosse à cheveux et quelques autres babioles, une liasse de billets de trois centimètres d'épaisseur. Sous le choc, elle s'était empressée de remettre l'argent à sa place, mais pour le ressortir un peu plus tard dans la soirée, quand l'hôpital s'était un peu vidé. Elle voulait compter ces billets à l'abri des regards. Il y en avait pour plus de quatre mille dollars.

Etait-elle en fuite ? Avait-elle volé cet argent ? Non, la police serait déjà venue l'arrêter. L'explication était manifestement ailleurs. Quoi qu'il en soit, mieux valait taire sa découverte pour l'instant. Elle conserverait son sac en permanence avec elle, à portée de main. Pour le cas où…

Soudain, elle perçut des voix dans le couloir. En se penchant un peu, elle aperçut deux hommes en train de discuter devant la porte de sa chambre. Il y avait là le Dr Nelson, son neurologue, et un autre homme qu'elle ne connaissait pas. Un autre médecin, peut-être… Elle en avait vu tellement au cours des deux derniers jours. Pourtant, quelque chose chez cet homme, la façon dont il se tenait sans doute, indiquait qu'il ne faisait pas partie du personnel hospitalier. Il s'agissait de quelqu'un d'important, elle en aurait juré, tant il dégageait d'assurance et d'autorité.

Un inspecteur de police ! Son cœur se mit à battre à tout rompre. Il était là pour l'interroger. Mais aussitôt l'évidence lui apparut : jamais un fonctionnaire n'aurait pu s'offrir un costume aussi chic. D'instinct, elle savait que ce costume était horriblement cher, même si le nom du couturier refusait obstinément de refaire surface.

L'inconnu écoutait attentivement le médecin, hochant la tête de temps à autre. Qui était-ce ? C'était sans doute un de ses amis ou une de ses connaissances, sinon que ferait-il à l'entrée de sa chambre ?

Il tourna soudain la tête dans sa direction. Au moment où leurs yeux se rencontrèrent, elle eut un nouveau choc. Comment décrire cet homme ? « Intense » serait sans doute le terme le plus approprié. Des yeux clairs, pétillants d'intelligence, une silhouette élancée, des traits bien dessinés : il était extrêmement séduisant. Comme ces mannequins qui ornent les pages des magazines !

Sans la quitter des yeux, l'homme murmura quelques mots au médecin, avant de pénétrer dans la chambre. Il s'approcha du lit sans la moindre hésitation, arborant cet air affirmé qui semblait être dans sa nature.

— Vous avez un visiteur, Melody…, annonça le Dr Nelson, qui le suivait.

Toujours silencieux, l'homme l'observait sans ciller. Elle resta muette, fascinée par le subtil mélange de vert et d'ambre qu'elle voyait briller dans ses yeux.

Il paraissait pourtant attendre qu'elle parle la première.

Le Dr Nelson s'approcha, à son grand soulagement. Elle commençait à être mal à l'aise sous le regard scrutateur de l'inconnu. Pourquoi la dévisageait-il ainsi ? On aurait dit qu'il lui en voulait de quelque chose.

— Reconnaissez-vous ce monsieur, Melody ? lui demanda le Dr Nelson.

L'homme lui plaisait, c'était certain, mais de là à dire qu'elle l'avait déjà vu, il y avait un pas qu'elle ne pouvait franchir.

— Je devrais ?

Les deux hommes échangèrent un regard, et pour une raison inconnue, elle sentit son cœur flancher.

— Melody, reprit le Dr Nelson d'un ton apaisant. Voici Asher Williams, votre fiancé.

2

Melody secoua la tête. Sans trop savoir pourquoi, elle ne parvenait pas à croire ce que le médecin venait de lui dire.

Peut-être à cause de la façon dont ce visiteur la regardait. Etrangement, il semblait lui en vouloir, alors qu'il aurait surtout dû se montrer soulagé de la voir en vie. Où étaient ses larmes de joie ? Pourquoi ne la prenait-il pas dans ses bras ?

— C'est impossible, dit-elle en secouant résolument la tête.

Le médecin fronça les sourcils et son soi-disant fiancé parut interloqué.

— Vous souvenez-vous de quelque chose, Melody ? lui demanda le Dr Nelson.

— Non. Je le sais, c'est tout. Cet homme ne peut pas être mon fiancé.

Elle sentit la tension monter d'un cran dans la pièce. Ses visiteurs semblaient embarrassés.

— Voudriez-vous nous excuser, docteur..., finit par dire l'inconnu.

A ces mots, elle crut qu'elle allait céder à la panique. Hors de question qu'elle reste seule avec lui ! Cet homme la perturbait trop.

— Je veux que le Dr Nelson reste, supplia-t-elle.

— Vous savez, Melody, je ne peux rester avec vous toute la matinée, j'ai d'autres patients à voir, lui répondit ce dernier avec un sourire réconfortant. Mais s'il y a quoi que ce soit, n'hésitez pas appeler l'infirmière.

Tout cela n'était pas très rassurant et elle sentit son cœur cogner dans sa poitrine. Que savait-on de cet homme ? Avait-on vérifié son histoire ? C'était peut-être un violeur ou un meurtrier. Un criminel spécialisé dans les jeunes femmes amnésiques. Ou bien il venait pour l'argent. Si cela se trouvait, les quatre mille dollars étaient à lui !

Instinctivement, elle posa la main sur son sac.

Soudain, une phrase traversa son esprit. *Ne montre jamais que tu as peur.* Elle n'avait pas la moindre idée de qui elle la tenait, mais c'était un bon conseil. Elle se redressa aussitôt en voyant l'homme approcher une chaise de son lit, ôter sa veste et s'asseoir.

Ce n'était pas une armoire à glace, il était plus mince que musclé. Alors pourquoi cette irrésistible envie de fuir ?

— Tu n'as pas de raison d'avoir peur de moi, commença-t-il par dire.

— Qu'est-ce qui me prouve que vous êtes bien mon fiancé ? demanda-t-elle d'un ton de défi. Vous pourriez être n'importe qui !

— Tu as ton permis de conduire ?

— Pourquoi ?

Il porta la main à la poche arrière de son pantalon.

— Détends-toi, lui dit-il en notant son mouvement de recul. Je prends juste mon portefeuille. Regarde l'adresse qui figure sur le mien.

Elle s'exécuta. Et deux choses la frappèrent d'emblée en ouvrant ce portefeuille. Premièrement, il ne contenait aucune photo. Absolument rien de personnel. Deuxièmement, il était plein de billets.

Quant au permis de conduire… Oui, en effet, l'adresse indiquée était bien la même que « la sienne ». Inutile de vérifier : cette adresse, elle l'avait lue et relue des dizaines de fois, hier, dans l'espoir que cela produise un déclic.

En vain hélas…

— Cela ne prouve rien, déclara-t-elle en lui rendant son portefeuille. Si nous sommes réellement fiancés, où est ma bague ?

Joignant le geste à la parole, elle tendit les mains. Un homme aussi aisé que lui aurait offert un beau diamant à sa future épouse.

Sans se démonter, l'inconnu plongea la main dans la poche de sa veste et en sortit un écrin qu'il ouvrit. Le diamant était si gros qu'elle en eut le souffle coupé.

— La monture était abîmée. Tu avais déposé la bague chez le bijoutier…

Il la lui tendit, mais elle secoua obstinément la tête, rechignant toujours à accepter l'évidence. Et pourtant… Quel homme aurait offert un bijou d'une telle valeur à une femme, si ce n'était son fiancé ?

L'homme se leva et lui prit la main.

— Que tu me croies ou pas ne change rien, dit-il. Ce bijou t'appartient.

Il fit glisser la bague sur son annulaire. Elle lui allait parfaitement. Simple coïncidence ? C'était peu probable. Ses soupçons devenaient de plus en plus difficiles à justifier.

— J'ai apporté ça aussi, poursuivit-il en tirant plusieurs photos de la poche intérieure de sa veste.

Sur ces clichés, on les voyait effectivement tous les deux. Elle les examina avec attention les uns après les autres. Sur certains, ils souriaient ou riaient. Sur d'autres… Oh, mon Dieu ! Leurs poses étaient pour le moins osées !

Elle sentit ses joues s'empourprer, et nota que l'inconnu s'en amusait.

Sur l'une des photos, il ne portait qu'un boxer. En observant ce corps mince aux muscles fins, elle sentit une onde de chaleur se propager dans son ventre. Etait-ce une réminiscence, ou une réaction naturelle à la vue d'un homme séduisant ?

— J'ai aussi des vidéos, ajouta-t-il.

Elle faillit lui demander de quel genre de vidéo il s'agissait, mais se ravisa. L'expression de l'inconnu parlait d'elle-même, d'autant qu'il poursuivit :

— Certaines étaient d'ailleurs trop scandaleuses pour que je les apporte ici.

Jamais elle n'aurait accepté de se laisser photographier ou filmer dans ce genre de postures si elle n'avait pas eu entièrement confiance en cet homme.

Autrement dit, cet Asher Williams était peut-être vraiment son fiancé !

Quand le médecin lui avait dit que Mel souffrait d'amnésie, Ash avait aussitôt pensé qu'elle simulait. Mais, en y réfléchissant bien, il avait changé d'avis. Pourquoi ferait-elle une chose pareille ? Cela n'avait pas de sens. En outre, il était peu probable qu'elle ait été en état de feindre la stupéfaction comme tout à l'heure, quand le médecin lui avait annoncé qu'il était son fiancé.

Toutefois, il devait rester vigilant. Melody avait quand même réussi à le tromper et à lui cacher sa grossesse. La stupeur initiale avait laissé place à un immense ressentiment. Comment avait-elle pu le trahir aussi effrontément, après tout ce qu'il avait fait pour elle ?

Au fond, elle s'était comportée comme son ex-femme. A l'époque non plus, il n'avait rien vu venir. Il n'avait manifestement pas tiré toutes les leçons de cette expérience malheureuse. Sa première impulsion avait été de tourner les talons et de laisser Melody à son triste sort, mais il avait eu ensuite une bien meilleure idée.

Cette fois-ci, il se vengerait !

Il allait donc continuer à jouer au fiancé et ramener Melody à San Francisco. Ensuite, il s'arrangerait pour qu'elle retombe amoureuse de lui, et quand elle lui serait de nouveau attachée à lui, il la tromperait sans vergogne. Et sans le moindre scrupule !

— Vous pourriez alors m'expliquer ce que je fais toute seule au Texas ? demanda Melody, visiblement toujours sceptique.

Il avait anticipé cette question.

— Un voyage de recherches.

— De recherches sur quoi ?

— Tu devais rendre un dossier à l'université.

Mel parut abasourdie.

— Parce que je fais des études ?

— Oui, tu vas à la fac de droit. Encore un an et tu passes ton diplôme d'avocate.

Elle fronça de nouveau les sourcils et se massa les tempes.

— Cela me semble bien compromis, si je ne me souviens pas de ce que j'ai appris, déclara-t-elle.

— Mais les médecins n'ont jamais dit que c'était irréversible ! s'exclama-t-il en lui prenant la main.

Cette fois, Melody se laissa faire.

— Tu vas retrouver la mémoire, affirma-t-il.

Le sourire qu'elle lui adressa exprimait une telle gratitude qu'Ash faillit se sentir coupable.

— Donc je suis partie faire ce voyage d'études toute seule…

— Ce n'était pas un problème, Mel, je n'avais pas de raison de m'inquiéter, répondit-il en lui pressant la main.

Elle parut touchée. Le plus pathétique dans cette histoire, c'était qu'effectivement il lui faisait confiance à une époque. Jamais il n'aurait envisagé que Melody puisse se conduire comme elle l'avait fait !

— Cela faisait longtemps que j'étais partie ?

— Quelques semaines, mentit-il. J'ai commencé à m'inquiéter quand tu as cessé de répondre à mes appels. J'ai d'abord essayé de te retrouver par mes propres moyens, mais sans résultats. J'étais mort d'inquiétude, Mel, je pensais qu'il t'était arrivé malheur. Je croyais… que tu étais morte, que je ne te reverrais jamais.

L'émotion que véhiculaient ses paroles avait beau être feinte, elle sonnait juste, y compris à ses propres oreilles.

— Comme la police ne voulait pas bouger, j'ai engagé un détective privé, confia-t-il.

— Et te voilà…

— En chair et en os. Et j'aimerais bien serrer ma fiancée dans mes bras, si elle n'a rien contre.

Melody leva vers lui un regard plein de gratitude, qui l'invitait à approcher.

Elle mordait à l'hameçon et gobait ses mensonges ! C'était presque trop facile.

Il vint s'asseoir sur le bord du lit pour prendre Melody dans ses bras. Elle se laissa aller contre son torse, et en la sentant si perdue, si fragile, il éprouva un sentiment proche de l'apaisement, ou peut-être du réconfort.

Mais il ne devait pas se laisser attendrir. S'ils étaient dans cet hôpital, c'était qu'elle l'avait trahi.

Et pour la faire payer, il devait continuer à jouer au parfait fiancé.

Mel posa la tête sur son épaule et noua ses bras autour de lui. En serrant ces courbes familières, il comprit qu'elle, en revanche, était en train de se blottir contre le corps d'un étranger. Que pouvait-elle bien ressentir ? Au fond, ça lui était égal. Si Mel ne l'avait pas trompé et ne s'était pas enfuie lâchement, elle n'en serait pas là !

Il constata néanmoins qu'elle était plus frêle qu'auparavant. Etant restée longtemps alitée, elle avait dû perdre de la masse musculaire. Or, il l'avait toujours connue obsédée par sa forme physique. Cette nouvelle silhouette allait peut-être porter un coup à son ego…

Encore faudrait-il qu'elle se souvienne de ses anciennes obsessions.

Etant donné les circonstances, Ash n'avait pas prévu que leur étreinte se prolonge. Pourtant, Melody semblait s'accrocher à lui et il s'aperçut qu'elle tremblait.

— Est-ce que ça va ?

— J'ai peur, avoua-t-elle d'une toute petite voix.

Melody n'avait pas la larme facile… Au cours de leurs trois années de vie commune, il ne l'avait vue qu'une ou deux fois au bord des larmes. Et, pourtant, il aurait juré qu'elle était sur le point de se mettre à pleurer !

— De quoi as-tu peur ? murmura-t-il en lui caressant les cheveux.

Tout y était : le ton, les gestes. Il imitait à la perfection le fiancé compatissant, mais elle avait exactement ce qu'elle méritait.

— De tout, souffla-t-elle. J'ai peur de tout ce que je ne sais pas et de tout ce que je dois réapprendre…

Il l'écarta doucement, afin de voir son visage.

Melody était une battante. Comme lui, quand elle avait un

objectif, elle mettait tout en œuvre pour l'atteindre. Jamais il ne l'avait vue aussi bouleversée. Et en la découvrant si pâle et si fragile, il dut faire un effort sur lui-même pour étouffer le sentiment de pitié qui menaçait de le submerger.

Mais c'était difficile, quand les yeux de Melody exprimaient un tel désarroi.

— Et si je ne retrouvais jamais la mémoire ? murmura-t-elle. Et si cet accident m'avait définitivement changée ? Qu'est-ce que je vais devenir ?

En tout cas, pas la traîtresse impitoyable qu'elle avait été avant l'accident ! Car si cette créature refaisait surface, il s'arrangerait pour qu'elle ne soit plus en mesure d'infliger à quiconque l'humiliation qu'il avait subie.

Pourtant, continuant à jouer son rôle, il essuya délicatement la larme qui coulait le long de la joue de Melody.

— Pense d'abord à guérir, lui suggéra-t-il. Tout va s'arranger, fais-moi confiance.

Elle reposa la tête sur son épaule en soupirant. Apparemment, ses promesses produisaient leur effet, car elle avait cessé de trembler.

— Je suis fatiguée, avoua-t-elle.

— Cela n'a rien d'étonnant. Tu as eu une matinée mouvementée. Pourquoi ne t'allonges-tu pas ?

Il l'aida alors à se caler confortablement contre ses oreillers. Sa fatigue ne semblait pas feinte, une fatigue aussi bien physique que morale. Il remonta les couvertures sur elle, comme le faisait sa mère quand il était enfant.

Pendant son cancer, elle était venue le voir tous les soirs à l'hôpital, pour l'embrasser et le réconforter après les séances de rayons dont il sortait totalement épuisé. Pourtant, ces visites devaient être éprouvantes pour elle aussi, car, avant que les médecins ne le déclarent guéri, l'année de ses treize ans, elle avait dû parfois cumuler jusqu'à trois emplois pour payer son traitement. C'est que l'hôpital coûtait très cher, et que son père, ivrogne invétéré, ne gardait jamais un travail bien longtemps.

Economisant chaque cent, elle avait fait l'impasse sur sa

santé, et lorsque son propre cancer avait été diagnostiqué, il était trop tard.

Sa mère était morte en huit mois, une semaine après qu'il avait obtenu son bac. Pendant des années, il s'était senti en partie responsable, car s'il n'avait pas été malade, sa mère aurait pu être traitée plus rapidement.

Le jour des funérailles, il avait décidé de couper définitivement les ponts avec son père. Ce ne fut que quelques années plus tard qu'il apprit sa mort. A l'époque, Ash vivait en Californie, où il était étudiant. Comme sa mère, il multipliait les petits boulots pour joindre les deux bouts, mais, loin de l'abattre, les difficultés le stimulaient et il avait finalement réussi ses études avec brio. Son diplôme en poche, il avait épousé sa petite amie du moment et décroché un travail à Maddox Communications. La parfaite incarnation du rêve américain, songeait-il alors

Hélas, le sort en avait décidé autrement.

Le jour même où on lui offrait le poste de directeur financier, il découvrait que sa femme le trompait ! Pour sa défense, elle avait prétexté qu'elle se sentait seule, qu'il travaillait trop… Mais ça ne l'avait jamais empêchée de dépenser l'argent qu'il gagnait à la sueur de son front ! Il en aurait pu en rire si ça n'avait pas été aussi douloureux.

Certes, leur mariage n'avait jamais été passionné, mais il avait toujours considéré qu'ils formaient plutôt un couple heureux. De toute évidence, quelque chose lui avait échappé.

C'en était fini des femmes, avait-il alors décrété. Mais, un mois seulement après son divorce, il avait rencontré Melody. Brillante, elle l'avait fasciné par son enthousiasme juvénile et sa détermination. Sans doute se retrouvait-il en elle.

Issus tous deux d'un milieu défavorisé, ils avaient la même soif de réussir. Ils avaient commencé à sortir ensemble au début du mois d'avril, et en mai, au moment où le bail de Melody était arrivé à échéance, il lui avait proposé d'emménager chez lui.

Sans qu'ils en aient jamais vraiment discuté, il n'était pas question d'amour ou de mariage entre eux. Mel partageait son appartement et son lit sans demander une attention permanente de sa part.

Et en subvenant à ses besoins, il avait le sentiment de l'aider à faire quelque chose de sa vie. Si sa mère avait eu un homme digne de ce nom pour s'occuper d'elle, elle serait peut-être encore en vie. En aidant Melody, il avait en quelque sorte l'impression de rendre hommage à sa mère, à sa force de caractère et à son courage. Si bien que, en le trahissant, Melody avait également trahi sa mère.

Refoulant ces sombres pensées, il tourna la tête vers la jeune femme et comprit qu'elle était profondément endormie. Tout en l'observant, il se demanda pourquoi elle lui avait été infidèle. Qu'est-ce qui avait pu l'inciter à aller voir ailleurs ? Et pourquoi ne lui avait-elle rien dit ? Il aurait respecté sa décision et l'aurait laissée partir.

Mais elle n'avait pas pris cette peine. Pis, en agissant ainsi, c'était comme si elle affichait son mépris pour tout ce qu'il avait fait pour elle.

— Comment va-t-elle ? demanda une voix dans son dos.

Il sursauta. Le Dr Nelson venait d'entrer dans la chambre.

— Elle dort.

— Je tenais à repasser, avant que vous ne partiez…

— Vous avez bien fait. Nous n'avons pas parlé de sa sortie de l'hôpital. Quand pourrai-je la ramener à la maison ?

Le médecin lui fit signe de le suivre dans le couloir.

— Si l'état de Melody continue à s'améliorer, je dirais dans une semaine ou dix jours, déclara-t-il.

— C'est long ! Elle semble pourtant aller bien.

— Votre fiancée a subi un grave traumatisme crânien. Même si les lésions ne sont pas visibles, elles sont bel et bien là. Mais, dites-moi, vous comptez la ramener en Californie ?

— Oui, bien sûr, c'est là que nous vivons.

— Alors sachez que Melody ne doit pas faire ce trajet en avion.

— Même dans le jet privé de ma société ?

— Elle a fait une hémorragie cérébrale. Si elle prend un avion, les variations de pression risquent de la tuer. Et pour être tout à fait honnête, je ne suis pas non plus très enthousiaste à l'idée qu'elle fasse une aussi longue route en voiture, mais il est difficile d'envisager une autre solution.

Deux mille kilomètres en tête à tête avec Melody ! Ça ne l'emballait pas trop, lui non plus. Mais ils devaient quand même rentrer au plus vite, avant que les souvenirs de sa « fiancée » ne remontent à la surface.

— Dites-moi, demanda-t-il alors, cela peut prendre combien de temps avant que Mel ne retrouve la mémoire ?

— Je ne peux pas vous répondre de façon catégorique, monsieur Williams. Cela peut revenir petit à petit, mais il y aura parfois des blocages. Le point positif, c'est que son état physique est satisfaisant, alors, pour le reste, il faudra vous armer de patience.

Ce n'était malheureusement pas son fort !

— Et même si Melody ne retrouve pas la mémoire, poursuivit le médecin, rien ne vous empêchera de construire la vie dont vous aviez rêvé.

Tu parles ! pensa-t-il. C'en était fini de leur ancienne vie. Car, amnésique ou non, il ne pardonnerait jamais à Melody de l'avoir trahi.

Et, quoi qu'il arrive, il lui rendrait la monnaie de sa pièce.

3

Lorsqu'elle rouvrit les yeux, Ash n'était plus dans la chambre. Et si elle avait rêvé les événements de la matinée ? L'idée lui serra le cœur, avant qu'elle n'avise le gros diamant qui brillait à son doigt. C'était donc bien réel. Elle n'avait pas rêvé.

Mais à son soulagement succéda bientôt une nouvelle question : où était donc passé Ash ? En se redressant, elle aperçut un mot qu'il avait laissé sur la table de chevet.

« Je suis parti chercher tes affaires. Je reviens le plus vite possible. Ash. »

Ses affaires ? Mais où ? Si elle résidait à l'hôtel au moment de l'accident, il y avait fort à parier qu'elle ne les reverrait jamais. On avait dû débarrasser sa chambre, depuis le temps qu'elle n'y avait pas remis les pieds.

Elle espérait vraiment se tromper ! Car elle retrouverait peut-être dans ses affaires un objet qui éveillerait un souvenir. Et puis elle était curieuse de savoir ce qu'elle était venue étudier ici.

Elle ne mettait pas en doute les propos d'Ash, mais quelque chose clochait dans son scénario. S'il disait vrai, et qu'elle était venue ici pour ses études, alors pourquoi y avait-il quatre mille dollars dans son sac ? Un pot-de-vin ? Ou alors elle s'était engagée dans quelque chose d'illégal, sans qu'Ash n'en sache rien. Dans ce cas, son accident n'en était peut-être pas vraiment un.

Pis encore : si ça se trouvait, c'était justement Ash qu'elle cherchait à fuir !

Elle secoua la tête. Non, tout cela était ridicule ! Pures

élucubrations de son imagination enfiévrée. Les photos d'Ash prouvaient d'ailleurs qu'elle était très épanouie avec lui. Et la colère qu'elle avait cru déceler sur son visage, quand il était entré dans la chambre, n'était sans doute que de l'appréhension. Le Dr Nelson avait dû lui annoncer qu'elle était amnésique, et il redoutait leur premier face-à-face. Il fallait se mettre à sa place : que ressentirait-elle si son fiancé avait oublié jusqu'à son visage ? Et dire que, par-dessus le marché, elle avait insisté pour qu'il lui fournisse des preuves de leur relation !

Elle espérait que, une fois rentrée chez elle, elle retrouverait petit à petit la mémoire. Un environnement familier ferait peut-être remonter ses habitudes à la surface. Quels étaient ses passe-temps ? Elle n'avait pas songé à questionner Ash à ce sujet.

Des bruits de pas se firent entendre dans le couloir. Sans doute Ash, qui revenait. Et c'était tant mieux, car elle allait pouvoir l'interroger. Malheureusement, ce n'était que l'infirmière.

— Comment vous sentez-vous, Melody ? fit celle-ci en entrant.

— Mieux.

Elle disait vrai. Même si des tas de questions se bousculaient dans sa tête, elle avait au moins la certitude rassurante que, une fois sortie de l'hôpital, elle aurait un endroit où aller. Quelqu'un l'aimait et se souciait de son sort.

— J'ai aperçu votre fiancé, lui dit l'infirmière en vérifiant sa perfusion. Il est très séduisant. Ça n'est d'ailleurs pas très étonnant !

— Pourquoi dites-vous cela ? fit-elle, perplexe.

— Qui se ressemble s'assemble. Vous êtes tellement jolie !

— Moi ?

L'infirmière s'esclaffa.

— Mais oui, vous !

Elle était interloquée. En découvrant son reflet dans le miroir, elle n'avait remarqué qu'une seule chose : le visage de celle qui l'observait lui était étranger.

— Il paraît que vous allez à la faculté de droit ? reprit l'infirmière. Je n'aurais jamais imaginé ça de vous.

— Pourquoi ?

— Oh, je ne sais pas. Vous n'avez pas vraiment le genre, c'est tout. Je m'imagine les avocats comme des gens prétentieux, et vous n'êtes pas du tout comme ça.

Elle eut envie de demander à l'infirmière comment elle la percevait, mais n'osa pas.

— Vous avez besoin de quelque chose ? Non ? Je vous laisse alors. Appelez-moi en cas de besoin.

Une fois seule, elle se replongea dans ses pensées. L'infirmière ne la jugeait pas faite pour le métier d'avocate. Devait-elle laisser tomber ses études ? Non, c'était ridicule, cette femme ne la connaissait que depuis trois jours. On ne modifiait pas le cours de son existence sur une simple remarque lancée par une inconnue !

De toute façon, il était trop tôt pour décider quoi que ce soit. Comme l'avait dit le médecin, elle devait d'abord se concentrer sur sa guérison. En reprenant son ancienne vie, elle retrouverait sans doute la mémoire. Et avec quelqu'un comme Ash pour l'aider, toutes les chances étaient de son côté.

A la fourrière d'Abilene, Ash ne pouvait détacher les yeux de l'Audi TT Roadster de Melody. Ou plutôt du tas de tôles froissées qui en restait. Son cœur se serra : c'était un vrai miracle qu'elle soit encore en vie.

L'Audi avait fait plusieurs tonneaux avant de percuter l'arbre qui avait mis fin à sa course, pulvérisant le siège passager sous le choc. Autrement dit, si la voiture avait heurté l'arbre côté conducteur, Melody serait morte.

Et encore heureux que le toit ouvrant ait été fermé ! Même s'il en voulait terriblement à Melody pour ce qu'elle lui avait fait, jamais il ne lui aurait souhaité un accident pareil.

Selon la police, elle avait perdu le contrôle de son véhicule en tentant d'éviter un cycliste qui avait brusquement surgi devant elle.

Sans succès, malheureusement.

En examinant l'épave, il aperçut aussitôt ce qu'il cherchait.

Comme la portière refusait de s'ouvrir, il passa par le toit ouvrant. Le trousseau de clés de Melody était désormais en sa possession. Et peut-être que le coffre du véhicule recelait d'autres choses importantes. Mais ni le bouton de commande ni les clés du trousseau ne lui furent d'aucune utilité. S'il y avait quelque chose là-dedans, elle devrait s'en passer !

Il allait repartir, mais se ravisa. Une ou deux photos de l'épave pourraient toujours servir, même si la compagnie d'assurances était déjà sur l'affaire.

Quelques clichés plus tard, il remonta dans sa voiture de location, et suivit les indications de son GPS jusqu'à une petite maison située non loin l'hôpital. C'était là que, selon le détective privé, Melody avait vécu avant son accident.

De taille modeste, la maison était banale. Quant au quartier, on n'aurait pu le qualifier de recommandable. Comment Melody avait-elle pu passer d'un appartement luxueux comme le sien à cette bicoque miteuse ? Pour y vivre avec son amant ? Eh bien, on pouvait dire qu'elle avait du flair ! D'autant que cet homme pour qui elle avait tout quitté ne s'était pas précipité pour l'aider, maintenant qu'elle avait besoin de lui.

Enfin, le moment était venu de faire sa connaissance…

En s'engageant dans l'allée, il ne vit pas de voiture, et les rideaux de la maisonnette étaient tirés. L'une des clés trouvées dans l'Audi ouvrit la porte d'entrée, et un air froid et nauséabond l'assaillit aussitôt : de la nourriture en décomposition. Donc Melody vivait seule.

Se couvrant le nez d'un mouchoir, il traversa un petit séjour garni de meubles bon marché et dépareillés, ouvrant toutes les fenêtres sur son passage. Dans la cuisine, il découvrit un paquet de viande hachée à côté du four. Avant de quitter sa maison, le jour de l'accident, Melody avait dû la mettre à décongeler avant de quitter la maison.

Il s'empressa de fourrer la viande dans un sac qu'il irait jeter dans la poubelle extérieure. Selon toute probabilité, le contenu du Frigidaire ne devait pas être plus reluisant, mais, puisque ni Mel ni lui ne remettraient les pieds ici, il pouvait se dispenser de vérifier.

La nourriture avariée mise à part, la cuisine ne présentait rien de particulier. Il se lança donc dans l'exploration des autres pièces. Il trouva dans la salle de bains des produits de toilette qu'il ne reconnut pas — ce qui n'avait rien d'étonnant dans la mesure où Mel et lui ne partageaient pas la même salle de bains —, mais exclusivement féminins. Il chercha également en vain la trace d'une présence masculine dans le tiroir à médicaments et dans les autres placards sous le lavabo.

Il passa alors à la chambre aux meubles brinquebalants, dont le lit n'avait pas été fait. Ce détail le frappa, car, chez eux, Melody était toujours très ordonnée. Dans l'armoire, il trouva pourtant des vêtements qu'il avait déjà vus, mais, là encore, rien qui révèle le passage d'un homme.

Pas même une boîte de préservatifs dans le tiroir de la table de nuit. Au début de leur relation, ils en avaient utilisé, mais cela n'avait pas duré. Inutile en effet de se compliquer l'existence quand leur monogamie les mettait à l'abri des MST et que sa stérilité rendait toute contraception superflue.

Pourtant, la grossesse avortée de Melody prouvait qu'elle avait eu des rapports non protégés avec un homme. Devait-il faire un test de dépistage ? Elle l'avait décidément trahi à plus d'un titre, jouant avec ses sentiments et sa santé. Il n'était pas près de l'oublier.

Il fouilla la pièce de fond en comble, sans toutefois trouver quoi que ce soit. Il allait laisser tomber, quand il eut une autre idée.

L'ordinateur de Melody !

Quand ils vivaient ensemble, jamais il n'aurait trahi sa confiance. Il respectait son intimité, et c'était réciproque. Mais, en le trahissant, elle avait rompu leur accord tacite. Et puis cet ordinateur lui fournirait peut-être des indices sur l'amant de Melody, ou des explications sur les raisons de son départ.

Incommodé par l'odeur ambiante, il décida néanmoins de remettre à plus tard son exploration de l'ordinateur. Le plus urgent était de rassembler toutes les affaires de Melody pour les expédier à San Francisco. Il ne laisserait ici que le contenu d'un sac, pour accréditer sa version des faits. On ne partait pas en voyage d'études avec toute sa garde-robe.

Mais le temps passait. Un coup d'œil à sa montre lui indiqua qu'il devait se dépêcher s'il voulait retourner à l'hôpital avant la fin des visites. Non qu'il en ait particulièrement envie, mais le fiancé attentionné qu'il était s'en faisait un devoir.

Quand il pénétra enfin dans la chambre d'hôpital, la belle était endormie. Autant en profiter pour manger un bout, car il était affamé. Il avait repéré, à proximité de l'hôpital, un petit café-restaurant qui ferait l'affaire. Ce n'était pas le Ritz, mais la cuisine avait l'air correcte. Et c'était tant mieux, car il risquait d'y manger souvent dans les jours à venir.

Mel était réveillée lorsqu'il regagna l'hôpital.

— J'avais peur que tu ne reviennes pas, lui avoua-t-elle, manifestement soulagée de le revoir.

— Quelle idée ! J'avais juste quelques affaires à régler.

Il approcha une chaise, mais elle tapota le lit, l'invitant à s'asseoir tout près d'elle. Les yeux brillants et les joues rosées, elle avait meilleure mine. Il remarqua aussi qu'elle avait les cheveux humides.

— Ils m'ont laissé prendre une douche, expliqua-t-elle, comme si elle lisait dans ses pensées. Cela m'a fait un bien fou ! Et demain je recommence à marcher, pour me refaire des muscles.

— Mais c'est super !

— L'infirmière a dit que plus tôt je serais debout, plus tôt on me laisserait sortir !

Elle chercha sa main et il n'eut d'autre choix que de la lui donner.

— J'ai hâte de rentrer, reprit-elle. Je suis certaine qu'une fois à la maison des souvenirs me reviendront.

Tout le contraire de ce qu'il espérait ! Du moins, dans un premier temps.

— J'en suis sûr, moi aussi, mentit-il.

— Est-ce que l'hôtel a conservé mes affaires ? demanda-t-elle, avec une note d'espoir dans la voix.

— L'hôtel ?

Mel fronça les sourcils.

— Je devais vivre à l'hôtel, pendant que j'effectuais mes recherches ?

Il se serait giflé. Quel idiot il faisait ! Il allait réussir à éveiller ses soupçons, s'il ne rectifiait pas le tir sur-le-champ.

— Oui, bien sûr, tu es descendue dans un hôtel. Excuse-moi, j'ai cru, l'espace d'un instant, que tu te souvenais de quelque chose. A ce propos, poursuivit-il pour changer de sujet, je suis allé récupérer tes bagages. Ils sont dans le coffre de ma voiture. Tu les retrouveras en sortant.

— Et mes recherches ? As-tu trouvé des papiers ? Des dossiers ?

— Non, mais j'ai mieux, répondit-il. Tu avais ton ordinateur avec toi.

Les yeux de Mel s'illuminèrent.

— Il y aura peut-être quelque chose, là-dedans, qui va provoquer un déclic.

— C'est ce que je me suis dit, mais je l'ai allumé, et il est protégé par un mot de passe.

L'excitation de Mel retomba comme un soufflé.

— Ecoute, reprit-il, à San Francisco, je demanderai à l'informaticien de Maddox d'y jeter un coup d'œil.

— D'accord, fit-elle, sans parvenir à cacher sa déception.

Peu importait. De toute façon, lui n'attendrait pas aussi longtemps. Dès qu'il pourrait s'échapper d'ici, il appellerait son collègue, pour lui demander comment pénétrer dans l'ordinateur. Et il ne le rendrait à Melody qu'après en avoir effacé tout ce qui concernait son amant, le bébé ou les informations susceptibles de réveiller sa mémoire.

Evidemment, il aurait été plus simple de reformater le disque dur, mais ç'aurait été trop suspect. Il avait aussi été tenté de passer purement et simplement l'ordinateur sous silence, avant de se raviser : une étudiante digne de ce nom en possédait forcément un.

— Je voudrais te demander quelque chose, lui reprit-elle.

— Vas-y, je t'écoute.

— J'aimerais que tu me parles de moi.

— Que veux-tu savoir ?

— Qui sont mes amis, ma famille, d'où je viens... Enfin, ce genre de choses, quoi.

Il fronça les sourcils. Ils avaient beau avoir vécu trois ans ensemble, il ne savait pas grand-chose sur Melody. Elle ne parlait jamais des gens qu'elle côtoyait à la fac, et il n'avait pas la moindre idée de ce qu'elle faisait en dehors de ses études. Il n'avait jamais eu l'idée de la questionner à ce sujet.

Mais elle paraissait attendre beaucoup de lui, il fit donc un effort pour réunir les quelques informations en sa possession.

— Ta mère était déjà morte avant notre rencontre, commença-t-il. D'un cancer des ovaires. D'après ce que tu m'as dit, tu n'as jamais connu ton vrai père, mais tu as eu cinq ou six beaux-pères différents pendant ton enfance.

— Ça en fait pas mal ! Et j'ai grandi où ?

Il réfléchit.

— A divers endroits, je crois. Ta mère déménageait souvent, et tu n'aimais pas ça.

Cette enfance malheureuse était un autre de leurs points communs. Avec le cancer et le reste. Mais ce n'était pas vraiment le moment de s'apitoyer sur le sort. D'ailleurs, il ne lui avait jamais parlé de sa maladie, non qu'il ait cherché à la lui cacher, mais cela ne s'était pas présenté.

Ils partageaient le même lit, sans entrer dans l'intimité de leurs histoires respectives.

C'était probablement de son fait à lui. Il ne voulait plus entendre parler de mariage ou d'engagement affectif, sans doute pas par choix, plutôt pour se protéger. Ça ne l'avait jamais effleuré, et, aujourd'hui, il était trop tard.

4

— Eh bien, commenta Melody. On dirait que je n'ai pas eu une enfance facile.

Ash ressentit une pointe de culpabilité pour lui avoir brossé un tableau aussi noir. La pauvre, on aurait dit une petite fille à qui l'on avait volé son jouet !

— Je suis sûr que tu as aussi vécu de bons moments, mais tu n'en parlais pas beaucoup.

— Comment nous sommes-nous rencontrés ?

Le souvenir fit naître un sourire sur les lèvres d'Ash. Ça, il pouvait en parler !

— A une réception professionnelle, à Maddox Communications.

— C'est l'entreprise où tu travailles, n'est-ce pas ?

Il hocha la tête.

— Tu étais accompagnée d'un jeune représentant. Brent je ne sais plus quoi… un vrai crétin ! Dès l'instant où je t'ai aperçue, debout près du bar, dans ta petite robe noire, j'ai eu le plus grand mal à détacher mon regard de toi. Tous les hommes te dévoraient des yeux, d'ailleurs ! Ton cavalier faisait le fier, d'avoir au bras la femme la plus sexy de la fête. Et toi, tu avais un de ces regards… Comme si tu comptais les minutes avant de l'envoyer balader, lui et son ego surdimensionné ! Et, tout à coup, tu t'es rendu compte que je t'observais. Tu m'as examiné de la tête aux pieds, et tu m'as adressé un sourire dévastateur.

Melody ouvrit de grands yeux incrédules.

— J'ai fait ça ?

— Absolument ! fit-il en riant de son étonnement. Si bien que je n'avais plus le choix, je devais voler à ton secours. Alors je t'ai invitée à danser.

— Et comment mon partenaire a-t-il pris la chose ?

Il sourit au souvenir du regard indigné dont l'avait gratifié le jeune homme, quand Mel l'avait suivi sur la piste de danse.

— Il n'a pas réellement apprécié…

— Qu'a-t-il fait ?

— Pas grand-chose. J'étais le directeur financier… D'ailleurs, si mes souvenirs sont bons, il n'a pas fait de vieux os dans l'entreprise…

— Alors… on a dansé ? reprit Mel avec une expression rêveuse.

— Toute la nuit.

Il avait fait des envieux au cours de cette soirée. A l'époque, il sortait tout juste de son divorce, et réussir à séduire une fille aussi belle avait fait le plus grand bien à son ego.

— Que s'est-il passé ensuite ?

— Tu m'as demandé de te montrer mon bureau, et une fois la porte refermée, on s'est jeté l'un sur l'autre.

Melody déglutit, visiblement aussi scandalisée qu'intriguée.

— Et alors ?

— A ton avis ?

— On a fait l'amour dans ton bureau ? demanda-t-elle à mi-voix offusquée, comme si elle craignait que quelqu'un ne les entende. Immédiatement après s'être rencontrés !

Il sourit de nouveau. Cette soudaine naïveté était amusante de la part de celle qui n'avait jamais hésité à lui faire savoir très exactement ce qu'elle désirait, en employant les mots les plus crus. Des mots qui auraient fait rougir — ou blêmir — la plupart des femmes !

— Sur le bureau, sur le sofa… et dans mon fauteuil ! précisa-t-il. Et puis contre la porte-fenêtre surplombant la baie.

Les joues de la jeune femme s'étaient empourprées.

— On l'a fait contre la fenêtre !

— Tu as toujours eu des tendances un peu exhibitionnistes…

Et c'était vrai. Jamais il n'avait rencontré de femme aussi à l'aise dans son corps que Melody. Il ne l'aurait jamais admis à haute voix, mais il en avait parfois été intimidé.

De toute évidence, cependant, quelque chose avait changé.

Il y avait dans les yeux de Mel une vulnérabilité qu'il n'avait jamais décelée auparavant. Une timidité touchante qui l'attendrissait presque.

— Je n'arrive pas à croire que j'aie couché avec toi dès le premier soir, déclara Mel. Je ne veux même pas imaginer ce que tu as dû penser de moi !

— En fait, juste après mon divorce, c'était exactement ce dont j'avais besoin.

— Tu as été marié ?

— Oui, pendant sept ans.

— Et pourquoi as-tu divorcé ?

— Disons qu'il y a eu erreur d'appréciation…

— C'est-à-dire ?

— Mon ex-femme n'appréciait pas que je passe autant de temps au travail, pas plus que je n'ai apprécié qu'elle couche avec son prof de gym, dans notre lit par-dessus le marché !

— Elle t'a trompé !

— Pendant pas mal de temps, d'après ce que j'ai compris par la suite.

Il se demandait ce que Mel ressentirait en apprenant qu'elle s'était conduite comme son ex-femme. Enfin, elle ne l'avait pas fait dans leur lit ! Du moins l'espérait-il.

Mais le lieu n'avait guère d'importance, après tout. Une tromperie restait une tromperie !

Melody lui pressa la main. Il ne s'était même pas rendu compte qu'elle la lui tenait. Ce petit scénario devenait confortable. Bien trop confortable, en fait !

Il libéra sa main et consulta sa montre.

— Il est tard. Je vais te laisser dormir.

— Ai-je dit quelque chose qui t'a déplu ? s'enquit-elle, l'air soucieux. Si cela t'ennuie de parler de ton ex-femme, nous n'aborderons plus ce sujet.

A vrai dire, il était surtout à court de souvenirs, et il aurait aimé que Melody cesse d'être aussi… gentille ! Non pas qu'elle ne l'ait pas été avant, mais elle avait toujours fait montre d'un certain caractère, d'un esprit vif et d'une langue acérée. Ce nouveau visage de douceur et de compassion l'empêchait d'entretenir sa colère.

— Tu n'as rien dit de mal, rassure-toi, seulement la journée a été longue. Je suis fatigué.

— Excuse-moi, je fais preuve d'égoïsme, fit-elle, navrée. Je n'ai même pas pensé que tout cela devait être très difficile pour toi aussi.

— Ces semaines à ne pas savoir où tu étais passée m'ont paru interminables, affirma-t-il. Je suis sûr que je me sentirai beaucoup mieux après une bonne nuit de sommeil.

— Vas-y, va te reposer.

— Tu en es sûre ? Je peux rester si tu préfères.

— Non, non, je suis fatiguée, moi aussi, de toute façon. Je vais juste regarder la télé quelques minutes pour m'endormir.

Il avait le sentiment que Melody mentait, car elle paraissait plutôt en forme, mais il n'allait surtout pas la contrarier.

— Je serai là demain matin, à la première heure, lui promit-il en se levant.

— Merci, fit-elle avec ferveur.

— De quoi ?

— De m'avoir raconté toutes ces choses sur moi. Cela m'aide à me sentir un peu moins désorientée. Même si ce n'était pas exactement ce que j'imaginais.

— Tout va bien se passer, murmura-t-il en se penchant pour lui effleurer le front des lèvres. A demain.

En sortant de la chambre, il l'entendit mettre la télévision en marche. C'était un peu cruel de la laisser seule, mais il avait tout son scénario à mettre au point.

Finalement, il n'eut pas besoin de son collègue de Maddox Communications pour s'introduire dans l'ordinateur de Melody. Au bout de cinq ou six tentatives, il devina le mot de passe : sa propre date d'anniversaire !

La première chose à faire était d'effacer toute preuve de la liaison qu'entretenait Melody. Mais il dut se rendre à l'évidence : elle s'était montrée extrêmement prudente, car il ne trouva rien. Pas le moindre numéro de téléphone, pas de rendez-vous suspect dans son agenda.

Ses recherches furent en revanche plus fructueuses en ce qui concernait le bébé. Plusieurs rendez-vous chez l'obstétricien figuraient dans l'agenda, et l'historique de son navigateur internet indiquait qu'elle avait consulté des sites dédiés aux futures mamans. Mel avait même participé à un forum. De ses lectures, il put déduire qu'au moment de l'accident elle en était à quatorze semaines de grossesse.

De toute évidence, elle avait l'intention de mener cette aventure à terme toute seule. Se pouvait-il que le père de l'enfant ne soit qu'une aventure sans lendemain ? Ou un donneur de sperme ?

Il éplucha les commentaires qu'elle avait laissés sur le forum, à la recherche d'indices sur l'identité de l'homme ou les circonstances de leur rencontre. Mais tout ce qu'il réussit à apprendre, ce fut que l'homme en question n'était, selon les termes de Melody, « pas impliqué ». Il remarqua que certains messages avaient été postés pendant qu'ils vivaient encore ensemble. Il était clair également, d'après la teneur de ses commentaires, que Melody était très heureuse à l'idée de devenir mère, ce qui ne manqua pas de le surprendre.

Elle s'était en effet toujours montrée très indépendante. Jamais il n'aurait pensé qu'elle avait envie de fonder une famille ! Bien entendu, ils n'avaient pas abordé le sujet. Peut-être parce que Melody savait que si elle désirait des enfants, elle ne pourrait pas les avoir avec lui ! En tout cas, pas de façon naturelle. De son côté, sachant qu'il ne pourrait jamais être père, il évitait d'y penser.

Mais il n'était pas au bout de ses surprises. Il découvrit dans un dossier les bulletins de notes scannés des quatre derniers semestres de Melody à l'université. Lorsqu'il lui posait des questions sur ses études — assez peu souvent, il fallait bien le dire —, elle prétendait que tout allait bien. Or, il avait sous les yeux des moyennes qui ne dépassaient que rarement le C, alors qu'en première année, elle n'était jamais descendue au-dessous de A moins.

C'était comme si elle avait perdu tout intérêt pour le droit. Mais, dans ce cas, pourquoi n'avait-elle rien dit ?

Plus il fouillait dans les fichiers personnels de Melody, plus il réalisait que, malgré leurs trois années de vie commune, il la connaissait à peine. En dehors de leur chambre à coucher, elle menait une existence dont il ignorait tout. D'accord, c'était lui qui avait souhaité qu'il en soit ainsi, pourtant il ne pouvait s'empêcher d'être un peu jaloux. Et aussi furieux contre lui-même de n'avoir jamais cherché à mieux la connaître.

Il s'en était tenu à ce dont ils étaient convenus au début de leur relation — de ce point de vue, il n'avait rien à se reprocher —, mais il n'avait pas voulu voir que Mel avait aussi des besoins affectifs.

C'était peut-être pour cela qu'il se faisait l'impression d'être un beau salopard. Son ex-femme lui avait reproché sa froideur et son manque d'empathie, arguant qu'il utilisait son travail pour ne pas s'investir dans leur relation.

Comme elle, Melody avait dû se lasser de cette solitude à deux.

Mais, quoi qu'il en soit, cela n'excusait pas son infidélité. Si elle n'était pas satisfaite de leur relation, elle n'avait qu'à aborder le sujet avec lui. Dieu seul sait comment il aurait réagi. Si elle lui avait donné un ultimatum, l'aurait-il laissé partir ? Les complications sentimentales, ce n'était pas pour lui. Il n'en avait pas le temps.

Et aujourd'hui, pourtant, il était là, à Abilene. Du temps, il en avait trouvé pour venir chercher Mel. Cela signifiait sans doute quelque chose, mais quoi ? A un moment ou un autre, il lui faudrait bien y réfléchir. Vivre avec Melody représentait peut-être un confort auquel il n'était pas prêt à renoncer.

Il interrompit net ses réflexions. Se remémorer les bons moments qu'ils avaient partagés ne rendait que plus cruelle encore la trahison de Melody.

Comme il l'avait promis, Ash fut de retour le lendemain matin, dès le début des visites. Cette fois, il s'était habillé de façon décontractée, en pantalon de toile et chemise de soie.

En le voyant s'avancer, Melody devina tout de suite qu'il

dissimulait quelque chose dans son dos. Des fleurs probablement…

— Tu as l'air en pleine forme ! s'exclama-t-il.

Elle savait qu'il disait vrai : l'infirmière avait fait le même constat.

— Je me sens très bien, admit-elle.

Elle était persuadée que cela venait de la présence d'Ash à ses côtés. Avant qu'il ne la retrouve, hier, elle se sentait complètement déprimée et surtout très seule. Comme si elle n'avait rien à attendre de la vie et aucune raison d'aller mieux.

Tout avait changé désormais. Elle était fiancée à un homme très séduisant et s'apprêtait à rentrer chez elle, pour redécouvrir sa vie !

— J'ai plus d'appétit, lui annonça-t-elle. Je viens de terminer mon petit déjeuner et j'attends le déjeuner avec impatience. Et, pourtant, la nourriture ici laisse quelque peu à désirer…

— Il y a un petit bar-restaurant à deux pas de l'hôpital où l'on mange plutôt bien. Peut-être que je pourrais te rapporter quelque chose, si le médecin est d'accord.

— Je demanderai à l'infirmière si c'est autorisé. En tout cas, je me sens prête à dévorer un bon steak, avec des frites bien grasses !

— Je ne savais pas que tu aimais ce genre de nourriture, s'étonna-t-il.

— Ah bon ? Qu'est-ce que je mange habituellement ?

— Des salades et du poulet, la plupart du temps. Parfois de la viande rouge, mais pas plus d'une fois par semaine. Tu fais très attention à ton alimentation.

— C'est drôle, chaque fois que je vois une publicité pour des hamburgers à la télé, ça me fait saliver ! Ecoute, il sera toujours temps de surveiller mon alimentation quand je sortirai de l'hôpital.

— Donc, pour midi, ce sera un steak-frites ? C'est comme si c'était fait !

Ash dissimulait toujours quelque chose dans son dos.

— Bon, tu me montres ce que tu caches ou tu continues à me faire languir ?

— Tu parles de cet objet ? fit-il avec un grand sourire, en lui tendant son ordinateur portable.

— C'est le mien ? s'enquit-elle avec excitation. Je croyais qu'il y avait un mot de passe ! Tu l'as montré à quelqu'un ?

— Cela n'a pas été nécessaire, expliqua-t-il en l'installant sur ses genoux. J'ai fait quelques essais et j'ai deviné le mot de passe tout seul !

— Oh ! là, là !, s'extasia-t-elle. Tu es vraiment mon héros !

Il la considéra d'un air bizarre, comme si elle venait de prononcer des paroles totalement incongrues.

— Qu'y a-t-il ? Pourquoi tu me fixes ainsi ?

— Excuse-moi. C'est simplement que je n'aurais jamais pensé que tu puisses avoir un héros ! Tu es tellement indépendante, en général !

— Eh bien, j'ai changé, répliqua-t-elle en souriant. Et mon héros, c'est toi !

Elle ouvrit l'ordinateur et l'alluma, soulagée de se rappeler comment procéder. Lorsque la fenêtre demandant le mot de passe s'afficha, elle leva les yeux vers Ash.

— Tape 19, 11, 75, lui dit-il.

— Qu'est-ce que c'est ?

— Ma date de naissance.

Elle tapa les chiffres et l'écran du système s'ouvrit.

— Ça marche !

— Tu te souviens comme cela fonctionne ?

Elle acquiesça. Comme pour certaines choses, naviguer dans son ordinateur lui revenait tout naturellement. Elle espérait seulement que les informations qu'il contenait éveilleraient d'autres souvenirs. Des souvenirs personnels…

— Je vais descendre à la boutique chercher le *Wall Street Journal*, dit Ash. S'il n'y est pas, j'irai au kiosque qui est dehors.

— OK, prends ton temps, répondit-elle, déjà absorbée par la redécouverte de ce que contenait son ordinateur.

Elle ouvrit d'abord sa boîte mail, supposant que certains messages sauvegardés pourraient contenir des informations intéressantes. Mais, pour une étudiante, elle n'en avait pas beaucoup, et la moitié venait d'Ash. Peut-être les sauvegardait-elle sur un serveur externe.

Elle ouvrit ensuite son agenda et remonta sur plusieurs mois, ne trouvant rien de particulier en dehors de ses cours et de quelques pièces de théâtre auxquelles elle avait manifestement assisté avec Ash. Il y avait aussi son voyage de recherche, censé se terminer quelques jours après son accident. Elle nota un rendez-vous récent avec un organisateur de mariages, rendez-vous qu'ils avaient bien évidemment manqué !

Ce qui voulait dire que non seulement Ash et elle étaient fiancés, mais qu'ils avaient également fixé une date pour leur mariage ! Une date qu'il faudrait repousser, étant donné les circonstances…

Elle consulta enfin son dossier photos et dut se rendre à l'évidence : elle n'était manifestement pas très sentimentale. Peu de photos, quelques-unes d'Ash et d'elle-même, mais aucune d'amis et encore moins de membres de sa famille. Ce qui n'était guère étonnant, dans la mesure où elle n'en avait pas ! Elle avait en revanche stocké beaucoup de fichiers musicaux. Elle écouta plusieurs extraits qui, bien que plaisants, ne lui évoquèrent pas le moindre souvenir. Fichier après fichier, son dépit augmentait. Rien ne lui était familier.

Elle tenta de se raisonner. Cela ne faisait que quatre jours qu'elle était sortie du coma et le médecin l'avait prévenue qu'il lui faudrait faire preuve de patience. Oui, mais voilà, émotionnellement, c'était très dur !

— J'espère que vous n'êtes pas déjà en train de travailler pour vos cours ! s'exclama l'infirmière qui venait contrôler sa perfusion.

— Je regarde juste quelques photos. J'espérais que cela me rappellerait quelque chose.

— C'est une bonne idée. Et alors ?

— Rien pour le moment.

— Le Dr Nelson aimerait que vous vous leviez aujourd'hui, lui annonça l'infirmière. Avec de l'aide, cela va de soi !

Elle n'avait même pas envisagé d'essayer seule : un peu plus tôt, il avait fallu que l'infirmière l'aide à prendre sa douche. Ses jambes étaient en coton, et sa tête ne cessait de tourner.

— Nous pourrions faire quelques pas ensemble maintenant, proposa l'infirmière.

Mais elle n'était pas prête à abandonner son ordinateur pour le moment.

— Pourrions-nous attendre après le déjeuner ?

— D'accord, mais ne tardez pas trop. Il faut que vous retravailliez vos muscles au plus vite.

Elle le savait mieux que quiconque. Remarcher allait sans doute s'avérer un challenge, mais elle était confiante. Sa forme revenait à grands pas.

Grâce à Ash.

Il lui avait donné une raison de se battre.

5

Après le départ de l'infirmière, Melody rouvrit le dossier « Photos » de son ordinateur. Elle voulait regarder une nouvelle fois celles qui la montraient en compagnie d'Ash. Elle ne s'y reconnaissait pas. C'était elle, mais différente.

Les vêtements qu'elle portait étaient manifestement coûteux et très ajustés, mettant sa silhouette en valeur. Mais aujourd'hui, après son coma, elle n'était plus mince, elle était maigre. De même, sur les photos, elle montrait souvent un décolleté pour le moins avantageux, alors qu'un simple coup d'œil sur ses seins la laissait dubitative : elle devait posséder un soutien-gorge incroyablement efficace !

La Melody des photos avait les cheveux toujours soigneusement lissés, arrangés avec élégance. Le genre de coiffure qui devait prendre des heures. Rien à voir avec la crinière ondulée et un peu sauvage qu'elle arborait en ce moment. Et puis l'ancienne Melody était aussi très maquillée. Bref, elle semblait accorder une grande attention à son apparence physique.

Or, la femme qu'elle était désormais se voyait mal consacrer autant de temps à se pomponner le matin. Peut-être était-ce lié à son état actuel. Quoi qu'il en soit, elle avait quand même dû être une personne un peu futile.

Enfin, tout le monde aimait se faire beau pour une photo après tout ! Et, assurément, Ash et elle formaient un couple très séduisant.

Comme réagirait-il si elle ne redevenait pas la jeune femme coquette qu'il connaissait ? Cela dépendrait probablement de l'intensité de ses sentiments pour elle.

— Encore ? fit une voix masculine.

Levant les yeux, elle découvrit Ash, qui venait d'entrer. Il tenait un journal dans une main et un sac en papier craft dans l'autre.

— Déjà de retour ?

— Déjà ? Mais ça fait plus de deux heures que je suis parti !

— Ah bon ?

— J'ai passé quelques coups de fil au bureau, pensant que tu ne verrais pas d'inconvénient à rester un peu seule. Apparemment j'avais raison, tu ne t'es pas ennuyée !

Il désigna son ordinateur du menton.

— Alors ?

Elle referma l'appareil et secoua la tête.

— J'ai presque tout regardé et je n'ai rien reconnu, avoua-t-elle en essayant de ne pas trop montrer sa déception.

Elle fit un geste vers le sac qu'il portait.

— Qu'est-ce que c'est ?

— Je me suis arrêté pour parler au médecin tout à l'heure. Il estime qu'il n'y a aucune raison de te mettre au régime, alors… voici votre hamburger et vos frites, madame !

L'odeur de nourriture la fit saliver. Voilà pourquoi elle devait épouser Ash. Il était clairement l'un des hommes les plus attentionnés du monde !

— Tu es merveilleux ! lui dit-elle tandis qu'il disposait les victuailles sur un plateau. Ça ne m'étonne pas que je sois tombée amoureuse de toi !

Ash lui lança un regard incrédule, comme si elle venait de dire quelque chose d'inattendu ou de totalement inhabituel.

— Tu as l'air surpris, fit-elle. On dirait que je viens de t'apprendre quelque chose !

— Ce n'est pas ça… Je ne m'attendais simplement pas à ce que tu reparles de sentiments si tôt. Je m'étais imaginé que tu aurais besoin de réapprendre à me connaître.

— Eh bien, disons que j'aime ce que j'ai découvert jusqu'à présent !

Elle sortit le hamburger de sa boîte et sentit ses papilles gustatives s'affoler. A la crispation de son estomac, elle compris qu'elle était littéralement affamée. D'un coup de dent, elle ouvrit un sachet de ketchup pour en arroser ses frites. Elles avaient beau être grasses et salées, elle n'avait jamais rien mangé d'aussi bon… avant qu'elle n'entame son hamburger. Un délice !

Assis à côté d'elle, Ash la regardait engloutir son déjeuner, pendant qu'il mangeait calmement le coleslaw qu'il s'était rapporté.

— Ton absence ne va pas trop contrarier tes collègues ? lui demanda-t-elle.

— Probablement pas, mais ça m'est un peu égal, répondit-il en haussant les épaules.

— Ça m'embêterait quand même qu'ils t'en tiennent rigueur, insista-t-elle. Imagine que tu te fasses renvoyer à cause de moi !

— Ne t'inquiète pas, ça ne risque pas d'arriver. Je suis le meilleur directeur financier qu'ils aient jamais eu ! Et puis ils savent que s'ils me laissent partir, je serai recruté par Golden Gate Promotions, leur principal concurrent. Le préjudice serait de taille pour Maddox !

— Sauf si ton contrat comporte une clause de non-concurrence, commenta-t-elle en avalant une frite. Travailler pour un concurrent constituerait une violation de contrat et tu risquerais à coup sûr le procès !

Elle releva les yeux. Ash s'était immobilisé et la fixait d'un air ébahi, comme si elle avait proféré une énormité.

— Il y a quelque chose qui cloche ?

— Mel, tu réalises ce que tu viens de dire ?

Elle tenta de remonter le fil de leur conversation. Soudain, elle comprit.

— J'ai parlé comme une avocate !

Ash acquiesça.

— Oh, mon Dieu ! Je n'ai même pas réfléchi. C'est juste… C'est sorti comme ça !

Elle ne put s'empêcher de sourire.

— Enfin, quelque chose m'est revenu ! s'exclama-t-elle, aux anges.

Elle tenta alors de se remémorer d'autres termes du jargon juridique, mais sans succès. Peut-être était-ce ainsi que ses souvenirs allaient lui revenir : par bribes. A ce rythme-là, elle ne serait redevenue elle-même qu'à l'âge de la retraite !

— Sache une chose, lui dit Ash. Il y avait bien une clause de non-concurrence dans mon contrat, mais je les ai obligés à la retirer.

Elle fronça les sourcils. Peut-être était-ce le fruit de son imagination, mais elle avait l'impression qu'Ash ne partageait pas sa joie. Comme s'il n'appréciait pas que des souvenirs lui reviennent. C'était juste une impression, mais peu rassurante.

Non, elle était ridicule d'imaginer des choses pareilles.

Mais il lui fallait quand même envisager cette éventualité : Ash préférait peut-être qu'elle reste amnésique.

Il l'avait échappé belle. Finalement, il n'aurait peut-être pas dû lui rapporter son ordinateur, même si ce n'était peut-être pas ce qui avait provoqué une réminiscence chez Mel. En tout cas, il avait bien cru que ses plans tombaient à l'eau.

Dans l'espoir de perturber Melody et de se donner un peu de temps, il ne s'était pas contenté d'effacer des données. Il en avait également ajouté. Pour lui donner l'impression qu'ils avaient une vie sociale commune — ce qui n'était pas vraiment le cas —, il avait ajouté dans son agenda des sorties au théâtre ou au cinéma. Il avait aussi inventé un rendez-vous qu'il trouvait du meilleur effet, avec un organisateur de mariages.

Mais ce dont il était le plus fier, c'étaient les changements qu'il avait opérés dans les fichiers musicaux de Mel. Il connaissait d'expérience le pouvoir évocateur de certaines chansons. Ainsi, il avait toujours un nœud dans la gorge en écoutant *Hey Jude*, des Beatles, car c'était la chanson qu'il écoutait dans sa voiture, le soir où il avait surpris son ex-femme en galante compagnie.

Il avait donc supprimé tous les fichiers musicaux de Mel, pour les remplacer par les siens. Elle avait toujours aimé la pop, quand ses goûts le portaient plutôt vers le rock et le jazz. Aucune chance, donc, que les morceaux en question ne provoquent chez elle le moindre déclic.

Il n'était plus aussi sûr que ces manipulations seraient suffisantes. Les souvenirs de Mel finiraient bien par resurgir de toute façon, mais il devait se garder de paniquer pour le moment. Quelques bribes avaient refait surface, cela ne signifiait pas que tout allait revenir sur-le-champ.

Il se tourna vers Mel et s'aperçut qu'elle ne mangeait plus.

— Déjà rassasiée ? s'enquit-il.

— Tu me caches quelque chose ? lui demanda-t-elle, au lieu de répondre.

La question le prit tellement au dépourvu qu'il n'eut d'autre solution que de gagner du temps.

— Pourquoi tu me demandes ça ?

— J'ai la désagréable impression que tu ne me dis pas tout, fit-elle en repoussant son plateau.

Il hésita. S'il jouait les indignés, il aurait l'air encore plus coupable. Il fallait se montrer subtil.

— Mel ! s'écria-t-il, qu'est-ce qui te fait penser une chose pareille ? J'ai dit quelque chose qui t'a blessée ?

Elle ne mit pas longtemps à se laisser prendre à sa mine désemparée.

— Oh, non ! Bien sûr que non ! Tu as été merveilleux.

Elle lui posa la main sur le bras.

— Tu as tellement fait pour moi, je ne suis qu'une ingrate. Oublie ce que je viens de dire.

Il lui prit à son tour la main.

— Mel, tu as été gravement blessée, tu es restée deux semaines dans le coma. Je te pardonne bien volontiers.

Elle lui adressa un sourire si plein de gratitude qu'il se sentit un peu coupable de jouer avec ses émotions.

Mais elle l'avait trahi, il ne devait pas l'oublier. Cela étant, il ne pouvait nier que la nouvelle Melody ne ressemblait plus du tout à la femme qu'elle était avant l'accident. Jamais elle ne lui aurait fait part de ses doutes aussi directement. Elle était aussi plus douce, plus attentive, et parlait plus volontiers de ses émotions.

Quand elle avait évoqué son amour pour lui, il n'avait su que répondre. C'était tellement inhabituel. Même avec son ex-femme, ils avaient assez vite cessé de se dire ce genre de choses. Longtemps avant le désastre final.

Le plus drôle, c'était que Mel pensait l'aimer, alors qu'il n'en était rien. Sinon elle ne l'aurait pas trompé. De plus, leur relation n'avait jamais été fondée sur l'amour, mais plutôt sur le respect et le confort qu'elle leur procurait, à tous les deux. Non, en parlant d'amour, Melody disait simplement ce qu'elle pensait devoir dire. Elle supposait sans doute qu'elle ne se serait jamais fiancée à un homme qu'elle n'aimait pas !

Quoi qu'il en soit, cet aveu l'arrangeait, car il avait bien l'intention de lui faire croire qu'ils étaient amoureux. Et, pour l'instant, son plan fonctionnait à merveille.

Toutefois, l'état de santé de Mel avait tendance à l'attendrir. Il avait beaucoup de mal à garder vivace la colère du début, celle qui l'avait envahi quand il avait appris la grossesse de Melody.

Quand ils regagneraient San Francisco, Mel redeviendrait elle-même, et ses blessures à lui ne manqueraient pas de se rouvrir. Son désir de vengeance n'en serait alors que plus fort.

Cela faisait seulement six jours qu'Ash était à Abilene, et Melody allait pouvoir quitter l'hôpital. Le Dr Nelson venait de signer son autorisation de sortie.

Un aide-soignant poussa son fauteuil roulant jusqu'à l'entrée du bâtiment. A la perspective de retrouver la liberté, elle sentit son cœur battre plus vite. Comme pour fêter l'événement, une bouffée d'air chaud vint lui caresser le visage quand elle franchit la porte.

Après tous ces jours passés entre quatre murs, elle se languissait du grand air et du soleil. Aussi espérait-elle, sans oser le demander à Ash, que leur appartement de San Francisco disposait d'un balcon ou d'un accès sur l'extérieur. Elle ferma les yeux et inspira profondément, jouissant des rayons du soleil sur son visage. Il était à peine 10 heures du matin, mais il faisait déjà près de vingt-cinq degrés.

Ash l'attendait près de la voiture. Il s'était habillé de façon décontractée pour le voyage, et les infirmières en pause devant l'hôpital lui jetaient des regards flatteurs.

Elle eut un accès de fierté en songeant que l'homme que ces femmes admiraient était son fiancé. Il était effectivement très séduisant dans une chemise qui soulignait ses larges épaules et un jean qui mettait en valeur son fessier. Elle ne put s'empêcher, en le voyant, de concevoir quelques pensées coquines.

Mais c'était bien trop prématuré. Il lui faudrait attendre encore pour être en mesure de faire l'amour de nouveau, car ces jours-ci, dès qu'elle esquissait le moindre geste un peu vif, la tête lui tournait.

Ash ouvrit la portière et l'aida à s'installer côté passager. Il boucla même la ceinture de sécurité, et comme il se penchait, elle respira son parfum avec délice, prise d'une irrépressible envie d'enfouir son visage au creux de cette épaule solide.

— On y va ? lui demanda-t-il en s'asseyant au volant.

— C'est parti !

Il mit le contact et, tandis qu'il manœuvrait pour remonter l'allée, elle éprouva une étrange sensation d'urgence, comme si le personnel de l'hôpital, s'étant ravisé, allait se mettre à la poursuivre.

Son angoisse ne se dissipa qu'une fois la voiture engagée sur la route principale et l'hôpital disparu du rétroviseur. Elle respirait enfin plus librement.

— Ça va ? lui demanda Ash, visiblement un peu inquiet.

— Oui, ça y est, je me sens bien.

— Tu es bien installée ?

— C'est parfait.

Il lui avait apporté sa valise à l'hôpital, et elle avait enfin pu revêtir des vêtements qui lui appartenaient. En l'occurrence, un jean et un chemisier en coton. Elle avait également passé en revue ses soutiens-gorge, mais n'avait rien trouvé qui lui plaise au milieu de toute cette dentelle et de ces Wonderbra pigeonnants. Autant ne rien porter. Cela passait relativement inaperçu, et puis Ash avait déjà vu ses seins.

En enfilant son jean, elle avait constaté combien elle avait maigri, tant elle flottait dedans. Pour le moment, elle ne parvenait pas à manger beaucoup, même si l'envie était bien là. Le Dr Nelson lui avait expliqué que son estomac, sevré de nourriture pendant son coma, se réhabituerait progressivement.

Les choses allaient donc revenir peu à peu à la normale, mais, en attendant, une violente douleur tambourinait dans son crâne.

— Si tu as besoin qu'on s'arrête, dis-le-moi. Et quand tu seras fatiguée de rouler, on prendra une chambre dans un hôtel.

— D'accord, mais ne t'inquiète pas, ça va aller.

Elle aurait préféré qu'ils fassent la route d'une seule traite, pour se retrouver chez elle, entourée de ses effets personnels, le plus vite possible. Dans ce cadre familier, ses souvenirs lui reviendraient forcément. Malheureusement, il leur fallait vingt-quatre heures pour rallier San Francisco, et Ash aurait besoin de dormir entre-temps.

La voiture s'engageait maintenant à vive allure sur l'autoroute.

— Elle roule bien, pour un modèle de location, remarqua-t-elle.

— Mais ce n'est pas une voiture de location, la détrompa-t-il. C'est la mienne !

Elle n'en revenait pas.

— Mais… je croyais que tu avais pris l'avion pour venir à Abilene.

— Oui, mais je voulais que tu voyages dans de bonnes conditions, alors j'ai fait venir ma voiture au Texas. Elle est arrivée hier matin.

Cela avait dû coûter très cher. Elle n'avait pas abordé la question de leur situation financière, mais, de toute évidence, Ash gagnait bien sa vie.

— C'est une voiture haut de gamme, murmura-t-elle.

Ash haussa les épaules.

— Oui, j'aime les belles voitures.

— Alors j'imagine que tu t'en sors bien, sur le plan financier…

Il lui jeta un regard en coin, un de ces regards un peu incrédules qu'il lui lançait souvent, ces derniers jours.

— Tu veux savoir combien je gagne ?

— Non, c'est juste un constat. Tu portes des vêtements de marque, tu conduis une voiture de luxe. J'en déduis que tu gagnes bien ta vie, c'est tout !

— En effet, admit-il avec un sourire amusé.

Elle savait que si elle lui demandait combien il gagnait, Ash le lui dirait sans problème. Mais cela n'avait pas grande importance. Ce qu'elle voyait surtout, c'était qu'il avait été merveilleux, tout au long de cette semaine, restant à ses côtés et la soutenant dans ses fastidieux exercices de rééducation.

Quand elle avait commencé à arpenter le couloir, pour raffermir les muscles de ses jambes, il l'avait aidée à garder son équilibre. Grâce à ses encouragements, elle avait très vite pu se passer de son bras, n'utilisant plus que son poteau de perfusion pour se stabiliser.

Hier, pendant ses exercices, le Dr Nelson lui avait annoncé qu'elle pourrait sortir dès aujourd'hui. Il s'était déjà entretenu de son cas avec l'un des meilleurs neurologues de San Francisco, qu'elle devrait aller consulter dès qu'elle serait rentrée.

Tout en évoquant sa dernière journée à l'hôpital, elle se sentit soudain très fatiguée. Les somnifères que l'infirmière lui avait donnés avant son départ commençaient à faire effet.

Ash s'en aperçut, lui aussi.

— Tu devrais abaisser le dossier de ton siège, lui conseilla-t-il. Tire le levier sur ta droite. Il y a une couverture et un oreiller sur le siège arrière, si tu en as besoin.

Cet homme pensait vraiment à tout !

Goûtant la chaleur de l'habitacle et la douceur de l'oreiller, elle soupira d'aise et se pelotonna. Elle aurait souhaité rester éveillée pour tenir compagnie à Ash, mais ses paupières étaient tellement lourdes ! Alors elle cessa de lutter et ferma les yeux.

Dix secondes plus tard, en lui jetant un coup d'œil, Ash constata qu'elle dormait à poings fermés.

6

Melody s'éveilla. Désorientée, elle mit quelques secondes à comprendre qu'elle n'était plus à l'hôpital, puis sourit, malgré la douleur lancinante qui lui enserrait le crâne.

— Tu as bien dormi ?

Elle leva les yeux et découvrit Ash, qui la couvait du regard, une bouteille de soda à la main. Ils s'étaient donc arrêtés en route. Elle se frotta les yeux, espérant que cela ferait disparaître son atroce migraine.

— Qu'est-ce qui se passe ? s'enquit-elle.

— Pause-déjeuner !

En regardant par la fenêtre, elle se rendit compte qu'ils étaient garés sur le parking d'un fast-food.

— J'allais chercher un hamburger, annonça Ash, tu veux quelque chose ?

— Non, merci. Oh ! bon sang, qu'est-ce que j'ai mal à la tête ! Quelle heure est-il ?

— Plus de 3 heures. C'est probablement l'altitude. Tu veux un cachet ?

Comme elle hochait la tête, Ash se pencha et sortit de la boîte à gants les médicaments qu'on leur avait prescrits à l'hôpital.

— Un ou deux ?

Elle aurait préféré n'en prendre qu'un, pour rester éveillée et tenir compagnie à Ash, mais la douleur était tellement forte qu'elle se montra prudente.

— Deux, s'il te plaît.

Il lui tendit deux comprimés et son soda.

— J'y vais. Tu es sûre que tu ne veux rien ?

— Certaine.

Elle rabaissa son siège et ferma les yeux.

En rouvrant la portière, Ash la fit sursauter. Elle avait dû s'assoupir de nouveau. Il portait un sac plein de victuailles. En un clin d'œil, le hamburger fut déballé, les frites calées sur le tableau de bord et Ash redémarra.

Lorsqu'ils retrouvèrent l'autoroute, elle sentit son estomac se manifester. Finalement, elle avait faim ! En voyant Ash mordre à belles dents dans son hamburger, l'eau lui venait à la bouche.

Au bout d'un moment, il se tourna vers elle :

— Je peux savoir pourquoi tu me dévisages comme ça ?

— Euh… pour rien

— Tu ne serais pas affamée par hasard ?

Elle l'était, mais ne pouvait décemment pas lui demander de faire demi-tour !

— Cela attendra notre prochaine pause.

— Regarde dans le sac, lui dit-il.

Elle s'exécuta et découvrit… un hamburger et des frites !

— J'étais certain que l'appétit te viendrait en me regardant, plaisanta Ash.

— Encore une bonne raison de t'aimer, déclara-t-elle en attaquant son sandwich avec appétit.

Mais les antalgiques eurent bientôt raison d'elle, et elle sombra de nouveau dans un profond sommeil, après quelques bouchées seulement.

Quand elle rouvrit les yeux, il faisait nuit noire, et la voiture était garée devant un motel. Ash avait ouvert sa portière et cherchait doucement à la réveiller.

— Quelle heure est-il ? demanda-t-elle d'une voix ensommeillée.

— Plus de 23 heures. Nous allons nous arrêter ici pour la nuit. J'ai réservé une chambre.

Il l'aida à descendre de voiture. Loin de se sentir revigorée par le sommeil, elle était toujours aussi épuisée, et sa tête tambourinait plus que jamais. Ce voyage était bien plus fatigant qu'elle ne l'avait imaginé.

Leurs bagages étaient déjà dans la chambre.

— Il n'y avait plus de chambre double, lui dit Ash d'un ton penaud. Si tu ne veux pas qu'on dorme ensemble, je mettrai un coussin par terre.

Elle sourit. Après tout, ils avaient partagé le même lit pendant trois ans, non ? Même si elle n'en avait aucun souvenir. Ash devait imaginer qu'elle serait gênée à l'idée de dormir à ses côtés aussi vite. Ce qui était une attention pour le moins délicate.

— Non, ça ne me dérange pas, assura-t-elle.

— Tu as toujours mal à la tête ?

Elle se massa les tempes.

— J'ai l'impression qu'elle va imploser ! Ou exploser, je ne sais pas.

En arrivant dans la chambre, Ash alla lui chercher deux comprimés et un verre d'eau.

— Peut-être qu'une bonne douche bien chaude te ferait du bien, suggéra-t-il.

— Oui, tu as raison, acquiesça-t-elle après avoir avalé les deux comprimés.

— Tu peux utiliser la salle de bains en premier, si tu veux.

Elle ne se le fit pas dire deux fois, et découvrit sa trousse de toilette à côté du lavabo. Ash était décidément l'homme le plus attentioné qui soit !

Elle resta un long moment sous le jet d'eau brûlante, les yeux fermés. Appuyée contre la paroi, elle laissa l'eau ruisseler le long de son corps. Soudain, elle se sentit glisser… Elle rouvrit les yeux : elle s'était encore endormie !

Elle s'enveloppa dans un drap de bain aux relents d'eau de Javel, et après s'être brossé les cheveux et les dents, elle empoigna ses vêtements et sortit de la salle de bains.

Etendu sur le lit, Ash regardait les informations, la télécommande à la main.

— Tu peux y aller, j'ai fini, lui dit-elle.

Il l'examina des pieds à la tête avant de tourner de nouveau son regard vers l'écran.

— J'ai cru que j'allais devoir appeler les pompiers, dit-il, mi-figue, mi-raisin. Tu as mis un de ces temps !

— Je suis désolée, je me suis endormie sous la douche.

— Je me disais aussi… Tu veux regarder la télévision ?

— Non, tu peux éteindre. Je suis prête à parier que je vais m'endormir en quelques secondes.

Ash reposa la télécommande et attrapa le bas de pyjama qu'il avait sorti de son sac.

— J'en ai pour une minute, annonça-t-il avant de disparaître dans la salle de bains.

Chancelante de fatigue, elle se laissa tomber lourdement sur le lit, et n'eut plus le courage de se relever pour aller chercher un T-shirt dans sa valise. L'effort lui semblait insurmontable.

Et puis Ash l'avait déjà vue nue, il n'y trouverait rien à redire.

Elle laissa tomber sa serviette par terre et se glissa entre les draps, l'esprit déjà embrumé par les médicaments.

Quelques minutes plus tard, elle entendit la porte de la salle de bains s'ouvrir, puis Ash aller et venir dans la pièce. Ensuite, les draps se soulevèrent, et elle crut l'entendre étouffer un cri de surprise. Une éternité s'écoula avant qu'il ne se décide à la rejoindre. Et sentant la chaleur de son corps irradier jusqu'au sien, elle sombra dans le sommeil…

Quand elle se réveilla, il faisait sombre et elle avait la joue posée sur quelque chose de chaud et de doux. Il lui fallut quelques secondes pour réaliser qu'il s'agissait du torse d'Ash. Il était allongé sur le dos et elle avait dû se lover contre lui pendant son sommeil. Depuis combien de temps étaient-ils dans cette position ? En tout cas, c'était vraiment agréable d'être si près de lui.

Quelques heures plus tard, elle rouvrit de nouveau les yeux. Les premiers rayons du soleil filtraient à travers les rideaux. Elle était toujours étendue contre le corps d'Ash, qui avait passé un bras autour d'elle et posé la main sur sa hanche nue.

Les draps avaient glissé par terre, et elle remarqua un renflement sous le pantalon de pyjama d'Ash. Pour la première fois depuis l'accident, elle se sentit excitée. Les pointes de ses seins durcirent et elle dut se retenir pour ne pas se serrer encore plus fort contre lui. Elle se cambra et ramena la cuisse sur celle d'Ash, effleurant ainsi son sexe en érection.

Il gémit dans son sommeil et resserra son étreinte. Des frissons de désir la parcoururent et une douce chaleur envahit le cœur de sa féminité… C'était si bon qu'elle avait envie de plus, mais l'excitation faisait affluer le sang dans ses veines, relançant les battements dans son crâne.

Elle prit une profonde inspiration pour calmer les pulsations affolées de son cœur. Il lui faudrait encore du temps avant de songer à refaire l'amour.

Et pourtant elle désirait Ash. Par ailleurs, il était injuste de le faire attendre encore, après toutes ces semaines d'abstinence ! Elle pouvait très bien lui procurer du plaisir quand même, ne serait-ce que pour lui témoigner sa gratitude.

Ne pouvant détacher le regard du renflement qui déformait son pyjama, elle fut saisie du désir urgent de le toucher, de l'envie irrépressible de le faire jouir. Elle glissa alors la main le long de son torse musclé et chaud, puis à l'intérieur de son pyjama. Elle y trouva un sexe brûlant, comme s'il concentrait toute la chaleur du corps.

En dehors de la tension de son bas-ventre et du cillement de ses paupières, Ash paraissait profondément endormi. Elle referma les doigts autour du sexe dur et entama un mouvement de va-et-vient. Bien qu'elle ne s'en souvienne pas, ce geste lui semblait complètement naturel et familier. Lentement, régulièrement, elle caressait Ash et il semblait aimer ça. Elle voyait son pouls battre au creux de sa gorge et ses hanches bouger au rythme de sa main.

En étudiant son visage, elle remarqua qu'Ash était en train de s'éveiller. Sa respiration s'était accélérée et il remuait la tête.

Encore un petit encouragement…

Se penchant sur son torse, elle prit l'un des tétons dans sa bouche et le titilla de sa langue. Ash gémit de plus belle et ses hanches se tendirent vers l'avant au moment où il se libéra. Elle sentit enfin les muscles d'Ash se relâcher et son corps se détendre sous elle.

Leurs regards se croisèrent. Ash la fixait, complètement désorienté, comme perdu entre sommeil et réalité. Incrédule, il baissa les yeux et regarda la main qu'elle avait toujours enfouie dans son pyjama.

Il allait certainement lui sourire, ou la remercier de lui avoir donné du plaisir.

Mais, à sa grande surprise, il fronça les sourcils.

— Mel ! s'exclama-t-il. Mais qu'est-ce que tu fais ?

Elle retira précipitamment sa main et rechercha le drap pour s'en couvrir.

Ash l'observait. Sa réaction avait-elle vexé Melody ou mis en colère ? A moins que ce ne soit un peu les deux. Pourtant, Melody n'était pas du genre à se mettre en colère. Pas contre lui, en tout cas…

— Vu les circonstances, j'aurais plutôt attendu : « Merci, c'était très agréable », fit-elle.

— C'était très agréable… enfin, quand j'étais éveillé…

Il avait compris dès la veille, en découvrant Melody nue dans le lit, que dormir à ses côtés n'était pas une bonne idée. Lorsqu'il s'était réveillé, au beau milieu de la nuit, et l'avait trouvée enroulée autour de lui comme une liane, il aurait dû la repousser, mais il se sentait trop las et trop confortablement installé. Et puis, oui, c'était bon de sentir Melody contre lui !

Une chose était sûre, en revanche : il ne s'attendait pas à se réveiller avec la main de Mel dans son pyjama. Avant l'accident, bien entendu, la situation ne l'aurait pas étonné. Il ne comptait plus les fois où il s'était réveillé le matin, au beau milieu d'un rêve érotique, pour trouver Melody à califourchon sur lui.

Mais, aujourd'hui, il avait la sensation d'avoir été… violé !

Il aurait dû suivre son instinct et dormir par terre.

Cela dit, les cheveux ébouriffés de Mel, ses longues jambes fuselées, à peine recouvertes par le drap, et le globe de son sein gauche totalement exposé à ses regards lui donnaient l'envie irrépressible de se jeter sur elle et de lui faire l'amour.

Avec Melody, le sexe avait toujours été extraordinaire. Elle était toujours prête à tout et ne rechignait à aucune pratique.

Elle était même parfois un peu trop intrépide, à son goût ! Mais, ces trois dernières années, ils avaient fait l'amour aussi souvent et avec le même enthousiasme qu'aux premiers temps. Et puis Melody était partie…

Quoi qu'il en soit, il ne fallait rien précipiter. Quand il serait prêt à avoir de nouveau des relations sexuelles avec elle — si cela arrivait un jour —, il le lui ferait savoir !

— Je ne comprends pas pourquoi tu as l'air si contrarié, s'indigna-t-elle.

— Tu aurais pu me réveiller et me demander si j'étais d'accord.

— Dans la mesure où nous sommes fiancés, j'ai supposé que ce n'était pas un problème.

— Tu n'es pas prête, Mel.

— C'est la raison pour laquelle je n'attends rien de toi ! Ça me satisfaisait parfaitement de te donner du plaisir. La plupart des hommes…

— La plupart des hommes ne s'attendent pas à ce que leur fiancée, qui vient de subir un grave traumatisme crânien, ait ce genre de comportement. Surtout quand elle est encore trop fragile pour qu'on lui rende la faveur ! Tu ne t'es pas dit que je risquais de me sentir coupable ?

La colère de Melody semblait se dissiper peu à peu.

— Mais ça fait des semaines que tu n'as pas… Alors j'ai pensé… Cela me paraissait injuste…

— Injuste ? Bon, d'accord, cela fait longtemps, mais je ne suis pas un obsédé sexuel.

— Je ne trouvais pas juste que tu te prives à cause de moi, insista-t-elle. Je voulais simplement te faire plaisir…

C'était donc comme cela qu'elle avait considéré son rôle, ces trois dernières années. Elle avait cherché à lui faire plaisir en le satisfaisant sexuellement. Et donc parce qu'il lui payait ses études et tout le reste, elle s'était vouée à lui faire plaisir !

Il soupira. Peut-être ne lui avait-il jamais donné une raison de penser autrement ? Pour lui, leur relation reposait autant sur la compagnie mutuelle que sur le sexe. Cela étant, quand

Mel s'offrait à lui avec un enthousiasme sans faille, jamais il ne lui avait proposé d'en discuter.

Etait-ce pour cette raison qu'elle l'avait trompé ? S'était-elle mise en quête d'un homme auquel elle ne soit pas redevable ?

Si elle souffrait de la situation, elle aurait dû lui en parler !

— Ecoute, Mel, rassure-toi, je ne souffre pas. Et même si c'était le cas… tu ne me dois rien !

— Tu semblais pourtant avoir des besoins à assouvir, quand je me suis réveillée, argua-t-elle.

— Mel, je suis un homme ! Je peux faire l'amour dix fois dans la journée et me réveiller quand même le lendemain matin avec une érection. Nous sommes faits comme ça !

Comme elle souriait, il lui tendit la main. Pour lui donner la sienne, Melody dut lâcher le drap, dévoilant ainsi complètement ses seins fermes et pleins, aux pointes rosées et tendues. Il dut faire preuve d'un self-control énorme pour ne pas se pencher et les goûter du bout de la langue.

Se rendant compte qu'il les fixait avec insistance, il détourna rapidement le regard. Mais trop tard ! Mel l'avait surpris et il eut la sensation qu'elle avait deviné le fond de sa pensée.

— Donc tu ne souffres pas, c'est bien ça ? insista-t-elle avec un sourire amusé.

— Je crois vraiment que nous devons y aller avec prudence, répéta-t-il. Nous attendrons que tu sois physiquement prête. Et nous attendrons tous les deux !

— D'accord, fit-elle avec gravité en lui pressant la main. Puis-je utiliser la salle de bains en premier ?

— Vas-y.

Elle se leva, sans prendre la peine de se couvrir. Nue et splendide, plus mince qu'avant, presque maigre, mais toujours aussi sexy, elle était terriblement désirable. Balançant des hanches, elle s'approcha de sa valise et se pencha pour fouiller dedans. Ash suivait ses mouvements, comme hypnotisé.

Elle était là, toute proche, le dos tourné, les jambes légèrement écartées, la croupe offerte.

Il déglutit péniblement.

Ces deux globes parfaits de chair tendre lui donnaient

l'envie brûlante de les presser entre ses mains. Il se languissait de caresser ses longues cuisses. Il dut serrer les draps entre ses poings pour ne pas se précipiter vers elle et l'étreindre avidement.

Vibrant de convoitise, il se surprit à se passer la langue sur les lèvres, rien qu'à y penser.

Au bout de quelques minutes qui lui parurent interminables, Mel se redressa. Il replia alors les jambes pour qu'elle ne voie pas la protubérance qui soulevait le drap, mais elle ne lui accorda même pas un regard.

Ce fut seulement au moment de pénétrer dans la salle de bains qu'elle daigna se tourner vers lui, un sourire triomphant sur les lèvres.

Ce qu'elle venait de faire était purement et simplement une vengeance pour l'avoir envoyée balader un peu plus tôt ! Et il fallait bien reconnaître qu'elle ne manquait pas d'habileté.

7

Ce jour-là, ils ne reprirent la route que tard dans la matinée.

La douleur insupportable qui tambourinait dans son crâne confirmait qu'elle n'aurait pas dû se pencher comme elle l'avait fait hier, sur sa valise. Cela dit, la tête d'Ash à ce moment-là justifiait tous ses efforts !

Après avoir avalé deux antalgiques et s'être habillée, elle s'était rallongée, en attendant qu'Ash ait fini de se préparer, espérant que la douleur se calmerait. Hélas, c'était exactement le contraire qui s'était produit.

Ash avait voulu la conduire à l'hôpital le plus proche, mais elle avait réussi à le convaincre qu'il suffirait qu'elle se repose encore un peu. Qu'il aille prendre son petit déjeuner et la réveille à son retour.

Mais il l'avait laissé dormir jusqu'à 11 heures et demie, et il était midi passé quand ils avaient repris la route.

Dommage, car ils n'arriveraient pas à San Francisco avant le lendemain. Elle parvint à rester éveillée pendant une bonne partie du trajet et profita du paysage qui défilait sous ses yeux. Par moments, elle se surprit même à fredonner machinalement les paroles des chansons qui passaient à la radio. Et pourtant, quand elle faisait un effort conscient pour se les rappeler, son esprit refusait obstinément de coopérer.

Ils s'arrêtèrent pour la nuit dans un hôtel de meilleur standing. Cette fois-ci, la chambre comportait deux lits doubles, ce qui ne l'empêcha pas de déambuler et de dormir dans le plus simple appareil. D'abord parce que c'était assez amusant, et ensuite parce qu'elle aimait sentir le contact des draps sur sa peau.

Repensant aux événements de la veille, elle se disait qu'Ash avait eu raison de vouloir attendre. Quand elle s'était approchée de lui, la nuit dernière, elle était partie du principe qu'il aurait forcément envie d'elle. Si l'on s'en tenait aux faits, cela pouvait être assimilé à une agression sexuelle. Sauf qu'Ash n'avait pas semblé aussi choqué que ses protestations pouvaient le laisser croire.

Elle aurait dû se réjouir d'être fiancée à un homme aussi sensible et attentionné, pourtant elle ne pouvait s'empêcher de redouter qu'il aille voir ailleurs à force de frustration.

Revigorée par une bonne nuit de sommeil, elle se réveilla en meilleure forme que les jours précédents. Elle ne souffrait presque plus de la tête et fit honneur au petit déjeuner, en avalant avec appétit les gaufres et la charcuterie. La perspective de se retrouver chez elle dans quelques heures agissait visiblement comme le meilleur des médicaments !

Pendant la matinée, Ash reçut plusieurs coups de fil du travail, et même si elle ne comprenait pas exactement la teneur de ses conversations, elle crut deviner qu'il était attendu avec impatience.

Peu après 13 heures, ils traversèrent le Bay Bridge et entrèrent enfin dans San Francisco. Mais elle eut beau écarquiller les yeux, elle ne reconnaissait rien. Ils longèrent la baie pendant une dizaine de minutes, puis Ash s'engagea dans le parking souterrain d'un énorme entrepôt rénové, manifestement aménagé en lofts.

Elle n'en croyait pas ses yeux. Il avait omis de lui dire que leur appartement donnait sur l'océan.

— Nous voici enfin chez nous, annonça-t-il en passant devant des voitures toutes plus luxueuses les unes que les autres, jusqu'à son emplacement de parking.

Il descendit de voiture et vint lui ouvrir la portière.

— A quel étage vivons-nous ? demanda-t-elle.

— Au sixième, c'est le dernier étage.

Il marqua une pause avant d'ajouter :

— Tu es prête ?

A dire vrai, elle n'en savait rien. Elle attendait ce moment depuis qu'elle avait repris conscience, mais maintenant elle était terrifiée. Si cet environnement ne réveillait pas sa mémoire, elle ne serait plus personne.

Mais elle s'en voulut aussitôt de céder ainsi à la panique. Le Dr Nelson le lui avait assez répété au moment de sa sortie : elle aurait besoin de temps pour recouvrer la mémoire, il lui faudrait faire preuve de patience, ne pas trop se formaliser de ce qui se passerait dans l'immédiat, et se montrer obstinée.

— Ça va aller, annonça-t-elle, consciente que son sourire devait manquer d'assurance.

Ils pénétrèrent dans l'ascenseur avec leurs bagages, et Ash inséra une clé dans la serrure qui permettait probablement l'accès aux étages.

— Tout le monde possède une clé ? demanda-t-elle.

— Non, c'est seulement pour notre étage.

Combien d'appartements y avait-il au dernier étage ? Elle s'apprêtait à lui poser la question, mais le mouvement ascendant de l'ascenseur lui donna un haut-le-cœur.

Quand les portes s'ouvrirent enfin, elle eut sa réponse.

Il n'y avait là aucun couloir ou palier pour desservir plusieurs appartements, mais seulement une double porte : leur appartement était le seul du sixième étage.

Mais elle n'était pas au bout de ses surprises. Quand il ouvrit la double porte, elle découvrit un immense loft, en duplex, baigné par la lumière d'une gigantesque baie vitrée surplombant l'océan.

Les sols en acajou avaient des reflets patinés ; la cuisine, ultramoderne, disposait d'un aménagement dernier cri. Quant à l'ameublement, très design, il respirait le luxe.

Incrédule, elle restait figée. Comment pouvait-on oublier un appartement pareil ?

— Tu entres ? lui proposa-t-il.

— Tu m'as dit que tout allait bien pour toi, sur le plan financier, fit-elle enfin, mais ça va mieux que bien, on dirait.

— Un peu mieux que bien, en effet, admit-il en souriant.

Elle fronça les sourcils. Un fiancé richissime, un loft

surplombant l'océan… Cela faisait beaucoup à intégrer d'un seul coup !

— Pourquoi ne m'as-tu rien dit ?

— Cela ne me paraissait pas si important, répondit-il en haussant les épaules. Et puis je ne voulais pas te perturber.

— On peut dire que c'est réussi, ironisa-t-elle. Là, je te rassure, je ne suis pas du tout perturbée !

Mais déjà la panique l'envahissait.

— J'en déduis que rien de tout cela ne t'est familier ?

— Curieusement, non. Même si on a du mal à imaginer qu'un tel cadre puisse s'oublier.

— Laisse-moi te montrer les autres pièces.

Elle le suivit docilement jusqu'à la cuisine. En chemin, elle s'arrêta devant la baie vitrée pour admirer la vue fabuleuse sur le Bay Bridge.

Il se glissa derrière elle.

— C'est beau, non ?

— Splendide.

— C'est pour cela que j'ai acheté ce loft. J'ai toujours voulu vivre au bord de l'océan.

— Depuis combien de temps vis-tu ici ?

— J'ai emménagé après mon divorce. Juste avant que nous nous rencontrions. Quant à toi, tu habites ici depuis presque aussi longtemps que moi, et ta pièce préférée, c'était la cuisine.

Elle comprenait aisément pourquoi. L'endroit avait tout pour plaire, avec ses placards en acajou et ses plans de travail en marbre. Et en accrochant joliment la lumière, l'acier de l'électroménager transformait ces appareils fonctionnels en objets de décoration.

— Je sais cuisiner ?

— Tu es une excellente cuisinière.

Elle hocha la tête, espérant que la cuisine faisait partie de ces choses qui reviendraient naturellement.

Ils se dirigèrent ensuite vers les chambres, qui occupaient toute la partie nord du loft. Trois pièces immenses possédant chacune sa propre salle de bains et un grand dressing. Elle apprit alors avec surprise qu'ils avaient chacun la sienne, la troisième servant de bureau à Asher.

— Tiens, nous ne dormons pas dans la même chambre ? s'étonna-t-elle, tout en tentant de masquer sa déception.

— Tu as toujours utilisé cette pièce comme bureau et tu y ranges aussi tes vêtements. Je me suis dit que, pendant ta convalescence, tu pourrais peut-être y dormir…

Elle eut le sentiment désagréable qu'il cherchait à l'éloigner, mais tenta aussitôt de se rassurer, en songeant qu'il ne pensait sans doute qu'à son rétablissement. Evidemment, s'ils dormaient dans le même lit, la tentation serait grande de faire des choses que sa santé lui interdisait encore.

Ayant ouvert le dressing, elle caressa le tissu délicat des chemisiers et des robes, sans qu'aucun n'évoque le moindre souvenir.

— Alors ? demanda Ash en s'approchant.

Il s'appuya nonchalamment contre le chambranle de la porte. Il était si sexy avec son jean délavé et ses cheveux encore ébouriffés par le voyage. Elle éprouva l'étrange sensation que tant qu'ils seraient ensemble, tout irait bien.

— Je reconnais que ce sont de beaux vêtements, mais je ne me rappelle pas les avoir portés.

— Ça viendra, la rassura-t-il, il faut juste que tu sois…

— … patiente, oui, je sais. Je fais tout mon possible.

Il la regarda bizarrement, puis se tut quelques instants, apparemment embarrassé.

— Mel, je ne voudrais pas te brusquer, mais comment comptes-tu t'occuper, cet après-midi ?

— Je vais passer en revue mes affaires. C'est un peu bizarre, j'ai l'impression de fouiller chez quelqu'un d'autre.

— Si cela ne te dérange pas, j'aimerais passer rapidement au bureau. Je peux t'abandonner quelques heures ?

Elle se crispa. Cela faisait à peine dix minutes qu'ils étaient rentrés, et il s'apprêtait déjà à la laisser seule !

— Mais nous venons juste d'arriver, objecta-t-elle.

— Je sais, mais j'en aurai tout au plus pour deux heures.

Pourquoi ne te reposes-tu pas un peu avant de te familiariser avec notre appartement ?

Elle redoutait de se retrouver seule, mais il lui avait déjà consacré tellement de temps, et il fallait bien qu'il reprenne le travail. De toute façon, le médecin lui avait recommandé à elle aussi de reprendre sa routine quotidienne.

— Bonne idée, admit-elle. C'est ce que je vais faire.

— Allonge-toi un peu. Et n'oublie pas de prendre rendez-vous avec le médecin que t'a conseillé le Dr Nelson.

— Je vais le faire tout de suite.

Il lui déposa un baiser sur le front avant de s'éloigner.

— Ash ?

— Oui ? fit-il en se retournant.

— Merci pour tout. Je ne te l'ai probablement pas assez répété. Je sais que la semaine a été dure pour toi, mais tu as été merveilleux.

— Je suis heureux que tu sois de retour à la maison.

Et sur un dernier sourire, il s'éclipsa.

Comme promis, elle prit rendez-vous chez le neurologue pour le vendredi suivant, à 9 heures. Ensuite, elle retourna dans sa chambre, sans trop savoir par où commencer ses investigations. Il y avait un placard, des étagères, une commode…

Quand ses yeux tombèrent sur le lit, elle fut prise d'une terrible envie de bâiller. Peut-être en effet ferait-elle mieux de commencer par dormir un peu. Elle se glissa voluptueusement entre les draps de soie. Ils étaient si doux qu'elle faillit ôter ses vêtements pour sentir leur caresse sur sa peau, mais n'en eut pas la force.

La tête à peine posée sur l'oreiller, elle sombra dans un profond sommeil.

Ash avait beau se répéter que Mel l'avait trahi, il ne pouvait s'empêcher de retomber peu à peu sous son charme. C'est pourquoi il avait tenu à retourner au travail le plus vite possible. La routine l'aiderait peut-être à remettre les choses en perspective.

Mais, tandis qu'il montait à son bureau, au sixième étage de l'immeuble occupé par Maddox, il se sentait un peu coupable. Il était sans doute trop tôt pour laisser Melody seule. Il aurait au moins dû attendre jusqu'au lendemain. En s'enfuyant ainsi, il avait répondu à l'impérieux besoin de se changer les idées, ne serait-ce que pour quelques heures.

Mais c'était peine perdue, puisqu'il se sentait tellement coupable de l'avoir laissée seule que son esprit ne pouvait s'en détacher.

A son arrivée, les locaux semblaient déserts. Seule Rachel, sa secrétaire, était là.

— Monsieur Williams, vous êtes de retour ! s'exclama-t-elle. Je ne pensais pas vous voir avant demain !

Elle vint lui donner une chaleureuse accolade, ce qui était l'un de ses privilèges. Habituellement, il ne s'autorisait aucune familiarité avec ses subordonnés, surtout les femmes, mais Rachel faisait exception : elle avait plus de soixante ans, un mari charmant et une bonne dizaine de petits-enfants. On ne pouvait se méprendre sur leurs rapports.

En outre, elle était pour lui davantage une mère qu'une secrétaire. D'ailleurs, elle lui rappelait parfois sa propre mère, tout au moins ce que celle-ci serait devenue, si elle avait vécu.

— J'ai décidé de passer ici quelques heures, histoire de me remettre dans le bain, lui dit-il.

Rachel s'écarta et l'observa en fronçant les sourcils.

— Vous avez l'air fatigué.

— Vous, en revanche, vous êtes splendide ! Votre nouvelle coiffure, peut-être ?

Elle leva les yeux au ciel. Tous deux savaient fort bien qu'elle n'avait pas changé de coiffure depuis vingt ans.

— Comment va Melody ? s'enquit-elle.

— Elle se remet tout doucement.

— Je suis heureuse de l'entendre. Transmettez-lui mes vœux de prompt rétablissement.

— Je n'y manquerai pas.

Rachel était au courant que Melody avait eu un accident, mais elle en ignorait la gravité. Et comme il ne souhaitait pas entrer dans des détails, qui déboucheraient inévitablement sur des questions gênantes, il n'avait pas mentionné son amnésie. De toute façon, mieux valait tenir Melody à l'écart de sa vie professionnelle, pour que leur rupture, quand elle surviendrait, ne fasse pas de vagues.

Lorsque la rumeur du départ de Mel avait circulé, il avait eu le plus grand mal à supporter les sourires de compassion et les regards de pitié de ses collaborateurs. Il détestait que les gens se mêlent de sa vie privée.

Rachel l'étudia des pieds à la tête, d'un air dubitatif.

— Aurait-on omis de me préciser qu'on était autorisés à s'habiller de façon décontractée ?

Il s'esclaffa.

— Puisque officiellement je ne suis pas ici, j'ai pensé que cette tenue ferait l'affaire.

— Bon, pour cette fois, je ne dirai rien, plaisanta Rachel en lui tapotant l'épaule. Je vais vous laisser rejoindre votre bureau. Je vous apporte un café ?

— Cela me ferait le plus grand bien, merci !

Il était éreinté. Il avait passé une mauvaise nuit, sentant Mel, qui dormait nue sous ses draps, à quelques pas de lui.

Dans son bureau, tout était comme il l'avait laissé, à l'exception de la montagne de courrier qui l'attendait. Le week-end ne lui suffirait pas à rattraper son retard !

Comme il s'installait dans son fauteuil, Rachel entra avec une tasse de café et quelques viennoiseries.

— Je sais que vous évitez les sucreries, mais j'ai pensé que quelques douceurs vous feraient du bien.

— Merci, Rachel.

De toute façon, cette dernière semaine, il s'était très mal nourri, alors un peu plus ou un peu moins ! Les seuls moments où il avait pris soin de son corps, ç'avait été à la salle de sport de l'hôtel, à Abilene. Il s'y était consciencieusement entraîné tous les matins, avant ses visites à Melody.

— Vous avez besoin d'autre chose ? s'enquit Rachel.

Il but une gorgée de café et secoua la tête.

— Non, merci, ça va aller.

En fait, il était en proie à des sentiments contradictoires. Certes, il aimait son travail, et d'habitude, une fois au bureau, plus rien ne pouvait le déconcentrer. Mais, aujourd'hui, une certaine culpabilité le rongeait.

Il aurait dû rester avec Melody.

Un coup frappé à la porte le tira de ses pensées.

— Entrez, dit-il en reposant son croissant.

Flynn fit irruption dans son bureau.

— Notre directeur financier est rentré au bercail, à ce qu'on m'a dit ! Tu as une minute ?

— Je ne suis pas officiellement revenu, objecta-t-il. En fait, je suis là sans y être.

— Je vois, dit Flynn en se calant dans un fauteuil en face de lui. Après ton départ, la semaine dernière, j'ai essayé de soutirer des informations à Rachel, mais elle s'est montrée inflexible. J'ai menacé de la licencier si elle s'obstinait dans son silence. Et tu sais ce qu'elle m'a répliqué ? Que, sans elle, cette société coulerait.

— A mon avis, elle a raison, s'esclaffa Ash.

— Ce qui explique pourquoi je ne l'ai pas renvoyée, et pourquoi je dois me résoudre à t'interroger moi-même. Tes parents étant décédés, j'imagine que ta disparition est liée à Melody. Bien entendu, libre à toi de m'envoyer promener !

Il aurait bien aimé pouvoir le faire, mais Flynn méritait une explication. C'était son patron, mais aussi un ami. Il allait toutefois lui en dire le moins possible. Certains clients richissimes de Maddox étaient très conservateurs, et si l'on venait à savoir que sa maîtresse l'avait quitté parce qu'elle portait l'enfant d'un autre, Golden Gate Promotions ne manquerait pas de s'en servir contre Maddox.

Bien entendu, Flynn ne mettrait pas délibérément Maddox en péril — c'était son propre père qui avait créé la société —, mais il pouvait toujours y avoir des fuites. On racontait, par exemple, que Brock, le propre frère de Flynn, avait une liaison avec son assistante.

Donc autant se montrer prudent.

— J'ai retrouvé Melody, annonça-t-il.

— Je croyais que tu ne voulais pas partir à sa recherche…

— Oui, au départ, c'était mon intention, mais finalement je me suis inquiété. Et j'ai embauché un détective privé.

— Et alors ?

— Il a retrouvé sa trace à l'hôpital d'Abilene, au Texas.

— A l'hôpital ? Mais… comment va-t-elle ?

Il lui raconta l'accident, le coma, le temps qu'il avait passé au chevet de Melody et leur retour en voiture, puisqu'elle ne pouvait prendre l'avion.

Incrédule, Flynn secoua la tête.

— Tu aurais dû nous prévenir. Nous aurions pu t'aider…

— Merci beaucoup, mais vous n'auriez pas pu faire grand-chose. Mel a juste besoin de temps pour se remettre.

— Elle est chez toi ?

— Oui, nous sommes arrivés aujourd'hui même.

— Donc vous êtes de nouveau ensemble ?

— Elle reste chez moi le temps de sa convalescence, et ensuite on verra.

— Ecoute, tu me dis si je suis trop curieux, mais est-ce que Melody t'a expliqué pourquoi elle était partie ?

— C'est compliqué.

— Je vois, je n'insiste pas alors. Mais si tu as besoin de quoi que ce soit, n'hésite pas : vacances, congés sans solde… Tu n'as qu'à demander !

Ash hocha la tête, tout en sachant qu'il n'en ferait rien. Rester coincé dans son loft avec Melody, c'était bien la dernière chose dont il avait envie.

— Merci, Flynn, j'apprécie vraiment.

Après le départ de son ami, il repensa à leur conversation. On ne pouvait dire qu'il avait menti à Flynn, il avait simplement omis quelques détails. Pour le bien de Flynn et celui de la société.

Sa mère avait pour habitude d'affirmer que le chemin de l'enfer était pavé de bonnes intentions. Parfois, il se demandait s'il n'y était pas déjà.

8

La petite sieste de Melody se prolongea finalement jusqu'à la fin de l'après-midi. Mais quand elle se leva, vers 19 h 30, son mal de tête avait redoublé. Heureusement, Ash venait de rentrer, et elle profita de son réconfort et de ses explications : d'après lui, c'était dû aux variations de température entre le Texas et la Californie.

Elle avala deux antalgiques avant de le rejoindre à table, dans ses vêtements froissés. Malgré ses efforts, elle ne put avaler que quelques bouchées de la pizza qu'il avait rapportée pour leur dîner. Elle aurait aimé profiter un peu de sa compagnie, mais les cachets ne tardèrent pas à produire leur effet, et malgré une sieste de plusieurs heures, elle recommença à dodeliner de la tête.

— Allons te mettre au lit, lui murmura finalement Ash.

Elle avait dû s'endormir, car il avait déjà débarrassé la table.

Avec son aide, elle se leva et se laissa conduire jusqu'à sa chambre, où elle se coucha tout habillée. Il remonta les draps sur elle et déposa un baiser sur son front.

Lorsqu'elle se réveilla le lendemain matin, elle se sentait beaucoup mieux. Sa migraine la faisait toujours souffrir, mais la douleur était supportable. Quant à son estomac, il criait famine.

Elle se leva et se dirigea vers la salle de bains où elle s'attacha les cheveux avec une pince qu'elle trouva sous le lavabo. Il fallait qu'elle demande à Ash où se trouvaient ses vêtements, car elle ne s'était pas changée depuis la veille.

Après l'avoir cherché un moment, elle se rendit à l'évidence : il était déjà parti travailler.

Il avait eu la délicatesse de préparer du café, dont elle se servit une tasse qu'elle mit à réchauffer au micro-ondes. Même si elle n'avait aucun souvenir de s'être déjà servie de cet appareil, son fonctionnement ne lui posa aucun problème. Elle s'installa ensuite sur le canapé, une part de pizza froide et un café tiède à la main, devant une émission de téléachat. On y vantait les mérites d'un engin fait de tissu extensible et de fil métallique qui, porté par-dessus le soutien-gorge, permettait de mettre en valeur les seins et de corriger la posture. Incroyable ! Comment pouvait-on être obsédée par ses seins au point de se soumettre à une telle torture ?

Mais bien d'autres questions, plus personnelles, l'assaillaient. Que serait sa vie si elle n'était pas allée au Texas, et si l'accident n'était pas survenu ? Serait-elle affalée sur ce sofa ou bien en compagnie de son entraîneur personnel, ou encore en train de se faire épiler les jambes ?

Peut-être serait-elle à l'université. On était seulement à la mi-avril, et le semestre n'était pas encore terminé. Elle se demandait si, quand elle aurait retrouvé la mémoire, on lui permettrait de rattraper les cours qu'elle avait manqués ou s'il lui faudrait repartir de zéro. De toute façon, elle n'était même pas sûre de retourner à la fac. Pour l'instant, elle ne se sentait pas particulièrement attirée par le droit.

Qu'allait-elle devenir si elle ne retrouvait jamais la mémoire ?

Ressasser ces sombres pensées lui donnant mal à la tête, elle décida de se changer les idées. Elle se leva, rangea sa tasse dans le lave-vaisselle, et alla prendre une douche bien chaude. Elle s'enroula avec délectation dans un immense drap de bain, puis resta un long moment, nue devant son dressing, incapable de choisir des vêtements.

Tout comme les sous-vêtements qui se trouvaient dans sa valise, sa lingerie semblait uniquement composée de Wonderbra et de dentelles. Ne possédait-elle donc rien de simple et confortable ?

Elle avait la désagréable impression de fouiller dans la

garde-robe d'une autre femme, mais finit par dénicher des sous-vêtements de sport qui feraient l'affaire en attendant de prochaines emplettes. Si elle aimait ce genre de lingerie avant, elle en viendrait peut-être à l'aimer de nouveau… un jour ! Mais pas pour l'instant.

En outre, elle était tellement habituée à déambuler dans la chemise de nuit de l'hôpital que tous les vêtements chic alignés dans son dressing lui paraissaient importables, surtout aujourd'hui où elle n'envisageait pas de sortir. Après avoir fureté un peu, elle tomba sur une paire de leggings en coton noir et un sweat-shirt délavé de l'université de Stanford.

Une fois habillée, elle décida de commencer ici même ses investigations, pour retrouver ses souvenirs perdus. Malheureusement, quand Ash l'appela vers 10 heures afin de savoir si tout allait bien, rien de ce qu'elle avait vu n'avait provoqué la moindre étincelle. Elle devait se mettre trop de pression. Et si elle arrêtait de se torturer l'esprit, les souvenirs resurgiraient peut-être d'eux-mêmes. Oui, mais voilà, elle ne supportait pas l'idée de rester inactive.

Refusant de se laisser gagner par la frustration, elle poursuivit ses recherches en explorant son bureau. Elle y trouva des papiers écrits de sa main, dont elle n'avait pas le moindre souvenir, et une enveloppe pleine de photos d'Ash et elle. Malheureusement, il n'y avait là ni lettres ni journal intime.

Dans les tiroirs du bureau, elle découvrit des pages entières de notes de cours, mais aucune trace du travail de recherche qu'elle était censée mener. Tout au fond d'un tiroir, elle mit en revanche la main sur plusieurs DVD. L'un d'eux portait la mention : « Anniversaire d'Ash ». Le film d'une fête d'anniversaire ? Voilà qui allait sans doute lui rafraîchir la mémoire.

Elle se précipita dans le salon. Il lui fallut quelques minutes pour comprendre le fonctionnement de l'immense téléviseur à écran plat et déterminer quelle télécommande était la bonne, puis elle inséra le DVD dans le lecteur, et se jeta sur le canapé. Dès les premières secondes, elle comprit qu'il ne s'agissait pas d'une fête d'anniversaire traditionnelle… En tout cas, pas le genre de fête à laquelle on invite des amis. Ils étaient tous les deux au lit et en sous-vêtements ! Du moins au début, car, très vite, ils se retrouvèrent nus.

De toute évidence, il s'agissait d'une de ces vidéos auxquelles Ash avait fait allusion. Quand il en avait parlé, elle ne l'avait pas vraiment pris au sérieux. Et, là, elle avait l'impression d'être une voyeuse espionnant par le trou de la serrure l'intimité d'une autre femme. Ces choses qu'elle faisait à Ash, les mots qu'elle prononçait… Elle se sentit rougir violemment.

Impossible pourtant de détourner le regard de ces images. Etait-ce le genre de choses qu'Ash attendrait d'elle, quand ils feraient l'amour de nouveau ? Elle n'était vraiment pas sûre de savoir être cette femme désinhibée et sûre d'elle.

Elle détestait la femme qu'elle voyait, tout en ne pouvant s'empêcher de l'envier.

Quand le DVD se termina, elle en attrapa un autre et l'inséra dans le lecteur. Comme le précédent, il commençait par une scène au lit. Mais cette fois, après quelques préliminaires, elle se levait pour aller chercher quelque chose hors champ et revenait avec quatre foulards de soie écarlate, dont elle se servait pour attacher au lit un Ash visiblement très coopératif.

Elle s'étonna de la souplesse dont elle était capable… dans tous les sens du terme ! Ce qui se jouait sous ses yeux était sexy et osé, mais elle se rendit compte que cela ne l'excitait pas vraiment. Certes, il était plaisant de voir Ash complètement nu, car il avait un corps parfait, mais leurs ébats eux-mêmes lui paraissaient un peu ennuyeux.

Dès le début du troisième DVD, elle comprit que cette vidéo serait différente. La scène se passait cette fois dans la salle de bains. Ash la filmait à travers la porte vitrée de la cabine de douche. Elle se savonnait et semblait perdue dans ses pensées. Ash l'appela et elle parut surprise de le découvrir en train de la filmer. Il fixa alors la caméra à un pied et vint la rejoindre, déjà entièrement nu, laissant la porte ouverte derrière lui.

Ils se savonnèrent mutuellement, se caressant longuement. A la différence de ce qui se passait dans les deux autres vidéo, ils s'embrassaient beaucoup, se couvrant de baisers langoureux et tendres qui la fascinaient. Elle se surprit même à rêver de pouvoir vivre ce qu'elle voyait sur l'écran.

Oui, cette vidéo était décidément différente des autres. Ils prenaient le temps de s'explorer mutuellement, de se caresser, d'exacerber peu à peu leur désir. On aurait dit un tout autre couple. Et, cette fois, Mel se reconnaissait dans la femme qu'elle voyait. Les deux premières vidéo ne montraient que du sexe, sans la moindre émotion. Celle-ci, en revanche, témoignait d'une profonde entente émotionnelle. Leur amour crevait l'écran.

Ash la soulevait et la pressait contre la paroi de la cabine de douche. Sans la lâcher du regard, il la pénétrait et l'expression de plaisir qui se peignit sur leur visage la fit frissonner. Voilà ce qu'elle voulait vivre ! Qu'Ash l'embrasse, la touche et lui fasse l'amour comme ça.

Sa respiration s'était accélérée, et une brusque chaleur s'était propagée dans son bas-ventre.

— Cette vidéo est ma préférée, fit une voix dans son dos.

Elle laissa échapper un cri de frayeur et se leva si précipitamment que la télécommande, en lui échappant, atterrit sur le carrelage.

Les bras chargés de sacs à provisions, Ash arborait un sourire coquin.

— Tu m'as fichu une de ces frousses ! lui lança-t-elle.

Mieux valait paraître en colère que de laisser voir sa gêne. Sauf qu'elle ne pouvait dissimuler le rouge qui lui montait aux joues. Ash l'avait surprise en train de regarder du porno ! Du porno dans lequel il jouait un rôle très actif !

— Ce n'est pas bien d'espionner les gens comme ça, ajouta-t-elle.

— Je ne t'espionnais pas, mais tu étais tellement absorbée que tu ne m'as pas entendu. Je comprends pourquoi maintenant.

A l'écran, son double érotique gémissait tandis qu'Ash allait et venait en elle sous le jet de la douche.

Elle ramassa maladroitement la télécommande et tâtonna plusieurs secondes avant de trouver le bouton d'arrêt.

Levant alors les yeux vers Ash, elle put constater que son sourire malicieux ne l'avait pas quitté.

— Que fais-tu à la maison si tôt ? Il n'est que…

Elle regarda sa montre et haussa les sourcils avec incrédulité.

— … 15 h 15 !

Avait-elle vraiment passé deux heures à regarder des vidéos érotiques ?

— Comme les placards étaient vides, je me suis arrêté pour faire quelques courses, afin que tu n'aies pas à sortir.

— Oh, merci…

Elle s'attendait à ce qu'il la taquine au sujet des vidéos, mais il n'en fit rien et se dirigea vers la cuisine avec ses sacs.

C'était la première fois qu'elle le revoyait en costume, depuis le jour où il avait fait son apparition à l'hôpital. Dieu, qu'il était sexy ainsi vêtu, et portant ses sacs à provisions ! De toute façon, elle était tellement excitée qu'elle l'aurait trouvé sexy en pyjama et charentaises.

— J'ai découvert ces DVD dans mon bureau, dit-elle en le rejoignant.

Ash posa les sacs sur le comptoir et commença à déballer lait, œufs, pain, jus d'orange et tout un tas de fruits et de légumes frais.

— Je ne savais pas ce qu'ils contenaient quand je les ai trouvés, reprit-elle en rangeant machinalement les produits frais au réfrigérateur. J'ai été plutôt étonnée quand j'ai mis le premier en route.

— Le premier ? fit Ash en haussant un sourcil.

— Enfin, le seul que j'ai regardé…, mentit-elle.

Visiblement, il n'était pas dupe.

— Bon, oui, j'en ai peut-être regardé deux…

De nouveau, il la considéra d'un air narquois.

— Deux et demi. Trois, avec celui que je visionnais quand tu es arrivé.

Il semblait trouver son embarras infiniment drôle.

— Mel, tu peux en visionner autant que tu veux.

— Ah bon ? Ça t'ennuie pas ?

— Pourquoi veux-tu que ça m'ennuie ?

— Parce que tu es... dedans... et qu'ils sont très... personnels.

Il lui jeta un regard interloqué.

— Mais... toi aussi, tu es dedans !

— Oui, mais c'est différent. J'ai l'impression de voir une autre femme.

— C'est pourtant bien toi, tu peux me croire.

Il termina de vider les sacs qu'elle plia et rangea dans la poubelle de recyclage, sous l'évier.

— Alors, reprit-elle en se tournant vers lui, celle que tu préfères, c'est celle de la douche ?

Ash acquiesça en souriant. Si seulement elle pouvait l'inciter à rejouer cette scène un jour... Très bientôt...

— C'est ma préférée aussi, confessa-t-elle.

— Pourquoi ?

— Elle fait plus... vrai.

Il l'observa avec intérêt.

— Tu essaies de me dire que, dans les autres vidéos, tu simulais ?

— Non, bien sûr que non ! s'exclama-t-elle.

Quoique. Dans les deux premières vidéo, il semblait manquer quelque chose. Ash et elle ressemblaient davantage à des acteurs jouant pour la caméra. Une chose était sûre en tout cas : les postures osées et le langage cru ne l'excitaient pas autant que de les voir faire véritablement l'amour.

— Tu as l'air pensive, lui fit remarquer Ash en l'observant, les yeux plissés. Est-ce que tu simulais ?

Elle cilla, soudain songeuse. Se pourrait-il qu'elle ait fait semblant d'aimer ce genre de relations sexuelles ? Mais pourquoi ?

— Si tel était le cas, je ne me le rappellerais pas, de toute façon.

— C'est pratique !

— Pas du tout ! s'écria-t-elle.

— Désolé, murmura-t-il en tendant la main vers elle. Excuse-moi, je ne voulais pas dire ça.

Bien sûr, il avait juste cherché à la taquiner. Il fallait qu'elle arrête de se montrer aussi susceptible.

— Je sais, je sais, fit-elle en rangeant les dernières courses dans le garde-manger.

Ash consulta sa montre.

— Bon sang, il est tard, je dois retourner au bureau. Merci de m'avoir aidé à ranger.

Il s'interrompit et parut réfléchir.

— Attends une minute !

Il ouvrit le réfrigérateur pour en examiner le contenu avec attention. Puis il ouvrit le placard sous l'évier, et fit de même avec le garde-manger, avant de se tourner vers elle.

— Est-ce que tu réalises ce que tu viens de faire ?

Quoi ? Qu'avait-elle encore fait ?

— Euh… je ne sais pas… J'ai rangé les courses au mauvais endroit ?

— Non, Mel. Tu les as rangés exactement au bon endroit !

— Vraiment ? Mais ce n'est peut-être qu'une coïncidence.

— Je ne pense pas. Tu es très maniaque pour ce qui concerne l'organisation de ta cuisine. Or, tu as tout rangé sur la bonne étagère ou dans le bon tiroir. Tu as même mis les sacs dans la poubelle recyclage, sans que j'aie eu besoin de t'indiquer où celle-ci se trouvait.

Il avait raison. Elle avait agi sans réfléchir. Comme pour le droit, cela lui était venu naturellement.

Son cœur se mit à battre plus vite.

— Tu crois que je commence à me souvenir ?

— J'en suis certain.

Elle poussa un cri de joie et se jeta dans les bras d'Ash, pour le serrer avec fougue. Son cœur semblait sur le point d'éclater. Et après avoir visionné ces vidéos, il y avait encore plus de choses qu'elle souhaitait se rappeler.

Elle posa la tête sur l'épaule d'Ash et ferma les yeux, s'enivrant du parfum de son après-rasage. C'était tellement bon d'être contre lui, même s'il semblait moins enthousiaste qu'elle.

— Peut-être que les vidéos ont agi comme un déclencheur ! s'exclama-t-elle.

— Peut-être…

— Tu sais, si nous le faisions pour de bon, cela pourrait peut-être m'aider davantage.

Sentant que le regard d'Ash se durcissait, elle se hâta de faire marche arrière.

— Je sais, je sais, je ne suis pas prête. C'était… juste une supposition. Pour quand le moment sera venu !

Ash repoussa les cheveux qui dissimulaient son visage et déposa un baiser sur son front.

— Il faut laisser à ton cerveau le temps de se remettre. Ne cherche pas à aller plus vite que la musique. A chaque fois que tu t'es souvenue de quelque chose, c'était au moment où tu t'y attendais le moins, pas vrai ?

Elle hocha la tête.

— Alors détends-toi, et laisse la nature faire son œuvre.

Il regarda sa montre et l'embrassa de nouveau sur le front.

— Il faut vraiment que j'y aille.

— Merci d'avoir fait les courses, dit-elle pour cacher sa déception. Je vais nous préparer un bon dîner.

— Ne te tracasse pas pour ça, je vais probablement rentrer tard. J'ai une tonne de travail à rattraper.

Elle ne pouvait pas se plaindre puisque s'il avait pris du retard, c'était pour venir la chercher. Elle l'accompagna donc jusqu'à l'ascenseur et regarda d'un air songeur les portes se refermer sur lui.

Cette fois, elle en était certaine, son imagination n'était pas en cause. Ash ne voyait pas d'un très bon œil qu'elle retrouve la mémoire. Redoutait-il qu'elle se rappelle un événement précis ? Et si oui, lequel ? Elle n'en avait pas la moindre idée.

Elle repensa à l'argent qu'elle avait trouvé au fond de son sac à main. Y avait-il un lien ? Quoi qu'il en soit, si de nouveaux souvenirs refaisaient surface, elle les garderait pour elle…

9

Ash avait pris son vendredi matin pour accompagner Mel chez le neurologue. Elle lui avait dit qu'elle pouvait y aller seule, à condition qu'il la dépose et revienne la chercher, mais il tenait à entendre le diagnostic du médecin.

L'autre jour, elle avait spontanément rangé les courses au bon endroit, et une bouffée d'angoisse l'avait envahi : Melody retrouvait peu à peu la mémoire. Heureusement, elle ne s'était souvenue de rien d'autre depuis. Mais il était rentré très tard du bureau ces trois derniers jours, et ils ne s'étaient pas beaucoup vus.

Le médecin fit subir à Mel un examen neurologique complet avant de lui poser une série de questions. Il parut impressionné par ses progrès et lui suggéra de reprendre progressivement une activité physique.

Au coup d'œil qu'elle lui jeta, il devina immédiatement ce qu'elle avait en tête.

— Et en ce qui concerne les relations sexuelles ? demanda-t-elle au médecin, confirmant ses soupçons.

Le neurologue étudia son dossier, les sourcils froncés. Pendant quelques instants d'angoisse, il craignit que le médecin ne mentionne la fausse couche, malgré les recommandations du Dr Nelson à ce sujet.

Si Mel apprenait pour le bébé, ses plans seraient fichus !

— Je ne vois pas de contre-indication, déclara enfin le médecin avec un petit sourire, mais pas d'ébats trop vigoureux pour le moment. Allez-y doucement. Je vous recommande aussi de faire de la marche.

— J'ai déjà commencé, répondit Mel. Nous vivons au bord de l'océan, les promenades sont très agréables.

— Parfait ! Mais ne vous surmenez pas. Commencez par un quart d'heure par jour, puis augmentez progressivement. Et, vraiment, inutile de vous inquiéter, tout me paraît aller pour le mieux, conclut le neurologue en refermant son dossier Si vous avez la moindre question, n'hésitez pas à m'appeler. Sinon, nous nous reverrons dans trois mois.

— Seulement ? s'étonna Mel.

— Votre état physique est bon, vous faites des progrès, je ne peux rien faire de plus pour l'instant. Le Dr Nelson s'est vraiment très bien occupé de vous !

Ils saluèrent le médecin et prirent congé. Le rendez-vous n'avait pas duré plus de vingt minutes.

— C'était rapide, fit remarquer Melody. Et moi qui croyais que j'allais rester bloquée ici toute la journée, entre scanners et électro-encéphalogrammes !

C'était également ce qu'il avait imaginé. Mais, maintenant que c'était terminé, il n'avait qu'une hâte : retourner au bureau.

Il raccompagna Mel au loft et monta récupérer son attaché-case. Toutefois, à l'expression de Melody, il devina qu'il ne pourrait pas s'éclipser aussi vite qu'il l'espérait. Visiblement, elle souhaitait lui parler, et il savait d'avance de quoi. Il était même étonné qu'elle n'ait pas abordé le sujet sur le trajet du retour.

— Quelque chose ne va pas, Mel ? demanda-t-il, l'air de rien, en s'asseyant sur l'accoudoir du sofa.

Elle esquissa un sourire timide. Une attitude pour le moins déconcertante, qu'il n'avait jamais vue chez l'ancienne Melody, si pleine d'assurance.

— Tu as entendu ? Le médecin m'autorise à faire de nouveau l'amour…

— Quand tu seras prête, oui, s'empressa-t-il d'ajouter, craignant qu'elle ne suggère un passage à l'acte immédiat, sur la moquette du salon.

Non qu'il n'y ait pas déjà pensé lui-même, surtout depuis qu'il l'avait surprise en train de visionner leurs films intimes.

Ce jour-là, elle était tellement absorbée par le spectacle de leurs ébats sous la douche qu'elle ne l'avait même pas entendu entrer. Il avait eu beau agiter ses clés, rouvrir et refermer la porte, rien. Elle était totalement captivée, comme si le monde autour d'elle avait cessé d'exister. En s'approchant du sofa, il avait remarqué sa poitrine, qui se soulevait rapidement, et ses joues en feu.

Il ne l'avait plus vue dans cet état depuis ce fameux jour où ils avaient fait l'amour sous la douche. En l'observant ainsi, il avait compris qu'il la désirait comme il ne l'avait encore jamais désirée, et que, tôt ou tard, il succomberait. Mais il préférait attendre l'avis du neurologue. Et voilà que celui-ci venait de donner son feu vert.

Comme Mel restait silencieuse, il reprit la parole :

— Je dois comprendre que tu te sens prête ?

— Je ne sais pas, répondit-elle. C'est difficile de se prononcer comme ça.

Il attendit, pensant qu'elle allait lui proposer de vérifier sur-le-champ.

Mais elle n'en fit rien.

— Tu comptes travailler tard, ce soir ? demanda-t-elle.

— Jusqu'à 21 heures, au moins. Peut-être même plus.

— Il me tarde que tu aies rattrapé ton retard, qu'on puisse se voir plus de dix minutes chaque matin. Peut-être qu'un jour je pourrai te préparer un bon dîner !

— Bientôt, affirma-t-il, sans savoir si c'était une promesse qu'il pourrait ou voudrait tenir.

Il devait absolument garder ses distances avec Melody.

— As-tu besoin de quelque chose avant que je parte ? demanda-t-il, un peu surpris qu'elle ait si facilement abandonné la partie.

— Je ne pense pas, non.

Décidément, elle le déroutait : maintenant qu'elle avait la permission du médecin, elle ne se jetait pas sur lui ! Et cette timidité, ce n'était pas son style.

Elle le suivit jusqu'à la porte.

— Appelle-moi, lui dit-elle, j'essaierai de rester éveillée pour t'embrasser.

— D'accord, répondit-il en se penchant pour déposer un rapide baiser sur sa joue.

Contre toute attente, Mel tourna la tête au même moment, et leurs lèvres se rencontrèrent. Ils s'étaient déjà embrassés par le passé, mais là, à l'instant où ses lèvres touchèrent les siennes, il reçut comme une décharge électrique qu'elle parut ressentir aussi.

On aurait dit que le temps restait suspendu : ils étaient là, immobiles, lèvres contre lèvres, n'ayant apparemment pas plus envie l'un que l'autre de mettre fin à ce contact.

Les lèvres de Mel étaient chaudes, douces et tellement familières. D'habitude, c'était elle qui se jetait sur lui avec fougue et le couvrait de ses baisers avides, lui donnant parfois l'impression qu'elle allait le dévorer. Cette fois-ci, l'initiative venait de lui, et Mel répondait avec une douceur à laquelle il n'était pas accoutumé.

Jamais ça n'avait été aussi tendre… et aussi agréable. C'était un vrai baiser et non un assaut comme par le passé ! Ça changeait tout. Et même s'il s'était juré de ne pas précipiter les choses, il se laissa entraîner avec une délectation sensuelle dans cette étreinte chaude et tendre.

Un autre changement le frappa. L'ancienne Melody portait toujours un parfum à la fragrance musquée, presque trop entêtant. Aujourd'hui, il ne sentait plus que l'odeur du savon mêlée au parfum naturel de sa peau. Et c'était bien plus excitant que n'importe quel parfum de luxe.

Il sentit son sexe se durcir, confirmant son excitation, et Melody, dont la respiration était devenue haletante, semblait dans le même état.

Leur baiser se fit plus profond, il chercha sa langue. Comme c'était bon de la sentir contre lui ! Il avait beau s'être juré de la faire languir encore un jour ou deux, de la laisser le supplier, il n'y tenait plus et oublia ses résolutions.

Il la voulait passionnément, et tout de suite !

Mais, avant qu'il puisse aller plus loin, Mel avait posé les mains sur son torse pour le repousser doucement.

— Qu'y a-t-il ? demanda-t-il, décontenancé.

Les joues de Melody étaient écarlates, et il voyait battre son pouls à la base de sa gorge.

— C'était merveilleux, mais je ne peux pas aller plus loin pour l'instant, murmura-t-elle avec un sourire contrit

Elle plaisantait ! Jamais elle ne s'était refusée à lui. Au contraire, son appétit était parfois si insatiable qu'il en aurait presque souhaité une pause.

Pour la première fois en trois ans, elle repoussait ses avances.

— Je suis désolée, souffla-t-elle. Je ne veux pas précipiter les choses, comme tu l'as dit toi-même…

L'espace d'une seconde, il se demanda si elle ne se moquait pas de lui. Elle se laissait embrasser pour se refuser ensuite à lui ! Mais la Melody qui le scrutait avec ses grands yeux inquiets n'était pas en train de se jouer de lui. Et puis c'était lui qui insistait pour qu'ils prennent leur temps, il lui avait même reproché son comportement dans la chambre d'hôtel.

Si quelqu'un jouait un jeu ici, c'était lui, et il récoltait ce qu'il avait semé.

— Tu m'en veux ? demanda-t-elle, inquiète.

Dommage qu'elle ne soit plus l'ancienne Melody. Il aurait pu saisir la perche et lui dire ses quatre vérités. Mais il n'arrivait pas à croire que l'ancienne et la nouvelle Melody étaient une seule et même personne, et il ne pouvait se résoudre à blesser la nouvelle Melody.

Il s'était bel et bien laissé ensorceler.

— Non, fit-il en la prenant dans ses bras et en la serrant contre lui. Au contraire, je comprends très bien que tu veuilles attendre.

Et tandis qu'elle se pelotonnait contre lui et enfouissait le visage dans son cou, il se dit qu'il devait profiter de chaque minute passée auprès de la nouvelle Melody. Car l'ancienne n'allait pas tarder à refaire surface.

Son cœur se serra à la pensée que la jeune femme fragile et douce qu'elle était devenue allait bientôt disparaître.

*
* *

Il était retourné au bureau, seul endroit où il espérait échapper à l'envie folle de faire l'amour avec Mel.

Au cours des deux semaines qui venaient de s'écouler, il n'avait guère pensé au sexe, mais la sensualité de ce baiser avait réveillé quelque chose en lui, et il ne parvenait plus à penser à autre chose. Incapable de se concentrer sur son travail, il partit déjeuner de bonne heure, et contrevint à ses règles de conduite, en se commandant un whisky pour se détendre.

En regagnant son bureau, il tomba nez à nez sur Brock Maddox.

— J'allais t'appeler, lui dit celui-ci. Tu as une minute ?

— Bien sûr, répondit-il, en emboîtant aussitôt le pas de Brock.

— Flynn m'a raconté ce qui était arrivé à Melody. Je suis vraiment désolé.

— Merci, mais elle va beaucoup mieux. Elle sort de chez son neurologue, et d'après lui la guérison est en bonne voie.

— Je suis vraiment ravi pour elle, fit Brock chaleureusement, avant de marquer une pause et de reprendre sur un ton nettement moins enjoué : En fait, je voulais aussi te parler d'autre chose. Comme tu l'as sans doute appris, nous n'avons pas obtenu le budget Brady.

— On me l'a dit, en effet, répondit-il, perplexe.

Il savait que décrocher le budget Brady Enterprises aurait été un joli coup pour Maddox, mais cet échec relatif ne suffisait pas à expliquer la mine défaite de Brock. L'entreprise était solide, avec ou sans Brady.

— Ils ont engagé Golden Gate Promotions à la place, poursuivit Brock.

— Je le sais aussi.

Là encore, il ne comprenait pas pourquoi Brock prenait cela tellement à cœur. Bien sûr, Golden Gate était leur principal concurrent, avec à sa tête Athos Koteas, un homme d'affaires désagréable et arrogant. Mais c'étaient les risques du métier. L'offre de Golden Gate devait être plus alléchante, voilà tout.

— Et tu sais aussi que Golden Gate a remporté le contrat en utilisant un slogan quasi identique au nôtre ? continua Brock.

— Qu'est-ce que tu racontes ? Qui t'a dit ça ?

— Je connais quelqu'un chez Brady. D'après les bruits qui courent, Maddox volerait les slogans de Golden Gates !

— C'est vrai ?

— Mais bien sûr que non ! s'écria Brock. C'était notre idée !

— Alors comment se fait-il que Golden Gate ait conçu la même campagne que nous ? Simple coïncidence ?

— Il y a peu de chances. La seule explication valable, en fait, c'est qu'il y ait eu une fuite chez nous.

Il comprenait mieux l'inquiétude de Brock, maintenant : s'il ne se trompait pas, Maddox Communications avait un sérieux problème !

— Qu'est-ce que Flynn pense de tout cela ?

— Je ne lui en ai pas encore parlé.

— Mais c'est notre vice-président, il faut le mettre au courant.

— Je voulais m'entretenir avec toi d'abord.

— Pourquoi ? En tant que directeur financier, je n'ai pas grand-chose à dire à ce propos.

— Ecoute, Ash… C'est un peu délicat. Tu sais que j'ai toujours beaucoup apprécié Melody, mais serait-il envisageable qu'elle ait un lien avec cette affaire ?

La question était si loufoque, si inattendue, que sous le choc il recula d'un pas.

— Melody ? fit-il, estomaqué. Mais que viendrait-elle faire dans cette histoire ?

— Très honnêtement, je trouve ça étrange qu'elle ait disparu juste au moment où nous avons commencé les réunions de travail pour Brady. Si ça se trouve, un soir, par inadvertance, tu lui as raconté des histoires du bureau, sans penser qu'elle irait les répéter. Tu sais, peut-être qu'on lui a fait une offre qu'elle n'a pas pu refuser…

Il dut faire un effort surhumain pour ne pas lui envoyer son poing dans la figure.

— Ecoute, Brock, parvint-il à articuler, soupçonner Melody est aussi ridicule qu'insultant…

— Pourtant, vu la façon dont elle a disparu, cela semblait plausible.

— Encore une fois, je te le répète, c'est ridicule.

Brock recula devant son air menaçant.

— Eh !, doucement, Ash, ne t'énerve pas. Excuse-moi si je t'ai blessé, mais mets-toi à ma place un instant. On dit que Melody serait partie, disons… fâchée contre toi. Alors j'ai pensé…

— Parce que tu te fies aux rumeurs maintenant ? Dans ce cas, je vais devoir croire que tu couches avec ton assistante…

Le visage de Brock se crispa. Touché. Mais il n'eut pas le temps d'ouvrir la bouche pour répliquer. La porte de son bureau s'ouvrit.

— Maman, serait-ce trop te demander que de frapper avant d'entrer ? fit Brock d'une voix blanche.

Une petite femme sèche se tenait sur le pas de la porte. Carol Maddox. Peu commode et retorse, pour autant qu'Ash ait pu en juger. Et, en cet instant précis, elle paraissait pour le moins agacée. Cela dit, ses injections de Botox l'empêchaient de sourire et avaient figé son visage dans un air de mécontentement et de mépris permanents.

— Il faut que je te parle, Brock, siffla-t-elle.

Il était temps pour Ash de s'éclipser.

— Nous en avions justement terminé, déclara-t-il, tandis que Brock invitait sèchement sa mère à prendre place.

En sortant du bureau, il éprouva presque un soupçon de pitié pour Brock. Si ça se trouvait, sa mère venait lui faire une scène à cause de sa prétendue liaison avec son assistante.

Mais Brock n'aurait pas dû accuser Meldoy sans une once de preuve. Jamais elle ne serait allée vendre une information au rival de Maddox, si tant est qu'elle l'ait détenue, ce qui n'était absolument pas le cas.

Il sourit amèrement. Son comportement à lui était tout de même des plus incohérents. Pourquoi s'acharnait-il à défendre l'honneur d'une femme avec qui il avait l'intention de rompre ?

Rachel l'accueillit avec anxiété quand il regagna son bureau.

— Je vous cherchais, monsieur Williams. Mlle Trent a appelé.

— Que voulait-elle ?

— Vous parler. Elle paraissait assez inquiète. Bizarre, même. Elle a demandé que vous la rappeliez au plus vite sur son portable.

— Vous a-t-elle expliqué pourquoi ?

— Non, mais je ne suis pas tranquille. Elle s'est comportée comme si elle ne me reconnaissait pas.

Rien d'étonnant jusque-là.

— Je l'appelle tout de suite.

Il s'enferma dans son bureau.

— Ash ? entendit-il aussitôt après la première sonnerie.

L'angoisse qui perçait dans sa voix l'inquiéta.

— C'est moi. Que se passe-t-il ?

— Il faut que tu viennes, lui dit-elle d'une voix si mal assurée qu'il avait du mal à la comprendre.

— Tu es blessée ? Tu as des maux de tête ?

— Non, il faut que tu viennes me chercher.

Il entendait du bruit derrière elle : elle se trouvait quelque part en ville. Elle avait effectivement parlé d'aller faire un tour, sans doute était-elle allée trop loin.

— Mel, où tu es ?

— A Hyde Street Pier.

C'était à l'autre bout de la ville ! Comment avait-elle pu aller jusque là-bas ?

— Est-ce que tu peux venir ? répéta-t-elle nerveusement.

— Je pars tout de suite. Je serai là-bas dans dix minutes.

— Je t'attendrai devant le magasin d'articles de pêche.

Il raccrocha aussitôt, attrapa ses clés au vol et quitta son bureau en trombe.

— Je dois sortir, annonça-t-il en passant près de Rachel. Je pense être de retour dans une heure.

— Est-ce que tout va bien ?

— A vrai dire, je n'en sais rien.

Mais il n'allait pas tarder à en avoir le cœur net.

10

Melody n'avait pas besoin de se souvenir de son passé pour savoir que, jamais, elle ne s'était sentie aussi humiliée !

Assise dans la voiture d'Ash, elle ne cessait de se tordre les mains, regrettant de ne pouvoir se rendre invisible. Elle avait cessé de trembler et, comme les battements de son cœur s'étaient calmés, elle avait moins mal à la tête et ses vertiges avaient cessé. Mais elle se sentait complètement idiote.

— Tu es prête à me raconter ce qui s'est passé ? lui demanda Ash avec douceur, en la regardant du coin de l'œil.

— Tu vas me trouver stupide.

— Mais non !

Il tendit le bras pour lui prendre la main.

— Je suis simplement heureux qu'il ne te soit rien arrivé de fâcheux. Tu m'as fait une de ces peurs !

Elle se mordit la lèvre.

— Allez, Mel…

— Je me suis perdue, souffla-t-elle enfin.

Elle regrettait déjà d'avoir parlé. Mais Ash ne lui fit aucun reproche, pas plus qu'il ne se moqua d'elle, comme elle l'avait craint.

— Tu te souviens, se força-t-elle à poursuivre, je t'avais dit que j'avais l'intention d'aller marcher un peu.

Il hocha la tête.

— Eh bien, je me sentais en forme, avec de l'énergie à revendre, alors j'ai marché au moins deux kilomètres. Mais j'ai surestimé mes forces.

— Deux kilomètres ! s'exclama-t-il en écarquillant les yeux. Mais enfin, Mel !

— Je sais… mais cela me faisait tellement de bien, de me retrouver au grand air, et les rues étaient en pente douce. Mais, tout à coup, je me suis sentie extrêmement fatiguée, alors pour revenir j'ai décidé de prendre le bus.

— Tu savais lequel prendre ?

— Je pensais le savoir. Malheureusement, je me suis trompée et je suis partie dans la mauvaise direction. Le temps que je m'en aperçoive, j'étais déjà très loin ! Alors j'en ai pris un autre. Pas le bon non plus, hélas. C'était vraiment une sensation étrange. Comme si, au fond de moi, je savais parfaitement quel bus prendre, mais que je ne cessais de monter dans le mauvais !

— Pourquoi n'as-tu pas demandé de l'aide à quelqu'un ?

— J'étais morte de honte. Et puis je tenais à y arriver par moi-même. Finalement, je suis descendue près de la jetée. Mais je ne reconnaissais rien. J'aurais été en Chine, cela aurait été exactement pareil ! Alors j'ai commencé à paniquer. Mon cœur s'est affolé et j'ai ressenti une violente contraction dans la poitrine, comme si j'allais faire une crise cardiaque. Mes mains se sont engourdies, j'ai cru que j'allais m'évanouir. J'étais terrifiée ! C'est à ce moment-là que je t'ai appelé.

— Ça ressemble tout à fait à une crise d'angoisse. Il m'arrivait la même chose quand j'étais gamin, juste avant mes séances de traitement.

— De traitement ? répéta-t-elle, intriguée.

Ash fit une pause de quelques secondes.

— Des rayons…, précisa-t-il enfin.

— Tu as eu des rayons ? fit-elle en fronçant les sourcils. Pour quelle raison ?

— Ostéosarcome… Une tumeur osseuse.

Il avait eu un cancer ? Evidemment, elle n'en avait pas le moindre souvenir.

— Tu avais quel âge ?

— Douze ans.

— C'était à quel endroit ?

— Dans le fémur.

— Et pendant combien de temps on t'a fait des rayons ?

— Oh ! pas très longtemps. Environ huit mois. La maladie a été décelée très tôt, lors d'un bilan annuel. Quelques séances de rayons et de chimio, et j'étais guéri !

Cela n'avait sans doute pas été aussi simple qu'il voulait bien le laisser paraître. Sans quoi il n'aurait pas été sujet à des crises d'angoisse.

— Et tu ne crains pas que… Enfin, je veux dire, est-ce que cela peut revenir ?

— S'il avait dû y avoir récidive, cela se serait produit depuis longtemps.

Il lui jeta un coup d'œil.

— Ne t'inquiète pas, je ne risque pas de tomber malade ou de rendre l'âme dans tes bras ! Il y a plus de chances que je meure renversé par un bus.

— Ce n'est pas ce que je sous-entendais. C'est juste… Je ne sais pas. La question est sortie comme ça, je suis désolée.

— Il n'y a pas de soucis, dit-il en lui pressant la main.

Le sujet était visiblement toujours sensible, elle n'allait pas l'ennuyer davantage. Mais il ne devait pas craindre qu'elle renonce à l'épouser pour cela. Certainement pas ! Si elle s'engageait, c'était pour la vie, jusqu'à ce que la mort les sépare, comme on dit !

D'ailleurs, à propos de mariage…

— Ash, reprit-elle, y a-t-il une raison pour que tu n'aies pas annoncé nos fiançailles à tes collègues ?

— Pourquoi cette question ?

— Quand j'ai appelé ton bureau, je me suis présentée à ta secrétaire comme étant ta fiancée. Et elle a semblé ne pas comprendre. Elle a dit : « Vous êtes sa *quoi* ? » Et j'ai dû répéter : « Sa fiancée, Melody. » J'ai eu la très nette impression qu'elle ignorait totalement que nous étions fiancés.

— En fait, nous ne l'avions pas encore annoncé officiellement, expliqua Ash. Je t'ai fait ma demande juste avant que tu ne partes, et ensuite… tu n'es pas revenue.

Elle hocha la tête.

— Tout s'explique, alors. J'ai remarqué que je ne portais

jamais ma bague de fiançailles, sur les photos et les vidéos que j'ai vues. Maintenant, je comprends pourquoi.

Mais Ash semblait étrangement mal à l'aise.

— Cela ne te dérange pas que j'aie vendu la mèche à ta secrétaire, au moins ? reprit-elle. Nous n'avons plus aucune raison de ne pas l'annoncer maintenant ?

Ash sourit et lui pressa la main de nouveau.

— Bien sûr que nous pouvons l'annoncer !

— Tu me rassures ! fit-elle, soulagée. Crois-tu que nous devrions prévoir une fête pour célébrer l'événement ? Et j'ai vu qu'on avait contacté un organisateur de mariages, il faudrait peut-être le rappeler, non ?

— Ne te soucie pas de ça pour l'instant. Il n'y a pas d'urgence. Pense avant tout à te rétablir. Regarde ce qui s'est passé aujourd'hui, tu ne dois pas te mettre trop la pression.

Il avait raison, bien sûr. Néanmoins, elle éprouvait le besoin de reprendre sa vie en main, un sentiment d'urgence qui la poussait à aller de l'avant.

Se laisser du temps. Petit à petit, elle redeviendrait elle-même.

Ash arrêta la voiture juste devant l'entrée principale de leur immeuble.

— Tu as ta clé ? lui demanda-t-il.

Elle la sortit de la poche de sa veste.

— Tu ne viens pas ?

— Il faut vraiment que je retourne travailler. Tout va bien maintenant ?

Elle ne pouvait affirmer le contraire, mais elle n'était guère emballée à l'idée de se retrouver seule. Toutefois insister pour qu'il reste reviendrait à se montrer égoïste.

— Ça va aller, je vais essayer de faire une sieste, fit-elle.

— Je t'appelle tout à l'heure.

Il se pencha pour l'embrasser, mais, cette fois, ce ne fut ni sur la joue ni sur le front. Il l'embrassa directement sur les lèvres, les effleurant doucement.

Elle retint son souffle et sentit ses jambes déjà faibles trembler davantage.

— A plus tard…

Elle descendit de voiture, referma la portière et le suivit des yeux tandis qu'il disparaissait à l'angle de la rue.

Contrairement à ce qu'elle avait espéré, elle ne profita pas de la compagnie d'Ash ce soir-là. Elle s'éveilla à peine quelques secondes au moment où il rentrait. Un coup d'œil au radio-réveil lui indiqua qu'il était plus de minuit. Heureusement que, le lendemain étant un samedi, ils pourraient enfin passer un peu de temps ensemble. Peut-être iraient-ils marcher au bord de l'océan et faire un pique-nique dans le parc. Tout en concevant ces projets, elle sombra de nouveau dans le sommeil.

Lorsqu'elle se réveilla, vers 8 heures, elle se sentait en pleine forme. Et tandis qu'elle se lavait et s'habillait, une alléchante odeur de café vint lui chatouiller les narines. Elle avait espéré être debout la première, pour surprendre Ash en lui apportant son petit déjeuner au lit. Hélas, il l'avait devancée. De toute évidence, il ne profitait même pas des week-ends pour faire la grasse matinée.

Elle pensait le trouver, en train de lire les nouvelles de la Bourse, mais non. Il n'était pas non plus dans son bureau, d'ailleurs.

Où était-il passé ? Comme elle ne le trouvait nulle part, elle l'appela sur son portable. Ash répondit à la troisième sonnerie.

— Où es-tu ? s'enquit-elle.

— J'arrive tout juste au bureau.

— Mais… c'est samedi !

— Et alors ?

— Eh bien, je pensais que… que nous allions enfin pouvoir passer du temps ensemble aujourd'hui.

— Tu sais, j'ai beaucoup de travail à rattraper.

— Et demain ?

— Je vais devoir travailler aussi.

Elle se sentit blêmir. Il travaillait donc tous les jours ! Enfin, s'il travaillait vraiment ! Peut-être passait-il ses soirées et ses week-ends ailleurs, avec une autre femme.

— Ash, tu as une liaison ? demanda-t-elle d'une voix étranglée.

Les mots étaient sortis sans qu'elle puisse les retenir.

— Mais non, Mel, pas du tout ! protesta-t-il. Jamais je ne te ferais une chose pareille.

— Je suis désolée, c'est que... Enfin, je crois que je me sens seule. Je ne te vois jamais, et ça m'angoisse.

— Mais j'ai manqué plus d'une semaine de travail, argua-t-il.

Sous-entendu : comme c'était sa faute, elle ne pouvait s'en plaindre.

— Ecoute, Mel, soupira-t-il, je te promets d'essayer de rentrer pour le dîner. Ça te va ?

— Ce serait super.

— Je t'appelle dans la journée, et je te tiens au courant.

— D'accord. Je t'aime, Ash.

Il sembla hésiter.

— Moi aussi, dit-il enfin. A plus tard.

Elle raccrocha, tiraillée par des sentiments contradictoires. Il avait dit : « Moi aussi », et non : « Je t'aime, moi aussi. » On aurait dit qu'il n'était pas vraiment heureux de voir que son amour pour lui avait resurgi, alors qu'ils ne s'étaient retrouvés que depuis quelques jours.

Il pensait peut-être qu'elle se sentait obligée de lui dire ces mots. Et il essayait de lui faire comprendre qu'elle n'avait pas à se forcer, si elle ne se sentait pas prête.

Elle secoua la tête. Il fallait qu'elle arrête de se tourmenter ainsi, ou elle allait définitivement perdre la raison.

Désemparée, elle posa le front contre le marbre froid du comptoir. Réflexe idiot : elle recommença aussitôt à sentir des élancements dans son crâne. Il ne manquait plus que ça !

Il lui fallait trouver d'autres centres d'intérêt qu'Ash ! Elle devait reprendre ses études, retourner à la fac, avoir une vie à elle.

Cela réglerait son problème, et elle ne souffrirait plus du peu de temps qu'Ash avait à lui consacrer.

*
* *

Ash ne voyait pas pourquoi il se sentirait coupable d'aller travailler.

Mel allait devoir apprendre à s'y faire. Tous deux avaient pour habitude de mener des vies bien séparées. Quand il avait du temps à consacrer à Melody, il le faisait volontiers, et quand il n'était pas libre, elle occupait ses journées comme bon lui semblait.

Cela ne lui avait jamais posé de problème auparavant.

Evidemment, il était compréhensible qu'elle se sente seule, coincée à la maison. Ce qu'il lui fallait, c'était une voiture, et peut-être aussi ses cartes de crédit.

Ainsi pourvue, elle se sentirait sans doute mieux, plus libre.

Les portes de l'ascenseur qui l'amenait à son bureau s'ouvrirent. Il ne fut pas surpris de trouver Rachel à son poste. Elle avait pris l'habitude de travailler le samedi matin, et parfois même l'après-midi, en cas d'urgence.

— Bonjour, ma belle ! lui dit-il, tandis qu'elle le regardait arriver, amusée.

— Un café ? lui proposa-t-elle.

— Avec plaisir.

Il se débarrassa de sa veste et s'installa à son bureau.

— Comment va Melody aujourd'hui ? s'enquit Rachel en lui apportant une tasse fumante.

— Mieux.

Il avait donné à sa secrétaire une explication assez vague sur ce qui s'était passé la veille : Melody était sortie, elle ne s'était pas sentie bien et s'était trouvée dans l'incapacité de rentrer par elle-même.

Rachel n'avait pas pipé mot de ses « fiançailles », mais il devinait qu'elle ne tarderait pas à aborder le sujet.

— Je suis un peu étonnée de vous voir là, ce matin, fit-elle.

— Pourquoi ? Je travaille toujours le samedi.

— Oui, mais avec Melody convalescente…

— Elle va bien, décréta-t-il. Et puis ça lui fait du bien de s'occuper de son côté.

— Si vous le dites, dit Rachel en haussant les épaules.

Et sans lui laisser la possibilité de trouver d'autres excuses, elle quitta le bureau.

Il soupira. Melody était une grande fille, et elle s'était toujours montrée très indépendante. Une fois qu'elle aurait une nouvelle voiture et de l'argent à dépenser, elle retrouverait son ancienne assurance.

Il passa une bonne partie de la matinée au téléphone, avec un concessionnaire automobile. Comme Ash était un bon client, le vendeur proposa même de venir lui faire essayer le modèle qui l'intéressait à son bureau. Malheureusement, le modèle en question n'étant pas en stock, il fallait attendre le lundi suivant, pour que le véhicule soit acheminé de Los Angeles.

Une fois ce problème réglé, il passa plusieurs coups de fil pour réinitialiser les cartes de crédit qu'il avait fait suspendre après le départ de Melody. En express, les cartes arriveraient le même jour que la voiture.

Quand Rachel passa la tête dans l'entrebâillement de la porte pour lui signaler qu'elle partait, il s'apprêtait seulement à se mettre au travail.

— Restez chez vous demain, lui suggéra-t-elle. Melody a autant besoin de vous que Maddox. Probablement plus, même…

— Merci, docteur !

Dix minutes plus tard, il reçut un coup de fil de Brock.

— Je t'attends en salle de réunion, lui dit-il d'un ton sec. Tout de suite.

Il se renfrogna. Ça n'augurait rien de bon. Pourtant, il n'était pas d'humeur à se faire passer un savon, ni à supporter encore une fois les accusations de Brock au sujet de Melody.

Il se leva à contrecœur et se dirigea vers la salle de réunion.

Comme la porte était fermée, il frappa.

— Entre, fit la voix de Brock.

Ash prit une profonde inspiration. Bon sang, il n'avait vraiment pas besoin de ça ! Il poussa la porte, bien décidé à ne pas s'en laisser conter.

Quelle ne fut pas sa surprise de se retrouver devant une salle remplie de collègues qui s'écrièrent à son entrée :

— Surprise !

Il devait avoir l'air complètement ahuri, car tout le monde éclata de rire. De toute évidence, ces gens étaient là pour fêter quelque chose. Mais quoi ? Une augmentation dont personne ne lui aurait touché mot ?

Interloqué, il remarqua enfin un gâteau sur la table, et une banderole accrochée au plafond : « Félicitations, monsieur Melody Trent ! »

11

Les collègues d'Ash, Brock, Flynn, Jason Reagart, mais aussi Gavin Spencer, Celia Taylor et son fiancé, Evan Reese, plus quelques personnes du service communication, plusieurs créatifs et un bon nombre de cadres du service financier, se pressèrent autour de lui pour lui présenter leurs félicitations.

Tout le monde était au courant. Il serait impossible d'éviter un esclandre, le jour où il laisserait tomber Melody.

Entre deux accolades, quelqu'un lui tendit une coupe de champagne.

— Vraiment, il ne fallait pas…

— Tu plaisantes ! Une nouvelle pareille, ça se fête ! s'exclama Flynn. Nous aurions voulu inviter Melody, mais Rachel nous a dit qu'elle n'était pas très en forme.

Ash retint un soupir de soulagement. Il avait au moins échappé à cela.

Rachel, qu'il soupçonnait d'être à l'origine de cette initiative, se trouvait à l'autre bout de la salle, tout sourire. Il joua des coudes pour la rejoindre.

— Félicitations, monsieur Williams ! lui dit-elle en le serrant dans ses bras.

— Vous êtes virée, lui souffla-t-il.

— Ainsi soit-il ! répondit-elle sans se départir de son sourire.

Celia Taylor s'approcha et lui tendit une autre coupe.

— Tu dois en avoir besoin. Je sais que tu détestes ce genre de petites fêtes.

— Merci, fit-il, reconnaissant.

— Je suis tellement heureuse pour vous deux, reprit Celia. Je sais que les dernières semaines ont été très pénibles pour toi. C'est vraiment merveilleux que tout s'arrange. Vous avez déjà fixé une date pour le mariage ?

Il but une gorgée de champagne.

— Pas encore.

— J'espère que vous n'envisagez pas de vous marier en douce, à Las Vegas. Tout le monde ici attend son invitation de pied ferme !

Eh bien, tout le monde allait être déçu ! Mais il s'abstint bien évidemment d'en laisser rien paraître et se contenta d'un hochement de tête.

Il fallait qu'il s'échappe d'ici au plus vite. Mais il était coincé dans cette fête, avec une coupe de champagne qui ne désemplissait pas. Il fut tenté de s'enivrer pour ne plus penser à rien, mais renonça après le sixième verre.

Enfin, les convives commencèrent à s'en aller, et lorsqu'il ne resta plus que quelques cadres dans la salle, il jugea qu'il pouvait décemment s'éclipser.

— Je vais appeler un taxi pour rentrer, annonça-t-il.

Même s'il n'était pas ivre, il n'était pas en mesure de reprendre le volant.

— On y va, nous aussi, lui dit Celia. On va te déposer.

Son fiancé renchérit.

— Monte avec Celia. Je vous suis.

Ash accepta avec joie et prit congé des collègues qui restaient encore, agréablement grisés.

Une fois installé dans la voiture de Celia, il comprit qu'elle avait quelque chose à lui dire.

— Ça ne va pas ? lui demanda-t-il.

— Si, si, au contraire. Avec Evan, ça va même superbien, à tel point qu'on en a vraiment assez de vivre aussi loin l'un de l'autre.

— Si je te suis bien, cela veut dire que vous comptez vous rapprocher ?

— Tu as tout compris. Je vais déménager à Seattle, à la fin de l'année.

Il hocha la tête. Voir partir Celia ne l'enchantait pas, mais il fallait s'y attendre. Elle était follement amoureuse d'Evan et il aurait été égoïste de sa part de ne pas souhaiter que leur histoire réussisse.

— Tu vas donc quitter Maddox ?

— Pas exactement. Je serai en charge de la publicité pour Reese Enterprises, en tant que consultante de Maddox, mais depuis Seattle.

— Génial !

— C'est Brock et Flynn qui ont suggéré cet arrangement, ils ne voulaient pas me laisser partir.

— Tu m'étonnes ! Ils savent bien ce qu'ils te doivent. Une collaboratrice comme toi, ça ne se trouve pas facilement.

— Merci, Ash. Et tu sais, j'ai beau être enchantée de ce nouveau départ, vous allez tous me manquer.

— Tu sais qui va te remplacer ?

— Un certain Logan Emerson, qui doit commencer lundi prochain. Je vais le former pendant une quinzaine de jours, et puis je me consacrerai exclusivement au budget Reese. Je vais faire pas mal d'allers-retours, en attendant le déménagement.

— Tu vas nous manquer, toi aussi, mais il me semble que c'est en effet la meilleure solution.

Ils étaient arrivés devant l'immeuble d'Ash.

— Merci de m'avoir déposé, Celia.

— De rien. A lundi. Embrasse Melody de ma part. Quand elle ira mieux, il faudra qu'on s'organise un petit dîner tous les quatre.

— Oui, avec plaisir, mentit-il, sachant pertinemment que cela n'arriverait jamais.

Quand il rentra, l'appartement était plongé dans le silence et l'obscurité. Il songea un instant que Mel devait être sortie, avant de remarquer sa clé sur le comptoir de la cuisine. Pourtant elle n'était pas non plus dans sa chambre.

Perplexe, il entendit soudain l'eau couler. Elle était dans la salle de bains.

Comme la porte était ouverte, il jeta un coup d'œil à l'intérieur, et en découvrant Melody sous la douche, il eut aussitôt envie de l'y rejoindre.

Depuis qu'il l'avait surprise, l'autre jour, en train de visionner ce fameux film, une pensée ne cessait de le hanter : retrouver la même intensité émotionnelle qu'en cette occasion.

Il se débarrassa de sa veste et de ses chaussures en un tournemain, puis entra dans la salle de bains. La tête renversée et les yeux fermés, Mel se rinçait les cheveux et ne l'entendit pas.

La mousse du shampoing glissait le long de son dos et sur la courbe de ses fesses. Il fut pris d'une envie brûlante de suivre le trajet de cette mousse et de frictionner Melody lui-même. Mais celle-ci lui tourna bientôt le dos pour attraper le gel douche. Elle s'en versa un peu dans le creux de la main et entreprit de se savonner le corps.

Fasciné, il regardait les mouvements de ses mains sur ses seins, son ventre, ses bras… Ce n'étaient pas des gestes volontairement sensuels, mais il avait tellement envie d'elle qu'elle n'aurait pu le troubler davantage.

Les mains de Melody remontèrent bientôt vers ses seins, dont elle pinça les pointes, tout en fermant les yeux.

Bien entendu, ce n'était pas la première fois qu'il la voyait se toucher ainsi, mais c'était totalement différent cette fois-ci. Peut-être parce qu'elle ignorait qu'il l'observait et qu'elle ne jouait pas de rôle à son intention.

Il sentit son sexe durcir et tendre le tissu de son pantalon. Sans quitter Melody des yeux, il dénoua sa cravate et déboutonna sa chemise.

Les mains de Melody avaient abandonné ses seins pour descendre vers le triangle sombre, au bas de son ventre. Il tressaillit, parcouru par un long frisson de volupté, anticipant ce qu'il allait voir. Malheureusement, ce fut le moment qu'elle choisit pour rouvrir les yeux.

Son cri fut si perçant qu'il craignit un instant que leurs voisins ne croient à une agression.

— Tu m'as fichu une de ces frousses ! s'écria-t-elle.

Il s'attendait à ce qu'elle tente de dissimuler son corps, mais elle n'en fit rien, même si ses joues étaient devenues écarlates.

— Ça fait longtemps que tu es là ?

— Assez, en tout cas, pour avoir pu apprécier ce que j'ai vu…

— Tu devrais savoir que ça ne se fait pas d'espionner les gens ! gronda-t-elle. Et ne me dis pas que tu es en train de me filmer ! ajouta-t-elle, en se couvrant aussitôt les seins.

Il s'esclaffa.

— Il n'y a pas de caméra, rassure-toi, dit-il en achevant de déboutonner sa chemise. Et puis je ne t'espionnais pas… Je regardais, c'est tout.

— C'est exactement la même chose.

— Arrête, on dirait que j'étais en train de te lorgner à travers la serrure !

Il jeta sa chemise par terre.

Mel suivit son geste, et ses yeux tombèrent sur le renflement qui déformait son pantalon. Elle sembla paniquée.

— Que… qu'est-ce que tu fais ?

— J'enlève mes vêtements.

— Pour quoi faire ?

— Pour prendre une douche.

Il ôta ses chaussettes et déboutonna son pantalon dont il se défit en même temps que de son boxer.

— Avec moi ? demanda-t-elle d'une voix soudain tremblante et suraiguë.

— Oui, à moins qu'il y ait quelqu'un d'autre avec toi, sous la douche…

Il s'approcha, faisant mine d'explorer la cabine. La panique de Mel sembla monter d'un cran quand elle posa les yeux sur son sexe dressé.

— Je croyais qu'il ne fallait pas précipiter les choses, bredouilla-t-elle en reculant contre la paroi de la cabine, palpitante d'inquiétude.

— N'aie pas peur, la rassura-t-il en entrant à son tour. Je veux juste être près de toi.

Il ne mentait pas. Cela ne le dérangeait pas s'ils ne faisaient pas l'amour, il avait juste besoin de la toucher, d'explorer de ses mains chaque centimètre carré de sa peau. Et elle ne le caresserait en retour que si elle en avait envie. C'était elle qui déciderait.

Mais elle se tenait toujours dans un coin de la cabine, à l'observer avec anxiété.

— Je vais sans doute te paraître stupide, avoua-t-elle, mais je suis terriblement nerveuse.

— Je le vois bien, la rassura-t-il, mais nous allons prendre notre temps. Si tu trouves que les choses vont trop loin, on s'arrêtera. D'accord ?

Mel hésita quelques secondes et déglutit avec difficulté.

— D'accord.

Il lui prit alors doucement les mains et l'attira contre lui, sous le jet de la douche. Il voulait l'embrasser, retrouver le baiser magique qui les avait unis l'autre jour. Mais, quand il se pencha vers Melody, son sexe dressé lui frôla le ventre. Elle sursauta aussitôt, avant d'étouffer un rire nerveux.

— Ce n'est que moi, souffla-t-il à son oreille.

— Je sais, je suis ridicule. Excuse-moi.

Bizarrement, il aimait bien sa gaucherie. C'était agréable que Melody n'essaie pas de prendre le contrôle de la situation, que, pour une fois, elle lui laisse l'initiative.

— Tu sais quoi ? J'ai une meilleure idée. Tourne-toi.

Il prit le gel douche et en versa un peu dans sa main.

— Qu'est-ce que tu veux faire ?

— Te laver le dos.

Comme elle lui lançait un regard inquiet, il s'empressa d'ajouter :

— Uniquement le dos, je te le promets.

Mel posa les mains sur la paroi et le laissa la savonner, depuis les épaules jusqu'au bas du dos.

— C'est bon, murmura-t-elle tandis qu'il lui massait les épaules.

Il sentit qu'elle commençait à se détendre. Enhardi, il poursuivit son massage en descendant progressivement, mais dès qu'il lui effleura les fesses, elle se raidit de nouveau.

— Décontracte-toi, lui dit-il pour l'encourager, en remontant les mains. C'est censé être agréable…

— Je suis désolée, je ne sais pas pourquoi je suis aussi nerveuse. Je n'étais pas comme ça, l'autre jour, à l'hôtel…

— Peut-être parce que tu savais pertinemment que tu ne pourrais pas faire l'amour, à ce moment-là.

— Peut-être, fit-elle sans conviction.

Il interrompit son massage.

— J'ai l'impression que tu ne me dis pas tout.

— Non, mais ça n'a pas d'importance. C'est juste une idée stupide.

Il la força à se retourner. Elle était tellement attirante, avec ses cheveux dégoulinants et ses sourcils froncés.

— Si quelque chose te perturbe, ça n'a rien de stupide. Et si tu ne m'expliques pas de quoi il s'agit, nous ne pourrons pas résoudre le problème.

— C'est à cause de ces vidéos…

— Celle de la douche ?

Melody secoua la tête, fixant obstinément ses pieds.

— Non, les deux autres. Je sais que c'était moi, mais ce n'est plus moi. Cette femme… Elle était si sûre d'elle, si sexy. Je ne pourrai jamais faire ce qu'elle faisait, ni prononcer les mêmes mots… Je ne peux plus être cette femme.

Il haussa les épaules.

— Et alors ?

Le regard de Mel, si plein de souffrance et de peur, le heurta et le dégrisa sur-le-champ.

— J'ai tellement peur de te décevoir, Ash.

Il ne s'agissait pas d'un de ces jeux sexuels auxquels elle jouait habituellement avec lui. Non, elle était véritablement bouleversée. Jamais il ne l'avait vue aussi vulnérable. Pas même pendant son séjour à l'hôpital.

— Mais comment pourrais-tu me décevoir ? C'est impossible.

Elle parut sceptique.

— Ecoute-moi bien, lui dit-il en l'obligeant à relever la tête. Je n'ai pas envie de retrouver la Melody que l'on voit sur ces vidéos. Je te veux, toi…

Il comprit soudain que c'était probablement la chose la plus honnête qu'il lui ait jamais dite. Car il la désirait comme jamais il n'avait désiré l'autre Melody.

Dans ce cas, pourquoi attendait-il toujours qu'elle agisse

comme l'ancienne Melody ? Il devait bêtement s'imaginer qu'elle allait abandonner toutes ses inhibitions comme par magie, dès l'instant où il la toucherait.

Il avait envie d'elle, ça oui. Mais pas si cela devait la blesser ou la perturber. Le jeu n'en valait pas la chandelle. Physiquement, elle était sans doute prête, mais, émotionnellement, c'était une tout autre affaire. Il allait trop vite.

Il ferma aussitôt le robinet de la douche, s'étonnant lui-même d'être devenu aussi prévenant.

— Qu'est-ce que tu fais ? s'enquit Mel.

Elle paraissait de plus en plus perdue, mais il fallait bien avouer qu'il y avait de quoi. D'abord, il prétendait vouloir patienter et refusait ses avances ; ensuite, il l'agressait presque sexuellement, avant de changer de nouveau d'avis. Ce n'était pas parce qu'il lui avait acheté une voiture et projetait de lui donner des cartes de crédit qu'il devait se figurer qu'elle lui appartenait. Melody, elle, n'avait rien demandé.

— Viens, sortons de la douche.

— Mais…

— Tu n'es pas prête, c'est évident, je n'aurais jamais dû te mettre la pression comme ça. Je me suis conduit comme un imbécile.

Il attrapa une serviette dont il l'enveloppa, puis il sortit à son tour de la cabine pour en nouer une autre autour de ses hanches.

Melody restait immobile, l'observant, perplexe.

— Tout va bien ? demanda-t-il.

Elle acquiesça, sans toutefois bouger d'un pouce.

— Habillons-nous, reprit-il. Et si ton offre de dîner tient toujours, j'aimerais beaucoup déguster l'un de tes bons petits plats. A moins que tu ne préfères sortir. C'est toi qui choisis.

— D'accord, fit-elle sans préciser ce qu'elle préférait.

Il ramassa ses vêtements, avant de la rejoindre dans la chambre.

Au lieu de la trouver en train de se rhabiller, il découvrit Mel allongée sur son lit. Les draps ne couvraient que ses jambes, laissant voir une jeune femme d'autant plus sexy qu'elle ne forçait pas sa nature. Elle avait des seins somptueux, qu'il brûlait de caresser, d'embrasser, de mordiller… Mais il ne devait pas la brusquer.

— Tu veux faire une sieste ? parvint-il à lui demander sur un ton neutre.

Elle secoua la tête et tendit la main.

— Viens…, murmura-t-elle.

Que voulait-elle, au juste ?

— Mel…

— Viens ici, fit-elle plus fermement.

— Mais je croyais… que nous devions attendre.

Bien que toujours aussi perplexe, il laissa glisser sa serviette à terre et se faufila entre les draps, qui collèrent à sa peau humide.

Il s'allongea à côté d'elle, en évitant soigneusement de la frôler.

— Ça y est, je suis là. Et maintenant ?

— Maintenant, je veux que tu m'embrasses. Et que tu me touches.

Elle n'aurait pu lui donner un ordre plus agréable. Malgré son excitation, il devait absolument savoir jusqu'où elle était disposée à aller, avant de répondre à ses demandes.

— Ecoute, je ne voudrais surtout pas franchir de limites, alors il faut que tu me dises ce que tu veux exactement.

— Je veux qu'on fasse l'amour, Ash.

Sans le quitter des yeux, elle se redressa un peu, attendant manifestement qu'il l'embrasse.

Il savait que l'ancienne Mel aurait voulu qu'il la prenne avec fougue. La nouvelle Mel, en revanche, ignorait ce qu'elle souhaitait. Alors il était libre de ses choix, tel un peintre devant une toile blanche.

Mais, cette fois, c'était un tableau qu'ils peindraient ensemble.

12

Quand Ash se pencha pour l'embrasser, caressant son visage avec tendresse, Melody sut qu'elle serait toujours en sécurité avec lui.

Elle n'avait qu'une conscience confuse de ce qui s'était passé dans la salle de bains, mais lorsqu'il l'avait enveloppée dans une serviette et lui avait dit qu'il ne l'importunerait plus, un déclic s'était produit. Elle avait compris qu'elle le désirait et qu'elle était prête. Et elle le voulait tout de suite ! Il était grand temps de cesser de regarder en arrière et de se concentrer sur l'avenir.

Les lèvres d'Ash effleurèrent les siennes avec douceur, et le reste d'anxiété qu'elle éprouvait encore s'évapora dans leurs souffles mêlés. Tous ses sens s'éveillèrent sous les baisers qu'il lui donnait, et son corps s'embrasa au contact des mains expertes qui la caressaient. C'était comme si Ash possédait une carte de ses zones érogènes, et qu'il les explorait l'une après l'autre, jusqu'à la rendre folle de désir. Il la faisait trembler de tous ses membres, la conduisant jusqu'au bord de l'extase, ralentissant juste avant qu'elle ne l'atteigne.

A côté de l'habileté dont il faisait preuve, elle se sentait maladroite, mais à aucun moment il ne sembla incommodé par sa gaucherie. Rien n'était plus érotique pour elle que d'explorer son corps puissant, de le redécouvrir et de réapprendre ce qu'il aimait. Outre le fait qu'Ash semblait apprécier le contact de sa langue, il paraissait aussi beaucoup aimer qu'elle le chevauche et titille de son pouce le bout de sa hampe dressée.

— Oh, Mel, c'est divin, souffla-t-il, les yeux mi-clos, en empoignant les draps.

— Je faisais ça avant ? s'enquit-elle.

Il secoua la tête et rouvrit les yeux.

— J'aimerais bien me retenir, mais si tu continues ainsi, cela va être impossible, dit-il d'une voix hachée.

— Ce n'est pas grave.

— Si ! Je veux venir en toi.

Elle se plaça aussitôt sur lui.

— Tu es sûre ?

Jamais elle n'avait été plus sûre de quoi que ce soit. Les yeux rivés aux siens, elle s'empala lentement sur lui. Elle était certaine que faire l'amour ne lui avait encore jamais procuré cette sensation étonnante : elle se sentait enfin complète.

Alors elle imprima à son corps un mouvement de va-et-vient lascif, qui tira un gémissement de son partenaire. Il passa les bras derrière son cou pour l'attirer à lui. Puis, lentement, il la fit basculer sur le dos et l'observa avec un sourire carnassier.

Elle ouvrit la bouche pour protester contre ce soudain changement de dynamique, mais il ne lui en laissa pas le loisir. L'ardeur redoublée qu'il mit dans ses mouvements lui arracha des gémissements de plaisir.

Il la pénétrait et se retirait avec régularité, sans la quitter des yeux. C'était comme dans la vidéo de la douche, mais en mieux, parce que, cette fois, c'était bien réel.

Tout ce qu'elle avait espéré, et bien plus encore.

Elle avait envie de lui crier d'aller plus vite et plus fort, mais les mots se perdaient quelque part entre son cerveau et ses lèvres. Elle se sentait paralysée, au bord d'un précipice où chaque coup de boutoir menaçait de la précipiter.

Il accéléra encore le rythme. Le corps de Mel se mit à frémir, puis à trembler, et le plaisir prit possession d'elle avec une violence inouïe. A son tour, il atteignit le pic du plaisir dans un gémissement sourd, le corps secoué de soubresauts.

Il laissa tomber sa tête sur l'épaule de Mel. Epuisés, tous les deux, ils cherchèrent à reprendre leur souffle. Puis il l'embrassa une dernière fois et roula sur lui-même, pour se retrouver sur le dos.

— Ne le prends pas mal, dit-il en l'attirant contre son

flanc, mais c'est de loin le coït le plus apaisé que nous ayons jamais eu.

Sur les vidéos, elle avait pu constater sa fâcheuse tendance à se montrer bruyante pendant leurs ébats, mais elle avait supposé qu'elle exagérait pour la caméra. Jamais elle n'aurait cru qu'elle se manifestait toujours comme ça.

— Je peux essayer de me faire entendre davantage, la prochaine fois, proposa-t-elle.

— Oh, non, fit-il précipitamment. Je préfère le calme. Cela m'évite les regards entendus des voisins dans l'ascenseur...

Elle se releva sur un coude.

— Tu plaisantes !

Visiblement pas. Elle s'empourpra violemment à l'idée que leurs voisins aient ainsi profité de leur intimité.

— J'ai encore du mal à croire que je me comportais ainsi. Et tu sais, j'avais supposé qu'en retrouvant la mémoire je redeviendrais la personne que j'étais. Mais, tout compte fait, je crois que je n'en ai pas envie. Je préfère la personne que je suis aujourd'hui.

— Moi aussi, en fait.

Pourvu qu'il soit sincère, qu'il ne soit pas secrètement déçu par la nouvelle Melody !

— Alors tu ne regrettes pas le maquillage, la coiffure parfaite et les vêtements chic ?

— A vrai dire, je n'y prêtais pas vraiment attention. Les vêtements que tu portes me plaisent bien, et j'aime beaucoup tes cheveux comme ça.

Il approcha la main pour glisser une de ses mèches derrière son oreille.

— Quant au maquillage, j'ai toujours pensé que tu n'en avais pas besoin.

— Je devais manquer d'assurance quand j'étais enfant.

— Tu t'en souviens ? lui demanda-t-il, tandis que son front se barrait d'un pli qui semblait indiquer de la contrariété.

— Pas vraiment. C'est difficile à expliquer. C'est juste un sentiment que j'ai. Je regarde ce que j'étais, et cela me semble tellement éloigné de ce que je suis maintenant que j'ai l'impression d'avoir dû jouer un rôle. Je devais essayer d'être une autre femme. Ça doit signifier que je ne m'aimais pas beaucoup, tu ne crois pas ?

— Peut-être.

— Cela ne te dérange pas si je m'achète une nouvelle garde-robe ?

— Achète tout ce qui te fait plaisir, lui répondit-il en souriant.

— J'aurai probablement besoin que tu m'emmènes en ville, car je n'ai pas très envie de prendre le bus. Tu pourrais me déposer, et je t'appellerais quand j'aurais terminé ?

— Et si tu prenais toi-même le volant ?

Il avait raison après tout, elle ne prenait plus d'antalgiques et ses vertiges avaient disparu.

— Pourquoi pas ? Si tu ne vois pas d'inconvénient à me prêter ta voiture.

Il esquissa un sourire malicieux, ce sourire qui la faisait fondre.

— Je voulais attendre lundi qu'elle arrive pour t'en parler, mais…

— Tu voulais attendre que « qui » arrive ?

— J'avais envie de te faire la surprise, mais autant te l'annoncer maintenant.

Il sauta du lit, aussi excité qu'un petit garçon, et ramassa son pantalon par terre. Après en avoir sorti son téléphone portable, il revint s'allonger à côté d'elle. Mais elle dut patienter encore : il joua avec son écran tactile et se déroba quand elle essaya de regarder par-dessus son épaule.

— Attends un peu.

Que cachait ce sourire malicieux ? Enfin, il lui tendit le téléphone, et elle découvrit la photo d'une voiture à l'écran. Un superbe coupé sport, bleu métallisé.

— Je croyais que ta voiture était neuve, s'étonna-t-elle.

— Elle l'est.

— Alors pourquoi en acheter une autre ?

Il éclata d'un rire sonore.

— Mais pour toi, bien sûr ! C'est ta voiture. Enfin, pas exactement celle-là, mais le même modèle.

— Tu m'as acheté une voiture ? fit-elle, incrédule.

— Tu en as besoin, non ?

— Ash !

Elle se jeta à son cou et le serra avec fougue.

— Merci, merci, merci !

— Ce n'est rien, fit-il, en riant de bon cœur.

— Pour toi, peut-être, mais pour moi c'est énorme !

— Regarde, si tu tapes ici, tu peux l'observer sous plusieurs angles.

Mel s'appuya contre son oreiller et étudia les différentes photos qu'il avait prises.

— Elle est superbe, je suis déjà impatiente de la conduire !

— C'est un modèle très sûr. Et j'ai pris toutes les options possibles et imaginables !

Elle continuait à faire défiler les photos.

Quand, tout à coup… ce n'était plus une voiture qu'elle avait sous les yeux. Il lui fallut une bonne seconde pour comprendre ce qu'elle voyait à l'écran.

Au moment où elle comprit, la tête se mit à lui tourner.

Soudain, le visage de Mel était devenu pâle comme un linge. Elle porta une main à sa bouche, comme pour réprimer un haut-le-cœur.

Il se rassit précipitamment.

— Que se passe-t-il, Mel ?

Elle secoua la tête et dit d'une voix blanche :

— Je devrais être morte.

Il jeta un œil sur l'écran de son portable et comprit. Elle était tombée sur les clichés qu'il avait pris à la fourrière, ceux qui montraient l'épave de sa voiture. Il les avait complètement oubliés !

— Arrête de regarder ça ! dit-il en lui retirant le téléphone des mains.

Mais il était trop tard, hélas, elle avait vu. Il aurait dû effacer ces horribles photos, ou tout au moins les transférer à l'abri, sur son ordinateur.

— Je ne voulais pas que tu les voies, je suis vraiment navré.

Elle leva vers lui des yeux ronds comme des soucoupes.

— Comment j'ai survécu à cet accident ?

— Tu as eu beaucoup de chance.

— Je comprends maintenant pourquoi tout le monde ne cessait de me le répéter, à l'hôpital. Tu as d'autres photos ?

— Cinq ou six, je crois. Je vais les effacer.

Elle tendit la main vers le portable.

— Je veux les voir.

— Mel…

— Ash, il faut que je les voie !

— Mais pourquoi ? Ça risque de te perturber.

— C'est encore pire si je ne les vois pas ! S'il te plaît.

A contrecœur, il lui tendit son portable, sans la quitter des yeux tandis qu'elle faisait défiler les photos. Quand elle eut atteint la dernière, elle se les repassa dans l'autre sens. Elle recommença plusieurs fois avant de fermer les yeux très fort, comme si elle essayait d'effacer les images imprimées sur sa rétine.

Il s'en voulait de l'avoir laissée faire. Mais pourquoi n'avait-il pas effacé ces photos plus tôt !

— Mel, rends-moi mon portable…

— J'ai fait des tonneaux, murmura-t-elle.

— Oui. Et puis tu as heurté un arbre. Le médecin te l'a raconté, tu t'en souviens ?

Elle fronça les sourcils fouillant apparemment dans sa mémoire.

— L'intérieur était noir, il y avait des lumières rouges sur le tableau de bord. Et le levier de vitesses…

Elle tendit sa main droite, comme si elle s'emparait du levier.

— Il était rouge aussi !

Elle rouvrit les yeux et les leva sur Ash.

— Il y avait un arbre désodorisant, suspendu au rétroviseur. Qui sentait la noix de coco.

Elle n'avait pu voir tout ça sur les photos. Il n'y avait donc plus qu'une seule explication possible : elle se souvenait.

— Quoi d'autre ?

— Je revois les tonneaux. J'étais morte de peur, j'avais mal, je pensais que j'allais mourir. C'était horrible. Je m'en souviens maintenant.

Combien de temps faudrait-il pour que le reste revienne ? S'était-elle rendu compte qu'elle faisait une fausse couche ?

Il posa une main rassurante sur son épaule.

— C'est terminé. Tu es en sécurité maintenant.

Elle plongea ses yeux dans les siens.

— Il y a autre chose.

Il retint son souffle.

Elle le fixa pendant ce qui lui sembla durer une éternité, puis secoua la tête.

— Je ne sais pas. Je sens qu'il y a quelque chose, mais j'ignore quoi.

— Ça viendra, la rassura-t-il.

Au fond de lui, c'était exactement le contraire qu'il espérait.

13

Cette nuit-là, Mel fit un cauchemar.

Après avoir savouré un repas chinois et regardé un film auquel ils n'avaient guère prêté attention, Ash l'avait accompagnée jusqu'à son lit. Il avait l'intention de travailler un peu dans son bureau, mais elle lui avait pris la main.

— Reste, s'il te plaît, l'avait-elle supplié.

Il n'avait pas eu le courage de refuser. Ils s'étaient alors déshabillés et couchés. Il avait effleuré ses lèvres, pour lui souhaiter bonne nuit, persuadé qu'elle n'avait aucune envie de faire l'amour.

Mais, à sa grande surprise, Melody avait noué les bras autour de son cou et lui avait chuchoté à l'oreille :

— Prends-moi encore.

Il s'attendait toujours à ce que le côté agressif qu'il avait connu reprenne le dessus, mais elle semblait apprécier au contraire que ce soit lui qui prenne l'initiative.

Et il se rendait compte, non sans étonnement, qu'il préférait vraiment cela à l'attitude provocatrice qu'elle adoptait auparavant.

Après l'amour, elle s'était pelotonnée contre lui, brûlante et détendue, et ils avaient sombré dans un sommeil réparateur.

Pourtant, quelques heures plus tard, Melody s'était réveillée en sursaut et redressée, la respiration saccadée, les yeux hagards.

Il se releva à son tour et posa la main sur son épaule. Elle était trempée de sueur, tout comme le drap. Il craignit d'abord qu'elle n'ait de la fièvre, mais sa peau était fraîche.

— Je faisais des tonneaux, dit-elle, articulant avec peine. Je roulais, je roulais sur moi-même et je ne pouvais rien faire…

— Tu as fait un cauchemar, murmura-t-il. Tout va bien, je suis là.

C'était probablement parce qu'elle avait découvert les photos de sa voiture, quelques heures plus tôt. Il n'aurait pas dû se montrer aussi négligent.

— J'ai mal à la tête, se plaignit-elle, en pressant ses tempes. Ça me lance.

Difficile de déterminer si Mel souffrait réellement en cet instant ou si elle revivait le moment de l'accident. Elle paraissait prisonnière entre le rêve et la réalité.

— Tu veux un cachet ? lui proposa-t-il.

Elle frissonna et se blottit contre lui.

— J'ai froid.

— Viens, dit-il.

Elle se laissa conduire sans opposer de résistance.

— On va dans ma chambre, lui expliqua-t-il. Pour dormir dans des draps secs.

Il la coucha, puis s'allongea à ses côtés. Il resta à écouter sa respiration, guettant le moment où elle deviendrait régulière, avant de s'endormir à son tour.

Vers le matin, Mel le réveilla, inquiète.

— Ash, qu'est-ce qu'on fait dans ta chambre ?

De toute évidence, elle n'avait aucun souvenir de ses terreurs nocturnes.

— Tu as fait un cauchemar, marmonna-t-il, sans parvenir à ouvrir les yeux.

— Ah bon ?

— Tu avais beaucoup transpiré, alors nous sommes venus dans mon lit, pour dormir au sec.

Après quoi, il replongea aussitôt dans le sommeil. Quand il se réveilla pour de bon, il était plus de 8 heures, c'est-à-dire bien plus tard que l'heure à laquelle il avait l'habitude de se lever, y compris le dimanche. Il lui faudrait faire l'impasse sur la salle de gym et se rendre directement au travail.

Il se doucha et s'habilla de manière décontractée, vu qu'il était rare de croiser quelqu'un au bureau, le dimanche.

Mel était dans le salon, assise sur le sofa, les genoux repliés sous le menton. Avec son T-shirt, son jean et ses cheveux attachés en queue-de-cheval, on ne lui aurait pas donné plus de dix-huit ans.

Elle l'accueillit avec un grand sourire.

— Bonjour !

Il lui déposa un baiser sur les lèvres. Elles avaient un goût de café et une saveur un peu sucrée, celle d'une viennoiserie peut-être. Et Mel sentait le savon qu'ils avaient utilisé la veille, sous la douche.

Il dut faire un puissant effort de volonté pour résister à la tentation de la prendre dans ses bras et de la ramener au lit sur-le-champ. Mais il devait se montrer raisonnable.

— Bonjour, dit-il à son tour, quand il s'écarta d'elle.

— Le café est prêt, lui répondit-elle en souriant.

— Tu es debout depuis longtemps ?

— 6 heures et demie.

Elle l'avait suivi dans la cuisine, et s'installa sur un tabouret haut.

— J'ai été un peu désorientée ce matin, de me réveiller dans un lit où je ne m'étais pas endormie.

— Tu ne te souviens de rien ?

Elle secoua la tête.

— Non. En revanche, j'ai eu de nouvelles réminiscences. Tu sais, le bouquin que je suis en train de lire, eh bien je l'ai déjà lu ! A vrai dire, je m'en doutais, vu qu'il était sur mon étagère, mais, ce matin, je l'ai repris et toute l'histoire m'est revenue d'un coup. Je savais comment ça se terminait. Du coup, je suis allée regarder d'autres livres dans la bibliothèque, et rien qu'en lisant leur quatrième de couverture, je me suis souvenue d'en avoir lu plusieurs.

Cela devait arriver, bien sûr ! Mais, malgré sa contrariété, il ne pouvait s'empêcher d'admirer la rapidité des progrès de Melody.

— Eh bien dis donc, tu n'as pas perdu ton temps, commenta-t-il, en s'efforçant de n'en rien laisser paraître.

— Tu peux le dire ! Mais ce qui me semblait insensé, c'était que je parvenais à me rappeler des romans, mais rien concernant ma propre mère. Et, tout à coup, j'ai repensé à la photo…

— Quelle photo ?

— Celle de ma mère et moi, quand j'avais treize ans.

Il voyait de quoi il s'agissait. Cette photo se trouvait auparavant dans la chambre de Melody, mais il ne l'avait pas revue depuis qu'ils étaient revenus du Texas. Il n'avait pas non plus souvenir de l'avoir aperçue dans son appartement, là-bas.

— Je vois en effet à quelle photo tu fais allusion, mais je ne sais pas où elle peut bien se trouver.

— Moi, si ! s'exclama-t-elle. J'ai eu une sorte d'éclair : elle était dans la poche avant de ma valise. J'ai vérifié, et c'était exact.

Il sentit son estomac se nouer.

— Dans ta valise ?

— Oui, j'ai dû l'emporter avec moi en partant d'ici.

— C'est probable, en effet.

Il était atterré. Dire qu'il avait fouillé tous ses bagages, pour ne rien y laisser qui puisse raviver sa mémoire ! Mais il s'était effectivement contenté de tâter les poches de sa valise, sans pousser plus avant ses recherches. Heureusement que ce n'était qu'une photo, sinon l'erreur aurait pu lui être fatale.

— Et j'ai trouvé autre chose, annonça-t-elle.

Il y avait une nuance, dans l'expression de Melody, dans la façon dont elle le scrutait, qui lui fit comprendre que les choses devenaient plus sérieuses.

Elle sortit de la poche de son jean quelques feuilles de papier pliées en quatre et les lui tendit. En les défroissant, il comprit immédiatement de quoi il s'agissait. C'était le contrat de location de l'appartement que Melody occupait à Abilene.

La situation prenait décidément une tournure qu'il n'aimait pas. Il aurait vraiment dû vérifier les poches de cette maudite valise !

— Je n'étais pas en voyage d'études, n'est-ce pas ? fit-elle.

Il secoua la tête.

— J'étais partie, c'est ça ? Je t'avais quitté ?

Sans un mot, il acquiesça.

— J'ai vraiment essayé de me remémorer ce qui s'est passé et les raisons de mon départ, ajouta-t-elle, mais ça ne me revient pas

En d'autres termes, elle ne se souvenait pas non plus de sa liaison avec un autre homme, ni de l'enfant qu'elle avait perdu.

C'était toujours cela de pris. Tant que Melody ne se le rappelait pas, il pouvait feindre l'ignorance.

— Tu n'as pas laissé de mot, expliqua-t-il. Un jour, je suis rentré du travail, et tu n'étais plus là. J'en ai conclu que je ne devais pas te rendre heureuse.

Elle fronça les sourcils.

— Je suis partie du jour au lendemain, et tu n'as pas cherché à me retrouver ?

— Pas au début, admit-il. J'étais trop en colère contre toi. Et trop fier aussi, sans doute. Et puis je me suis dit qu'au bout d'une semaine ou deux tu changerais d'avis. Je pensais que tu serais malheureuse sans moi. Sauf que tu n'es pas revenue, et que c'est moi qui étais malheureux. Alors, j'ai fait appel aux services d'un détective privé.

— Et tu as découvert où j'étais.

— Oui. Dès que j'ai su, j'ai sauté dans un avion pour le Texas, bien décidé à tout faire pour te convaincre de revenir avec moi.

— Mais j'étais amnésique, et tu m'as fait croire que j'étais partie en voyage d'études.

Il hocha la tête.

— Je craignais qu'en apprenant la vérité tu ne refuses de repartir avec moi. Alors je me suis rendu dans la maison que tu avais louée, j'ai emballé tes affaires et je les ai fait livrer ici. Je…

Tous ses plans tombaient à l'eau ! C'était la conversation qu'ils devaient avoir quand il romprait avec elle. Pas au moment où il était en train de tomber amoureux d'elle.

— Continue, insista-t-elle.

— Je… J'ai fouillé dans les dossiers de ton ordinateur et j'ai effacé pas mal de choses, reprit-il, prenant son courage à deux mains. Parce que je craignais que tes photos, tes mails, tes chansons ne t'aident à retrouver la mémoire.

Elle hocha pensivement la tête, comme si, tout en assimilant ces informations, elle cherchait à déterminer si elle devait ou non se mettre en colère.

— Et… tu l'as fait parce que tu avais peur de me perdre, c'est bien ça ?

— Oui.

Ce n'était pas si loin de la vérité, après tout, mais pas pour la raison qu'elle imaginait.

Il soupira. Au point où il en était, autant poursuivre ses aveux.

— Il y a encore autre chose, ajouta-t-il.

Melody prit une profonde inspiration, s'attendant manifestement à des révélations désagréables.

— Vas-y, je t'écoute.

— Les hôpitaux ne donnent aucune information médicale à des étrangers. Pour savoir quelque chose sur un patient, il faut être un parent proche : un père, une mère, un époux, un fiancé…

Mel ne mit pas longtemps à comprendre. Au changement qui survint dans son expression, il aurait même pu dire à quel instant exactement le déclic s'était produit.

— Nous ne sommes pas fiancés, murmura-t-elle.

— C'est le seul moyen que j'ai trouvé pour obtenir des informations sur ton état de santé, plaida-t-il. Le médecin ne m'aurait rien dit, autrement.

Le visage de Melody exprimait un vif tourment, et il crut un instant qu'elle allait être malade. Elle retira sa bague et la posa sur le comptoir.

— Je suppose que tu souhaites la récupérer. Ça doit être une fausse, de toute façon.

— Non, c'est une vraie pierre. Elle… elle appartenait à mon ex-femme.

Mel respirait par à-coups, cherchant à contenir la rage qui bouillonnait en elle

Il espérait presque qu'elle le gifle. Cela les aurait sans doute soulagés, tous les deux.

— Tu as agi ainsi parce que tu avais peur de me perdre ? insista-t-elle, lui offrant, sans le savoir, une échappatoire.

— Oui, Mel, aussi bizarre que cela puisse paraître.

Même s'il se conduisait comme le pire mufle de la Terre, son aveu partiel lui ôtait un poids énorme des épaules. Enfin il respirait un peu plus librement, pour la première fois depuis le jour où il était entré dans cette chambre d'hôpital.

— Tu n'imagines pas à quel point tous ces mensonges me pesaient, confessa-t-il.

— C'est pour cela que tu n'as pas cessé de m'éviter ?

— Que veux-tu dire ? demanda-t-il, étonné.

— Tout ce temps passé à ton bureau, en soirée et le week-end…

— Mais je te l'ai déjà dit, j'ai toujours eu l'habitude de travailler très tard, le soir. Ce n'est pas nouveau.

— Et cela a toujours été dans tes habitudes de prétendre que tu allais au bureau alors que ce n'était pas vrai ?

Il fronça les sourcils. De quoi parlait-elle ?

— Mais non ! riposta-t-il. Où vas-tu chercher cela ? Si je t'ai dit que j'étais au bureau, c'est que j'y étais !

— J'ai appelé à ton bureau hier après-midi pour te parler du dîner, mais tu n'as pas répondu. J'ai aussi laissé un message, et tu ne m'as jamais rappelée.

Il aurait pu prétendre qu'il faisait des photocopies ou se trouvait en réunion, mais il était las de mentir.

— J'étais bien au bureau, mais Brock et Flynn avaient décidé d'organiser une petite fête surprise, pour célébrer nos fiançailles.

Mel écarquilla les yeux.

— Cela a dû être pour le moins étrange !

— Je ne te le fais pas dire.

— C'est un peu ma faute, puisque c'est moi qui ai vendu la mèche.

— Mais non, Mel, rien de tout cela n'est ta faute ! s'exclama-t-il. Et je te trouve au contraire bien magnanime de ne pas m'avoir égorgé, après ce que je viens de te révéler.

— C'est vrai que la tentation a été grande, mais, en même temps, j'ai surtout envie de te remercier.

— Me remercier ? Mais pourquoi ?

— Si tu n'avais pas tout fait pour me ramener à toi, je n'aurais jamais su à quel point je pouvais être heureuse à tes côtés.

Elle le remerciait de lui avoir menti !

— Mais je te préviens, reprit-elle, si la situation n'évolue pas, tu vas me perdre de nouveau.

Cela ne sonnait pas comme des paroles en l'air. Mel avait même l'air des plus sérieuses.

— De quelle situation tu parles ?

— Tu passes tout ton temps au travail. Tu pars avant que je me réveille et tu reviens alors que je suis déjà couchée. Cela pourrait être plus facile à digérer si tu me consacrais au moins tes week-ends, mais même pas. Au fond, je me demande à quoi cela sert que nous vivions ensemble si nous sommes en permanence chacun de notre côté.

Jamais l'ancienne Melody ne se serait plainte de la situation. Elle ne lui aurait jamais reproché le nombre d'heures qu'il passait au travail. Même si elle en souffrait. Et c'était peut-être ça le problème…

Il reconnaissait que, juste avant le départ de Mel, il passait le plus clair de son temps à travailler, que ce soit chez Maddox ou ici, dans son bureau personnel. Et si ses souvenirs étaient exacts, il lui avait semblé que plus il s'éloignait de Mel, plus elle cherchait à retenir son attention, redoublant d'efforts pour pimenter leurs étreintes. Certains soirs, il avait presque eu l'impression d'étouffer.

Et puis tout à coup elle était partie.

Peut-être, finalement, était-ce lui qui l'avait poussée dans les bras d'un autre homme… De toute façon, leur ancien mode de relation ne pourrait plus fonctionner. Mel ne se satisferait plus de cette sorte de contrat dénué de toute implication émotionnelle. Elle voudrait qu'il s'investisse davantage et partage ses sentiments.

Mais était-il prêt, lui, pour un tel engagement ? Jamais il n'y aurait songé avec l'ancienne Melody, mais la femme qu'elle était devenue le séduisait totalement. S'il devait se remarier un jour, il s'imaginait volontiers avec elle.

Il savait néanmoins qu'une vraie relation impliquait des sacrifices ; or, il n'était plus guère habitué à en consentir. Mais il avait aussi envie d'une femme qui s'affirme à ses côtés et lui fasse savoir ce qu'elle attendait de lui, au risque de quelques frictions.

Bref, il voulait Melody, tout simplement !

— Tu sais, Mel, après tout ce que j'ai fait pour te retrouver, penses-tu vraiment que je pourrais te laisser repartir ?

Les lèvres de Melody se mirent à trembler et ses yeux s'emplirent de larmes. Elle faisait visiblement de gros efforts pour les retenir.

Il s'approcha d'elle, mais elle s'était déjà levée et venait à sa rencontre. Elle se jeta à son cou et ils s'étreignirent avec force.

Oui, ce qu'il y avait entre eux était infiniment précieux.

Et, cette fois, il était bien décidé à ne pas tout gâcher.

Après avoir vu les photos de ce qui restait de sa voiture, Melody retrouva des bribes de souvenirs de plus en plus régulièrement. Quelques images par-ci, quelques propos par-là. Elle se souvint par exemple des chaussures de tennis rouges qu'elle avait eues pour son cinquième anniversaire. Ou bien des promenades en poney que sa mère l'autorisait à faire à côté de chez elle…

Le défilé incessant des maris et des petits amis de sa mère lui revint aussi. Ils l'avaient tous maltraitée d'une façon ou d'une autre, parfois même physiquement. Sa mère semblait ne jamais se défendre ou imposer de limites, sauf quand il s'agissait de la protéger.

Elle se rappela ainsi le jour où l'un de ces types avait voulu la frapper. Trop effrayée pour s'enfuir, elle était restée figée, tandis que l'autre approchait, le bras levé. Dans un ultime réflexe pour se protéger, elle avait fermé les yeux et puis…

rien. Juste un bruit sourd qui lui avait donné le courage de regarder de nouveau la réalité. Le type était affalé sur le sol, le crâne en sang : sa mère venait de l'assommer d'un coup de batte de base-ball.

Non, elle n'avait pas su donner à sa fille une enfance paisible et sécurisante, mais elle avait quand même veillé sur elle de son mieux.

Plus tard, Mel avait appris qu'il était inacceptable de frapper une femme, mais, inconsciemment, elle s'attendait toujours à ce qu'un homme la traite mal, si bien que, au début de sa relation avec Ash, elle restait sans cesse sur ses gardes. Au bout de six mois, cependant, comme il ne se montrait pas violent, elle avait fini par intégrer qu'il ne lui ferait jamais de mal. En tout cas, pas physiquement.

Un jour qu'ils venaient de faire l'amour, elle lui avoua qu'elle avait redouté qu'il se comporte avec elle comme les amants de sa mère. Il en fut profondément peiné. Cette première confidence en entraînant une autre, elle lui raconta à quoi ressemblait sa vie quand elle était enfant, égrenant des souvenirs souvent marqués par la peur et l'insécurité. Et Ash s'ouvrit à son tour.

Elle savait désormais que leur relation passée n'avait jamais été fondée sur l'amour, et que, pendant trois ans, ils n'avaient guère été que des colocataires un peu particuliers. Des colocataires couchant ensemble. Elle ne parvenait pas à comprendre comment elle avait pu se satisfaire aussi longtemps d'une relation si pauvre. C'en était presque honteux.

Mais les choses avaient changé. Leur relation était désormais fondée sur des sentiments. Ils concevaient l'avenir ensemble, discutaient, riaient, passaient du temps à regarder des films, faire des promenades au bord de l'eau…

Ils formaient un vrai couple.

Ash ne semblait pas accorder une grande importance à son abandon du brushing ni gêné par les vêtements décontractés qu'elle portait désormais. Il n'avait pas l'air de se soucier non plus qu'elle ait cessé d'aller à la salle de gym pour regagner, à force d'exercices acharnés, les muscles qu'elle avait perdus pendant sa convalescence.

De son côté, il savait maintenant qu'elle avait parfois simulé l'orgasme, de peur de le décevoir. En retour, elle avait appris que, certains soirs, il aurait bien remplacé leurs ébats par un bon film. Il lui fit promettre de ne plus faire l'amour si elle n'en avait pas envie, et elle lui jura que jamais plus elle ne simulerait un orgasme.

Mais, en dépit de leurs nombreuses discussions, il restait un sujet qu'elle n'avait pas encore osé aborder. La petite fille qui vivait toujours en elle avait peur de le décevoir, lui interdisant de franchir le pas. Mais, au cours d'un petit déjeuner, il lui tendit une perche qu'elle s'empressa de saisir.

— Maintenant que tu as retrouvé l'essentiel de ta mémoire, tu comptes retourner à l'université ? lui avait-il demandé.

Un peu plus, elle en aurait avalé son jus d'orange de travers. C'était l'occasion rêvée pour se lancer.

— Pas vraiment, répondit-elle d'un ton hésitant, tout en rassemblant son courage pour lui avouer ce qu'elle avait en tête. En fait, je n'ai pas l'intention d'y retourner. Je n'ai plus envie d'être avocate, poursuivit-elle d'une voix plus ferme.

Ça y est, elle avait osé !

— C'est toi qui vois, décréta Ash en haussant les épaules. Tu es la mieux placée pour juger.

Il acheva sa phrase en buvant une gorgée de jus d'orange et se remit à manger.

Elle en resta bouche bée. Elle avait tourné et retourné la question dans sa tête, et tout ce qu'il trouvait à dire, c'était : « C'est toi qui vois » !

— C'est tout ce que ça te fait ? lui demanda-t-elle en reposant son verre.

Il redressa la tête.

— Ça devrait me faire autre chose ?

— Je t'apprends que je ne veux plus être avocate, et toi, tu me dis juste : « C'est toi qui vois » ?

— Que veux-tu que je dise ?

— Tu ne m'en veux pas d'avoir dépensé autant d'argent pour des études que j'interromps en plein milieu ?

— Pas vraiment. C'est inutile d'étudier une matière pour laquelle on n'éprouve pas d'intérêt.

Elle soupira. Si elle avait su le peu d'importance qu'Ash accordait à la poursuite de ses études, elle lui aurait avoué bien plus tôt que le droit ne l'intéressait pas. Elle y aurait gagné du temps, et lui de l'argent.

— Tu as une idée de ce que tu aimerais faire à la place ? lui demanda-t-il.

— Je crois, oui.

— Tu ne veux pas m'en dire un peu plus ?

Les yeux rivés à son assiette, elle tripotait nerveusement sa serviette.

— J'envisageais de rester à la maison quelque temps.

— Pourquoi pas ? Mais tu ne vas pas t'ennuyer ?

— Peut-être que je pourrais faire quelque chose ici, plutôt que dans une entreprise…

— Tu veux travailler en indépendante ?

— Plus ou moins, marmonna-t-elle, avant de trouver le courage qui lui manquait pour se lâcher enfin. Ce serait le genre de travail qui implique tétées nocturnes et changements de couches.

Ash se rembrunit, et prit une profonde inspiration.

— Mel, tu sais bien que je ne suis pas en mesure de…

— Je sais, je sais, mais il y a d'autres moyens ! s'exclama-t-elle. Nous pourrions même envisager l'adoption. Enfin pas tout de suite… J'aimerais que nous nous mariions d'abord.

Il s'apprêtait à répliquer, mais elle leva la main pour lui indiquer qu'elle n'en avait pas terminé.

— Je sais que nous n'avons pas encore bâti de projets précis pour notre avenir, et je n'essaie pas de précipiter les choses, mais je tenais à t'en parler pour m'assurer que nous étions bien sur la même longueur d'ondes.

— J'ignorais que tu voulais des enfants.

— Moi aussi, jusqu'à récemment, en fait. Je ne voulais pas faire subir à un enfant ce que j'avais vécu. Je partais du principe que j'aurais forcément la même vie que ma mère. Jamais je n'aurais imaginé que je rencontrerai un homme comme toi.

Un léger sourire se dessina sur les lèvres d'Ash.

— Bon. Mais quand tu parles d'enfants, tu en envisages combien, au juste ?

Son cœur se mit à cogner plus fort. Au moins, il était d'accord pour en parler.

— Un ou deux, peut-être trois…

Il haussa un sourcil.

— Non, deux seulement ! s'empressa-t-elle de corriger.

— Tu n'imagines pas ta vie sans ?

Elle se montra catégorique.

— Non, plus maintenant.

Ash se tut pendant quelques instants. Et s'il allait refuser ? Elle préférait ne pas y penser, car cela signifierait la fin de leur histoire. Son désir de fonder une famille était plus fort que tout, maintenant.

— Eh bien, j'imagine qu'un garçon et une fille seraient la formule idéale, déclara-t-il finalement. Mais attention, ajouta-t-il, pas avant que je ne te passe la bague au doigt. Chaque chose en son temps.

Elle se précipita dans ses bras, riant de bonheur. Il éclata de rire, lui aussi, et la serra à son tour contre lui.

Elle savait bien qu'Ash n'accordait pas facilement sa confiance. Après son cancer et la mort de sa mère, il avait mis du temps à laisser quelqu'un partager son intimité. Et sa femme l'avait trahi sans vergogne.

Mais il devait savoir qu'elle, elle ne lui ferait jamais une chose pareille. Elle l'aimait et savait qu'il l'aimait, même s'il ne le lui avait pas encore dit.

C'était une étape difficile à franchir, mais elle saurait se montrer patiente. Elle parviendrait à lever ses dernières réticences et plus rien ne viendrait faire obstacle à leur bonheur.

14

Assis à son bureau, Ash ne pouvait s'empêcher de sourire en repensant à l'étrange coïncidence qui venait de se produire. Pour aborder le sujet du mariage et des enfants, Melody avait justement choisi le jour où il avait projeté de l'inviter pour un dîner romantique en tête à tête, suivi d'une promenade au bord de l'eau. Et, au coucher du soleil, il allait tomber à genoux devant elle et la prier de l'épouser.

Jusqu'à très récemment, il n'avait jamais songé sérieusement à avoir des enfants. Pour la bonne et simple raison qu'il n'avait jamais envisagé de se lier à une femme sur le long terme. Désormais, il voyait les choses autrement : il manquerait quelque chose à sa vie s'il n'avait pas d'enfants avec Mel. Naturels ou adoptés.

Il ouvrit l'un des tiroirs de son bureau et en sortit un écrin. La bague qu'il avait choisie était beaucoup moins tape-à-l'œil que celle qu'il avait offerte à son ex-épouse. La pierre était plus petite et la monture plus traditionnelle, mais il savait que Mel serait séduite par cette simplicité. C'était une bague solide qui, à en croire le bijoutier, résisterait aux bains et aux lessives qui constitueraient leur quotidien au cours des prochaines années.

Quelqu'un frappa à la porte de son bureau. Il referma l'écrin et le remit dans le tiroir.

— Je te dérange ? demanda Gavin Spencer en passant la tête par l'entrebâillement.

— Pas du tout, entre.

Gavin se laissa tomber dans le fauteuil qui lui faisait face.

— L'ambiance est vraiment bizarre ici, ces derniers temps.

Il n'avait pas besoin de demander à Gavin à quoi il faisait référence. Depuis une quinzaine de jours, l'atmosphère chez Maddox était tendue, à cause des fuites inexpliquées vers la concurrence. Le problème n'avait pas encore été abordé frontalement, mais tout le monde était au courant.

— C'est pour ça que je reste cloîtré dans mon bureau, commenta-t-il.

— Tu as bien de la chance de ne pas avoir à travailler avec Logan Emerson !

— J'ai effectivement cru remarquer qu'il ne s'intégrait pas très bien.

— Ce type ne me dit rien qui vaille, jugea Gavin. A chaque fois que je lève la tête, il est en train de m'observer. Et, l'autre jour, je l'ai surpris dans mon bureau. Il a prétendu qu'il était en train de me laisser une note de service.

— Et c'était vrai ?

— Oui, mais j'aurais pu jurer que mon bureau n'était pas dans l'état où je l'avais laissé. Il y a quelque chose de louche chez ce type. Pour moi, ce n'est pas un recrutement très judicieux. Je peux te dire que s'il s'agissait de ma société, ça ne se passerait pas comme ça !

Hélas pour Gavin, Maddox ne lui appartenait pas. Ash savait pertinemment que son collègue rêvait de lancer sa propre affaire, mais, en attendant, il devait garder son mécontentement pour lui. Ce genre de propos risquait de porter préjudice à son employeur. Ash espérait que Gavin n'irait tout de même pas jusqu'à divulguer des informations à Golden Gate, pour l'unique but de servir ses propres intérêts.

Le portable de Gavin sonna, coupant court à leur conversation.

— Bon sang, je dois prendre cet appel. J'ai un tuyau pour un nouveau client. Je ne peux pas en dire plus pour l'instant, mais cela pourrait s'avérer lucratif, expliqua-t-il en bondissant.

— Eh bien, bonne chance, alors !

Une fois seul, Ash consulta sa montre. Le temps passait au ralenti aujourd'hui. Encore quatre heures avant d'aller chercher Mel pour l'emmener dîner. Il allait être difficile de refréner son impatience pendant le repas, en sentant la bague dans sa poche ! Mais il savait que le bord de l'eau était l'un des endroits favoris de Mel, ce serait donc là qu'il ferait sa demande. Et ils s'y rendraient pile au moment du coucher du soleil, le spectacle serait inoubliable.

Il avait tout planifié, et rien ne viendrait gâcher ce moment.

Melody avait pris du retard.

Elle s'approcha du miroir et appliqua maladroitement de l'eye-liner sur ses paupières. De toute évidence, elle avait un peu perdu la main.

Pour la dixième fois depuis quinze minutes, Ash passa la tête dans l'entrebâillement de la porte.

— Tu es prête ?

— Donne-moi encore une minute…

— Tu m'as déjà dit ça, il y a dix minutes ! Nous allons être en retard, j'ai réservé.

— Ce n'est pas bien grave, ce sera tout au plus quelques minutes de retard !

C'était la première fois qu'ils passaient une soirée dehors depuis l'accident, et elle mettait un point d'honneur à se faire belle. Pour l'occasion, elle s'était acheté une nouvelle robe et avait accordé un soin tout particulier à sa coiffure.

— Mel ?

— Ça y est, j'arrive.

Elle mit la dernière touche à son maquillage et attrapa son sac à main.

— Allons-y !

Ash lui prit le bras pour l'escorter jusqu'à sa voiture. Son auto à elle, flambant neuve, était garée juste à côté. Au départ, elle n'avait pu se départir d'un peu de nervosité à l'idée de conduire de nouveau, mais elle avait vite retrouvé ses réflexes et prenait désormais le volant de sa nouvelle voiture à la moindre occasion.

Ash s'installa au volant, et ils sortirent rapidement du garage, rejoignant bientôt la rue, avant d'être bloqués par un feu rouge.

— On va être en retard, maugréa-t-il.

— Mais qu'est-ce qui t'arrive, ce soir ? s'étonna-t-elle, tout en vérifiant son maquillage dans le miroir du pare-soleil. Tu as peur de te transformer en citrouille ou quoi ?

Enfin, le feu passa au vert. Au moment précis où Ash redémarrait, un cycliste jaillit du trottoir et passa juste devant leur voiture.

— Attention ! hurla-t-elle, tandis qu'Ash pilait, évitant *in extremis* le pneu arrière du vélo, qui s'éloignait à toute allure.

— Abruti ! gronda-t-il avant de se tourner vers elle. Ça va ?

Elle était incapable de répondre. Les mains tremblantes et plaquées au tableau de bord, elle haletait, suffoquant presque. Elle avait l'impression que son cœur allait exploser tant il cognait dans sa poitrine.

— Mel, dis-moi quelque chose, fit Ash, d'une voix où perçait l'inquiétude.

Elle essaya de répondre, mais aucun son ne franchit ses lèvres. Elle étouffait.

Il fallait qu'elle sorte de cette voiture !

Comme le véhicule derrière eux klaxonnait, Ash prit la première rue à droite. Sans quitter la route des yeux, il posa la main sur son bras.

— Mel, tu me fais peur…

C'était insoutenable. Elle tira aussitôt sur la poignée de la portière, mais celle-ci était verrouillée.

— Mais bon sang, Mel, qu'est-ce que tu fabriques ? s'écria Ash en la tirant vers lui. On est en train de rouler !

— Je veux sortir, lâcha-t-elle, luttant pour retrouver son souffle. Laisse-moi descendre.

— Attends, dit-il en lui empoignant le bras. Il faut d'abord que je m'arrête.

Il tourna dans l'allée qui longeait l'arrière de leur immeuble, et s'engagea dans le parking souterrain. A la seconde même où il s'arrêta, elle ouvrit la portière et se jeta dehors, atterrissant à genoux sur le béton. Elle lâcha son sac à main, dont le contenu se répandit par terre.

Ash se précipita.

— Mel, que t'arrive-t-il ? Tu as mal à la tête ?

Elle reprenait peu à peu son souffle, mais la panique qui l'avait envahie s'intensifiait, à mesure que l'adrénaline se répandait dans ses veines.

Elle ferma les yeux, et des images surgirent dans son esprit. Un pare-brise ruisselant de pluie, le va-et-vient régulier des essuie-glaces, le temps qui se gâtait de plus en plus… Elle devait rentrer chez elle. Soudain un vélo apparaissait devant la voiture. De longs cheveux blonds, un bonnet rose. Elle donnait un brusque coup de volant. S'ensuivait un choc et la voiture se mettait à faire des tonneaux. Ça n'en finissait jamais.

— Non ! hurla-t-elle.

Elle ouvrit des yeux hagards. Contre toute attente, elle se trouvait toujours dans le parking souterrain, à genoux par terre. Mais ce qu'elle venait de voir était bel et bien réel.

— Je l'ai touchée ! cria-t-elle. J'ai percuté une jeune cycliste !

— Mel, calme-toi, je t'en prie, dit Ash d'une voix posée.

Elle sentit ses bras se refermer autour d'elle et l'aider à se relever. Ses jambes étaient si faibles et si tremblantes qu'elles ne la portaient plus.

— Il y avait un vélo, souffla-t-elle. Et une fille. Je l'ai heurtée.

— Viens, montons à la maison, lui dit-il doucement, en la prenant par le bras.

Dans l'ascenseur, elle ferma les yeux. La vision revint aussitôt. Prisonnière de l'habitacle de sa voiture, elle roulait, tournoyait impuissante. Puis le choc. Violent. Une douleur intense irradia son crâne.

Enfin tout s'arrêta. Il n'y avait plus que le silence et l'immobilité.

Elle était prisonnière !

— Mel…

Elle rouvrit les yeux.

— Nous sommes arrivés.

Désorientée, elle regarda autour d'elle et s'aperçut qu'elle était toujours dans l'ascenseur. Les portes s'étaient ouvertes à leur étage, et Ash la poussait doucement pour la faire sortir.

Il l'entraîna jusqu'au sofa et l'aida à s'asseoir. Puis il lui servit un verre d'alcool fort, qu'il lui mit d'autorité dans la main.

— Bois ça, lui ordonna-t-il. Tu te sentiras mieux.

Elle porta le verre à ses lèvres et se força à avaler une gorgée du liquide, qui traça un chemin brûlant le long de son œsophage. En effet, cela lui fit du bien. Le sentiment de panique s'atténua peu à peu, tout comme le brouillard dans lequel elle avait l'impression d'évoluer.

Ash allait s'éloigner, mais elle le retint par la manche.

— Ne t'en va pas !

— Je vais seulement chercher de quoi désinfecter les plaies que tu t'es faites aux genoux.

En baissant les yeux, elle se rendit compte qu'ils étaient en effet écorchés et couverts de sang. Elle s'adossa aux coussins et laissa sa tête basculer en arrière. Les images revenaient maintenant, avec la précision des souvenirs tout frais, aussi clairement que si tout cela s'était produit le matin même.

Elle se revoyait prise au piège de la carcasse de sa voiture, obsédée par la jeune fille qu'elle avait renversée. Mais, lorsqu'elle avait essayé de bouger un bras, elle n'avait pas réussi. Et quand elle avait tourné la tête, la douleur avait été atroce, une douleur si violente que de la bile était remontée dans sa bouche et avait failli l'étouffer. Terrassée, elle avait fermé les yeux, essayant de réfléchir, de se concentrer pour rester consciente. Puis elle avait senti quelque chose au creux de son ventre. Une douleur aiguë, des crampes… Et elle avait pensé : « Non, pas le bébé ! »

Le bébé… *Oh, mon Dieu!* Elle était enceinte… Avant l'accident, elle portait l'enfant d'Ash !

La dernière pièce du puzzle se mettait enfin en place. Voilà pourquoi elle l'avait quitté et s'était enfuie au Texas. Elle attendait un enfant d'Ash, un bébé dont elle savait qu'il ne voudrait pas.

Le soulagement qu'elle éprouva d'avoir enfin les réponses à toutes ses questions fut bien vite éclipsé par la souffrance. Ash et elle auraient pu fonder une famille. Ils auraient pu être heureux.

Il réapparut et s'agenouilla à ses pieds, remontant les manches de sa chemise.

— Ça va probablement piquer un peu, la prévint-il, en imbibant un coton d'alcool, qu'il apposa sur ses plaies.

Elle poussa un léger cri, mais serra les dents.

— Désolé, dit-il, mais il faut bien désinfecter.

Malgré la douleur, elle restait plongée dans ses pensées. S'il y avait eu la moindre chance qu'Ash soit heureux à l'idée d'avoir un enfant, elle ne serait jamais partie. Elle lui aurait tout révélé.

Aujourd'hui, hélas, il était trop tard.

Ash colla un gros pansement sur chacun de ses genoux.

— Est-ce qu'elle est morte ? demanda-t-elle tout de go.

Sans répondre, il entreprit de ranger le matériel de premiers secours.

— S'il te plaît, réponds-moi.

Il poussa un soupir et leva les yeux vers elle.

— Ce n'était pas ta faute.

Donc elle était morte. Inconsciemment, elle le savait déjà. Et que ce soit ou non sa faute, elle avait tué l'enfant de quelqu'un et n'avait même pas eu la possibilité de demander pardon.

— Pourquoi personne ne me l'a dit ?

— Le médecin a estimé que ce serait trop traumatisant pour toi.

Elle laissa échapper un rire amer.

— Parce que le découvrir de cette façon est beaucoup moins traumatisant, en effet ! railla-t-elle.

— Il a fait ce qu'il pensait être le mieux, déclara Ash en se levant.

Soudain, une autre pensée lui traversa l'esprit. Si le médecin pensait qu'Ash était son fiancé, il avait dû lui parler du bébé. Pour quelle raison lui aurait-il caché quelque chose d'aussi important ?

Donc, pendant tout ce temps, Ash était au courant, et il ne lui en avait pas dit un mot. Mentir était une chose, mais, quand cela concernait leur enfant, c'était intolérable !

— Et toi ? Tu as aussi estimé que c'était mieux pour moi de ne pas me parler du bébé ?

Il ferma les yeux et secoua la tête.

— Ne fais pas ça, souffla-t-il. Oublie tout ça, je t'en prie.

— Oublier ? s'étrangla-t-elle. Mais j'ai perdu un bébé !

Elle lut une véritable supplique dans ses yeux.

— Les choses vont si bien entre nous, Mel, je t'en supplie, ne gâche pas tout. Reprenons où nous en étions et faisons comme si de rien n'était.

Ulcérée, elle le considéra avec colère.

— Comment tu peux dire une chose pareille ? J'ai perdu un enfant, Ash…

— Mais ce n'était pas le mien ! s'écria-t-il en jetant la trousse de secours sur la table basse.

Sidérée par cette réaction, elle mit plusieurs secondes à réaliser le sens de ses paroles.

— Quoi ? Mais bien sûr qu'il était de toi !

Il soutint froidement son regard, et si elle ne le connaissait pas aussi bien, elle aurait pu croire qu'il allait la frapper. Quand il prit la parole cependant, sa voix ne trahissait aucune émotion.

— Toi et moi, nous savons que c'est impossible. Je suis stérile.

— Tu crois que je t'ai trompé ? s'écria-t-elle, scandalisée.

— Nous avons eu des relations sexuelles non protégées pendant trois ans, et j'en ai eu pendant sept ans avec mon ex-femme. Or, aucune de vous n'est tombée enceinte. J'en déduis donc que tu as eu une liaison.

— Ash, je te jure que depuis le soir où nous nous sommes rencontrés, il n'y a eu personne d'autre que toi.

— Permets-moi d'en douter sérieusement !

Quel goujat ! Pendant qu'il y était, il n'avait qu'à la traiter de prostituée !

— Et si c'était vraiment mon enfant que tu portais, reprit Ash, pourquoi tu te serais enfuie ?

— Parce que tu m'avais toujours très clairement fait comprendre que tu ne désirais pas fonder de famille. J'ai donc pensé qu'il était préférable pour tout le monde que je sorte de ta vie. D'ailleurs, je suis franchement surprise que tu te sois rendu compte de mon absence !

Il plissa les yeux, refusant manifestement toujours de la croire.

— Ash, je te jure que c'est la vérité !

— Et je suis censé te croire sur parole, alors que je sais que, techniquement, c'est impossible ?

— Oui, tu dois me croire, parce que tu sais parfaitement que je suis incapable de te mentir.

— Eh bien non, je ne te crois pas.

— Pourquoi m'as-tu ramenée ici, alors ? Si tu penses que je t'ai trompé, si tu me détestes tant, pourquoi ne pas m'avoir laissée à l'hôpital ? Tu comptais te venger ou quelque chose dans ce genre ?

La mâchoire d'Ash se crispa, et il détourna le regard.

Elle se décomposa.

— Oh, mon Dieu ! C'était donc ça ? murmura-t-elle en se levant. Tu voulais te venger ?

Il la fixa de ses yeux brillants de rage.

— Tu as osé me trahir, après tout ce que j'ai fait pour toi ! siffla-t-il. J'ai pris soin de toi pendant trois ans, et tu m'as remercié en couchant avec un autre ! Mais bien sûr que je voulais me venger ! Qu'est-ce que tu crois ?

Il secoua la tête avec dégoût.

— Et tu veux savoir ce qui est vraiment pathétique ? reprit-il. Eh bien c'est que je t'avais pardonné, figure-toi ! Je pensais sincèrement que tu avais changé, et j'allais te demander de m'épouser ce soir même ! Mais regarde-toi ! Tu continues à me mentir ! Pourquoi ne pas admettre ce que tu as fait ?

Elle secoua la tête. Reconnaître une faute qu'elle n'avait pas commise ? Sûrement pas ! Mais le plus triste, c'était qu'elle soupçonnait Ash de la croire, au fond. Il savait qu'elle disait la vérité, mais il ne voulait pas l'entendre.

— C'est donc comme ça que tu fonctionnes ? dit-elle. Quand les choses vont trop bien, tu t'arranges pour les détruire ? C'est ainsi que tu as agi avec ta femme ? Tu l'as ignorée au point de la faire fuir ?

Il ne répondit pas. Elle avait manifestement touché un point sensible.

— Je t'aime, Ash. Je voulais passer le reste de ma vie avec toi, mais je ne peux plus me battre pour toi.

— Personne ne te le demande.

— Très bien. Alors accorde-moi une heure pour faire mes valises. J'apprécierais de pouvoir utiliser la voiture pendant une semaine ou deux, le temps d'en acheter une autre.

— Tu peux la garder.

Faisant brusquement volte-face, elle se dirigea vers sa chambre, les jambes encore chancelantes et douloureuses.

Mais cela n'était rien, comparé à la souffrance qui lui lacérait le cœur.

Assis à une table du Rosa Lounge, un whisky à la main, Ash tentait de se convaincre qu'il n'était pas le plus malheureux des hommes.

Mel était partie depuis trois jours, et son absence lui était tout bonnement insupportable. Il se rendait compte à quel point il s'était montré stupide, mais ne savait comment s'y prendre pour réparer ses bêtises.

Il fallait qu'il soit totalement désespéré pour avoir organisé l'entrevue qui expliquait sa présence au Rosa Lounge, mais certaines paroles de Mel continuaient de résonner à ses oreilles, et il devait savoir une bonne fois pour toutes s'il y avait du vrai là-dedans !

Il leva la tête vers la porte, juste au moment où elle arrivait. Ses cheveux étaient plus courts que la dernière fois qu'il l'avait vue, mais, hormis ce détail, elle n'avait pas changé. Il lui fit un signe de la main pour attirer son attention, et elle lui sourit, dès qu'elle l'aperçut. C'était plutôt bon signe, car au téléphone il l'avait trouvée un peu méfiante.

En la regardant s'avancer, il remarqua qu'elle avait l'air très en forme, et surtout… très enceinte !

— Salut, Linda, lui dit-il. Ça me fait plaisir de te voir.

— Bonjour, Ash, répondit-elle en se penchant pour l'embrasser sur la joue.

— Assieds-toi.

Une serveuse vint prendre leur commande. Dès qu'elle fut repartie, il esquissa un geste vers son ventre.

— Je ne savais pas que tu étais enceinte.

Elle sourit.

— Je suis presque à terme. L'accouchement est prévu dans six semaines.

— Félicitations ! Tu es toujours avec…

— Craig. Oui, nous venons de fêter notre deuxième anniversaire de mariage.

— C'est super ! Tu sembles épanouie en tout cas.

— Tu peux le dire, confirma-t-elle. Tout va vraiment très bien. Je ne sais pas si tu te souviens, mais Craig possédait un club de gym dans notre ancien quartier. Je lui ai conseillé d'étendre son activité, ce qu'il a fait, et nous venons tout juste d'ouvrir notre dixième centre de remise en forme.

— Je suis ravi de l'apprendre.

— Et toi ? Que deviens-tu ?

— Toujours chez Maddox.

Comme il n'ajoutait rien, elle revint à la charge.

— Tu as quelqu'un dans ta vie ?

— Il y a eu quelqu'un pendant quelque temps… Enfin, c'est compliqué.

Il n'avait pas prévu de s'étendre sur le sujet, mais les mots sortirent tous seuls de sa bouche.

— Nous venons de rompre, s'entendit-il prononcer.

— Je vois. Et j'imagine que cette rupture n'est pas étrangère à ton désir de me revoir.

— Il faut que je te demande quelque chose, dit-il en se frottant les mains avec embarras. Cela va probablement te paraître un peu bizarre, après tout ce temps, mais…

— Vas-y, l'encouragea-t-elle en se penchant vers lui.

— J'ai besoin de savoir pourquoi tu as fait ça. Pourquoi tu m'as trompé.

Linda parut plus étonnée que contrariée par sa question.

— Ah, je vois… Je ne m'attendais pas à ce genre de discussion.

— S'il te plaît, c'est très important pour moi.

— Ecoute Ash, reconnais-le : lorsque tu m'as surprise avec Craig, cela faisait déjà longtemps que notre mariage était terminé. Je serais partie tôt ou tard. Mais toi, tu ne voulais rien voir, ni assumer tes responsabilités. Pour toi, tout était ma faute.

— Je pensais que nous étions heureux ensemble.

— Heureux ? répéta Linda. Mais notre couple n'existait pas ! Tu n'étais jamais là, et quand tu étais présent physiquement, ton esprit était ailleurs. On aurait dit un fantôme.

Il baissa la tête. Elle n'avait pas tort, ils s'étaient éloignés, sans qu'il veuille l'admettre ni reconnaître ses torts.

— Je ne suis pas fière de t'avoir trompé, crois-moi. Je ne voulais pas te faire de mal, Ash. Quand tu nous as surpris, Craig et moi, j'ai été sidérée par ta réaction, car je pensais que tu ne tenais plus à moi. A l'époque, j'avais la sensation que j'aurais pu faire mes bagages et partir sans que tu t'en rendes compte. Jusqu'au moment où tu aurais manqué de vêtements propres.

Il tiqua. Les paroles de Linda lui rappelaient vaguement quelque chose.

— Si tu m'as trompé, c'est donc en partie parce que je t'y ai poussée, si je comprends bien.

— Ecoute, je ne cherche pas à rejeter entièrement la faute sur toi. J'aurais pu insister pour que tu me consacres davantage de temps. Je croyais que nous traversions une mauvaise passe et que nous finirions par nous rapprocher de nouveau, mais la situation s'est aggravée, et j'ai compris que je ne t'aimais plus.

— Aïe ! lâcha-t-il.

— Allons, Ash, ne prétends pas que ce n'était pas pareil pour toi !

Elle avait raison, encore une fois. S'il avait souffert, c'était beaucoup plus par fierté que par amour.

— C'est tout ce que tu voulais savoir ?

— Oui, acquiesça-t-il en souriant. Merci de m'avoir dit les choses franchement.

Linda grimaça soudain et posa la main sur son ventre.

— Ce petit coquin cherche à attirer mon attention. Je parie que ce sera un footballeur.

— C'est un garçon ?

— Oui. Mais nous n'avons pas encore choisi le prénom. J'ai une préférence pour Thomas, et Craig penche plutôt pour Jack.

— J'ai toujours cru que tu ne désirais pas d'enfants.

— Ce n'est pas que je n'en voulais pas, mais cela ne semblait jamais être le bon moment. Et puis c'était un sujet délicat pour toi, puisque tu pensais que tu ne pouvais pas…

Il se figea. Avait-il bien entendu ?

— Je *pensais* que je ne pouvais pas ? répéta-t-il.

Linda se rembrunit, comprenant qu'elle venait de commettre une bévue.

— Linda ? insista-t-il.

— J'aurais probablement dû t'en parler avant, commença-t-elle sans oser le regarder.

— Me parler de quoi ?

Il avait la très nette impression qu'il risquait de ne pas aimer ce qui allait suivre.

— A la fac, alors que nous étions ensemble depuis six mois tout au plus, je suis tombée enceinte. Et je devance ta question : oui, il était de toi.

— Mais je ne peux pas…

— Oh, si ! crois-moi, tu peux avoir des enfants ! Mais, à l'époque, nous avions nos diplômes à préparer, et nous n'avions pas encore abordé le sujet du mariage, alors j'ai fait ce que j'ai pensé être le mieux pour nous deux. Je me suis fait avorter.

Il sentait le sang battre violemment dans ses tempes.

— Mais ensuite nous ne nous sommes jamais protégés, pendant toutes nos années de mariage ! protesta-t-il.

— Toi non, mais moi, je me suis fait poser un stérilet, pour éviter un autre accident.

Ash secoua la tête, incrédule. Comment était-ce possible ?

— Pourquoi tu ne m'as rien dit ?

— Je pensais te protéger. Je me sentais tellement coupable ! Et même si j'avais eu envie de garder ce bébé, je savais que toi, tu n'aurais pas été d'accord. Je ne voulais pas t'accabler avec ça.

Il secoua la tête. Décidément, l'histoire se répétait. Mais, surtout, une chose était désormais évidente : Mel lui avait dit la vérité. Elle avait failli mourir, perdu son bébé, et lui, il l'avait pratiquement traitée de traînée !

Il aurait pu être père s'il ne s'était pas montré aussi égoïste et aveugle. Et stupide de surcroît !

— Quel idiot je suis, lâcha-t-il, atterré.

— Pourquoi ai-je soudain l'impression que tu ne parles plus de notre histoire ?

Il regarda Linda droit dans les yeux.

— Tu crois que certaines personnes sont destinées à reproduire sans cesse les mêmes erreurs ?

— Peut-être, si elles n'en tirent pas les bons enseignements.

— Et si elles réagissent trop tard ?

Linda tendit son bras pour lui attraper la main. Ce geste était tellement naturel et réconfortant qu'il oublia en un instant toute l'amertume accumulée à son égard, au cours des trois dernières années.

— Est-ce que tu l'aimes ? s'enquit-elle.

— Probablement plus qu'il ne le faudrait.

— Et elle, est-ce qu'elle t'aime ?

— C'était le cas, il y a trois jours.

Linda sourit et exerça une pression sur sa main.

— Alors qu'est-ce que tu attends pour aller la rejoindre ?

Bon sang, cette fille avait un don pour disparaître des écrans radars ! Ash n'avait pas la moindre idée de l'endroit où Melody s'était réfugiée, et elle s'obstinait à ne pas répondre à son portable.

Cette fois, il n'attendit pas pour contacter le détective privé qui l'avait déjà aidé à la retrouver.

— Sa voiture a-t-elle un GPS ? lui demanda-t-il, quand Ash lui eut précisé la marque et l'année du véhicule de Melody.

— Oui.

— Alors vous n'avez pas besoin de moi. Vous pouvez suivre ses déplacements depuis votre ordinateur, ou même votre téléphone portable. Je peux vous aider à installer le logiciel si vous voulez.

— Merci, ça ira, je vais me débrouiller.

Grâce à Dieu, cette fois-ci, Melody n'était pas allée très loin.

Deux heures plus tard, il se garait sur le parking d'un supermarché, situé à trois cents mètres environ de leur appartement. Une confrontation à l'intérieur du magasin ne lui paraissant pas judicieuse, il sortit de sa voiture et alla s'asseoir sur le capot de celle de Mel.

Dix minutes plus tard, elle sortit du magasin. En la voyant, il sentit son cœur se gonfler, et sa gorge se noua. Il lui devait tellement d'explications !

Elle avait les bras chargés de provisions et cherchait quelque chose dans son sac. Elle ne s'aperçut donc pas immédiatement de sa présence. Elle était adorable, avec ses cheveux attachés en queue-de-cheval, son jean et ses baskets. Comment avait-il pu trouver attirante la façon dont elle s'habillait avant l'accident ? Elle était tellement plus naturelle et séduisante ainsi !

A quelques pas de son véhicule, elle releva enfin la tête et l'aperçut. Ralentissant, elle fronça les sourcils. De toute évidence, elle s'interrogeait sur la façon dont il avait réussi à la localiser.

— GPS ! fit-il. J'ai suivi ta trace depuis mon téléphone.

— Tu es conscient qu'en Californie, suivre quelqu'un de cette manière est un délit ?

— Je ne pense pas qu'on puisse considérer les choses ainsi, dans la mesure où cette voiture m'appartient.

Il avait à peine fini sa phrase qu'elle lui jetait les clés au visage, avec une force telle qu'il aurait pu perdre un œil s'il ne les avait rattrapées au vol.

— Reprends-la, alors, dit-elle en faisant volte-face.

Il sauta du capot et lui emboîta le pas.

— Attends, Mel, écoute-moi.

— Je n'ai pas envie. Je suis toujours furieuse contre toi.

Elle marchait si vite qu'il dut courir pour la rattraper.

— J'ai été un véritable imbécile.

— Comme si je ne le savais pas déjà ! railla-t-elle.

— Et tu sais aussi à quel point je suis désolé ?

— Désolé ? Mais bien sûr…

— Ce n'est pas que je ne t'ai pas crue à propos du bébé, seulement… je ne voulais pas que ce soit vrai.

Mel s'arrêta brusquement.

— Es-tu en train d'insinuer que tu ne voulais pas que cet enfant soit le tien ?

— Mais non, ce n'est pas ce que je veux dire.

— Tu as raison, tu es vraiment un imbécile ! siffla-t-elle en se remettant à marcher.

— Tu veux bien m'écouter, ne serait-ce qu'une minute ? lui demanda-t-il en lui agrippant le bras pour l'obliger à s'arrêter. En fait, j'aurais pu accepter que tu aies eu une liaison, que tu aies fait une erreur, d'autant plus que c'était moi qui t'y avais plus ou moins poussée. En revanche, savoir que ce bébé était de moi, et que j'étais responsable…

L'émotion l'étrangla, et il dut s'interrompre pour se ressaisir.

— Si je t'avais traitée correctement, reprit-il, si je t'avais montré que je t'aimais, tu n'aurais jamais ressenti le besoin de partir. Toutes ces choses terribles que tu as traversées ne se seraient jamais passées. Tout est ma faute.

Elle resta silencieuse plusieurs secondes.

— Ce n'est pas seulement ta faute, fit-elle alors. Nous avons été bêtes, tous les deux.

— Peut-être, mais je crois que je l'ai été plus que toi ! Je suis tellement désolé, Mel. Je sais que c'est beaucoup te demander, mais tu crois que tu pourrais me donner une autre chance ?

Il prit sa main restée libre et fut soulagé qu'elle ne la lui retire pas.

— Tu sais que je t'aime, n'est-ce pas ?

Elle hocha la tête.

— Et toi, tu m'aimes aussi ? continua-t-il.

— Bien sûr que je t'aime, soupira-t-elle.

— Alors, tu vas me donner une autre chance ?

Elle roula des yeux moqueurs.

— Comme si j'avais le choix ! J'ai la très nette impression que tu vas me harceler jusqu'à ce que je te dise oui !

— Dans ce cas, viens dans mes bras tout de suite !

Elle laissa un sourire se dessiner sur ses lèvres et se réfugia dans ses bras. Même avec un sac à provisions écrasé entre eux, c'était le paradis !

Elle était parfaite !

— Tu sais, au fond de moi, je ne pensais pas vraiment que c'était fini, avoua-t-elle. J'étais certaine que tu reviendrais vers moi et que je serais forcée de te reprendre.

— Mais seulement après m'avoir laissé ramper à tes pieds, c'est ça ?

— En effet, admit-elle en souriant.

Se penchant pour l'embrasser, il remarqua une boîte posée sur les autres articles, dans le sac à provisions.

Non, il n'y avait pas de doute, c'était…

Il prit la boîte et lut l'étiquette.

— Un test de grossesse, murmura-t-il en la regardant. Pour quoi faire ?

— Tu ne devines pas ?

Il secoua la tête avec stupéfaction.

— C'est vrai ?

— Je n'en suis pas encore certaine. Je n'ai que quelques jours de retard, mais mes seins sont si sensibles que je peux à peine les toucher.

— Mais je ne comprends pas, je suis censé être stérile à cause des rayons…

— Il va falloir que tu fasses des analyses, parce que pour un gars soi-disant stérile, tu sembles n'avoir aucune difficulté à me mettre enceinte !

Il éclata de rire.

— C'est incroyable ! Tu imagines un peu : la probabilité que je puisse mettre une femme enceinte est sans doute infime, et pourtant, avec toi, j'ai réussi non pas une, mais deux fois, au cours des trois dernières années !

Melody haussa les épaules.

— Il faut croire que c'était écrit. Disons que c'est notre petit miracle…

Il lui prit le sac des bras et le posa par terre afin de pouvoir la serrer contre lui plus aisément. Il se fichait pas mal du regard curieux des passants.

Pour lui, le vrai miracle, c'était que même s'il avait laissé Melody le quitter par deux fois, elle était tout de même de retour dans ses bras.

Et une chose était sûre : il ne la laisserait pas repartir une troisième fois.

JENNIFER LEWIS

Gavin

HARLEQUIN

Titre original : BACHELOR'S BOUGHT BRIDE

Traduction française de ROSA BACHIR

Ce roman a déjà été publié en décembre 2011

83-85, boulevard Vincent Auriol, 75646 PARIS CEDEX 13.
Service Lectrices — Tél. : 01 45 82 47 47
www.harlequin.fr

1

Que mijotait-il, encore ?

Bree Kincannon regarda son père lui faire un signe de l'autre côté de la salle. Un geste un peu gauche, comme s'il pensait que tout le monde les observait. Elle se raidit tandis qu'il se dirigeait vers elle, se frayant un chemin parmi les invités en tenue de soirée. Il avait quitté leur table juste après le dessert, afin de se mêler à la foule. Pour voir et être vu, comme d'habitude.

Bree, de son côté, s'était calée confortablement sur sa chaise pour écouter la musique, en attendant la fin de la soirée. Elle n'était venue que parce que le gala de charité était organisé au profit d'une de ses associations caritatives préférées.

Méfiante, elle leva les yeux tandis que son père s'approchait. C'est alors qu'elle remarqua un homme de haute stature derrière lui.

Pourvu que son père ne lui présente pas encore quelqu'un ! Elle avait cru qu'il avait enfin abandonné l'idée de lui faire rencontrer tous les beaux partis de San Francisco.

— Bree, ma chérie, j'aimerais te présenter quelqu'un.

Un refrain qu'elle ne connaissait que trop bien. Elle l'avait souvent entendu en vingt-neuf ans, et il avait rarement donné lieu à autre chose qu'un unique et décevant rendez-vous.

Malgré tout, elle se leva et s'efforça de faire bonne figure en plaquant un sourire pincé sur ses lèvres.

— Gavin, voici ma fille, Bree. Bree, je te présente Gavin Spencer. C'est un publicitaire de chez Maddox Communications.

Elle tendit poliment la main.

— Ravie de…

Mais lorsqu'elle leva les yeux vers lui, elle crut que son cœur allait s'arrêter.

Gavin était d'une beauté saisissante. Avec ses cheveux bruns et épais coiffés en arrière, sa barbe naissante qui soulignait ses traits fins et mettait en valeur sa bouche large et sensuelle, il était absolument magnifique.

— Faire ma connaissance ? acheva-t-il pour elle, une lueur amusée dans le regard.

— Euh, c'est ça. Je suis vraiment ravie de faire votre connaissance.

Elle retira vivement sa main comme si le contact l'avait brûlée. Sa paume était presque moite. Son père devait être fou pour croire qu'un homme comme Gavin pourrait s'intéresser à elle.

— Maddox a conçu de superbes campagnes ces derniers temps, dit-elle. Les affiches pour les chaussures Porto étaient vraiment accrocheuses.

« Je devrais arrêter d'employer le mot vraiment dans toutes mes phrases ». Tandis qu'elle se faisait cette réflexion, elle sentit son visage s'empourprer.

— Merci, j'ai moi-même travaillé sur cette campagne, dit-il.

Il esquissa un sourire qui révéla des dents blanches et parfaitement alignées. Elle remarqua au passage qu'il avait une adorable fossette au menton.

— Votre père m'a dit que vous étiez photographe.

Elle coula un regard vers son père. Vraiment, il avait dit cela ? Elle ne savait pas si elle devait se montrer fière ou surprise. Son père ne daignait jamais faire de commentaires sur ce qu'il appelait parfois son « *passe-temps* ».

— Oui. J'adore prendre des photos.

— Elle vient de remporter un prix, renchérit son père, l'air ravi. Le Black Hat, ou quelque chose de ce genre.

— Le Black B-book, bredouilla-t-elle. C'est un concours de photos publicitaires.

— Je connais les Black Book Awards, dit Gavin. C'est une sacrée distinction.

Le père de Bree fit signe à quelqu'un dans la salle, et sur un hochement de tête prit congé d'eux.

Et elle se retrouvait seule avec l'homme le plus séduisant de la soirée.

Elle déglutit, puis lissa le devant de sa robe de taffetas pour se donner une contenance, tout en regrettant de ne pas avoir porté une tenue moins… affreuse.

— Quel genre de photos prenez-vous ?

— Des portraits, principalement.

Elle avait parlé d'une voix posée, ce qui était étonnant étant donné les circonstances. Cela la perturbait que l'homme que son père lui avait présenté lui fasse un tel effet. Elle se sentait toujours très mal à l'aise en pareille situation.

— J'essaie de capter la personnalité des gens.

— Un vrai défi, non ?

— C'est surtout une question de *timing*. Il faut choisir le bon moment.

Elle haussa les épaules.

— J'ai le chic pour ça.

Il se fendit d'un sourire qui illumina ses beaux yeux gris.

— Le chic, cela implique que vous avez un talent qui permette de vous démarquer.

— Eh bien, je ne me démarque pas, c'est sûr.

Elle balaya d'un geste les invités les plus élégants et fortunés de San Francisco — et regretta aussitôt ses paroles stupides.

Bien sûr qu'elle se démarquait. Comme la personne la plus mal fagotée et la moins séduisante de la pièce.

— Tout le monde essaie de se démarquer, observa-t-il.

Quand il sourit, des fossettes apparurent sous ses pommettes saillantes.

— Ce sont les gens qui n'essaient pas de se démarquer qui sont les plus intéressants. Voulez-vous danser ?

— Danser ?

Voulait-il dire, danser avec lui ? Personne ne l'invitait jamais à danser dans ce genre de soirées.

— Est-ce qu'il y a un écho dans cette salle ?

— Non. Je veux dire, oui. Oui, j'aimerais bien danser.

L'espace d'une seconde, elle souhaita que le parquet verni s'ouvre sous ses pieds et l'engloutisse tout entière. Elle aurait dû comprendre plus vite que Gavin n'avait pas vraiment envie de danser avec elle, mais s'efforçait simplement de se montrer poli. Sans nul doute, il aurait apprécié qu'elle refuse poliment son invitation.

Mais il lui tendit son bras et l'entraîna vers la piste où un groupe en queue-de-pie jouait un air classique des années trente, *In the Mood.*

Il l'emmena vers le milieu de la piste et la prit par la taille avec un grand naturel, tandis qu'elle-même sentit tout son corps réagir à ce simple contact. Elle espéra ne pas avoir oublié les pas de danse qu'elle avait appris lors des multiples cours auxquels elle avait été obligée de participer lorsqu'elle était enfant.

La pièce tourbillonnait devant elle tandis qu'il la faisait tournoyer autour de la piste. Il dansait au rythme de la musique et la guidait sans effort parmi les autres danseurs. Elle était plutôt satisfaite de la façon dont ses pieds suivaient les siens de façon parfaitement synchronisée. Elle s'émerveilla d'arriver à peine à hauteur de son épaule puissante — ce qui était quand même quelque chose, étant donné qu'elle mesurait un mètre quatre-vingt — et avait l'impression de flotter avec lui, au rythme des trombones puissants et des trompettes énergiques.

Lorsque la musique s'acheva, elle se dégagea aussitôt de ses bras pour ne pas lui donner à penser qu'elle y avait pris goût.

— Vous êtes une merveilleuse danseuse, lui chuchota-t-il à l'oreille.

Elle frissonna au contact de son souffle chaud contre sa peau.

— Moi ? Tout le mérite vous revient. J'ai juste eu à vous suivre.

— C'est un art en soi. Je parie que la moitié des femmes dans cette pièce essaieraient tellement de mener la danse qu'elles me marcheraient sur les pieds.

— Vous avez sans doute raison, dit-elle, amusée.

— Et vous, vous avez un magnifique sourire.

— Au bout de six années d'orthodontie, n'importe qui aurait un beau sourire.

Il rit.

— Et en plus, vous ne manquez pas d'humour à ce que je vois !

Tandis qu'il la conduisait vers le bar, elle constata qu'il ne passait vraiment pas inaperçu, mais que tous les regards convergeaient vers lui. Apparemment, tous les invités, hommes et femmes confondus, semblaient fascinés par l'homme le plus éblouissant de la pièce.

Et comme ils marchaient bras dessus bras dessous, les gens la regardaient elle aussi, et elle dut baisser les yeux, intimidée par la situation. Ils devaient sans doute se demander ce que Gavin pouvait bien faire avec elle.

Et de fait, elle aussi se le demandait.

Elle ne se faisait guère d'illusions : elle avait un physique commun, certes, mais n'était-elle pas une riche héritière ? Il n'était pas difficile de deviner ce qu'un homme pouvait bien rechercher auprès d'elle. Cela commençait par un a, et se terminait par un t.

Cela dit, ce qui valait pour elle valait aussi pour n'importe quelle héritière dans la salle — et elles étaient nombreuses ce soir. Qu'avait-elle donc de si particulier pour qu'il s'intéresse de si près à elle ?

Une voix dans sa tête lui disait de cesser de s'inquiéter et d'apprécier cette attention qui faisait battre son cœur plus vite. Cela faisait si longtemps que cela ne lui était pas arrivé !

— Voulez-vous du champagne ? lui proposa-t-il en lui tendant un verre.

— Oui, merci.

Cette danse seule méritait d'être fêtée par une flûte de champagne. Elle but une gorgée et savoura le goût des bulles pétillantes sur sa langue.

Il se pencha si près qu'elle sentit sa barbe sexy effleurer sa joue.

— Comment se fait-il que je ne vous aie jamais rencontrée auparavant ?

— Parce que je sors peu. Cette soirée fait exception car il se trouve que j'ai adopté mes deux chats à la SPA d'Oakland, et que je tenais à être présente à leur gala de charité ce soir. Vous avez des animaux ?

— Non, je n'ai pas le temps. Je travaille beaucoup, et je voyage beaucoup. Vos chats ont eu de la chance de vous trouver.

— C'est ce que je me plais à penser. D'autant qu'Ali a besoin de piqûres d'insuline quotidienne. Les animaux malades ont du mal à trouver des foyers.

— Je vois que vous êtes une personne dévouée.

— Ou trop gentille, dit-elle en souriant. Mais je suis heureuse. Ce sont mes bébés en quelque sorte.

Elle vit passer une étrange expression sur son beau visage. Ou plus précisément, dans son regard, car ses traits fins restèrent immobiles.

Etait-il en train de se demander pourquoi il perdait son temps avec une vieille fille en robe bouffante qui aimait les chats, alors que des femmes superbes lui lançaient des œillades appuyées par-dessus le bord de leur verre ?

D'ailleurs, elle serait mieux chez elle avec ses chats. La compagnie de Gavin commençait à la rendre nerveuse, car elle se sentait obligée de surveiller le moindre de ses gestes de crainte de commettre un impair. Il était tout simplement trop beau. Cela ne pouvait pas être bon pour son cœur de palpiter de la sorte.

— Personnellement, je me trouve ici parce qu'un client a réservé une table pour l'agence, expliqua-t-il. C'est manifestement une bonne cause, mais je n'apprécie pas particulièrement ce genre de soirées, murmura-t-il. Trop de gens. De trop longs discours. Du bœuf difficile à mâcher.

Lorsqu'elle vit ses fossettes apparaître de nouveau, elle sentit une étrange bouffée de chaleur l'envahir.

— Qu'aimez-vous faire ? dit-elle.

Il hésita un instant.

— Question intéressante. J'ai passé tellement de temps à travailler que, parfois, j'oublie le monde qui m'entoure.

Il afficha un sourire penaud qui ne faisait qu'ajouter à son charme.

— Ces derniers temps, je me surprends à vouloir prendre mon temps et à profiter davantage de la vie. Peut-être même…

Il marqua une pause et glissa une main dans ses cheveux, comme s'il était embarrassé.

— Me poser, et fonder une famille.

Il afficha un sourire ironique.

— J'imagine que ça sonne un peu mièvre.

— Pas du tout.

Il la regardait avec une telle intensité qu'elle sentit que la tête lui tournait. Cet homme était-il bien réel ? Ou n'était-il qu'un fantasme sorti de son imagination ?

— Je pense que c'est parfaitement naturel. Tout le monde a besoin d'équilibre dans sa vie.

— En parlant d'équilibre, que diriez-vous d'une autre danse ? Cette chanson est une de mes préférées.

L'orchestre avait entamé un air de salsa. A la perspective de partager une danse sensuelle avec Gavin, elle se sentit frémir. Etait-elle en train de rêver ?

Gavin conduisit Bree sur la piste de danse pour la seconde fois. Il regretta de porter ce smoking au tissu épais qui l'empêchait de sentir sa peau douce contre la sienne. Il était sous le charme, et appréciait infiniment la douceur qui émanait de chacun de ses mouvements ou de ses expressions — ses grands yeux gris cachés derrière ses lunettes, ses joues légèrement rosées, sa jolie bouche qui donnait envie de l'embrasser. Il soupçonnait qu'il y avait aussi un corps doux et voluptueux caché quelque part sous les nombreuses couches de tissu de sa robe.

Le père de Bree lui avait laissé entendre qu'elle n'était ni attirante ni désirable, et qu'il en venait à être gêné par son statut prolongé de vieille fille. A l'entendre, il considérait sa propre fille comme un fardeau, et était prêt à payer cher pour qu'elle soit enfin casée. Comment Elliott Kincannon pouvait-il penser cela de la délicieuse jeune femme qu'il tenait à son bras ?

Il ressentit un plaisir pur lorsqu'il glissa son bras autour de sa taille. Oui, elle avait vraiment le genre de corps qui pourrait faire perdre la tête à un homme. Il sentit ses seins pleins contre son torse lorsqu'il l'attira contre lui. Ses cheveux bruns étaient coiffés en un austère chignon, et il se demanda à quoi elle ressemblerait si ses cheveux tombaient en cascade sur ses épaules.

Il aimait la façon dont elle dansait, aussi. De façon quasi aérienne.

Elle lui adressa un sourire doux et timide et il ne put s'empêcher de sourire en retour.

Si ses premières impressions se confirmaient, Bree Kincannon ferait une Mme Gavin Spencer très agréable. Elle n'était peut-être pas le genre de femme que les hommes accosteraient dans un bar, mais quelle importance ? Il n'avait pas besoin d'une femme trophée pour prouver sa virilité.

Et Bree Kincannon avait des atouts bien réels. Qui se comptaient en millions, en fait.

Son regard croisa le sien, et une pointe de culpabilité le saisit.

Pouvait-il vraiment épouser une femme pour de l'argent ?

Pendant dix longues années, il s'était démené pour se faire un nom dans la publicité. Depuis son premier jour dans le métier, il ne rêvait que d'ouvrir sa propre agence. Il voulait réunir les talents créatifs les plus inventifs, les idées les plus innovantes et les supports médiatiques les plus modernes, pour révolutionner le monde de la publicité.

Si quelqu'un lui avait dit, dix ans plus tôt, qu'il devrait encore travailler pour quelqu'un d'autre à l'âge de trente ans, il lui aurait ri au nez.

Mais c'était la vie qui avait ri à ses dépens.

Le fonds de pension dans lequel son père avait investi pour sa retraite ayant fait faillite, il avait dû sauver ses parents sous le coup d'une menace de saisie de leur maison. En vérité, il était content de pouvoir les aider. Ce qu'il regrettait et qui représentait la plus grande erreur de sa vie, était d'avoir confié à un conseiller en investissements renommé une grosse partie de ses économies — pour apprendre dans les journaux qu'il les avait dilapidées dans les courses de chevaux et l'achat de violons anciens.

Il serra Bree plus fort, et savoura la sensation de sa douce poitrine contre lui. A ce moment, elle leva vers lui ses yeux ourlés de cils si longs. Elle avait de magnifiques yeux, et il s'imaginait très bien les regarder pour le restant de ses jours. Il avait un bon pressentiment concernant Bree Kincannon, et son instinct le trompait rarement.

La perspective d'un mariage n'avait jamais fait partie de ses priorités, et il ne s'était jamais préoccupé de se trouver une épouse ou même une petite amie. Il était marié à son travail, comme disaient ses amis pour plaisanter. Ce n'était pas faux, d'ailleurs. Il adorait son travail, et se satisfaisait très bien de ses aventures occasionnelles et sans lendemain. Au moins, personne n'était déçu.

S'il menait à terme son projet fou, il travaillerait dur pour ne pas décevoir Bree et se promettait de faire un bon mari.

Il imprima un léger mouvement de façon à la faire se pencher en arrière, et elle se laissa tomber contre sa main. Il en déduisit qu'elle lui faisait confiance et qu'elle ne pouvait absolument pas avoir la moindre idée de ce qu'il tramait dans sa tête. Si elle savait, elle serait horrifiée.

Mais elle ne saurait pas. Jamais.

Elle rit quand il la ramena vers lui. Un éclair d'excitation le traversa. Elle appréciait cette danse, et il devait l'avouer, lui aussi.

Tout s'annonçait très bien.

Bree prétexta avoir besoin de se recoiffer pour s'isoler un moment dans les toilettes. Elle se tenait devant le miroir, et voulait juste voir ce que Gavin Spencer voyait exactement lorsqu'il la regardait avec cette lueur d'intérêt dans les yeux.

Les gens lui avaient toujours dit qu'elle avait de jolis yeux. Une remarque plutôt étrange, puisqu'elle portait des lunettes. Elle baissa celles qu'elle portait ce jour-là — avec une monture discrète, qu'elle réservait pour les grandes occasions — et fixa ses propres yeux. Ils ne lui semblaient pas si extraordinaires. Peut-être était-ce ce que les gens disaient quand ils ne trouvaient pas d'autre compliment à lui faire. Certaines personnes lui avaient conseillé de porter des lentilles de contact, mais c'était bien trop compliqué à son goût.

Ses cheveux étaient une catastrophe, comme d'habitude. Une tignasse indomptable et frisottée. Elle n'aurait jamais dû enlever les épingles à cheveux qu'elle avait réussi à enfoncer tout à l'heure. Non sans mal, elle les remit en place pour tenter de redonner forme à son chignon désordonné.

Elle ne portait pas la moindre trace de maquillage sur son visage. Elle n'était pas douée pour appliquer du rouge à lèvres, du blush ou de l'eyeliner, et les rares occasions où elle s'y était risquée, elle avait fini par ressembler à un clown.

Quant à sa robe, elle était tout bonnement affreuse. Sa tante Freda lui avait assuré qu'elle masquait ses défauts. Elle aurait pu tout aussi bien cacher une organisation terroriste et plusieurs caisses de whisky de contrebande dans ses plis. Le col bateau transformait son décolleté correct en une chaîne montagneuse intimidante.

Elle n'était pas mieux qu'à l'accoutumée. Elle était pire, même.

Alors pourquoi Gavin semblait-il si… fasciné ? Comme s'il ne pouvait la quitter du regard. Il l'avait entraînée aux quatre coins de la salle dès l'instant où ils avaient été présentés. Elle s'était attendue à ce qu'il repère une autre femme et l'abandonne aussi vite, mais il ne l'avait pas fait.

En fait, elle le soupçonnait même d'être capable de l'attendre devant la porte des toilettes.

Elle poussa un soupir. Ses joues avaient une teinte rosée qui n'était pas vraiment charmante. Mais au moins, elle avait les yeux brillants.

Comme pourrait-il en être autrement ? Elle n'avait jamais dansé ainsi. Même dans son imagination ! Elle avait l'impression d'être Cendrillon au bal.

Drôle de comparaison, étant donné qu'elle était une des femmes les plus riches de San Francisco. Bien sûr, elle n'avait rien fait de particulier pour gagner cet argent puisqu'il s'agissait d'un héritage, et elle n'avait aucune raison particulière d'être fière de sa fortune, bien au contraire. Elle s'imaginait souvent que les gens murmuraient à son sujet : « Tout cet argent, et voyez comme elle est mal dégrossie. »

En tout cas, c'était certainement ainsi que son père voyait les choses. Il l'avait même dit devant elle, une fois ou deux.

Elle prit une profonde inspiration puis replaça une mèche rebelle derrière son oreille.

« Bree Kincannon, tu es une femme désirable et séduisante. »

Non. Pas assez convaincant.

« Bree Kincannon, tu es une photographe très douée et une formidable maman-chat. »

Voilà qui était mieux.

Elle sourit à son reflet, mais se reprit en surprenant la sylphide blonde à côté d'elle en train de l'observer. Elle tapota son chignon puis sortit.

Devant la porte, aucune trace de Gavin. Elle fut surprise d'en être aussi déçue. Puis elle se ressaisit. S'attendait-elle vraiment à ce qu'un homme comme lui l'attende comme un chien fidèle ? Il dansait sans doute avec une autre femme.

Furtivement, elle jeta un coup d'œil circulaire sur la piste. Il était plus de minuit et la foule commençait à s'éclaicir. Les hommes avaient beau tous être habillés de la même façon, en smoking noir, elle savait qu'elle repérerait Gavin tout de suite. Il dégageait une aura reconnaissable entre toutes.

Mais il n'était nulle part et sur le coup, elle s'en trouva soulagée.

En y réfléchissant de plus près, elle ne put s'empêcher de se demander s'il était vraiment parti sans lui dire au revoir. Si tel était le cas, sans doute ne le reverrait-elle jamais, car pourquoi un homme comme lui appellerait-il une femme comme elle ?

Allons, elle n'allait pas se laisser abattre pour si peu. Elle releva fièrement le menton et se glissa entre les tables pour rejoindre celle où elle s'était installée, avec quelques-uns des associés de son père les plus ennuyeux. Elle convenait que ce n'était pas une façon aimable de les décrire, puisqu'ils avaient tous été assez charitables pour débourser un millier de dollars pour obtenir leur entrée à ce gala. Soulagée de voir qu'ils étaient tous partis, elle prit son sac et le suspendit sur son épaule.

Elle jeta un rapide regard autour d'elle. Toujours aucun signe de Gavin. Alors, c'était fini. Cette soirée charmante. Ce moment fantastique.

Peut-être la plus belle soirée de sa vie.

Elle déglutit. Sans nul doute, tous ceux qui l'avaient regardée danser avec Gavin la regardaient maintenant comme ils le faisaient toujours, en pensant « Cette pauvre Bree, qui fait toujours tapisserie ».

Elle rejoignit la sortie d'un pas morne. Elle avait l'habitude de rentrer en taxi de ce genre de soirées, car son père restait souvent tard pour entretenir son réseau de relations. Elle adorait leur maison de Russian Hill, et le grenier sous les toits qu'elle avait transformé en appartement était rempli de souvenirs de ses années heureuses, avant que sa mère ne meure. Elle la revoyait encore en train de peindre, tous les après-midis, pendant qu'elle-même jouait sur le sol près de son chevalet.

Elle se mordilla la lèvre. Elle était heureuse de sa vie. Vraiment ! Elle n'avait pas besoin qu'un beau brun charmeur vienne la faire danser et bousculer ses habitudes.

Elle récupéra son manteau au vestiaire et le jeta négligemment sur ses épaules. Elle s'apprêtait à traverser le hall de marbre pour rejoindre la sortie quand elle s'arrêta net.

Gavin était là. En train de parler à son père.

Jusque-là, elle n'avait pas eu la curiosité de se demander par quel biais ces deux-là se connaissaient. D'habitude, son père ne parlait qu'à des entrepreneurs extrêmement fortunés, susceptibles de lui faire gagner encore plus d'argent. Si Gavin n'était qu'un agent publicitaire — un travail salarié intéressant et stimulant, certes, mais un travail salarié tout de même — pourquoi son père se penchait-il pour lui parler comme s'il avait affaire à Bill Gates en personne ?

Son manteau enfilé, elle marcha lentement vers eux dans l'espoir de surprendre une bribe de leur conversation. Mais à son approche, ils levèrent tous deux les yeux vers elle comme s'ils étaient pris en faute, ce qui ne manqua pas de l'inquiéter.

— Bree, ma chérie ! dit son père en tendant le bras. Gavin et moi parlions justement de la merveilleuse soirée que nous avons passée. Et je dois te remercier de m'y avoir entraîné de force.

Il se tourna vers Gavin.

— Bree a un faible pour les animaux, fit-il en guise d'explication.

Elle réussit à répondre par un sourire poli.

— Ça a été un grand plaisir de vous rencontrer, Bree, affirma Gavin en soutenant son regard.

Aussitôt, elle sentit ses joues s'empourprer, et son cœur battre la chamade.

— Pa… pareillement, bredouilla-t-elle.

— Etes-vous libre vendredi ? L'agence organise un cocktail au *Rosa Lounge*, pour fêter une nouvelle campagne. J'aimerais beaucoup que vous veniez.

Oh, oh ! S'il proposait un rendez-vous pour vendredi soir, c'est que c'était du sérieux. Et il voulait qu'elle rencontre ses collègues ? songea-t-elle, la bouche soudain sèche.

— Euh, oui. J'en serais ravie, dit-elle en battant des cils.

— Je passerai vous prendre chez vous, si cela vous convient.

— Parfait, dit-elle en souriant aussi calmement que possible.

— Alors, c'est entendu.

— J'ai des amis à voir, annonça son père. A plus tard, chérie.

— D'accord, je prendrai un taxi.

Gavin avança vers elle.

— Je vais vous reconduire. Comme ça, je saurai où vous habitez pour vendredi.

Avant qu'elle ne puisse émettre la moindre protestation, il demanda à un employé d'appeler le voiturier.

Elle inspira profondément avant de prendre le bras qu'il lui tendait. Dehors, le léger brouillard humide de début de soirée s'était évaporé, laissant place à un beau ciel étoilé. Sitôt sa voiture de sport arrivée, Gavin l'aida à s'installer à l'intérieur.

Pendant le court trajet jusqu'à chez elle, ils discutèrent de la nouvelle exposition Louise Bourgeois au Musée d'Art Moderne. Il avoua s'y rendre souvent, pour être à la pointe des tendances et ainsi impressionner ses clients. Elle s'étonna que quelqu'un d'aussi beau que lui s'y connaisse autant en art.

Une fois arrivés devant chez elle, elle sortit de la voiture, le cœur battant à tout rompre. Allait-il essayer de l'embrasser ?

Impossible.

Mais elle vit qu'il contournait la voiture pour la rejoindre et sentit un vent de panique la saisir. Et lorsqu'il s'empara de sa main qui était légèrement moite, elle frissonna d'appréhension.

— Bonne nuit, Bree, dit-il d'une voix rauque.

Il serra sa main dans les siennes, qui étaient chaudes et fermes. Sous son regard intense, elle sentit ses lèvres trembler.

— Je passerai vous prendre à 19 heures, si cela vous convient.

— Parfait. A vendredi alors.

Elle lui adressa un bref sourire, puis pivota sur ses talons, et se précipita vers l'entrée.

Une fois à l'intérieur, elle s'effondra littéralement contre la porte. Et se fendit d'un grand sourire béat.

Elle avait un rendez-vous avec le célibataire le plus séduisant de San Francisco.

Si elle n'était pas aussi terrorisée, elle serait au comble de l'excitation.

2

— Gavin, mon cher, comment vas-tu ?

Marissa Curtis l'accosta dès qu'il fit son entrée dans le *Rosa Lounge,* avec Bree à son bras. La jeune femme blonde l'embrassa sur les deux joues, laissant dans son sillage le parfum capiteux qu'elle portait toujours.

— Tu m'as manqué, cette semaine. Tu étais à Cannes ?

— Oui. J'avais quelques rendez-vous.

Il avait passé de bons moments au festival, et cela lui avait donné l'occasion de peaufiner son plan pour conquérir Bree, qui attendait patiemment à côté de lui.

— Marissa, laisse-moi te présenter Bree. Bree, voici Marissa.

— Oh, ravie de vous connaître, dit la jeune femme blonde, en révélant des dents d'une blancheur presque effrayante. Vous êtes la sœur de Gavin ?

Il éclata de rire.

— Ma sœur ? Je n'ai même pas de sœur.

— Oh, je vois !

Marissa pencha la tête sur le côté, de façon à faire négligemment glisser la cascade de cheveux soyeux sur son épaule.

— J'ai simplement trouvé que…

Elle regarda Bree d'un air peu amène.

— Que Bree et moi nous ressemblions tant que nous devions être jumeaux ?

Il enroula le bras autour de Bree et sentit immédiatement qu'elle était tendue.

Cette peste de Marissa voulait sans nul doute insinuer que Bree ne pouvait pas être sa petite amie. Certes, Bree n'était pas maigre comme une brindille ni habillée en Prada.

— Bree est ma petite amie.

— Oh, fit Marissa en grimaçant. Comme c'est charmant.

Elle regarda autour d'elle.

— Je vous laisse, j'aperçois Jake. Il a promis qu'il me ramènerait un joli cadeau de Cannes.

Lorsque Marissa se fut éloignée, Gavin se tourna vers Bree.

— Ne faites pas attention à elle. Elle est folle, c'est tout.

Pour son plus grand plaisir, il avait réussi à ramener le doux sourire de Bree sur ses lèvres. Il aimait son sourire.

— Et vous savez, nous nous ressemblons, en quelque sorte. Nous avons tous les deux les cheveux bruns et les yeux gris. Oh, attendez. Est-ce que les vôtres sont verts ?

A y regarder de plus près, les iris cachés derrière les lunettes cerclées de métal avaient une nuance de jade pâle.

— Je n'ai pas bien pu les voir l'autre soir. Il faisait trop sombre dans la salle.

Ils étaient assez près l'un de l'autre pour qu'il puisse respirer son parfum — subtil et frais, comme le reste de sa personne.

— Ils sont sans doute plus gris que verts, dit-elle en haussant les épaules. Cela ne fait pas beaucoup de différence pour moi. Je m'en sers pour voir.

— Et prendre des photos. J'ai regardé vos photos pour le Black Book. Vos portraits sont étonnants.

— Les visages étaient intéressants. Cela m'a facilité la tâche.

Elle eut un sourire timide, ce qui attira son attention sur ses lèvres roses et tentantes.

— Qui sont ces gens ?

Il faisait allusion à un cliché en noir et blanc qui représentait un couple d'un certain âge, dans une rue de la ville. Le bonheur qui émanait d'eux était difficile à oublier. Depuis qu'il l'avait vue, il était obsédé par cette photo.

— Je ne sais même pas. C'est embarrassant, non ? J'ai l'impression d'être un imposteur, dit-elle en se mordillant la lèvre. Ils étaient devant la bibliothèque, et attendaient quelqu'un, je pense. Je leur ai simplement demandé si je pouvais les prendre en photo.

— J'aurais cru que vous les connaissiez depuis des années.

— C'est ce que tout le monde pense, dit-elle avec un haussement d'épaules. C'est un peu bizarre, j'imagine.

— Non, c'est ce qu'on appelle de l'art.

Elle commençait à se détendre, constata-t-il, satisfait.

— Bonsoir, Ella, dit-il quand il aperçut l'assistante de Brock. Viens, je vais te présenter Bree.

La jeune femme brune et mince passa devant les deux directeurs artistiques pour les rejoindre.

— Bree est photographe, annonça-t-il après les présentations.

— Vraiment ?

— Et elle a remporté un prix, ajouta Gavin. Puis-je te confier Bree pendant quelques instants, Ella ? Il faut que je parle à Brock.

— Bien sûr. D'abord, nous allons prendre un verre. Suivez-moi au bar.

Ella conduisit Bree à l'écart de la foule de plus en plus compacte.

Gavin chercha Brock du regard. Ce dernier avait obtenu un rendez-vous avec un metteur en scène tchèque, qui accepterait peut-être de réaliser une campagne pour un bon prix.

— Alors, Gavin ? Toujours en train de draguer les gens du *Rialto Yacht ?*

Ce n'était pas Brock mais Logan Emerson qui venait de faire son apparition, un verre de vin à la main.

Gavin sentit une pointe d'irritation lui picoter la nuque.

— J'essaie.

— Ce contrat serait vraiment un gros coup. Je vois d'ici les bateaux Rialto passer sous le Golden Gate Bridge, pendant la mi-temps du Super Bowl.

— Ce serait un tantinet banal.

— J'imagine que c'est pour ça que je suis comptable, et non créatif.

Gavin prit une grande inspiration. Il y avait quelque chose chez ce type qui le gênait beaucoup, et ce n'était pas seulement ses mauvaises plaisanteries. Logan Emerson n'était dans l'agence que depuis quelques semaines, mais il avait le chic pour se retrouver toujours au même endroit que lui. Lors des rendez-vous avec les clients, ou près de la machine à café. Il le croisait même dans les toilettes chaque fois que lui-même y allait ! Parfois, comme pour l'heure, il se montrait souriant et aimable, mais la plupart du temps, il semblait l'observer.

Peut-être tentait-il d'apprendre le mode opératoire de l'agence, pour pouvoir battre les autres cadres à leur propre jeu ? Ce qui n'était pas une si mauvaise chose. Comme ça, Gavin se sentirait moins mal à l'aise d'abandonner Brock quand il démissionnerait pour fonder sa propre agence.

Ce qui ne saurait tarder, l'espérait-il.

Il regarda autour de lui et fut soulagé et heureux de voir Bree en train de discuter avec Ella.

Jusqu'ici, tout se présentait très bien.

— En fait, j'ai étudié la littérature à l'université.

Bree but une gorgée de son verre. Ella avait pris deux verres de vin blanc, puis l'avait conduite vers un coin à l'écart du bar chic, afin de pouvoir discuter tranquillement. Bree s'était d'abord sentie intimidée par Ella. La jeune femme était si raffinée et si élégante dans ce tailleur qui soulignait sa silhouette élancée. Ses cheveux bruns étaient lisses comme la soie, et son regard azur était à la fois vif et bienveillant.

Mais au bout de quelques minutes, elle avait commencé à se détendre, et à répondre aux questions qu'Ella posait avec un intérêt qui semblait sincère.

— A l'époque, j'ai même envisagé de passer un doctorat en lettres, mais j'ai pris du temps pour voyager, et j'ai changé d'avis. C'était idiot de ma part.

Ella sourit.

— Pas idiot, sensé. Beaucoup de gens se dépêchent de suivre la carrière qu'ils avaient en tête depuis des années, et finissent piégés dans un métier qui ne leur plaît pas. Je dois l'avouer, j'ai toujours été passionnée par la photographie. J'ai pris beaucoup de cours au lycée et à l'université, mais je crois que je n'ai jamais eu le cran nécessaire pour essayer de me faire publier ou d'exposer mes photos. Qu'est-ce qui vous a incitée à vous lancer ?

— Je suis gênée de l'avouer, mais c'était un pur accident. Mon père m'a offert un appareil photo pour mon anniversaire, il y a quatre ans. Je pense en réalité qu'un de ses clients le lui avait offert. C'était un Nikon haut de gamme, avec un jeu de focales supplémentaires. Le genre d'appareil qui ferait envie même à un professionnel. J'ai commencé à prendre des photos de vieux chênes dans le parc, et d'immeubles intéressants autour de Russian Hill et de la marina.

Ella opina du chef, manifestement intéressée par ce qu'elle racontait. Bree se sentait de plus en plus à l'aise avec elle, même si elles venaient de se rencontrer.

— Un jour, j'étais en train de prendre une photo de l'église Saint François d'Assise, sur Vallejo Street.

— Ah oui, celle avec tous ces couloirs.

— Vous connaissez cette femme au manteau bleu ?

— Oui, bien sûr ! Elle nourrit les pigeons, dit Ella en souriant.

— Il y avait quelque chose qui m'intriguait chez elle. Elle a une telle détermination. J'ignore pour quelle raison elle rode toujours autour de l'église, et je n'aurais jamais osé lui poser la question. Je suis bien trop timide pour ça. Mais je voulais voir si je pouvais prendre une photo d'elle, et réussir à rendre cette dignité tranquille qui émane d'elle.

— Qu'est-ce que vous lui avez dit ?

— Je lui ai juste demandé si je pouvais prendre une photo, répondit-elle avec un sourire. J'aurais dû lui offrir deux dollars et lui faire signer une décharge, mais je ne savais rien de tout cela à l'époque.

— Et elle a accepté.

Bree opina du chef.

— Alors, j'ai pris la photo. Cela ne m'a pris que quelques secondes — juste elle, devant une petite porte, le manteau boutonné jusqu'en haut, comme toujours, avec une volée de pigeons à ses pieds. Les tirages étaient plutôt réussis, alors j'en ai imprimé un et je l'ai présenté à une petite exposition, à la bibliothèque de mon quartier. Mon cliché a remporté un prix, et les gens ont commencé à en parler. J'ai compris alors que j'allais continuer dans cette voie.

— J'adorerais voir cette photo.

— Vous êtes la bienvenue dans mon studio, quand vous voulez.

— Vraiment ?

Le visage d'Ella s'illumina.

— J'en serais ravie ! Je n'ai jamais visité le studio d'une vraie photographe.

— Oh, ce n'est pas un studio professionnel, dit Bree en rougissant. Mais il est situé sous les toits et offre une très jolie vue. Je suis là demain, si vous avez envie de passer.

— Je peux ? Je n'ai aucun rendez-vous jusqu'à 17 heures. Ce serait bien de voir des photos qui ne sont pas ultra léchées, pour une fois.

Elle lui fit un clin d'œil complice.

— Si je viens dans la matinée, j'apporterai des viennoiseries et du café de chez Stella's.

— Alors c'est entendu. Je ne refuse jamais une brioche de chez Stella's ! Mon adresse est 200 Talbot Street. C'est une maison plutôt imposante, avec un portail en fer forgé. Si vous arrivez par la droite, vous verrez une entrée séparée qui mène directement à mon studio.

— Vous préparez un rendez-vous secret ? fit la voix de Gavin dans leur dos.

Elles se retournèrent d'un bond. Il les observait d'un air amusé.

— Absolument, confirma Ella en souriant. Je veux voir le travail de Bree avant qu'elle ne devienne trop célèbre pour m'adresser la parole. Tu savais qu'on lui avait demandé de réaliser un portrait pour le *San Francisco Magazine ?*

— C'est vrai ? demanda Gavin.

— Oui, c'est vrai.

Bree rougit de nouveau, en regrettant de ne pas être aussi décontractée que les gens le pensaient.

— Je vais photographier Robert Pattinson. Ils ont eu du

mal à se décider entre Annie Leibowitz et moi. Je pense que mes tarifs étaient plus abordables.

Il sourit d'un air engageant.

— Ils m'ont appelée un jour, sans que je m'y attende, poursuivit-elle. Ils avaient vu mes photos pour les Black Book Awards.

— C'est merveilleux ! s'enthousiasma-t-il. J'aimerais voir vos photos, moi aussi.

— Attends ton tour, plaisanta Ella en levant son verre. Robert Pattinson, vous êtes sérieuse ? Ce que j'aimerais être une photographe célèbre, et non une simple assistante de direction, dit-elle avec une moue.

Bree doutait qu'Ella soit une « simple assistante de direction ». Elle parlait avec tous les gens de l'agence comme si elle en était la directrice, et non simplement le bras droit du patron.

— Accroche-toi, Cendrillon, un jour, tu iras au bal, plaisanta Gavin. Mais en attendant, tu ferais mieux d'aller trouver ton patron. Je ne l'ai vu nulle part.

— Je vais aller à sa recherche. Ravie de vous avoir rencontrée, Bree. Je vous vois demain.

Puis elle se fondit dans la foule.

— Brock est un peu distrait ces derniers temps, dit-il en se penchant vers elle.

Son délicieux parfum masculin taquina ses sens.

— Il se passe beaucoup de choses à l'agence.

Le tintement d'une cuillère contre un verre attira leur attention.

Bree se retourna et aperçut un homme aux cheveux grisonnants, vêtu d'un costume strict, le visage rayonnant. Etonnamment, toute la salle se tut aussitôt.

— C'est un de nos plus gros clients, murmura Gavin. Walter Prentice. Nous sommes ici pour célébrer le lancement de sa campagne par Celia, une de nos agents. Ça se passe vraiment bien.

— C'est un grand plaisir de passer une soirée avec les talents les plus créatifs de tout le pays.

La voix de l'homme résonna à travers l'espace bondé.

— Durant ces semaines de collaboration avec *Maddox Communications*, j'ai appris à connaître plusieurs d'entre vous. Je viens d'apprendre que Flynn Maddox et Renee, sa délicieuse épouse, attendent leur premier enfant. J'aimerais que vous vous joigniez à moi pour porter un toast à cette heureuse nouvelle.

Déjà, les serveurs apportaient des plateaux de flûtes de champagne dans la salle.

— Flynn est le frère cadet de Brock Maddox, lui chuchota Gavin à l'oreille. Il a récemment renoué avec sa femme, après une longue séparation.

— Comme c'est charmant.

Elle sourit et accepta le verre de champagne qu'il lui tendait.

— Et très gentil de la part de votre client d'en faire toute une histoire, plaisanta-t-elle.

— C'est un type bien. Très attaché à la famille. Il est marié à sa femme Angela depuis près de trente ans.

— Impressionnant. Presque tous les amis de mon père sont divorcés. Certains, plusieurs fois.

— C'est dommage. Le mariage, ce devrait être pour la vie — sinon, à quoi bon ?

Il soutint son regard, et elle crut s'étouffer en avalant son champagne un peu trop vite.

— Vous avez sans doute raison. Mais je n'ai jamais été mariée, donc je ne sais pas à quoi ressemble la vie à deux.

Elle avait dit cela de manière un peu trop précipitée. C'était tout à fait effrayant de parler mariage lors d'un premier rendez-vous, surtout avec un homme comme Gavin Spencer.

— Moi non plus, dit-il avec un sourire à la fois candide et charmeur. Mais j'espère que lorsque je me passerai la corde au cou, ce sera le genre de mariage auquel je porterai un toast trente ans plus tard.

Gênée, elle détourna le regard. Elle devait être en train de rêver. Tout ça ne pouvait pas être réel. Un homme aussi beau, aussi talentueux, qui rêvait d'un mariage pour la vie, cela n'existait pas.

Ou bien ?

Walter Prentice leva son verre.

— A cet heureux couple ! Puisse leur famille connaître de longues années de bonheur, et peu de nuits sans sommeil.

Il sourit avant de poursuivre.

— Mes propres enfants m'ont apporté beaucoup de joie. Je sais que Flynn et Renee seront des parents fantastiques.

Il se tourna vers un homme grand aux cheveux noirs, et Bree supposa qu'il devait s'agir du fameux Flynn.

— Vous connaissez le slogan de ma société : la famille avant tout. Eh bien, ce n'est pas un simple slogan, c'est un art de vivre, conclut-il en levant de nouveau son verre.

Dans la salle, les acclamations fusèrent.

— Ma parole, il a cité son slogan ! dit Bree en riant. J'ai vu leurs spots publicitaires à la télévision.

— Je crois que parfois, le fait de croire à sa propre publicité n'est pas une si mauvaise chose. Ah, voilà Brock. Venez, je vais vous présenter au grand patron.

Elle sentit qu'il posait la main dans le bas de son dos pour la guider et n'en revenait pas. Gavin la présentait comme sa petite amie devant tout le monde — amis, collègues, clients. Presque comme s'il était fier d'elle.

Elle avait envie de se pincer, certaine qu'elle allait se réveiller d'une minute à l'autre, pour trouver ses chats Faith et Ali en train de s'étirer et de ronronner sur la couette à côté d'elle. Mais d'ici là, elle ferait mieux de garder le sourire.

N'ayant jamais été une lève-tôt, Bree avait à peine eu le temps de sortir de son lit quand Ella sonna à sa porte. Gavin et elle étaient restés à la fête jusque 1 heure du matin. Une fois de plus, il l'avait déposée devant chez elle sans donner le moindre indice qu'il voulait aller plus loin dans leur relation.

Et sans essayer de l'embrasser.

— Bonjour, Bree ! Comment vas-tu ? On peut se tutoyer n'est-ce pas ?

— Bien sûr.

Ella l'embrassa sur la joue comme si elles étaient de vieilles amies.

— Je t'ai apporté ta brioche et du café. Je parie que tu en as besoin, après ta soirée d'hier. Je crois que Gavin t'a présentée à toutes les personnes présentes.

Elle lui tendit un gobelet de carton rempli de café fumant.

— Je crois même qu'il m'a présentée deux fois à certains. Mais après 22 heures, tout s'est brouillé dans mon esprit. Viens, entre.

Elle l'invita à la suivre dans la pièce lumineuse. Un vitrail de style victorien ornait un mur et une partie du plafond en pente donnait au studio un éclairage particulier.

— Oh, regarde-moi cette vue !

Ella posa les viennoiseries sur la petite table et se planta devant la fenêtre, visiblement sous le charme.

— Je parie que par temps clair, tu peux voir le Japon d'ici.

— Presque, répondit Bree en souriant. J'adore regarder les bateaux dans la baie.

— J'imagine que cette vue te manquera quand tu emménageras avec Gavin, dit-elle en haussant un sourcil.

Bree se figea.

— De quoi parles-tu ? Mais il n'y a rien entre Gavin et moi. Je viens à peine de le rencontrer.

— Vraiment ? dit Ella, les yeux écarquillés. J'avais vraiment l'impression qu'entre vous deux, c'était du sérieux.

— Il se montre très… attentionné, mais nous ne nous connaissons que depuis deux jours.

— Tu veux rire ? dit Ella en plissant les yeux. Je sais que toi et moi, on se connaît peu, et que je ne devrais pas te poser cette question mais, vous vous êtes embrassés, n'est-ce pas ?

— Pas même une petite bise, avoua-t-elle, embarrassée.

Si elle avait été jolie comme Ella, Gavin aurait sans doute tenté un baiser.

— Je crois qu'il se montre juste amical, dit-elle.

— Mais il t'a tenue par les épaules pendant toute la soirée ! Ce n'est pas le genre de choses qu'on fait avec une simple amie, crois-moi. Il est intéressé, c'est certain. Sans doute veut-il juste y aller en douceur.

Bree haussa les épaules, en espérant que l'onde de chaleur qui était montée à son visage ne se voyait pas.

— Je vais chercher des assiettes.

Tout en avalant leur petit déjeuner, elles discutèrent de la maison et du quartier. Puis, Bree montra ses photos à Ella.

— Tu as un œil aiguisé. Dans chaque cliché, tu parviens à capturer l'essence de la personne. Je sais à quel point c'est difficile de réussir cela. Je ne pourrais pas prendre un portrait digne de ce nom même si ma vie en dépendait. J'ai déjà de la chance si les gens ont les yeux ouverts.

— J'aurais aimé te donner quelques tuyaux, mais je crains de ne pas savoir exactement comment faire.

— Le génie. Le talent. Toutes ces choses que je n'ai pas en tant que photographe.

Ella sourit.

— Ce n'est pas difficile de voir pourquoi Gavin est fou de toi.

— Mais non ! D'abord, il n'est pas fou de moi. Et puis, il n'a pas vu mes photos.

— Si, il les a vues. Il montrait à tout le monde celles du Black Book au bureau, vendredi.

— Vraiment ? dit-elle en se mordillant la lèvre.

— Il est amoureux, affirma Ella en croisant les bras. Parfois, cela arrive vite.

— Oh, je t'en prie. Qu'est-ce que Gavin pourrait bien me trouver ? Je ne suis vraiment pas le genre de femmes qui fait tourner la tête des hommes.

— Qu'est-ce qui te fait dire ça ?

— Eh bien, voyons voir. Mes cheveux n'en font qu'à leur tête et changent d'aspect avec la pression barométrique. Il faut que je perde du poids. Et pour finir, la seule personne connue à laquelle je ressemble, c'est Duncan Kincannon, dixième laird d'Aislin. Tu peux voir son portrait dans l'escalier du hall, entouré d'un cadre doré.

Ella rit.

— Je parie que Gavin adore ton sens de l'humour.

— C'est à peu près la seule chose qu'il y a à adorer.

— Quelles sottises ! Cependant…

Ella pencha la tête sur le côté, et prit la pose, un index sur ses lèvres comme si elle réfléchissait intensément à ce qu'elle allait dire.

— Si tu me permets… je pense qu'on pourrait apporter quelques améliorations.

Bree se recroquevilla dans son sweat-shirt universitaire trop large.

— Un peu plus que quelques améliorations, je le crains.

— Tu es très jolie comme tu es, mais tu pourrais être encore plus jolie. J'ai travaillé dans un spa, à Santa Barbara. J'y ai appris tout un tas d'astuces.

— Comme ?

— Tes cheveux, par exemple. Ils sont bouclés, n'est-ce pas ?

— Je pense que « frisés » est un terme plus adéquat.

— Non, sérieusement. Tu veux bien les lâcher pour que je me fasse une idée ?

Bree retira l'élastique qui retenait sa queue-de-cheval avec des doigts tremblants. La masse frisée tomba lourdement sur ses épaules.

— Oh, oui. Tu as de très jolies bouclettes cachées là-dedans. Tout ce que nous avons à faire, c'est les libérer.

— Comment fait-on ?

Ella sourit d'un air mystérieux.

— Pour cela, il nous faut rassembler quelques outils.

Il était près de 16 heures quand Ella décida qu'elle était satisfaite de son œuvre. Elles avaient passé une heure au soleil qu'Ella avait mis à profit pour vernir et limer les ongles de Bree, en attendant que le jus de citron qu'elle avait savamment appliqué sur ses cheveux révèle ses reflets dorés.

Ensuite, elle avait pris sa chevelure en main. Elle avait rincé le jus de citron, puis appliqué un baume coiffant par grosses poignées. Et elle lui avait fait jurer de ne plus jamais laisser ses cheveux sécher sans baume.

Pendant que le baume dégoulinait de ses cheveux, Ella

fouilla dans sa garde-robe, écartant certains vêtements et mettant d'autres près du visage Bree pour voir s'ils flattaient son teint. Désespérée, elle l'emmena sur Union Street, malgré ses cheveux mouillés, et l'encouragea à essayer, dans une boutique branchée, trois nouveaux soutiens-gorge qu'elle finit par acheter, ainsi que plusieurs pièces qui s'accordaient bien ensemble. Ella rendait toute cette expédition si amusante que Bree eut l'impression qu'elles étaient les deux meilleures amies du monde, et non deux femmes qui venaient de faire connaissance.

Une fois qu'elles trouvèrent des chaussures assorties, elles retournèrent chez Bree. Ella mit de la poudre sur son visage pour « réveiller son teint », puis passa un léger blush sur ses pommettes, et appliqua une ombre à paupières gris-vert autour de ses yeux. Une touche de rouge à lèvres rosé ajouta une note de couleur subtile, sans lui donner l'air d'un clown.

— Tes cheveux sont enfin secs, déclara Ella en les arrangeant autour de ses épaules. Si tu te regardais dans le miroir, maintenant ?

Redoutant un peu de découvrir ce qui l'attendait, Bree traversa la pièce — ce qui n'était pas une mince affaire, avec les bottes à talons hauts qu'Ella l'avait convaincue d'acheter.

Elle se plaça devant le long miroir collé à la porte de la salle de bains, et inspira avant de se regarder.

Elle se détailla de pied en cap, les yeux plissés.

— Qui est cette femme dans mon miroir ?

— C'est toi, ma jolie.

— Ce n'est pas possible. Cette femme est mince et élégante, et a des boucles soyeuses avec des reflets blonds.

— C'est toi, je t'assure. Le fait de se tenir droite est très important, aussi. Les filles grandes ont tendance à se courber car elles craignent de se faire remarquer. Si tu fais ces pauses yoga que je t'ai montrées ne serait-ce qu'une fois par jour, tu verras vraiment la différence dans ta posture.

— Il ne m'était jamais venu à l'idée que des vêtements près du corps me feraient paraître plus mince.

— Tu as une silhouette plantureuse magnifique, et tu devrais la mettre en valeur.

— Qui l'eût cru ? dit Bree en souriant à son reflet. Et, je le jure, je ne laisserai plus jamais mes cheveux sécher sans baume.

— Bien parlé. Alors, quand dois-tu revoir Gavin ?

3

Samedi, Gavin téléphona à Bree et l'invita à l'ouverture d'une galerie, pour le mardi soir suivant. C'était une exposition de photographies, et il voulait son avis sur l'œuvre de l'artiste.

Naturellement, elle avait accepté.

Pour cette occasion, elle choisit une robe cache-cœur mauve foncé, à la fois élégante et sexy. La coupe flattait sa silhouette en sablier — qui eût cru qu'elle en avait une ? — et mettait sa taille fine en valeur. Pour la première fois depuis des années, elle portait des talons, ce qui portait sans doute sa taille à un mètre quatre-vingt-cinq. Elle avait vaillamment rincé ses cheveux et appliqué du baume coiffant, et obtenu un résultat éblouissant : une masse de boucles disciplinées et brillantes. Tandis qu'elle appliquait avec parcimonie le maquillage discret qu'Ella lui avait laissé, elle se demanda comment Gavin allait réagir.

A 19 heures tapantes, elle entendit frapper à la porte.

Le cœur battant, elle traversa l'appartement avec autant de grâce que possible sur ses talons, et alla ouvrir.

— Bonsoir, Br…

— Bonsoir, Gavin, l'accueillit-elle en souriant. Comment était votre journée ?

— Géniale. Vraiment géniale.

Il cligna des yeux, et l'observa avec curiosité.

— Vous semblez changée.

— Juste un peu, dit-elle en tournant sur elle-même. C'est une nouvelle robe.

— Elle vous va à ravir, commenta-t-il d'une voix plus grave que d'habitude.

Lui aussi était superbe, dans son pantalon noir et sa chemise blanche à fines rayures grises.

— Merci. Donnez-moi juste le temps de prendre mon sac.

Elle hissa sur son épaule un petit sac perlé de style rétro, qui avait appartenu à sa mère.

— Je suis impatiente de voir cette exposition.

— Moi aussi.

Elle se retourna vers lui et constata qu'il la fixait, l'air pensif.

— Quelque chose ne va pas ?

— Oh, non, dit-il en clignant des yeux. Tout va bien.

Il baissa les yeux, et observa le tombé de sa robe sur ses hanches. Sous son regard appréciateur, elle se sentit vibrer.

« Il me trouve vraiment attirante. »

Le sentiment était totalement nouveau, et surprenant. Elle mit ses épaules en arrière, comme Ella le lui avait appris. Malgré son air assuré et détendu, elle sentait son pouls battre plus vite et ses mains moites.

— Ma voiture est en bas, dit-il après s'être raclé la gorge.

Ils entrèrent dans la galerie Razor main dans la main. Elle était à peine plus petite que lui dans ses nouveaux escarpins. Les regards se posèrent sur elle, comme au bal. Mais cette fois, ce n'étaient pas des regards féminins indignés, du fait qu'une femme insignifiante et commune comme elle soit au bras de Gavin.

Non, cette fois, les hommes la regardaient aussi.

Elle rejeta ses boucles sur ses épaules en acceptant un verre de vin blanc.

— Si nous allions voir ces photos ? dit-elle.

Même sa voix était plus sensuelle, comme si, en l'espace d'une nuit, elle s'était transformée en une version plus sophistiquée d'elle-même.

Ils regardèrent les clichés avec attention. C'étaient de grandes images numériques, aux couleurs saturées et enivrantes, la plupart ayant pour sujet des jeunes gens dans des fêtes et des night-clubs.

— On entendrait presque la musique, dit-elle en observant

l'image d'un couple enlacé sur une piste de danse, la sueur perlant sur leurs corps à peine vêtus.

— C'est ce que j'aime dans les images de Doug. Elles font appel à tous les sens. J'espère qu'il acceptera de réaliser une campagne pour une vodka que j'ai en tête. C'est difficile de faire dire à une page de papier « buvez-moi », mais lui pourrait y arriver.

D'un geste, il lui désigna l'artiste — un petit homme maigre avec de nombreux piercings, et arborant un bouc.

— Eh bien, il ressemble vraiment à un artiste, murmura-t-elle. Peut-être que je devrais me faire percer le nez. Qu'en dites-vous ?

— Non, surtout pas. Votre nez est absolument parfait.

Le regard gris et chaud qu'il posa sur son visage lui fit l'effet d'une caresse.

— Vos yeux sont verts, remarqua-t-il.

— Oui, dit-elle en rougissant. Je porte des lentilles.

Ella l'avait persuadée d'essayer un modèle teinté.

— Elles sont jolies. Et je vois mieux vos yeux sans vos lunettes.

— Ne sommes-nous pas ici pour regarder des œuvres d'art ? Je commence à me sentir gênée.

Cela dit, elle devait l'avouer, c'était agréable de se sentir admirée. Quand il alla leur chercher d'autres verres de vin, elle fut abordée par un grand homme aux cheveux blonds coiffés en brosse qui avait l'air de vouloir échanger son avis sur les clichés.

Et lorsqu'en revenant, Gavin l'aperçut, il en resta bouche bée.

Il fallait qu'il sorte Bree d'ici.

Gavin tenta de ne pas fusiller du regard le punk qui était venu marcher sur ses plates-bandes pendant qu'il avait le dos tourné. Il connaissait ce type, c'était un monteur vidéo finlandais, au rire nasillard. Gavin et lui avaient travaillé ensemble sur un story-board.

— Salut Lars. Comment ça va ?

— Bien, Gavin, bien.

Lars se tourna vers Bree.

— Alors, vous êtes aussi photographe ?

— Oui.

Elle souriait avec douceur. Jusqu'ici, il n'avait jamais remarqué combien ses lèvres étaient pleines et généreuses. Une vague de désir monta en lui, effaçant son mouvement d'humeur.

— Eh bien, en quelque sorte. Mais je n'ai pas encore réalisé de photos professionnelles.

— Bree et moi nous apprêtions à aller dîner.

Le ton était plus cassant qu'il ne l'avait voulu.

Tous les hommes présents n'avaient d'yeux que pour elle. Et comment leur en vouloir ? La robe à la couleur chaude soulignait ses courbes d'une manière presque indécente. Dans ses escarpins à talons aiguilles, elle était sans doute la plus grande femme de la salle, et avec son port altier et sa cascade de boucles brillantes aux reflets dorés, elle ressemblait à une déesse antique.

— J'aimerais jeter un rapide coup d'œil aux images dans la pièce d'à côté, dit-elle. Lars était justement en train de m'en parler. Ce sont des portraits des amis de l'artiste.

Gavin aurait bien aimé dire deux ou trois choses à Lars, mais il se retint par égard pour Bree.

— Bien sûr, allons-y.

Il la prit par le bras, comme pour marquer son territoire. Il ne put s'empêcher de foudroyer du regard un homme brun qui osait la regarder de façon trop insistante.

— Oh, regardez ce joli couple, s'exclama-t-elle.

C'était un couple d'adolescents, enlacé sur un banc public.

Gavin pouvait tout à fait s'imaginer être dans une telle position avec Bree. Ses courbes généreuses semblaient lui crier de les explorer.

En proie à une nouvelle vague d'excitation, il détacha les yeux de son superbe décolleté pour reporter son attention sur l'œuvre d'art.

— Très joli, murmura-t-il.

Elle rejeta sa cascade de boucles en arrière. Il était quasiment sûr que ses cheveux étaient totalement différents. Ou peut-être était-ce dû au fait que le soir du gala, elle les avait attachés.

Mais il n'y avait pas que sa chevelure. Lors de leur première rencontre, il l'avait trouvée jolie, mais elle n'avait pas semblé consciente de sa beauté. Ce soir, même la façon dont elle se tenait était différente. Avant, elle rentrait les épaules, comme si elle s'excusait. A présent, elle les tenait fièrement en arrière.

Au gala, sa tenue imposante dissimulait son corps. A présent, sa robe drapée le révélait dans une précision tentante — sa chute de reins était une œuvre d'art à elle seule. Il avait envie de tirer sur le lien noué autour de sa taille, et de découvrir le délicieux cadeau que cette robe renfermait.

— Est-ce que vous avez faim ? demanda-t-il.

« Parce que moi, j'ai faim. De vous. »

Et dire que le père de Bree voulait lui donner un million de dollars pour l'épouser ! Gavin était allé lui proposer d'investir dans sa future agence, car Kincannon était un « capital-risqueur » réputé. Le vieil homme l'avait choqué en lui faisant une autre proposition : un million de dollars pour qu'il épouse sa fille encore célibataire. Le premier mouvement de Gavin avait été de refuser, mais il avait tout de même accepté de la rencontrer. A présent, il avait du mal à croire à sa bonne fortune. Et il ne tenait certainement pas à la gâcher en laissant un petit malin lui voler son trophée.

— Euh, oui. Qu'avez-vous en tête ? dit-elle.

— Il y a un bon restaurant thaï à deux pas d'ici.

— Parfait. Allons-y.

Il la tint fermement par la taille tandis qu'ils retournaient vers la salle principale. Il était hors de question qu'un autre homme jette son dévolu sur elle.

Sous son bras, il sentait ses hanches onduler, ce qui ne faisait qu'exciter le désir qu'il ressentait. Son entreprise de séduction n'était plus uniquement liée à sa carrière, elle prenait une tournure personnelle à présent. Il ne se souvenait pas avoir été aussi excité par une femme.

Au restaurant, il demanda une table tranquille dans l'arrière-salle pour qu'ils puissent discuter sans être dérangés.

— Le pad thaï est vraiment bon, dit-il quand ils furent installés.

— Dans ce cas, je vais l'essayer.

Il n'avait pas envie de lire le menu. Il était bien plus intéressé par Bree. Un minuscule cœur en argent était suspendu à une fine chaîne autour de son cou, et dansait dangereusement dans le creux de ses seins.

A présent, tout ce qu'il lui restait à faire, c'était de la convaincre qu'il ferait un excellent mari.

Il lui versa un verre d'eau gazeuse.

— Vous avez toujours vécu à San Francisco ?

— Nous passions nos étés dans la vallée de Napa quand j'étais petite, avant que ma mère ne meure, mais en dehors de ça, oui. Je vis dans notre maison de Russian Hill depuis que je suis bébé.

— C'est un joli quartier.

— Je soupçonne mes ancêtres de s'être dit la même chose quand ils ont bâti la maison, il y a une centaine d'années. Elle a survécu à plusieurs tremblements de terre, et elle est assez grande pour que je la partage avec mon père sans qu'on se marche sur les pieds.

— N'est-ce pas bizarre de vivre encore avec son père ?

— J'y suis habituée, alors je ne trouve pas ça bizarre. Certains pensent sans doute que c'est un peu pathétique et que je devrais voler de mes propres ailes.

Elle sirota son eau.

— Je suppose que je partirai un jour. Quand le moment sera venu.

Bien. Il n'appréciait pas vraiment l'idée de partager une maison avec son beau-père. Même si ce dernier était sur le point de devenir son mécène.

— Est-ce que votre famille vit à San Francisco ? demanda-t-elle.

— A San Diego, mais j'ai quitté la maison quand j'avais dix-sept ans, et je n'ai jamais regardé en arrière. Mon père voulait que je suive la tradition familiale et que je rejoigne l'armée. Il était furieux quand j'ai obtenu une bourse à UCLA pour étudier le marketing. Nous avons eu une grosse dispute, et ce soir-là, je suis parti.

— Comme c'est affreux ! Est-ce que vous vous êtes réconciliés depuis ?

— Il lui a fallu quatre ans pour abandonner son rêve de me voir en uniforme et couvert de médailles. Aujourd'hui, il est heureux que je réussisse dans un métier que j'aime.

— C'est tout ce qui compte, n'est-ce pas ? Mon père ne pouvait pas comprendre pourquoi je ne cessais d'enchaîner les emplois dans des organisations caritatives qui me payaient une misère. J'aimais mon travail, et j'étais contente d'apporter ma contribution. Et comme j'avais déjà un joli endroit pour vivre, je n'avais pas besoin d'argent.

— Vous avez de la chance. J'ai eu des moments difficiles, au sortir de l'université. J'étais prêt à conquérir le monde et à devenir P.-D.G. de General Electric, et au lieu de cela, je me trouvais sous les ordres d'un patron qui voulait me voir ranger ses dossiers et répondre au téléphone.

— Croyez-moi, dit-elle en riant, ce n'est guère différent d'un travail dans une association. Il y a moins d'employés, alors il faut travailler plus dur. Je pense que c'est bien de commencer au bas de l'échelle, c'est très formateur.

— On apprend des erreurs des autres.

— Oui.

Elle lui offrit un sourire radieux qui décupla son excitation.

— Vous aimez travailler pour Maddox Communications ?

— Beaucoup. C'est une des meilleures agences de la côte Ouest. Nous comptons certains des plus gros clients des Etats-Unis.

— N'avez-vous pas des raisons plus personnelles d'aimer votre travail ?

— J'apprécie Brock et Flynn, aussi. L'agence leur a été léguée par leur père, mais ils ont su la faire prospérer.

Etait-il sage de lui dire qu'il voulait monter sa propre agence ? Probablement pas. Car elle pourrait commencer à se demander s'il était plus intéressé par sa fortune que par elle.

Ils commandèrent leurs plats, et le serveur revint promptement leur apporter leurs bières.

— Je soupçonne mon père d'être déçu que je ne veuille pas devenir investisseur comme lui, dit-elle en haussant les sourcils. Il ne comprend le travail que s'il n'y a profit à la clé.

— C'est fou, commenta-t-il en s'efforçant de ne rien laisser paraître de ce qu'il pensait.

— Selon moi, la raison pour laquelle il ne s'est jamais remarié, c'est parce qu'il n'a jamais pu trouver quelqu'un de plus riche que lui !

Elle rit, et il se força à se joindre à elle. Il devait s'assurer qu'elle n'apprendrait *jamais* l'accord qu'il avait passé avec son père.

— Quelle est la bonne raison pour se marier, à votre avis ? demanda-t-il.

Elle leva les yeux vers le plafond, comme si elle cherchait une réponse dans les moulures.

— L'amour, je suppose. Quelle autre raison pourrait-il y avoir ?

Il sentit son ventre se nouer.

— Avez-vous déjà été amoureuse ?

— Pas depuis l'école primaire. Randy Plimpton m'a brisé le cœur quand il s'est assis à côté de Jessica Slade pour le pique-nique de fin d'année, et je ne m'en suis jamais remise.

Une lueur malicieuse illumina ses yeux.

— Ça semble terrible. Je comprends pourquoi vous ne pourrez plus jamais offrir votre cœur à un homme.

— C'est ce que j'ai ressenti. Je suppose que ça explique pourquoi je n'ai jamais eu de vrai petit ami, dit-elle en rougissant légèrement.

— Ce Randy est coupable de beaucoup de choses. D'un autre côté, si vous aviez eu un petit ami sérieux, vous l'auriez peut-être épousé. Et vous ne seriez pas là, en train de boire une bière avec moi.

Il leva son verre.

— J'imagine qu'il y a un bon côté à tout.

Elle fit tinter son verre contre le sien.

— Je ne bois pas beaucoup, non plus, dit-elle en fronçant son adorable petit nez. Jusqu'ici, j'ai mené une vie quasi monacale, je dois l'avouer.

— Peut-être est-ce sur le point de changer ?

Elle ouvrit de grands yeux.

— Vous croyez ?

— Oui. J'ai comme un pressentiment.

Il pencha la tête et laissa son regard s'attarder sur son visage. Elle ouvrit légèrement ses lèvres humides, comme si elle avait envie d'un baiser.

Un baiser qu'il espérait lui donner dans un avenir très proche.

— Vous savez quoi ? dit-elle. Je suis prête pour un nouveau virage. Je suis lasse d'être spectatrice de ma vie. Je suis prête à sortir de ma coquille et à profiter davantage de l'existence.

Leur pad thaï fumant arriva. Ils mangèrent en silence pendant quelques instants. Puis Gavin décida de s'aventurer plus avant sur un territoire dangereux.

— J'ai déjà eu des petites amies, mais pas une seule ne m'a semblé être la bonne.

— Je me demande comment cela se passe. Sait-on, simplement, que telle personne est celle avec qui l'on va passer le reste de sa vie ? Ce doit être un sentiment fabuleux.

— Il paraît que cela arrive vite, parfois.

— Le coup de foudre ?

— Quelque chose comme ça. Quand le courant passe tout de suite.

Bree prit une profonde inspiration, ce qui attira son regard vers son décolleté généreux.

— J'espère connaître cela un jour, avoua-t-elle. Rencontrer quelqu'un avec qui je me sente totalement à l'aise.

Il faillit saisir la perche qu'elle lui tendait involontairement en lui suggérant qu'elle l'avait peut-être déjà rencontré.

— Ce pourrait être un sentiment qui grandit en vous au fur et à mesure que vous connaissez la personne, suggéra-t-il.

— Vous voulez dire qu'un jour, ce serait un ami, et le lendemain, je me consumerais de désir pour lui ? dit-elle en riant.

Son rire cristallin éveilla une étrange sensation, tout au fond de lui.

— Je parie que ça arrive à des tas de gens, avança-t-il. Sans doute au moment où ils s'y attendent le moins.

Gavin déposa Bree devant chez elle et lui dit au revoir d'un chaste baiser sur la joue. Elle ne l'invita pas à entrer, même si elle semblait en avoir envie et comme lui ne voulait pas brusquer les choses, mais y aller en douceur, il ne fit rien qui puisse l'inciter à le faire. Il ne fallait pas l'effrayer.

Pour leur prochain rendez-vous, il l'invita à un concert de jazz, au Palais des Beaux-Arts. En guise de dîner, il apporta un pique-nique soigneusement emballé qu'il s'était procuré à l'épicerie fine près de chez lui, et une bouteille de champagne. Bree, resplendissante dans sa robe bleu nuit et ses boucles d'oreilles en argent étincelant, rougit de plaisir quand il étendit une couverture sous un immense arbre et déballa leur repas. Le temps était chaud et agréable.

— J'ai toujours eu envie de pique-niquer ici, s'exclama-t-elle. Ce doit être un des endroits les plus romantiques de la ville.

— Ce soir me semblait être une occasion idéale.

— Regardez comme le coucher de soleil illumine le lagon !

L'étendue d'eau ressemblait à de l'or en fusion. Autour d'eux, des couples et des groupes d'amis riaient et dînaient en appréciant la beauté du soir.

— La ville regorge d'endroits intéressants. On pourrait vivre ici des décennies et ne pas avoir le temps de les visiter tous.

— Et ce serait vraiment dommage, dit-il.

Elle ouvrit une boîte laquée contenant des feuilles de vignes fourrées.

— Oh, un de mes plats préférés ! Je suis sûre que les Kincannon ont des ancêtres grecs quelque part. Nous sommes tous fous de nourriture grecque.

— Dans ce cas, vous devez aussi apprécier l'architecture des lieux. A moins que ce ne soit un style roman ?

Il désigna du regard les colonnes de style corinthien qui ornaient les imposants édifices autour du lac.

Elle sourit.

— Ils ont été bâtis en 1915, pour l'Exposition Universelle, qui s'est tenue ici à San Francisco. Je dirais que ce sont des classiques du genre. J'adore leur côté excessif. Les bâtiments d'origine étaient en papier, et n'étaient censés durer qu'un an. Ils se sont avérés assez solides, et quand ils ont commencé à s'effondrer plusieurs années plus tard, tout le monde était si attaché à cet endroit qu'il a été décidé de reconstruire des répliques en dur.

Le soleil déclinant accentuait les reflets blonds de ses cheveux. Ses joues roses d'excitation lui donnèrent envie de l'embrasser, là, tout de suite…

Mais il résista à la tentation.

— Comment faites-vous pour savoir autant de choses sur tout ?

— C'est de la curiosité, j'imagine. Et j'ai toujours vécu à San Francisco.

— Comptez-vous vivre ici pour toujours ?

Il ne savait pas exactement pourquoi il avait posé la question. Voulait-il savoir si sa vie était déjà toute tracée, et si tel était le cas, si elle serait heureuse de reconsidérer son avenir pour lui ?

Elle réfléchit un instant avant de répondre.

— Je l'ignore. Je pense que cela dépendra où la vie me mènera.

— En tant que photographe, vous pouvez travailler partout.

— Je ne me considère toujours pas comme une photographe, avoua-t-elle en riant. Jusqu'ici, on ne m'a proposé qu'une seule mission professionnelle. Je ne l'ai pas encore réalisée, et ce sera peut-être un désastre.

— Ce sera une merveille. Est-ce la photo pour le *San Francisco Magazine ?*

— Oui. La semaine prochaine. Robert Pattinson, vous imaginez ! Je suis pétrifiée.

— Vous bougez très bien pour quelqu'un de pétrifié.

Il lui tendit une assiette d'olives farcies.

— Est-ce que vous devrez aller à New York pour la séance ?

— Non, il vient à San Francisco pour la première de son

film. Du moins, si tout se passe comme prévu. Peut-être annulera-t-il à la dernière minute.

Elle replaça une mèche de cheveux derrière son oreille et se mordit la lèvre d'un geste nerveux.

— Il n'annulera pas, la rassura-t-il. C'est un professionnel. Et vous ferez un boulot fantastique. Bientôt, votre photo sera piratée partout sur internet.

— Oh, vous plaisantez. J'espère juste que je ne vais pas l'ennuyer, ou que je ne vais pas faire tomber mon appareil, ou quelque chose de ce genre. Ce sera un cliché argentique, pas numérique. Je pense que c'est une des raisons pour lesquelles ils ont fait appel à moi.

— Ils vous ont sollicitée parce que vous avez un talent fou, et qu'ils savent que tout le monde parlera de votre travail. Détendez-vous, et essayez de savourer pleinement cette occasion unique.

Il lui caressa le bras.

Sa robe de jersey soyeux moulait ses courbes voluptueuses. Il sentit une vague de désir l'envahir et il dut résister à l'envie de laisser sa main s'attarder sur son corps délicieux.

Lorsque le moment viendrait, se promit-il. Il devait avoir encore quelques rendez-vous avec elle, avant de tenter la moindre… approche. Même si la tentation d'en faire une à cet instant le mettait au supplice.

Surtout quand elle bougeait, et que le tissu de sa robe se tendait sur ses seins.

Soudain, son pantalon lui sembla trop étroit.

Elle sirotait son champagne, le regard brillant.

— Je suis très excitée par cette soirée. J'ai assisté à plusieurs concerts de jazz l'année dernière, et je commence vraiment à comprendre ce genre de musique.

— Alors, vous pourrez m'apprendre. Moi, je me contente d'écouter.

— Ça marche aussi. C'est si agréable de rencontrer quelqu'un qui aime faire tant de choses que j'aime.

— J'adore marcher avec vous. Vous en savez tellement sur la ville.

Elle ouvrit de grands yeux.

— Je serais heureuse de faire d'autres balades avec vous.

Il lui offrit une pita fourrée de poulet mariné qu'elle posa sur son assiette.

— Quel endroit recommandez-vous ?

— Que dites-vous de la marina ? Ou alors Alcatraz. Y êtes-vous déjà allé ?

— Non, et il me tarde de m'y rendre avec vous.

Pourquoi ne l'avait-il pas encore embrassée ? Bree examina son visage avec attention dans son miroir. Gavin devait arriver d'une minute à l'autre. Ils s'étaient vus tous les deux jours durant ces deux dernières semaines, avaient parcouru presque cent cinquante kilomètres dans les rues de la ville, avaient avalé quantité de repas, et s'étaient même donné la main.

Mais pas un seul baiser sur la bouche. Pour lui dire au revoir, il l'embrassait sur la joue.

Et si elle ne l'attirait pas ?

Après sa séance photo, elle aurait dû être sur un nuage. En dehors d'un retard, tout s'était passé sans heurt, et les épreuves étaient magnifiques. Robert Pattinson était tout aussi charmant et courtois qu'elle l'avait imaginé, et en sa présence, elle avait réussi à ne pas rougir ni à bégayer comme une adolescente. Elle lui avait même montré son book, pour qu'il ait une idée de la personne qui allait le prendre en photo. Il lui avait posé toutes sortes de questions, et avait semblé sincèrement enthousiasmé par son travail.

Oui, elle devrait être au comble du bonheur. Son premier engagement professionnel était une réussite, et elle avait un rendez-vous avec l'homme le plus magnifique de San Francisco.

Alors pourquoi se sentait-elle si… mal à l'aise ?

Gavin *semblait* intéressé. Quand il l'observait, une lueur brillait dans ses yeux, et elle l'avait surpris à plusieurs reprises en train de risquer des regards vers son décolleté, qu'elle avait exposé davantage ces dernières semaines que dans toute sa vie d'adulte.

Il riait à ses plaisanteries, et semblait intrigué par toutes les anecdotes qu'elle avait apprises au cours des années. Dans l'obscurité silencieuse d'une cellule abandonnée d'Alcatraz, elle aurait pu jurer qu'il avait été sur le point de l'embrasser. Ils avaient été si proches l'un de l'autre…

Mais il ne l'avait pas fait. Et une fois de plus, après le retour en ferry, il lui avait dit au revoir en déposant un petit baiser sur sa joue.

Cette bonne vieille Bree. Elle n'était pas le genre de fille qu'on embrassait. Peut-être la voyait-il davantage comme une amie ? Ou pire, comme une sœur, comme cette peste l'avait suggéré, l'autre soir.

Des coups frappés à sa porte la ramenèrent à l'instant présent. Elle sentait son cœur battre la chamade sous sa chemise neuve, un vêtement stylé aux fines rayures vertes et grises. Elle ajouta une touche supplémentaire de brillant à lèvres, pour se porter bonheur. Peut-être Gavin remarquerait-il sa bouche et voudrait-il poser ses lèvres sur les siennes ? Si tel n'était pas le cas, elle devrait peut-être prendre les choses en main.

Comme si elle en avait le courage !

Elle ouvrit la porte et, comme d'habitude, une bouffée d'excitation l'envahit, et elle sourit d'un air béat.

— Bonsoir, Gavin.

— Bonsoir, Bree.

Le baiser qu'il lui donna était chaste, comme d'habitude, mais troublant. Gavin sentait bon le vent, l'air marin et l'aventure. Il avait revêtu une chemise bleu pâle et un jean délavé qui soulignait les muscles de ses cuisses.

— Ça vous dirait de marcher jusqu'à la Coit Tower, sur Telegraph Hill ? suggéra-t-il.

— Génial.

C'était l'endroit le plus populaire de la ville pour les demandes en mariage. Avec un peu de chance, là-bas, Gavin lui tiendrait peut-être la main, songea-t-elle, dépitée.

A moins que…

Elle déglutit. Non. Gavin Spencer n'allait pas lui demander sa main ce soir. On était au XXIe siècle, pas au XVIIIe. Un homme ne demandait pas à une femme de l'épouser après quelques rendez-vous.

— Il y a un petit restaurant italien non loin de là, où nous pourrons ensuite aller dîner.

— Ça me semble parfait, dit-elle avec un enthousiasme un peu trop forcé.

— En êtes-vous sûre ? Nous ne sommes pas obligés d'y aller si vous n'en avez pas envie.

— Non, vraiment, j'adorerais y aller, dit-elle en s'emparant de son sac.

— Et je me disais qu'ensuite, si cela vous tente, vous pourriez venir chez moi pour un dernier verre.

— Oh ! Oui, j'en serai ravie.

Soudain, le souffle lui manqua, et ses joues s'empourprèrent. Il ne lui proposerait pas d'aller chez lui à moins qu'il n'ait l'intention de…

Qu'avait-il exactement en tête ? Sans doute davantage qu'un baiser, songea-t-elle, le ventre noué.

— Allons-y.

Ils marchèrent d'un pas vif dans les rues de la ville, jusqu'à Telegraph Hill, où la tour blanche s'élevait au-dessus des maisons alentour. La montée de la colline fut rude et l'essouffla.

— Je n'arrive pas à croire que vous n'ayez même pas une goutte de sueur sur le front.

— Je fais du sport régulièrement et j'aime l'escalade. Voulez-vous que je vous porte ? proposa-t-il.

— Non, la situation n'est pas désespérée à ce point. Mais il y a des marches dans la tour, aussi je vous prendrai peut-être au mot tout à l'heure.

Au sommet de la colline, ils admirèrent la vue sur Bay Bridge, et il suggéra qu'ils étaient montés assez haut.

— Pas du tout, protesta-t-elle. Vous pensez que je ne peux pas y arriver, n'est-ce pas ?

Elle étira ses muscles.

— Je serais d'une pitoyable compagnie si nous ne faisions pas en sorte de voir toutes les fresques. Connaissez-vous la rumeur qui dit que la tour a été conçue pour avoir l'air d'un gicleur géant de tuyau d'incendie ? On dit que la dame qui a offert le terrain et l'argent pour la construction était une grande admiratrice des pompiers de la ville.

En entendant l'anecdote, Gavin ne put s'empêcher de rire.

— Il y a une certaine ressemblance, en effet. Je suis sûr que Freud aurait d'autres suggestions à faire sur son apparence.

— Un symbole phallique géant s'élevant au-dessus de San Francisco, vous voulez dire ? Vous n'êtes pas le premier à avoir fait cette observation. A présent, si nous entrions ? suggéra-t-elle en souriant.

A l'intérieur de la rotonde, il posa le bras sur sa taille. Ils observèrent les fresques peintes durant la dépression : des gens récoltant la moisson, une rue de San Francisco mettant en scène un pickpocket et un accident de voiture, une famille pauvre cherchant de l'or pendant qu'une riche famille les observait.

— Toutes ces scènes ont été peintes pendant la Grande Dépression, pour fournir du travail aux artistes.

— Je sais. Elles sont étonnantes, n'est-ce pas ? Je pense que des pires catastrophes, il ressort toujours quelque chose de bon.

— C'est une façon de voir très positive. J'approuve pleinement.

Il la serra légèrement lorsqu'il se tourna pour lui répondre. Son visage fut tout près du sien. Elle retint son souffle, certaine qu'il allait l'embrasser…

Mais il retira doucement son bras et s'avança vers une des peintures pour en observer un détail.

Désarçonnée, elle se balança sur les talons de ses bottes et inspira. Si Gavin ne tentait pas une approche bientôt, elle allait devenir folle.

Après leur délicieux dîner et leur courte balade pour regagner Russian Hill, Bree s'installa dans la voiture de Gavin, tenaillée par un sentiment grandissant d'anticipation.

Et s'il n'essayait *rien* ? Elle en mourrait de frustration.

Il fixa de son regard brumeux ses lèvres puis son décolleté plongeant, avec un plaisir manifeste qui l'excita.

Elle avait peine à croire que leurs conversations soient devenues si intimes et décontractées. Les hommes n'étaient-ils pas censés être mystérieux et difficiles à cerner ? Avec Gavin, pourtant, elle discutait encore plus facilement qu'avec ses amies.

L'appartement de Gavin était situé dans un grand immeuble blanc de Stockton Street, et ils se garèrent dans le parking souterrain.

— C'est très pratique, observa-t-elle en appuyant sur le bouton de l'ascenseur qui menait à son appartement. J'ai à peine l'impression que nous sommes à San Francisco. En général, on doit tirer le frein à main de sa voiture et monter une colline pour rentrer chez soi.

— Avant que je vous rencontre, le charme de la ville m'avait échappé pour l'essentiel. J'ai quitté Los Angeles pour être plus près de mon travail, il y a cinq ans.

Il entra dans l'ascenseur après elle. Dans l'espace confiné, elle ressentit sa présence avec encore plus de force. Elle observa ses avant-bras musclés et hâlés. Elle se demanda quel effet cela ferait d'avoir ses bras autour de sa taille, à cet instant.

A cette idée, elle tressaillit et une vague de chaleur la traversa.

Elle risqua un regard timide vers lui quand la porte s'ouvrit.

— Nous y sommes. C'est la troisième porte à droite. Il n'a pas autant de cachet que votre studio, je le crains.

Ils traversèrent un couloir avec une enfilade de portes bleues identiques. Un frisson d'euphorie la parcourut lorsqu'il tourna sa clé dans sa serrure.

Il lui tint la porte pour la laisser entrer, et elle crut sentir son regard sur elle quand elle franchit le seuil. Enhardie par l'intérêt qu'il semblait lui porter, elle ondula des hanches.

Dans le salon, elle aperçut un grand canapé de cuir noir. Sur une table basse en verre trônaient quelques magazines et une télécommande.

— Voulez-vous boire quelque chose ? proposa-t-il en se dirigeant vers la petite cuisine. J'ai du vin blanc, de la vodka, et du rhum.

— Il vaut mieux que je choisisse le vin. Je ne suis pas habituée aux alcools forts.

Sans compter que le seul fait de se trouver près de Gavin l'enivrait déjà. Elle le suivit dans la longue cuisine immaculée, à l'électroménager rutilant.

— Votre appartement est bien rangé.

— Je le dois à ma femme de ménage. Je ne suis pas beaucoup chez moi. J'ai travaillé très dur sur le contrat Prentice, ces derniers temps. Leur nouvelle campagne sera lancée le mois prochain.

— Je m'imagine mal travailler d'aussi longues heures. Vous devez être épuisé.

Il leur versa du vin et lui tendit un verre.

— Non, pas vraiment. J'aime mon travail, et je le trouve stimulant.

— Vous avez de la chance d'avoir trouvé un métier qui vous plaise autant.

— Croyez-moi, j'en suis conscient. Nous avons tous les deux de la chance. Je bois à la carrière prometteuse d'une des plus jeunes photographes de la côte Ouest.

— Je ne suis pas sûre d'être assez jeune pour mériter ce titre.

— Bien sûr que si, voyons.

Il prit un air faussement sérieux.

— A moins que vous n'ayez soixante-dix ans et que votre chirurgien esthétique soit vraiment doué ?

— Nous sommes en Californie, dit-elle en riant. Vous devriez sans doute vérifier sur mon permis de conduire.

— Non. Je vais tenter ma chance, et plutôt porter un toast à la plus belle photographe qui soit.

Il sirota son vin et la fixa de son regard séducteur.

— Vous exagérez.

— Pas du tout, dit-il en la détaillant lentement. Vous êtes sans doute la plus belle femme de San Francisco, et je suis bien placé pour le dire, puisque je vois beaucoup de mannequins dans le cadre de mon travail. Elles seraient toutes transparentes à côté de vous.

Elle se mordilla la lèvre. Quel flatteur il faisait ! Mieux valait ne pas oublier qu'il travaillait dans la publicité. Malgré tout, elle le trouvait très convaincant.

Elle sirota son vin. Le liquide froid et acide glissa sur sa langue. Peut-être la trouvait-il vraiment jolie ? Elle redressa les épaules comme Ella le lui avait appris et rejeta ses cheveux en arrière.

— Allons nous asseoir sur le canapé.

Il la conduisit dans le salon. Sa chemise bleue à rayures révélait ses larges épaules et mettait en valeur sa taille étroite et son beau postérieur. Elle l'imagina nu et s'en trouva tout émoustillée. Elle était prête à parier qu'il avait un corps ferme et musclé.

Elle détourna le regard et s'assit sur le canapé de cuir.

Une fois de plus, elle sentit son regard glisser sur son décolleté. Frémissante de désir, elle sentit durcir ses tétons.

D'habitude, elle détestait sa poitrine généreuse. Elle entravait ses mouvements, et la mettait mal à l'aise. Mais dans son nouveau soutien-gorge qui lui allait parfaitement, ses seins lui faisaient un effet bien différent.

Depuis qu'elle avait rencontré Gavin, elle se sentait bien dans sa peau, et désirable pour la première fois de sa vie.

Il posa son verre sur la table. A son tour, elle posa le sien, pressentant que quelque chose allait se passer. Mais quoi ?

Quand il approcha d'elle, elle sentit sa peau la picoter. Son parfum, masculin et séduisant, mit ses sens en alerte. Puis il esquissa un sourire en coin qui lui coupa le souffle.

Oh, bonté divine.

Elle sentit son cœur manquer un battement quand il approcha encore plus près.

« Il va m'embrasser. »

Elle avait le cœur qui battait à se rompre.

Pendant un instant qui lui sembla interminable, leurs visages furent si près qu'elle put sentir la chaleur de sa peau contre sa joue.

Enfin, il posa les lèvres sur les siennes.

4

Alors qu'une myriade de sensations déferlait sur elle, Gavin l'attira contre lui pour approfondir leur baiser. Elle pouvait sentir la force de son désir dans ses mains puissantes et fermes.

Leurs mentons s'effleurèrent, et leurs langues se mêlèrent, dans une danse audacieuse. Elle s'agita sur le canapé de cuir souple, débordant de désir.

Posant les mains sur sa chemise, elle savoura la sensation de ses muscles sous ses doigts.

Et lorsqu'il laissa échapper un gémissement de plaisir, elle eut l'impression de le sentir résonner au plus profond d'elle. Il l'attira contre lui jusqu'à ce que sa poitrine effleure son torse. Elle sentit son ventre pulser d'une façon jusqu'alors inconnue.

A présent, elle faisait courir ses mains sur son dos, et continuait son exploration tandis qu'il l'embrassait avec fougue.

Lorsque, enfin, ils interrompirent le baiser, elle était pantelante.

— Eh bien, murmura-t-il d'une voix grave.

Elle poussa un long soupir.

— Tu l'as dit.

Tout son corps était en effervescence. Elle avait déjà embrassé des hommes auparavant, mais n'avait jamais éprouvé pareilles sensations. Même au cours de ses deux expériences sexuelles, plutôt décevantes, jamais elle n'avait connu ce mélange incroyable d'émotions qui la vrillait.

Elle avala une gorgée de vin pour se remettre. La tension sexuelle était palpable dans la pièce silencieuse. Le silence n'était pas total, toutefois. Elle entendait les battements rapides de son cœur par-dessus le tic-tac de l'horloge.

Elle souffla sur une mèche qui lui barrait le visage.

— J'imagine que c'est ce qu'on appelle l'alchimie.

Il esquissa un sourire.

— Pour sûr.

Il la fixait intensément, de ses yeux gris orage, ce qui attisa son désir. Déjà, ses lèvres réclamaient d'être embrassées de nouveau.

Il se pencha en avant, et l'effleura de son souffle chaud, juste avant que sa bouche ne glisse sur la sienne. Leurs langues se trouvèrent de nouveau, leurs mains se firent plus audacieuses. Tandis qu'elle tirait sur sa chemise, il effleura son téton puis prit son sein dans sa paume. Elle eut un hoquet de surprise.

Lorsqu'elle caressa son dos sous sa chemise, elle sentit ses muscles tressaillir sous ses doigts. Se penchant contre lui, elle laissa ses ongles glisser sur sa peau. Elle n'avait jamais touché un corps aussi musclé ni aussi puissant.

Sans cesser de l'embrasser, il déboutonna d'une main adroite sa chemise et en écarta les pans pour dévoiler ses seins — ou du moins, son soutien-gorge. Quand il recula, elle abandonna ses lèvres avec réticence.

Elle ouvrit les yeux, et constata qu'il fixait son décolleté. La dentelle fine de son joli soutien-gorge était érotique. Dieu merci, elle ne portait pas un de ses vieux soutiens-gorge de coton blanc, et c'était grâce à Ella et toutes ses astuces en matière de beauté et de mode.

Elle remarqua qu'il respirait de manière irrégulière.

— C'est la plus jolie chose que j'ai vue depuis longtemps.

— Et je parie que tu as une très jolie vue à cet étage.

— La vue sur les toits n'est rien comparée aux monts et aux vallées que j'admire à cet instant.

Son regard de braise la consumait.

Il acheva de lui ôter sa chemise, et elle se retrouva à moitié nue.

Etre en soutien-gorge, c'était comme être nue, non ? En tout cas, elle se sentait nue sous son regard affamé.

Il posa la bouche sur son sein et lécha son téton à travers le tissu de satin, avant de dégrafer le sous-vêtement avec adresse. Elle crut qu'elle allait suffoquer quand il retira le soutien-gorge, la laissant totalement exposée.

— Tu es incroyablement sexy.

Elle n'était pas habituée à ce que ses seins fassent l'objet d'une telle admiration et elle ne pouvait que se réjouir de ce changement.

— Ce n'est pas juste qu'un seul de nous ait une jolie vue, protesta-t-elle.

A son tour, elle entreprit de le dévêtir et ouvrit sa chemise, dévoilant ses muscles souples et bronzés.

— Ah, c'est bien mieux.

Une fine toison soyeuse couvrait ses pectoraux jusqu'à sa taille. Elle retint son souffle quand elle aperçut la proéminence sous sa ceinture.

D'instinct, elle posa la main sur son sexe pour le toucher à travers la toile de son jean.

— Je pense que nous serions plus à l'aise dans la chambre.

La voix grave de Gavin la fit frissonner d'appréhension.

— D'accord.

Si sa voix avait peut-être un peu tremblé, il ne semblait pas l'avoir remarqué.

Après l'avoir détaillée d'un regard brûlant qui faillit la consumer, il la prit par la main et la mena à sa chambre.

Sur la table de chevet, il alluma une lampe qui projeta juste assez de lumière pour qu'elle distingue des draps bleu nuit tendus sur un lit de bois aux lignes épurées. Les stores étaient baissés devant la baie vitrée. Il ôta sa chemise et tendit les bras. Elle s'y glissa sans se faire prier.

Elle se sentait vibrante sous la caresse de ses doigts. Haletante, et un peu nerveuse, elle posa la main sur la boucle de sa ceinture. Elle n'avait pas beaucoup d'expérience en matière de sexe, cependant elle savait qu'elle ne devrait pas attendre qu'il prenne toutes les initiatives. Il était sans doute habitué à fréquenter des séductrices expertes en la matière, capables de faire perdre la tête à un homme en un claquement de doigts.

La boucle fine céda aisément. Elle effleura son sexe en érection, qui pulsa à son contact.

« Il me désire vraiment ». Elle avait encore du mal à le croire. Comment sa vie avait-elle pu changer aussi vite ?

Quelques jours plus tôt, elle menait une petite vie morne et néanmoins agréable. A présent, elle était à demi nue dans l'appartement d'un homme qu'elle connaissait peu, sur le point de faire l'amour avec lui.

L'amour ?

Non. Personne n'avait parlé d'amour. Pourtant, elle ne pouvait nier le fait qu'elle ressentait un lien spécial avec Gavin. Et il le sentait, lui aussi. N'était-ce pas cela, tomber amoureux ?

Quand il entreprit de lui retirer son jean, elle laissa échapper une petite exclamation de surprise. Il fit glisser le pantalon le long de ses cuisses, en effleurant sa peau avec ses lèvres au passage. A présent, il ne restait plus pour tout vêtement que son slip de dentelle.

— Tu es époustouflante, murmura-t-il.

Elle tenta de lui rendre la pareille et de lui retirer son jean à son tour. Elle ouvrit le bouton de ses doigts tremblants, et il l'aida à faire glisser le vêtement sur son postérieur ferme et ses cuisses puissantes.

Oh, bonté divine. Jamais elle n'avait vu un corps aussi beau. Du moins, pas en vrai. Le cœur battant, elle tira sur son caleçon gris foncé et ne put retenir un soupir de surprise quand son sexe en érection apparut.

Il l'entraîna sur les draps froids et lui ôta lentement son slip.

A présent, elle était vraiment nue, palpitante d'excitation et d'appréhension tout à la fois.

Il grimpa sur le lit, et s'étendit avec précaution à côté d'elle. Son corps imposant lui donnait presque l'impression d'être une petite créature délicate, et non une femme à la silhouette plantureuse.

Le doux baiser qu'il posa sur ses lèvres l'apaisa un peu. Il caressa son ventre, en laissant des picotements de plaisir dans son sillage. Elle se tendit légèrement lorsqu'il dériva entre ses cuisses, mais ne résista pas quand il approcha de la partie la plus secrète de son corps.

Du bout de l'index, il explora les replis moites de son

sexe, et elle poussa un petit cri de surprise quand il trouva son clitoris. Lorsqu'il se mit à stimuler des endroits secrets que personne auparavant n'avait pris la peine d'explorer, elle ondula des hanches de manière instinctive.

Les yeux clos, une expression de plaisir sur le visage, il était plus beau que jamais. Elle sentit son cœur tressauter. Se pouvait-il que ce soit lui, l'homme de sa vie ?

Elle avait plus ou moins abandonné l'espoir que le prince charmant vienne l'emporter sur son beau cheval blanc. Toutes les petites filles avaient ce rêve, mais lorsqu'on était une adulte de vingt-neuf ans, on devait savoir que la plupart des grenouilles ne se transformaient pas en princes après un baiser.

Oh ! Gavin venait de faire naître une onde de choc en elle. Il ouvrit les yeux à demi, et lui offrit un sourire malicieux et satisfait.

Chaude et moite sous ses doigts, elle se sentait plus excitée qu'elle ne l'avait jamais été. Il approcha d'elle et plaqua son corps contre le sien. Puis il s'appuya sur un coude, déroula un préservatif avec une grande facilité, et se plaça au-dessus d'elle.

Quand il entra en elle, elle ne put réprimer un frisson. Toutes ses terminaisons nerveuses semblèrent bourdonner. Les yeux clos, elle s'abandonna au flot de sensations qui déferlaient sur elle. Elle enfonça les doigts dans les muscles fermes de son dos tandis qu'il se glissait en elle, lentement, doucement, comme on entre dans une chambre secrète inexplorée depuis bien trop longtemps.

Une fois qu'il fut tout à fait enfoui en elle, il laissa échapper un gémissement de plaisir et de soulagement mêlés. Il commença à aller et venir entre ses cuisses, et elle ondula aussitôt des hanches, en parfaite harmonie avec lui, tout comme son corps s'était parfaitement accordé au sien sur la piste de danse, lors du gala de charité qui avait été le décor de leur première rencontre. Peut-être qu'ils étaient faits pour être ensemble…

Elle laissa cette délicieuse pensée l'envahir pendant qu'elle suivait Gavin dans un nouveau royaume de plaisir. Tandis qu'il caressait son corps de ses mains gourmandes, elle explora les reliefs de son dos musclé, et la courbe ferme de son postérieur.

Le désir pulsait dans sa poitrine — et dans toutes sortes d'endroits dont elle n'avait même pas soupçonné l'existence — pendant qu'il leur faisait essayer différentes positions. Ses pensées se mêlèrent et se dispersèrent quand des sensations primaires prirent possession de son esprit. Leurs deux corps lisses et couverts de sueurs semblaient ne faire plus qu'un.

Le souffle court, elle se cambra sous lui, pour mieux le sentir en elle, jusqu'à ce que soudain, tout explose.

Ou implose.

Son corps fut secoué de spasmes tandis que des déferlantes de plaisirs s'écrasaient sur elle, les unes après les autres.

Un gémissement rauque fendit le silence, et elle sentit les bras de Gavin l'étreindre comme un étau. Il pulsa une dernière fois dans son corps, provoquant un nouveau soubresaut de plaisir, puis s'affala sur elle.

— Eh bien, s'exclama-t-il d'une voix brute.

— Comme tu dis, murmura-t-elle, surprise de constater qu'elle pouvait encore parler.

Son cerveau avait semblé s'éteindre pendant quelques instants. Elle entrouvrit les paupières, et le regarda fixement. Ses yeux gris étaient assombris par la passion, et semblaient la dévorer.

Elle sentit son cœur déborder d'émotion. Gavin Spencer était trop beau pour être vrai. Il était doux, attentionné, prévenant — et incroyablement séduisant. Or, les hommes comme lui ne s'intéressaient pas à elle. Elle était cette bonne vieille Bree, celle que l'on pouvait appeler à la dernière minute, parce que l'on savait qu'elle serait libre.

A moins qu'elle n'ait changé.

Peut-être que grâce aux astuces d'Ella, et aux caresses expertes de Gavin, elle était vraiment devenue une nouvelle personne. Quelqu'un d'excitant et de désirable, dont la vie allait s'épanouir comme une fleur après la pluie.

— Je n'ai jamais rencontré quelqu'un comme toi, Bree.

Il appuya la tête sur l'oreiller, en la regardant à travers des yeux mi-clos.

— Moi ? Je n'ai rien de spécial.

Elle se maudit d'avoir cédé à la manie qu'elle avait de se dénigrer.

— Tout en toi est spécial, rétorqua-t-il.

Il lui caressa le menton avec son pouce.

— Tu es chaleureuse, gentille, altruiste. Tu es intelligente, et créative. Une vraie artiste.

Elle avait déjà entendu tout cela. C'était le genre de compliments que ses tantes guindées lui faisaient, en général après avoir critiqué sa façon de se tenir, et s'être lamentées de son manque de prétendants.

— Et tu es la plus belle femme de San Francisco.

— De San Francisco, seulement ? plaisanta-t-elle.

Sous son regard brumeux, elle se sentait la plus belle femme sur terre.

— De toute la baie, en tout cas. Et de l'Etat de Californie. Et de toute la côte Ouest.

Elle fit une moue feinte.

— Et moi qui espérais le Midwest, aussi.

— Je n'ai pas passé beaucoup de temps là-bas, alors je ne suis pas une autorité en la matière, rétorqua-t-il, le regard malicieux.

— Dans ce cas, ça ne fait rien.

Elle rejeta ses cheveux en arrière. Il en profita pour saisir une mèche et l'enrouler autour de son doigt pour s'en faire un anneau.

— C'est plutôt suggestif, murmura-t-elle.

— Peut-être est-ce mon intention, dit-il en penchant légèrement la tête.

Elle se mordilla la lèvre pour réprimer un sourire espiègle.

— Nous devrions peut-être dormir ? Demain, tu travailles.

— En fait, je suis en vacances. Je devais les prendre sous peine de les perdre.

— Tu as de la chance.

— Mais si tu es occupée demain, je peux comprendre.

Il continua à jouer avec sa mèche.

— En fait, je n'ai pas une journée chargée.

A dire vrai, elle n'avait rien de prévu.

— Dans ce cas, j'ai une idée. Une grande idée. Une idée folle, incroyable, merveilleuse.

Il s'assit sur le lit.

— Attends-moi, je reviens tout de suite.

Enroulant une serviette bleu marine autour de la taille, il gagna son bureau.

C'était une idée folle.

Vraiment folle, mais il ne pouvait la chasser de son esprit. Peut-être parce que tout en Bree lui semblait si parfait. Leurs ébats avaient été sensationnels. Elle était tout aussi passionnée et sensuelle qu'il l'avait imaginé, et son corps incroyable… Il fronça les sourcils quand le désir afflua de nouveau dans ses reins.

Pas de doute, il était fou. Tout le monde le penserait. Même Bree, probablement. Ils se connaissaient depuis à peine deux semaines et demie. Mais parfois, l'univers était de votre côté, et tout s'emboîtait, comme la fois où il avait décroché le contrat Stayco.

Non. Cette fois, ce n'était pas du tout comparable. Ce contrat était une réussite professionnelle. Avec Bree, ce serait l'engagement de toute une vie.

Une vie entière avec Bree, songea-t-il, le ventre noué. A cet instant, la perspective lui semblait très plaisante.

Dans le bureau, l'horloge digitale lui fournit juste assez de lumière pour qu'il puisse distinguer les poignées de la commode.

Certes, le million de dollars offert par Elliott Kincannon n'était pas étranger à sa décision. Mais ce n'était pas la seule raison, loin s'en faut. Il voyait plutôt cette somme comme un collier de perles sur le cou d'une très belle femme : cela rehaussait son charme, au lieu de l'éclipser.

Merveilleux.

C'était le qualificatif qu'il emploierait si tout se déroulait selon son plan. Bree et lui pourraient acheter une jolie maison quelque part — peut-être même à Russian Hill, il avait toujours aimé ce quartier.

Il pourrait enfin créer sa propre agence et vivre une existence excitante et néanmoins confortable, en prenant son destin en mains.

Au comble de l'excitation, il ouvrit le tiroir du haut et y glissa la main. Après les trombones et l'agrafeuse, il sentit sous ses doigts une boîte de cuir souple, et la saisit. Les motifs dorés gravés sur les bords brillaient sous la lumière verte de l'horloge. Il n'avait pas su quoi faire de ce bijou lorsqu'il l'avait reçu, mais à présent, il lui semblait être une nouvelle pièce dans le puzzle de sa vie.

Il ouvrit le couvercle de la boîte, et observa son contenu. C'était une jolie bague de style Arts déco, trois diamants sans défauts — une grande pierre flanquée de deux plus petites — sertis sur une élégante monture en or. La plupart des gens l'auraient vendue, mais il n'avait pu s'y résoudre. Elle avait appartenu à sa grand-mère, une des personnes les plus étonnantes qu'il ait jamais rencontrées. Elle avait encouragé sa créativité, en l'emmenant à des cours de théâtre et de musique, et en lui payant des stages artistiques d'été, contre l'avis de ses parents.

Elle lui avait légué la bague dans son testament. A cette époque, il s'était demandé pourquoi, mais à présent, il connaissait la réponse. Elle avait voulu qu'il l'offre à la femme qu'il aimait.

Avec un long soupir, il extirpa la bague de son lit de satin. Bree serait-elle offensée qu'il lui offre une bague ancienne ? C'était, après tout, une héritière, qui pouvait acheter tout ce dont elle rêvait.

Mais elle n'était ni prétentieuse ni flambeuse. Au fond de lui, il sentait que la valeur sentimentale de ce bijou était peut-être plus importante que son prix.

Il ignorait si elle lui irait, mais il serait facile de la faire ajuster à sa taille. Posant la boîte sur le bureau, il serra la bague dans sa main.

Lorsqu'il retourna dans la chambre, Bree était étendue sur

le lit, sa chevelure répandue sur son corps délicieux recouvert d'un drap. Elle sourit en le voyant.

Il sentit une décharge d'adrénaline le terrasser — comment Bree allait-elle réagir ? Allait-elle rejeter d'emblée sa demande ? Si tel était le cas, tous ses plans tomberaient à l'eau, et il devrait annoncer à Elliott Kincannon qu'il n'avait pas pu remplir sa part du contrat.

Ses cils sombres battirent quand elle leva les yeux vers lui. Elle devait se demander pourquoi il restait là, hésitant, une main derrière son dos. La bague lui piquait la paume, comme pour l'inciter à lui poser la question brûlante.

Il s'assit à côté d'elle.

— Bree, je sais que nous ne nous connaissons pas depuis très longtemps, dit-il d'une voix râpeuse.

Elle ouvrit de grands yeux.

— Mais parfois, la vie vous offre une occasion rare, une occasion que l'on n'attendait pas, et que l'on n'avait même pas espérée.

Il marqua un temps avant de se lancer.

— Bree, veux-tu m'épouser ?

5

Bree cligna des yeux. Manifestement, elle devait être en train de rêver. Pourtant, tout cela semblait si réel.

Gavin était assis à côté d'elle sur le lit, les muscles luisant sous la douce lumière de la lampe, sa serviette enroulée autour de la taille. Dans le creux de sa main brillait un objet étincelant. Une bague. Exactement comme dans les contes de fées, quand le beau prince s'agenouille et que…

— Je sais que c'est soudain.

Le son de sa voix interrompit le fil de ses pensées.

— Je suis sûr que tu es surprise. Je le suis aussi. J'ignorais qu'on pouvait éprouver des sentiments aussi forts pour une femme en si peu de temps.

Elle se redressa sur un coude.

— Je ne suis pas en train de rêver, dis-moi ?

— Non, dit-il en souriant, tu n'es pas en train de rêver. Tout cela est bien réel.

Il caressa sa cuisse à travers le drap. Elle sentit sa peau vibrer sous son contact.

— Et j'aimerais que tu deviennes ma femme.

Elle déglutit. Gavin Spencer voulait l'épouser ? Impossible. Pour commencer, ils se connaissaient depuis moins de trois semaines. De plus, il était si magnifique qu'il devait avoir les plus belles femmes à ses pieds. Pourquoi voudrait-il être coincé avec une seule femme pour le restant de ses jours ?

— C'est trop rapide, n'est-ce pas ? dit-il en penchant la tête.

— Non. Enfin, je veux dire, je ne sais pas.

Elle était totalement déroutée. Voulait-elle l'épouser ? Tout son corps — surtout les endroits récemment éveillés par leurs jeux nocturnes — hurlait *oui !*

Mais son esprit murmurait un refrain bien différent.

« Sois prudente. Il y a quelque chose de bizarre. C'est trop tôt. Tout est trop beau pour être vrai. »

Elle poussa un long soupir, qui ne l'aida pas à se calmer.

— Je ne sais pas quoi dire, répondit-elle d'une voix légèrement suraiguë.

— « Oui », ce serait une bonne réponse.

Ses yeux étincelaient, comme la bague dans sa main. C'était étrange d'ailleurs, qu'elle soit là, à plat, sur sa main. Dans les films, les hommes ne la tenaient-ils pas entre le pouce et l'index ?

Mais ce n'était pas un film. C'était sa vie. Une vie qui avait pris une si étrange tournure qu'elle savait à peine qui elle était, encore moins comment elle devait réagir.

— Mais nous venons à peine de nous rencontrer. Tu ne me connais pas.

Et si, une fois marié, il se rendait compte qu'elle était cette ennuyeuse vieille fille qu'il avait rencontrée, et non la femme de rêve qu'il s'imaginait ?

— A mon avis, tu m'imagines bien plus excitante et intéressante que je ne le suis en réalité.

— Tu devrais avoir davantage confiance en toi.

Il s'approcha sur le lit et posa la main sur sa taille.

— Nous avons passé des heures à discuter, et tu es sans nul doute la personne la plus gentille, la plus intelligente et la plus intéressante que j'aie jamais rencontrée.

— Vraiment ?

La question lui avait échappé malgré elle. Il pourrait croire qu'elle cherchait les compliments.

— Pas de doute là-dessus. Et ce n'est pas tout. Je suis ensorcelé par ta beauté aussi.

— Oh, tu me fais marcher, dit-elle en rougissant. Je suis loin d'être une femme fatale.

— C'est là que tu te trompes. Tous les hommes se retournent sur ton passage.

Elle se mordilla la lèvre. Le relooking d'Ella avait apparemment eu l'effet escompté. Elle n'avait jamais attiré autant d'attention dans sa vie qu'au cours de ces dernières semaines. Même la fois où elle avait porté sans le savoir deux chaussures dépareillées, le jour d'une remise de prix à l'école.

— Je ferai un bon époux.

— Je n'en doute pas.

Mais elle doutait encore. Pourquoi insistait-il autant ? Ne pourraient-ils pas se fréquenter quelque temps, pour se connaître davantage ?

— Je te chérirai, je te respecterai et je te donnerai du plaisir, assura-t-il, une étincelle malicieuse dans les yeux.

Un éclair de désir la traversa.

— Pourquoi ne pas l'essayer, tout simplement ?

Il avait dit cela comme s'il trouvait naturel d'essayer une bague de fiançailles, avant de se décider.

Elle haussa les épaules, pour tenter de cacher le flot d'émotion qui déferlait sur elle.

— Pourquoi pas ?

De nouveau cette note suraiguë dans sa voix !

Elle tendit la main. Elle portait rarement des bagues, et jamais à ce doigt. Tout le monde savait que cela portait malheur d'en porter une lorsqu'on était célibataire. Elle ne s'était jamais vraiment imaginé porter une bague de fiançailles, résignée qu'elle était à sa petite existence tranquille, avec ses chats.

A présent, un nouveau royaume de possibilités s'ouvrait à elle. Elle tendit son doigt nu, en serrant les draps de son autre main. Un frisson de peur et d'excitation la parcourut quand le métal froid entra en contact avec sa peau. Le bijou serait-il à sa taille ? Elle n'était pas menue, même si ses mains étaient la partie la plus fine de son corps. La bague coincerait-elle sur une phalange ?

Ce serait un signe.

Mais elle glissa facilement, jusqu'à la base de son annulaire.

— Elle te va à la perfection.

Il la regarda d'un air triomphant.

— En effet. Comment as-tu fait pour savoir ?

— C'est uniquement de la chance. Et je pense que c'est un signe du destin.

Il caressa sa main.

— C'est une bague unique. Elle a appartenu à ma grand-mère, qui a été mariée à l'amour de sa vie pendant cinquante-sept ans.

Elle avisa que les trois pierres étaient serties sur une élégante monture d'or. Elle avait sans doute été dessinée dans les années vingt.

— Elle est très jolie.

L'anneau semblait bourdonner contre sa peau. Devrait-elle trouver étrange de porter la bague de fiançailles d'une autre femme ? Cela semblait accentuer la sensation qu'elle venait accidentellement d'entrer dans la vie d'une autre.

— Ma grand-mère était très chère à mon cœur. Elle m'a légué cette bague dans son testament, afin que je puisse l'offrir un jour à ma future épouse. Je n'arrive pas à croire qu'elle t'aille si bien. Comme si elle était faite pour toi.

Elle déglutit. A présent que la bague était à son doigt, cela voulait-il dire qu'elle avait accepté sa demande en mariage ?

— Elle est magnifique. Es-tu sûr de vouloir t'en séparer ?

Il prit sa main.

— Je ne veux pas m'en séparer. Je veux la voir au doigt de la femme que j'aime.

Elle sentit comme une boule se former au creux de son estomac. Le mot *amour* planait dans l'air, tel un écran de fumée après un tour de magie.

Voilà pourquoi toute cette proposition lui avait semblé bizarre, forcée même. Parce que Gavin ne lui avait pas dit qu'il l'aimait.

Jusqu'à maintenant.

— Je t'aime, Bree.

Il caressa sa main avec son pouce.

— C'est un amour nouveau, je l'admets. Mais je n'ai jamais ressenti cela pour personne. Quelque chose en moi, dans mon cœur, me dit que tu es la femme de ma vie.

La conviction dans sa voix lui réchauffa le cœur. Et elle,

l'aimait-elle ? Elle n'avait aucune idée de ce qu'était l'amour. Certes, elle éprouvait de l'attirance pour lui, c'était indéniable. C'était un homme doux, charmant, intelligent et drôle. Et très sexy.

Des qualités qu'elle aurait recherchées chez le mari idéal. Si toutefois elle avait été en quête d'un mari, comme son entourage l'y incitait. Mais elle était habituée à se montrer méfiante, et à douter des motivations de tous les hommes qui l'approchaient. Elle craignait toujours qu'ils soient davantage intéressés par la fortune familiale que par elle.

— Il y a un lien spécial entre nous, non ? insista-t-il, interrompant ses pensées.

— Oui, c'est vrai.

Ce lien spécial, elle le ressentait à cet instant, tandis qu'elle se redressait sur le lit, sa main dans la sienne. Jamais elle ne s'était sentie aussi à l'aise avec un homme, aussi en sécurité. Et pour sûr, elle ne s'était jamais sentie aussi désirable et séduisante.

— Je le sens aussi, dit-elle.

Elle observa les trois diamants qui étincelaient sur son doigt.

— Veux-tu m'épouser ?

Son regard plein d'espoir fit fondre ses dernières réticences.

— Oui, je le veux.

Elle ressentit une joie intense, néanmoins teintée d'appréhension. Mais elle avait la ferme conviction d'avoir pris la bonne décision. Aussi étranges et soudaines que ces fiançailles puissent paraître, elle avait le sentiment que Gavin et elle étaient nés pour être réunis.

Il la serra dans ses bras. La chaleur de son corps se mêla à la sienne, et pour la première fois de sa vie depuis la mort de sa mère, elle se sentit totalement protégée.

Et aimée.

Tandis que, à bord de la voiture de Gavin, ils s'engageaient sur le Golden Gate Bridge, Bree jeta un regard en arrière. Quand elle passerait ce pont de nouveau, elle serait une femme mariée. Mme Gavin Spencer. Ils allaient s'unir de l'autre côté du pont, à Sausalito.

Gavin avait tenu à l'épouser aussi vite que possible. Sans invités, excepté les chats de Bree. Il avait insisté pour qu'ils viennent aussi, soulignant le fait qu'ils étaient des membres de la famille, et cette délicate attention l'avait touchée. Un des clients de Gavin possédait un hôtel avec terrasse qui accueillait régulièrement des mariages. Il lui avait promis de leur trouver un prêtre, un photographe et deux témoins.

Tout avait été organisé très vite. La seule difficulté avait été le contrat prénuptial. Gavin avait insisté pour en signer un, peut-être pour prouver qu'il n'en avait pas après sa fortune. Elle trouvait toute la situation embarrassante. Un contrat n'impliquait-il pas qu'un jour, ils pourraient divorcer ? Elle ne voulait pas envisager une telle éventualité. Gavin avait pourtant réussi à en faire rédiger un en moins d'une journée. Ils l'avaient signé, et maintenant, ils se dirigeaient vers Sausalito, à peine quarante-huit heures après sa demande en mariage.

Il se tourna vers elle.

— Nerveuse ?

— Un peu.

Tout était si rapide ! Et un mariage sans amis et sans famille, ce n'était pas courant.

Cela dit, malgré ses réserves, elle devait admettre que c'était logique. Elle ne voulait pas d'un grand mariage mondain, comme son père l'aurait sans doute souhaité, qui prendrait toute une année à organiser et causerait plus de tracas qu'une inauguration royale. Mieux valait procéder ainsi, de façon rapide et privée. Etrangement, son père n'avait pas protesté devant leurs projets précipités. Il avait semblé assez peu surpris par la nouvelle, et sincèrement heureux pour eux. Ce qui n'était pas si étonnant, en fait, puisqu'il lui avait sans doute présenté Gavin dans l'espoir qu'elle trouve un compagnon. Enfin, elle avait réussi à accomplir quelque chose que son père approuvait ! Ou du moins, elle allait le faire bientôt.

Très bientôt.

— Sausalito est un endroit agréable pour une escapade en

amoureux. Même si c'est juste de l'autre côté du pont, on a l'impression d'être à des kilomètres de San Francisco.

Son sourire chaleureux la fit fondre. Gavin était encore plus époustouflant que d'habitude, avec sa chemise noire aux manches remontées, son jean délavé, et ses cheveux légèrement ébouriffés. Elle avait peine à croire qu'elle était assise à côté de lui, et encore plus de mal à croire qu'elle s'apprêtait à l'épouser.

La bague de fiançailles brillait toujours à son doigt. Elle ne l'avait pas retirée depuis qu'il la lui avait fait essayer.

— Nous pouvons vivre dans mon appartement, jusqu'à ce que nous trouvions un endroit plus grand. Mais à mon avis, nous devrions acheter une maison, afin que tu aies de la place pour installer un grand studio. Qu'en penses-tu ?

— Je ne sais que penser.

Elle sourit.

— Je n'ai jamais vécu ailleurs que dans la maison de mes parents. Je suis ouverte à toute proposition. Et je pourrai toujours louer un studio séparé pour mon travail.

— Hors de question. Nous trouverons une maison assez grande. Et avec vue sur l'océan, c'est impératif, puisque tu es habituée à en avoir une.

Quelle était l'étendue de sa richesse ? Il parlait comme s'il avait à sa disposition des moyens illimités. Ou s'attendait-il à ce que ce soit elle qui paie leur future maison ? C'était étrange qu'ils soient sur le point de se marier, et qu'ils n'aient pas encore discuté des questions pratiques les plus élémentaires.

Excepté le contrat prénuptial. Mais si Gavin n'avait pas insisté, elle n'aurait même pas songé à en faire un. Pour sa part, elle considérait le contrat inutile, car si elle ne pouvait faire confiance à son mari, à qui pourrait-elle faire confiance ?

En tout cas, elle était fermement déterminée à ne pas laisser l'argent diriger sa vie.

Ils traversèrent les collines du parc de Gateway, puis montèrent les rues raides et pittoresques de Sausalito. Enfin,

Gavin s'arrêta dans l'allée circulaire d'un édifice de style méditerranéen entouré de fleurs.

— La cérémonie est prévue à 18 heures, alors nous avons tout le temps de nous préparer.

— Ce soir ?

Un élan de panique la saisit. Elle avait supposé qu'ils auraient au moins un jour pour… pour quoi ? Après tout, Gavin avait peut-être raison : s'ils se mariaient, autant le faire tout de suite.

Néanmoins, elle avait à peine eu l'occasion d'avoir un fiancé que déjà, elle se retrouvait mariée. Mariée le soir même. C'était drôle de penser que Gavin avait tout planifié — et elle l'avait laissé faire.

Il sortit de la voiture, puis vint lui ouvrir sa portière. Elle foula le gravier d'un pas mal assuré. Il posa une main dans le bas de son dos, et ce simple geste eut pour effet de la troubler et de l'inquiéter tout à la fois.

— Ce soir, ce sera notre nuit de noces.

Son regard brumeux était plein de promesses.

Elle cligna des yeux et poussa un soupir.

— En effet.

Il serra sa main.

— Je suis impatient d'être ton mari, Bree.

— Et moi, je suis impatiente d'être ton épouse, répondit-elle en serrant sa main à son tour.

La joie qu'elle ressentit à ce moment eut enfin raison de ses angoisses. Gavin était si sincère et si tendre, en plus de toutes ses autres qualités. Elle avait vraiment beaucoup de chance.

Elle se figea net à la pensée qui lui vint à l'esprit.

— Mais qu'est-ce que je vais porter ?

— Ce qui te plaira. Nous avons tout l'après-midi pour faire les boutiques.

Même si Bree doutait de sa capacité à choisir une robe flatteuse sans Ella, elle en trouva une assez facilement dans une boutique près des quais. La robe d'un blanc argenté, en satin chatoyant, tombait élégamment sur ses courbes. Les escarpins bleu ciel que lui suggéra la vendeuse s'avérèrent être parfaitement assortis, étonnamment. Dans une bijouterie, ils choisirent des anneaux gravés pour la cérémonie. De retour à l'hôtel, elle reçut la visite d'une coiffeuse volubile qui ramena ses boucles en un chignon, retenu par des épingles perlées. Elle enfila les boucles d'oreilles en perles et diamants que Gavin et elle avaient choisies ensemble. Il avait insisté pour tout payer. Apparemment, il avait pris grand plaisir à la voir se transformer en une mariée rougissante.

— Tu es belle à couper le souffle.

Dans le reflet du miroir, elle le vit debout derrière elle, à l'observer tandis qu'elle mettait une dernière touche de rouge à lèvres. Elle lui sourit dans le miroir.

— Tu n'es pas mal non plus.

Dans son smoking élégant et son nœud papillon noir, il ressemblait à un acteur.

— Nous faisons un joli couple, avança-t-il.

Il glissa les bras autour de sa taille.

— Et nous allons bien ensemble, renchérit-elle.

A côté de lui, elle ne semblait ni trop ronde ni trop grande. Du haut de son mètre quatre-vingt-dix, Gavin lui donnait l'impression d'être parfaitement proportionnée.

Elle s'agita sous la caresse chaude et tentante de son bras.

— En fait, je préférerais que nous n'ayons pas à quitter la chambre, avoua-t-elle.

— Ça en vaudra la peine.

Il déposa un doux baiser sur sa joue. Elle rougit sous son maquillage.

— Et nous aurons toute la nuit pour célébrer nos noces, murmura-t-il.

Sa voix rauque était pleine de promesses.

— Tu es prête ?

— Aussi prête que jamais.

Quand ils arrivèrent sur la terrasse de l'hôtel, Bree était à la fois excitée et effrayée. Un soleil magnifique inondait le belvédère où les attendait un prêtre. Gavin serra sa main et lui lança un regard réconfortant. Des pots en terre sculptés débordant de pétunias étaient disposés tout autour du belvédère, et des rubans ornaient la table sur laquelle étaient posés les documents officiels.

Le directeur de l'hôtel se dirigea vers eux, suivi d'une jolie blonde qui tendit à Gavin une fleur pour sa boutonnière.

— Bienvenue, et félicitations pour votre mariage.

Le discours semblait un peu convenu, songea Bree, puis elle se réprimanda d'avoir eu une pensée aussi mesquine. Ces gens se montraient simplement polis, et essayaient de les mettre à l'aise.

Elle jeta un coup d'œil à la vue impressionnante sur la baie, où les voiliers glissaient sur les eaux sombres. C'était un bel endroit pour se marier. Un endroit parfait, même. Mais le plus important était de s'unir à cet homme merveilleux, pour commencer un nouveau chapitre excitant de leur vie.

Pourtant, elle eut la gorge nouée quand ils se dirigèrent vers le belvédère.

Une histoire aussi rapide pouvait-elle vraiment devenir permanente ? Malgré la main puissante et apaisante de Gavin dans la sienne, elle était en proie à d'affreux doutes.

Gavin pensait peut-être qu'il épousait la tentatrice aux jolies boucles qu'Ella avait révélée, et non la vraie Bree. « Qu'arrivera-t-il le jour où il découvrira qu'il a épousé une femme ennuyeuse et non la créature de ses rêves ? »

— Je t'aime, Bree.

Ses paroles balayèrent ses inquiétudes comme une forte brise.

— Je t'aime aussi, Gavin, dit-elle avec conviction.

Comment avait-il fait pour savoir exactement à quel moment la rassurer ?

Cela prouvait qu'il était l'homme parfait pour elle.

Après qu'ils eurent échangé quelques amabilités avec les témoins et le prêtre, et avant même que Bree ait eu le temps de rassembler ses esprits, la cérémonie avait débuté.

— Bree Kincannon, voulez-vous prendre cet homme pour époux, l'aimer, le chérir et l'honorer, jusqu'à ce que la mort vous sépare ?

— Je le veux.

Elle avait prononcé les mots d'une voix claire et sonore,

décidée à ne pas laisser le moindre doute percer. Gavin prononça ses vœux d'une voix profonde et rassurante, avec un enthousiasme sincère qui la fit presque rire.

— Vous pouvez embrasser la mariée.

Il l'attira contre lui et l'embrassa avec douceur et fermeté, la faisant frémir de tout son être.

— Nous sommes mariés, murmura-t-il. Je n'ai jamais été aussi heureux de toute ma vie.

— Moi non plus.

Elle disait vrai. Ce mariage éclair avec l'homme le plus beau qu'elle ait jamais rencontré était sans nul doute le point culminant de son existence jusqu'ici si morose.

— Tout est arrivé si vite que j'ai encore du mal à y croire.

— Quand deux personnes sont faites pour s'unir, c'est comme si toutes les forces de l'univers convergeaient pour participer à cette union. Ces forces sont en mouvement depuis l'instant où je t'ai rencontrée.

— Même si je portais cette horrible robe grise ?

Il rit.

— Une robe ordinaire ne peut pas cacher la lumière qui émane de toi, Bree. J'ai su tout de suite que tu étais unique. Et ensuite, quand nous avons dansé…

Il émit un petit sifflement qui la fit rire.

— Nous allons sortir danser ce soir, décida-t-il.

Puis il sembla se raviser.

— Ou plutôt, demain. C'est notre nuit de noces, et j'ai des projets précis, dit-il, l'air mystérieux.

Cette promesse de plaisirs sensuels la fit frémir. En réponse à son désir croissant, elle glissa la main sous sa veste pour caresser son torse musclé, avant de se souvenir qu'ils se trouvaient au beau milieu de la terrasse de l'hôtel, sous le regard de leurs témoins et du prêtre.

Elle recula d'un pas.

— Peut-être devrions-nous aller dans un endroit plus intime ?

Dans leur suite luxueuse qui offrait un magnifique panorama sur la baie, Gavin avait organisé la soirée jusque dans les moindres détails. Même les chats étaient confortablement installés sur des coussins douillets, avec des plats spécialement préparés pour eux. Lorsqu'on frappa à la porte, il eut la confirmation que tout se passait selon son plan.

— Ce doit être le dîner.

Il embrassa les douces lèvres de Bree avant de se diriger vers la porte. Il avait secrètement commandé le repas le plus raffiné de l'hôtel, pour qu'ils le savourent dans l'intimité de leur suite.

Pour Bree, il ne voulait que le meilleur. Non pas parce qu'elle y était habituée de par son statut de riche héritière, mais parce qu'il voulait sincèrement la combler, et voir son joli visage s'illuminer avec ce sourire radieux qu'il lui connaissait.

— J'avais cru que nous sortirions dîner, s'étonna-t-elle.

— Le soir de notre mariage ? Je préfère l'intimité, dit-il avec un regard coquin.

Le serveur apporta un plateau roulant et félicita le jeune couple avant de prendre congé. Elle souleva la cloche du premier plat. Dans un tourbillon de vapeur, ils découvrirent un assortiment d'amuse-bouches raffinés, aux arômes tentants.

Il en porta un à la bouche de Bree, et elle fit de même. Avait-il jamais fait quelque chose d'aussi simple avec une femme, et pris tant de plaisir ?

Jamais.

Elle avait une conception simple de la vie, qu'il trouvait rafraîchissante. Même sans ce million de dollars sur le point d'être transféré sur son compte, il aurait été très heureux de l'avoir choisie pour femme.

L'entrée était une vichyssoise crémeuse, parsemée de ciboulette fraîche. Des morceaux de steak tendre, des mini-légumes et des pommes de terre nouvelles en sauce constituaient le plat principal. Il était certain qu'il ne pourrait pas avaler autre chose, mais changea d'avis en découvrant les desserts — de petits éclairs, des profiteroles, de délicates tartelettes aux fruits et des cakes décorés à la main. Il lécha la crème sur les lèvres de Bree et porta un toast à leur mariage avec une coupe de Moët & Chandon.

— Nous devrions nous retirer dans la chambre, suggéra-t-il en saisissant la bouteille de champagne et leurs deux coupes. Nous y serons plus à l'aise.

Il attendit pendant qu'elle se tenait là, radieuse, comme une star de cinéma dans ses plus beaux atours.

Il s'émerveillait encore de sa métamorphose. Elle était si différente de la femme calme et réservée qu'il avait rencontrée au gala de charité ! Elle s'était magnifiquement épanouie depuis. Où qu'ils aillent, sa beauté sculpturale attirait l'attention, et elle semblait tout à fait sûre d'elle sous les regards de tous ces mâles envieux.

Sur le lit, les draps blancs et frais étaient rabattus. Elle s'assit au bord avec précaution et prit la coupe de champagne qu'il lui tendait.

Il s'assit à côté d'elle et commença par retirer lentement une épingle de son chignon.

— Raiponce, Raiponce, descends-moi tes cheveux.

— Ne serait-ce pas dommage de défaire ce que la coiffeuse a mis tant de temps à réaliser ? dit-elle avec un petit rire.

— Mais je ne peux pas passer mes mains dans ta chevelure si elle est ramenée au sommet de ta tête.

Il retira une autre épingle ornée de petites perles et d'un minuscule diamant, et libéra une mèche.

Elle défit doucement son nœud papillon, et le fit glisser sous son col.

— Moi aussi, je peux jouer à ce jeu-là.

Il la regarda dans les yeux, et constata que ses pupilles étaient dilatées.

Le désir qui l'avait consumé toute la journée s'embrasa aussitôt. Mais il garda son calme, et retira doucement une autre épingle. Une épaisse boucle tomba sur son épaule.

Elle défit les deux premiers boutons de sa chemise, et fit glisser son index sur ses pectoraux.

Une décharge d'excitation le traversa. Il fit glisser la délicate bretelle de sa robe sur son épaule, avant de déposer un baiser sur son cou. Son parfum sucré l'enivra.

— Bree, tu me rends fou.

— Assez fou pour que tu m'épouses, apparemment.

— Je suis l'homme le plus chanceux du monde.

Il trouva la fermeture Eclair sur le côté de sa robe et la baissa doucement.

— La femme de mes rêves est ici, dans mes bras.

Ses mains partirent à la découverte de son corps, et il ne tenta pas de les retenir tant il était avide de la toucher après avoir brûlé de s'en repaître pendant toute la journée. Lorsqu'il prit ses seins pleins et lourds dans ses paumes, son désir gronda dans ses oreilles. Il glissa la main sur ses hanches drapées de satin. Le souffle court, il posa un doux baiser sur sa bouche.

Elle pressa ses seins contre son torse, et explora son corps sous sa veste.

— Tes vêtements me font obstacle, murmura-t-elle quand ils eurent repris leur souffle.

Elle fit tomber la veste sur le sol et tira sur les derniers boutons de sa chemise avant de la lui enlever complètement.

A demi aveuglé de désir, il l'aida à retirer sa robe chatoyante. Elle se retrouva étendue sur le lit, en sous-vêtements de dentelle blanche. Ses cheveux décoiffés tombaient en mèches folles sur son visage de manière érotique.

Il dégrafa son soutien-gorge, et libéra ses tétons dressés et rosis. Il fit lentement glisser son slip, en suivant avec sa bouche les douces courbes de ses hanches et de ses cuisses. Sa peau sucrée avait un goût de nectar sur sa langue.

Elle s'agita sous ses caresses puis, soudain, l'agrippa par la taille. Prêt à la pénétrer, il l'embrassa pendant qu'elle l'accueillait entre ses replis soyeux.

Elle se cambra lorsqu'il s'enfonça en elle, et émit un murmure de pur plaisir qui le ravit.

— Je t'aime, Bree, dit-il d'une voix râpeuse, en pensant chaque mot.

— Je t'aime aussi.

Leurs deux corps enlacés entamèrent une danse destinée à célébrer leur union.

Peu importait comment tout cela avait commencé. Leur mariage promettait d'être exceptionnel.

6

Un petit déjeuner au lit, suivi par des ébats follement érotiques, voilà qui était une façon merveilleuse de commencer la journée, songea Bree. Elle balaya les miettes de croissant éparpillées sur les draps, puis passa la main sur le torse de Gavin. Etonnamment, être mariée à Gavin lui semblait tout à fait naturel.

— Pourquoi ris-tu ? demanda-t-il.

Elle sentait sous ses doigts son torse vibrer à chaque mot qu'il prononçait.

— Pour rien.

— Entre mari et femme, n'est-on pas censé tout se dire ?

— Je ne sais pas. Je n'ai jamais été mariée avant, dit-elle en souriant.

— Moi non plus. Je pense que cela signifie que nous devons inventer nos propres règles au fur et à mesure. Règle numéro un, nous devrions prendre une douche ensemble.

Elle sourit, ravie de la proposition.

— Oui, cette cabine de douche est assez grande pour deux.

Il l'entraîna hors du lit et la porta jusqu'à la salle de bains de marbre blanc. Il ouvrit la porte vitrée de la cabine et régla les robinets, tout en la maintenant serrée contre lui.

— Tu me fais l'effet d'être toute légère.

Il mordilla son cou et déposa une pluie de baisers jusqu'à sa bouche. De l'eau chaude jaillissait des robinets dorés et tombait sur eux en minuscules gouttelettes. Elle en lécha quelques-unes sur son torse. Sa peau était salée, et délicieuse. Elle se dégagea pour se mettre debout, et l'embrassa avec fougue.

Ils se savonnèrent mutuellement avec un savon parfumé au

jasmin et se rincèrent jusqu'à ce qu'ils soient propres comme un sou neuf. Sous le regard gourmand dont il la dévorait, elle avait l'impression d'être une déesse.

Elle observa l'eau qui coulait sur son corps d'athlète et s'infiltrait dans la toison sombre de son torse sculpté. Elle tendit la main et en explora la douceur comme s'il se fût agi d'un objet précieux. Elle n'en revenait pas d'être aussi chanceuse. Il semblait ne jamais se rassasier d'elle. Et le sentiment était tout à fait réciproque. Jamais elle n'aurait pensé vouloir passer toute une matinée à s'embrasser et à faire l'amour — après une nuit entière consacrée aux mêmes activités. Elle découvrait le pouvoir de cette drogue puissante qu'était l'amour, et un pur plaisir qui la faisait vibrer de la tête aux pieds.

Ils se caressèrent et se léchèrent mutuellement jusqu'à être submergés par leur excitation. Avec un gémissement de soulagement, il entra en elle, et ils atteignirent tous deux l'orgasme presque aussitôt, tandis que l'eau ruisselait sur leurs corps emmêlés.

— Tu es parfaite, Bree. Parfaite, gémit-il, en frissonnant entre ses bras.

Elle dut faire un grand effort pour rester debout contre le mur carrelé, tant son corps était languide.

— Et toi tu es… stupéfiant.

Elle n'arrivait même pas à trouver les mots qui rendraient justice à l'homme qui avait transformé sa vie et l'avait rendue… heureuse. Plus heureuse qu'elle ne l'aurait jamais cru possible. Les rêves devenaient réalité, parfois, au moment où l'on s'y attendait le moins.

Ils passèrent la journée et le lendemain à visiter Sausalito. Ils firent une croisière dans la baie, prirent un délicieux déjeuner dans un restaurant français et terminèrent la soirée dans un club de jazz.

Partout où ils allaient, des gens inconnus leur souriaient, comme s'ils avaient le rayonnement particulier de jeunes mariés heureux. C'était sans doute le cas.

De temps à autre, elle ne pouvait s'empêcher de penser que tout cela était trop beau pour être vrai. Chaque fois que les doutes insidieux s'infiltraient dans son esprit, elle les balayait. Ce n'était que son ancien manque de confiance en elle qui remontait à la surface, les vestiges de son passé de vilain petit canard, dont la fortune était le seul attrait.

Mais lui n'avait pas besoin de son argent. Il ne semblait aucunement intéressé par sa fortune. Il avait réussi seul. Elle était certaine que même si elle avait été sans le sou, cela n'aurait fait aucune différence pour lui.

Elle se fendit d'un rire sonore. Il serra sa main.

— Cette fois, je ne te demanderai pas pourquoi tu ris.

— Pourquoi ?

— Parce que je sais.

Le sourire qu'il lui offrit illuminait son beau visage.

— Je ressens exactement la même chose que toi, dit-il.

De retour à San Francisco, Bree se rendit à son appartement pour emballer quelques affaires et les emmener chez Gavin. L'appartement qu'il possédait était assez spacieux pour deux. Faith, son chat, avait déjà repéré un coin ensoleillé, près de la fenêtre du salon. Même Ali, plus réservée, avait rapidement fait d'un grand fauteuil doux sa nouvelle maison.

A présent, ils vivaient officiellement ensemble.

— Tu te rends compte que je n'ai jamais eu l'occasion de vivre dans le péché ? dit-elle en appuyant l'index sur son torse.

Ils étaient allongés sur le lit, nus, après leur première nuit dans leur foyer temporaire.

— Je suis navré de t'avoir privée de ce plaisir. Je ne doute pas que nous trouverons d'autres péchés auxquels nous adonner.

— Tu ne trouves pas ça bizarre, le flegme de mon père concernant toute notre histoire ? Il ne semblait pas du tout surpris quand je lui ai annoncé notre mariage. Il doit vraiment t'apprécier, tu sais. Il ne m'avait pas présenté quelqu'un depuis longtemps.

— Il sait reconnaître un bon gendre quand il en voit un, plaisanta-t-il.

— C'est particulièrement étonnant qu'il n'ait pas trouvé

à redire sur le fait que nous allions nous marier à Sausalito en toute discrétion. D'habitude, il est très à cheval sur les traditions.

— Peut-être est-il simplement content de voir que tu es heureuse en ménage, dit-il en enroulant une mèche de cheveux autour de son doigt.

— Je suppose. Ce doit être un poids en moins pour lui, de savoir que je ne finirai pas vieille fille, amère et seule, dans le grenier de sa maison.

Elle sourit.

— Je préfère de loin être une femme mariée et heureuse.

— Eh bien, ton mari heureux en ménage doit aller travailler, dit-il en se dégageant.

Déjà, son corps protestait de ne plus être en contact avec le sien.

— Je ne suis pas sûre de pouvoir supporter d'être loin de toi toute la journée.

Elle fit la moue et remonta les draps sur elle.

— Nous pourrions nous voir pour déjeuner.

Il sortit du lit et traversa la pièce, tout en muscles et en grâce.

— Ce pourrait être suffisant pour prévenir les symptômes du sevrage.

— Non, je serai forte, plaisanta-t-elle en rejetant la tête en arrière de façon théâtrale. Je sais que ton travail est important, et je ne veux pas être une simple distraction pour toi. Sur quel gros contrat travailles-tu aujourd'hui ?

Une étrange expression passa sur son visage pendant qu'il enfilait sa chemise.

— Je ne sais pas trop. Tout ce qui concerne Maddox Communications m'est sorti de l'esprit.

— Tu ferais mieux de rassembler tes souvenirs avant que Brock Maddox ne s'en rende compte. Je suis contente d'avoir rencontré tous les gens avec qui tu travailles. Ainsi, quand tu me parleras de tes collègues, je pourrai mettre des visages sur leurs noms.

— Oui.

Mais il semblait ailleurs. Il avait sans doute du mal à se

recentrer sur le travail, après leur escapade sensuelle. Elle se promit de ne pas être le genre d'épouse qui exigeait l'attention constante de son mari. Elle comptait le soutenir, et s'occuper leur foyer, tout en se concentrant sur sa propre passion.

— Je pense que je vais passer la journée à photographier des couples, dit-elle avec un sourire. Ils ont toujours été mon sujet préféré. A présent que je suis la moitié d'un couple, je suis encore plus enthousiasmée à l'idée de capturer l'éclat particulier qui se dégage d'eux.

— Est-ce qu'ils disent oui en général, quand tu leur demandes ?

Elle réfléchit un instant.

— Les couples heureux, oui. Ce sont les couples malheureux qui ne veulent pas laisser de trace dans le temps.

— Dans ce cas, j'espère que tu rencontreras beaucoup de gens heureux.

— Aucun ne sera aussi heureux que moi, c'est sûr.

Une fois Gavin parti, elle s'enfonça douillettement sous les draps pour mieux préparer sa journée Peut-être qu'après quelques heures à arpenter les rues avec son appareil, elle irait faire quelques impressions dans son laboratoire. Cachée dans l'obscurité, elle pourrait avoir un sourire béat toute la journée sans que personne ne la voie.

Elle regarda l'horloge — presque 9 heures ! Elle se fit la réflexion que les agences de publicité avaient sans doute des horaires souples. En comparaison, son père était au bureau à 7 heures au plus tard. Elle mit cela sur le compte du rythme particulier au secteur bancaire, lié à celui de la Bourse qui fonctionnait sur un rythme propre.

Une sonnerie mélodieuse la tira de ses réflexions. Comme elle était sûre que Gavin n'avait pas laissé la radio allumée, elle sortit du lit et enfila son peignoir, tentant de repérer d'où provenait la musique. C'est ainsi qu'elle remonta jusqu'au téléphone sans fil posé sur le bureau de Gavin, et dont le voyant vert clignotait.

Devrait-elle décrocher ? Elle hésitait car elle avait beau savoir qu'elle était désormais chez elle, il ne s'agissait pas de la ligne de l'appartement. Gavin avait sans doute une deuxième ligne professionnelle. Elle ne devrait sans doute pas répondre. Et puis, il lui faudrait expliquer qui elle était, car presque personne ne savait que Gavin et elle s'étaient mariés. Il valait sans doute mieux laisser le répondeur se déclencher.

Tandis qu'elle tergiversait, l'annonce d'accueil du répondeur se fit entendre, suivie d'un bip. Elle tourna les talons pour quitter la pièce, mais s'arrêta net en reconnaissant la voix de l'interlocuteur.

— Bonjour, Gavin, ou devrais-je vous « appeler », fiston ?

Le rire familier et bourru de son père la fit frissonner de manière désagréable. Son père appelait ? Après tout, pourquoi pas ? Elle rebroussa chemin pour aller décrocher.

— L'argent est en cours de transfert sur votre compte, à l'instant où je vous parle. Un million de petits billets verts. J'ai procédé au virement il y a cinq minutes.

Pétrifiée, elle fronça les sourcils. De quoi diable parlait-il ? Un froid glacial la saisit.

— Vous êtes rapide, je vous le concède, poursuivait son père. Je pensais que vous auriez six mois de cour devant vous. Bree est du genre difficile quand il s'agit des hommes, mais je vois que vous l'avez totalement conquise.

Sa gorge se serra et son cœur se mit à cogner.

— Alors, maintenant, vous pouvez ouvrir votre propre agence et assurer à ma fille le train de vie auquel elle est habituée. Je suis certain que vous serez très heureux tous les deux.

Son rire résonnait comme un ricanement malveillant. Elle constata que ses mains tremblaient si fort qu'elle ne pouvait se résoudre à prendre le téléphone pour demander des explications.

C'était inutile d'ailleurs. Elle avait très bien compris.

Son père avait payé Gavin pour l'épouser.

Quand il raccrocha, la tonalité siffla comme une balle de revolver. La lumière rouge qui clignotait sur le téléphone prouvait que tout cela n'était pas le fruit de son imagination.

Tout était faux. Chaque mot aimant de Gavin, chaque baiser, chaque caresse.

Elle secoua la tête pendant que son esprit rejetait cette idée.

L'argent ? Pourquoi Gavin voudrait-il de son argent ? Il avait un bon poste, non ? Elle avait même rencontré tous ses collègues. D'un autre côté, elle savait très bien que peu de gens refuseraient un million de dollars supplémentaire.

Un million de dollars ! Telle était donc la valeur à laquelle son père l'avait estimée. C'était un montant assez élevé, tout bien considéré.

Un sanglot déchirant la secoua. Pourquoi un million ? Pourquoi pas deux ? Ou juste deux cent mille dollars ? Ou même un billet de vingt ?

Elle s'effondra sur le plancher verni. Ses mollets et ses coudes heurtèrent violemment le sol, mais la douleur qu'elle ressentit n'était rien comparée à la souffrance qui la terrassait.

Comment avait-elle pu être aussi bête, pour penser que Gavin la voulait uniquement pour ce qu'elle était ?

— Idiote ! hurla-t-elle.

Le mot résonna entre les murs immaculés.

Au début, elle avait eu des soupçons. Des doutes. Elle était difficile, comme son père l'avait observé avec tant de sagacité.

Mais ses doutes et ses peurs s'étaient évanouis sous les baisers et les flatteries de Gavin. En moins de deux semaines, il l'avait conduite à l'autel. Tout cela en échange d'une substantielle récompense financière.

Elle se recroquevilla sur le sol.

Et maintenant ? Elle ne pouvait pas rentrer chez elle et affronter le père qui l'avait vendue comme une antiquité démodée dont il ne voulait plus dans sa collection.

Et elle ne pouvait certainement pas faire face à ses amis. Elle avait fièrement appelé chacun d'eux, depuis leur chambre à Sausalito, pour annoncer son nouveau statut de femme mariée. La plupart avait paru très surpris — et comment le leur reprocher ? Manifestement, aucun homme sain d'esprit n'épouserait cette bonne vieille Bree Kincannon à moins qu'il n'y ait une tentante prime en jeu.

Les collègues de Gavin étaient-ils au courant ?

Non. C'était peu probable. Ce devait être un marché privé entre son père et lui. Ce n'était pas le genre de choses dont on se vantait. Epouser une femme pour de l'argent était… sordide, à tout le moins, selon les valeurs d'aujourd'hui.

Elle enroula les bras autour de ses jambes repliées. Selon toute vraisemblance, elle était la seule au courant, en dehors de Gavin et de son père, bien sûr.

Désormais, elle devrait vivre avec cet horrible secret.

Les larmes roulèrent sur ses joues et éclatèrent en taches sombres sur sa robe de soie verte. Celle qu'elle avait achetée pour faire ressortir le vert de ses… lentilles de contact.

Dire qu'elle avait laissé Ella la relooker et la convaincre qu'elle pourrait attirer un homme comme Gavin, alors que tout ce temps…

Soudain, une pensée terrifiante lui traversa l'esprit. Et si Ella était aussi dans le coup, cette fameuse amie « instantanée » qui aurait dû éveiller ses soupçons si elle s'était montrée plus futée. Gavin lui avait-il demandé de transformer sa future épouse mal fagotée en une femme élégante, qui ne lui ferait pas honte en public ?

Elle se mordilla le doigt. Cela semblait logique, songea-t-elle en mâchonnant son index. C'était Gavin qui l'avait présentée à Ella, cela faisait sans doute partie de son plan. Elle empoigna le téléphone, et ne fut pas surprise de voir le nom d'Ella à la mémoire. Elle appuya sur le bouton correspondant à son numéro et se leva, furieuse.

— Ella Linton.

— C'est Bree, dit-elle d'une voix râpeuse.

— Bree ? Comment vas-tu ?

— Comment je vais ?

Elle fit les cent pas, en tentant de ne pas se laisser submerger par sa colère.

— Voyons voir. Je viens de découvrir que mon nouveau mari m'a épousée pour de l'argent. Comment crois-tu que je devrais me sentir ?

— Quoi ? s'exclama Ella avec une surprise feinte.

— Ne fais pas comme si tu n'étais pas dans le coup ! hurla-t-elle, furieuse. Je sais pourquoi tu as consacré tant d'efforts à t'occuper de mes cheveux et à me trouver des vêtements plus seyants. C'est Gavin qui te l'a demandé.

— Je ne vois pas du tout de quoi tu parles. Est-ce que tu vas bien ? Tu sembles un peu…

— Folle ? suggéra Bree. Oui, je crois que tu as raison. Et, non, je ne vais pas bien. En fait, je ne me suis jamais sentie aussi mal de toute ma vie.

— Attends une minute, s'il te plaît.

Bree résista à l'envie de jeter le téléphone au sol. Mais bien sûr, elle ne se permettrait jamais de raccrocher au nez de quelqu'un — elle était trop bien élevée pour cela.

— Excuse-moi pour cette attente, dit Ella d'une voix essoufflée après quelques instants. Mon bureau est juste devant celui de Brock, et je ne pouvais pas te parler en privé. Je suis dans les toilettes maintenant. Et je ne vois toujours pas de quoi tu parles.

— Bien sûr que si, tu vois très bien. Je t'ai appelée moi-même de Sausalito pour t'annoncer la grande nouvelle.

Elle avait appuyé sur les deux derniers mots d'une voix pleine de fiel.

— Je sais, et je suis ravie pour vous deux.

— Pour quelle raison serais-tu si ravie ? Est-ce que tu touches une commission sur la prime ?

Comment ne pas imaginer les pires scénarios dans sa tête, alors que son univers venait de s'écrouler ?

— Quelle prime ? Calme-toi, Bree, j'ignore de quoi tu parles.

— Je parle de l'argent que mon père a payé à Gavin pour m'épouser.

Le silence qui s'ensuivit la laissa sonnée. A présent qu'elle avait énoncé la situation à voix haute à une autre personne, l'horrible réalité lui semblait littéralement intolérable. Elle regagna la chambre, où les draps étaient encore chauds et froissés de leurs ébats.

— Je n'y crois pas, dit Ella, l'air sincèrement choqué.

— Tu n'étais pas au courant ?

— Je te le jure. Je côtoie peut-être Gavin dans le cadre du travail, mais je ne le connais pas personnellement.

— Ton numéro est enregistré dans son téléphone.

— Mais c'est naturel car je suis l'assistante de Brock, protesta Ella. Il m'appelle tout le temps pour organiser ses rendez-vous.

— Alors, tu ne savais rien de tout cela ?

— Absolument rien, Bree.

— Tu ne m'as jamais menti ?

Un moment de silence s'ensuivit. La voix d'Ella était étouffée quand elle parla de nouveau.

— Pas sur ce sujet. J'étais sûre que Gavin t'aimait sincèrement. Où as-tu pêché l'idée qu'il avait reçu de l'argent ?

— Oh, dans le message que mon cher père a laissé à Gavin sur son répondeur.

— Bree, je suis navrée.

— Pourquoi semblais-tu si hésitante quand je t'ai demandé si tu m'avais menti ?

La pause qu'Ella marqua réveilla ses soupçons.

— J'ai un secret moi aussi, chuchota-t-elle. J'aimerais que ce ne soit pas le cas, car maintenant, les mensonges sont mon lot quotidien.

Un nouveau silence flotta dans l'air.

— J'ai une liaison avec mon patron.

— Avec Brock Maddox ? s'exclama Bree, sans chercher à dissimuler sa surprise.

— Oui. Ce n'était pas prévu, mais les choses sont arrivées, et maintenant… c'est compliqué. J'aimerais t'en dire plus, mais il vaut mieux que je m'abstienne.

— Sans blague.

Elle secoua la tête, en essayant de démêler le chaos de ses pensées.

— Est-ce que tu l'aimes ?

La question sans détour d'Ella la désarçonna.

— Non.

— Pas même un peu ?

— Je l'aimais à la folie jusqu'à il y a environ quatre minutes. Est-ce que ça te paraît plus clair ?

— Tu ne peux pas décider d'arrêter ou de te remettre à

aimer quelqu'un comme on appuie sur un interrupteur. Je suis bien placée pour le savoir.

Elle percevait le regret dans la voix d'Ella.

— Tu l'aimes sans doute encore quelque part, malgré ta colère et ta souffrance, supposa-t-elle.

— Je suis sûre que oui. Je suis assez stupide pour ça.

— Gavin est quelqu'un de bien. Il doit y avoir une explication. Peut-être que ce que tu as découvert ne devrait pas tout gâcher. Ce pourrait être un incident que vous pourriez surmonter.

— Le fait qu'il ait accepté de l'argent pour que mon père soit débarrassé de moi ? Ça fait beaucoup à surmonter !

— Pourquoi ne lui laisses-tu pas une chance ?

Le pouvait-elle ? Pourraient-ils de nouveau vivre heureux ensemble ?

De nouvelles larmes roulèrent sur ses joues.

— Ella, tu ne comprends pas. C'est exactement ce que j'ai redouté toute ma vie. J'ai toujours su que les hommes ne s'intéressaient à moi que pour l'argent que j'ai hérité de ma mère. Je suis tombée amoureuse de Gavin parce que j'étais sûre qu'il était différent. Mais il ne vaut pas mieux que les autres. Il est pire, en fait.

— Peut-être qu'il t'aime vraiment, indépendamment de ta fortune. Chaque fois que je l'ai vu te regarder, j'aurais pu jurer voir de l'adoration sur son visage. Je ne l'ai jamais vu comme ça avant, pourtant, comme tu peux l'imaginer, des tas de jolies femmes papillonnent autour de lui. Je pense vraiment qu'il t'aime.

Cette possibilité fit jaillir une lueur d'espoir, malgré elle.

— J'imagine qu'il y a une minuscule chance pour que tu aies raison.

— Il touche un très bon salaire, ainsi que des bonus — je le sais, parce que c'est moi qui enregistre les fiches de paie. Il n'a certainement pas eu besoin de t'épouser pour l'argent. Tu devrais tenter de découvrir ce qui se passe, avant de jeter aux orties ton ticket pour le bonheur. Parfois, la vie est plus compliquée qu'on ne le voudrait.

— Je ne suis pas sûre de pouvoir philosopher pour l'instant, mais je ne prendrai aucune décision précipitée. A tout le moins, je veux entendre sa version de l'histoire.

— Et peut-être que votre relation en ressortira grandie, quand vous aurez traversé cette épreuve.

— J'en doute fort, mais je vais essayer de garder l'esprit ouvert.

Elle passa une main dans ses cheveux emmêlés.

— Ne dis rien à personne.

— Promis. Fais-moi confiance, à cause de certaines circonstances malheureuses, je suis devenue très douée pour garder les secrets.

Bree reposa le téléphone sur sa base. Elle effaça soigneusement le message de son père, et essuya ses empreintes de la surface brillante, comme une criminelle, alors qu'elle était apparemment la seule innocente dans cette histoire.

Quand le téléphone sonna de nouveau, elle décrocha, terrifiée à l'idée de découvrir d'autres secrets choquants au sujet de son mari.

Son mari. Le mot qui l'avait emplie de tant de joie, quelques instants auparavant, l'emplissait à présent de tristesse et de douleur.

C'était l'hôtel de Sausalito. Leurs photos de mariage étaient prêtes, et leur avaient été envoyées par e-mail. Génial, des photos d'elle souriant comme une idiote, enamourée au bras d'un homme qui l'avait séduite uniquement pour engraisser son portefeuille.

La question était, comment allait-elle réagir quand Gavin rentrerait ce soir ?

7

Lorsque Bree entendit le bruit de la clé de Gavin dans la serrure, elle ferma les yeux un instant. Elle venait juste de se mettre du mascara, pour être sûre de ne pas pleurer au moment de la confrontation inévitable.

— Bonsoir, chérie.

Sa voix chaude résonna dans l'appartement.

— Bonsoir, répondit-elle d'un ton qu'elle voulait enjoué et enthousiaste, comme si elle ignorait qu'elle avait été épousée contre de l'argent frais. Comment était ta journée ?

— Plutôt bonne.

Il accrocha sa veste dans le placard puis vint vers elle en tendant les bras. Elle tenta de ne pas se raidir, et avança sur des jambes tremblantes.

— Comment était la tienne ? s'enquit-il.

— Excellente.

Drôle de terme pour décrire la pire journée de sa vie.

— J'ai fait des lasagnes pour le dîner, annonça-t-elle.

Elle se détourna avant qu'il ne puisse scruter son expression. Même si elle s'efforçait d'arborer un air serein.

— Génial. J'étais trop occupé pour déjeuner, alors c'est bien que nous n'ayons pas fait de projets pour ce soir.

— Un grand client chez Maddox ?

— En un sens.

Surprise par son ton amusé, elle se retourna.

— C'est-à-dire ?

— Je quitte l'agence.

Il affichait un sourire penaud que, quelques heures plus tôt, elle aurait trouvé adorable.

Elle se figea.

— Tu quittes Maddox Communications ?

Un million de dollars, cela ne suffisait pas pour prendre sa retraite. Pas à San Francisco, du moins. Peut-être projetait-il de lever le pied et de vivre à ses crochets ?

Elle se rendit dans la cuisine pour surveiller ses lasagnes. Le fait de cuisiner l'avait aidée à ne pas penser à Gavin cet après-midi. Elle pouvait encore se servir de ce prétexte pour reprendre ses esprits.

— Tu es choquée, n'est-ce pas ?

Il la suivit dans l'étroite cuisine couloir. Sa présence emplissait l'espace, et elle dut réprimer une bouffée de désir.

— Eh bien, oui. Je croyais que tu te plaisais là-bas.

Elle évita de le regarder, et s'employa à sortir le plat du four.

— C'était une bonne agence pour me faire un carnet d'adresses. Mais à présent, je suis prêt à voler de mes propres ailes.

Il s'approcha et glissa les bras autour de sa taille.

— Fais attention, l'avertit-elle. Le plat est chaud.

Elle tenta de se dégager, contrariée que son corps réagisse malgré elle.

— Dans ce cas, ne sois pas aussi irrésistible. Ce n'est pas loyal de porter une robe sexy et de ne pas me laisser te toucher.

Elle sentit l'excitation la gagner au contact de sa main sur sa hanche. Maudit soit-il, lui et cette stupide robe ! Une autre tenue qu'Ella l'avait convaincue d'acheter. L'étoffe de jersey bleu nuit collait à ses formes.

— Je ne veux pas me brûler.

« Je l'ai déjà été gravement aujourd'hui » voulait-elle crier.

— Très bien, je vais mettre la table.

— C'est déjà fait.

Elle avait tout prévu, jusque dans les moindres détails. Elle avait eu tout le temps pour cela, car elle avait perdu toute envie d'aller photographier des couples amoureux.

— Si tu t'asseyais ? C'est presque prêt.

Elle parvint à garder une voix calme, voire joyeuse. Qui eût cru qu'elle avait un tel talent de comédienne ?

Tandis qu'elle le servait en souriant, elle pouvait sentir son regard admiratif posé sur elle. Elle avait passé l'après-midi à se faire belle, afin qu'il ne voie pas qu'intérieurement, elle était en morceaux.

— Pour quelle raison tu démissionnes ?

Il sourit en prenant des airs de conspirateur.

— Pour fonder ma propre agence.

Elle déglutit, puis s'assit lourdement. Tout devenait clair à présent. Elle fit appel à une force intérieure dont elle espérait qu'elle était là, quelque part.

— Quel genre de société ?

— Ma propre agence de publicité. Une agence créative, à la pointe de la tendance, qui se spécialiserait dans les marques d'avant-garde.

Il la regardait avec des yeux confiants qui la mirent hors d'elle sans pour autant éteindre le désir qu'elle ressentait.

— N'est-ce pas risqué ? Ce doit être difficile de réunir la somme nécessaire à une telle entreprise.

Elle pencha la tête sur le côté, en s'efforçant de conserver une expression neutre. Mais elle avait fait mouche car le sourire de Gavin s'était effacé, ce qui lui procura une satisfaction amère.

— Oui, c'est sûr. Mais j'ai des années d'expérience derrière moi, et j'ai confiance en ma capacité à faire de cette aventure un succès.

Il lui prit la main, et elle le laissa faire.

— Avec toi à mes côtés, il est impossible que j'échoue.

Ses mots sonnaient creux. S'il les avait dits hier, elle en aurait certainement ressenti une immense fierté. Mais aujourd'hui, ils semblaient faux. Car ils n'étaient que mensonges.

Toutefois, en un sens, il avait dit la vérité. Il était difficile d'échouer avec le soutien d'un des investisseurs les plus réputés de San Francisco — un investisseur qui lui avait donné de l'argent pour le débarrasser de sa fille.

— Alors, tu emmènes avec toi des clients de chez Maddox ?

Il marqua un temps, la fourchette en suspens au-dessus de son assiette.

— J'aimerais beaucoup, mais ce ne serait pas loyal.

— Tu ne voudrais pas faire quoi que ce soit de contraire à l'éthique.

« Comme, par exemple, se marier pour de l'argent. »

— Mieux vaut faire les choses de façon honnête.

« Comme, par exemple, se marier pour l'argent. »

Si l'on remettait les choses en perspective, ce qu'il avait fait n'était pas si scandaleux. Elle était prête à parier que tous ses ancêtres s'étaient mariés pour des raisons financières. Cela expliquerait pourquoi il y avait tant d'argent sur son compte en banque. Mais… que faisait-elle ? Essayait-elle de lui trouver des excuses ?

— Où comptes-tu trouver des clients ?

— Il y en a certains qui ont quitté Maddox que j'ai l'intention d'aller voir. Lorsque je leur ai appris que j'allais fonder ma propre agence, ils ont semblé sérieusement intéressés.

— Oh ! Quand as-tu commencé à annoncer aux gens que tu fondais ton agence ?

Car cette information était de nature à lui rendre l'espoir. Peut-être qu'il réfléchissait à cette agence depuis longtemps, comme un projet qui n'avait rien à voir avec elle ou avec sa fortune. Peut-être avait-il lui aussi sa propre fortune.

Peut-être l'aimait-il vraiment.

N'était-ce pas pathétique, d'espérer encore ?

— Depuis quelques jours. C'est un projet de longue date, mais j'attendais que certaines choses se débloquent.

— Oh, je vois…

Elle enfonça sa fourchette dans une innocente feuille de laitue. C'était la fin de ses pathétiques espoirs.

— Comme c'est heureux qu'elles se soient finalement débloquées.

Elle lui lança un regard glacial. Mais il ne le remarqua même pas.

— C'est le rêve de toute une vie qui se réalise. Je rêve de fonder ma propre agence depuis que je suis petit. A l'époque, je ne savais pas que ce serait dans la publicité, mais c'est ce qui me fait vibrer.

A son grand désarroi, elle aussi sentait qu'il la faisait encore vibrer. Son excitation et son enthousiasme étaient contagieux. Elle voulait presque que son agence soit un grand succès, pour pouvoir revoir ce sourire conquérant sur ses traits fins.

Mais elle ne put résister à l'envie de le titiller encore un peu.

— Vibrer, c'est bien, mais qu'en sera-t-il des finances ? Est-ce que la situation sera difficile pendant les premiers temps ?

Il sembla surpris par sa question. Après tout, pourquoi une riche héritière poserait-elle des questions d'ordre financier à l'homme qu'elle aimait ? Ne pouvait-elle pas se contenter d'amener des sacs de lingots d'or ?

Il se cala sur sa chaise, l'air satisfait.

— J'ai un capital de départ conséquent. Suffisant pour louer de beaux bureaux, et payer des gens doués pendant au moins six mois, même si je n'ai pas de clients.

— Eh bien ! Tu as tout prévu, à ce que je vois.

— Un des meilleurs directeurs artistiques du pays est prêt à me rejoindre. Je suis sûr que tu aimeras Tom. Il fait aussi de la photo artistique — du collage, essentiellement. Il va amener avec lui quelques personnes clé de l'agence dans laquelle il est maintenant.

— Je parie qu'ils ne seront pas contents.

Il haussa les épaules.

— Le monde de la publicité est ainsi fait. Les agences se créent, fusionnent, gagnent des clients, perdent des clients. Cela fait partie du métier. Ce sont nos plus gros clients qui font notre valeur.

— Et qui espères-tu décrocher comme gros client ?

Il pencha la tête et lui lança un regard espiègle.

— Tu vas rire si je te le dis.

— Cela ne me ferait pas de mal de rire un peu.

Il hésita un instant.

— Non. Laisse-moi te faire la surprise quand je les aurai vraiment convaincus.

— Génial. J'adore les surprises.

Il ne sembla pas remarquer la pointe de sarcasme dans sa voix. Comment pouvait-il dîner avec elle de façon si anodine, alors que leur mariage n'était qu'une vaste mascarade ?

Comptait-il vraiment passer le reste de sa vie avec elle, ou était-elle un moyen temporaire d'assurer ses finances, le temps que son agence soit à flot ?

Lorsque ses affaires marcheraient, il la laisserait sans doute au bord de la route, et la remplacerait par une jolie blonde svelte, qui présenterait mieux qu'elle à son bras lors des cérémonies de récompenses.

A n'en pas douter, c'était exactement ce qu'il avait en tête.

Elle enfourna une bouchée de lasagnes pour contenir les jurons qui lui affluaient aux lèvres. Elle mourait d'envie de lui dire qu'elle était au courant, et qu'elle était écœurée qu'il l'ait manipulée ainsi. Pendant un instant, elle s'imagina se lever d'un bond et lui cracher au visage tout ce qu'elle avait sur le cœur. Ne serait-ce que pour mettre fin immédiatement à toute cette comédie, et observer sa réaction.

Mais le bon sens triompha. Si elle criait toute sa souffrance et son humiliation, cela ne ferait que lui donner du pouvoir sur elle. Il lui affirmerait sans doute qu'elle avait tort, qu'il l'aimait vraiment, et, comme une idiote qu'elle était, elle le croirait sans doute.

Non, elle avait un meilleur plan : elle le prendrait à son propre jeu. Elle lui ferait croire que tout se passait à merveille. Elle jouerait son rôle d'épouse épanouie pendant qu'il conquerrait le monde. Elle l'encouragerait et le soutiendrait, et ferait semblant de l'aimer et de l'admirer.

Puis, au moment où il s'y attendrait le moins, elle lui annoncerait qu'elle connaissait la vérité et elle le jetterait hors de sa vie.

— Tes lasagnes sont délicieuses, Bree.

— Merci, dit-elle en se forçant à afficher un grand sourire. Je les préfère avec une sauce béchamel plutôt qu'avec de la ricotta. Le goût est plus authentique, à mon avis.

— Je suis épaté qu'en plus de tous tes autres talents, tu sois aussi un vrai cordon-bleu.

— Oh, ce n'est pas grand-chose. J'aime cuisiner. Tu devrais me dire quels sont tes plats préférés, je te les préparerai.

Peut-être qu'ainsi, il tomberait réellement amoureux d'elle.

Ne disait-on pas que les bons petits plats étaient un bon moyen de conquérir le cœur d'un homme. Mais le meilleur moyen restait l'argent, bien sûr.

La vengeance serait douce, si Gavin tombait effectivement amoureux d'elle avant qu'elle ne brise ses rêves.

— J'adore les fruits de mer, dit-il. Et les barbecues. Nous devrions en installer un sur le balcon. J'y ferai griller des crevettes grises.

— J'en ai l'eau à la bouche. Peut-être que quand nous achèterons notre maison, nous pourrons installer une terrasse pour y dîner.

— J'adore cette idée. Nous pourrons inviter nos amis souvent.

Il se pencha en avant, l'air manifestement ravi par cette vision de leur futur.

Cela semblait agréable, en effet. Des amis réunis pour un repas décontracté sur la terrasse. Quel dommage que tout cela ne soit pas vrai. Tous deux se contentaient de jouer la comédie.

— Ta sauce salade est sensationnelle, dit-il avant d'en lécher une goutte sur sa fourchette, un geste qui la troubla bien malgré elle.

Comment pouvait-elle encore être attirée par lui ? se reprochait-elle silencieusement.

— C'est l'huile d'olive. Je l'achète directement à un producteur de Sonoma, qui a une oliveraie extraordinaire.

— Il faudra que nous y allions ensemble.

— Absolument.

— Cependant, il n'y a pas que l'huile. C'est aussi le mélange d'épices. Tu es vraiment douée.

— Oh, j'ai des tas de talents cachés.

Elle rejeta ses boucles bien dessinées en arrière et afficha un sourire faussement modeste.

— Tu n'as pas idée, ajouta-t-elle.

Elle-même était surprise d'avoir réussi à garder son calme jusqu'ici. Peut-être que ce mariage calamiteux allait lui permettre de découvrir de nouvelles facettes de sa personnalité, après tout.

Comme ce côté vindicatif qu'elle n'avait jamais soupçonné. Elle n'avait qu'une envie, exercer sa vengeance sur l'homme qui avait transformé son pire cauchemar en réalité.

Cette nuit-là, quand Gavin se plaqua contre elle sous la couette, elle se réjouit de ce contact, malgré elle. Il lui était presque impossible de ne pas le désirer. Son envie pulsait en elle comme une douleur incurable. Un jour plus tôt, elle aurait pu appeler cela de l'amour, mais maintenant, elle savait que ce n'était que de l'attirance physique.

Elle enroula les bras autour de son torse ferme et se laissa envahir par la douce chaleur de sa peau contre la sienne. Elle avait été si seule aujourd'hui. Quel mal y avait-il à coucher avec lui ? Cela ne l'empêcherait pas de le détester.

Tandis qu'ils ondulaient à l'unisson, elle se laissa porter par le plaisir qui montait inexorablement en elle. Des tas de couples couchaient ensemble sans éprouver de sentiments l'un pour l'autre, non ?

Et puis, si elle l'avait repoussé, il aurait eu des soupçons. De toute façon, elle n'en aurait pas eu la force.

Quand il l'embrassa, elle se surprit à lui rendre son baiser avec passion, incapable de résister. Lorsque l'orgasme la balaya, elle l'étreignit plus fort.

« Cela ne signifie rien, protesta son esprit par-dessus les pulsations qui bourdonnaient dans ses oreilles. Tu l'oublieras. »

Elle essaierait, en tout cas.

Gavin revêtit son plus beau costume pour une journée de rencontres décisives. Pour une raison inconnue, le fait d'être marié lui donnait un supplément de stabilité et le fait d'aller à la conquête du monde lui semblait facile. Il avait remarqué que Bree semblait un peu nerveuse ces derniers temps. Peut-être le lancement de son agence l'inquiétait-il ? Il espérait pouvoir bientôt la rassurer en gagnant des clients.

Bien entendu, il pourrait la rassurer sur-le-champ, en mentionnant le fait qu'il disposait d'un capital de départ substantiel, mais il n'était pas vraiment sûr de la façon dont elle réagirait si elle avait connaissance du marché qu'il avait passé avec son père.

La culpabilité le rongeait comme de l'acide. Il aurait aimé accomplir tout cela sans cet argent, mais on ne pouvait pas fonder une société sans capital.

Il se ferait pardonner en étant un mari dévoué.

Il l'embrassa après avoir mangé le délicieux petit déjeuner constitué de bacon, d'œufs et de petits pains frais qu'elle lui avait préparé. Il ignorait pour quelle raison, mais elle était sur son trente et un, dans une robe verte qui flattait sa silhouette.

— Tu es très belle, comme toujours. Je te verrai à la fête de ce soir.

Elle pencha la tête, ce qui fit tomber sa chevelure sur son épaule.

— Quelle fête ?

— Je croyais t'en avoir parlé. Maddox organise une grande fiesta ce soir, pour fêter le nouveau contrat avec Reynolds Automotive.

Une ombre passa sur son visage.

— Non, tu ne m'en avais rien dit.

— Eh bien, je n'étais pas vraiment certain de la façon dont Brock prendrait la nouvelle de mon départ. Peut-être ai-je cru être renvoyé, à l'heure qu'il est.

— Je suis surprise qu'il ne l'ait pas fait, s'étonna-t-elle.

— Il a dit qu'il me faisait confiance. Des choses étranges se passaient à l'agence ces derniers temps. Une taupe donnait des informations à la concurrence, et je l'ai aidé à résoudre les problèmes que cela a occasionnés. Je l'ai aussi aidé à décrocher le contrat Reynolds, alors il veut que j'avance encore sur le projet avant de partir.

— C'est bien d'avoir un patron qui a une si haute opinion de toi.

Il leva les yeux. Il avait presque cru déceler du sarcasme dans sa voix. Non, impossible. Son adorable sourire illuminait la pièce.

— Oui. Je suis sûr que certains pensent que je suis fou de partir, mais tout a une fin.

— Même un mariage ? dit-elle.

Ces mots lui avaient pour ainsi dire échappé. Elle le regarda directement dans les yeux, et il sentit sa pression monter légèrement. Peut-être que tous ces changements la rendaient anxieuse.

— Jusqu'à ce que la mort nous sépare, dit-il avec un petit sourire. C'est la seule limite naturelle que je vois.

Il l'embrassa sur la joue. S'était-elle raidie légèrement à son contact ?

Il regretta d'avoir à partir pour honorer le petit déjeuner d'affaires prévu avec le directeur marketing d'Argos Shoes, un contrat pour lequel il était prêt à tout. Même à prendre un deuxième petit déjeuner, car il n'avait pas voulu décevoir Bree en refusant le délicieux repas qu'elle lui avait préparé.

— La mort, oui, je suppose que tu as raison.

Il demeura perplexe en croisant le regard étrange qu'elle lui lança.

— J'espère que c'est encore très loin, mais on ne sait jamais, dit-elle.

— Je te trouve bien sinistre ce matin.

Elle haussa les épaules, ce qui eut pour effet de tendre sa robe sur ses seins généreux. Il étouffa la bouffée de désir qui le saisit.

— Et je ferais mieux d'y aller avant d'être distrait et de rater mon rendez-vous. A ce soir, mon amour.

Il l'embrassa puis se dirigea vers l'ascenseur. Si tout se passait bien aujourd'hui, sa nouvelle agence allait connaître un départ fulgurant, et il pourrait apaiser les craintes de Bree.

Bree s'affaissa contre la porte sitôt que Gavin l'eut refermée derrière lui. Elle n'avait pas réussi à cacher totalement ses émotions ce matin. Elle s'était maquillée, avait revêtu une jolie robe, et avait servi à Gavin un bon petit déjeuner en souriant comme un mannequin de plastique, mais apparemment, elle n'arrivait pas à masquer la souffrance et la peur qui affleuraient sous la surface lisse.

Le fait de faire l'amour — non, de coucher avec Gavin devait-elle plutôt dire — la veille au soir ne l'avait pas aidée.

Leur intimité ne lui rappelait que trop cruellement tout ce qu'elle perdrait lorsqu'elle le rayerait de sa vie. Elle avait été heureuse, seule, parce qu'elle n'avait jamais rien connu d'autre. A présent, elle était bien trop consciente de tous les plaisirs de la vie maritale qui allaient lui manquer.

Ali se frotta contre ses jambes.

— Je sais, princesse, c'est l'heure de ta piqûre. Tu es toujours mon premier amour. Je n'aurais pas dû demander plus de la vie.

Sa chatte de quinze ans marqua une pause, comme si elle approuvait.

Elle envoya valser les stupides escarpins qu'elle avait enfilés pour jouer les parfaites épouses. Comment s'était-elle laissé entraîner là-dedans ? Et voilà qu'elle devait jouer la comédie à une fête, devant tous les amis et collègues de Gavin ? Cette seule idée lui donnait envie de hurler.

Peut-être devrait-elle crier, en effet. Cela ne pouvait pas faire de mal. Ainsi, elle serait soulagée, et elle pourrait sourire comme une idiote toute la soirée, au bras de son menteur de mari.

Après le comportement de Bree ce matin, Gavin avait décidé de repasser la prendre, pour qu'ils puissent se rendre ensemble à la soirée. Il craignait qu'elle se sente submergée par sa nouvelle vie, et il se sentait coupable d'avoir annoncé son changement brutal de carrière si tôt après leur mariage. Il aurait dû lui laisser un peu plus de temps. Et étant donné que son départ irritait un certain nombre de ses collègues, il valait peut-être mieux qu'ils arrivent ensemble, pour qu'elle ne soit pas bombardée de questions.

— Tu es splendide, comme toujours, dit-il.

Il s'arrêta un instant sur le seuil pour l'admirer. Sa robe longue, aux fines bretelles noires et blanches, tombait parfaitement sur ses courbes.

— Merci. J'ai fait les boutiques aujourd'hui.

Il fronça les sourcils devant la dureté de son regard. Ou

peut-être était-ce juste son imagination ? Toute cette agitation dans sa vie professionnelle devait le rendre irritable.

Elle semblait plus grande que d'habitude. Il remarqua qu'elle portait des escarpins à talons aiguilles noirs et blancs, qui ajoutaient dix bons centimètres à sa taille déjà impressionnante.

— Heureusement que je mesure plus d'un mètre quatre-vingt-dix, sinon je resterais dans ton ombre, dit-il en souriant.

Elle lui rendit un sourire tendu.

— Maintenant que je suis mariée, je n'ai plus à m'inquiéter que personne ne danse avec moi à cause de ma grande taille.

— Bien vu.

Elle était vraiment magnifique. Sa stature accentuait son allure de déesse antique, surtout quand ses magnifiques boucles tombaient en cascade sur ses épaules. Elle avait sans doute passé des heures à se préparer.

Maintenant qu'il y songeait, elle s'était mise en beauté même la veille au soir, alors qu'ils avaient simplement dîné chez eux.

— Tu n'as pas à paraître si époustouflante en permanence, tu sais. Tu peux porter des vêtements dans lesquels tu te sens à l'aise.

Elle pencha la tête, ce qui fit tomber ses boucles sur un de ses seins.

— Penses-tu que je devrais porter la robe que j'avais le jour de notre rencontre ?

— D'accord, dit-il en souriant, peut-être pas celle-là. Mais je ne veux pas que tu penses devoir te mettre en frais tout le temps.

— Ce n'est pas un problème. Je m'habille comme j'en ai envie, dit-elle, le menton fièrement levé.

— Tant que c'est pour ton propre plaisir, cela me va.

Qui ne voudrait pas que sa femme ait l'air aussi fantastique ? Il ne comprenait pas pourquoi personne ne l'avait épousée avant lui. Son père était fou de penser qu'elle n'aurait pas trouvé de mari sans son aide.

Kincannon avait bel et bien procédé au transfert d'argent, en tout cas, sur le nouveau compte que lui-même avait ouvert à cet usage. Un million de dollars à son nom. La vie n'était-elle pas merveilleuse ?

Il tendit son bras à Bree, qui l'accepta avec élégance.

— Allons conquérir le monde, dit-il.

Dans le restaurant Iron Grille, au premier étage de l'immeuble Maddox, la musique résonnait, et les serveurs en queue-de-pie serpentaient entre les invités avec des plateaux de hors-d'œuvre.

— Gavin !

Il grimaça à la vue de Marissa. La jeune femme blonde se hâtait dans sa direction d'une démarche maladroite sur ses talons aiguilles.

— Allez, dis-moi, ça restera entre nous. Quels clients vas-tu voler, chéri ?

— Marissa, je crois que tu as déjà rencontré ma femme, Bree.

Marissa réussit l'exploit de la regarder de haut, alors que Bree la dépassait d'une bonne tête.

— Félicitations pour votre prise, chérie.

Puis elle reporta son regard pervers sur Gavin.

— Ou est-ce toi que je devrais féliciter, mon chou ? J'ai entendu dire que Bree était très riche.

Bree en resta bouche bée. Et lui aussi.

— Marissa, tu as de la chance d'être une designer de logos talentueuse, sinon personne ne te supporterait.

— C'est bien vrai ! dit-elle en souriant. Mais, dis-moi, qui vas-tu voler ? Ou est-ce que c'est toi l'infâme taupe que tout le monde traque depuis un an ?

S'il ne s'éloignait pas tout de suite de cette femme, il risquait de perdre son calme.

— Bree, allons prendre un verre. Je commence à en avoir besoin.

Bree semblait paniquée — ce qui n'était guère étonnant. Marissa provoquait souvent cette réaction chez les gens.

— Oh, va donc chercher ton verre, dit-elle en agitant sa main couverte de multiples bagues. Logan ne pense pas que tu sois la taupe, de toute façon. Il est bien placé pour le savoir.

La mention du deuxième employé qu'il appréciait le moins chez Maddox l'arrêta net.

— Logan ? Qu'est-ce qu'il a à voir avec tout ça ?

— Quoi, tu n'étais pas au courant ? dit-elle avec une moue joyeuse. Il n'est pas comptable pour deux sous. C'est un détective privé.

— Ça explique ses piètres compétences, observa-t-il, songeur. Est-ce que Brock l'a engagé pour trouver la source des fuites ?

Il n'arrivait pas à croire qu'il ait dû apprendre cela de la bouche de Marissa. Pourquoi Brock ne lui en avait-il rien dit ?

— Tout à fait, mon chou. Et à en juger par ton charmant air surpris, je vois qu'il ne t'a pas confié l'information. Tu étais sans doute sur la liste des suspects.

Elle lança à Bree un regard dédaigneux.

— Soyez prudente avec lui, ma chère. Ne vous fiez pas aux apparences.

Elle se tourna vers lui et lui fit un clin d'œil.

— Quoique, les apparences ne sont pas mal du tout.

Sur ces paroles, elle disparut dans la foule.

Bree la fixa.

— Brock devrait se débarrasser d'elle, commenta-t-il. Une commère comme elle peut être un danger pour l'agence.

— Comme peut l'être une taupe. De quoi voulait-elle parler ?

Elle ne souriait pas, et n'avait pas l'air du tout amusé.

— Quelqu'un vole les secrets de l'agence et les transmet à la concurrence. Ça dure depuis quelques mois, et personne ne sait qui est le coupable.

— On dirait que Brock t'a soupçonné.

Il lisait clairement de l'inquiétude — ou de la suspicion ? — dans ses yeux émeraude. Un mauvais pressentiment le saisit insidieusement.

— Je suppose qu'il a soupçonné tout le monde. Mais je peux te l'assurer, je préférerais mourir que de trahir mon employeur.

Elle hocha la tête et plissa les yeux.

— Je me demande s'il considère ton départ comme une trahison.

— Non. Les gens arrivent et partent sans arrêt dans ce métier. C'est la norme.

En guise de réponse, elle afficha un sourire tendu. Pensait-elle réellement qu'il était capable de trahir l'agence ? Que se passait-il avec elle ?

— Nous avons besoin d'un verre de vin, toi et moi, décida-t-il. Ou peut-être de champagne.

— Je suis bien de ton avis.

Il passa le reste de la soirée à assurer aux gens qu'il n'avait aucune intention de voler des clients à Maddox pour sa nouvelle agence. Certains étaient même surpris qu'il soit là. Tout le monde parlait du fait que Logan Emerson soit un détective privé, mais personne ne savait s'il avait découvert l'identité de l'espion.

A un moment, Ella prit Bree par la main et l'entraîna à l'extérieur après avoir expliqué à Gavin qu'elles sortaient pour une discussion entre filles, et qu'elle ramènerait Bree chez eux. Ce fut plutôt un soulagement pour lui, puisque Bree semblait inhabituellement tendue. En plus des rumeurs sur son départ et des chuchotements sur la taupe, la fête lui parut fatigante, pour une fois. Au bout de seulement une demi-heure, il monta dans les bureaux de Maddox pour emporter le reste de ses affaires. Il était plus que prêt à quitter Maddox Communications et à prendre un nouveau départ.

Au sixième étage, il sourit au vigile qui l'observait d'un air méfiant.

— Est-ce fermé ? J'ai besoin que vous m'ouvriez. J'ai rendu ma clé.

— M. Maddox m'a dit que vous passeriez. Il est là.

— Brock est dans son bureau ?

Etrange. Gavin avait remarqué son absence à la fête.

— Il est ici depuis le début de la soirée. Il m'a dit de m'assurer que personne ne le dérange à part vous. Et il a fait livrer une bouteille de whisky, ajouta-t-il d'un air entendu.

Que se passait-il ? Il allait vite le savoir.

Il poussa la porte et se dirigea vers le bureau de son ancien patron. La lumière filtrait par la porte entrouverte.

— Brock ?

— Entre.

A l'intérieur, il découvrit Brock assis dans son grand fauteuil de cuir, l'air hagard. Une sorte de tension flottait dans l'air.

— J'ignorais que mon départ aurait un effet aussi désastreux sur toi, plaisanta-t-il.

— Crois-moi, tu es le cadet de mes soucis.

— Tu sais que ce n'est pas moi l'espion, n'est-ce pas ?

Brock se frotta le visage.

— Crois-moi, j'aurais préféré que ce soit toi.

Gavin s'avança et prit une chaise.

— Tu connais son identité ?

— Oh, oui. Le détective privé que j'ai engagé a trouvé des preuves irréfutables.

Une expression étrange passa sur le visage de Brock.

— Le suspense est insoutenable.

— C'est Ella.

Gavin n'en crut pas ses oreilles.

— Ton assistante ?

— Tu connais une autre Ella ?

— Mais elle était à la soirée, à l'instant. Bree est partie avec elle.

Un élan de panique le saisit. Que se passait-il exactement ?

— Je ne lui ai pas encore dit que j'étais au courant, l'informa Brock.

— Pourquoi ?

— Parce que nous avons une liaison.

Brock avala une grande gorgée de whisky.

Gavin s'adossa à sa chaise.

— Bonté di…

— Qu'est-ce qui te surprend le plus ? Le fait que j'aie une liaison avec mon assistante, ou le fait qu'elle soit une espionne industrielle ?

Il fixa Gavin de son regard bleu perçant.

— Mais pourquoi ?

— Je te laisse le bénéfice du doute, et je vais supposer que tu me demandes pourquoi elle nous espionnait. Eh bien, tu ne vas jamais le croire. Ella est la petite-fille d'Athos Koteas.

Athos Koteas dirigeait l'agence Golden Gate Promotions, et était le plus grand rival de Maddox. Leur inimitié s'était renforcée ces derniers temps, depuis que la compétition pour décrocher les gros contrats s'était durcie.

— Tu penses vraiment qu'ils l'ont envoyée ici pour saboter ton agence ?

— J'en suis persuadé. Et j'ai été assez bête pour lui donner accès à tous nos fichiers, même les plus confidentiels, ainsi qu'à mon lit. Elle a passé des mois à saboter nos opérations et donné des informations à Golden Gate sur tous nos clients.

Gavin poussa un long soupir.

— Je suppose que tu vas la renvoyer.

— Pour l'instant, je n'ai pas la moindre idée de ce que je vais faire. On croit connaître quelqu'un, et puis…

Il passa la main sur son front.

Gavin marmonna un juron.

— Tu sais, j'ai présenté Ella à Bree. Elles ont même passé du temps ensemble pendant le week-end. A présent, je crains qu'elle n'ait entraîné Bree dans un plan douteux.

Peut-être était-ce pour cette raison que Bree semblait si tendue tout à l'heure.

— J'ignore quel genre de dommages elle a pu causer, et pendant tout ce temps je pensais…, commença Brock. J'ignore ce que je pensais. Les femmes ! Tu devrais être prudent, Gavin. On ne sait jamais vraiment ce qu'elles ont dans la tête.

8

Bree faisait les cent pas dans l'appartement quand Gavin arriva, peu avant minuit. Ella avait bien essayé de la consoler, et de la convaincre que Gavin méritait une seconde chance, mais pour l'instant, Bree souffrait trop pour prendre la moindre décision.

— Bonsoir, Bree.

Gavin ferma la porte derrière lui. Impérial dans son costume sombre, il était plus beau que jamais. Ce n'était pas juste.

— Bonsoir, Gavin.

Sa voix avait légèrement tremblé, aussi se força-t-elle à afficher un grand sourire.

— Comment s'est passée la fin de la soirée ?

— Très intéressante, dit-il, la mine sombre. De quoi avez-vous parlé au juste, Ella et toi ?

Elle se figea. Ella avait-elle dit à Gavin qu'elle était au courant du marché passé entre Gavin et son père ?

— Je te pose la question parce que Brock a découvert qu'Ella est la taupe de Maddox.

Il jeta sa veste sur une chaise puis avança vers elle.

— Quoi ? dit-elle, stupéfaite.

Soudain, la tête lui tournait. Le puzzle de sa nouvelle vie était en train de se disloquer, et elle n'avait plus toutes les pièces en main.

— Brock a engagé un détective privé. Il pistait les employés depuis des semaines, avec comme couverture un emploi de comptable. Un très mauvais comptable, soit dit en passant. Je ne cessais de me demander pourquoi Brock ne le renvoyait pas.

Il sortit un soda du réfrigérateur et l'ouvrit.

— Tu en veux un ?

— Non, parvint-elle à dire. Ella est une espionne ? s'exclama-t-elle d'une voix aiguë et stridente.

— J'ignore si elle a enfreint les lois, mais elle a certainement trahi la confiance de Brock.

— Mais ils sont…

Elle sentit son visage s'empourprer. Gavin ne connaissait peut-être pas la nature intime de la relation entre Ella et Brock.

— Amants. Il me l'a dit aussi. Peut-être que cela faisait partie de son plan. Elle l'a sans doute séduit pour qu'il ne pense pas à la soupçonner.

Elle recula en titubant jusqu'au canapé, et s'y laissa tomber lourdement. Porter des talons aiguilles en permanence, ce n'était guère indiqué quand le monde ne cessait de se dérober sous vos pieds. Elle cligna des yeux, et sentit les lentilles qu'elle n'ôtait jamais lui piquer les paupières. Il était difficile de jouer les femmes parfaites quand tous ceux que vous aimiez et à qui vous faisiez confiance s'avéraient être des menteurs.

Il approcha d'elle.

— Est-ce qu'elle t'a soutiré des informations ?

— Ella ?

Elle réfléchit un instant.

— Non, je ne crois pas. Quel genre d'informations aurait-elle pu vouloir ?

— Des informations sur Maddox, j'imagine.

— Comment aurais-je pu lui apprendre quoi que ce soit ? Je ne sais rien là-dessus.

Il fit les cent pas.

— Peut-être qu'elle veut des renseignements sur ma nouvelle agence. Je serai un concurrent plus sérieux pour Golden Gate Promotions. Est-ce qu'elle t'a posé des questions sur mes projets ?

— Non, et même si elle l'avait fait, je ne suis pas au courant non plus, dit-elle avec une pointe d'amertume qui sembla lui échapper.

Il ne lui avait parlé de ses grands projets qu'une fois sa « prime » encaissée.

— C'est vrai.

Il passa la main dans ses cheveux, et elle maudit la bouffée d'excitation qui l'envahit.

— De quel genre de choses avez-vous parlé ?

— Des histoires de filles.

De fait, elles n'avaient cessé de parler de lui, mais pas question de le lui avouer.

— Rien qui ne concerne le travail.

— Je suppose que c'est déjà ça.

Il prit une gorgée de soda.

— Laissons toute cette histoire derrière nous, et passons à des choses plus importantes.

Elle se redressa, en se demandant ce que ces choses pouvaient être.

— D'abord, nous ne nous sommes pas embrassés depuis que je suis rentré.

Avant qu'elle ne puisse protester, il l'avait prise dans ses bras, et la faisait tournoyer. Puis lui donna un baiser fougueux qui la fit fondre malgré elle.

Quand il recula pour la regarder, elle constata qu'il souriait. Ses seins se tendirent douloureusement, et une onde de chaleur l'envahit, avant de s'installer entre ses cuisses. Le cœur battant, elle se débattit pour qu'il la repose à terre.

Comment pouvait-elle être encore attirée par lui ? Par un homme qui ne se souciait pas le moins du monde d'elle.

Il la posa doucement sur ses talons.

— La vraie bonne nouvelle, c'est que j'ai décroché mon premier client. J'ai reçu le coup de fil pendant que j'étais à la soirée. Crieff Jewelers veut que je monte une campagne pour eux, destinée aux magazines les plus prestigieux.

— C'est fantastique !

Elle ne put s'empêcher d'éprouver une joie sincère. Comment était-ce possible, après tout ce qu'elle avait appris ?

— Tu as travaillé dur pour ça.

— Et j'aimerais que tu sois la photographe de cette campagne.

Elle sentit son cœur faire un bond.

— Tu plaisantes ?

— Pas du tout. Tu es une photographe de tout premier ordre.

Elle cligna des yeux. Admirait-il vraiment son travail, ou cela faisait-il juste partie de cette comédie ? Bien sûr, il ne se risquerait pas à lui confier son premier vrai client s'il ne pensait pas que son travail était à la hauteur.

A moins qu'il n'y ait pas de vrai client, et que ceci ne soit qu'une ruse pour l'amadouer.

Crieff Jewelers, tout de même. Ils étaient sans doute les joailliers les plus luxueux et les plus onéreux de toute la côte. Et leurs campagnes publicitaires étaient connues pour être particulièrement élégantes et accrocheuses. Des idées et des images commencèrent à danser dans son esprit.

Mais Gavin la voulait-il vraiment elle, ou voulait-il simplement des photos gratuites ? Elle allait vite le savoir.

— Je suis une professionnelle. Il faudra que tu me paies, dit-elle avec un sourire hautain.

Il sembla légèrement déconcerté, mais bien vite, il prit ses mains et les étreignit.

— Bien sûr que tu seras rémunérée. Dix mille pour la journée, et mille dollars supplémentaires pour chaque heure passée au-delà de 17 heures. C'est le tarif le plus élevé chez Maddox.

Il semblait vraiment tenir à ce qu'elle accepte.

— Dans ce cas, c'est d'accord.

Elle ne put s'empêcher de sourire. Il était difficile de ne pas se réjouir d'une telle offre. C'était une expérience nouvelle et inattendue à ajouter à son book, et, qui sait, peut-être une toute nouvelle direction pour sa jeune carrière.

Il posa un doux baiser sur sa bouche qui ne fit qu'ajouter au tourbillon de sensations contradictoires qui faisait rage en elle.

— Nous formons une grande équipe, chérie.

Elle sentit son cœur se serrer. Ils ne seraient une équipe que tant qu'elle pourrait continuer à jouer la comédie. Tôt ou tard, cette façade de félicité conjugale s'effondrerait, et elle ignorait comment elle allait se sauver de ce désastre. Gavin perdrait certainement toute envie de sourire quand elle causerait un scandale embarrassant en demandant le divorce — si toutefois, un divorce était nécessaire, après si peu de temps. Et il ne la paierait pas pour son travail, puisque son impitoyable père exigerait de récupérer son argent.

D'un bond elle se leva et courut dans la salle de bains comme si elle avait le diable aux trousses, car les larmes menaçaient de couler. Le pire, c'était qu'elle redoutait la perspective de blesser Gavin, et de briser ses rêves comme il avait détruit les siens. Elle essuya son mascara avec un mouchoir et prit une longue inspiration.

« Tu es censée te venger, tu te souviens ? »

Bree rayonnait d'excitation tandis que Gavin recevait ses clients dans le studio photo qu'ils avaient loué pour la journée. Les deux cadres de chez Crieff, un homme et une femme jeunes et branchés, avaient envoyé à Bree des clichés de certaines de leurs pièces. Quelques jours plus tard, elle leur avait fait parvenir des propositions d'idées, qu'ils avaient adorées. Deux mannequins élégants étaient assis à l'autre bout du studio, prêts à porter les bijoux sur les vêtements noirs et moulants que Bree avait empruntés à sa nouvelle boutique favorite. Le magasin avait été ravi de prêter son concours, peut-être parce que Bree leur avait acheté des tonnes de vêtements pour coller avec sa nouvelle image glamour.

La nouvelle assistante de Gavin passa avec un plateau de thé à la menthe, de citronnade fraîche et de café pendant qu'ils discutaient des idées de Bree. Elle se sentait étrangement détendue et professionnelle. Avoir Gavin à ses côtés, confiant et rayonnant, ne gâchait rien à la chose. Pourquoi fallait-il qu'il soit si… heureux ?

Mais, une fois encore, pourquoi ne le serait-il pas ? Son grand rêve était en train de se réaliser. Il était difficile de ne pas partager son enthousiasme, mais elle devait garder en tête qu'elle n'était qu'un pion dans son jeu.

Elle demanda à la coiffeuse et à la maquilleuse de préparer les mannequins, et prit cliché après cliché. Les résultats étaient fantastiques — exactement ce qu'elle avait espéré — surtout certaines photos en noir et blanc qu'elle avait prises avec une pellicule argentique, pour un effet plus artistique.

— C'est un génie. Où l'avez-vous trouvée ? demanda le cadre de chez Crieff à Gavin tandis qu'ils regardaient les épreuves sur un ordinateur portable.

— J'ai beaucoup de chance. C'est ma femme.

Il sourit à Bree. Elle ressentit une bouffée de fierté pendant un instant, avant de se souvenir pourquoi elle était son épouse — pour qu'il puisse être là, à recevoir des éloges de ses clients. Elle aurait préféré n'avoir jamais rien découvert. A cet instant, elle aurait été au comble du bonheur.

Au diable la vengeance ! Elle n'en pouvait plus de ces mensonges. Il était temps de dire la vérité à Gavin.

— Ils ont adoré les photos ! s'exclama Gavin pour la énième fois, tandis qu'ils marchaient le long de Market Street, au sortir de la séance photo.

Le soleil couchant illuminait les façades de pierres des immeubles.

— Oui. Ils semblaient assez contents, approuva-t-elle avec un sourire satisfait.

— Tu devrais vraiment envisager une carrière dans la photo publicitaire.

Il la serra contre lui. Ils marchaient bras dessus bras dessous, comme un couple parfaitement heureux.

— Je le ferai peut-être.

Mais pas avec lui, avait-elle décidé.

— Tu semblais vraiment apprécier ce défi. Tu as su exactement quoi dire aux mannequins pour qu'elles aient la bonne expression. Ce n'est pas donné à tout le monde, tu sais.

— C'était drôle. Je me verrais bien travailler pour des magazines de mode.

Et elle était sérieuse. Depuis qu'elle avait rencontré Gavin, elle avait de plus en plus confiance en elle et en ses capacités.

— Pour fêter cela, j'ai réservé dans mon nouveau restaurant préféré, Iago's.

Iago's était un établissement particulièrement chic, dont elle avait entendu parler par son père.

— Pourquoi pas ? Ça semble l'endroit parfait pour une grande agence publicitaire.

— Je me disais la même chose, dit-il avec un sourire chaleureux qui fit presque fondre — presque — sa résolution.

Elle se repassa le message téléphonique de son père dans sa tête. *Un million de petits billets verts.* Voilà ce sur quoi leur « histoire d'amour » reposait vraiment.

Il était temps de mettre son plan en action.

— Il faut que je rentre me changer.

— D'accord, nous avons trois quarts d'heure devant nous. J'avais prévu que tu voudrais te rafraîchir. Tu es toujours si élégante, dit-il en détaillant son tailleur-pantalon gris perle. Une vraie gravure de mode.

Elle, une gravure de mode ? Seulement depuis quelques semaines.

Un accès de panique la saisit quand elle se rendit compte qu'elle devait éloigner Gavin de l'appartement, pour pouvoir emballer ses affaires et mettre les chats dans leurs caisses.

— Gavin, tu veux bien me rendre un énorme service et passer prendre une boîte d'épreuves chez mon père pendant que je rentre me changer ?

Il lui faudrait trois bons quarts d'heure pour ce faire, et il n'aurait pas le temps de repasser chez eux.

— Donne-moi l'adresse du restaurant, je t'y retrouverai, dit-elle.

— D'accord.

Il sortit de sa poche une boîte d'allumettes noire, portant les coordonnées du restaurant, et la lui tendit.

Elle jeta un coup d'œil à l'adresse. Parfait, elle pourrait se garer dans le parking tout proche.

Elle inspira profondément pour se calmer.

— C'est une grande boîte en plastique bleu, à gauche de mon bureau. Je n'arrive pas à croire que je l'ai oubliée.

Elle n'avait pas vraiment besoin de cette boîte — une collection d'épreuves ratées. Tout ce dont elle avait besoin, c'était de temps pour préparer sa fuite. Peut-être que Gavin irait voir son père avant de repartir, et qu'ils se féliciteraient mutuellement pour la réussite de leur marché.

Mais bientôt, ils constateraient que leur minable petite combine avait lamentablement échoué.

Gavin l'escorta dans le restaurant le plus sélect de la ville. Des clients aisés, la plupart en tenue de soirée, étaient assis à des tables décorées de fleurs fraîches. Une lumière dorée filtrait par les fenêtres, qui offraient une jolie vue sur l'océan. La main posée au bas du dos de Bree, il la guida jusqu'à la meilleure table, située sur un petit balcon qui surplombait la baie.

— Tu dois avoir le bras long pour avoir eu cette table, chuchota-t-elle.

— Je ne veux que le meilleur pour ma merveilleuse épouse.

Elle sentit son estomac se nouer. Cette atmosphère de raffinement feutré n'était pas l'endroit idéal pour faire une scène. Peut-être qu'elle ferait mieux d'attendre qu'ils rentrent pour l'affronter.

Non, elle avait tout planifié. Sa voiture était chargée, et ses chats étaient tranquillement installés dans leurs caisses de transport. Elle avait laissé les vitres entrouvertes pour qu'ils aient assez d'air, et prévu des médicaments pour Ali et de la nourriture pour deux semaines.

Une bouffée d'angoisse l'envahit. Réussirait-elle vraiment à aller au bout de son projet ?

Elle prit une grande inspiration, ce qui eut pour effet de faire gonfler ses seins dans la robe verte si stylée qu'elle avait revêtue pour l'occasion. Elle tenait à ce qu'il garde une belle image d'elle, avant qu'elle ne fasse tomber le couperet sur ses plans bien préparés.

En parfait gentleman, comme à son habitude, il lui recula sa chaise. Elle s'installa et déplia sa serviette de lin sur ses genoux. Un serveur leur versa une coupe de champagne, et décrivit le plat du jour.

— Tu étais fantastique aujourd'hui, dit-il en la regardant avec admiration.

Si elle ne le connaissait pas si bien, elle aurait pu croire qu'il était sincère.

— Tu étais si à l'aise avec les clients. Certaines personnes sont très nerveuses en de telles circonstances.

— J'ai eu droit à un entraînement dès mon plus jeune âge.

En tant qu'héritière fortunée, elle avait appris à tenir une conversation avec toutes sortes de gens, des membres de la royauté aux employés, en même temps qu'elle avait appris l'alphabet.

— Cela sert, parfois.

— Et tu étais très calme, alors que nous savions tous que nous n'avions qu'une journée pour la séance photo.

— Je savais que nous y arriverions.

— J'aimerais qu'il y ait davantage de photographes comme toi dans le métier.

Il sourit et leva son verre. Pourquoi fallait-il qu'il soit si beau ?

Le sourire qu'elle lui offrit aurait dû être feint, pourtant il était bien réel. C'était plus fort qu'elle, tout simplement. Il était furieusement sympathique.

— Pourquoi, pour que tu puisses les engager à ma place ? plaisanta-t-elle.

— Pourquoi le ferais-je, alors que je peux travailler en famille ?

Il lui prit la main par-dessus la table.

— N'est-ce pas parfait ?

— Oui, c'est vraiment parfait, approuva-t-elle, en tentant de réprimer l'émotion qui l'étreignait.

Elle ne pouvait s'empêcher de penser que s'il avait le regard pétillant, c'était parce qu'il songeait à sa carrière, et non à elle. Tout était trop parfait pour être vrai.

Et, bien sûr, rien ne l'était.

Le serveur leur apporta des amuse-bouches élégamment présentés. Elle s'empara de sa fourchette, même si elle avait l'estomac trop noué pour avoir faim.

Elle ne pensait qu'à ce qu'elle comptait lui dire. Et le moment était venu. Maintenant. Elle devait le lui dire maintenant.

Mais comment le pourrait-elle, alors qu'il semblait si

heureux ? D'habitude, c'était elle qui jouait les médiatrices et calmait les conflits. Elle préférait apaiser les tensions et faire en sorte que tout le monde se sente bien — même si c'était à ses dépens. Elle était cette bonne vieille Bree, sur qui l'on pouvait toujours compter en cas de problème.

Ou du moins, c'est ce qu'elle avait été.

Avant que les rêves qu'elle avait ignorés avoir deviennent réalité, pour ensuite se briser en quelques jours, de la façon la plus cruelle et la plus douloureuse qui soit. C'est sous le coup de cette même douleur qu'elle se décida à agir.

— Gavin, quand exactement as-tu su que tu étais tombé amoureux de moi.

Elle vit une minuscule ride se former sur son front tandis qu'il semblait réfléchir intensément à sa question.

— Eh bien, quelle question intéressante.

— Etait-ce la première fois que tu m'as vue, dans cette affreuse robe grise, sans maquillage, et mal coiffée ?

Elle parvint à faire un petit sourire.

— Quand j'étais si nerveuse que j'arrivais à peine à parler ?

Il pencha la tête.

— Non, je ne pense pas que ce soit à ce moment-là.

— Alors, pourquoi m'as-tu invitée à danser ?

— Pourquoi pas ?

— Eh bien… — elle déglutit — c'est juste que les hommes ne m'invitent à danser que s'ils sont intéressés par ma fortune.

Elle le fixa d'un air sérieux.

— J'y suis habituée. Et avec toi, tout semblait différent.

— Parce qu'avec moi, *c'était* différent. C'est toi qui m'intéresses, pas ta fortune.

Il but une gorgée de champagne. L'espace d'une seconde, elle crut lire de l'embarras sur son visage.

— Je suis attiré par toi, pour ce que tu es.

Une intense douleur la vrilla. Comment pouvait-il garder un air aussi neutre alors qu'il proférait des mensonges aussi éhontés ?

— Mais tu as semblé davantage attiré une fois que… j'ai changé mon image.

— Je ne dirais pas cela.

Il se fendit d'un sourire charmant et contrit.

— D'accord, peut-être que oui. Tu es vraiment à tomber quand tu sors le grand jeu, Bree.

— Je le sais maintenant. Cependant, je devrais en attribuer tout le mérite à Ella. C'est elle qui a transformé la vieille fille frisée que j'étais en reine de beauté. Un peu comme la marraine de Cendrillon. Et j'ai même épousé le beau prince à la fin.

Il fronça les sourcils.

— Ella t'a transformée ? Qu'est-ce qu'elle mijote ? Depuis que Brock m'a appris que c'était elle l'espionne, je me méfie. Tu devrais être prudente, toi aussi. Tu ne lui as donné aucune information financière te concernant, n'est-ce pas ?

— Bien sûr que non.

« Il ne faudrait pas qu'elle mette la main sur la fortune que tu convoites toi-même. »

Elle sentit les larmes lui monter aux yeux, mais elle les refoula. Elle aurait tout le temps de pleurer plus tard.

— Mais je l'aimais bien, avoua-t-elle. Et je lui faisais confiance. Je suis quelqu'un qui fait confiance aux gens, ou du moins, je l'étais.

Sa voix se brisa sur ces mots.

— Ella a trahi ta confiance ?

Elle prit une inspiration tremblante.

— Non, pas Ella. Quelqu'un d'autre.

— Qui ?

Il se pencha en avant.

— Dis-moi simplement son nom, et j'irai lui régler son compte. Personne n'a le droit de te faire du mal.

Il la fixait avec intensité, comme pour la sonder.

— Toi.

Le mot sembla flotter dans l'air pendant un instant.

Il eut l'air dérouté.

— Je ne comprends pas.

— Ah, non ? Peut-être que tu comprendrais si je mentionnais un certain chiffre suivi de six zéros.

Il posa sa fourchette, sans la quitter des yeux, et passa la main dans ses cheveux.

— J'ai surpris un message téléphonique de mon père, sur ton répondeur, dans lequel il te remerciait de l'avoir débarrassé de moi — pour un prix conséquent, bien sûr, puisque, à l'évidence, personne ne voudrait se retrouver marié avec moi gratuitement.

Sa voix tremblait, mais elle se força à rester calme.

— Il m'a proposé de m'aider à monter ma propre affaire, dit Gavin. C'est un simple investissement de sa part.

Il eut la décence de ne pas avoir l'air effrayé.

— Ne me mens pas. J'ai entendu ce qu'il a dit, rétorqua-t-elle en élevant la voix. Il était surpris que tu aies réussi à me séduire si rapidement. D'habitude, je suis plus futée que ça.

Elle tenta de retirer sa bague de fiançailles et son alliance, mais elles restèrent coincées au niveau de sa phalange.

— Beaucoup d'hommes ont tourné autour de ma fortune en prétendant m'apprécier, alors en général, je les repère à des kilomètres. Toi, je dois le dire, tu étais différent. Beaucoup plus beau, pour commencer.

Elle lança un dernier regard à son visage harmonieux. Le genre de visage qu'elle aurait volontiers photographié et embrassé pour la vie entière — si ce n'était pas le visage d'un traître manipulateur.

— Parce que je *suis* différent. Je ne suis pas intéressé par ton argent.

— Mais tu l'as accepté, pourtant.

— C'était l'argent de ton père, se défendit-il d'une voix bourrue. Oui, je l'ai pris. Parce que je voulais fonder ma propre société. J'ai attendu longtemps, et j'ai subi des revers financiers qui ont rendu mon projet impossible, jusqu'à ce que ton père m'offre l'occasion de…

— De profiter d'une prime exceptionnelle si tu voulais bien épouser sa fille ?

Elle cligna des yeux pour empêcher les larmes de couler.

— A présent, je sais pourquoi tu étais si impatient de te marier. Pourquoi tu ne voulais pas de longues fiançailles, ni de faire-part dans les journaux, ni même un vrai mariage. Rien de tout cela ne t'importait, parce qu'il n'était pas du tout question de notre mariage — ou de nous. Il était uniquement question d'argent. Eh bien, sache je ne suis pas une marchandise à écouler, même pour un million de dollars.

Elle se leva et lui lança les bagues à la figure. Elles rebondirent sur la nappe avant de rouler au sol, tandis que sa chaise tombait.

Elle s'élança tant bien que mal vers la sortie, se cognant au passage contre une table et manquant emporter la nappe avec elle. Haletante, et en larmes, elle descendit les marches du perron.

Gavin ne l'avait pas suivie. Avait-elle espéré qu'il lui coure après, qu'il tente de la convaincre que tout cela n'était qu'un énorme malentendu ? Elle ne devrait pas être si naïve.

Dans la rue, il faisait presque nuit, et elle resta dans les ombres, loin des halos des réverbères, jusqu'à ce qu'elle parvienne à sa voiture, garée deux immeubles plus loin. Elle chercha nerveusement ses clés, et Ali et Faith l'accueillirent avec des miaulements et des ronronnements.

— Je suis là, mes chéries. Nous allons fuir ensemble.

Elle s'installa sur le siège de cuir froid, et démarra. Le cœur gros, elle se glissa dans la circulation encore dense et se dirigea vers l'autoroute.

Son mariage était fini.

Avec un peu de chance, elle ne reverrait plus jamais Gavin. Peut-être qu'un jour, elle parviendrait à l'oublier.

Non. Jamais elle ne l'oublierait. Comment oublier quelqu'un qui l'avait convaincue de l'épouser ?

Comment oublier la chaleur de ses bras quand il l'étreignait ? La caresse puissante de ses mains sur sa peau, ou la douceur de ses baisers ?

— Qu'il soit maudit !

Elle cogna son poing sur le volant. Pourquoi avait-il fallu qu'il lui fasse connaître des plaisirs qu'elle n'avait jamais osé espérer ? Il devrait payer pour ça.

D'ailleurs, il allait payer. Même s'il n'y avait pas de grand scandale.

Son père réclamerait qu'il lui rende son argent, c'était certain. Il n'allait pas payer un million de dollars pour un mariage qui avait duré moins d'un mois. Elliott Kincannon était un investisseur bien trop avisé pour cela.

L'agence de Gavin coulerait et, bientôt, il supplierait Brock de le reprendre dans son équipe.

A son grand désarroi, elle ressentit de la culpabilité. Tout au fond d'elle, elle voulait encore qu'il réussisse et qu'il soit heureux. Décidément, elle avait toujours été trop gentille.

Elle laissa échapper un cri de douleur.

Quelle idiote elle avait été de penser que quelqu'un pourrait l'aimer sincèrement.

9

Gavin suivit des yeux le trajet que firent les bagues en tombant. Légèrement hébété, il s'agenouilla pour les ramasser. Les paroles furieuses de Bree résonnaient dans sa tête.

Il repéra tout de suite la bague de sa grand-mère. Il la serra dans sa main et se rassit, soulagé.

Bree était partie. Il regarda autour de lui, mais c'était comme si elle s'était évaporée. Il se leva, tenant toujours le bijou dans sa main.

— Puis-je vous aider, monsieur ? lui demanda un serveur qui était arrivé en hâte.

— Où est-elle allée ?

— Votre compagne ?

— Oui !

Autour de lui, il ne voyait que des visages étrangers.

— Je crains de ne pas l'avoir vue partir.

Il se pencha et chuchota :

— Peut-être est-elle aux toilettes.

— Je ne crois pas. Mais je ferais mieux d'aller vérifier.

— Les entrées arrivent, monsieur.

— Non, je… je dois partir.

Les gens l'observaient. Il sortit de sa poche trois billets de cinquante dollars, en espérant que cela couvrirait les frais.

Et l'autre bague, bon sang ? Il s'agenouilla de nouveau et scruta le parquet. L'anneau gravé à leurs initiales avait atterri près d'un pied de table. Il le ramassa et le rangea dans sa poche avant de se relever.

— Y a-t-il un problème, monsieur ? s'enquit le chef de rang qui s'était approché, l'air soucieux.

— Non, aucun problème. Un empêchement de dernière minute.

Il s'éclaircit la gorge. Il sentait les regards curieux et entendait les murmures des clients autour de lui. Il glissa les billets dans la main du chef de rang et murmura :

— Gardez la monnaie.

Comme en pilotage automatique, il se dirigea vers la sortie. Dans la rue, il regarda des deux côtés. Aucun signe d'elle. Un frisson glacé le traversa. Pourquoi Bree était-elle si bouleversée ? Etait-ce si grave qu'il ait accepté... un investissement de la part de son père ?

Il passa la main dans ses cheveux. Bien sûr que c'était grave. Elle croyait qu'il l'avait épousée *uniquement* pour cette raison.

La culpabilité l'envahit, ainsi que la honte. Il avait vu les choses comme une succession d'événements positifs, menant à une heureuse issue pour toutes les personnes concernées. Mais il avait perdu de vue la façon dont tout avait commencé.

Comment le père de Bree allait-il réagir ? Savait-il que Bree était au courant de leur transaction ? Peut-être qu'il pourrait raisonner sa fille et éviter qu'elle ne cause de scandale. Ce ne serait bon pour personne.

Et si elle mettait fin à leur mariage, Kincannon pourrait exiger de récupérer son million.

Il s'arrêta net, en plein milieu de la route. Une voiture fit un écart pour l'éviter, et il bondit vers le trottoir. Il avait déjà dépensé une bonne partie de l'argent pour louer ses nouveaux bureaux. Et octroyé une avance à l'entrepreneur qui rénovait la salle de conférences. Il ne pourrait même pas rendre l'argent...

Il marcha au hasard dans les rues éclairées par les réverbères. L'appartement n'était pas loin, aussi n'avait-il pas pris sa voiture. Bree et lui aimaient leurs balades nocturnes, après un dîner ou un vernissage. Elle en savait beaucoup sur l'architecture et l'histoire de la ville, et lui montrait souvent des coins intéressants qu'il n'avait jamais remarqués auparavant. Il avait l'impression que la ville avait pris vie depuis qu'il avait rencontré Bree.

Un pincement de regret le saisit. Comme c'était affreux

qu'elle ait découvert la vérité de cette façon ! Elle avait dû être anéantie en écoutant le message de son père. Si seulement il pouvait la retrouver, et lui expliquer que c'était à elle qu'il tenait, et non à sa fortune.

L'ascenseur sembla s'élever à la vitesse d'un escargot jusqu'à leur appartement. Et si elle était déjà partie ? Il lui faudrait aller la chercher chez son père, et il n'avait pas très envie de voir son beau-père, s'il y avait un parfum de scandale dans l'air. Néanmoins, inutile de paniquer. Il retrouverait Bree, lui dirait qu'il l'aimait, et tout irait bien. Il l'espérait, en tout cas.

Par délicatesse, il frappa à la porte, car c'était aussi l'appartement de Bree, à présent. Il ne voulait pas entrer brusquement si elle était en train de pleurer.

Pas de réponse. Il glissa sa clé dans la serrure et ouvrit doucement la porte.

— Bree ?

L'appartement était plongé dans l'obscurité. Il alluma la lumière et attendit que les ombres des chats apparaissent, comme à leur habitude.

— Faith ? Ali ?

Un froid glacial l'envahit. Les chats étaient partis aussi. Il était impossible que Bree ait eu le temps de revenir et de se préparer, donc elle avait dû prévoir son départ. Il alla jusqu'à son placard et l'ouvrit d'un grand geste. A sa grande surprise, il était encore plein de vêtements, la plupart portant encore leurs étiquettes.

Ce qui signifiait qu'elle n'était pas partie pour de bon.

A moins qu'elle n'ait décidé d'abandonner son nouveau look en même temps que son mari.

En proie à l'inquiétude, il retourna dans le parking. Il fallait qu'il se rende chez Kincannon pour reconquérir son épouse. Et il fallait qu'il y aille avant que le vieil homme apprenne leur rupture par quelqu'un d'autre.

D'habitude, Bree conduisait lentement, mais cette fois, elle eut toutes les peines du monde à ne pas accélérer sur l'autoroute. Les phares des voitures dans la voie opposée dansaient comme des lucioles dans le noir, l'éblouissant et ajoutant à son esprit déjà confus. Elle ralentit quand une légère bruine brouilla le pare-brise. Au même moment, son téléphone sonna.

Gavin, sans doute. Elle laissa sonner, pour qu'il tombe sur son répondeur. Mais le téléphone sonna encore. Et encore. Au point qu'Ali commença à pousser des miaulements de protestation.

— Ce n'est rien, ma chérie, fit Bree. Nous allons nous arrêter, et je dirai à ce crétin de cesser de nous harceler.

Elle s'arrêta dans une station-service et prit l'appel, qui devait sans doute être le sixième.

— Arrête de m'appeler, je ne veux pas…

— Bree, c'est moi, Ella.

Elle se raidit aussitôt.

— Qu'est-ce que tu veux ? dit-elle d'une voix dure.

A présent qu'elle savait qu'Ella était une sorte d'espionne industrielle, elle voyait son amie sous un jour totalement différent.

— Vas-tu dire à Gavin où je vais ?

Elle avait parlé de son plan à Ella, après la soirée, avant d'apprendre qu'elle aussi était une menteuse de la pire espèce.

— Je pense toujours que tu devrais réfléchir, dit Ella. Quand comptes-tu partir ?

— Je suis déjà partie, l'informa-t-elle avec une triste satisfaction. A l'heure où je te parle, je suis sur la route.

— Tu vas toujours à Napa ?

— Je regrette vraiment de t'avoir révélé mes projets, puisque j'ai appris que tu étais une espionne.

— Quoi ?

— Ne fais pas l'innocente. Le détective de Brock a tout découvert.

Un silence s'ensuivit au bout de la ligne.

— Et je me demande encore si Gavin t'a demandé de me faire un relooking pour que je sois plus jolie à son bras, une fois qu'il m'aurait épousée pour ma fortune.

Elle était fière que sa voix n'ait pas tremblé.

— Il n'avait rien à voir avec cela, je te le jure, soutint Ella. Je suis d'accord, c'est un peu suspect d'accepter de l'argent de ton père, mais c'est un homme, tu sais.

— Eh bien, je n'ai pas besoin d'un homme, alors. Je me débrouillais très bien seule, jusqu'à maintenant. Et je vais me débarrasser de ces fichues lentilles de contact, aussi.

Elle retira aussitôt la lentille de gauche et la jeta sur le siège arrière. Sa vue était trouble à présent, ce qui était normal, mais rendait la conduite dangereuse.

Dans la boîte à gants, elle fut soulagée de trouver sa bonne vieille paire de lunettes de secours. Elle jeta la seconde lentille sur le sol de l'habitacle, puis enfila ses lunettes aux épaisses montures.

— Je pense que nombre des changements que j'ai faits récemment ne m'ont rien apporté de bon. Et où avais-tu la tête d'avoir une liaison avec Brock Maddox ? C'est ton patron, et en plus, tu l'espionnes.

— C'est compliqué, murmura-t-elle d'une voix à peine audible. J'aimerais pouvoir t'expliquer, mais…

— Ne prends pas cette peine. J'ai assez de problèmes de mon côté.

Elle glissa la main dans ses boucles emmêlées.

— Le pire, c'est que je me sens coupable.

Elle avait peine à croire qu'elle se confiait à Ella, malgré tout ce qu'elle savait à son sujet, mais apparemment, c'était plus fort qu'elle.

— Pourquoi ?

— Parce que je gâche le rêve de Gavin d'ouvrir sa propre agence. Mon père va récupérer son argent, et tout s'écroulera.

— A ta place, je ne m'inquiéterais pas trop pour lui. Il retombera sur ses pattes. Les hommes comme lui se débrouillent toujours.

— Tu sembles parler d'expérience.

— Crois-moi, c'est le cas. Que vas-tu faire ?

— Aucune idée.

Et même si elle avait su, elle n'aurait rien dit à Ella. Elle avait cru trouver une nouvelle amie, mais Ella s'était avérée être encore plus machiavélique que son mari.

Son mari. Un bien grand mot.

— La première chose que je vais faire, c'est obtenir l'annulation du mariage ou le déclarer nul et non avenu — enfin, ce qu'on fait après un mariage éclair. Je ne dois pas être la seule mariée en Californie qui ait ouvert les yeux au lendemain de ses noces.

— Je pense toujours que tu as tort d'abandonner Gavin.

— Ella, qu'un homme m'épouse pour l'argent, c'est exactement ce que je redoutais depuis toute petite. Je ne peux tout simplement pas le lui pardonner.

— J'imagine que nous avons tous nos problèmes.

— C'est bien vrai.

— Mais n'oublie pas de mettre du baume coiffant. Ça fait une grande différence, non ? dit-elle d'une voix qu'elle voulait légère.

— J'admets que oui. Mais est-ce que ça m'a rendue plus heureuse ?

Elle laissa échapper un rire sans joie.

— Je crois que j'étais mieux avec mes cheveux en bataille. Et sur ce, je te laisse, j'ai une évasion à réussir et deux chats affamés à nourrir.

Elle raccrocha avant qu'Ella ne puisse protester et éteignit son téléphone. Non pas que Gavin ait appelé. Il ne se souciait sans doute pas assez d'elle pour partir à sa recherche. Il était probablement en train d'essayer de trouver un moyen pour conserver l'argent — puisque c'était la seule chose qui l'intéressait, depuis le début. Il était peut-être chez son père, en train d'essayer de renverser la situation. Qui sait ? Peut-être y arriverait-il. Avec son père, elle était toujours passée en second, après sa carrière. Il ne s'en était d'ailleurs jamais caché.

Elle essuya la soudaine buée sur ses verres avant de reprendre la route. Au moins, à Napa, elle serait loin de tout et de tout le monde, et elle pourrait prendre des décisions à tête reposée. Peut-être qu'elle quitterait San Francisco. Tout le monde en ville rirait d'elle quand le scandale éclaterait. C'était déjà assez terrible d'être une héritière au physique ingrat. Mais une héritière piégée par un coureur de dot… c'était plus qu'elle n'en pouvait supporter. Peut-être qu'elle allait simplement vivre dans les collines de la vallée, comme un ermite.

Les ermites avaient parfois des chats, non ?

Gavin se gara devant la maison des Kincannon. Il distinguait de la lumière au rez-de-chaussée, mais au dernier étage, dans les quartiers de Bree, tout était sombre. Peut-être était-elle avec son père ?

Il approcha de la porte d'entrée de bois sculpté. Il fallait absolument qu'il explique à Bree qu'il tenait à elle, et non à son argent.

La porte s'ouvrit avec un grincement, et il fut plutôt surpris de voir Elliott Kincannon en personne, vêtu d'une veste de smoking tel un aristocrate du XIXe siècle.

— Ah, Gavin, dit-il en lui faisant signe d'entrer. Comment se passent les choses avec Bree ?

Donc, il n'était pas au courant.

— Pas très bien, je le crains. Elle a découvert notre… arrangement.

— Elle était remuée, j'imagine ?

Elliott le conduisit le long du couloir de marbre blanc et noir, bordé de colonnes de bois et de portraits à l'huile.

— Je suis certain qu'elle s'en remettra.

Gavin prit une profonde inspiration. L'attitude désinvolte du vieil homme le contrariait. Mais il était également en colère contre lui-même. N'avait-il pas, lui aussi, supposé qu'il la retrouverait rapidement et qu'il la convaincrait de revenir ? Or, il ignorait toujours où elle se trouvait, songea-t-il, de nouveau tenaillé par l'inquiétude.

— Est-ce qu'elle est ici ?

— Ici ? dit Elliott en pivotant sur ses talons, les sourcils froncés. Non, évidemment. Elle vit avec vous désormais. Je suppose qu'elle est confortablement installée dans votre appartement.

— Nous étions en train de dîner chez Iago's lorsqu'elle m'a avoué avoir découvert la vérité, et elle est partie. Elle avait l'air vraiment bouleversée.

Il fourra les mains dans ses poches. Il était en train de perdre du temps à discuter, alors qu'il devrait déjà être à sa recherche.

Le regard de Kincannon se durcit.

— Chez Iago's ? J'espère qu'elle n'a pas fait de scène.

— Elle m'a jeté ses bagues au visage.

Cela lui procurait un plaisir amer de lui avouer cela. La froide nonchalance de Kincannon lui tapait sur les nerfs.

— Ensuite, elle est partie en courant.

Le père de Bree sembla horrifié.

— Les gens l'ont sans doute vue faire.

— J'en suis certain.

— La nouvelle pourrait s'ébruiter. Et le nom de la famille pourrait être traîné dans la boue.

Eh bien ! Comment Bree avait-elle pu survivre les vingt-neuf premières années de sa vie avec cet homme ?

— J'espérais qu'elle serait à l'appartement, mais elle est partie, et les chats aussi. Je croyais qu'elle pourrait être chez vous.

— Eh bien, non. Et elle ne serait pas la bienvenue si elle se montrait ici. Une femme mariée doit être auprès de son époux. Vous devez la retrouver immédiatement, avant qu'un scandale n'éclate.

— Je m'y emploie. Avez-vous la moindre idée de l'endroit où elle pourrait être ?

Un sentiment oppressant l'envahit. L'idée que Bree soit dehors, quelque part, bouleversée et furieuse, lui était insupportable.

— Où va-t-elle d'habitude pour se ressourcer ?

— Bree ne va jamais nulle part.

Kincannon avala une gorgée d'alcool ambre.

— Elle reste avec ses chats, ou s'occupe de ses petites œuvres de charité. Voilà pourquoi j'ai dû lui trouver un mari moi-même. Elle avait presque trente ans. Les gens commençaient à jaser.

— Bree est une femme exceptionnelle.

Il était indigné que Kincannon parle de façon aussi dédaigneuse de la femme qu'il aimait.

Oui, il l'aimait. Il n'y avait pas d'autre mot pour décrire le déferlement puissant d'émotions qui le submergeait à cet instant.

— Trouvez-la, et réglez les choses avant que les journaux n'apprennent cet incident. Je vois d'ici les ragots, si les gens pensent que j'ai payé pour marier ma propre fille.

— Même si c'est précisément ce que vous avez fait.

Une froide colère l'envahit. Il avait bien envie de lui jeter son million de dollars à la figure, mais ce n'était pas le moment. Il devait trouver Bree avant qu'elle ne quitte le pays. Avec les moyens illimités dont elle disposait, elle pouvait prendre un billet d'avion pour n'importe quelle destination. Et comment la retrouverait-il, alors ?

— Je vous appelle quand je l'aurai retrouvée.

Il prit la direction de la porte.

— Vous feriez mieux de la retrouver dès ce soir. Si je vois le moindre écho de tout ceci dans les journaux demain, je…

— Vous quoi ?

Il lui lança un regard noir. C'est à cause de cet homme si Bree s'était longtemps sentie complexée et insignifiante.

— Bree est la personne qui importe dans cette situation. Elle est bouleversée, et à juste titre. C'est ma faute, et je compte réparer mes torts.

Si, du moins, il parvenait à la retrouver.

Mais il n'y parvint pas. C'était comme si Bree s'était littéralement évanouie dans la nature. Il avait téléphoné à toutes les personnes de sa connaissance, et même à quelques personnes qu'il ne connaissait pas. Après quatre jours, il était au bord du désespoir.

Un ami d'université, Phil Darking, était éditeur dans le journal de la ville, et Gavin alla même le voir, au cas où il aurait entendu quelque ragot.

Phil eut le toupet de rire.

— Ta femme s'est fait la belle, et tu appelles les journaux pour savoir où elle est ? N'est-ce pas dans l'autre sens que cela marche d'habitude ? Et si je prenais cette histoire comme gros titre demain ? C'est une journée tranquille, tu sais, et un scoop de cette nature serait toujours bon à prendre.

— Tout ce que je veux, c'est la retrouver. Je suis vraiment inquiet, Phil.

— Tu penses qu'elle va sauter du Golden Gate Bridge ?

— Non, elle est bien trop intelligente pour ça.

Pourquoi les gens trouvaient-ils cela drôle ?

— Je l'aime, Phil. Elle ne le sait pas, et il faut que je le lui dise.

— Tu l'as épousée sans lui dire que tu l'aimais ?

— Si, je le lui ai dit, mais à présent, elle ne me croit pas. Elle pense que je l'ai épousée pour son argent.

— Ce qui serait tout à fait compréhensible. As-tu la moindre idée de l'étendue de sa fortune ?

— Je m'en fiche. Tout ce qui m'importe, c'est la récupérer. Je me fiche même de la maudite agence que j'ai mis cinq ans à mettre sur pied. J'enverrais tout aux orties, rien que pour revoir Bree, et je ne plaisante pas.

Et il était sincère, se rendit-il compte, sonné. Ces cinq ans de rêves et d'efforts n'étaient rien comparés à la perspective de passer sa vie sans elle. Elle était partie depuis quatre jours interminables. Quatre matins sans voir son sourire. Sans ses baisers. Quatre nuits sans l'étreindre. Il ne pourrait plus supporter son absence bien longtemps.

— Tu es vraiment mordu.

— Ne m'en parle pas. J'ai engagé un détective privé, j'ai appelé tous ceux qui la connaissaient, et j'ai rendu visite à tous ses proches. Je l'ai cherchée dans tous ses endroits préférés. Personne n'a la moindre idée de l'endroit où elle se trouve. Elle s'est volatilisée.

Il poussa un long soupir et leva les yeux vers son ami.

— Je ferais n'importe quoi pour la retrouver, Phil.

— N'importe quoi ? dit Phil avec un ton amusé.

— Absolument.

JE T'AIME. REVIENS-MOI.

Les grosses lettres capitales noires s'étalaient à la une du *San Francisco Examiner* et sur tous les présentoirs de la ville. Tandis qu'il marchait dans une rue animée, Gavin se sentait à la fois amusé, embarrassé et excité. Les producteurs d'une émission locale populaire l'avaient invité à venir raconter son histoire. A sa grande surprise, il s'était empressé d'accepter.

L'interview s'était déroulée le matin même.

— Oui, je crains d'avoir accepté de l'argent de mon beau-père. J'ai pris cela comme un investissement dans ma nouvelle société.

Il s'était éclairci la gorge et avait parlé dans le micro accroché à sa cravate. Les projecteurs chauds avaient fait perler la sueur sur son front et les trois caméras pointées droit sur lui ne l'avaient pas aidé à se sentir plus à l'aise.

— Pourtant, vous n'en avez rien dit à votre épouse.

La présentatrice blonde tirée à quatre épingles s'était penchée vers lui.

— Non, je ne le lui ai jamais dit. J'ai mal agi. Bree est ma femme, et nous ne devrions pas avoir de secrets l'un pour l'autre.

— Et elle a été blessée quand elle a découvert la vérité.

— Elle était anéantie, avait-il avoué d'une voix rauque d'émotion. Quand elle l'a su, elle a pensé que je ne l'avais épousée que pour l'argent, et que je ne tenais pas à elle.

— Est-ce vrai ?

Il s'était raidi, puis s'était avisé que c'était une question, et non une accusation.

— Rien ne pourrait être plus éloigné de la vérité. J'aime Bree. J'ai été sous le charme dès notre première rencontre. C'est une femme adorable, talentueuse, douce, brillante et drôle, et je veux passer le restant de mes jours avec elle.

— C'est un homme amoureux qui parle, on dirait, avait commenté le coprésentateur. Est-il exact que vous avez rendu l'argent ?

— Oui, jusqu'au dernier cent, avait-il fièrement annoncé.

Il avait procédé au transfert de fonds plus tôt dans la journée. Il avait largement puisé dans ses économies personnelles pour couvrir le montant qu'il avait déjà dépensé pour sa nouvelle agence. Il avait également envoyé un message personnel à Elliott Kincannon, en s'excusant de son rôle dans cette affaire et de toute cette agitation. Cela dit, il pensait que Kincannon méritait tous ces désagréments.

— Je travaille dur, et je suis suffisamment ambitieux pour subvenir aux besoins de Bree sans aide extérieure. Je le sais à présent. Que je puisse garder mon agence ou que je doive de nouveau travailler pour quelqu'un d'autre, je continuerai de faire de mon mieux pour mes clients. Depuis que j'ai rencontré Bree, j'ai changé de perspective. Le travail est toujours important pour moi, mais j'ai découvert les joies de la vie à deux. Jamais je n'ai été aussi heureux que je ne l'ai été durant ces dernières semaines avec Bree. Elle me manque plus que les mots ne peuvent le dire.

— Eh bien, s'était exclamée la présentatrice en lui tapotant la jambe. N'est-il pas charmant ? Je vous épouserais moi-même si vous n'étiez pas déjà fou de cette chanceuse jeune femme.

Elle s'était tournée vers une des caméras.

— Bree, revenez-lui, d'accord ?

Mais elle n'était pas revenue.

Depuis qu'elle était à Napa, Bree avait des courbatures au réveil. Sans doute parce qu'elle passait beaucoup de temps à marcher dans les collines, pour empêcher son esprit de se focaliser sur un certain homme manipulateur et fourbe.

Faith roula et s'étira sur les draps à côté d'elle.

— Bonjour, mon bébé.

Elle caressa la fourrure soyeuse de l'animal. Le soleil filtrait à travers les stores de la fenêtre, et illuminait les murs jaune pâle de la chambre coquette. Elle n'y était pas revenue depuis des années, mais elle était entretenue en son absence comme les autres pièces du domaine. Quand Bree était petite, sa mère adorait passer ses étés ici, et venait souvent assister aux vendanges. Autant que Bree s'en souvienne, son père n'était jamais venu avec elles, pas même une fois. C'était une des trente propriétés de la famille, et son père ne se souvenait peut-être même pas de son existence. Ce qui en faisait l'endroit parfait pour se terrer.

Pourtant, malgré le temps magnifique et le superbe cadre paisible, elle était encore dans un état lamentable.

Et tout était la faute de Gavin Spencer.

Dehors, elle entendit un bruit sourd.

Elle sortit du lit et alla ouvrir la porte d'entrée. Un paquet était sur le paillasson.

Du courrier ? Elle n'avait informé personne de sa présence en ces lieux. Excepté Ella, mais elle la voyait mal lui envoyer des lettres.

Elle ramassa l'enveloppe plastifiée, et l'ouvrit. A l'intérieur, elle découvrit un journal à scandales. Sur la première page, un message était noté sur un papier autocollant :

« Et regarde la chaîne info locale. »

Intriguée, elle retira le papier autocollant et lut le titre en une.

JE T'AIME. REVIENS-MOI.

Une lueur d'espoir jaillit en elle.

10

« Ne t'emballe pas. » Bree se réprimanda alors que les lettres en noir en blanc dansaient devant ses yeux.

« Ce n'est pas comme si Gavin te parlait. » Il était ridicule qu'elle ait même fait le lien avec lui.

Et pourtant, elle sentait renaître l'espoir quand elle retourna dans la maison et se mit en quête de ses lunettes. Elle les aperçut sur la table de chevet, et les prit d'une main tremblante. Elle les enfila et se mit à lire l'article.

« Tout San Francisco ne parle que de la mystérieuse disparition de l'héritière et jeune mariée, Bree Kincannon ».

Disparition ? On aurait dit que quelque chose lui était arrivé. Gavin avait-il des ennuis ?

« Elle a été aperçue pour la dernière fois jeudi, quand elle est partie après avoir annoncé à son mari qu'elle savait qu'il avait été payé pour l'épouser. »

Elle fut saisie de panique. Comment les journalistes étaient-ils au courant ?

« Apparemment, le père de Bree était si désireux de marier sa fille à un homme convenable qu'il a payé le jeune cadre dynamique un million de dollars pour se débarrasser d'elle. »

Bonté divine. C'était déjà assez terrible de vivre cette humiliation, mais que le monde entier soit au courant…

Les larmes lui piquaient les yeux. Qui serait assez cruel pour lui envoyer ça ?

Elle se rappela alors le message qui lui enjoignait de regarder la chaîne d'information. Son instinct d'auto-préservation lui intima de ne pas le faire. Voulait-elle vraiment voir sa vie raillée et disséquée à la télévision ?

Elle reprit sa lecture.

« Depuis son départ précipité, le mari de Bree, Gavin, est effondré. »

Elle approcha le journal plus près de ses yeux.

« Voulant désespérément retrouver sa femme, c'est lui-même qui est allé voir la presse pour demander de l'aide. »

Elle en resta sans voix. Mais se reprit bien vite. Bien sûr, Gavin ne voulait pas perdre son million, alors il devait la retrouver et la convaincre de changer d'avis avant que son père ne reprenne ses billes.

Elle poussa un long soupir et jeta le journal par terre. Même le gros titre, « JE T'AIME, REVIENS-MOI », prenait un sens totalement différent à la lumière de la grosse somme d'argent en jeu. Pour la plupart des gens, un million de dollars, cela valait la peine de subir un petit embarras médiatique. Et manifestement, Gavin était comme la plupart des gens.

Son père était sans doute en train de s'arracher les cheveux, lui qui détestait la publicité. Selon lui, le nom d'un homme devrait apparaître trois fois dans les journaux au cours de sa vie : pour l'annonce de sa naissance, celle de son mariage, et pour son avis de décès. Oh, et peut-être pour quelques fusions et acquisitions impressionnantes, de temps en temps. Mais certainement pas pour figurer dans un fait divers racoleur révélant qu'il avait payé quelqu'un pour épouser son vilain petit canard de fille.

La situation était tellement grotesque qu'elle aurait presque pu en rire. Ali se frotta contre sa jambe, et elle se pencha pour la caresser. Ce fut alors qu'elle vit le papier autocollant sur le sol.

— Je ne veux pas regarder la télé, Ali. Ce sera encore pire. N'insiste pas.

Cependant, elle jeta un regard furtif vers le petit téléviseur posé sur la commode.

— Je dois être masochiste, murmura-t-elle en l'allumant. Ou alors, je suis juste stupide. Je suis certaine qu'il y a des choses bien plus intéressantes que la fugue d'une héritière malheureuse.

La première chaîne locale montrait des gens en train d'avaler une boisson énergétique dans un spot publicitaire, la seconde proposait un match de boxe, et sur la troisième, on pouvait acheter deux bagues en zircone pour le prix d'une.

— Tu vois ? Personne ne se soucie de moi.

« Sauf Gavin. »

Les mots surgirent de quelque part dans sa conscience.

— Lui moins que les autres, dit-elle à haute voix.

Puis une pensée lui traversa l'esprit. Et si c'était lui qui avait apporté le journal ? Qui d'autre tiendrait à ce qu'elle ait son message ? Peut-être qu'il était là, dehors, tapi dans les rangées de vignes derrière la maison, prêt à la séduire de nouveau.

Jamais.

Elle croisa les bras sur la chemise à carreaux qu'elle avait trouvée dans le placard et qui devait sans doute appartenir à un employé de la maison.

Une énorme bague scintilla sur l'écran, et elle se demanda si la bague que Gavin lui avait offerte était bien un héritage de sa grand-mère, ou un faux qu'il avait acheté dans une émission de télé-achat. Quand on épousait une femme pour de l'argent, cela n'avait pas de sens d'investir dans un bijou de valeur.

C'était une jolie bague, cependant. Elle la revit en train de rouler sur le sol du restaurant, parmi les miettes de pain et les serviettes tombées. Elle avait encore du mal à croire qu'elle avait eu le courage de faire une scène. Elle avait été si bouleversée, si furieuse, qu'elle n'avait pas songé aux conséquences de ses actes. C'était sans doute autant sa faute que celle de Gavin si les journaux avaient eu vent de cette histoire.

La publicité sur les faux diamants fut suivie d'une autre pour un aspirateur. Puis, le logo du journal télévisé apparut.

« Eteins, maintenant ! »

Comme dans un mauvais rêve, elle se vit en train de marcher vers le téléviseur, mais ses pieds restèrent fermement plantés au sol.

— L'héritière Bree Kincannon demeure toujours introuvable, plus de cinq jours après sa douloureuse rupture avec son mari.

Une horrible photo d'elle jaillit sur l'écran. L'image datait d'au moins cinq ans, car elle reconnaissait l'affreuse robe de bal à motif écossais que sa tante l'avait convaincue de porter à quelques fêtes, cette année-là. Avec sa coiffure ridicule et son collier de grosses perles, elle ressemblait vraiment à une héritière en mal d'amour.

Et d'ailleurs, pourquoi l'appelait-on toujours « l'héritière » ? Pourquoi pas « la photographe Bree Kincannon », « l'habitante de San Francisco » ou une autre expression de ce genre ?

Ce flot de pensées s'interrompit instantanément au moment où Gavin apparut à l'image. Habillé, comme toujours, d'un costume sombre, il était d'une beauté époustouflante.

Elle laissa échapper un gémissement qu'elle se reprocha aussitôt. Au moins, personne n'était là pour l'entendre. C'était un des avantages de la vie d'ermite.

— Oui, dit Gavin en se penchant vers son micro, je suis inquiet. Elle est partie depuis presque une semaine. Personne n'a de nouvelles. Alors, bien sûr, je me fais du souci.

— Pensez-vous que son statut d'héritière la rend particulièrement vulnérable ?

Gavin sembla dérouté par la question.

Le journaliste se rapprocha de lui.

— Pensez-vous qu'elle ait pu être kidnappée ?

Il sembla surpris.

— Je ne pense pas, mais…

Il fronça les sourcils.

— Je suppose que nous ne pouvons exclure aucune piste

tant qu'elle ne sera pas revenue. C'est pourquoi je voudrais tant avoir de ses nouvelles et savoir où elle est.

Il passa la main dans ses cheveux, comme il le faisait quand il réfléchissait.

— Bree, où que tu sois, s'il te plaît, appelle-moi. Je ne suis rien sans toi. Tu es tout pour moi.

La photo disparut pour laisser place à une histoire de pingouins au zoo.

Bree resta un long moment figée devant l'écran, sonnée. Elle aurait pu jurer, en voyant l'expression de Gavin, qu'il avait pensé chaque mot. Son cœur battait si fort qu'il semblait prêt à éclater.

— Ne le laisse pas te faire ça ! cria-t-elle à voix haute.

Déjà, il l'avait transformée en une folle qui parlait toute seule. Mais… s'il pensait vraiment qu'elle avait été kidnappée, ou pire ? Elle ne voulait pas qu'il s'inquiète, tout de même.

Peut-être devrait-elle lui téléphoner et laisser un message.

Un message sur son téléphone. C'était ainsi que toute cette désastreuse histoire avait commencé. Pourquoi fallait-il que les choses prennent une tournure si dramatique ?

Le bruit de la sonnette la fit sursauter. Elle ne pouvait pas aller ouvrir maintenant, alors que ses joues étaient striées de larmes. Même si c'était juste le facteur, il l'avait peut-être vue à la télévision. A présent, elle ne pourrait même plus aller acheter des œufs sans que les gens la dévisagent, songea-t-elle en éteignant le poste d'un geste rageur.

De nouveau, on sonna à la porte, de manière insistante.

— Allez-vous-en, chuchota-t-elle, car elle n'avait pas envie qu'on l'entende.

— Bree !

La voix grave résonna dans la maison, jusque dans la chambre où elle se trouvait.

Gavin.

Soudain, l'air lui manqua, et elle se sentit chanceler.

« Ne réponds pas. Il ne peut pas te voir d'ici. Il va s'en aller. »

Mais tout son corps la brûlait, tant elle avait envie d'aller ouvrir.

— Bree tu es là ? C'est moi, Gavin.

Elle ferma les yeux, et retint sa respiration.

— Tu me manques terriblement.

Ses paroles résonnèrent dans la maison silencieuse.

— Je n'arrive plus à dormir depuis que tu es partie.

Elle joignit nerveusement les mains tandis que ces paroles s'imprimaient dans son cerveau. Elle non plus n'avait guère dormi. C'était difficile de dormir seule, lorsqu'on avait pris l'habitude d'avoir un corps chaud et musclé près de soi.

« Souviens-toi, c'est l'argent qu'il veut, pas toi. »

Elle resta fermement en place.

— J'ai rendu l'argent.

Elle leva la tête. L'avait-il vraiment fait ?

— Je ne le voulais plus. Je n'arrive pas à croire que je l'ai accepté un jour. J'étais si obnubilé par l'idée de fonder ma propre agence que je n'ai pas pensé à la façon dont tu prendrais la chose.

— Parce que tu ne pensais pas que je serais au courant.

Les mots lui avaient échappé de la bouche sans qu'elle puisse les arrêter.

— Bree, tu *es* là !

Il tourna la poignée de porte.

— Laisse-moi entrer, s'il te plaît. J'ai tant d'excuses à te faire.

La sincérité de sa voix la toucha malgré elle.

— Et si je n'ai pas envie de les entendre ? dit-elle faiblement.

Il lui fallut faire appel à toute sa volonté pour ne pas courir droit dans les bras de ce traître.

— Je suis heureux que tu sois saine et sauve, dit-il, manifestement soulagé.

Le mur entre eux lui sembla être une barrière insupportable. Elle se déplaça sur le plancher en prenant soin de ne pas faire de bruit dans ses chaussettes épaisses. Une fois dans le couloir, elle distingua derrière la porte ornée de verre dépoli l'ombre imposante de Gavin.

Elle marqua un temps d'hésitation. Une fois qu'elle aurait posé les yeux sur lui, elle pourrait bien oublier la raison.

— C'est mon père qui a exigé que tu lui rendes l'argent ?

— Non. Il a exigé que je te ramène *toi*. Et il ne semble pas connaître la signification du mot échec, ironisa-t-il.

— J'imagine que c'est pour ça que tu es là, alors, conclut-elle d'un ton placide.

— Non, je suis venu parce que je veux que tu reviennes. J'ai *besoin* que tu reviennes. Bree, jamais je n'aurais imaginé que mon bonheur puisse dépendre d'une autre personne. Depuis que tu es partie, je suis malheureux.

L'émotion perçait dans sa voix bourrue.

— S'il te plaît, ouvre-moi. Je crois que je ne pourrai pas supporter une autre seconde sans voir ton visage.

Elle fut à deux doigts de céder. Mais elle se souvint des traces de pleurs sur ses joues, de ses cheveux décoiffés, de sa chemise à carreaux, de son pantalon de jogging et de ses chaussettes disgracieuses.

— Je ne suis pas sûre que tu vas aimer ce que tu vas voir.

— Crois-moi, tant que c'est toi, ça me plaira.

— Je ne suis pas en beauté.

— Tant mieux. Le glamour en permanence, c'est un peu fatigant, plaisanta-t-il.

Elle marcha très lentement jusqu'à la porte, hésitant encore sur ce qu'elle allait faire. Ses pieds semblaient se mouvoir de leur propre chef, et le reste de son corps suivait. Quand elle atteignit la porte, elle posa la main sur la poignée, et marqua une pause.

Gavin était là, à moins d'un mètre. Elle distinguait sa grande silhouette de l'autre côté des vitres teintées, et elle pouvait presque sentir la chaleur de sa peau, même à travers le bois et le verre.

— Si je t'ouvre, tu promets de ne pas me toucher ?

Elle redoutait le pouvoir qu'il avait sur elle. Il était trop beau et trop séduisant. Et il pouvait convaincre n'importe qui de faire n'importe quoi. C'était son métier, après tout.

— Je mettrai mes mains dans mes poches. Ça te va ?

Elle déglutit et hocha la tête.

— Oui.

Elle tourna légèrement la poignée, et posa l'autre main sur la clé.

Le bruit du loquet la fit sursauter, et elle ouvrit très, très lentement. Le soleil de midi s'infiltra dans l'embrasure.

Comme promis, il se tenait debout avec les mains dans les poches. Elle leva lentement les yeux vers son visage, en s'attardant sur sa mâchoire anguleuse, sa bouche sensuelle, son nez affirmé.

Enfin, elle regarda ses yeux brillant d'espoir. Ses cheveux étaient décoiffés, et une boucle tombait sur son front. Il semblait plus beau que jamais. Le besoin de se blottir dans ses bras la submergea presque…

Mais elle résista.

— Mon père et toi avez mijoté ce plan avant que tu ne me rencontres, n'est-ce pas ?

Il baissa le regard, l'air penaud.

— C'est vrai.

— Qui en a eu l'idée ?

Il inspira, et elle regarda son torse musclé se soulever sous son T-shirt.

— Je crains que ce soit lui. D'abord, j'ai pensé qu'il plaisantait. On me l'a présenté au gala, et nous avons discuté de mes ambitions, de façon anodine. Puis il a commencé à me poser de plus en plus de questions personnelles — d'où je venais, dans quelle université j'avais étudié, ce que je voulais accomplir.

— Il voulait sans doute s'assurer que tes origines ne terniraient pas le nom des Kincannon, dit-elle d'un ton placide.

— Sans doute, dit-il avec un petit sourire. Je pense qu'il appréciait le fait que je descende d'une longue lignée de généraux.

— Les Kincannon étaient des gens belliqueux. Il y en a pour dire qu'ils le sont toujours.

Elle réprima un sourire.

— Donc, il t'a demandé de but en blanc si tu étais prêt à m'épouser en échange d'une certaine somme ?

Il fixa le sol.

— Oui. Encore une fois, j'ai pensé qu'il plaisantait. Ensuite, il m'a présenté à toi, et nous nous sommes bien entendus. Plus tard ce soir-là, ton père m'a assuré qu'il était parfaitement sérieux, et que j'avais pris un excellent départ.

Elle sentit son cœur se serrer.

— Sais-tu à quel point c'est humiliant pour moi ?

— Je peux comprendre maintenant que c'était totalement déplacé, mais à ce moment-là… je ne sais pas, cela semblait juste… vieux jeu. Comme ton père.

— Biblique, même. Une sorte de dot, observa-t-elle en plissant les yeux.

— Oui, avoua-t-il avec une grimace. Quelque chose comme ça. Je devine que l'idée de tout cet argent pour lancer ma propre société m'a fait oublier les aspects plus douteux de la situation.

Il poussa un soupir.

— Je suis vraiment, vraiment navré.

Elle sentit son cœur se serrer.

— Il ne faut pas. Des tas d'hommes seraient tentés de se marier si on leur promettait un million de dollars en échange. J'imagine que je devrais m'estimer chanceuse que mon père ait au moins choisi un homme séduisant.

— Je prends cela comme un compliment, dit-il avec un petit sourire.

— Oh, je t'en prie, tu sais très bien que tu es irrésistible.

Elle fit la moue et l'observa.

— Voilà pourquoi, à mon avis, tu semblais si sûr de parvenir à me séduire. Les femmes te mangent dans la main.

Il regarda ses poches.

— Pas à cet instant.

— Garde-les dans tes poches. Elles sont dangereuses.

Elle croisa les bras.

— Mais je suis contente de connaître enfin la vérité. Je parie que tu as eu peur, quand tu m'as vue pour la première fois. Tu t'attendais sans doute à une blonde svelte en robe noire sexy.

— Je suis très content que tu sois différente. Je préfère

les brunes pulpeuses, dit-il avec une lueur malicieuse dans le regard.

Elle sentit son cœur se mettre à palpiter, mais elle s'enjoignit à garder son calme.

— Pensais-tu vraiment, ce premier soir, que tu irais jusqu'au bout ?

— A dire vrai, je n'ai pas beaucoup réfléchi. J'ai juste apprécié notre danse, et je savais que j'avais envie de te revoir.

— Tu as été brillant. J'étais totalement sous le charme.

— Tu n'étais pas la seule à être charmée. J'ai su tout de suite que tu étais unique.

Elle déglutit.

— Je préfère que tu me dises la vérité.

— C'est la vérité, se défendit-il, l'air peiné. Même si j'ignore comment faire pour que tu me croies, après tout ce qui s'est passé. Tout ce que je peux dire, c'est que j'ai rendu l'argent, parce que j'ai compris que cela ne signifiait rien sans toi.

— Mais ton agence ? Est-ce que tu vas devoir la fermer ?

— C'est fort possible, dit-il avec un haussement d'épaules, mais de toute façon, je ne pourrais pas continuer si je devais te perdre.

Elle haussa un sourcil.

— Une chose est sûre, mon père exigera de récupérer son investissement si tu ne me ramènes pas dans le droit chemin.

— C'est sans importance à présent. Je ne veux pas de ce million. Plus jamais je n'accepterai d'argent de lui ou de quiconque, à moins de l'avoir gagné honnêtement.

Elle fut émue par son expression sincère.

— J'ai honte de moi, depuis que je me suis rendu compte à quel point je t'ai blessée. J'étais un idiot, et je ne peux maintenant qu'espérer que tu auras le cœur assez grand pour me pardonner.

— Je ne sais même plus où est mon cœur, et encore moins s'il est assez grand pour te pardonner. J'ai passé une semaine éprouvante.

— Moi aussi. J'étais au trente-sixième dessous, sans toi.

Son air sérieux la fit presque rire.

— Oh, je t'en prie, je suis sûr que tu étais bien trop occupé à charmer les clients potentiels pour te morfondre à mon sujet.

— Au contraire, j'étais bien trop occupé à essayer de te retrouver pour songer au travail. Je commençais à me dire que tu étais partie à l'étranger. C'est bien plus difficile de retrouver une héritière qu'une personne normale avec un travail à horaires fixes.

— Eh oui, dit-elle avec un soupir, je suis une pauvre petite fille riche qui pleure toutes les larmes de son corps dans sa luxueuse cachette de Napa. Ce n'est guère étonnant que la presse se moque de moi.

— Personne ne se moque de toi. En revanche, beaucoup de gens sont inquiets. J'ai reçu des appels du monde entier, dont certains très désagréables. Tu as de nombreux amis.

— Ah oui ?

— Indubitablement. Un type de Colombie était si furieux qu'il m'a menacé.

— Oh, dit-elle en souriant, c'est Pedro. Nous étions dans le même club de théâtre à l'université. Il est adorable.

— Et une fille de New York m'a passé un savon et m'a traité de goujat.

Elle rit.

— Ce doit être Lacey. Elle est très directe.

— Et ta tante Freda… Disons qu'elle ne mâche pas ses mots, elle non plus.

— Alors, tu dois être impatient de les rappeler pour leur annoncer que tu as retrouvé ma trace et que tout est rentré dans l'ordre.

— En fait, je me moque de ce qu'ils pensent de moi.

Il la fixa intensément.

— Une seule personne compte.

Elle vit ses mains remuer dans ses poches, comme si l'envie de la toucher le démangeait.

— Elle est ici, et c'est la personne la plus importante au monde pour moi.

Elle sentit Ali se frotter contre ses jambes.

— Attention, tu vas rendre Ali jalouse. Je doute qu'elle te laisse entrer.

Il regarda Ali.

— Allons, Ali, laisse-moi une chance.

L'animal leva la queue et retourna à l'intérieur.

— Eh bien, dit-elle. Cette réaction pourrait être interprétée de plusieurs façons.

— Je pense que ça veut dire « entre », en langage félin.

— Ou alors, « va au diable », dit-elle avec un sourire.

— Je ne peux pas lui en vouloir si c'est la deuxième solution, mais j'espère vraiment que tu seras plus indulgente.

Il regarda ses poches.

— Et que tu me laisseras sortir mes mains de mes poches.

— Bon, d'accord. Mais fais attention de ne pas les mettre n'importe où.

— Je m'assurerai qu'elles se comportent bien.

Enfin, il libéra ses mains et les plaça sagement sur ses flancs.

— Mais je te préviens, elles veulent désespérément te toucher.

Elle se mordilla la lèvre pour cacher un sourire.

— Je l'avoue, tu m'as manqué. Un peu.

— Juste un peu ?

Elle leva la main et mima une toute petite mesure entre son pouce et son index.

— Peut-être comme ça.

— Toi, tu m'as tellement manqué que j'ai encore mal, alors même que je suis là, avec toi.

— Je pourrais aller te chercher une aspirine.

— Un câlin, ce serait mieux.

Son sourire séducteur, légèrement arrogant, l'amusa et l'irrita à la fois. Gavin s'attendait à ce que son charme opère sur elle. Et bien sûr, il opérait.

— Tu n'as qu'à entrer. Je ne veux pas que les voisins te voient rôder dans le coin.

Il regarda par-dessus son épaule. Il n'y avait pas une seule maison à l'horizon.

— Tu as raison. Les corbeaux pourraient jaser.

— Or nous ne voudrions pas qu'ils racontent quoi que ce soit à la presse, n'est-ce pas ?

Lorsqu'il entra, elle frémit de la tête aux pieds. Sa présence puissante et masculine semblait emplir toute la pièce.

— Donc, tu attends de moi que je te pardonne.

Il la regarda droit dans les yeux.

— Je ne te demanderai pas ça. Je préférerais plutôt aller de l'avant. Je t'aime, Bree. Je sais que tu ne me croiras peut-être pas, après tout ce qui s'est passé, mais te perdre n'a fait que me rendre plus douloureusement sûr de mes sentiments pour toi. J'ai besoin de toi comme j'ai besoin de respirer. Sans toi, les jours sont mornes et sans intérêt. Même le travail ne me semble plus excitant, si tu n'es plus à mes côtés pour en partager les joies.

Elle sentit son cœur se gonfler d'espoir.

— Cette séance photo était assez drôle.

« Même si j'avais l'impression de devenir folle, à essayer de cacher ma douleur. »

— Tout ce que nous faisions ensemble était plaisant. Rien que le fait de prendre un café, de faire une balade, ou de regarder le soleil se lever depuis notre lit. Je veux regarder le lever de soleil avec toi, Bree. Demain, et tous les autres jours. Si tu veux bien m'accorder une autre chance.

Sa voix était teintée d'une émotion qui reflétait la sienne.

— Je suis navrée d'avoir jeté la bague de ta grand-mère.

— Ce n'est rien, je l'ai récupérée.

Il la sortit de sa poche.

— J'aimerais vraiment qu'elle retrouve sa place.

Elle remarqua avec une certaine satisfaction qu'il portait toujours son alliance.

Il suivit son regard.

— Je ne l'ai jamais enlevée, dit-il. Je sais que notre mariage a connu un début chaotique, mais je crois encore en nous, Bree. Je crois sincèrement que nous sommes faits l'un pour l'autre.

— Es-tu en train de dire que mon père est un devin ? plaisanta-t-elle, ne pouvant s'empêcher de le taquiner.

— Peut-être bien. Ce n'est pas pour rien qu'on le surnomme

le gourou dans les cercles financiers. Peut-être que sa prescience s'étend au-delà de la finance.

— Il doit être malade de tout ce tapage médiatique.

— Certainement, dit-il avec un haussement d'épaules. Mais je ne me suis pas soucié de lui. Je ne pensais qu'à une chose : te retrouver. Je suis navré si la presse t'a embarrassée, mais je voulais que tout le monde sache que je te cherchais.

— C'était assez rusé de ta part de m'envoyer ce journal pour m'amadouer.

— Je ne t'ai pas envoyé de journal, affirma-t-il, l'air surpris. J'ai juste conduit jusqu'ici, et je me suis présenté à ta porte.

— Comment savais-tu que j'étais là ?

De nouveau, il eut un air contrit.

— Par Ella.

— Ella ? s'exclama-t-elle. Je lui avais fait promettre de ne rien dire ! Evidemment, c'était avant que je ne découvre son secret. Je n'arrive pas à croire qu'elle te l'ait dit.

— Elle a eu pitié de moi. Et je lui en suis infiniment reconnaissant.

— C'est sans doute elle qui a envoyé le journal. J'ai fait l'erreur de lui dire dans quelle ville je serais. Elle semblait vraiment décidée à nous réunir. Pourquoi cela lui importe-t-il, je me le demande.

— Peut-être pense-t-elle que nous sommes faits l'un pour l'autre.

Il leva un regard prudent sur elle.

— Et elle ne serait pas la seule.

Elle observa son visage harmonieux, si empli d'espoir.

— Faits l'un pour l'autre, je ne sais pas. Néanmoins, je dois reconnaître que nous allons bien ensemble. Quelques pièces du puzzle se sont avérées avoir des échardes, mais j'imagine que nous pourrons les retirer ensemble.

Le regard assombri de désir, il esquissa un sourire.

— J'ai quelques idées sur la façon de procéder.

— Des promesses, toujours des promesses.

Elle avait les seins lourds, tout à coup, et déjà, son ventre se contractait de désir. Le seul fait d'être à côté de lui était dangereux. Mais c'était le genre de danger auquel elle ne voulait plus résister.

Elle fit un pas vers lui. Gavin semblait prêt à la dévorer. Même sans être apprêtée, elle se sentait… sexy, et irrésistible.

— Est-ce que je peux te toucher ? demanda-t-il dans un souffle.

— Oui.

11

Gavin posa les lèvres sur les siennes, et Bree l'enlaça. Elle s'accrocha à lui comme si elle n'allait plus jamais le relâcher.

Les jours de douleur et de solitude s'évanouirent tandis qu'elle s'abandonnait à son étreinte. Gavin la couvrait de baisers avides comme un homme affamé, et explorait son corps avec des mains frénétiques.

Lorsque, enfin, ils interrompirent leur baiser, ils étaient tous deux pantelants.

— Je ne me suis jamais senti aussi mal que ces derniers jours sans toi, murmura-t-il. Je savais que j'étais fou de toi, mais j'ignorais à quel point, jusqu'à ce que je te perde.

— Tout est allé si vite depuis notre rencontre, dit-elle en appuyant la joue contre son épaule. J'ai vécu les meilleurs et les pires moments de ma vie en l'espace de quelques semaines.

— Nous devrions ralentir, pour savourer l'instant présent et le bonheur d'être ensemble.

Il prit sa main pour l'embrasser.

— Si possible, entre les draps.

— J'aime ta façon de penser, approuva-t-elle avec un petit rire.

Elle désigna d'un mouvement de tête la chambre dans laquelle, il y avait encore quelques minutes, elle s'était cachée de lui.

Ils gagnèrent la pièce en hâte. Déjà, Gavin tirait sur les boutons de sa chemise, et respirait de façon saccadée. Le regard assombri de désir, il lui retira le vêtement et révéla… un soutien-gorge de coton blanc des plus ordinaires.

— Tu es si belle, murmura-t-il d'une voix rauque. Et tes

yeux sont bien plus jolis sans tes lentilles de contact vertes. Ils sont plus doux, et…

Il poussa un soupir.

— Je te préfère au naturel, et de loin, conclut-il.

Sous son regard admiratif, elle se sentait belle, en effet. Toute sa vie, elle s'était sentie complexée, jusqu'à ce qu'elle le rencontre. Grâce à lui, elle s'était épanouie, et était devenue une femme sûre d'elle et de son pouvoir de séduction.

Pendant quelques jours, sa belle assurance s'était flétrie. Mais elle avait gardé sa confiance en ses capacités. Elle savait désormais qu'elle était capable de subvenir à ses propres besoins, et de survivre sans l'aide de quiconque. A présent, tandis que les mains gourmandes de Gavin exploraient ses seins et son ventre, et jouaient avec ses cheveux, elle redevenait la femme désirable qu'il avait fait éclore.

Il semblait épuisé, presque hagard, et une barbe naissante ombrait sa mâchoire sculptée. Mais la passion éclairait son regard. Elle glissa les mains sous son T-shirt, et fut heureuse de sentir sa peau, enfin.

— Je ne pensais pas refaire ça un jour, avoua-t-elle.

Lorsqu'elle était partie, elle n'avait pas eu pleinement conscience de tout ce qu'elle avait perdu. La douleur brute de la solitude remonta à la surface, avant de disparaître.

— Et moi, je ne pouvais pas envisager la possibilité de ne jamais te revoir, dit-il.

Il glissa les mains sous la ceinture de son jogging et les posa sur ses hanches.

— Notre lit était si froid et vide sans toi. Je ne pensais qu'à une chose, te retrouver et te ramener chez nous.

— Et tu m'as retrouvée.

— Oui, mais ça ne me semble plus si urgent de rentrer chez nous.

Il appuya la joue contre la sienne, et elle sentit sa barbe lui piquer la peau.

— Parce que quand je suis avec toi, où que nous soyons, je me sens chez moi.

Elle poussa un soupir.

— Je comprends tout à fait ce que tu veux dire. Je n'avais jamais envisagé de quitter la maison dans laquelle j'ai grandi. Cela avait toujours été mon sanctuaire, l'endroit où je chérissais mes souvenirs heureux, et où, peut-être, je fuyais le monde. Mais quand je t'ai rencontré, tout a changé. Je voulais juste vivre avec toi, et tout partager.

Mue par un désir grandissant, elle défit le bouton de son pantalon, puis descendit sa fermeture Eclair.

Il décrocha son soutien-gorge et posa les lèvres sur ses seins ainsi libérés. Il en lécha tour à tour les mamelons, jusqu'à ce que tout son corps bourdonne d'excitation. Elle acheva de le déshabiller, et il fit de même.

Lorsqu'elle plaqua ses seins contre son torse, il poussa un gémissement rauque. Son sexe tendu appuya contre sa cuisse, attisant le feu déjà ardent en elle.

Alors que leur étreinte devenait plus enfiévrée, et qu'il l'attirait vers le lit, la sonnerie familière du téléphone de Gavin retentit.

— Oh, non, marmonna-t-il. Laissons sonner.

— C'est peut-être important, fit-elle valoir. Tu as une agence à diriger.

— Ce pourrait être la presse, supposa-t-il avec une grimace. En train de spéculer sur l'endroit où tu te trouves.

— Ah oui, l'héritière disparue, ironisa-t-elle. Nous pourrions leur dire que tu m'as retrouvée ? Quoique, je préfère laisser planer le mystère.

— Dans ce cas, ça règle la question.

Il l'attira encore plus près.

— Oublions le reste du monde, Bree. Rien d'autre ne compte hormis toi et moi.

La sonnerie s'arrêta quand ils se laissèrent tomber sur le lit. Elle ondula des hanches contre lui, et savoura la sensation de son corps ferme et musclé contre le sien.

Mais le téléphone se remit à sonner, arrachant un cri de frustration à Gavin.

— Comment puis-je répondre dans mon état ?

— Si tu ne réponds pas, tu pourrais bien ne jamais sortir de cet état, argua-t-elle. Je pourrais répondre à ta place.

Elle plissa les yeux.

— Mais je redoute de prendre tes appels, ces jours-ci.

Gavin haussa un sourcil.

— Je préférerais de beaucoup que tu répondes quand que je suis là, pour que nous puissions en discuter ensuite. Je ne veux pas que tu sois perturbée et que tu me fuies au moment où je m'y attendrai le moins.

— Eh bien, présenté comme ça…

Elle ramassa son pantalon et fouilla dans sa poche pour récupérer le téléphone. Le cœur légèrement battant, elle décrocha.

— Allô !

— Bonjour, ici Lazer Designs, fit une femme qui s'exprimait avec un grand sérieux. Nous aimerions avoir l'adresse à laquelle envoyer le contrat.

— Un instant s'il vous plaît.

Elle répéta la demande à Gavin.

Il ouvrit de grands yeux.

— Donne-leur celle de l'appartement.

Elle s'exécuta.

— Merveilleux, s'exclama son interlocutrice. Et pourriez-vous lui dire que nous aimerions avoir la formule tout compris — presse, radio et télévision ?

— Je lui transmets le message. Merci.

Elle se tourna vers Gavin.

— Lazer Designs veut la formule tout compris.

— Génial ! Je leur ai raconté toute mon histoire. je leur ai dit que j'avais rendu l'argent et que je devais repartir sur des bases plus modestes. Je leur ai même avoué que je devais abandonner mes bureaux, c'est pourquoi ils appellent pour avoir mon adresse. J'imagine qu'ils ont décidé de me donner ma chance.

— Ils savent que tu es le meilleur, affirma-t-elle, le cœur gonflé de fierté.

— Avec ce contrat, je pourrai prendre un départ fulgurant. C'est une grosse société d'ameublement, qui compte des magasins dans quinze des plus grandes villes du pays. Cela va me donner du travail pendant au moins six mois.

Il se tourna vers elle et se fendit d'un sourire satisfait.

— Sans un sou de l'argent de ton père.

— Tu vois ? Tu n'en avais pas besoin. Tout ce dont tu avais besoin, c'était de croire en tes capacités.

— Et de toi à mes côtés.

— Au sens figuré et littéral. Je crois que nous étions au milieu de quelque chose avant d'être interrompus.

— Et je te fais mes excuses pour cette interruption.

Il déposa de doux baisers le long de sa clavicule.

— A partir de maintenant, le plaisir passe avant les affaires, du moins pour aujourd'hui. Je t'aime, Bree. Et j'ai très, très envie de toi.

— Je vois ça, oui, murmura-t-elle contre son cou. Et je suis assez folle de toi, moi aussi. Il faut que je le sois, pour accepter de te reprendre après tout ce qui s'est passé.

— Je ferai tout pour me faire pardonner, dit-il avant de lui mordiller le cou. Et je commence tout de suite.

Elle s'agita sous les assauts sensuels de ses mains et de sa bouche. Quand elle fut au comble de l'excitation, il la pénétra lentement, jusqu'à ce qu'il soit profondément enfoui entre ses replis secrets. Le gémissement de soulagement profond qu'il poussa la fit sourire.

— Contente de te retrouver, murmura-t-elle. Tu m'as manqué.

— Ne me quitte plus jamais, dit-il en blottissant le visage contre son cou. Je ne pourrais pas le supporter.

— Moi non plus. Peut-être que nous pourrions rester ainsi pour toujours.

Ils ondulèrent ensemble, et savourèrent le corps de l'autre, jusqu'à ce que le soleil se couche. Ils ne firent une pause que pour dîner, avant de reprendre leurs ébats.

Et ils ne reprirent la route de San Francisco que deux jours plus tard.

— Un des avantages d'être son propre patron, c'est que l'on peut décider de ses horaires, observa-t-elle en chargeant son sac dans sa voiture. On peut partir en vacances quand l'envie nous en prend.

— Tant que tu es avec moi.

Il l'embrassa puis referma le coffre.

— Cela m'ennuie que nous ayons deux voitures à ramener. Je serai juste derrière toi pendant tout le trajet.

— Ça me donne presque envie d'essayer de te semer, dit-elle en riant.

— Vas-y, essaie. Cette fois, je ne te laisserai pas m'échapper. Et puis, sur un plan purement pratique, j'ai besoin que tu prennes des photos pour mon nouveau client.

— Eh bien, c'est un engagement professionnel, alors je suppose que je devrai m'y tenir.

Il observa sa main.

— En parlant d'engagement, tu n'as jamais remis ton alliance.

— Est-ce que cela fait de moi une mauvaise épouse ?

— Nullement. Mais puisque je t'ai pressée pour que tu la mettes la première fois, je vais simplement te rendre tes bagues et te laisser décider si tu veux les porter ou non.

Il sortit de sa poche la bague aux trois diamants et l'alliance en or, et les lui tendit.

Elles étincelaient sur sa paume.

— Je veux les porter.

Et elle était sincère. Les doutes qui l'avaient tenaillée la première fois avaient disparu.

— Je suis heureuse d'être ta femme, et je veux que le monde entier le sache.

Elle glissa les bagues sur son doigt.

— Il faut que je parle à mon père. Peut-être qu'il pensait m'aider, mais il a très mal agi.

— Nous pourrions ne jamais nous être rencontrés sans son intervention.

— Je sais, mais il me traite comme une enfant. Pourquoi

ne s'est-il pas contenté de nous présenter, et de voir ce qui se passerait ?

Elle pencha la tête et plissa les yeux.

— Ou est-ce que tu aurais perdu ton intérêt pour moi, sans cet appât initial ?

— Non, affirma-t-il sans ciller. J'ai su que tu avais quelque chose de spécial dès que j'ai dansé avec toi.

— J'ai ressenti la même chose, dit-elle en souriant.

— Et tu as raison, ton père ne devrait pas s'ingérer dans ta vie. Tu es une grande fille. Nous irons le voir cet après-midi.

Elle déglutit.

— Eh bien, nous n'avons pas à l'affronter littéralement…

— Si, Bree. Tu dois le faire. Et je crois que moi aussi. Il faut qu'il sache que ce qu'il a fait était mal. Qu'il ne devrait pas se mêler de notre vie. Sinon, qui sait ce qu'il fera la prochaine fois ? Il essaiera peut-être de diriger notre mariage depuis son bureau.

Elle se mordilla la lèvre.

— Tu as raison. Il a tant d'idées arrêtées. Il essaiera de choisir notre service de porcelaine, et exigera que nos enfants portent les prénoms de mes ancêtres, comme le veut la tradition familiale. Je tire mon nom de Briony Kincannon McBride, née en 1651. Nous devons l'arrêter avant qu'il insiste pour appeler notre premier fils Elliott.

Il sourit.

— Ce serait grave. Mettons-nous en route.

De retour en ville, ils posèrent leurs bagages et se rafraîchirent avant de gagner la demeure des Kincannon. Gavin voulait y aller avant que Bree n'ait le temps de changer d'avis. Elle avait téléphoné pour s'assurer que son père était chez lui, et l'employée de maison lui avait confirmé qu'il était là, en train de travailler dans son bureau. Elle lui avait expressément demandé de ne pas annoncer leur venue de façon à ce qu'elle puisse mener la danse, pour une fois.

— Tout ce tapage médiatique l'a sûrement mis en colère, supposa-t-elle.

Elle joignit nerveusement les doigts tandis qu'ils grimpaient les marches de pierre du perron.

— Il s'en remettra, la rassura-t-il en lui caressant le dos. Sois forte.

Lena, l'employée de maison, l'accueillit en la serrant chaleureusement dans ses bras, et versa même une larme.

— Nous étions tous si inquiets ! Les journaux disaient que vous aviez disparu.

Elle décocha un regard sévère à Gavin.

— Soyez plus prudent avec Bree.

— Faites-moi confiance, je le serai, dit-il avec conviction.

Lena le gratifia d'un sourire, puis les escorta tous deux jusqu'en haut de l'escalier.

Gavin se tendit légèrement quand Bree frappa à la porte de bois du bureau de son père. Elle, cependant, leva le menton et entra hardiment lorsque son père répondit « entrez ».

— Tu es de retour.

L'air sévère, Elliott se leva et se dirigea vers elle.

— Je suis content que tu sois saine et sauve.

Il lança un regard noir à Gavin, qui se força à rester silencieux. Gavin avait bien quelques petites choses à dire à son beau-père, mais pour l'instant, c'était à Bree de parler.

Elle fixa son père droit dans les yeux.

— Pourquoi as-tu éprouvé le besoin de payer quelqu'un pour m'épouser ?

Kincannon s'éclaircit la voix.

— Je voulais te voir mariée et heureuse.

— Tu doutais que cela arrive sans une prime financière ?

— Tu as vingt-neuf ans. Je commençais à me faire du souci.

— Tu craignais que je ne sois une gêne pour toi, supposa-t-elle d'une voix calme. Que les gens jasent sur Bree Kincannon, qui prenait de l'âge et qui allait rester vieille fille.

— Bien sûr que non. Je…

Sans doute pour la première fois, Elliott Kincannon semblait pris au dépourvu et cherchait ses mots.

— J'ai eu des propositions, papa. Plusieurs, en fait — certaines venant d'hommes que je connaissais à peine. Quand on a de l'argent, il y a toutes sortes de gens qui vous épouseraient volontiers pour faire main basse sur votre fortune. Si j'avais voulu trouver un homme qui m'épouserait pour l'argent, j'aurai pu le faire seule, et en un rien de temps.

Elle inspira.

— Mais j'attendais quelqu'un qui m'épouserait indépendamment de ma fortune. Quelqu'un qui soit intéressé par *moi.*

Kincannon jeta un regard vers Gavin, puis reporta son attention sur Bree.

— J'imagine que le geste galant de M. Spencer, lorsqu'il m'a renvoyé mon million au visage, montre qu'il répond à ce critère.

— En effet. Nous ne saurons jamais ce qui se serait passé si tu ne lui avais pas proposé ce million, mais au moins, je sais qu'il veut de moi même sans cela.

Elle avança vers son père, qui était immobile comme une statue.

— Papa…

Elle prit sa main dans les siennes.

— Je crois vraiment que tu pensais bien faire. Que tu voulais que j'épouse un homme gentil, et que je sois heureuse. Je ne t'en veux pas d'avoir essayé de diriger les choses, parce que c'est ainsi que tu es habitué à procéder.

Elle déglutit.

— Mais, s'il te plaît, à l'avenir, laisse-moi faire mes propres choix, et vivre ma vie comme je l'entends.

Kincannon hocha la tête, le visage marqué par l'émotion.

— Je ferai de mon mieux. Ce ne sera pas facile, toutefois.

Il esquissa un sourire.

— Comme tu l'as souligné, je suis habitué à diriger mon monde.

— Eh bien, Gavin et moi allons prendre les rênes de notre existence à partir de maintenant. Nous tenons à ce que tu fasses partie de notre vie, mais nous voulons aussi nous débrouiller seuls.

— Compris.

L'affection et la fierté se lisaient sur son visage. Il était manifeste qu'il la respectait d'avoir osé lui tenir tête.

Gavin s'éclaircit la voix. Il était temps pour lui d'entrer en scène.

— Je suis profondément navré du rôle que j'ai tenu dans toute cette affaire. J'aurais dû refuser votre offre sur-le-champ. Mon instinct me l'avait dicté, mais, comme vous, j'ai vu une certaine logique dans cette proposition. Peut-être que nous, les hommes, avons trop tendance à tout transformer en transaction financière. Quoi qu'il en soit, je regrette d'avoir blessé Bree, d'autant plus que j'ai su presque tout de suite qu'elle était la femme de ma vie — avec ou sans argent.

Il vit des larmes briller dans les yeux de Bree. Emu, il réprima l'envie de la prendre dans ses bras.

— Et je devrai passer le restant de mes jours à le lui prouver.

— J'ai le sentiment que vous y parviendrez très bien.

Elliott Kincannon traversa la pièce pour venir lui serrer la main.

— Pensez ce que vous voulez, mais je sais cerner les gens, et je vous ai apprécié tout de suite. Je ne vais pas dire qu'il n'y a pas eu des moments où je n'ai pas revu ma position — il haussa un sourcil — mais je maintiens mon avis initial : vous ferez un excellent mari pour ma fille. Je vous souhaite à tous deux un long et heureux mariage. Plus long que les brèves années que j'ai partagées avec la mère de Bree, que j'ai tant aimée. Je n'ai jamais rencontré une femme qui lui arrive à la cheville.

A présent, les larmes roulaient sur les joues de Bree.

— Oh, papa, maman me manque aussi ! Tu ne parles jamais d'elle.

— C'est parce que cela me fait encore trop mal, je le crains, avoua-t-il en caressant son bras. Un amour comme celui-là n'arrive qu'une fois dans la vie. J'ai juste de la chance d'en avoir profité tant que cela a duré.

Il reporta son attention sur Gavin.

— Je compte sur vous pour me donner des petits-enfants, bien sûr.

— Nous l'avions deviné, dit Gavin en faisant un clin d'œil à Bree. Mais c'est nous qui choisirons les prénoms.

Kincannon s'esclaffa.

— Bree vous a parlé de notre tradition familiale ?

— J'en ai bien peur, et sachez que nous comptons fonder nos propres traditions.

Une idée lui vint à l'esprit.

— A commencer par aujourd'hui. J'aimerais vous emmener dîner tous les deux, pour fêter ce nouveau départ.

Il guetta la réaction de Bree. Elle eut un sourire enthousiaste.

— C'est une merveilleuse idée.

Gavin se tourna vers Elliott.

— C'est d'accord, dit-il. Mais êtes-vous sûr que vous pouvez vous le permettre ? Nous autres, Kincannon, avons des goûts de luxe.

— Pas moi, protesta Bree. Notre restaurant thaï préféré est très abordable. Je parie que tu l'aimerais aussi, papa, si tu voulais bien l'essayer.

— Peut-être qu'il est temps pour moi d'élargir mes horizons.

— Alors, allons-y, dit Gavin en enroulant le bras autour de Bree.

Elle sourit et le prit par la taille.

— Et cette fois, dit-elle, nous restons ensemble. Pas de secrets, pas de surprises.

— Je te le promets, dit Gavin.

Il ne put résister à l'envie de lui voler un baiser. Le parfum délicat de sa peau l'enivra quand il posa ses lèvres sur les siennes.

Elliott Kincannon se racla la gorge, et les tira de leur interlude romantique.

— Gardez les effusions pour plus tard, les enfants.

— D'accord, papa, nous essaierons. Comme nous avons été séparés pendant plus d'une semaine, nous avons du temps à rattraper.

— Je suis certain que vous y arriverez.

— Oui, nous y arriverons, assura Gavin en regardant Bree dans les yeux. Nous avons toute la vie pour être ensemble.

Kincannon passa devant eux.

— En effet, dit-il. Et, franchement, je crois que c'est un peu grâce à moi.

Mais ils étaient trop occupés à s'embrasser pour lui répondre.

Epilogue

— Je te soupçonne presque d'essayer de m'éloigner de notre maison.

Bree observa Gavin d'un air suspicieux. Après presque six mois de mariage, il parvenait encore à la surprendre. Ils avaient passé tout l'après-midi à parcourir les rues de San Francisco, depuis le parc de Presidio jusqu'à Fisherman's Wharf, et Gavin ne cessait de proposer de nouvelles destinations.

— Moi ? Je veux juste t'acheter une nouvelle paire de boucles d'oreilles. Est-ce un crime ? plaisanta-t-il.

— Tu m'as déjà acheté une nouvelle robe, une paire de chaussures, des sous-vêtements osés et des bas de soie pour aller avec le porte-jarretelles de dentelle. N'importe qui penserait que tu veux me préparer à un événement particulier.

Il haussa les épaules.

— Parfois, j'aime faire les boutiques. Les affaires tournent très bien ces derniers temps, alors pourquoi ne pas en savourer les retombées ?

— J'apprécie ta générosité — et je suis extrêmement fière de ton succès — mais j'ai envie de rentrer chez nous.

Leur nouvelle maison était encore en cours de rénovation mais, déjà, elle était devenue leur sanctuaire, loin de l'agitation du quotidien. Perchée sur une colline, entourée d'un petit jardin et offrant une magnifique vue sur la baie, elle promettait d'être parfaite — après encore quelques mois de longs travaux.

— Bon, si tu insistes, concéda-t-il avec un sourire énigmatique.

Elle s'arrêta sur le trottoir.

— Tu m'autorises vraiment à rentrer chez nous ?

— Bien sûr, pourquoi pas ? Nous allons rentrer et prendre un bon verre de vin. Après tout, demain c'est dimanche.

— Dieu soit loué, s'exclama-t-elle en hissant un sac en papier glacé sur son épaule.

Gavin portait les trois autres.

— Je commençais à croire que tu me ferais marcher dans la ville tout le week-end.

— Une dernière chose, toutefois. Nous devons nous arrêter à mon bureau.

Elle poussa un soupir d'exaspération.

— Je savais bien qu'il y aurait quelque chose.

— Un document important que j'ai oublié.

L'étincelle dans ses yeux ne fit que réveiller ses soupçons.

— Mais ne t'inquiète pas, nous prendrons un taxi, la rassura-t-il.

Gavin demanda au chauffeur de les attendre devant le petit bâtiment qu'il avait trouvé pour abriter ses modestes bureaux, au troisième étage. Une fois à l'intérieur, Bree fut surprise de trouver une bouteille de champagne en train de refroidir dans un seau à glace.

— Qui l'a apportée ?

Elle passa le doigt sur le métal couvert de gouttes de condensation.

— C'est encore froid.

— Quelle importance ?

Il déboucha la bouteille et remplit deux flûtes.

— Buvons-le.

Elle regarda autour d'elle, l'air dubitatif. Tout semblait normal. Le bureau était chargé de piles de documents, comme d'habitude, et les grands canapés de cuir destinés à accueillir les clients n'avaient pas bougé. Elle prit la flûte que Gavin lui tendait et but une gorgée de son breuvage.

— C'est délicieux.

— Je suis d'accord. C'est exactement ce qu'il faut après une longue journée de shopping. Maintenant, va te changer.

— Je te trouve très autoritaire, tout à coup. Que se passe-t-il ?

Il se contenta de hausser les épaules.

— J'apporte tes sacs dans la salle de réunion, pour que tu puisses avoir de l'intimité.

Il empoigna les sacs colorés et alla les poser sur la longue table de chêne.

— De l'intimité ? Mais nous sommes mariés.

L'excitation — ou était-ce de la peur ? — monta en elle.

— Je sais. Fais-moi savoir si tu as besoin d'aide pour enfiler ta lingerie.

Avec un sourire malicieux, il referma la porte derrière lui, en la laissant seule avec leurs achats.

Quand elle ressortit, en lissant sa nouvelle robe couleur jade, il afficha un grand sourire.

— Cela aurait été mieux avec des boucles d'oreilles, mais le résultat est correct.

— Oh, toi ! fit-elle en plantant ses mains sur ses hanches. Qu'est-ce que tu mijotes ? Est-ce que le taxi est encore en bas ? Si oui, allons le rattraper avant qu'il ne s'en aille. Je ne suis pas sûre de pouvoir marcher plus de quelques mètres dans ces chaussures.

Elle tendit une de ses nouvelles Manolo Blahnik en daim.

— Alors, allons-y.

Il la prit par le bras et l'entraîna vers l'escalier.

Dans le taxi, malgré ses questions insistantes, elle n'arriva pas à lui soutirer la moindre information.

Enfin, ils s'arrêtèrent devant leur maison. Elle était plongée dans l'obscurité. Aucun signe anormal.

— Pourquoi suis-je sur mon trente et un ?

— Pourquoi pas ? rétorqua-t-il tout en payant le chauffeur. Rentrons nous détendre.

Il monta les marches du perron, et elle le suivit aussi vite que ses talons aiguilles le lui permettaient.

— Euh, j'ai oublié ma clé, dit-il. Tu as la tienne ?

— Evidemment.

Elle fouilla dans son sac, intriguée. Gavin n'oubliait ni ne perdait jamais rien. Voilà qui renforçait ses soupçons.

Elle glissa la clé dans la serrure. Quand elle ouvrit la porte, la lumière jaillit. Elle découvrit, stupéfaite, une foule de gens rassemblés dans le petit couloir.

— Surprise ! s'exclamèrent-ils en chœur.

Elle aurait pu tomber et dévaler les marches, si Gavin ne l'avait pas rattrapée.

— C'est notre réception de mariage, lui murmura-t-il à l'oreille. Avec quelques mois de retard, mais comme on dit, mieux vaut tard que jamais.

— Oh, Gavin !

Les larmes lui montèrent aux yeux lorsqu'elle reconnut les visages de ses amis de lycée et d'université, et même son ancienne nounou ! Tous les gens qu'elle aurait certainement invités à son mariage — si elle avait eu le temps de le faire.

Son père s'avança et vint l'embrasser sur la joue.

— Tu es radieuse, ma chérie.

— Merci. Tout est la faute de Gavin.

Elle essuya une larme puis leva les yeux.

— Les murs sont peints ! s'exclama-t-elle.

Gavin et elle avaient passé leurs week-ends à lisser, poncer, et peindre les pièces de leur maison. Il avait insisté pour faire le plus gros des travaux lui-même, et n'avait pas voulu qu'elle paie quoi que ce soit. Elle avait cru que les rénovations prendraient des années. A présent, tout semblait impeccable.

Gavin la serra contre lui.

— J'ai fait venir une équipe aujourd'hui. Quinze personnes. Ils ont promis de tout finir en un après-midi, et il semble qu'ils aient tenu parole.

Il conduisit Bree vers le salon, dont les murs avaient désormais l'exacte couleur vanille qu'ils avaient choisie ensemble. Un magnifique buffet était dressé.

— C'est superbe, s'extasia-t-elle.

Ils passèrent la soirée à festoyer, à discuter et à rire avec leurs amis. Sur la terrasse à peine terminée, ils dansèrent jusqu'au bout de la nuit.

Alors que le soleil pointait à l'horizon, il l'étreignit.

— Tu me pardonnes de t'avoir laissée dans l'ignorance tout l'après-midi ?

— Je te pardonne, mon amour. Je te pardonne tout.

Des larmes de joie roulèrent sur sa joue, et le baiser qu'ils échangèrent les transporta dans un monde qui n'appartenait qu'à eux.

LEANNE BANKS

Brock

HARLEQUIN

Titre original : CEO'S EXPECTANT SECRETARY

Traduction française de FRANCINE SIRVEN

Ce roman a déjà été publié en janvier 2012

83-85, boulevard Vincent Auriol, 75646 PARIS CEDEX 13.
Service Lectrices — Tél. : 01 45 82 47 47
www.harlequin.fr

Prologue

Impossible de trouver le sommeil. Brock baissa les yeux sur la femme allongée à son côté. Elle dormait, paupières closes sur ses yeux au bleu si magnétique, ses longs cheveux auburn déployés sur l'oreiller, ses lèvres encore gonflées par le plaisir qu'ils avaient partagé une heure plus tôt.

Le drap glissa sur sa taille, dévoilant des seins somptueux. Il sourit.

Ce corps, pure merveille, il le connaissait sur le bout des doigts : la douceur de la peau, la rondeur des hanches, ou encore le contact velouté du paradis, entre ses cuisses…

La première fois qu'elle était entrée dans son bureau, pour un entretien d'embauche, il s'était immédiatement senti attiré, au point de… lui préférer une autre candidate ! Ella Linton était en effet bien trop séduisante pour ne pas risquer de le perturber dans son travail… Mais voilà qu'un mois plus tard la nouvelle recrue présentait sa démission. Ella s'était alors naturellement imposée à son esprit.

C'est ainsi qu'avait démarré une collaboration des plus fructueuse, la jeune femme s'avérant, et de loin, l'assistante la plus efficace qu'il ait jamais eue à son service. Très vite, elle avait su se rendre indispensable : de sa pizza préférée à la musique qui l'apaisait en cas de stress, en passant par les visiteurs indésirables, Ella savait quoi faire en toute situation ! Peu à peu, aux longues soirées de travail entre deux sandwichs, avaient succédé des conversations moins professionnelles devant un verre de bon vin et un repas fin livré par le traiteur. Dans cette intimité naissante, certains effleurements aussi furtifs que fortuits avaient achevé de le troubler…

Bien malgré lui, il s'était mis à penser à elle, allant jusqu'à respirer son parfum dans son sommeil. Puis, à plusieurs reprises, il avait surpris des regards, et enfin lu l'éclat du désir dans ses yeux. Lui, Brock Maddox, aurait dû résister, mais il n'avait pas pu ! Il sourit au souvenir de leur toute première nuit, dont il gardait à la mémoire les moindres détails.

Il était 18 heures ce soir-là. Il venait lui dire qu'elle pouvait partir, et il avait failli la bousculer en poussant la porte. Elle se tenait juste derrière et, de surprise, avait poussé un petit cri, laissant échapper les dossiers qu'elle tenait dans les mains.

— Désolé, s'était-il exclamé, se penchant en même temps qu'elle afin de ramasser les papiers épars. Je ne voulais pas vous effrayer.

Elle le regardait sans rien dire et le désir l'avait soudain submergé. Enivré par son parfum, il l'avait attirée dans ses bras.

Quelque chose d'électrique était alors passé entre eux. Une sensation incendiaire. Au contact de ses seins contre son torse, de ses cuisses contre les siennes, il avait cru devenir fou.

— Pardon, avait-elle chuchoté, son regard rivé au sien.

Elle portait des escarpins assortis à une jupe noire fendue sur l'arrière, tenue qui, bien entendu, lui seyait à merveille. Dieu qu'elle était sexy ! Et il avait eu toutes les difficultés du monde, tout au long de la journée, à détourner les yeux de ses jambes nues…

Avec une autre, il n'aurait pas tergiversé : sans aucune hésitation, il l'aurait embrassée sur-le-champ, glissant en même temps les mains dans son chemisier. Oui, sûrement, si cela n'avait pas été elle, il aurait relevé sa jupe, l'aurait caressée là, jusqu'à la faire gémir, puis l'aurait prise et…

— Je dois ar…, avait-il commencé.

— Le devoir, toujours le devoir, avait-elle protesté en fermant les yeux. N'en avez-vous donc pas assez de ce mot ? Moi si.

Sa réflexion l'avait pris de court, il avait ri, d'un rire forcé.

— Ella…

Quand elle avait rouvert les yeux, son regard était sans équivoque.

— Si j'étais raisonnable et sensé, je vous nommerais immédiatement à un autre poste, avait-il dit.

— Oh, non !

— Mais je…

Il s'était tu, faisant courir son index sur ses lèvres.

— Dites-moi que vous en avez envie autant que moi, avait-il conclu dans un souffle.

— Plus encore, avait-elle murmuré, avant de dénouer sa cravate et de déboutonner fébrilement sa chemise.

Alors, il l'avait prise dans ses bras, emportée à l'étage, au-dessus des bureaux, où se trouvait son appartement, conduite jusqu'à sa chambre et, pour finir, dans son lit, où ils avaient passé la nuit entière à s'aimer.

De nouveau, Brock la regarda, paisiblement endormie. Soudain, sa gorge se serra, tandis qu'il pensait au rapport préliminaire rendu un peu plus tôt par son détective privé. Tous deux avaient rendez-vous le lendemain. Le détective lui en dirait plus alors, même si son SMS était clair :

« Ella pourrait bien être la personne qui fournit des informations confidentielles sur Maddox Communications à Golden Gate Promotions. »

Golden Gate Promotions, son grand rival !

Ce message, il avait attendu la fin de la soirée pour le lire, après qu'ils se furent aimés avec passion. Et maintenant, il était au bord de la nausée, envahi par un sentiment de douloureuse trahison. Il ne pouvait y croire. Il avait besoin de preuves.

La femme qui avait réchauffé son cœur, partagé son lit tout au long de ces derniers mois, ne pouvait l'avoir poignardé dans le dos.

1

Déterminé, Brock traversa le hall de la somptueuse résidence avec vue imprenable sur la baie de San Francisco. Comment Ella pouvait-elle se permettre un tel luxe ? Il la payait bien, certes, mais pas à ce point. Oh bien sûr, il comprenait mieux à présent. Son assistante et maîtresse devait vendre à prix d'or ses renseignements. Etait-ce la rançon de la gloire ? Visiblement, être le P.-D.G. de la principale agence de publicité de San Francisco n'allait pas sans inconvénients, se dit-il dans un ricanement amer.

Par ce samedi matin lumineux, il se sentait plein d'une colère muette. Une fois arrivé devant sa porte, il frappa deux coups secs. Et attendit, comptant machinalement les secondes. Un, deux, trois, quatre. Encore sous le choc de la probable (de l'évidente !) duplicité de la femme qui était devenue sa maîtresse, il serra les poings, et continua de compter. Cinq, six, sept, huit… Ella… cette… cette femme était donc une menteuse de la pire espèce !

La porte s'ouvrit sur celle qu'il croyait si bien connaître, celle qui depuis des semaines se donnait à lui en toute liberté. En le voyant, elle écarquilla les yeux, ses lèvres d'un rouge carmin tranchant avec la pâleur de sa peau. A en croire ses cheveux ébouriffés, elle n'était pas levée depuis longtemps.

— Brock ? dit-elle en resserrant la ceinture de son peignoir ivoire. Je croyais que notre relation devait rester secrète… Un problème, au bureau ?

— Si l'on veut, répondit-il, avant de lâcher : je sais qui nous espionne.

Elle le fixa, muette, une lueur de panique traversant son regard, puis elle blêmit, portant une main devant sa bouche.

— Désolée, dit-elle, livide à présent, avant de hoqueter. Je ne… peux pas…

Elle s'interrompit brutalement et s'éloigna d'un pas rapide, le plantant là, sur le palier. Et alors ? Il entra, referma la porte derrière lui, fit quelques pas dans le couloir. Il consultait sa montre lorsqu'il l'entendit très distinctement vomir. En dépit de sa fureur, une vague inquiétude le saisit. Ils s'étaient vus la veille et elle n'avait pas paru souffrante.

Quelques minutes plus tard, elle émergeait de la salle de bains, toujours aussi pâle. Lui lançant un bref regard, elle détourna la tête et se massa le front en laissant échapper un soupir. Brock la suivit des yeux alors qu'elle se dirigeait vers la cuisine, de dimensions modestes mais à l'équipement high-tech qui contrastait avec les tonalités chaudes du décor.

Il oublia un instant sa colère, charmé par la délicatesse de ses pieds nus sur le carrelage, de la féminité extrême de ses ongles vernis avec soin. Il la revit, son corps nu scellé au sien, chuchotant son prénom et lui le sien, juste avant qu'une vague de plaisir ne les emporte. Il s'empressa de chasser ce souvenir.

— Depuis quand es-tu malade ? demanda-t-il tandis qu'elle prenait un soda dans le réfrigérateur.

— Je ne suis pas malade, répondit-elle en versant le soda dans un verre rempli de glaçons. Quelques nausées matinales, rien de grave…

Elle se tut pour boire une longue gorgée.

Brock frémit, brusquement alerté. Des nausées matinales ? Soudain, tout s'éclaircit. Il se figea, retint son souffle. Non, impossible, se dit-il afin de se rassurer, luttant contre une terreur soudaine. Une horrible certitude grandissait en lui, mais il refusait de l'entendre. Brock avait pourtant appris depuis longtemps à écouter cette sensation venue du fond des tripes, cette impression si pénible de nœuds dans l'estomac… Cela lui avait épargné bien des ennuis, sur le plan professionnel, comme privé d'ailleurs.

— Tu es enceinte, dit-il.

Elle ferma les yeux sans répondre.

— Ella, poursuivit-il, le cœur au bord de l'implosion, ne me mens pas, veux-tu ? Pas cette fois, ne put-il s'empêcher de rajouter avec une note de cynisme. C'est le mien ?

Un silence interminable s'ensuivit.

— Ella ?

— Oui, murmura-t-elle, comme à l'agonie. Oui, je suis enceinte de toi.

Brock sentit son sang se glacer. Il jura en silence. La femme qui l'avait trahi portait son enfant. Il passa une main dans ses cheveux, accablé. Il était venu chez elle avec l'intention de lui dire sa façon de penser. Il voulait lui faire payer cher sa trahison et il n'avait pas changé d'avis. On ne volait pas Brock Maddox impunément. Personne.

Il serra les dents, bouillant intérieurement. Il s'était toujours appliqué à protéger l'entreprise familiale, à veiller sur le clan Maddox. Il ne pouvait faire moins pour son enfant, un enfant qui aurait le droit d'hériter de son nom, de son histoire, de tout. Oui, il n'y avait qu'une solution possible.

— Tu dois m'épouser.

Elle sursauta, le dévisageant avec de grands yeux stupéfaits.

— Certainement pas. Pourquoi voudrais-tu rendre notre relation publique aujourd'hui ?

— Parce que tu portes mon enfant. Maintenant, tout est différent.

Elle avala une nouvelle gorgée de soda, comme pour se calmer, puis elle secoua la tête.

— Cela n'a pas de sens. Tu as toujours été clair : entre nous il ne peut y avoir qu'une simple liaison, une aventure, strictement confidentielle.

Elle croisa brièvement son regard et il nota un voile de tristesse dans ses yeux, juste avant qu'elle ne tourne la tête.

— Je sais, mais il faut penser à l'enfant. Nous n'avons pas le choix. Nous allons nous marier et l'élever ensemble, articula-t-il entre ses dents, tant la tension était forte en lui.

Encore cinq minutes plus tôt, il s'apprêtait à l'accabler de reproches. Il lui avait fait confiance, et elle l'avait trahi. Il s'était juré de la faire payer. Il serra dans sa main l'enveloppe contenant les preuves de son forfait.

— Non, chuchota-t-elle, tête baissée. Je ne peux pas.

Elle s'interrompit, releva soudain le menton.

— Je ne veux pas t'épouser, reprit-elle plus fermement. Cette grossesse est un accident.

— Tu n'as pas l'intention d'avorter, j'espère ? s'enquit-il, sur ses gardes.

— Bien sûr que non, répondit-elle, d'un ton outragé. J'élèverai mon enfant toute seule, ajouta-t-elle, une main sur son ventre.

— Et bien sûr, tu exigeras une pension astronomique, répliqua-t-il sans chercher à dissimuler son dépit.

— Je prendrai soin de mon bébé sans ton aide. Je ne veux rien de toi. Tu as compris ? Rien !

— C'est ridicule, marmonna-t-il. Je peux, je dois t'apporter mon soutien…

— Sors d'ici.

Il la dévisagea, déstabilisé par sa froideur soudaine.

— Pardon ?

— Sors d'ici, répéta-t-elle. Tu n'es pas le bienvenu chez moi.

Stupéfait de la brutalité de sa réponse, il secoua la tête. Il hésita un instant, car elle paraissait si fragile.

— Je m'en vais, dit-il enfin. Mais je reviendrai.

Et, sans rien rajouter, il sortit, élaborant déjà un plan dans sa tête. Après tout, ne disait-on pas de lui qu'il était un redoutable stratège ? Et ce, en toutes circonstances ?

Luttant contre les larmes, Ella attendit que Brock Maddox soit sorti de la pièce pour s'autoriser à respirer. La pièce se mit à tourner devant ses yeux, et elle sentit ses jambes se dérober. Prise de panique, elle agrippa le comptoir et posa son verre, tremblant maintenant de tous ses membres.

S'asseoir, elle avait juste besoin de s'asseoir un moment… Elle parvint à atteindre l'un des tabourets, réussit à se glisser dessus, puis elle inspira profondément, priant le ciel pour que cessent les vertiges.

Comment Brock avait-il découvert la vérité ? Elle avait

pourtant fait preuve de la plus grande prudence quand, nommée assistante du brillant Brock Maddox, elle s'était vue contrainte de l'espionner. Oh, certes, elle avait commis une erreur en couchant avec son patron, en entretenant même une liaison torride avec lui… mais son attitude était excusable, sinon légitime. Elle avait besoin d'argent pour les traitements expérimentaux dont bénéficiait sa mère, atteinte d'un cancer. Son grand-père lui avait offert l'occasion de ne plus se préoccuper des factures de l'hôpital, en échange de quoi elle lui offrait l'occasion d'atteindre un but beaucoup moins honorable…

Au début, elle avait cru pouvoir gérer la situation. Sans se poser de questions. En se dédoublant, en quelque sorte, elle était parvenue à faire un excellent travail pour Maddox Communications, tout en fournissant des informations à son grand-père, Athos Koteas.

Accablée, elle laissa échapper un soupir d'amertume.

D'une manière ou d'une autre, toute sa vie, elle s'était trouvée à la merci d'un homme d'influence. Et que cela lui plaise ou non ne changeait rien à l'affaire : elle n'avait pas le choix. Pouvait-elle laisser sa mère mourir au seul nom de l'honneur ou d'une fierté mal placée ?

Un « détail », cependant, lui avait échappé : Brock. Dès leur première rencontre, elle avait eu le sentiment de se trouver dans l'épicentre d'un séisme de puissance 10. Elle n'avait pas prévu ce coup au cœur, et encore moins de se retrouver dans son lit. Et jamais, au grand jamais elle n'aurait imaginé tomber amoureuse de lui.

Un bruit de pas feutrés, dans le couloir, l'arracha à ses pensées. Sa mère venait de pénétrer dans la cuisine. Amaigrie, les traits tirés, Suzanne semblait néanmoins avoir repris des forces sous l'effet du traitement… Encore bouleversée par la visite de Brock, Ella s'efforça de masquer son émotion derrière un large sourire.

— Bonjour, maman. Veux-tu que je te prépare quelques pancakes aux myrtilles ?

— Arrête, inutile de jouer la comédie, ma chérie, répondit sa mère en secouant la tête. J'ai entendu toute la conversation. Tu es amoureuse de Brock, c'est évident. Je ne peux pas accepter que tu renonces à ton bonheur à cause de moi.

Ella serra tendrement sa mère contre son cœur.

— Ne sois pas ridicule, maman. Toi et moi avons toujours pris soin l'une de l'autre. Par ailleurs, j'ai toujours su au fond de moi que cela ne durerait pas avec Brock… Je me suis laissé emporter par mon romantisme, voilà tout.

— Mais le bébé, insista sa mère en cherchant son regard. Que vas-tu faire, avec le bébé ?

— Je saurai prendre soin de mon enfant toute seule, répondit Ella en soutenant le regard de sa mère. Cela ne me fait pas peur. Tu m'as appris à ne jamais baisser les bras.

Sa mère soupira, ses yeux s'emplirent de tristesse.

— Ella, cet homme t'a offert de t'épouser. J'aurais donné n'importe quoi pour que ton père autrefois me demande en mariage…

— Brock ne m'a rien demandé. Il m'a donné un ordre, comme il le fait au bureau.

Brock. Tandis qu'elle songeait à lui, Ella sentit son cœur se serrer. Entre eux, tout était fini, et cela avant même qu'il ne frappe à sa porte. Il savait qu'elle l'avait trahi et elle le connaissait assez pour savoir qu'il n'était pas homme à pardonner ce genre de choses… Jamais plus il ne lui ferait confiance. Comment l'épouser dans ces conditions ? Et comment offrir à un enfant l'image d'un couple bâti sur la défiance et la rancœur ?

Elle inspira profondément, tapota la main de sa mère.

— Allez, viens, nous avons des choses autrement plus importantes à penser. Ta santé, le bébé et… ces délicieux pancakes aux myrtilles, conclut-elle avec un enthousiasme feint.

Une fois sur l'autoroute, Brock appuya sur l'accélérateur, faisant rugir la Porsche qu'il conduisait. Il aurait de la chance s'il échappait au P.V., se dit-il. Après quelques kilomètres, cependant, son cœur retrouva un rythme à peu près normal, même si la colère persistait. Ella l'avait trahi. Il la détestait pour cela. Elle pouvait s'estimer heureuse qu'il ne porte pas plainte contre elle.

Il agrippa le volant, serra les dents. Dire qu'il lui avait fait confiance. Le berner avait été un jeu d'enfant. Il n'avait pas su résister au désir qu'elle lui inspirait. Il la voulait dans son lit, seul cela importait. Et avec quelle passion elle s'était donnée à lui ! Très vite, faire l'amour avec elle était devenu une drogue. Il avait connu entre ses bras des moments incroyables, des moments comme il n'aurait jamais osé en espérer. Peu à peu, Ella lui était devenue indispensable, il le savait et l'admettait.

A présent, il avait besoin de se réfugier quelque part, dans un endroit calme où il pourrait réfléchir à la suite, et notamment à ce fait majeur : il allait devenir père !

Sur un coup de tête, il freina pour emprunter la sortie menant à Muir Woods, vers l'immense et mystérieuse forêt de séquoias, des arbres monumentaux, et aussi vieux que le monde. Qu'allait-il chercher là ? Peu de gens connaissaient son penchant pour la spiritualité. Il est vrai que cet aspect de son tempérament semblait peu compatible avec la direction de Maddox Communications. Or la survie de la société était une priorité. Son devoir.

Brock gara la Porsche sur le bas-côté de la route et descendit de voiture. L'atmosphère majestueuse dispensée par les grands arbres l'aiderait peut-être à trouver cette sérénité à laquelle il aspirait. Il leva les yeux, tenta d'apercevoir le sommet des séquoias autour de lui. En vain. Son cerveau semblait réfractaire à la paix du lieu.

Chaque jour, depuis le décès de son père, Brock se levait avec la rage du guerrier partant au front. Excepté certains matins où il s'éveillait auprès d'Ella. En sa compagnie, il parvenait à se détacher de la pression quotidienne des affaires. Elle connaissait le travail qu'il accomplissait, et n'avait jamais contesté le fait que leur relation doive rester secrète. Avec grâce, elle lui avait offert chaleur et passion sans rien lui demander en retour, une grande première dans sa vie.

Hélas, il comprenait pourquoi, à présent, songea-t-il de nouveau avec aigreur.

Longtemps, Brock n'avait eu qu'une obsession : la prospérité de sa société. Mais son monde aujourd'hui venait de basculer. Bientôt, il allait être père et son enfant aurait besoin de lui. Pour cet enfant, il était prêt à tout, y compris, dans un premier temps, à protéger sa mère, cette femme qui l'avait trahi.

Certes, il connaissait l'homme qui était derrière tout ça. Athos Koteas. En évoquant ce nom, il ne put réprimer une grimace de dégoût. Ce type, il le savait, était prêt à toutes les bassesses pour faire chuter Maddox Communications. Mais cette fois, il était allé trop loin. P.-D.G. de Golden Gate Promotions, et principal concurrent de Maddox Communications, Athos Koteas traînait une sale réputation : celle d'un individu prêt à employer les moyens les plus vils pour parvenir à ses fins.

Oui, Koteas était allé trop loin, et Brock avait beau contempler l'alignement majestueux des arbres autour de lui, la nature s'avérait impuissante à apaiser sa colère. Une seule chose désormais pouvait le calmer.

Remontant en toute hâte dans sa Porsche, il mit le contact et démarra en trombe. Athos Koteas vivait à Nob Hill, pas très loin en réalité de la propre demeure de Brock. Un quart d'heure plus tard, ce dernier se garait devant la grande bâtisse de style édouardien dont la façade disparaissait sous une cascade de bougainvillées. Un spectacle dont la beauté lui échappa totalement.

Après avoir grimpé quatre à quatre les marches du perron, il sonna à plusieurs reprises à la porte. Une minute plus tard, une femme en uniforme noir vint lui ouvrir.

— Bonjour, monsieur. En quoi puis-je vous être utile ?

— Je souhaiterais voir M. Koteas.

— Vous avez rendez-vous ?

— Non, mais je pense qu'il me recevra. Je suis Brock Maddox.

Avec un regard plein de perplexité, la femme l'invita à entrer et le conduisit jusqu'à un petit salon. Mais Brock n'était pas d'humeur à s'asseoir. Toujours en proie à la colère, il arpenta la pièce, foulant rageusement l'épais tapis. Au bout de quelques minutes, il entendit quelqu'un approcher. Tournant la tête, il reconnut Athos. Petit, trapu, l'homme arborait une épaisse chevelure grisonnante. Son regard était vif, acéré.

— Bonjour, Brock, déclara Athos, d'un air perplexe. Que me vaut le plaisir de cette visite surprise ?

Serrant les poings, Brock fixa son hôte.

— Le plaisir, dites-vous ? Cela m'étonnerait. Je connais votre acharnement à essayer de détruire Maddox Communications, et j'ai toujours su que vous n'étiez pas un homme d'honneur, mais jamais je n'aurais cru que vous utiliseriez votre propre petite-fille pour faire votre sale boulot.

Durant quelques secondes, Athos parut déstabilisé, puis il reprit toute sa contenance.

— Ma petite-fille ? Quelle petite-fille ?

— Epargnez-moi cette hypocrisie, voulez-vous ? Je sais que vous préférez qu'on ignore qu'Ella Linton est votre petite-fille, n'est-ce pas ? Une enfant illégitime, puisque votre fils a abandonné la mère.

— Il n'est pas rare que les enfants déçoivent leurs parents, rétorqua-t-il avec un haussement d'épaules. Mais Ella montre de grandes dispositions, c'est une jeune femme intelligente.

— Et roublarde, comme vous, ricana Brock, la gorge serrée. Vous avez un sacré talent pour pervertir tous ceux qui vous approchent.

— Que voulez-vous, en affaires, le succès ne va pas sans quelques dégâts collatéraux, répondit Athos d'un air hautain. Vous le savez bien : vous n'êtes pas si différent de moi.

Brock sentit sa pression artérielle monter en flèche. Il serra une nouvelle fois les poings, ne voulant pas se laisser aller à faire descendre Athos de son piédestal par un simple direct du gauche.

— Je pense que si, au contraire. Je n'obligerai jamais personne à se déshonorer pour moi.

— Je n'ai pas obligé…

— Et sa grossesse, elle faisait partie de votre plan ?

En une fraction de seconde, Athos perdit de sa superbe.

— Grossesse ? De quoi parlez-vous ?

— De votre petite-fille, mon cher. Elle est enceinte. De moi !

Athos secoua la tête, blêmit.

— Non… Elle n'était pas censée…

Il continuait de secouer la tête. De pâle, son visage était devenu grisâtre. Soudain, il chancela.

Incrédule, Brock se précipita, rattrapant le vieil homme juste avant que celui-ci ne perde connaissance. Totalement désemparé, le corps inanimé de son rival dans les bras, il appela à l'aide :

— Vite, faites venir une ambulance ! M. Koteas vient de se trouver mal !

Pleine d'angoisse, Ella se précipita au service des soins intensifs. Une fois déjà, elle avait éprouvé une terreur comparable, quand on avait diagnostiqué le cancer de sa mère. Certes, Athos n'avait jamais manifesté de réelle affection pour elle, mais elle se sentait pourtant redevable à son égard. Sans le soutien financier du vieil homme, sa mère et elle auraient sombré dans le dénuement le plus total.

Elle se hâtait vers le bureau d'accueil quand Brock surgit soudain devant elle. Le cœur battant, elle se figea, retint son souffle, puis elle se souvint des paroles de la gouvernante de son grand-père. Brock se trouvait avec ce dernier quand il avait eu son attaque.

Comme il tendait la main vers elle, elle recula à bonne distance.

— C'est ta faute, commença-t-elle, l'estomac noué. Mon grand-père a fait une attaque à cause de toi.

— Je ne l'imaginais pas aussi fragile, répondit-il en prenant doucement son bras. Je ne vais pas te laisser affronter cette situation seule. Calme-toi.

— Me calmer ? rétorqua-t-elle en libérant son bras d'un coup sec. Comment le pourrais-je ? Sais-tu ce que tu as fait ? Jamais je ne te le pardonnerai. Jamais, répéta-t-elle avant de lui tourner le dos.

Au bord de la crise de nerfs, elle se présenta au bureau d'accueil.

— Athos Koteas…, parvint-elle à articuler. Est-il…

Elle se tut, incapable de formuler sa phrase, avant de reprendre d'une voix altérée :

— Comment va-t-il ?

— Votre nom ? s'enquit l'infirmière avec sympathie.

— Ella Linton, répondit-elle, le souffle court.

— Suivez-moi. M. Koteas vous a demandée.

Tel un automate, Ella emboîta le pas à la jeune femme qui la conduisit jusqu'à la dernière chambre du couloir. S'avançant sur le seuil, elle vit son grand-père sous perfusions, entouré d'écrans de contrôle. Il semblait soudain terriblement vulnérable. Enfant, elle l'avait toujours vu comme un homme invincible, un dieu tout-puissant.

— Vous pouvez entrer, dit l'infirmière.

Ella pénétra dans la chambre et s'approcha du lit d'un pas hésitant. Revêtu de la liquette verte de l'hôpital, les yeux clos, son grand-père respirait doucement. Le teint livide, les cheveux en bataille, il ne ressemblait plus à l'homme qu'elle connaissait, lui d'habitude si soucieux de son apparence.

— Athos, chuchota-t-elle, parce que depuis toujours on lui avait interdit de l'appeler grand-père.

Ella s'était toujours dit qu'Athos refusait ce lien, sa mère et elle incarnant surtout à ses yeux la déception que lui avait causée son fils.

— Ella, murmura son grand-père en levant une main tremblante.

Aussitôt, elle prit cette main entre les siennes.

— Je suis tellement désolée, pour Brock, confessa-t-elle, impuissante à cacher plus longtemps son désespoir. Quand il m'a appelée pour m'annoncer que tu avais été transporté à l'hôpital, j'étais horrifiée à l'idée qu'il ait pu venir chez toi pour t'accuser…

Elle reprit son souffle et poursuivit :

— C'est sa faute si tu as fait une attaque…

— Non, non, protesta faiblement Athos, le regard las. Brock Maddox n'est pour rien dans mes problèmes cardiaques.

— Je suis sûre du contraire, insista-t-elle. S'il ne s'était pas présenté ainsi chez toi…

— Cela devait arriver, l'interrompit Athos, sa main brûlante entre les siennes. J'ai déjà eu ce genre de malaise. Et il y en aura d'autres.

Elle tressaillit, partagée entre la peur et l'incompréhension.

— Mais… de quoi parles-tu ? Tu as toujours été en parfaite santé, voyons…

Athos laissa échapper un soupir résigné.

— Ce n'est pas le cas. Mon médecin m'a prévenu. Il ne me reste que peu de temps. J'ai pu donner le change, tromper mon monde, mais la vérité est là… Mon cœur est fatigué.

— On peut sans doute faire quelque chose. Tu vas consulter un autre spécialiste et…

— Ella, dit-il d'une voix ferme. J'ai bénéficié des meilleurs traitements. Il n'y a rien à faire. Et si je t'ai demandé d'espionner Maddox, c'est uniquement pour ça. Je voulais renforcer la position de Golden Gate Promotions avant de…

— Tu ne vas pas mourir, protesta Ella. Tu as simplement besoin de retrouver des forces.

Athos lui sourit avec tristesse.

— Je suis parvenu à accepter l'inéluctable. Tu dois t'y résoudre à ton tour, dit-il dans un soupir avant de fermer les yeux. Je m'en veux de t'avoir entraînée dans cette histoire. Brock a raison : je n'aurais jamais dû te demander de faire le sale boulot à ma place.

— Excusez-moi, dit l'infirmière dans son dos. Nous devons transférer M. Koteas en cardiologie. Si vous voulez bien patienter dans la salle d'attente…

Après avoir déposé un rapide baiser sur la joue de son grand-père, Ella sortit et traversa le couloir. Arrivée dans la salle d'attente, elle eut la surprise d'y découvrir Brock. Une vague de sentiments contradictoires la submergea aussitôt. Il représentait tant de choses pour elle désormais. A la fois patron et amant, en quelques heures il était devenu son ennemi et… le futur père de son enfant.

Les paroles de son grand-père lui revinrent à l'esprit.

Ses jours étaient comptés. Sa mère était gravement malade, le pronostic des médecins incertain. Allait-elle perdre les deux êtres qui comptaient le plus dans sa vie ? Une bouffée de panique la prit soudain à la gorge, lui coupant le souffle. Elle suffoquait. Sa tête se mit à tourner, le visage de Brock devint de plus en plus flou devant ses yeux.

— Ella, dit-il en se précipitant. Ella, répéta-t-il, en criant cette fois.

Elle sentit qu'il la prenait dans ses bras. Puis plus rien, sinon le trou noir, le néant.

2

Affolé, Brock la rattrapa de justesse, avant de l'allonger doucement à même le sol.

— Ella, Ella, l'implora-t-il, penché au-dessus d'elle.

Elle ouvrit puis referma les yeux, les rouvrit tout à fait pour rencontrer cette fois le regard inquiet de son amant.

— Brock, murmura-t-elle.

— Oui je suis là et je t'emmène à la maison, répliqua-t-il aussitôt avec fermeté.

— Non, protesta-t-elle faiblement, je ne peux pas… Je dois…

— Tu ne dois rien du tout et tu as eu ton lot d'émotions pour la journée. Tu as vraiment besoin de te reposer. Et pour cela, c'est chez moi que tu seras le mieux.

Elle soupira, son regard s'assombrit, soudain traversé par une vague de désespoir.

— Entendu, répondit-elle à contrecœur.

Ils sortirent de l'hôpital, Brock la tenant par la taille, de crainte qu'elle ne soit de nouveau prise d'un malaise. Il la fit ensuite asseoir avec mille précautions dans sa voiture, prit place au volant et démarra en direction de Nob Hill.

A leur arrivée, toujours aussi prévenant, il l'aida à gravir les marches du perron de la demeure familiale, maison où il avait grandi et longtemps vécu. Aujourd'hui, il passait la plupart de ses nuits dans l'appartement au-dessus de ses bureaux. Mais, en ces circonstances, la maison de son enfance lui semblait idéale pour Ella.

— Tu ne m'as jamais invitée ici, dit-elle, comme en écho à ses pensées. C'est magnifique.

— Je préférais que notre relation ne s'ébruite pas.

— Et maintenant ? répliqua-t-elle en le regardant droit dans les yeux.

— Maintenant, c'est différent, répondit-il en écartant avec tendresse une mèche sur son front.

— A cause du bébé…

Il se raidit de nouveau.

— Il s'agit de savoir se montrer responsable quand le sort d'un enfant est en jeu. Mais nous discuterons de tout cela plus tard. Pour l'instant, tu as besoin de repos.

Il poussa la porte d'entrée et une femme entre deux âges apparut aussitôt.

— Bonjour, monsieur. Bonjour, madame.

— Bonjour, Anna. Ella, voici Anna, notre gouvernante. Anna, je vous présente Ella Linton. Elle a eu une journée éprouvante. J'aimerais qu'elle puisse se reposer.

— La chambre bleue conviendra-t-elle ? suggéra la femme.

— Parfait, acquiesça-t-il. Mme Maddox est ici ?

— Non, monsieur répondit la gouvernante. Elle est en déplacement depuis une semaine, et a appelé hier soir alors qu'elle venait d'arriver à Paris.

Grâce au ciel, pensa-t-il, soulagé. Et si elle pouvait y rester, ce serait encore mieux. Sa mère était une femme détestable, vénale et sans cœur. Elle avait épousé son père par intérêt et, pour mieux le piéger, lui avait rapidement donné deux fils. Depuis la disparition de son mari, sa principale activité consistait à soutirer de l'argent à Brock et à son frère Flynn afin de mener la grande vie.

Il conduisit Ella jusqu'à la chambre bleue qui donnait sur la baie, à l'arrière de la maison.

— Tu seras bien, ici, dit-il tandis qu'Anna tirait le couvre-lit et fermait les volets.

— Je ne vais pas rester, cela m'est impossible, dit-elle en s'asseyant sur le lit. Tu sais que si j'ai accepté de venir, c'est uniquement parce que je suis à bout de forces.

— Je sais, je sais, répondit-il, conciliant mais avec bien d'autres projets en tête. Anna, s'il vous plaît, pouvez-vous apporter une carafe d'eau à miss Linton. A moins que tu ne préfères un jus de fruit ?

— Non, juste un peu d'eau, cela ira, répondit-elle en fermant les yeux malgré elle, à l'évidence épuisée.

— Retire tes chaussures et le reste, ordonna-t-il, après qu'Anna fut sortie. Tu te sentiras plus à ton aise.

Elle obtempéra sans mot dire, ôtant ses escarpins avant de s'allonger sur le lit.

— Rien qu'un petit moment…, dit-elle, peinant de plus en plus à garder les yeux ouverts.

— Glisse tes pieds au chaud, sous la couverture. Anna déposera la carafe sur la table de nuit. A présent, repose-toi Ella.

— Rien qu'un moment…, murmura-t-elle encore, avant de sombrer dans un profond sommeil.

Incapable de se détourner d'elle, il resta un long moment à la regarder. Sa présence dans cette maison faisait vibrer quelque chose d'enfoui en lui. Il croyait son cœur mort, ou du moins complètement fermé, depuis que sa fiancée l'avait quitté du jour au lendemain. A aucun moment il n'avait pensé que les choses iraient si loin avec Ella. Mais elle attendait son enfant, et cela changeait tout, y compris le ressentiment et la rage que lui inspirait sa trahison.

Il devait agir sans perdre de temps. Et il savait très bien maintenant ce qu'il avait à faire. S'attardant encore un peu sur la beauté du visage de sa maîtresse, sur ses lèvres frémissantes, il sut que rien ne le ferait changer d'avis.

S'arrachant à sa contemplation, il sortit sans bruit de la chambre et appela son attaché de presse.

Lorsque Ella s'éveilla, quelques heures plus tard, elle fut d'abord incapable de se souvenir de l'endroit où elle se trouvait. Ne reconnaissant rien dans la pénombre, elle se redressa sur ses coudes, essaya de se rappeler… jusqu'à ce qu'elle aperçoive Brock, assis à l'autre bout de la pièce, un livre électronique entre les mains.

Il leva les yeux.

— Comment te sens-tu ?

Alors soudain, tout lui revint en mémoire : la terrible scène chez elle, dans la cuisine, puis l'infarctus de son grand-père… Prise de panique, elle repoussa brutalement la couverture et bondit hors du lit.

— Maman ! Mon grand-père ! Vite ! Comment vont-ils ? Je dois y aller !

En un quart de seconde, Brock fut auprès d'elle.

— Je m'en suis occupé, dit-il, d'un ton rassurant, en passant doucement une main dans son dos. Ta mère est au courant de ta présence ici. Elle veut que tu prennes le temps de te reposer. Tu as été trop stressée, ces derniers temps. Athos se repose dans sa chambre d'hôpital. Il récupère peu à peu et devrait quitter dès demain les soins intensifs pour une chambre du service cardio.

Rassurée, elle ferma les yeux. Les mains de Brock étaient chaudes et apaisantes dans son dos et, en dépit de la tension qui régnait entre eux, sa présence lui procurait un étonnant réconfort.

— Tu en es sûr ? Tu es sûr qu'ils vont bien ?

— Sûr et certain ! répondit-il.

Il jeta un coup d'œil à sa montre et reprit :

— Il est tard. Tu dois être affamée.

Elle retint un cri de surprise en découvrant l'heure.

— Oh, mon Dieu. 21 h 30 ! Comment ai-je pu dormir si longtemps ? Il faut que je rentre !

— Pas ce soir, dit-il avec fermeté.

— Pardon ?

— Je me suis entendu avec ta mère. Tu es mieux ici pour te reposer.

— Mais c'est ridicule. Je vais bien.

— Bien sûr… C'est probablement pour cela que tu t'es pratiquement évanouie dans la salle d'attente, répliqua-t-il en la défiant du regard.

Difficile d'argumenter sur ce point, pensa-t-elle en soupirant. Presque aussi difficile que de lutter contre son attirance pour Athos, et ce depuis leur première rencontre.

— Allez, viens manger quelque chose, dit-il en l'enlaçant par la taille. Tu ne gagneras rien à rester le ventre vide.

Ella se redressa. Son cœur s'accéléra sous la chaleur de sa main, et de nouveau elle fut prise de vertige. Par pitié, elle n'allait pas se trouver mal une fois encore.

— Entendu, je prendrai quelques toasts.

— Quelques toasts ? Mais c'est ridicule ! Qu'est-ce qui te ferait envie ? Du poulet, un steak, tu n'as qu'à demander, insista-t-il en l'entraînant vers la porte.

La seule pensée d'une tranche de viande lui déclencha une nausée.

— Non, juste des toasts, je t'en prie. Et je tiens à les préparer moi-même.

— Hors de question. Depuis que tu as passé la porte de cette maison, Anna n'attend qu'une chose : te cuisiner un bon repas ! Elle t'a trouvée si pâle.

— Je ne voudrais surtout pas déranger, dit-elle en remontant le couloir à son côté.

Trop bouleversée à son arrivée dans la maison de Brock, elle n'avait pas vu grand-chose du cadre qui l'entourait. L'esprit et le corps plus dispos à présent, elle prit le temps d'en admirer la décoration, composée pour l'essentiel de mobilier ancien et de somptueux tapis d'Orient. De lourdes tentures habillaient les fenêtres tandis que des lustres en bronze venaient se refléter dans des miroirs à fronton de bois sculpté et doré.

— C'est incroyable, on dirait un palais, chuchota-t-elle. Toutes ces antiquités…

— C'est… le trésor de ma mère, dit-il d'un ton agacé. Je te l'ai dit, je viens rarement ici. Je me sens mieux dans mon appartement.

— Je comprends. C'est vraiment magnifique, mais j'imagine qu'il doit être difficile de se détendre dans un tel endroit. Pour ma part, j'aurais toujours peur de faire un faux pas et de casser un de ces précieux vases !

— Cela aurait au moins le mérite de faire un peu d'espace dans tout ce bric-à-brac, répondit-il dans un haussement d'épaules avant de se tourner vers Anna, venue à leur rencontre. Miss Linton aimerait quelques toasts…

Anna acquiesça d'un signe de tête, mais ne put cacher sa désapprobation.

— Et pourquoi pas un bon morceau de volaille et une purée à l'ancienne pour accompagner ces toasts ? suggéra-t-elle.

— Non merci. Juste un peu de beurre, avec peut-être une cuillère de confiture…

— Si c'est ce que vous souhaitez, miss Linton, dit la gouvernante en s'inclinant, l'air renfrogné. Un peu de vin ?

— Je préférerais un jus d'orange, si c'est possible, avec des glaçons, répondit Ella.

— Je vous apporte tout cela dans la salle à manger dans quelques minutes, déclara Anna.

— Je ne vais tout de même pas grignoter de simples toasts en grande pompe dans la salle à manger, dit-elle à Brock, après le départ d'Anna.

— Installons-nous dans la véranda, si tu préfères, proposa-t-il en riant.

— Avec plaisir.

Elle le suivit dans la véranda. Depuis celle-ci, on avait une vue extraordinaire sur la voûte étoilée et les lumières de San Francisco. Les stores abaissés à mi-hauteur laissaient entrevoir une large cour intérieure pourvue d'une fontaine et d'un jardin arboré. Ella prit place sur l'un des sièges qui entouraient la table en verre agrémentée d'un bouquet de fleurs champêtres.

— C'est charmant, ici, soupira-t-elle en promenant son regard autour d'elle.

— Mon père adorait cet endroit, dit Brock en s'asseyant à côté d'elle. C'était sa pièce préférée. Il se levait à l'aube et venait lire ses journaux ici, chaque matin, avant de commencer sa journée de travail. Carol a émis le souhait de réaménager cette véranda, mais je m'y suis opposé. Elle a fait refaire de nombreuses pièces de la maison, mais pas celle-ci. Là, j'ai clairement mis mon veto ! Je refuse qu'on y touche.

— Tu appelles ta mère Carol ? s'étonna-t-elle.

— Et pourquoi pas ? C'est son prénom.

— Oui bien sûr, mais en principe on dit « ma mère » ou « maman » pour désigner la femme qui vous a donné le jour…

— Pour moi, elle a toujours été plus Carol que maman, marmonna-t-il, le regard noir. Pour dire la vérité, elle n'est pas du tout mère dans l'âme.

— Mais c'est terrible, ce que tu dis.

— Voici tes toasts, coupa-t-il en regardant vers la porte. Merci, Anna.

Ella remercia à son tour la gouvernante et commença à grignoter ses toasts beurrés. Anna en avait apporté tout un assortiment. En d'autres temps, elle aurait opté pour le pain complet, mais elle choisit les tranches de pain au levain, et tant pis pour le régime ! Depuis qu'elle était enceinte, tout ce qui était interdit lui faisait envie.

Sentant le regard de Brock sur elle, elle avala une gorgée de jus d'orange. Sa proximité la rendait nerveuse… Non, en fait, elle était troublée. En dépit de la scène pénible qu'ils avaient eue le matin même, elle était bien obligée de reconnaître qu'il continuait d'exercer sur elle un effet sensuel certain. Agacée par elle-même, elle fixa la silhouette du Golden Gate Bridge, au loin.

— Un peu de confiture ? proposa-t-il.

— Non, merci, c'est parfait comme cela.

Il esquissa un sourire.

— Depuis quand es-tu au courant pour ta grossesse ?

Embarrassée, elle toussa et prit une autre gorgée de jus d'orange.

— Eh bien, disons que je n'avais plus mes règles depuis un certain temps.

— Tu ne réponds pas à ma question.

— Environ six semaines, concéda-t-elle en soupirant.

— Six semaines ?

— J'ai commencé par avoir des nausées. J'ai d'abord pensé à un virus intestinal, expliqua-t-elle. Puis j'ai attribué ces malaises au stress. Je n'ai pas voulu faire de test. En revanche, j'ai pris des vitamines. En fait, je refusais de m'avouer la vérité.

En réalité, elle avait rejeté en bloc l'idée d'être enceinte de Brock, et une fois sa grossesse avérée, elle s'était trouvée totalement désemparée.

— Tu es à combien de mois ?

— Trois mois et demi. J'ai vu le médecin, il y a deux semaines. Il m'a assuré que les nausées allaient bientôt s'estomper. J'attends encore…

— Pourquoi ne m'en as-tu pas parlé plus tôt ?

— Je ne savais pas comment te l'annoncer. J'ai imaginé mille scénarios sans jamais pouvoir me résoudre à te parler.

Tandis qu'elle parlait, elle sentit soudain son estomac se soulever et elle posa ce qui restait de son toast sur son assiette.

— Je n'ai plus faim.

— Tu n'as pratiquement rien mangé.

— Cela me suffit.

— Tu devrais penser à ta santé. Et à celle du bébé.

— Je fais de mon mieux ; je prends même toute une batterie de vitamines prénatales. Heureusement, j'ai lu quelque part que les bébés nés de mères sous-alimentées ne font pas forcément des enfants en mauvaise santé. J'espère qu'il en sera de même pour le mien.

Elle repoussa son assiette et se leva.

— Bien, je dois rentrer, à présent.

— Non, reste ici pour cette nuit, dit Brock en se levant à son tour.

Elle secoua la tête, mais, dans un geste d'une infinie douceur, il prit son visage entre ses mains.

— Tu as besoin de repos. Oui, encore ! Au réveil, demain matin, tu te sentiras mieux, fais-moi confiance.

Plongeant ses yeux dans les siens, elle sentit son cœur chavirer, éprouvée qu'elle était par tant de sentiments contradictoires. D'une certaine façon, elle avait confiance en lui, mais en même temps, elle ne pouvait s'empêcher d'être sur ses gardes. Voilà des mois qu'elle l'observait ; elle avait appris à connaître le redoutable homme d'affaires, sans se laisser abuser par l'amant merveilleux. Il nourrissait pour sa société une passion sans partage, et elle n'avait jamais eu la naïveté de croire qu'il puisse éprouver ne serait-ce que la moitié de cette passion pour elle. Cependant, chaque fois qu'ils étaient ensemble, il semblait qu'un brasier incandescent les consumait.

Elle avait essayé de cantonner cette sensation à une espèce de réaction chimique. Oui, voilà, cette fabuleuse harmonie n'était que physique. Mais à l'évidence, elle se mentait. Elle était amoureuse de Brock.

En dépit de ces quelques heures de sommeil, elle se sentait épuisée et incapable de résister à la fois à sa fatigue et à Brock. Car elle savait aussi combien l'homme pouvait être dangereux. Elle renonça donc à lutter.

— D'accord, mais je partirai tôt demain matin.

— Crois-moi, c'est plus sage. Viens, je te raccompagne jusqu'à ta chambre.

Il la prit par la taille et l'entraîna à l'intérieur. Sa poigne était douce mais ferme et elle ne put s'empêcher d'éprouver un sentiment de bien-être, de réconfort. Bien sûr, ce n'était que temporaire, leur relation elle-même l'était, elle n'en avait jamais douté. Mais au moins pouvait-elle s'accorder un peu de répit. La vérité, toutes les vérités avaient aujourd'hui éclaté au grand jour, cela devait arriver. Comme devait, tôt ou tard, arriver leur rupture. Si tant est qu'on puisse parler entre eux de rupture. Ils n'avaient jamais existé en tant que couple, pour personne. Pas même en tant qu'amants.

Brock ouvrit la porte de la chambre bleue.

— Anna va t'apporter une nouvelle carafe d'eau. Si tu as besoin de quelque chose, appelle. Dors bien, dit-il avant de déposer un baiser sur son front.

Lorsqu'elle ouvrit les yeux, le lendemain, il faisait jour. Un rayon de soleil s'était faufilé entre les rideaux et illuminait son lit d'une douce lumière. Elle soupira, s'étira, goûtant la fermeté du matelas, la douceur des draps. Même les oreillers étaient irréprochables. Fermant les yeux, elle respira avec délice la délicate odeur d'eucalyptus et de lavande.

Elle se sentait reposée et détendue. Mais très vite les souvenirs revinrent. Elle pensa à sa mère. A son grand-père. Angoissée tout à coup, elle rouvrit les yeux, s'assit sur le lit.

Il fallait qu'elle ait des nouvelles de son grand-père. Cela pressait ! Et qu'elle parte sans tarder.

Sortant à la hâte de son lit, elle courut jusqu'à la salle de bain. Après sa douche, elle fut cependant obligée de ralentir, prise soudain de nausées.

Elle inspira, expira, réglant sa respiration, puis elle s'habilla et sortit de la chambre. Des voix qui résonnaient au loin la guidèrent jusqu'à la cuisine.

— Bonjour, dit-elle en souriant.

Anna et un homme qu'elle n'avait jamais rencontré se tournèrent vers elle.

— Miss Linton, comment vous sentez-vous ce matin ?, s'enquit gaiement la gouvernante. Puis-je vous préparer votre petit déjeuner ? Des pommes de terre, des œufs et du bacon vous feraient-ils plaisir ?

Ella retint son souffle, prise d'un nouvel accès de nausées.

— Une infusion et un toast, s'il vous plaît. Savez-vous où se trouve M. Maddox ?

— Dans la véranda, répondit Anna en souriant. Il a l'habitude de s'y installer pour lire son journal, quand il est là. Voulez-vous que je vous serve là-bas ?

— Oui, merci infiniment.

Elle trouva effectivement Brock dans la véranda, absorbé dans la lecture du supplément économique de son journal préféré. De manière tout à fait inattendue, elle fut prise d'un accès subit de timidité. Elle avait souvent séjourné dans l'appartement de Brock, mais n'avait jamais, jusque-là, goûté sa compagnie dans la propriété familiale. A le voir ici, dans le cadre somptueux de la maison de son enfance, elle ressentit comme un choc, mesurant les différences qui les séparaient, à commencer par leur écart social. Il était riche… et enfant légitime. Tout ce qu'elle n'était pas. Et puis alors ? Qu'est-ce que cela pouvait bien faire ?

Mais l'important, pour l'instant, était de rentrer chez elle.

— Bonjour, dit-elle.

Il interrompit aussitôt sa lecture, promenant sur elle son regard bleu océan.

— Bonjour. Bien dormi ?

— Oui. Je vais rentrer, à présent.

— Et ces nausées ?

— De pire en pire. Mais ça ira…

— Et si tu t'asseyais avec moi quelques minutes. Pourquoi faut-il toujours que tu sois ainsi sous pression ?

— On m'attend. Ma mère…

Il hocha doucement la tête, puis lui tendit son journal.

— Tiens. Ceci t'aidera peut-être à t'accorder une pause.

Elle prit le quotidien, ouvert à la page « Rubrique mondaine », qu'elle parcourut d'abord d'un œil distrait. Soudain, elle s'arrêta, comme hypnotisée : un des entrefilets annonçait… les fiançailles d'Ella Linton et de Brock Maddox, ainsi que leur mariage imminent.

— Mais que… Qu'est-ce que cela signifie ? parvint-elle à articuler, en se laissant choir sur le premier siège à sa portée.

— Cela semble évident, non ? Inutile de perdre du temps. J'ai appelé le journal hier soir pour une diffusion aujourd'hui même.

Elle prit le temps de respirer, s'efforçant d'ignorer cette sensation d'étourdissement qui ne la quittait quasiment plus.

— Mais pourquoi ?

— Tu sais parfaitement que c'est la meilleure solution, la plus sensée. Tu as vraiment envie d'élever un enfant naturel ? Cet enfant, notre enfant, ne mérite-t-il pas mieux ?

Elle ferma les yeux, comme si cette pauvre tentative allait ralentir les battements de son cœur, et faire disparaître cette sensation d'étouffement.

— C'est donc un… un mariage de raison que tu me proposes ?

— Et quelle meilleure raison pour cela que notre enfant, peux-tu me le dire ? s'exclama-t-il avant de se pencher vers elle, l'air soucieux. Comme tu es pâle. Tu veux un peu d'eau ?

— Non, non, enfin… je ne me sens pas très bien. Je crois que je…

Elle se leva brusquement et courut jusqu'à la salle de bains.

Une fois soulagée, elle se rafraîchit le visage et se brossa les dents. Puis elle alla s'installer dans l'un des confortables fauteuils de la chambre bleue afin d'essayer de mettre de l'ordre dans ses pensées. En vain. Son cerveau semblait en ébullition. Elle, Ella Linton, épouser Brock Maddox ?

Elle frémit à cette perspective, tout en songeant au même instant que la nouvelle de leur mariage était maintenant parue dans la presse. Elle se voyait mal démentir l'annonce de Brock. Ce serait l'offenser, le trahir une fois de plus. Rien qu'à cette idée, son cœur se serra. Mais alors, dans ce cas, quel autre choix avait-elle ?

Elle sursauta en entendant frapper.

— Ella, dit Brock. Tu vas bien ?

Pas vraiment, non, pensa-t-elle avant de se lever pour aller ouvrir. Sourcils froncés, il la dévisagea.

— Si ces nausées se répètent trop souvent, peut-être devrais-tu revoir ton médecin, suggéra-t-il.

— Reconnais que je n'ai pas été épargnée, au cours de ces dernières vingt-quatre heures, répondit-elle en soutenant bravement son regard. Mais pourquoi tant de précipitation ? Pourquoi avoir annoncé notre mariage, alors que je t'avais déjà dit non ?

— Parce que je pense à notre enfant. Et parce que je pense qu'un homme ne doit pas fuir ses responsabilités.

Comme son propre père l'avait fait avec elle… Et elle était bien forcée de reconnaître qu'elle ferait tout pour épargner à son enfant de porter ce fardeau de honte qui avait gâché sa vie. Elle refusait que son fils ou sa fille souffre comme elle avait souffert chaque fois qu'on l'interrogeait au sujet de son père, et qu'elle se voyait contrainte de répondre qu'elle n'en avait pas.

— C'est trop rapide.

— Pas assez, à mon goût, répliqua-t-il avec fermeté. Je veux que nous soyons mari et femme avant que ta grossesse ne soit rendue publique.

Elle se rembrunit, en butte à une nouvelle vague de nausées.

— Je comprends… C'est une question d'image, lâcha-t-elle, cinglante.

— Non. Il s'agit seulement d'agir au mieux pour toutes

les parties concernées, expliqua-t-il, reprenant son ton froid d'hommes d'affaires. Je veux vous protéger, toi et le bébé.

Il s'interrompit, soupira, et poursuivit plus doucement :

— Bon d'accord, j'admets que tu as raison : tout cela est un peu rapide, mais incontournable. Il est vrai aussi que, si tu rêvais d'un mariage de princesse, c'est un peu raté.

— Je n'ai jamais rêvé d'un mariage à grands frais ! Les rares fois où j'ai pu me laisser aller à imaginer le jour de mes noces, je pensais plutôt à une cérémonie intime sur une petite plage… Ce qui est un peu fou aussi, car je sais bien que nous sommes loin de la mer…

— Mais non, pourquoi ce serait fou ? rétorqua-t-il, en la regardant au fond des yeux. Une cérémonie sur une plage est tout à fait envisageable. Je peux organiser cela. As-tu envie d'un modèle de robe particulier, de fleurs ?

— Non, je n'ai aucune envie de cet ordre, répondit-elle en détournant le visage, blessée par la manière très pragmatique dont il envisageait ce qui aurait dû être le plus beau jour de leur vie.

— Je prévois d'organiser la cérémonie dans une semaine. Demande à quelqu'un de t'accompagner pour t'acheter une robe et tout ce qui va avec. Tiens, prends ma carte de crédit.

— Non, je…

— J'insiste, dit-il en prenant sa main.

Soudain muette face à autant de détermination, elle le regarda. Il dut sentir son malaise, car il ajouta plus doucement :

— Je sais que tout cela est un peu précipité. Les choses ne se déroulent peut-être pas comme nous l'avions prévu, mais tout se passera bien. Ne t'inquiète pas, dit-il encore.

Ne pas s'inquiéter ? Ah oui ? Mais lui ? Qu'avait-il en tête ? Quels étaient ses sentiments ? Ne venait-il pas d'apprendre sa trahison ? Il ne savait rien encore de la maladie de sa mère, et elle rechignait à lui en parler. D'ailleurs, cela suffirait-il à l'excuser à ses yeux ? Peut-être aussi pensait-il qu'elle avait couché avec lui dans le seul but de lui soutirer des informations ? Si seulement elle pouvait lui faire comprendre que tomber amoureuse de lui et se donner comme elle l'avait fait n'était jamais — non, jamais — entré dans son « plan ».

— Comment peux-tu affirmer que tout ira bien ? As-tu seulement pensé à tout ce qui oppose nos familles respectives ? répliqua-t-elle.

— Toi et moi, nous ferons en sorte que ça fonctionne, dit-il d'un ton buté. Pour l'enfant.

— Et le fait que j'aie divulgué des informations sur ta société à ton plus grand rival, qu'en fais-tu, Brock ? demanda-t-elle sans détour.

— Ça, c'est du passé, répondit-il entre ses dents. Désormais, il nous faut penser au présent et regarder vers l'avenir.

Elle hocha doucement la tête, mais devant l'éclat métallique qui traversait son regard noir, elle ne crut pas un instant en ces belles paroles, doutant qu'il puisse réellement lui pardonner un jour.

En pénétrant ce matin-là dans l'ascenseur qui menait aux bureaux de Maddox Communications, Brock se sentit pénétré par le sens du devoir, comme chaque fois qu'il se rendait à l'agence. Ce bâtiment de six étages avait échappé de peu à la démolition en dépit de son architecture originale de style art déco. Seule la détermination de son père avait permis de le sauver.

Aujourd'hui, la décoration intérieure n'avait plus grand-chose à voir avec celle réalisée par James, en son temps. Passionné de technologie, comme son père, Brock avait fait installer deux écrans plasma de 70 pouces de chaque côté de l'immense bureau d'accueil, sur lesquels passaient en boucle les spots publicitaires et campagnes d'affichage conçus par Maddox Communications.

Après un bref signe de tête à l'hôtesse, il descendit le couloir, notant immédiatement l'absence d'Ella à son bureau. Tout s'était fait de façon tacite : point n'avait été besoin d'évoquer licenciement ou démission. D'elle-même, Ella avait bien compris que sa présence en ces locaux serait désormais déplacée.

Il ne put réprimer une sensation de manque, aussitôt suivie par un sentiment d'agacement contre lui-même. Décidément, cette femme suscitait toujours en lui un étrange cocktail d'émotions, et ce depuis leur rencontre.

La sagesse eût voulu qu'il résistât à la tentation. Pas de sexe au bureau, s'était-il toujours dit. La règle était pourtant simple. Par ailleurs, il s'était fait plaquer par sa fiancée peu de temps avant et s'était bien promis de ne plus s'engager dans une relation sérieuse. Mais… mais Ella était intelligente, charmante, et ses grands yeux bleus avaient rapidement eu raison de ces fermes résolutions.

Ils avaient couché ensemble, passé des nuits inoubliables. Malgré cela, jamais Ella ne lui avait rien demandé. Ce qui n'avait fait qu'attiser son désir.

Un désir qui aurait fort bien pu signer la ruine de la société que son père avait mis tant de cœur à construire. Comment avait-elle pu le tromper à ce point ? Quel genre de femme était-elle donc pour lui avoir menti ainsi, tout en lui offrant caresses et baisers ?

Il pensa à Athos et se demanda s'il aurait agi de la même façon pour son propre père, si celui-ci le lui avait demandé. En réalité, Brock connaissait la réponse à cette question. Oui, il aurait fait ce que son père lui demandait, parce que ce dernier lui avait toujours manifesté un amour indéfectible et lui avait appris le sens de la loyauté filiale…

Refoulant ses émotions, il pénétra dans le bureau qui avait appartenu à James Maddox. Ici, Brock n'avait touché quasiment à rien, pas plus au mobilier qu'à la déco. Cela lui donnait le sentiment que son père était encore là.

Le fondateur de Maddox Communications devait se retourner dans sa tombe s'il savait que Brock avait pour assistante la petite fille d'Athos Koteas, et qu'en plus il entretenait une relation intime avec celle-ci…

Il passa un coup de fil à son DRH, pour lui demander d'embaucher une secrétaire intérimaire, un secrétaire plutôt. Quelqu'un de confiance, insista-t-il, un goût amer dans la bouche, puis il prit le temps de régler la pile de dossiers « en urgence » entassés sur son bureau. Le contrat avec le groupe Prentice avait à présent de fortes chances d'aboutir. Epouser Ella rassurerait ce client particulièrement conservateur, qui n'aurait jamais signé avec Maddox Communications pour une nouvelle campagne, s'il avait eu vent d'une liaison de Brock avec sa secrétaire.

Il passa une main dans ses cheveux et soupira. Quelle semaine ! D'abord la trahison d'Ella, et maintenant sa grossesse. Deux chocs, coup sur coup. Pourtant, même s'il doutait de pouvoir un jour lui accorder de nouveau sa confiance, sa venue dans la propriété familiale avait eu un effet inattendu sur lui. Comme si sa présence avait rendu à la maison sa chaleur.

Brock avait perdu sa fiancée parce qu'il avait négligé sa vie privée au profit de la société. Bien sûr, il n'était pas amoureux d'Ella, mais cela ne l'empêchait pas d'éprouver des sentiments pour elle. Et maintenant qu'elle portait son enfant, il était bien résolu à officialiser leur relation.

A ce moment son BlackBerry sonna. Il regarda le numéro sur l'écran. Son frère. Flynn avait dû lire l'annonce, dans le journal.

— Brock, j'écoute, marmonna-t-il.

— Je suppose que l'heure est aux félicitations, dit Flynn. En voilà une surprise…

Brock toussota, mal à l'aise. Depuis que Flynn s'était marié, se désistant pour le poste de vice-président de la société, Brock aspirait à des relations plus amicales avec son frère.

— Tu me connais. Lorsque je prends une décision, je ne traîne pas.

— En effet. Quand passes-tu devant monsieur le maire ? Demain ?

— N'exagérons pas. Nous nous marions la semaine prochaine. Nous avons projeté une cérémonie sur la plage. Je compte sur toi.

— Merci, répondit son frère après un bref silence. Je suis flatté d'être invité.

— Je te donnerai plus de détails ultérieurement. Comment va Renée ? s'enquit Brock.

— Elle est folle de joie à l'idée de porter mon enfant ! s'exclama Flynn.

Brock ne put réprimer un sentiment de jalousie devant la joie de son frère. Lui-même ne pouvait en dire autant : Ella ne semblait pas particulièrement heureuse d'être enceinte de lui.

— Elle attend avec impatience la fête que Jason et Lauren Reagert donnent ce week-end, pour la naissance de leur bébé.

Brock hocha la tête. Décidément, il y avait du bébé dans l'air, chez Maddox Communications, ces temps-ci. Jason était l'un des piliers de la société, un créatif de grand talent, qui avait épousé Lauren pour éviter avant tout un scandale. Mais il n'avait pas fallu longtemps pour que les deux tourtereaux tombent amoureux fous l'un de l'autre. Brock n'imaginait pas qu'il puisse un jour en être de même pour lui et Ella. Ce qui ne les empêcherait pas de réussir leur mariage, il l'espérait.

— Je suis content que tout aille bien pour eux, dit-il.

— Aucune chance pour que ta vie conjugale future te fasse quitter le bureau à l'heure de temps en temps ?

Brock laissa échapper un rire plein de cynisme.

— Moi, quitter le bureau à 17 heures pile ? Avec la concurrence et tous ces rapaces qui lorgnent sur Maddox ? Tu plaisantes !

Aujourd'hui encore, il ignorait quelles informations exactement Ella avait pu fournir à Koteas et, au vu de son état, il préférait pour l'instant ne pas lui faire subir d'interrogatoire.

— O.K., mais n'oublie pas de vivre ta vie. A la semaine prochaine, dit Flynn.

— A la semaine prochaine.

Brock raccrocha. Son regard se tourna vers la baie vitrée, absorbé un instant par le ballet incessant des tramways et de la foule. Une phrase lui revint alors en mémoire, quelques mots que lui avait dits son père, alors qu'il peinait à terminer un devoir d'école :

« Le monde ne s'arrêtera pas de tourner, uniquement parce que tu as des problèmes. »

Rien n'était plus vrai, se dit-il. Recouvrant sa pugnacité habituelle, il attrapa son téléphone et appela son bijoutier.

3

Ella partagea sa journée entre sa mère, à la maison, et son grand-père, à l'hôpital. Suzanne s'était montrée littéralement enchantée en apprenant le mariage prochain de sa fille. Ella aurait bien aimé éprouver le même enthousiasme… Malheureusement, elle ne parvenait pas à se réjouir de cette union. Un mariage de raison, un arrangement, en un mot, un contrat, voilà tout ce que Brock avait trouvé à lui proposer. Aller faire du shopping en vue de l'événement s'avérait dans ces conditions au-dessus de ses forces. Et, franchement, quelle femme pourrait choisir sa robe de mariée le cœur léger, dans un tel contexte ? Pas elle en tout cas.

En milieu de journée, Brock l'appela pour l'inviter à dîner, et sa mère insista pour qu'elle accepte.

Une voiture avec chauffeur se présenta à 18 heures à la résidence pour la conduire à Nob Hill. Ella ne fut pas surprise de ne pas trouver Brock chez lui. Elle avait travaillé à son service plusieurs mois et savait que la société constituait sa priorité. C'était un homme d'affaires brillantissime et un bourreau de travail, même si c'était aussi un homme irrésistible, hélas. Elle avait, plus qu'une autre, de bonnes raisons de ne pas céder à son charme, et avait pourtant succombé… Très rapidement, elle était tombée amoureuse de lui, et s'était satisfaite de ce qu'il voulait bien lui donner. Pour tout dire, elle s'en satisferait encore si la vérité n'avait éclaté.

Ella prit place dans le salon, trop pompeux à son goût, après qu'Anna lui eut servi un verre de jus d'orange. Fatiguée de sa journée, elle retira ses chaussures, s'installa confortablement dans le fauteuil et ferma les yeux. Quand elle les rouvrit, quelques minutes plus tard, Brock se tenait devant elle, un sourire énigmatique sur les lèvres.

— J'aurais dû comprendre que tu étais enceinte, lui dit-il d'une voix douce, quand j'avais tant de mal à te réveiller, au petit matin, pour que tu rentres chez toi, après… l'une de nos nuits…

A cette évocation de leur intimité passée, elle se sentit rougir. Se reprenant, elle remit ses chaussures et se redressa sur son siège.

— A vrai dire, répondit-elle, j'ai cru un moment que cette fatigue pouvait être le symptôme d'une maladie grave…

— Mais le médecin a procédé à tous les examens ?

— Oui, je suis juste enceinte ! Et il m'a assuré qu'il n'y avait rien d'inhabituel à manquer d'énergie à cette étape d'une grossesse. Cela devrait aller beaucoup mieux au deuxième trimestre.

— Bien, dit-il, en lui tendant la main.

Toujours souriant, il reprit :

— Allons dîner. J'ai une surprise pour toi.

— Une surprise ? répéta-t-elle avec un frisson de plaisir aussitôt tempéré par la méfiance.

— Une bonne, ou une mauvaise surprise ?

— Je crois que la plupart des femmes estimeraient qu'il s'agit d'une bonne surprise. Mais plus de questions. Tu sauras bien assez tôt de quoi il retourne, répliqua-t-il en l'entraînant vers la véranda.

Au cours du dîner, il n'évoqua que très peu son travail. Le cœur d'Ella se serra en pensant à l'enthousiasme avec lequel il lui parlait, récemment encore, des campagnes publicitaires dont il avait la charge, ou à l'humour dont il faisait preuve à propos de certains clients. Ils étaient si complices alors, et Brock était si confiant ! Bien sûr, elle ne pouvait lui reprocher d'être ainsi sur ses gardes avec elle après ce qu'elle lui avait fait. Il n'empêche, elle regrettait ces moments ; elle regrettait son amant spontané et rieur. Plus rien ne serait jamais pareil entre eux.

Après quelques banalités, il l'interrogea sur sa journée.

— Tu as rendu visite à ton grand-père ? Je t'avais demandé de te reposer.

— Je suis fatiguée de me reposer, répondit-elle en souriant. Franchement, quel plaisir peut-on trouver à rester au lit toute la journée ?

Quelque chose scintilla dans le regard de Brock.

— Franchement ? répéta-t-il. Eh bien, cela dépend des circonstances…

Ella ressentit aussitôt un frisson voluptueux parfaitement inopportun. Mais enfin… Son amant, aussi merveilleux qu'il fût, restait un homme pressé, et même au plus intense de leur liaison, ils n'avaient jamais passé plus d'une heure ou deux ensemble dans un lit.

— Je me demande bien de quelles circonstances tu parles, chuchota-t-elle, juste avant que la gouvernante ne fasse son apparition.

— M. Walthall est ici, monsieur. Il vous attend dans le salon.

— Ah, voilà enfin ma surprise, dit Brock en se levant. Tu es sûre que tu as suffisamment mangé ?

— Certaine, répondit-elle. Le médecin m'a conseillé de faire des repas légers, mais fréquents.

— Alors, nous ferons en sorte qu'il en soit ainsi. Je vais en informer Anna. Prête pour la surprise ?

— Ce n'est pas à ta gouvernante de veiller à ce que je me nourrisse correctement, Brock, dit-elle en se levant à son tour.

— Tu plaisantes ! Elle va adorer cela au contraire. Avec ma mère qui est toujours au régime, Anna est un peu frustrée. Elle sera ravie à la perspective de te nourrir !

— Je n'ai aucune intention de me laisser engraisser comme une oie, répliqua-t-elle en le fusillant du regard. Je veux juste prendre soin de ma santé et de celle du bébé…

— Mais c'est bien ce que je voulais dire.

Pas exactement, se dit-elle, sans toutefois insister car ils étaient arrivés dans le salon où un homme attendait, une série de mallettes à ses pieds.

— Phillip Walthall. Je suis enchanté de pouvoir vous aider.

Et voici, je présume... ? demanda-t-il avec une courbette, en souriant à Ella.

— Voici ma fiancée, Ella Linton, répondit Brock. Ella, M. Walthall est joaillier. Il va te présenter quelques-unes de ses créations. Tu devrais y trouver une bague de fiançailles à ton goût.

— Une bague de fiançailles ? répéta-t-elle, incapable de cacher son désarroi, comme sonnée soudain par la vitesse à laquelle les événements se déroulaient. Mais ce... C'est inutile.

— C'est absolument nécessaire, au contraire.

— Donnez-moi au moins une chance de vous faire changer d'avis, demanda le joaillier avec un sourire aimable.

Brock la fit asseoir et, sans perdre de temps, le bijoutier étala devant elle une série de bagues somptueuses. Si elle n'avait jamais manqué de rien, l'argent ne coulait pas à flots, chez elle. Sa mère avait toujours travaillé, et Ella avait poursuivi ses études dans une université d'Etat. Jamais elle n'aurait imaginé porter un jour une bague comme celles que lui présentait M. Walthall.

— C'est trop..., murmura-t-elle, fascinée par le scintillement de toutes ces pierres sous ses yeux.

— Je prends ceci comme un compliment, dit le bijoutier avec un grand sourire. Mais n'avez-vous pas une préférence ?

— Je ne sais pas... Elles sont toutes si belles...

— Pour les guider dans leur choix, j'ai coutume de demander à mes clientes comment elles imaginaient leur bague de fiançailles. Car vous avez forcément rêvé un jour de la bague que vous offrirait votre futur époux, dit M. Walthall.

Ella ferma les yeux, inspira profondément. Avait-elle rêvé un jour d'une bague de fiançailles ? En fait, elle avait plus souvent rêvé d'avoir un père. Et elle avait aussi rêvé d'un grand amour. Partagé. A aucun moment pourtant, en ce qui concernait Brock, elle ne s'était bercée d'illusions. Il ne l'aimerait jamais comme elle en rêvait. Ce qui ne l'avait pas empêchée de tomber dans ses bras.

Mais puisqu'elle devait choisir une bague, autant que celle-ci ait une valeur affective. Au moins pour pour elle.

— Quelle est la pierre porte-bonheur du mois de décembre ?

— Il y en a plusieurs, expliqua M. Walthall. Topaze bleue, tanzanite ou rubis, ça dépend.

— Pourquoi cette question ? demanda Brock.

— La naissance du bébé est prévue en décembre, répondit-elle.

Elle remarqua à cet instant dans les yeux de son amant une certaine tristesse, et autre chose aussi, qu'elle ne put définir.

— L'anniversaire de mon père était en décembre, dit-il à voix basse, fuyant son regard.

Ella retint son souffle, n'éprouvant qu'un désir : le prendre dans ses bras, lui dire combien elle le comprenait, et partageait sa tristesse. Elle n'insista pas pourtant, s'étonnant seulement que le destin ait décidé de faire naître leur enfant le même mois que son grand-père.

— Serait-il possible de choisir une pièce qui inclue les trois pierres ?

— Tout est possible quand il s'agit d'amour, dit M. Walthall, un rien théâtral. J'aime par-dessus tout quand un couple choisit un bijou pour sa valeur sentimentale.

En quelques minutes, il sélectionna une série de pierres ainsi qu'un solitaire.

— Un diamant d'un demi-carat suffira, suggéra-t-elle.

— Un… demi-carat ? répéta M. Walthall, l'air surpris.

— Bien sûr que non, corrigea Brock d'un ton sans appel. Je pense qu'il faut au moins une pierre de six ou sept carats pour donner de l'éclat à l'ensemble.

— Mais c'est beaucoup trop, protesta-t-elle en le regardant, stupéfaite.

— Quelque chose semble t'échapper, dit-il. Cette bague est aussi la mienne, d'une certaine façon…

Ses paroles la laissèrent songeuse. Un instant, elle fut même tentée d'espérer, de croire… Mais elle se sermonna. Non, Brock était un homme pragmatique. Il voulait acheter un bijou de qualité, cette bague était un investissement, rien de plus.

— Tu pourrais nourrir tout un village du tiers-monde avec cet argent, se contenta-t-elle de remarquer.

— Si cela te fait plaisir, j'enverrai un chèque équivalent dès demain à une ONG, répliqua Brock non sans ironie.

— Disons trois carats, alors, insista-t-elle. Je n'aime pas les bijoux trop importants.

— Cinq, et c'est mon dernier mot. Je veux que ma fiancée ait une bague digne de ce nom.

Ella regarda le bijoutier, visiblement interloqué par ces négociations.

— Cinq, cela me semble parfait. Ce sera une bague de toute beauté, dit-il avec conviction.

— Quand sera-t-elle prête ? s'enquit Brock.

— Pour quand la voulez-vous ? demanda M. Walthall.

— Demain.

— Entendu monsieur, répondit le bijoutier avant de boucler ses mallettes. C'est un plaisir de faire des affaires avec vous. Si vous changiez d'avis et souhaitiez un diamant plus important, n'hésitez pas à m'appeler.

Après le départ du joaillier, un silence pesant s'installa entre Brock et Ella.

— Quand je pense que le bébé va naître en décembre, comme mon père, dit-il enfin.

— Cela te pose un problème ?

Il hésita, puis son regard s'adoucit.

— Non. En fait, c'est plutôt une sorte de réconfort.

Ella le dévisagea, décontenancée. Brock, avoir besoin de réconfort ? Elle ne pouvait le croire venant de lui, l'homme d'affaires impitoyable, l'amant si sûr de son pouvoir de séduction. Touchée par son aveu, elle approcha une main de son visage.

— Je veux que tu dormes ici, cette nuit, dit-il en s'écartant, recouvrant soudain toute sa maîtrise.

— Pourquoi ? demanda-t-elle, blessée par son rejet. Je peux parfaitement rester auprès de ma mère jusqu'à…

Elle s'arrêta, ravala sa salive avant d'articuler, insistant sur chaque syllabe :

— … jusqu'à notre mariage.

Brock se figea, les traits durcis.

— Tu n'es pas raisonnable, dit-il d'une voix blanche. Au moins, ici, je suis sûr que tu te reposes.

Ella soupira, pensa un moment protester, mais elle était fatiguée, c'était un fait. Et puis, il ne lui demandait pas de coucher dans son lit. A cette pensée, elle tressaillit, essayant d'imaginer leurs retrouvailles amoureuses. Partageraient-ils les mêmes sensations, la même complicité ? Renoueraient-ils avec cette passion qui transcendait chacune de leurs étreintes ?

Elle s'efforça de penser à autre chose, à ce bébé qu'elle attendait.

— J'ai besoin de repos, j'en suis consciente, dit-elle. Mais demain soir, j'irai dormir chez maman.

— Je convoquerai un déménageur pour empaqueter tes affaires et les apporter ici, dit-il avec un regard possessif. Et demain soir, je préférerais que tu sois là. La bague sera prête.

Le samedi, Ella n'arrivait toujours pas à s'habituer à la bague de fiançailles qui étincelait à son doigt. Somptueuse, évidemment, mais tellement… étrange. Dans cet enchaînement fou d'événements, elle se réjouissait de pouvoir au moins se changer les idées en participant à la fête organisée par Jason et Lauren, pour la future naissance de leur bébé. La fête avait lieu à Mission Hill, dans la propriété d'une amie de Lauren. Brock avait insisté pour lui envoyer une voiture avec chauffeur. Il ne voulait pas qu'elle conduise, ce qu'Ella jugeait ridicule.

Le cadeau pour le petit garçon de Jason et de Lauren sous le bras, elle pénétra dans la villa. Des ballons multicolores et des guirlandes décoraient le salon, lieu des festivités.

Lauren, le ventre bien rond, se leva à son arrivée.

— Ella, je suis heureuse que vous ayez pu venir. Oh, quel joli paquet-cadeau ! s'exclama la jeune femme, radieuse. Dites-moi, qu'est-ce que c'est ?

— Ouvrez-le donc, répondit Ella, tout sourire.

— Donnez-moi d'abord un petit indice !

— Eh bien, que pourrais-je vous dire ? Disons que c'est bleu.

— Venez boire quelque chose, répondit Lauren en riant.

Pas d'alcool, dans mon état, mais ne vous privez pas pour moi. Je veux porter un toast à vos fiançailles. A propos, le secret a été bien gardé…

— Oh, ce n'était pas prémédité, répondit Ella. En fait, c'est arrivé… comme ça. Hmm, ce punch paraît délicieux !

— Ce breuvage a été concocté spécialement à mon attention, grossesse oblige, expliqua Lauren en levant les yeux au ciel. Mais si cela vous tente…

Lauren remplit deux coupes d'un punch rouge vif et leva son verre.

— A votre bonheur, au plus merveilleux des mariages ! déclara-t-elle d'un ton joyeux.

En entendant ces mots qui lui semblaient si éloignés de la réalité, Ella fut soudain submergée par le chagrin. Elle s'efforça cependant de faire bonne figure.

— Merci, chuchota-t-elle péniblement avant d'avaler une minuscule gorgée de punch, terrifiée à l'idée d'être reprise par la nausée.

Il ne manquerait plus qu'elle se trouve mal au beau milieu de ces gens…

— Dites-moi tout, la pressa Lauren. D'après la presse, vous devriez vous marier très vite. Pourquoi une telle urgence ?

Ella manqua renverser son verre.

— Oh, vous connaissez Brock. Quand il prend une décision, il ne perd jamais de temps.

— Ça, c'est vrai, acquiesça Lauren en riant.

A cet instant, prise d'un haut-le-cœur, Ella porta malgré elle une main à ses lèvres.

— Excusez-moi, pouvez-vous m'indiquer les toilettes ? dit-elle à voix basse.

— Bien sûr. Tout au bout de ce couloir, répondit Lauren. Je vous attends.

Malgré sa nausée grandissante, Ella marcha d'un pas qui se voulait mesuré jusqu'aux toilettes, où elle put enfin se rafraîchir le visage, se rincer la bouche, et faire quelques profondes respirations afin de recouvrer son calme.

Quand elle ressortit, ce fut pour se retrouver nez à nez avec Lauren, visiblement inquiète à son sujet.

— Suivez-moi, lui dit celle-ci.

Prenant son bras, elle la mena jusqu'à une chambre.

— Est-ce que ça va ?

— Mais oui, je vous assure, répondit Ella d'un un ton léger. Juste un peu fatiguée. Sans doute un virus…

Lauren, les bras croisés, la regarda au fond des yeux.

— Vous êtes enceinte, n'est-ce pas ?

Ella retint son souffle. Elle ne pouvait pas lui mentir, non, pas avec la sympathie que lui manifestait Lauren.

— Je vous en prie, ne le dites à personne. Brock a insisté pour que nous nous mariions…

— J'ai vécu la même situation, confia Lauren.

— Je doute que ce soit tout à fait la même chose, murmura Ella, en pensant à son grand-père et à sa trahison envers Brock.

— Peut-être plus que vous ne le croyez, répondit Lauren. Si je peux vous donner un conseil, croyez en l'avenir. Les choses évoluent parfois comme on ne s'y attendait pas. Je parle d'expérience. Et, par-dessus tout, prenez soin de vous. Pensez à ce petit être si précieux, là dans votre ventre…

Au bord des larmes soudain, Ella réprima un sanglot.

— Merci, dit-elle. J'apprécie votre aide.

— Avez-vous choisi un prénom ? demanda Lauren avec une grande douceur.

— Pas encore. A vrai dire, j'essaie juste de survivre au jour le jour, en ce moment.

— Vous connaîtrez bientôt des jours heureux, j'en suis certaine, dit Lauren.

Ella sourit, ou plus exactement, se força à sourire, car tout au fond d'elle-même, et malgré un semblant d'espoir, elle doutait de pouvoir connaître un jour le bonheur avec l'homme de sa vie.

Deux jours plus tard, Ella sortit de la cabine d'essayage, revêtue de la robe qu'elle porterait pour son mariage. Elle avait choisi celle-ci avec sa mère, lors d'une vente privée, dans l'une des boutiques de luxe du centre-ville, à proximité de Maddox Communications. Si près, même, qu'un moment elle pensa rendre visite à Brock, avant de renoncer bien vite à ce projet. Il était clair qu'il ne souhaitait plus sa présence dans les locaux de la société.

— Tu es ravissante, dit sa mère en la serrant contre son cœur. Ton mariage me rend si heureuse, ma chérie. Oh oui, je suis heureuse que l'histoire ne se reproduise pas et que ton enfant ait un père. Si tu savais quel soulagement cela représente pour moi, Ella, et comme je regrette de ne pas avoir pu te donner ce bonheur…

— Tu m'as donné tout ce qu'un enfant peut espérer, maman, protesta Ella, le cœur serré. Toi, ton amour et… surtout tu m'as appris à faire des bulles, ajouta-t-elle avec humour, se forçant à conclure sur une note joyeuse.

— Tu as toujours aimé faire des bulles, rétorqua sa mère en riant, avant de poser une main sur le ventre de sa fille. Je suis sûre que ton bébé adorera ça, lui aussi.

— Nous lui apprendrons, toi et moi, répondit Ella, en déposant un baiser sur la joue de sa mère.

— Oui, bien sûr, chuchota celle-ci, le regard perdu dans le vague. Mais chaque chose en son temps, et d'abord le mariage, reprit-elle, l'air enjoué. Tu es belle comme le jour, ma chérie. Et je te souhaite tout le bonheur du monde. Tu seras heureuse, je le sais.

Ella avait beau en douter, elle s'obligea à sourire. Malgré les nausées, malgré son amour non partagé pour cet homme qui allait devenir son époux. Le cœur serré, elle se regarda longuement dans le miroir. Etait-ce bien elle, cette jeune femme revêtue d'une robe de mariée ? Elle, vraiment, cette femme qui s'apprêtait à dire oui à Brock Maddox ? Mais quel avenir y avait-il pour un mariage conclu avec si peu d'amour ?

Le jour venu, une voiture avec chauffeur les mena, elle et sa mère, jusqu'à la plage où devait se dérouler la cérémonie. Le soleil avait fini par dissiper les dernières brumes matinales, et au moins ne pleuvait-il pas. La voiture se gara devant la luxueuse bâtisse où serait ensuite servi le repas de noces.

Ella aperçut Brock au loin et, à sa vue, son cœur se serra. En dépit des sentiments qu'elle nourrissait pour lui, jamais elle n'aurait osé espérer l'épouser un jour. Tant de choses les opposaient. Et voilà qu'aujourd'hui… Non, tout cela ne pouvait être vrai, il y avait forcément une erreur.

— Ella, dit sa mère en lui caressant la joue. Ne t'inquiète pas. C'est un grand jour.

— Je sais, mais…, répondit-elle, la gorge nouée par un profond sentiment d'appréhension.

— Chut, pas de « mais », murmura sa mère en plongeant ses yeux dans les siens. Tu dois garder confiance, toujours.

Ella sourit à cette phrase, si souvent entendue dans son enfance. Elle inspira profondément. Oui, c'était le jour ou jamais. Elle devait avoir confiance, sourire à la vie. Elle descendit de voiture et marcha avec sa mère vers le bâtiment principal où une hôtesse vint les accueillir.

— Tout est prêt, nous n'attendions plus que vous, dit la jeune femme. Enfin, il manque encore la harpiste.

— Une harpiste ? s'étonna Ella en regardant la porte-fenêtre.

— Oh, désolée, s'exclama l'hôtesse. Peut-être s'agissait-il d'une surprise…

— Je te précède, comme convenu, intervint sa mère, visiblement aux anges.

Puis, prenant la main d'Ella entre les siennes, elle ajouta :

— Je suis si heureuse pour toi, et pour le bébé.

— Je t'aime, maman, murmura Ella, au comble de l'émotion.

Elle suivit sa mère des yeux tandis que celle-ci descendait à petits pas les marches menant à une terrasse en teck, aménagée à même le sable. Le Pacifique, d'un bleu intense, mais agité d'une forte houle, portait aujourd'hui bien mal son nom. Fallait-il y voir un mauvais présage ? se demanda soudain Ella avec une sourde appréhension.

Rassemblant tout son courage, elle se dirigea de nouveau vers l'hôtesse qui lui glissa aussitôt un somptueux bouquet de fleurs entre les mains.

— M. Maddox a insisté. Elles sont merveilleuses, vous ne trouvez pas ?

Ella baissa les yeux sur le bouquet de fleurs blanches parsemé d'éclatantes roses rouge sang. Elle ne put s'empêcher, à cet instant, de penser à la guerre qui opposait depuis si longtemps sa famille et celle de Brock.

Leur mariage permettrait-il de mettre enfin un terme à cette rivalité ? Fermant les yeux, elle inspira profondément, puis expira et suivit l'hôtesse.

Brock regarda la porte s'ouvrir, et Ella faire son entrée dans la salle de réception. La brise soufflant depuis le large s'engouffrait dans ses cheveux et plaquait au passage le bas de sa robe en dentelle contre ses chevilles, lui donnant un aspect éthéré. On eût dit un ange. Il secoua la tête. Non, il ne devait pas se laisser abuser par cette image. Il connaissait Ella sous un jour autrement moins angélique. Ce n'était pas un ange qu'il épousait, mais une femme. Une femme sensuelle, déesse du sexe dans son lit et assistante efficace au bureau. Une femme capable de dissimulation et de mensonge, à qui il avait fait confiance alors qu'elle le poignardait dans le dos.

Il ravala sa salive, refoulant cet arrière-goût d'amertume qui ne le quittait plus. Il devait garder à l'esprit des choses bien plus importantes. L'enfant. Son enfant. Cela seul comptait désormais.

Son père lui avait enseigné deux choses essentielles : le sens du devoir, envers leur société, et envers la famille.

Si sa mère s'était toujours montrée une épouse dévouée, il n'en demeurait pas moins qu'elle avait aussi été une femme distante, égoïste, presque absente. Ella ne serait pas ce genre de mère, il en était certain. Il savait combien elle pouvait se montrer passionnée, que ce soit dans ses bras ou dans le travail. Sa future épouse était entière, enthousiaste, responsable aussi. Elle se donnait sans compter et elle aimerait leur enfant de toute son âme. Loin de considérer ce dernier comme une obligation, elle l'accueillerait au contraire comme un don précieux… Restait leur relation à eux deux : eh bien, ils feraient en sorte de la gérer au mieux.

Ella croisa à ce moment son regard et, bien qu'il ne puisse lire dans ses yeux à cette distance, il comprit le tourment qui l'agitait. Elle s'avançait tête haute, avec la grâce d'une princesse, son petit ventre rebondi affleurant sous la robe.

Il frémit, incapable de détourner les yeux de celle qui avait été sa maîtresse, de celle qui lui avait fait perdre la tête au point de l'aveugler : lui, Brock Maddox, rompu à la dureté du monde des affaires, n'avait rien vu, rien décelé chez elle qui puisse laisser penser à un quelconque double jeu.

Oui, elle l'avait trahi. Elle n'avait pas eu le moindre scrupule à abuser de sa confiance et… et pourtant, il la désirait encore : son corps lui manquait, ses soupirs, ses cris… Il aurait dû se mépriser pour sa faiblesse. Quoi qu'il en soit, une fois qu'Ella porterait son nom, elle serait entièrement à lui, et il ne doutait pas de la loyauté dont elle ferait preuve à son égard.

Elle fit encore quelques pas hésitants, presque timides, et s'arrêta devant lui, cherchant son regard. Comme il le pensait, ses yeux exprimaient une profonde émotion. Il prit sa main, heureux de son trouble, puis, sans détacher ses yeux des siens, déposa un baiser sur sa main.

— Nous sommes prêts, annonça-t-il en se tournant vers le prêtre.

La cérémonie commença, bientôt suivie de l'échange des consentements. Brock prononça vœux et promesses d'une voix résolue, avant de se tourner vers Ella qui, à son tour, s'engagea d'une voix tremblante à le chérir et à lui être fidèle jusqu'à la fin de ses jours.

— Je vous déclare mari et femme, proclama le prêtre d'un ton solennel. Vous pouvez embrasser la mariée.

Ce fut à cet instant précis qu'un rayon de soleil perça derrière les nuages.

Sans se faire prier davantage, Brock attira alors sa femme entre ses bras.

Il la sentit trembler tandis qu'elle s'abandonnait contre lui, à la fois forte et fragile.

— Tout ira bien, chuchota-t-il à son oreille.

— Oui, tout ira bien, répondit-elle dans un murmure, résolue à cacher le doute qui l'étreignait.

Ella ferma brièvement les yeux, priant pour que cessent ces satanés vertiges. Le repas, un riche assortiment de crustacés et de poissons grillés, accompagnés de légumes bio, lui restait sur l'estomac. Elle tenta de réchauffer ses mains glacées, et s'efforça de sourire à Flynn et à sa femme, Renée.

— Tu es magnifique, s'exclama chaleureusement cette dernière.

— Merci, répondit-elle, avec un sentiment de culpabilité, car elle avait aussi trahi la jeune femme en utilisant leur amitié dans le seul but de soutirer toujours plus d'informations confidentielles sur Maddox Communications.

Elle s'étonnait, du reste, que Renée daigne encore lui adresser la parole.

— Je suis heureux de voir enfin mon frère la bague au doigt, déclara Flynn en souriant. Il est marié depuis si longtemps à la société que je commençais à me demander si…

— Cesse donc de te poser des questions inutiles, l'interrompit Brock en levant son verre de vin. Et merci d'être venu, ajouta-t-il à l'intention de son frère avant de se tourner vers Ella.

— A ma femme, conclut-il. Puisse notre amour grandir, ainsi que notre bonheur.

— C'est mon espoir le plus cher, répondit-elle à voix basse.

Rencontrant le regard de son époux, elle demeura interdite devant la passion qui, à ce moment, illuminait ses yeux. Elle aimait l'éclat intense qui traversait de temps à autre son regard, éclairant soudain ses prunelles d'un bleu presque fluo. C'était du reste pour cela qu'elle était tombée amoureuse de lui : pour cette flamme qu'il mettait en toutes choses, son ardeur au travail, son amour de la vie et… la fièvre avec laquelle il la possédait, dans le secret de leurs nuits, au-dessus des bureaux de Maddox.

Sa mère, le frère de Brock ainsi que sa belle-sœur applaudirent à ces vœux.

— Où allez-vous passer votre lune de miel ? s'enquit Flynn, tout sourire.

En une fraction de seconde, le regard de Brock se glaça. Il détourna les yeux.

— Pour cela, nous allons devoir attendre, répondit-il. L'entreprise traverse actuellement une phase critique, et je ne peux pas me permettre de m'absenter.

Ella pâlit et se félicita d'être toujours assise... Elle ne savait que trop bien, hélas, qui était la cause de cette « phase critique ».

Une heure plus tard, juste après le départ des derniers invités, la limousine s'ébranla pour regagner la ville. Assise sur la banquette arrière, à côté de Brock, Ella regardait son mari à la dérobée. A peine osait-elle respirer, tant le silence était pesant entre eux.

— Tu étais très belle, très élégante, dit-il enfin, sans même lui jeter un regard.

Elle resta silencieuse, trop bouleversée pour articuler le moindre mot. Elle venait... Ils venaient de commettre une terrible erreur. Jamais elle n'aurait dû consentir à ce mariage. Que ne pouvait-elle revenir en arrière ! Mais peut-être était-il encore possible de tout annuler ?

— Merci, répondit-elle d'une voix altérée. Les fleurs aussi étaient sublimes et j'ai beaucoup apprécié l'intermède de la harpiste.

— C'est normal. Le jour de son mariage, toute femme a droit à un traitement de faveur.

— Vraiment ?

— C'était en tout cas l'avis de Renée, répondit-il, les yeux tournés vers la vitre.

— Voilà qui est très généreux de sa part.

— En effet.

Ella soupira. Cette conversation, alors qu'ils venaient à peine de s'engager l'un envers l'autre, lui déchirait le cœur.

Où était la passion ? La joie ? Soudain, n'en pouvant plus, elle chuchota :

— Je comprends que tout le monde soit fâché contre moi. Il est normal que tu m'en veuilles et…

— Je ne t'en veux pas, l'interrompit-il. Tu as fait preuve de loyauté envers ton grand-père. Désormais, c'est envers moi que tu devras être loyale.

Les choses étaient bien plus compliquées que cela, songea-t-elle pour elle-même.

La limousine se garait à présent devant le perron de la demeure des Maddox, à Nob Hill. Brock lui prit la main pour l'aider à descendre, et à gravir les marches de l'imposante maison. Ella avait toujours apprécié chez lui cette délicatesse qui contrastait étrangement avec la férocité presque sauvage dont il pouvait faire preuve lorsqu'il se sentait agressé. Dès leur première rencontre, la complexité de son caractère avait fasciné Ella, notamment ce mélange chez lui de bonnes manières et de force brute. Brock savait se montrer le plus charmant des hommes, mais dès qu'il se sentait menacé, il reprenait aussitôt son armure de guerrier. Il se révélait alors un homme sans pitié, capable de tout pour protéger son bien.

La considérait-il désormais à lui ? se demanda-t-elle. Ou bien se montrait-il possessif envers elle uniquement à cause du bébé ?

La gouvernante vint les accueillir sur le seuil, un sourire attendri aux lèvres.

— Félicitations à tous les deux. Je suis si heureuse pour vous. Et comme vous êtes jolie, miss Lint… Oh, pardonnez-moi, je veux dire madame Maddox.

Ella tressaillit. Ce fut comme si elle recevait une douche froide. Mme Maddox… N'avait-elle pas rêvé de porter un jour le nom de l'homme qu'elle aimait ? Pourtant, ce rêve longtemps caressé prenait aujourd'hui une saveur amère. Voulant faire bonne figure, elle chassa ces tristes pensées, incompatibles avec la joie qu'imposait un jour comme celui-là, et prit les mains de la gouvernante entre les siennes.

— Merci Anna, dit-elle avec chaleur. Vous êtes si gentille !

— Vous voudrez bien demander à Roger d'emporter les affaires d'Ella dans ma suite ? coupa Brock.

— Je m'en occupe tout de suite, répondit Anna avant de disparaître.

— Tu... Ta suite ? répéta Ella, prise de panique.

— Ma suite compte deux chambres indépendantes, deux salles de bain, un bureau, un salon ainsi qu'une petite salle de gym. Ah, au fait, ma mère devrait nous rendre visite, enchaîna-t-il, d'un ton cette fois ouvertement irrité. Fort heureusement, elle ne restera pas longtemps. Moins elle en sait sur ma vie privée, mieux je me porte. Maman a le chic pour se mêler de ce qui ne la regarde pas. L'indiscrétion ne lui a jamais posé de cas de conscience. Au moins, si tu es installée dans ma suite, nous nous épargnerons quelques questions très désagréables. Bien, je dois passer au bureau, je rentrerai tard. Au cours des jours prochains, Roger t'aidera à déballer tes affaires, mais je t'interdis d'en faire trop. Tu as eu une dure journée, repose-toi.

Il se tut et plongea ses yeux dans les siens. Durant un instant, si bref qu'elle pensa avoir rêvé, elle crut voir une flamme qu'elle connaissait bien dans son regard. Mais sans doute n'était-ce qu'un mirage.

— A tout à l'heure, dit-il et, sans rien rajouter, il lui tourna le dos, la laissant seule pour leur nuit de noces.

Quelques heures plus tard, les employés ayant pour la plupart déserté l'immeuble de la société, Brock reçut Logan Emerson dans son bureau. Le détective privé travaillait depuis peu pour lui, en réalité depuis le jour où il était devenu évident que quelqu'un espionnait l'entreprise.

La gorge serrée, il repensa à ce moment précis où il avait appris qu'Ella était l'auteur des fuites. Elle, son havre de paix, son oasis... Tout en faisant l'amour avec lui, elle sapait tout ce qu'il construisait.

— Je viens d'apprendre votre mariage, déclara d'emblée Logan en prenant place dans le fauteuil face au bureau. J'avoue que la nouvelle m'a un peu déconcerté.

— Elle est enceinte de moi, répondit Brock sans détour.

D'habitude plutôt réservé, Logan émit un petit sifflement de surprise.

— Je présume que cela signifie que vous n'engagerez pas de poursuites contre elle…

— Vous présumez bien.

— Je comprends. Dans ce cas, j'ai bien l'impression que mon travail pour vous se termine ici, dit Logan avec un hochement de tête.

— Pas nécessairement, répondit Brock. Maddox connaît encore aujourd'hui certaines difficultés. Il reste d'autres pistes à explorer. Et je voudrais que vous vous y mettiez le plus rapidement possible, cela va de soi. J'aimerais aussi que vous vous teniez à ma disposition, le temps de voir comment la situation évolue.

— Aucun problème. J'attends votre coup de fil.

— Parfait, dit Brock en se levant. C'est tout pour aujourd'hui.

Logan se leva à son tour, main tendue.

— Tous mes vœux de bonheur. Si je puis me permettre… Je ne pense pas que votre épouse ait agi contre votre intérêt de gaieté de cœur.

Brock se contenta d'un bref hochement de tête. Tout était allé si vite. La trahison, l'enfant, le mariage… C'était toute sa vie qui, en un rien de temps, se trouvait bouleversée.

— Merci.

Il passa les heures suivantes à travailler sur les projets prévus pour la semaine à venir. Pourtant, lui qui, généralement, parvenait sans mal à se concentrer, éprouva ce soir-là les pires difficultés à régler ses dossiers.

La trahison d'Ella continuait de l'obséder. Cette histoire le rongeait. Il serra les poings, les relâcha. Après tout, et encore une fois, n'aurait-il pas agi de même si son père le lui avait demandé ? Oui, il aurait fait n'importe quoi pour la sauvegarde de Maddox Communications. L'entreprise était son héritage et c'était maintenant à lui de la faire durer.

Il était tard, très tard, quand il retrouva la propriété familiale et monta à l'étage pour rejoindre sa suite. Il nota que la porte de la seconde chambre était fermée. Celle de la sienne, en revanche, était restée ouverte. La lampe de chevet était allumée, le lit ouvert. Il s'avança dans la pièce, regarda autour de lui, capta les effluves d'un parfum fleuri.

Dans un vase en cristal, sur l'un des chevets, se trouvait une rose, une seule, d'un rouge écarlate. Une fleur prise dans le bouquet d'Ella. Il aperçut une carte, contre le vase, et l'attrapa. Deux simples mots y figuraient :

« Merci. Ella. »

Ce n'était pas la première fois qu'elle le remerciait, mais ce soir-là il en éprouva une profonde émotion. Cette rose incarnait toute la passion qui les liait, avant que la vérité n'éclate. Il prit la fleur, la respira, le cœur à la fois plein d'espoir et de regret. Retrouveraient-ils un jour cette flamme, cette tendresse ?

4

Ella régla son réveil pour le lendemain matin 7 heures. Elle serait ainsi levée en même temps que Brock et partagerait le petit déjeuner avec lui. Ce serait un début, une première tentative pour donner un semblant d'authenticité et de chaleur à ce mariage de… raison. Le mot lui étreignit aussitôt le cœur. La tâche qui l'attendait était rude, mais il lui fallait essayer. Elle ne pouvait pas vivre un lien factice, dépourvu de tendresse, c'était au-dessus de ses forces. Et puis… il y avait leur enfant, un enfant qui aurait besoin de parents unis. Si pour l'instant, elle se sentait désemparée face à son époux, au moins avait-elle la certitude que l'éviter ne résoudrait rien.

Au matin, elle se leva donc à la hâte, brossa rapidement ses cheveux, enfila son peignoir et se rendit dans la véranda. Elle était la première. Deux minutes plus tard, Brock faisait son apparition, manifestement très surpris de la trouver là.

— Bonjour, dit-elle gaiement, pas mécontente de son petit effet. Un café ?

— Oui, merci.

Elle remplit sa tasse, s'efforçant de ne pas trembler sous son regard.

— Tu ne prends rien ? s'enquit-il après une gorgée de café.

— Le café ne me réussit pas, ces temps-ci, et tant mieux, puisque de toute façon, il n'est pas recommandé pendant une grossesse.

— Ah oui ? Je ne savais pas.

— Pour tout te dire, je traverse depuis plusieurs semaines une phase de somnolence aiguë ! J'ai envie de dormir en permanence. Une vraie marmotte ! Mais en principe, je devrais retrouver toute mon énergie d'ici peu, conclut-elle, un peu gênée.

— Attention quand même, remarqua-t-il avec un demi-sourire. Ne crois pas que tu vas pouvoir courir un marathon pour autant ! Ton seul travail consiste à prendre soin de toi et de l'enfant.

— Je vais réfléchir à l'aménagement d'une chambre pour le bébé, suggéra-t-elle.

— L'enfant aura sa propre chambre, celle où tu dors actuellement, dit-il en la regardant au fond des yeux.

Et elle, que devenait-elle ? Où dormirait-elle, le moment venu ? se demanda-t-elle avec un frisson voluptueux. Brock essayait-il de lui dire qu'elle le rejoindrait un jour dans sa chambre ? Dans son lit ?

Le souvenir de leur sensualité partagée la submergea une fois de plus. Qu'en serait-il de leurs retrouvailles charnelles ? Retrouveraient-ils la passion qu'ils avaient connue ?

— Tu veux dire..., reprit-elle d'un ton hésitant. Tu veux dire que nous partagerons ta suite, toi et moi ? C'est ce dont tu as envie ?

— Ne précipitons pas les choses, rétorqua-t-il aussitôt d'un ton plus froid. Ces deux dernières semaines ont été mouvementées. Pour l'instant, tu as besoin de te reposer. Ne commence pas à en faire trop, surtout. Roger se chargera de déballer tes affaires.

Ella acquiesça d'un signe de tête. Un lourd silence s'ensuivit. Le cœur gros, elle pensa avec nostalgie à leurs conversations joyeuses d'autrefois, dans une autre vie...

— Je dois y aller, annonça-t-il subitement, après avoir jeté un coup d'œil à sa montre.

— Si tôt ? répondit-elle malgré elle.

— J'ai un petit déjeuner de travail avec...

Il s'arrêta net, se souvenant apparemment de la règle désormais en vigueur dans leurs relations : interdiction formelle de lui livrer toute information professionnelle... Et comment aurait-elle pu lui en vouloir ? Elle l'avait bel et bien trompé, abusant de sa confiance sans le moindre scrupule. Elle recueillait aujourd'hui ce qu'elle avait elle-même semé, voilà tout. Et elle aurait beau faire, Brock demeurerait toujours sur ses gardes, désormais.

— Bonne journée, parvint-elle à articuler.

— Toi aussi.

Il lui tourna le dos et disparut, la laissant seule avec ses questions, ses angoisses. Peut-être lui rendrait-il sa confiance avec le temps…, se reprit-elle une fois de plus à espérer. Oui, elle devait y croire. Cet enfant en elle n'était-il pas porteur de réconciliation ?

Plus tard, le même jour, Ella se rendit chez elle afin d'empaqueter ses dernières affaires avec l'aide de sa mère.

— Je suis infiniment heureuse pour toi, ma chérie, lui dit celle-ci, et je me réjouis que tu emménages avec ton mari ; mais comme tu vas me manquer ! ajouta-t-elle d'un ton chargé de tristesse.

— Je ne pars pas bien loin, maman, répondit Ella en serrant sa mère dans ses bras. Nous nous verrons souvent, je te le promets. Et puis, tu peux m'appeler quand tu veux, tu le sais.

— J'ai bien fait de m'inscrire à ce groupe de soutien, remarqua Suzanne. Echanger avec ces personnes qui vivent la même chose que moi m'aide beaucoup et me donne de la force. Je n'ai aucune envie d'être un fardeau pour toi.

— Ne parle pas comme ça, maman… Tu n'es pas un fardeau. Je veux surtout que tu me promettes de ne pas te fatiguer. Je ne trouve pas raisonnable que tu recommences déjà à travailler, même à mi-temps.

— C'est l'hôpital qui se moque de la charité, dit sa mère en riant de bon cœur. Il y a encore peu de temps, tu n'étais pas la dernière à faire des heures supplémentaires. Mais, grâce au ciel, Brock ne te laissera plus t'épuiser au bureau, surtout dans ton état.

— Tu as raison, répondit Ella d'un ton vague.

Elle pensait à ces « heures supplémentaires », en réalité le plus souvent des heures de volupté volées au monde, avec son patron et amant, juste au-dessus du bureau… Quant à reprendre un jour son poste chez Maddox Communications, elle ne se faisait pas d'illusions : Brock ne le permettrait jamais.

— Je ne voudrais pas me montrer indiscrète, ma chérie, reprit sa mère, mais pourquoi avoir tant attendu pour lui annoncer ta grossesse ?

— Parce qu'entretenir une liaison avec son patron n'est jamais simple, répliqua Ella en se forçant à sourire.

La soirée était déjà bien avancée quand Ella fut de retour dans sa nouvelle demeure. Elle proposa son aide à Roger pour transporter l'un des cartons à l'étage.

— Mais vous n'y pensez pas, madame ! s'exclama l'homme à tout faire de la propriété des Maddox, l'air scandalisé. Monsieur ne me le pardonnerait pas.

— Entendu, entendu, dit-elle en souriant. Laissez-moi, au moins, vous apporter quelque chose à boire.

— Avec plaisir, c'est gentil, madame.

Ella sortit une bouteille d'eau minérale du mini-réfrigérateur installé dans la suite de Brock, puis rejoignit Roger dans la petite chambre où il finissait de déposer ses affaires.

— Et surtout, ne vous avisez pas de déplacer ces cartons toute seule, ajouta-t-il.

— Peut-être pourrions-nous les pousser un petit peu contre le mur.

— Je m'en occupe, dit Roger. Mais il vous faudra faire attention cette nuit à ne pas trébucher dessus en vous rendant à la salle de bain. Vous feriez mieux de laisser une lampe allumée, par précaution.

— Très bonne idée idée, Roger ! Je comprends maintenant pourquoi Brock a tellement confiance en vous.

— Merci pour le compliment, madame Maddox, répondit non sans fierté l'intéressé.

Ella sourit et, dans un brusque élan, serra Roger dans ses bras, touchée par la gentillesse et la simplicité de cet homme un peu fruste qui semblait accorder tant d'importance à la confiance que lui manifestait son patron. Comme elle le comprenait…

— Alors, c'est promis, reprit Roger, aussi surpris que gêné par cette démonstration d'affection. Ne vous fatiguez pas inutilement à vouloir tout ranger ce soir. Rome ne s'est pas faite en un jour, comme on dit…

Après le départ de Roger, Ella vida quatre cartons, répartissant ses affaires entre la commode et le dressing. Elle s'accorda ensuite une pause, puis décida de prendre une douche.

Brock n'était pas encore rentré. Que faisait-il donc à une heure aussi tardive ? Avait-il décidé de passer la nuit dans l'appartement au-dessus du bureau ? De dormir dans ce lit qu'ils avaient si souvent partagé, après le travail ?

Elle tressaillit à ce souvenir, et augmenta la pression du jet, comme si cela allait l'aider à se débarrasser de ses angoisses et de ses regrets. Laissant échapper un soupir, elle caressa doucement son ventre, essayant de se projeter dans l'avenir, une fois l'enfant venu au monde… Non, chaque chose en son temps. Gérer le présent était déjà bien assez compliqué.

Ella sortit de la cabine de douche, passa une chemise de nuit, puis sécha rapidement ses cheveux avant d'enfiler un peignoir. A ce moment et à sa grande surprise, son estomac émit quelques gargouillis. Il était tard, pourtant elle avait comme une petite faim, sensation plutôt rare chez elle ces derniers temps… Il fallait donc en profiter ! Elle se souvint de bananes aperçues dans la coupe de fruits, en bas dans le salon, et prit la direction de l'escalier d'un pas alerte.

Elle descendit la première marche, puis la deuxième. Lorsque son pied se prit dans la ceinture de son peignoir, elle agrippa la rampe, mais trop tard. Déjà elle basculait, tête la première, le long de l'escalier. Son ventre, ses seins heurtèrent violemment chaque marche. Elle cria, tenta de s'accrocher à quelque chose pour arrêter sa chute. En vain.

Anna et Roger apparurent au bas de l'escalier, l'air catastrophé.

Devant leur expression horrifiée, Ella ferma les yeux et se mit à prier. Le bébé. Oh, le bébé.

— Madame… ? Madame, ça va ? demanda Roger en se précipitant auprès d'elle.

Elle respira avec prudence, bougea avec précaution les jambes, les bras. Rien de cassé, apparemment. Mais elle avait l'impression d'être passée sous un métro.

— Oui, je… Je crois, mais…, articula-t-elle avec peine, j'ai peur. Je m'inquiète pour le bébé.

— Je vous conduis immédiatement à l'hôpital, lui dit Roger d'un ton qu'il voulait rassurant.

Brock poussa sans ménagement la porte du service des urgences et se dirigea vers le bureau d'accueil, la peur au ventre.

— Brock Maddox, dit-il, la voix étranglée, à l'infirmière de service. Ma femme est ici.

— En effet. Suivez-moi, je vous prie, répondit la jeune femme.

L'infirmière le mena à travers un long couloir aux murs blafards jusqu'à une salle de soins. Ella se trouvait là, allongée sur une table d'examen, Anna et Roger auprès d'elle. Un silence pesant régnait dans la pièce.

Lorsqu'il entra, tous trois tournèrent la tête vers lui d'un même élan.

— Monsieur Maddox, dirent Anna et Roger en un chœur parfait.

Devant la mine défaite de ses employés, Brock sentit sa gorge se serrer encore un peu plus.

— Merci de l'avoir emmenée aux urgences, dit-il, puis s'adressant à Ella :

— Comment te sens-tu ?

— J'attends pour l'échographie, répondit-elle dans un murmure. Quelle maladroite je fais…

Elle semblait lutter pour retenir ses larmes. Brock s'avança près d'elle et lui prit la main.

— Il faut d'abord que nous nous assurions que tu ne souffres d'aucun traumatisme, dit-il doucement.

A cet instant, Roger toussota avec discrétion.

— Si vous avez besoin de nous, monsieur, nous sommes dans la salle d'attente.

— Le bébé ! Mon Dieu, comme je m'en veux, continua Ella. Et si par mon imprudence, j'avais… ?

— Chut, l'interrompit Brock en posant un doigt sur ses lèvres. Ne dis pas des choses comme ça, ne les pense même pas.

Une jeune femme vêtue d'une blouse blanche se présenta à la porte.

— Bonsoir, je suis le Dr Shen, dit-elle en tendant la main à Ella, puis à Brock. Si j'ai bien compris, la maman aurait fait une chute ? Les bébés sont étonnamment résistants : votre petit bout de chou n'a sans doute rien. Vérifions cela tout de suite.

Le médecin étala du gel sur le ventre d'Ella et commença à faire glisser la sonde. Brock fronça les sourcils quand apparut sur l'écran une forme confuse… celle de son enfant.

— Excellent ! Voilà le cœur, dit-elle en désignant un point sur l'écran. Ecoutez, tout me semble parfaitement normal, conclut-elle après un moment d'observation.

Elle retira la sonde, la tendit à l'infirmière, puis se tourna vers Ella et Brock.

— Vous serez couverte d'hématomes demain, chère madame. En revanche, le bambin se porte comme un charme. A l'avenir, faites attention aux escaliers, d'accord ?

— C'est promis, répondit Ella dans un long soupir de soulagement.

— Vous pouvez rentrer chez vous, poursuivit le Dr Shen tout en remplissant une fiche. Si cela vous fait plaisir, je vais demander que l'on vous donne un cliché de l'écho.

— Oh oui, merci, répondit Ella.

— Merci, dit Brock à son tour.

Intriguée par le son presque mécanique de sa voix, Ella dévisagea son époux. Il semblait émerveillé, transporté même. Elle continua de l'observer, sourire aux lèvres, comprenant ce qu'il éprouvait. Les battements du cœur, les mouvements des jambes et des bras, tellement minuscules, oh oui, il y avait de quoi être bouleversé, fasciné, transporté…

— Désolée de t'avoir dérangé, lui dit-elle enfin, tout en se redressant pour descendre de la table d'examen.

Brock s'empressa, glissant un bras autour de ses épaules.

— Je t'interdis de dire une chose pareille.

— Tu as tant à de choses importantes à faire par ailleurs…

— Rien n'est plus important, dit-il d'une voix profonde. Rien.

— Le fait de voir le bébé, comme ça, dans ces conditions, c'était un peu stressant pour une première fois, mais… il est là et bien là. Notre enfant…

— Oui, notre enfant, reprit Brock en souriant.

Deux jours plus tard, Ella commençait à tourner en rond et à broyer des idées noires. Elle ne supportait plus l'exil imposé par Brock. Elle avait envie de sortir, de retrouver le monde extérieur, de se sentir vivante. Etre enceinte n'était pas une maladie, en principe !

Quand elle la vit dévaler le grand escalier et se diriger d'un pas résolu vers la porte d'entrée, la gouvernante s'exclama, effarée :

— Vous… vous sortez ?

— Oui, en effet, je sors, lança Ella en faisant face à Anna. Le médecin n'y voit apparemment aucune objection. L'échographie n'a rien décelé, je n'ai pas eu de pertes de sang. Un peu d'exercice me fera le plus grand bien.

— Je ne crois pas que cela plaise à M. Maddox, insista la gouvernante, l'air réprobateur.

— A en croire Brock, je devrais vivre dans du coton jusqu'à l'accouchement ! Franchement, vous qui êtes une femme, vous trouvez ça normal ?

— Non bien sûr, vous avez raison, mais c'est que vous nous avez fait une sacrée peur. Et si M. Maddox vous demande, que dois-je lui dire ?

— Eh bien, dites-lui que je suis allée faire un peu de shopping. Je dois me trouver un peignoir plus court, répondit Ella tout sourire.

— Heureuse initiative, rétorqua Anna en riant. J'appelle Roger. Il vous conduira en ville.

— Oh non, c'est inutile, protesta Ella.

— M. Maddox tient à ce que vous vous déplaciez en voiture. Je vous en prie, cela ne prendra que quelques minutes.

Exaspérée, Ella attendit devant la maison en trépignant, puis elle monta dans la voiture et demanda à Roger de prendre la direction du centre commercial.

— Le centre commercial ? répéta l'homme à tout faire, l'air aussi indigné que si elle avait prononcé un gros mot. Vous ne préférez pas le centre-ville ? C'est là que Mme Maddox mère se rend habituellement pour son shopping.

— Non, j'adore faire mes courses au centre commercial, répéta-t-elle, d'un ton ferme.

Quelques minutes plus tard, Roger la laissait devant l'entrée du grand magasin. Ella se dirigea vers le rayon lingerie, s'arrêtant longuement devant les peignoirs en soie. D'ici peu, elle ne rentrerait plus dans ce genre de vêtement, se dit-elle en caressant son ventre. Elle se rabattit sur des modèles plus amples, optant pour un confortable peignoir rouge vermillon.

Là-dedans, elle allait ressembler à une cerise géante, songea-t-elle en riant doucement d'elle-même.

A cet instant, son téléphone sonna. Reconnaissant le numéro de Brock, elle fit la grimace.

— Allô ? lança-t-elle sur un ton qu'elle voulait détendu.

— Mais que fais-tu au centre commercial ? demanda Brock d'emblée, sans même un bonjour.

— Bonjour Brock, tu vas bien ? riposta-t-elle joyeusement. Je suis en train de chercher un modèle de peignoir plus court. Si je comprends bien, tes espions ont déjà donné l'alerte…

— Roger m'a dit que tu avais catégoriquement refusé d'aller en ville, continua Brock d'un ton peu affable. J'ai les moyens de t'offrir un peignoir et tout ce dont tu as besoin, dans des boutiques dignes de ce nom, bon sang. Tu n'as pas besoin de te rendre dans un centre commercial.

— Mais j'aime précisément faire du shopping dans ces lieux-là. Pourquoi les hommes adorent-ils aller à la chasse, à ton avis ? Parce qu'ils ont à portée de fusil une foule de gibiers à poils et à plumes ! C'est le même genre de plaisir que trouve une femme dans un centre commercial…

Un silence s'ensuivit, puis il marmonna :

— Evidemment, je n'avais jamais envisagé les choses sous cet angle…

— Eh bien, je suis contente de t'avoir éclairé sur cette question essentielle du shopping ! Tu pourrais même exploiter cette idée dans une future campagne.

— Pourquoi pas, en effet…

— Mais chut, pas un mot. Je suis l'ennemie jurée de Maddox Communications, ajouta-t-elle avec un soupir.

— Tu n'es pas une ennemie.

— Ah non ? Pourtant, je ne me sens pas vraiment la bienvenue à ton bureau désormais. Je me trompe ?

— Non, admit-il. En tout cas, je ne tiens pas à ce que tu y reviennes pour l'instant. Bon, à tout à l'heure pour le dîner. On se retrouve à la maison ? enchaîna-t-il, manifestement pressé de changer de sujet.

— S'il le faut…

— Tu ne te plais pas, à Nob Hill, c'est cela ?

— Si, mais tout y est si… Ella chercha le mot juste :… guindé.

Il rit à l'autre bout du fil, d'un rire franc, spontané, pour la première fois depuis ce jour mémorable où il était venu lui annoncer qu'il l'avait démasquée.

— J'en conviens, dit-il. Peut-être pourrions-nous nous débarrasser de certaines choses.

— Ta mère ne risque-t-elle pas d'en être contrariée ?

— Elle ne le remarquera sans doute même pas…

— Cela m'étonnerait.

— Tu pourrais commencer par l'une des pièces du rez-de-chaussée. Réaménage-la à ton goût, et n'hésite pas à te débarrasser des meubles, si cela te chante.

— Vraiment ? répondit-elle, tout excitée à cette idée. Ce serait fabuleux.

— Forcément, puisque c'est mon idée.

— Quel arrogant tu fais ! s'exclama-t-elle.

— Cela ne t'a jamais rebutée, il me semble, par le passé, murmura-t-il.

Elle retint son souffle, troublée.

— Non, en effet.

— Qu'est-ce qui te ferait envie, pour le dîner ? reprit-il d'un ton plus distant.

Ella hésita. Ce dont elle rêvait par-dessus tout, c'était un dîner en tête à tête avec Brock, dans l'appartement au-dessus du bureau. Mais elle savait bien que c'était impossible. Il avait été très clair : il ne voulait plus d'elle dans les locaux de Maddox Communications. Ella ferma les yeux, assaillie par un douloureux sentiment de perte. Ils avaient partagé tant de moments intimes, là-bas.

— J'aimerais un repas tout ce qu'il y a de plus simple, répondit-elle enfin avec une lassitude soudaine, pensant avec nostalgie à ce petit restaurant où ils aimaient se rendre, avant…

— Une vraie purée de grand-mère alors, au Four Square Diner, répondit-il comme s'il avait lu dans ses pensées. Bien, ne passe pas trop de temps au centre commercial. Je te rappellerai pour l'heure.

Et il raccrocha.

Ella reprit son exploration, flânant entre les rayons. Soudain, elle tomba en arrêt devant une somptueuse robe fourreau impression léopard. La sensualité du vêtement raviva encore sa nostalgie. Parviendrait-elle un jour à susciter de nouveau le désir chez Brock ?

Après une folle journée passée entre rendez-vous et réunions diverses, Brock arriva le premier au Four Square Diner. Un quart d'heure plus tard, il se levait pour accueillir Ella.

— Tu en as trop fait, aujourd'hui, dit-il en la dévisageant. Tu as l'air fatigué.

— Merci. Toi aussi, tu es superbe, ironisa-t-elle, avant de l'embrasser sur la joue.

— C'est que tu es censée te reposer, voilà tout, dit-il en riant.

Il avait toujours aimé l'humour de son ancienne assistante et maîtresse.

— Il y a une certaine différence entre se reposer et

sombrer dans le coma, tu ne crois pas ? répliqua-t-elle tout en parcourant le menu d'un œil distrait. Comment s'est passé ton après-midi ?

— De façon plutôt studieuse. La campagne pour Prentice se présente bien.

— Tant mieux... Et ta nouvelle assistante ? Tu en es satisfait ?

— Il n'a rien de commun avec toi, répondit-il du tac au tac.

— Tu... Tu as embauché un homme ? s'étonna-t-elle.

— Absolument. Et il est tout à fait compétent.

— Au moins, tu ne risques pas de te laisser séduire. Et c'est plus sûr pour la société. Oui, excellente stratégie, ajouta-t-elle après un court silence, en le regardant dans les yeux.

Brock soutint son regard, mais ne laissa rien transparaître de ses pensées. Après avoir passé commande à une serveuse plus vraie que nature avec son petit tablier vichy rouge et sa queue-de-cheval, il reporta son attention sur Ella.

— Alors, ces emplettes ?

— J'ai déniché une foule de choses... intéressantes, répondit-elle distraitement.

N'était-elle pas un fardeau, pour lui ? Une épine dans le pied, comme elle l'avait été pour son grand-père jusqu'à ce que ce dernier trouve le moyen de l'utiliser.

— Quel genre de choses ? insista-t-il. J'espère au moins que tu as acheté un peignoir suffisamment court pour ne pas trébucher à chaque pas.

— Oui, j'ai trouvé mon bonheur, et quelques babioles en plus. Tu as des projets pour ce week-end ?

— Comme d'habitude, marmonna-t-il avec un haussement d'épaules. Le travail.

Il s'interrompit un instant pour saluer un homme à l'autre bout de la salle, qu'Ella reconnut aussitôt. C'était Logan Emerson, l'un des cadres supérieurs du service commercial de la société. Il sourit à Brock, puis la regarda avec une certaine insistance, avant de détourner les yeux. Ella s'était toujours sentie mal à l'aise avec Logan. Brock n'avait jamais rien dit à son sujet, et elle ne comprenait pas qu'il l'ait nommé à un poste aussi important, alors qu'il n'avait manifestement pas les compétences requises.

— Il s'en sort un peu mieux avec les chargés de clientèle ? s'enquit-elle.

— Oh, en fait, je l'ai changé de poste, récemment, répondit Brock. Je pense qu'il y sera plus efficace.

— Vraiment ? Et que fait-il maintenant ?

— Je l'ai chargé de la sécurité au sein de la société.

— Ah ? Une sacrée reconversion !

Brock hocha la tête mais s'abstint de tout commentaire. Ella s'apprêtait à parler d'autre chose quand une idée lui traversa la tête.

— Responsable de la sécurité, cela ne m'étonne pas, chuchota-t-elle. C'est vrai qu'il en a l'allure. Toujours tiré à quatre épingles, discret, secret même… Il ferait fortune comme détective privé.

Quelque chose passa dans les yeux de Brock, une étincelle, l'éclat furtif de la panique. Et brusquement, l'évidence apparut à Ella :

— C'est donc ça, il est détective privé. C'est lui qui t'a dit, à propos de moi ?

Brock reposa sa fourchette avec agacement.

— Quelle importance désormais ? maugréa-t-il.

Ella sentit son appétit disparaître, remplacé par une forte nausée.

— C'est à ce titre que tu l'as embauché ? demanda-t-elle, la voix mal assurée, en agrippant sa serviette. Tu me suspectais depuis longtemps ?

— Tu étais la dernière personne que je suspectais, répondit-il en la fixant d'un regard noir.

Ballottée entre honte et culpabilité, elle baissa les yeux.

— Je veux te dire une chose… Cela a presque été un soulagement, pour moi, que tu découvres la vérité. Etre enceinte de toi ne faisait que rendre la situation plus insupportable encore. Si ce n'avait été pour le traitement expérimental dont ma mère a besoin…

— Comment ? Quel traitement expérimental ?

— Logan ignore donc ce détail ? Ma mère est malade, gravement malade, et ce nouveau traitement anticancéreux est très onéreux. Nous n'avions pas les moyens de l'envisager, et l'assurance refusait de couvrir les soins.

— Qu'es-tu en train de me dire ? Athos acceptait de payer le traitement de ta mère, à la condition que tu lui fournisses des renseignements sur ma société ?

— Oui, c'est cela, admit-elle, la gorge serrée. Je ne suis pas fière de moi, crois-le bien, mais je n'avais pas le choix. Je ne pouvais imaginer perdre maman pour une sordide histoire d'argent. Ma mère est tout, pour moi.

Le cliquetis des couverts contre les assiettes et le ronronnement des conversations dans le restaurant lui parut soudain assourdissant, tant le silence entre Brock et elle se fit pesant.

— Pourquoi m'avoir caché la maladie de ta mère ? demanda-t-il enfin.

Ella soupira, fermant un bref instant les yeux.

— Je n'avais pas envie que mes problèmes viennent assombrir notre relation… Ces moments avec toi étaient si précieux, des espaces de bonheur préservés, d'où toute ombre était bannie…

Elle se tut, inspira profondément avant de reprendre :

— Tu avais ton travail, moi le mien. Mais lorsque nous montions à ton appartement, au-dessus du bureau, j'oubliais Maddox. Il n'y avait plus que toi et moi.

Il approcha sa main, prit la sienne.

— Je peux prendre en charge le traitement de ta mère.

Ella secoua la tête, tentant de ravaler ce mauvais goût d'amertume à la pensée de son grand-père.

— Non, chuchota-t-elle. Laisse-le payer. C'est le moins qu'il puisse faire, après avoir orchestré un tel désastre.

Le regard de Brock s'adoucit, il sourit.

— Je t'envie d'être si proche de ta mère, dit-il. Et j'admire ton dévouement…

5

Après une longue douche, Ella s'enveloppa d'une serviette et entreprit de se sécher les cheveux. Elle revêtirait son nouveau peignoir dès qu'elle aurait fini, se promit-elle. Elle sourit en pensant à la sensation de la soie sur sa peau. C'était bien là le seul plaisir sensuel qu'elle pouvait espérer, puisqu'elle était pour l'instant condamnée à faire chambre à part…

Fermant les yeux, tentant de refouler toute idée voluptueuse dans un recoin lointain de son cerveau, elle se concentra sur l'air chaud soufflant dans ses cheveux et sur ses épaules. Quand elle rouvrit les yeux au bout de quelques secondes, ce fut pour découvrir Brock, à quelques mètres d'elle, torse nu, un petit plateau à la main.

De surprise, elle laissa tomber le sèche-cheveux.

— Oh ! Zut ! s'exclama-t-elle en se baissant pour éteindre l'appareil.

Dans le mouvement, la serviette qu'elle avait nouée autour de son corps se défit. Horrifiée, elle la rattrapa tant bien que mal au niveau des hanches, avant de s'en couvrir les seins. Enfin, le souffle court et les joues en feu, elle se figea.

— J'ai frappé, dit-il avec un calme olympien en promenant son regard sur elle.

— Je n'ai rien entendu, répondit-elle, consciente de l'électricité dont s'était soudain chargée l'atmosphère.

— Anna a pensé qu'un jus d'orange et quelques biscuits te feraient plaisir.

Ella sourit, prit le plateau et le posa sur la coiffeuse, le tout sans relâcher d'un cran sa serviette.

— Comme c'est gentil de sa part. Elle est vraiment aux petits soins avec moi, plus que ma mère même !

— Il faut dire que tu es toi-même aux petits soins pour ta mère, et que tu ne te préoccupes pas beaucoup de toi, répliqua-t-il du tac au tac.

— Peut-être, répondit-elle, nerveuse d'être presque nue devant lui.

Malgré son trouble, Ella ne put s'empêcher d'embrasser d'un regard furtif le corps de son amant, ce corps dont elle connaissait et aimait le moindre détail. Il portait son pantalon de pyjama sur les hanches, juste en dessous du nombril, laissant voir des abdominaux irréprochables qui avaient toujours fait son admiration dans ces moments d'exploration voluptueuse. Ella ne put retenir un soupir au souvenir de la douceur de sa peau sous ses lèvres, de la puissance de ses épaules sous ses mains, lorsqu'il l'embrassait, et il y avait aussi ce soupir si particulier qui lui échappait quand elle s'appliquait à des caresses plus intimes, plus précises et…

— Ella ? A quoi penses-tu ?

Elle le dévisagea, sentit ses joues s'embraser.

— Oh, à rien. Rien qui mérite de…

A cet instant, il effleura tendrement son bras, la retenant d'aller au bout de son mensonge. Voilà deux semaines qu'ils n'avaient pas fait l'amour, et que Dieu lui pardonne, mais Brock son amant magnifique lui manquait terriblement. Malgré les nausées, malgré son existence totalement chamboulée, oui, elle ressentait un besoin ardent de son corps, de ses caresses…

— Je me demande…, commença-t-elle dans un murmure, je me demande comment tu peux avoir encore envie de moi.

Il l'attira entre ses bras et, au contact de son torse contre ses seins, elle soupira, comme si on l'avait subitement allégée d'un poids.

— Pourquoi est-ce que je ne te désirerais plus ? demanda-t-il en pressant sa main sur sa taille.

Ella retint son souffle, subjuguée par l'évidence de son désir : une érection manifeste. Troublée, elle chercha son regard.

— Après ce que j'ai fait… Comment… ?

Il glissa son autre main dans ses cheveux, puis approcha sa bouche de la sienne.

— Chut, dit-il à voix basse. Tu penses trop.

Et il l'embrassa, l'embrassa comme un homme embrasse la femme qu'il veut posséder. Avait-elle le droit, vu les circonstances, d'espérer entre eux davantage que du sexe ? Sans doute pas, se dit-elle tandis qu'il glissait sa langue autour de la sienne. Et puis, peut-être avait-il raison, après tout : elle ferait mieux d'arrêter de penser et de s'abandonner à ses sensations. Qu'avait-elle à perdre ?

Elle dénoua sa serviette qui alla s'échouer à ses pieds et se pressa contre lui, s'offrant enfin corps et âme à leurs retrouvailles charnelles.

La sentant nue contre lui, Brock laissa échapper un son rauque et prit ses seins entre ses mains. Ella retint un cri. La caresse se propageait telle une onde de plaisir, jusqu'entre ses cuisses.

— Un problème ? chuchota-t-il contre ses lèvres.

— J'ai l'impression d'être plus sensible, depuis que je…

Incapable d'en dire plus, elle ravala un gémissement tandis qu'il prenait ses tétons entre ses doigts.

— Tu veux que j'arrête ?

— Oh, non, par pitié, non, le supplia-t-elle, désemparée par la rapidité avec laquelle son corps répondait au sien.

— Ce n'est pas dangereux pour toi ? s'enquit-il alors avec une gravité aussi soudaine qu'inattendue. Pour le bébé ?

Dangereux comment ? Sur le plan médical ? Parce que sur un tout autre plan, peut-être n'était-ce pas indiqué pour elle, en effet.

— Non… Faites comme d'habitude, a dit le médecin, articula-t-elle, la gorge serrée par l'émotion.

— Bon sang, comme tu m'as manqué, dit alors Brock en prenant son visage entre ses mains, juste avant de l'embrasser de nouveau, avec une ferveur décuplée.

Ella ferma les yeux. En quelques secondes, ce fut comme si chaque cellule de son corps s'enflammait. Elle voulait plus, tellement plus. Il continuait de l'embrasser comme si sa vie en dépendait. Elle se cambra contre lui tandis qu'il glissait une jambe entre les siennes, pressant cette dernière contre l'intérieur de ses cuisses.

N'en pouvant plus, elle repoussa le pantalon de son amant. Son désir était maintenant si fort qu'elle en avait le vertige. Toute réserve oubliée, elle plaqua une main sur son ventre plat, la fit descendre doucement avant de la refermer sur son sexe dur.

— Pas si vite, dit-il, haletant.

— Cela ne va pas assez vite, pour moi, murmura-t-elle, le souffle court.

— Oh, Ella, soupira-t-il et il l'emporta dans ses bras jusqu'à sa chambre, puis l'allongea sur son lit avant d'achever de se déshabiller, sans la quitter des yeux.

— Si tu savais combien de fois j'ai rêvé de te faire l'amour, ici, marmonna-t-il en s'allongeant près d'elle, sa main venant se loger entre ses cuisses.

Posant une bouche avide sur la sienne, il se remit à la caresser de ses doigts experts, éveillant en elle un désir qui la faisait presque suffoquer.

— Brock, gémit-elle, entre prière et sommation.

Une seconde plus tard, il plongeait en elle, son regard, noir, étincelant, rivé au sien, la pénétrant avec une puissance irrésistible. Elle s'ouvrit à lui, agrippa ses épaules qu'elle griffa de ses ongles tant elle voulait l'amener plus loin en elle. Il allait et venait, si fort, si profondément qu'elle perdit bientôt conscience, criant d'extase, jusqu'à ce qu'il se fige et explose en elle, submergé à son tour par un orgasme violent.

Blottie entre les bras de son amant, Ella reprenait peu à peu son souffle, subjuguée par la passion de leur étreinte. Elle avait l'impression que son cœur allait exploser. Brock était là, toujours enfoui en elle, et c'était comme si sa force virile emplissait tout son être. Elle se sentait merveilleusement… entière. Oui, c'était cela, et elle aurait voulu que cet instant dure l'éternité. Lorsque Brock se retira, elle crut qu'elle allait éclater en sanglots.

Il roula à côté d'elle, et posa une main possessive sur son

ventre. Les yeux clos, elle s'exhortait au calme, tentant de retrouver son souffle.

— A partir de maintenant, dit-il, la voix encore altérée par le plaisir, tu dormiras ici, avec moi.

Ce fut un bruit insolite qui arracha Ella au sommeil le lendemain matin. Ouvrant les yeux, elle découvrit Brock au pied du lit. Déjà habillé, celui-ci était apparemment en train de vérifier la batterie de son BlackBerry. Un rayon de soleil timide filtrait à travers les volets.

— Où vas-tu ? demanda-t-elle en s'asseyant, encore engourdie de sommeil.

— Là où je vais presque chaque samedi, répondit-il en la regardant. Au bureau. Je dois étudier certains dossiers. Inutile de te lever tout de suite. Je serai de retour vers la fin de l'après-midi. Passe une bonne journée.

Sur ces paroles, il lui tourna le dos et sortit de la chambre. Ella le suivit des yeux, désarçonnée par son attitude distante. Se pouvait-il qu'il s'agisse du même homme, celui qui cette nuit lui faisait l'amour avec tant de passion ? L'homme qui semblait vouloir l'aimer jusqu'à son dernier souffle ? Ce matin, il donnait l'impression de n'avoir qu'une envie : la fuir.

Cette nuit, au plus fort du plaisir, elle avait eu le sentiment que quelque chose passait entre eux, un courant nouveau, qui présageait autre chose. Aujourd'hui, elle ne savait plus. Brock s'était montré si froid. Jamais il n'avait agi ainsi, avec une telle réserve, même du temps de leurs amours, au bureau. Elle se recroquevilla, soudain glacée.

A la vérité, il ne lui faisait plus confiance. Cela n'avait rien d'une surprise. Même s'il prétendait pouvoir oublier sa trahison pour le bien du bébé, il était encore loin de lui avoir pardonné. Y parviendrait-il un jour ? Rien n'était moins sûr.

Ella se rallongea, somnola un moment pour tenter d'oublier son désarroi. Après quelques rêves confus, elle se leva, déterminée. Pas question de se laisser abattre. Elle était forte et l'heure était venue de faire en sorte que ce mariage ne soit pas un échec. Elle se battrait jusqu'au bout pour cela. Dans un premier temps, elle allait s'occuper de la maison, en commençant par réaménager le cabinet de travail.

En premier lieu, décida-t-elle, elle allait s'attaquer aux rideaux. Quand elle la surprit, un peu plus tard, juchée sur une chaise, en train de détacher les épaisses tentures, la gouvernante poussa un cri horrifié.

— Madame Maddox ! Mais que faites-vous ? s'écria-t-elle.

— Brock m'a demandé de redécorer une pièce de la maison. J'ai choisi le cabinet de travail.

La gouvernante écarquilla les yeux.

— Oh, mais… En a-t-il parlé, euh… Mme Maddox mère a-t-elle été informée de cette initiative ?

— Je ne crois pas, non. Mais Brock pense que réaménager une pièce ou deux ne posera pas de problème. Je n'ai pas l'intention de refaire la maison dans sa totalité, vous savez.

— Oui, bien sûr, acquiesça Anna, manifestement peu convaincue.

— Je vois bien que cela vous tracasse. Vous pensez que Mme Maddox sera fâchée ?

— Dans les faits, la demeure appartient à M. Maddox. Mais, depuis la mort de son mari, et lorsqu'elle n'est pas en voyage, madame vit ici. Enfin, M. Maddox reste le maître des lieux, et vous, son épouse… en tant que telle bien sûr, vous avez votre mot à dire…

— C'est une façon bien élégante de me faire comprendre que cela pourrait créer des tensions, répliqua Ella en souriant. Ne vous en faites pas. Je ne vous demande pas de prendre parti. Je respecte votre loyauté envers la mère de Brock. Je pensais essayer d'instaurer une harmonie de couleurs avec les autres pièces, reprit-elle en promenant son regard sur le cabinet de travail. Et j'aimerais que la pièce soit confortable pour que Brock puisse aussi s'y détendre.

— C'est une excellente idée.

— Après les rideaux, je compte enlever la plupart des meubles et tous ces bibelots.

— C'est comme vous voulez, répondit Anna. Mais par pitié,

laissez Roger vous aider. Si M. Maddox venait à apprendre que vous montez sur les chaises, je serais forcée de rendre mon tablier.

Ella passa les heures suivantes à ranger les bibelots dans des cartons pendant que Roger, de son côté, s'occupait des meubles.

— Je ne voudrais pas me mêler de ce qui ne me regarde pas, mais madame a l'habitude d'employer certains décorateurs pour ce genre de travail, remarqua l'homme à tout faire.

— Merci pour la suggestion, mais je connais moi-même quelqu'un de très compétent en la matière, répondit Ella en pensant à Bree Kincannon Spencer.

L'amitié de Bree représentait un autre dégât collatéral, et non des moindres, dans cette sale guerre entre les deux sociétés, initiée par son grand-père. Bree ne lui pardonnerait peut-être jamais sa trahison, mais elle ressentait aujourd'hui le besoin de s'excuser auprès de la jeune femme qui lui avait offert sa confiance et son amitié. Cette démarche la rendait nerveuse, autant qu'elle lui paraissait nécessaire.

— J'aimerais que vous retiriez aussi ce bahut pour finir. Cela ne vous ennuie pas ?

— Aucun problème. Je suis là pour ça.

— Merci, répondit Ella. Merci à vous et à Anna.

Une fois dans sa chambre, elle composa le numéro de Bree, s'attendant à tomber comme d'habitude sur sa boîte vocale.

— Allô ? répondit Bree au bout de trois sonneries, visiblement un peu essoufflée.

Surprise d'entendre son amie, Ella ne sut d'abord que dire.

— Allô ? répéta Bree. Ella ?

— Oui, c'est moi. Ecoute, je sais que tu m'en veux, dit-elle enfin tout en faisant les cent pas. Si j'étais toi, je m'en voudrais aussi, mais pourrais-tu m'accorder quelques minutes pour me permettre de m'expliquer ? Rien n'excuse ce que j'ai fait, seulement ton amitié compte énormément, pour moi, et je tiens à ce que tu connaisses toute la vérité…

Pour toute réponse, elle n'obtint qu'un silence oppressant.

Au bout d'un moment qui lui sembla une éternité, Ella reprit, la gorge nouée :

— Je comprendrais que tu refuses. Et je suppose que tu es sans doute occupée avec Gavin, aujourd'hui, puisque nous sommes samedi…

— J'ai envoyé Gavin jouer au golf. Il a besoin de se détendre depuis qu'il a créé sa société. Mais il craint toujours de me négliger, alors j'ai dû insister.

— Tu as beaucoup de chance, remarqua Ella à voix basse, en pensant à la façon dont Brock l'avait abandonnée, le matin même.

— Gavin ne rentrera pas avant 17 heures. Il y a un petit café en bas de notre rue. Tu veux que nous nous y retrouvions ? D'ici une heure, ça ira ?

— Oh oui. Merci, Bree, répondit Ella avec gratitude.

Une heure plus tard, quand elle poussa la porte du café, Bree était déjà là, installée à une table. Elle se leva aussitôt en l'apercevant. Elle avait changé, songea Ella. Elle semblait plus sûre d'elle. Apaisée. Elle se souvint avec émotion de Bree à l'époque où celle-ci avait sollicité son aide pour attirer l'attention de Gavin. Elle voulait alors changer de look, se mettre en valeur pour l'homme de ses rêves. Bree avait toujours manqué de confiance en elle, doutant trop souvent de ses qualités. Aujourd'hui, elle était radieuse. Une jeune mariée épanouie, et qui semblait faire confiance à la vie en dépit de la trahison de sa soi-disant meilleure amie.

— Merci d'être venue, Bree, dit-elle, la voix tremblante, mais déterminée. Je suis désolée, crois-le, commença-t-elle avant de raconter toute l'histoire : de la pression exercée par son grand-père, à la maladie de sa mère.

— Oh, mon Dieu, dit Bree un quart d'heure plus tard en prenant sa main. Pourquoi ne m'as-tu rien dit ? Je t'aurais aidée. Tu sais que j'ai de l'argent.

— Je n'aurais jamais osé te demander cette aide, chuchota Ella. Et je me sentais piégée. Si tu savais comme je me détestais de faire ce que je faisais. Et puis Brock et moi avons commencé à sortir ensemble…

Elle se tut, trop émue pour continuer.

— Gavin m'a raconté. Brock était littéralement effondré après avoir appris la vérité.

Tout au fond d'elle, Ella savait combien Brock avait été blessé par sa trahison, néanmoins elle ne parvenait pas encore à savoir ce qui avait été le plus touché, chez lui. Son cœur ? Ou son incommensurable ego, sa satanée fierté ?

— Mais tout a fini par s'arranger, enchaîna Bree avec un sourire chaleureux. Vous êtes mariés désormais.

Ella ne dit rien, pourtant son amie ne fut pas dupe.

— Qu'est-ce qui ne va pas ? Brock t'a bien pardonné, n'est-ce pas ?

— Ce n'est pas si simple. Nous avançons à petits pas et… je suis enceinte, chuchota-t-elle.

— Oh, mon Dieu ! s'exclama Bree, mais c'est fabuleux ! Euh, j'imagine que tout n'est pas rose, mais… un bébé !

Ella ne put s'empêcher de sourire, réchauffée par l'enthousiasme de son amie. Comme elle lui avait manqué !

— Fabuleux, oui, si l'on fait abstraction des nausées.

— Tu sais, on dit que tout mariage qui commence dans le noir finit dans la lumière. Tiens bon. Les choses, après tout, ne peuvent aller qu'en s'améliorant. Regarde pour moi. Longtemps, j'ai cru que Gavin ne pourrait jamais m'aimer, et aujourd'hui je suis une épouse comblée.

— C'est normal : tu mérites tellement d'être heureuse !

— Toi aussi, dit Bree avec tendresse.

— Crois-tu que tu pourras me pardonner un jour ? demanda Ella après un instant d'hésitation.

— C'est déjà fait. Mais il faudrait que tu te pardonnes maintenant à toi-même.

Ella respira soudain plus librement. Le pardon de Bree lui apportait une formidable bouffée d'espoir. Peut-être qu'en fin de compte Brock finirait par lui accorder son pardon lui aussi. Peut-être que leur mariage serait aussi heureux que celui de son amie et de Gavin. Peut-être…

— Merci pour tout, Bree. Et maintenant, j'ai une faveur à

te demander. Tu te souviens quand tu m'avais demandé ton aide pour un relooking ?

— Tu n'as pas besoin de ça, voyons !

— C'est gentil. En revanche, le cabinet de travail de Brock a besoin d'être réaménagé entièrement, et de préférence, selon mes goûts ! J'espérais que tu pourrais m'aider.

— J'en serai très flattée, répondit Bree, une main sur le cœur. Avec grand plaisir. Si nous allions dès maintenant sur les lieux ?

Elles prirent toute une série de clichés du cabinet de travail, évoquant les différentes options possibles pour donner à la pièce plus de confort et de sobriété, puis allèrent faire le tour des différentes boutiques de mobilier contemporain. Dans l'une d'entre elles, elles dénichèrent le canapé idéal, un fauteuil de relaxation ainsi qu'une table basse. Ella, un peu intimidée par le luxe de la boutique et les sommes dépensées, laissa Bree se charger des détails de la livraison qu'elle obtint pour le soir même. Son amie devant rentrer, elles s'embrassèrent une dernière fois et Ella continua seule sa quête. Elle choisit un poste de télévision et donna là aussi son adresse pour une seconde livraison dans la soirée.

Il était près de 19 h 30 quand elle prit place sur le nouveau canapé, éreintée, mais dégustant néanmoins avec un certain appétit une cuisse de poulet rôti, accompagnée de haricots verts. Son seul regret était que Brock ne soit pas encore rentré…

Il arriva peu avant 20 heures, et la rejoignit aussitôt dans le cabinet. Manifestement surpris par le changement, il regarda tout autour de lui.

— Que se passe-t-il ? Où sont passés les meubles ?

— Tu m'as demandé de réaménager une pièce. C'est chose faite.

— Je vois. C'est vraiment pas mal. Et cette télévision ! Vivement le prochain match de base-ball !

— Veux-tu essayer ton nouveau fauteuil ? suggéra-t-elle, enchantée par sa réaction.

Tout sourire, il s'installa dans le fauteuil de relaxation, s'étira.

— C'est le bonheur absolu.

— J'en ai testé une bonne dizaine avant de me décider.

— Et j'aime beaucoup le canapé, aussi, dit-il. Je dois dire que la pièce est métamorphosée.

— Ce n'est pas encore fini, car il reste la déco à changer, mais oui, c'est un bon début.

— Tu as été très occupée à ce que je vois, remarqua-t-il en la regardant avec curiosité.

— En effet.

— Et je constate avec plaisir que tu prends également un repas décent, pour une fois…

— Oh, je rêve de chips et de spaghettis bolognaise, mais je tiens le coup.

— Tu feras une maman superbe, dit-il d'une voix légèrement émue.

— Tu le penses vraiment ?

— Sans aucun doute.

Troublée, elle faillit lui demander si elle lui avait manqué, s'il avait pensé à elle, mais s'abstint. C'était sans doute trop exiger…

— Tu as passé une bonne journée ? s'enquit-elle en souriant.

— Excellente. J'ai dîné avec un futur client. Le propriétaire d'une entreprise de cosmétiques de la côte Ouest.

— Oh, intéressant ! s'exclama-t-elle espérant qu'il lui en dirait davantage.

— Nous verrons. Notre collaboration n'en est qu'à ses débuts, rien n'est certain. Tu sais comment ça se passe, dit-il en s'approchant d'elle, ses yeux brillant d'une flamme qui la fit subitement rougir.

— Montons, tu veux ? Allons nous détendre dans le jacuzzi…

— J'aimerais beaucoup mais grossesse et jacuzzi ne vont pas bien ensemble, d'après ce que je sais. Je crois que les températures trop élevées sont déconseillées pour le bébé.

— Je comprends. Dommage…

— Mais un bain… ou une douche, pourquoi pas ?

— Viens, dit-il en lui tendant une main. Tu m'as manqué.

Ella sentit une joie brutale l'envahir. Ces simples mots résonnaient dans son cœur comme une symphonie, une formule magique qui d'un coup, d'un seul, effaçait tous ses doutes et toutes ses peurs.

Le dimanche, Brock ne devant pas se rendre au bureau, ce fut Ella qui composa le programme de la journée. Promenade sur la plage et pique-nique, décida-t-elle. En fin de matinée, ils se retrouvèrent donc en tête à tête et main dans la main, en train de marcher pieds nus au bord de l'eau. Ella eut un instant l'impression de rêver tant la situation était inédite. Mais non, ils étaient bien là, tous les deux, profitant de ce jour de liberté, comme peut le faire un couple normal et… heureux ? Ah non ! Elle n'allait pas recommencer avec les questions ! Elle se sentait si bien qu'elle n'avait aucune envie de laisser son esprit la tourmenter ! Ils arrivaient à cet instant au bout de la plage. Ella proposa qu'ils s'y installent pour le déjeuner.

— Je devais avoir dix ans la dernière fois que j'ai pique-niqué, remarqua Brock, une fois allongé sur la couverture.

— Peut-être devrais-tu faire cela plus souvent, répondit-elle tout en déballant leurs victuailles.

— Peut-être, dit-il en la regardant, avant de boire à la bouteille une longue gorgée d'eau.

Après un instant de silence, il reprit soudain :

— Alors, comment vis-tu ton nouveau statut d'épouse Maddox ?

— Je fais de mon mieux. J'espère seulement que mon mari sera plus souvent à la maison, après la naissance de notre enfant…

— En fait, c'est drôle parce que je fais de mon mieux aussi ! répliqua-t-il d'un ton espiègle. On ne peut pas dire que mon père m'ait donné l'exemple non plus, lui qui passait sa vie au bureau…

— Mais toi ? De quoi as-tu envie ? De passer plus de temps au bureau, ou plus de temps avec notre enfant ?

— Je n'y avais pas réfléchi jusqu'ici. Mon objectif a toujours été tellement simple, évident même. Je me suis exclusivement consacré à protéger et à faire prospérer la société.

— Je n'ai aucune idée sur ce qu'on peut attendre d'un père, enchaîna-t-elle avec un haussement d'épaules, le mien étant parti dès qu'il a su que ma mère était enceinte.

— Cela a dû être difficile pour vous deux.

— Oui, c'est vrai. Heureusement, maman et moi avons toujours été très proches et j'ai eu une enfance finalement très heureuse.

— Et aujourd'hui, c'est toi qui prends soin d'elle.

— Exact. Je l'aime, cela me semble naturel. Et toi, avais-tu des liens aussi forts avec ton père ?

— Bonne question, à laquelle je n'ai pas vraiment de réponse. En fait, il voulait d'abord que je sois le meilleur. C'était sûrement sa façon de m'aimer, même si c'était une façon… exigeante. En ce sens tu as sans doute été plus heureuse que moi. Mais toi, qui t'a transmis ton ambition professionnelle ?

— Je me suis juré de ne jamais dépendre d'un homme, répondit-elle du tac au tac.

— Vraiment ? s'étonna-t-il.

— Aussi loin que je m'en souvienne, mon grand-père a toujours subvenu à nos besoins, tout en ayant honte de nous. Je ne voulais plus avoir à endurer ce genre de situation. J'ai donc fait des études. Puis ma mère est tombée malade.

— A quel moment Koteas a-t-il sollicité ta… contribution ? demanda doucement Brock en prenant sa main.

— Lorsque ma mère a rechuté, et que ce traitement expérimental s'est avéré être sa dernière et unique chance de guérison. Nous n'avions pas les moyens, mon grand-père était prêt à payer, à condition toutefois, que… j'y mette aussi le prix.

— Me séduire faisait partie du plan ? s'enquit-il de but en blanc.

— Certainement pas ! Tu es fou ! Je ne pensais même pas que tu m'embaucherais, mais lorsque je suis entrée à ton service, je… je t'avoue que j'ai été subjuguée. Je n'avais jamais rencontré quelqu'un comme toi.

— Je me souviens que tu t'es donnée à moi sans l'ombre d'un regret…

— Je…

Elle hésita encore, submergée par un maelström d'émotions, dont la culpabilité n'était pas des moindres, puis poursuivit :

— Je n'allais pas passer à côté de cette chance. Mon attirance pour toi était trop forte. Mais toi ? Qu'est-ce qui t'a décidé à venir vers moi ?

— Les mêmes raisons, à peu de choses près, répondit-il, visiblement ému. J'étais incapable de te résister.

6

— Oh, mon Dieu ! Nous avons été cambriolés ! résonna la voix stridente d'une femme dans toute la maison.

Tout juste sortie de la douche, Ella se précipita, passa à la va-vite son peignoir et, affolée, descendit à la hâte, pieds nus mais avec prudence, le grand escalier. A cet instant, un autre cri retentit, manifestement émis cette fois depuis le cabinet de travail.

Ella comprit de quoi il retournait quand, parvenue au bas des marches, elle tomba nez à nez avec Carol, la mère de Brock.

— Oh, mon Dieu, mon Dieu…, se lamentait madame Maddox avec distinction.

— Il n'y a pas eu de cambriolage, répondit Ella, le souffle court. C'est moi…

Carol se figea, avant de détailler son interlocutrice de la tête aux pieds, son visage botoxé ne trahissant aucune espèce d'émotion.

— A qui ai-je l'honneur ? prononça-t-elle enfin d'une voix sèche.

— Je suis Ella… Ella Linton…

— Linton. Ce nom me dit quelque chose…

— Je trav…

— Non, attendez, l'interrompit Carol. Oui, j'ai déjà entendu ce nom.

Elle se tut un instant, puis, se redressant de toute sa hauteur :

— Ah oui voilà, vous êtes l'assistante de Brock. Que faites-vous ici ? En peignoir ? Et pourquoi avoir saccagé mon cabinet de travail ? ajouta-t-elle tout en désignant la pièce d'un regard réprobateur.

Ella hésita, et soudain se jeta à l'eau :

— Je suis Ella Linton… Maddox.

Carol la dévisagea, les yeux écarquillés.

— Maddox ? Oh, ciel. Mon fils vous a épousée ?

Son regard dur se posa sur le ventre d'Ella.

— Ce n'est pas vrai ! Vous êtes enceinte ?

Ella s'éclaircit la gorge, confuse, comprenant que Brock n'avait pas pris la peine d'informer sa propre mère de leur mariage.

— Brock et moi nous sommes mariés la semaine dernière.

— Oh, dit Carol, semblant accuser le choc. Il ne m'en a rien dit.

Brock tenait à son indépendance vis-à-vis de sa mère, Ella pouvait le comprendre. Elle n'en éprouva pas moins une certaine sympathie pour Carol. Il ne devait pas être facile pour une mère d'apprendre le mariage de son fils aîné… de la bouche même de son épouse.

— Je suis désolée. Cette situation est embarrassante, reprit-elle. Brock m'a beaucoup parlé de vous.

— En bien, je présume, répondit Carol avec un sourire narquois.

Elle promena une nouvelle fois son regard sur la pièce.

— Je suppose que vous pouvez m'expliquer ceci…

— Eh bien, Brock m'a demandé de réaménager l'une des pièces du bas. J'ai jeté mon dévolu sur le cabinet de travail.

— Je vois. Oh, ce n'est pas que je m'en offusque. Je me doutais que cela arriverait un jour… Ainsi, vous êtes la nouvelle madame Maddox… Eh bien, vous ne savez pas ce qui vous attend, ma chérie… En fait, j'arrive tout juste d'Aspen. Mon avion s'est posé il y a une heure à peine. Je me suis accordé une petite halte à la station à mon retour d'Europe. Donnez-moi le temps de me rafraîchir un peu, puis nous irons déjeuner.

— Oh, je… euh, bredouilla Ella, mal à l'aise à cette perspective. Vous venez d'arriver. Vous devez avoir besoin de vous reposer.

— Certainement pas, répliqua Carol dans un sourire crispé. Je tiens à faire la connaissance de la femme de mon fils.

De nouveau, elle regarda le ventre d'Ella :

— Vous n'avez pas répondu à ma question. Etes-vous enceinte ?

Ella voulut d'abord nier, sachant déjà ce que Carol penserait. Brock l'avait épousée à cause de cette grossesse. Mais après tout, n'était-ce pas la stricte vérité ?

— Oui, je suis enceinte.

Carol hocha doucement la tête sans la quitter des yeux, puis elle consulta sa montre, un bijou incrusté de diamants.

— Une heure, cela sera suffisant pour vous préparer ?

— Largement, répondit Ella. Mais si vous avez plus important à faire, je…

— Il n'y a rien de plus important, voyons, l'interrompit la mère de Brock.

Une heure plus tard, Ella rejoignait Carol dans la Bentley conduite par un chauffeur du nom de Dirk. Tout au long du trajet, Mme Maddox la harcela de questions, puis la voiture se gara devant le porche d'un restaurant, situé dans l'un des quartiers les plus huppés de la ville.

— Nous y voici, dit Carol.

Elle précéda sa belle-fille jusqu'à l'entrée des lieux où un maître d'hôtel les accueillit avec déférence. Et bien qu'il y eût foule à cette heure, ce dernier les conduisit aussitôt à une table.

— A présent, dit Carol, je veux tout savoir. Sur vous, et sur votre idylle avec mon fils.

Le serveur apporta une bouteille d'eau, faisant ainsi diversion, au grand soulagement d'Ella.

— Oh, eh bien, tout a été si vite, commença-t-elle, hésitante. Totalement inattendu. Le courant passait bien entre nous et…

— C'est le moins que l'on puisse dire, puisque vous êtes enceinte. Quel mois ?

Ella inspira doucement, s'efforçant d'ignorer l'agressivité manifeste de sa belle-mère.

— J'en suis au troisième… Mais parlez-moi plutôt de vous et de votre famille. Comment était Brock, bébé ? Je suis sûre que vous avez une foule d'histoires à raconter sur son enfance.

— Détrompez-vous. J'avais peu de temps à consacrer à mes

fils. Etre l'épouse de James Maddox équivalait à un travail à temps complet. Mon mari exigeait que je sois auprès de lui, lors de ses dîners d'affaires. Je servais moi-même de publicité à sa société. Une société qui fut toujours sa préoccupation première, comme elle l'est d'ailleurs pour Brock aujourd'hui. Mais je suis certaine que vous savez déjà tout cela, puisque vous avez travaillé pour lui.

— Vous devez bien garder des souvenirs de Brock, enfant, insista Ella.

— Il était épuisant. Un garçon très remuant, très curieux, et terriblement ambitieux. Une qualité qu'appréciait énormément son père. James avait des idées bien arrêtées sur l'éducation de son fils. Il avait coutume de répéter qu'il élevait le lion dominant de la meute. Il fallait que Brock devienne le meilleur dans tous les domaines ! C'est une nounou qui s'occupait de lui avant son entrée à l'école, j'étais bien trop prise alors... A ce propos, j'y pense : je pourrai vous fournir le nom de l'agence de nounous la plus chic de San Francisco.

— Oh, je n'en suis pas encore là, répondit Ella, d'un ton gêné.

L'idée de confier son bébé à une nounou ne lui était même pas venue à l'esprit...

— Ne tardez pas, insista Carol. Je sais que Brock exigera le meilleur pour son enfant. Comme son père le voulait pour lui. Puisque vous ne travaillez plus, j'imagine que vous allez vous inscrire dans l'un de nos clubs. Je peux vous aider, là aussi.

Ella haussa les épaules et sourit, un peu déstabilisée par cette avalanche de suggestions.

— J'avoue qu'entre le mariage, le déménagement et la grossesse, je suis un peu débordée pour l'instant.

— Ah, la grossesse ! La période la plus désastreuse de mon existence. J'ai passé la moitié de mon temps couchée, pour mes deux fils. Peut-être aurez-vous plus de chance. Si vous attendez un garçon, Brock ne fera sans doute pas de difficultés pour en rester là. En ce qui me concerne, avoir un second enfant était nécessaire à... l'équilibre de mon mariage... Ne perdez jamais de vue qu'une femme doit se battre pour retenir l'attention d'un homme riche, qu'elle soit mariée avec lui ou pas ! Il se trouve toujours quelqu'un pour essayer de vous ravir votre mari…

De retour à la propriété, Ella se réfugia dans sa chambre avec une seule envie : se glisser dans son lit, et y rester jusqu'à la fin des temps. Ce déjeuner avait été aussi éprouvant qu'interminable. En épousant Brock, elle avait commis la plus grosse erreur de sa vie. Elle aurait dû le quitter, partir pour le Mexique, le Canada, voire Paris. N'importe où pourvu que ce soit loin de Cruella, la mère diabolique de son mari !

Déprimée, elle décida finalement de ressortir pour rendre visite à sa mère. Toutes deux passèrent l'après-midi ensemble à bavarder, et à préparer des cookies pour l'une des amies de Suzanne. En fin de journée, Ella se sentait nettement mieux lorsque sa mère lui demanda avec tendresse :

— Ma chérie, il est déjà 19 heures, ne devrais-tu pas rentrer retrouver ton mari ?

— Brock est encore au bureau. Il ne m'en voudra pas de t'avoir rendu visite.

A cet instant, le téléphone d'Ella sonna. Elle fit une grimace, sachant qui l'appelait.

— Ella ? Tu ne réponds pas ? s'inquiéta sa mère.

A contrecœur, elle attrapa son sac et saisit son téléphone.

— Oui ?

— Où es-tu ? demanda Brock.

— Avec maman, répondit Ella d'un ton qu'elle voulait léger. En train de faire de la pâtisserie. Et toi ?

— A la maison… en train d'attendre ma femme, répliqua-t-il du tac au tac. Ma mère a dû te casser les pieds, non ?

— Oh, pas vraiment, dit-elle avec un petit rire nerveux. Mais elle est un peu pénible, c'est exact.

— Rentre, je te protégerai.

Il avait prononcé ces derniers mots de cette voix profonde qui la troublait tant.

— Me protéger de ta mère ?

— Je pourrais lui acheter un appartement. Elle emporterait toutes ses affaires, meubles et bibelots compris.

— C'est ta mère, tout de même. Et il y a sans doute certaines choses que tu ignores à propos de sa relation avec ton père.

— Tu la défends ?

— Je ne la défends pas. Je te suggère seulement de te montrer un peu plus compréhensif avec elle, d'essayer de voir ce qui se cache derrière son apparence un peu… rigide.

— Ce qui se cache derrière son apparence ? s'exclama Brock, goguenard. Excepté ses rides, je ne vois pas.

— Un peu d'indulgence. Elle a sacrifié toute son existence à jouer au mieux son rôle de Mme James Maddox.

— On dirait bien qu'elle t'a convertie…

— Elle n'a pas tort sur toute la ligne.

— Tu me fais marcher, c'est ça ? demanda Brock après un court silence.

— Pas du tout.

— Bien, j'envoie Roger te chercher.

— J'ai ma voiture.

— Je ne veux pas que tu conduises la nuit.

Ella n'insista pas, se contenta de soupirer avant de raccrocher, mais sentant le regard de sa mère sur elle, elle fit comme si elle avait encore Brock au bout du fil :

— Bien sûr, je rentre, mon chéri.

Puis elle se tourna vers Suzanne :

— Tu avais raison, mon mari s'impatiente…

Sa mère la dévisagea, d'un air perplexe :

— Tout va bien, entre vous deux ?

— Evidemment, dit-elle en détournant le regard. Bon, nous sommes jeunes mariés, nous avons quelques progrès à faire. En outre, je suis enceinte. Mais Brock est vraiment un homme étonnant…

Ella se leva, serra sa mère tendrement dans ses bras.

— Bien, je me dépêche. A très bientôt, maman !

Sur ces mots, elle quitta l'appartement en hâte. Certaines vérités gagnaient à être tues, même et surtout à sa propre mère.

*
* *

Trente minutes plus tard, Brock, qui tournait en rond depuis un bon moment dans la véranda, fut soulagé en entendant la porte d'entrée claquer. Elle était rentrée. S'il avait su que sa mère devait revenir aujourd'hui de son long séjour en Europe, il aurait trouvé un moyen de protéger sa femme. Sa chère maman était une manipulatrice redoutable, et voilà longtemps déjà qu'il aurait dû la jeter dehors… sauf qu'il n'avait jamais eu de raisons valables d'en arriver à de telles extrémités. Jusqu'à ce jour en tout cas.

Il se dirigea vers le salon, aperçut Ella au moment où elle s'engageait dans l'escalier.

— Ella ?

— Bonsoir.

— Tu vas bien ? Encore une fois, je suis désolé que tu aies dû supporter ma mère…

— Tu exagères. Ce n'est tout de même pas une dangereuse psychopathe, lui lança-t-elle moqueuse.

— Je vais faire en sorte qu'elle déménage au plus vite.

Ella fit aussitôt non de la tête, ce dont Brock ne put s'empêcher de s'agacer.

— Une objection ? reprit-il.

— Je trouve cette idée détestable. Il y a chez elle comme une profonde tristesse. Et cela me touche. Je pense qu'elle ne mérite pas un tel traitement, surtout de ta part.

Son regard exprimait en cet instant une sincère compassion. Elle avait bon cœur et c'était tout à son honneur, pourtant il trouvait sa sympathie envers Carol pour le moins excessive.

— Ce n'est pas comme si ma mère devait se retrouver à la rue. Crois-moi, c'est la meilleure chose à faire, pour elle… et pour notre mariage, riposta-t-il d'un ton ferme.

Deux jours plus tard, Carol déménageait pour un appartement situé à deux rues de la demeure familiale, n'emportant malheureusement que quelques-unes de ses affaires, meubles et autres bibelots restant pour l'essentiel chez Brock. Ella se sentit en conséquence tenue de procéder à un tri rigoureux.

— Je ne voudrais surtout pas jeter un objet de valeur, expliqua-t-elle à Anna. Quelque chose qui appartenait à James, par exemple…

— Ne vous en faites pas, la rassura la gouvernante, j'y veillerai.

— Je vous demanderai votre avis. Et si vous avez un doute sur un objet, nous le rangerons au grenier.

Déplacer les meubles, tirer les tapis, décrocher les rideaux, la tâche était titanesque et chaque soir, Ella se couchait harassée de fatigue, pour se réveiller toute courbaturée le lendemain matin.

— Il est temps que cela s'arrête, protesta Brock au bout de quelques semaines. Toute cette activité effrénée est dangereuse pour toi, et pour le bébé aussi, au cas où tu l'aurais oublié…

— J'ai presque terminé. J'en ai encore pour deux jours, au maximum, répondit-elle en s'étirant entre les draps.

— Je dois absolument finaliser le dossier Prentice, et nous sommes sur le point de gagner un nouveau client, mais si je m'écoutais, je t'emmènerais loin d'ici, chuchota-t-il à son oreille tout en caressant ses cheveux.

— Vraiment ? Où m'emmènerais-tu ?

— Dans un endroit calme et voluptueux…, dit-il, sa main déjà s'égarant sur son ventre.

— Tu es incorrigible, protesta-t-elle en souriant. J'ai une mission, ici, que je compte bien mener à son terme. Je veux exorciser les démons de cette maison…

— Les démons ?

— Oui, un mauvais karma, de douloureux souvenirs. Bref, j'ignore de quoi il retourne exactement, mais je veux mettre toutes les chances de notre côté, que rien ne menace notre avenir, conclut-elle à voix basse.

L'éclat de ses grands yeux bleus tandis qu'elle prononçait ces mots éveilla aussitôt le désir de Brock.

— Quoi que ce soit, mauvais karma ou autre chose, je te

protégerai. Malheur à quiconque tentera de menacer notre mariage…

— Avec nos histoires respectives, il faudrait toute une armée pour sauver notre mariage ! Mais je me sens d'attaque, dit-elle en riant doucement.

La détermination avec laquelle elle affirmait sa volonté de se battre pour donner à leur couple toutes ses chances le bouleversa. Il n'avait jamais rencontré une femme comme elle, aussi passionnée, et… aussi forte que lui.

— Tu ne cesses de me surprendre.

— Dois-je prendre cela pour un compliment ?

— Je te laisse deviner. Maintenant, debout. Prépare-toi. Nous sortons, lui répondit-il l'œil pétillant.

Une très bonne idée lui était en effet venue à l'esprit. Pour une fois, les dossiers en cours patienteraient un peu…

Après qu'ils eurent roulé deux bonnes heures sur l'autoroute, Brock bifurqua sur la nationale menant aux montagnes avoisinantes. Ce n'est qu'une fois engagé sur cette route qu'il se décida à révéler à Ella le but de leur destination.

— Je possède un chalet dans la région, dit-il en souriant. J'y vais chaque fois que c'est possible, c'est-à-dire trop peu.

— J'ignorais que tu avais une maison ici, répondit Ella, parfaitement détendue. Tu ne m'y as jamais emmenée, quand je travaillais pour toi.

— Lorsque tu travaillais pour moi, je profitais de chaque minute de mon temps libre pour être au plus près de toi, lança-t-il avec un regard brûlant.

— C'est bon de savoir que je n'étais pas seule à avoir perdu la tête…

— Nous étions fous, n'ayons pas peur des mots.

— Nous menions un rythme d'enfer au bureau le jour, et la nuit, nous ne nous reposions pas beaucoup… Et encore, toi, tu restais dans ton appartement. Moi, je devais rentrer à la maison en pleine nuit, conclut-elle avec un sourire mutin.

— Mon chauffeur te raccompagnait.

— Hmm…

Il fronça les sourcils, sentit sa gorge se serrer.

— Dirk ne te raccompagnait pas ?

— Je n'ai pas dit ça.

— Parce que tu crains que je le mette à la porte, maugréa Brock. Comment t'y prenais-tu pour te débarrasser de lui ?

— Je ne voulais pas arriver chez ma mère dans une limousine avec chauffeur. Mais n'en veux surtout pas à Dirk. Pour ne pas rentrer seule, je lui demandais de me suivre jusqu'à la maison. Comme je refusais de toute façon de monter dans la voiture, « m'escorter » était pour lui une petite consolation !

— Pauvre Dirk. Quelle entêtée tu fais.

— L'obstination est un trait de caractère que tu appréciais, quand j'étais ton assistante. Aujourd'hui, je suis ta femme et…

— Tu considères cela comme un travail ? s'exclama-t-il en riant.

Un lourd silence s'ensuivit. Il lui jeta un bref regard. Ella semblait perdue dans ses pensées.

— Qu'est-ce qui ne va pas, Ella ?

— Je m'inquiète… Je me demande comment nous arriverons à contourner chaque obstacle, je ne suis pas comme ta mère.

— Dieu t'en garde.

— Je veux dire que je n'ai pas l'étoffe d'une épouse modèle. Si tu m'as épousée en attendant de moi que j'acquiesce à chacune de tes idées, ça risque d'être difficile… Tu te rends compte que nous n'avons même pas encore parlé de notre rôle de futurs parents ? Je sais par ta mère que ton père t'a élevé comme un super Maddox. Et je ne veux pas de ce genre d'éducation pour notre enfant.

Blessé par sa remarque sur son père, Brock regarda droit devant lui, les mains fermement serrées sur le volant.

— Mon père souhaitait pour moi le meilleur en toute chose, la meilleure éducation…

— La meilleure nounou, je sais, l'interrompit-elle, manifestement angoissée. Et si je ne veux pas de nounou pour mon enfant ? Et si je ne veux pas l'envoyer dans une école privée ?

— Carol aurait mieux fait de se taire, répondit-il, soudain conscient de l'inquiétude d'Ella. Elle a le chic pour créer des problèmes, et en l'occurrence, elle a surtout voulu t'impressionner.

— Elle a évoqué certains points très importants, Brock. Je refuse de m'inscrire à tous ces clubs très select. Je refuse d'être une mère absente, courant les réunions mondaines au lieu d'aller chercher son enfant à l'école. Dis-moi la vérité. En m'épousant, n'attendais-tu pas de moi que je tienne le même rôle que celui de ta mère ?

Brock secoua la tête, agacé contre Carol qui n'avait réussi qu'à compliquer encore une situation déjà difficile.

— Honnêtement, non. J'ai pensé uniquement à l'enfant, et le mariage m'est apparu comme la meilleure solution.

— Eh bien, te voilà satisfait, dit-elle après un silence. Mais cela ne règle pas tout, loin de là.

— Une chose essentielle est déjà résolue : ma mère a déménagé… Tout ira bien, tu verras. Maintenant, ne pense plus à tout cela. Essaie de te détendre.

Brock tentait de rassurer Ella du mieux qu'il le pouvait. Il gardait au fond du cœur l'amertume de ses fiançailles avortées, et n'avait aucune intention de laisser son mariage suivre le même chemin.

En dépit de toutes ses inquiétudes, Ella finit par s'assoupir. Elle se réveilla quand Brock arrêta la voiture devant le chalet, niché au cœur d'un paysage aussi somptueux qu'apaisant.

— C'est magnifique, dit-elle. Si serein.

— Cette maison était quasiment en ruine quand je l'ai achetée… Je l'ai entièrement refaite. Un gardien passe régulièrement pour nettoyer et remplir le réfrigérateur dès que je l'informe de ma venue. Sa femme a l'habitude de me cuisiner des petits plats délicieux !

— J'ai du mal à t'imaginer, venant te ressourcer en pleine nature, dans le calme et la contemplation. Tu passes beaucoup de temps ici ?

— Une semaine, en hiver. Il y a une station de ski, pas

loin. Je m'arrange également pour m'échapper une semaine en été. Viens, je vais te faire visiter.

Prenant sa main, il l'entraîna jusqu'au porche où une balancelle oscillait doucement sous le vent. Deux rocking-chairs et une table basse de bois donnaient à l'ensemble une touche très cosy. L'intérieur était sobre, mais chaleureux, baigné d'une lumière naturelle : canapé et fauteuils en cuir, tapis épais ainsi qu'une télévision, semblable à celle qu'elle avait achetée pour le cabinet de travail.

— Te voilà initiée à l'antre du lion, dit-il tout sourire en déposant un baiser sur sa main.

Troublée par ce geste plein de tendresse, elle s'aperçut dans le même temps combien il était resté distant avec elle ces dernières semaines. Hormis leurs étreintes nocturnes, si passionnées, si brûlantes, il semblait le jour un autre homme, froid, méthodique, pragmatique… Lui qu'elle avait connu toujours charmeur et plein d'attentions. Mais comment aurait-elle pu le lui reprocher ?

— Allons admirer la vue.

Ils sortirent sur la terrasse qui faisait face aux sommets.

— C'est absolument grandiose, chuchota-t-elle. Quel dommage que tu viennes aussi peu.

— Trop de travail, trop de soucis… Surtout ces derniers mois.

— Par ma faute, je sais, dit-elle à voix basse.

— C'est du passé, répondit-il sans la regarder. Je dois à présent m'assurer que la société sorte de toute cette histoire sans trop de séquelles et… préparer l'avenir.

Si Brock devait travailler doublement, si tout était aujourd'hui plus difficile pour lui, elle en était seule responsable.

— Je suis vraiment désolée, dit-elle, en posant une main sur son bras.

— Oh, je te l'ai dit, ce qui est fait est fait, répondit-il dans un haussement d'épaules. Nous devons maintenant aller de l'avant. Suis-moi, je vais te faire visiter le reste de la maison.

Elle glissa sa main dans la sienne, priant pour qu'un jour tout soit oublié et pardonné, priant pour qu'il lui ouvre son cœur, vraiment. Elle ne savait rien de sa vie amoureuse antérieure, ou si peu. Elle n'avait jamais osé, jusque-là, l'interroger sur l'échec de ses fiançailles. Mais elle ne voulait plus de secrets entre eux.

— Tu es déjà venu ici, avec ta fiancée ? demanda-t-elle du bout des lèvres.

Il se tourna vers elle, manifestement surpris, avant de secouer la tête.

— Non, jamais. Et mon manque de disponibilité a créé bien des problèmes entre nous. Claire ne comprenait pas que je m'investisse autant dans la société. Elle voulait pouvoir partir en voyage sur un coup de tête, passer la journée avec moi à bavarder… Cela m'était impossible, évidemment. A la longue, notre relation s'est détériorée. Vers la fin, je passais quasiment tout mon temps au bureau.

— Tu as souffert de cette rupture ?

— Disons que je déteste les échecs, répondit-il, fuyant son regard. J'étais tombé fou amoureux d'elle à l'université, mais elle était la coqueluche de tous les étudiants et ne m'accordait jamais un regard. Un jour, elle s'est retrouvée seule après une énième rupture, alors j'ai tenté ma chance.

Ella sentit son cœur se serrer à l'idée que Brock ait pu attendre cette femme si longtemps. Avec elle, il n'avait pas eu à ronger son frein, tant s'en faut : elle était tombée presque immédiatement dans ses bras.

— Si tu l'aimais autant, pourquoi l'avoir laissée partir ?

— Elle n'était pas heureuse. Par ailleurs, je ne sais pas si j'éprouvais vraiment de l'amour… Plutôt une furieuse envie de coucher avec elle, dit-il en riant.

Après un court silence, il reprit :

— Non, nous n'étions pas faits l'un pour l'autre.

Ella retint son souffle, puis n'y tenant plus :

— Et nous, crois-tu que nous sommes faits l'un pour l'autre ?

— Je crois que nous sommes destinés à un avenir radieux, toi et moi. Fais-moi confiance, tout ira bien.

Ils pénétrèrent dans la chambre, qui, pourvue d'une large baie vitrée, offrait une vue exceptionnelle sur les cimes.

— J'ai investi ici l'argent gagné avec mon tout premier client, expliqua-t-il avec fierté. Mon père était fou de rage que je ne lui ai pas demandé son avis.

— L'avis de ton père ? demanda-t-elle, perplexe. Mais ce chalet ne regardait que toi !

— En effet.

— C'était sûrement aussi ton premier acte de rébellion, l'affirmation de ta liberté.

— Tu as raté ta vocation de psy, on dirait.

— Tu as fait visiter le chalet à ton père, après l'avoir rénové ?

— Non. Papa était un homme assez génial, mais peu doué pour reconnaître ses erreurs.

— Tu n'as pas ce défaut. C'est d'ailleurs l'une des choses qui m'ont attirée, chez toi. S'il s'avérait que tu faisais fausse route sur un dossier, tu n'hésitais pas à le dire et à reprendre le travail de zéro…

— Le marché de la publicité est très exigeant. Des compagnies qui emploient des milliers de personnes mettent leur développement entre mes mains. Je ne peux pas me permettre d'avoir des états d'âme.

Oui, Brock avait un sens aigu de ses responsabilités, vis-à-vis de ses clients comme de son mariage, ou de leur futur enfant. Ella espérait seulement qu'il saurait aussi se montrer un père aimant et attentif, et non un père absent comme l'avait été le sien.

— Tu as faim ? demanda-t-il subitement. Le gardien a dû faire les courses. Après, tu pourrais te reposer un peu.

— Je prendrais bien un sandwich, mais j'aimerais aller me promener ensuite. Je passe mon temps à me reposer, à San Francisco.

— Ce n'est pas l'impression que tu donnes. D'après Anna, tu n'as pas arrêté, la semaine dernière.

— Je suis cernée par les espions… Pourquoi me fais-tu surveiller ainsi ? demanda-t-elle d'un ton un peu agacé.

— Je suis ton mari, Ella. Il est de ma responsabilité de m'assurer que tu es en sécurité.

Responsabilité, devoir, obligation. Elle commençait à en

avoir assez. Si seulement elle pouvait représenter autre chose pour lui ! Mais il ne comprendrait pas sa frustration, d'autant moins maintenant qu'elle portait leur enfant.

— Alors, un sandwich, une promenade, c'est d'accord ? demanda-t-elle en relevant fièrement le menton.

Et les yeux brillants, elle ajouta :

— Rien ne t'empêche néanmoins, si tu es fatigué, de faire une sieste…

Il lui jeta un regard noir, avant de chuchoter :

— En règle générale, excepté dans certaines circonstances, je déteste faire la sieste.

Ella rougit, puis capitula. Brock avait toujours le dernier mot.

Quelques heures plus tard, après un rapide déjeuner et une longue promenade, ils firent réchauffer une poule au pot savoureuse, concoctée par l'épouse du gardien. Brock passa ensuite dans le salon et, à sa grande surprise, Ella, peu après, lui apporta un verre de scotch. Comme si cela allait de soi.

— Merci, dit-il en la dévisageant. On dirait que tu connais mieux mes petites manies que moi les tiennes.

Ella, une bouteille d'eau minérale à la main, prit place à son côté sur le canapé, avant de répliquer :

— Sans doute parce que tu n'as jamais été mon assistante !

— J'ai donc un certain retard à rattraper, dit-il.

Il ne put s'empêcher de songer avec amertume combien elle avait été efficace en effet, à épier chacun de ses faits et gestes. Tentant de chasser ces sombres pensées, il lui demanda :

— Quel est ton cocktail préféré ?

— Martini fraise. Avec une collerette de sucre sur le bord du verre. Délicieux…, dit-elle en faisant glisser le bout de sa langue sur ses lèvres.

— Entendu, enchaîna-t-il, troublé par sa sensualité. Ton plat préféré maintenant ?

— Depuis que je suis enceinte, ça dépend des jours. Dernièrement, je me suis prise de passion pour les pâtes. Une vraie catastrophe pour mes hanches.

— Tes hanches ? Elles sont parfaites, dit-il en souriant. Sandwich préféré ?

— Poulet, légumes, mais je ne rechigne pas devant un bon hamburger.

— Dessert ?

— Tout ce qui peut se préparer avec du chocolat.

— Et si tu devais partir en voyage, quelle destination choisirais-tu ?

— L'Europe.

— Le continent tout entier ?

— Une objection ? répliqua-t-elle.

Il rit, amusé par son audace.

— Mon père t'aurait adorée.

— Vraiment ? Je ne suis pourtant qu'une modeste assistante.

— Non, tu es bien plus que cela. Observatrice, tenace, entière…

— Quel flatteur tu fais, répondit-elle, ses yeux rivés aux siens.

— Profites-en, car en réalité, je n'ai plus obligation de te faire des compliments, maintenant que tu es ma femme !

— Je trouve ce point de vue affligeant, murmura-t-elle. Une erreur fatale à de nombreux couples qui oublient trop souvent de continuer à se séduire…

7

En termes de séduction, Brock fit preuve d'excellence, comme à son habitude. Il l'aima une bonne partie de la nuit, jusqu'à ce qu'elle le supplie d'arrêter, ployant sous l'intensité de ses caresses et de ses baisers. Epuisée par le plaisir, frissonnante, elle se pelotonna contre son torse nu et s'endormit aussitôt.

Au matin, à son réveil, elle trouva la place vide à côté d'elle. Encore tout engourdie de sommeil, elle s'assit sur le lit, et entendit l'écho de sa voix. Intriguée, elle se leva, tendit l'oreille tout en enfilant son peignoir. Elle entrouvrit la porte de la chambre.

— Mais c'est dimanche, bon sang ! pestait Brock depuis le rez-de-chaussée. Cela ne peut pas attendre ?

Un silence, puis Brock laissa éclater sa colère :

— D'accord, d'accord. Je rentrerai cet après-midi et je passerai au bureau dans la soirée. J'espère que ça en vaut la peine, maugréa-t-il.

La gorge serrée, Ella laissa échapper un soupir. Manifestement, c'était la fin de leur belle parenthèse amoureuse. Mais elle n'avait pas le droit de lui faire des reproches, ni même de s'abandonner à une quelconque amertume. Au moins avait-il fait l'effort de fuir pour une fois la ville et Maddox Communications, pour ne se consacrer qu'à elle.

— Hello ! appela-t-elle gaiement en descendant l'escalier. Tout est absolument merveilleux ici, mais si tu n'y vois pas d'inconvénients, j'aimerais bien retourner à la civilisation.

Elle retrouva Brock dans le salon, torse nu, pantalon sur les hanches. Irrésistible. Sexy. Et diaboliquement compétent, en affaires comme en amour.

— Pourquoi ? Tu ne te plais pas au chalet ? s'enquit-il.

Elle hésita, le cœur gros, mais prit sur elle pour lui donner la réponse qu'il attendait.

— Mais si, j'adore cet endroit. Seulement, j'ai un tas de choses à faire. Tu n'es pas fâché ?

Il la regarda, longuement, avec intensité, avant de répondre :

— Non, pas de problème. Préviens-moi lorsque tu seras prête. Je vais charger nos affaires dans la voiture.

Aussitôt qu'ils furent rentrés à San Francisco, Brock fila au bureau, Ella reprenant de son côté ses travaux de réaménagement de la maison. Elle avait pu dénicher grâce à Bree un décorateur talentueux qui l'aida à marier certains éléments anciens avec les goûts plus modernes de Brock. Elle s'appliqua surtout à atténuer l'atmosphère un peu trop cérémonieuse du salon et de la salle à manger.

Brock, surchargé de travail, se couchait rarement avant 23 heures, en revanche il se levait tôt. Ella savait que la bataille contre Golden Gate Promotions n'avait pas cessé, loin de là… En dépit de son attaque, son grand-père n'avait pas relâché la pression contre Maddox. Elle mesurait chaque jour les conséquences de sa trahison sur la société de Brock, et doutait, dans un tel contexte, qu'ils puissent un jour se reconstruire en tant que couple.

Un soir, elle eut la surprise de le voir rentrer tôt. Tout en grignotant un sandwich, elle broyait du noir devant la télévision, en pensant à sa mère.

— Hé ! lança-t-il gaiement. J'aime beaucoup la nouvelle déco. Très réussi.

Dans son costume de publicitaire à succès, il était plus séduisant que jamais. Il désigna son sandwich :

— Tu as raison de prendre des forces.

— Je peux t'en préparer un, proposa-t-elle en se levant aussitôt.

L'apparition de Brock avait instantanément balayé sa tristesse.

— Non, ne te dérange pas. Je vais demander à Anna…

Comme douée de télépathie, celle-ci fit son apparition.

— Bonsoir, monsieur Maddox. Madame Maddox, ajouta-t-elle à l'attention d'Ella, jetant un regard désapprobateur sur son sandwich. Puis-je vous préparer quelque chose ?

— La même chose que ma femme, répondit-il. Et une bière, s'il vous plaît.

— Un… sandwich ? demanda Anna, l'air catastrophé. Bien, monsieur.

Brock vint la rejoindre sur le canapé. Ella éprouvait une réelle affection pour la gouvernante, elle ne put pourtant s'empêcher de ressentir une certaine satisfaction à voir son mari faire le même choix qu'elle, au lieu de céder comme à son habitude aux règles imposées par l'étiquette.

— Comment s'est passée ta journée ? demanda-t-elle, notant les cernes sous ses yeux. Tu sembles fatigué.

— Je mène une véritable course contre ton grand-père. Pas facile de faire une pause.

— Je ne le comprends pas. Je pensais qu'après son attaque, il aurait pris un peu ses distances avec les affaires…

— Lui et mon père se ressemblent beaucoup. Mon père avait une obsession : laisser une entreprise florissante aux futures générations de Maddox.

— Est-ce aussi ton but ? Offrir à tes héritiers une multinationale ?

— Il s'agit plus pour moi aujourd'hui de prendre soin de mes employés et d'assurer la croissance de la société. Franchement, je n'ai pas encore eu le temps de penser à l'avenir de mon héritier. Oh, merci, Anna, dit-il à la gouvernante qui lui présenta un plateau avec sandwich et bière. Pourquoi cette question, Ella ?

— Simple curiosité. Tu sembles, comme ton père, avoir un sens profond du devoir familial et je me demandais si tu inculquerais les mêmes principes à notre enfant.

— Et cette idée te déplaît, c'est ça ? Tu penses que ce serait une erreur ?

— Je préférerais que notre enfant ait le choix.

— Si c'est un garçon, il aimera le base-ball, comme son père.

— Et s'il préfère l'opéra ? lança-t-elle vivement.

— Nous verrons, nous verrons, se contenta de répondre Brock, évasif, avant d'avaler une gorgée de bière. Enfin, un moment de détente, soupira-t-il en étirant ses jambes. Je n'ai pas arrêté depuis le chalet. Heureusement, le dîner de ce soir a été annulé.

— Je suis heureuse que tu sois rentré plus tôt, chuchota-t-elle, la gorge nouée cependant à l'idée de passer toujours après son travail. Tu m'as manqué.

— Tu te sens seule, ici, n'est-ce pas ? demanda-t-il, plongeant ses yeux dans les siens.

— Non, c'est juste que lorsque j'étais ton assistante, je te voyais bien plus que depuis que je suis ta femme.

— Je n'aurai pas toujours ce rythme, rétorqua-t-il avec un certain agacement. Bientôt, je passerai plus de temps avec toi.

— Vraiment ? Avec les gènes de ton père, j'ai bien peur que tu n'arrives pas à décrocher de cette addiction au travail.

— J'ai déjà entendu ce genre de remarque, marmonna-t-il, l'air renfrogné. Dès que la crise sera passée, je déléguerai un certain nombre de tâches. Mais à mon grand regret, nous n'en sommes pas encore là. Au fait, nous sommes invités, vendredi soir. Walter et Angela Prentice donnent une soirée et comptent sur notre présence.

Le nom de Prentice était familier à Ella. L'entreprise de Walter était l'un des clients majeurs de Maddox.

— Ils savent, pour le bébé ? demanda-t-elle.

Ella connaissait aussi les principes rigides de Walter, très à cheval sur les bonnes mœurs, et ayant le scandale en horreur.

— Je n'en ai rien dit, mais Walter est très traditionnaliste. Je suis sûr qu'il se réjouira de la nouvelle, puisque nous sommes mariés.

— La famille, tout pour la famille, ânonna Ella, répétant le slogan cher à Prentice.

— En effet, dit Brock qui mordit avec appétit dans son sandwich.

Ella sourit, presque malgré elle, repensant à ces journées

marathon que tous deux accomplissaient quand elle travaillait pour lui.

— Détends-toi, chuchota-t-elle en massant doucement ses épaules. Tu ne peux pas travailler vingt-quatre heures sur vingt-quatre et sept jours sur sept. Apprends à te reposer un peu…

— Hmm, ça fait du bien, dit-il en fermant les yeux, et apparemment ravi de se faire dorloter ainsi.

— Chut, tais-toi. Laisse-toi aller…

— C'est-à-dire… Il rouvrit les yeux, lui lançant un regard sans équivoque. Si nous montions… ?

— Tu n'as pas fini ton sandwich.

— J'ai faim d'autre chose…

Sachant qu'il quitterait son bureau très tard le lendemain, Brock avait demandé à Ella de le retrouver directement chez les Prentice. Elle mit beaucoup de soin à choisir sa toilette, soucieuse de faire bonne impression en tant qu'épouse Maddox. Après tout, c'était là leur première grande soirée dans le monde depuis leur mariage. C'est donc un peu angoissée qu'elle gravit à la tombée de la nuit les marches du perron de la luxueuse demeure de leurs hôtes.

Elle fut accueillie dans le hall par un majordome plus vrai que nature.

— Bonsoir, dit l'homme, au garde-à-vous. Votre nom, je vous prie ?

— Ella Linton, répondit-elle avant de se reprendre : Ella Linton Maddox.

— Bienvenue, répondit le majordome, après l'avoir examinée des pieds à la tête. Si vous voulez bien entrer…

Ella fut immédiatement éblouie par le luxe de la fête : buffet somptueux, orchestre de jazz, opulents bouquets de roses et des invités en tenue de soirée ultra-chic. Elle eut un moment d'hésitation, craignant que sa petite robe noire ne détonne parmi les tenues de ces dames, arborant toutes les dernières créations de la collection printemps-été des plus grands couturiers de la planète.

La gorge serrée, elle chercha Brock des yeux. Elle était partie délibérément en retard de la maison, ne voulant pas arriver chez les Prentice avant lui.

Un valet en costume se présenta avec un plateau de flûtes de champagne.

— Non merci. Puis-je avoir de l'eau ?

Il désigna une serveuse derrière le buffet décoré de chandeliers, à l'autre bout de la pièce.

— Merci, murmura-t-elle.

Ella traversa la foule des invités, s'excusant à chaque pas. Toujours pas de Brock en vue. D'ailleurs, elle ne connaissait personne. Quant à ses hôtes, au moins savait-elle à quoi ressemblait Walter Prentice, puisqu'il était venu à plusieurs reprises au bureau, mais elle ne l'avait encore aperçu nulle part.

Un groupe d'hommes sur la droite discutaient des dernières performances des Giants, et un peu plus loin, leurs épouses parlaient chirurgie esthétique. Elle saisit des bribes de la conversation qu'entretenaient ces dames.

— Il paraît que le docteur Frazier fait des merveilles ! s'exclamait l'une.

— J'ai entendu dire qu'il avait Carol Maddox pour cliente, remarqua une deuxième. Honnêtement, je trouve le résultat décevant…

Ella tendit l'oreille à l'évocation de sa belle-mère.

— Il est vrai que ce sourire figé lui… Oh, mais en parlant de Carol, vous êtes au courant, pour Brock ? Il n'est plus disponible, mes pauvres chéries…

— Quel dommage, se lamentèrent les autres en chœur. Qui est donc l'heureuse élue ?

— J'ai entendu dire qu'il s'agissait de son assistante. Figurez-vous qu'elle est enceinte, évidemment, il n'a pas eu d'autre choix que de l'épouser, déclara l'une d'elles.

Ella sentit ses joues s'embraser. Ce que disaient ces femmes était l'exacte vérité, mais quelle humiliation ! Elle pensa un instant s'interposer, et défendre sa relation avec Brock. Tous deux partageaient quelque chose de précieux, depuis le début. Non, il ne s'agissait pas d'une vulgaire histoire de sexe entre un patron et sa secrétaire. Pourtant elle ne bougea pas, ne protesta pas. Parce que c'était la vérité. Elle l'avait trahi et Brock l'avait épousée à cause du bébé.

Elle avala une grande gorgée d'eau, se promettant de quitter la réception dans la minute qui suivrait. Elle prétexterait un quelconque malaise…

— Madame Maddox, mais que faites-vous cachée là ? la salua bruyamment Walter Prentice avec un grand sourire. Venez avec moi, je veux vous présenter ma femme. Elle est impatiente de rencontrer celle qui a su mettre notre cher Brock à genoux.

Ella, se forçant à sourire, prit le bras de son hôte.

— Bonsoir, M. Prentice. Votre maison est splendide. Par ailleurs… je ne crois pas avoir mis Brock à genoux…

— Comment, qu'est-ce que j'entends ? Brock ne vous a pas fait sa demande dans les règles ? fit mine de s'offusquer Walter.

— Vous le connaissez. Pas de temps à perdre…

— C'est bien vrai, rit son hôte. Ah ! voilà mon épouse, Angela. Angela, je te présente Ella, la femme de Brock.

Une femme élégante et sophistiquée lui jeta un regard plein de curiosité.

— Adorable, dit-elle en guise d'appréciation. Walter et moi avons été enchantés d'apprendre le mariage de Brock. Mais quels petits cachottiers vous faites tous les deux… Vous devriez avoir honte. Un mariage doit toujours être une fête.

— Brock souhaitait une cérémonie en toute intimité, répondit Ella sans cesser de sourire.

— Ce garçon a toujours eu la tête sur les épaules, commenta Walter. Où est-il ?

— A vrai dire, je l'ignore. Il finit tard au bureau, ces derniers temps. Il ne devrait pas tarder.

— Et il ne devrait pas laisser sa femme seule, dit Mme Prentice avec un sourire entendu. Je vais vous présenter à quelques amis.

Une demi-heure plus tard, Ella avait rencontré tout ce que la ville comptait d'hommes et de femmes influents. Mme Prentice manifesta une certaine satisfaction à la présenter à ses amis, en la désignant comme l'épouse de Brock. Ella nota les regards curieux, répondit du mieux qu'elle put aux questions, toujours les mêmes, sur le pourquoi d'une cérémonie si confidentielle ou encore, de l'absence de lune de miel. Elle profita d'une occasion pour s'éclipser et appeler Brock.

— Brock Maddox, répondit-il d'une voix cassante après la cinquième sonnerie.

— Ella Linton Maddox, répliqua-t-elle tout aussi sèchement. Où es-tu ? Les Prentice te réclament.

— Le contrat avec cette entreprise de cosmétiques est un vrai casse-tête. J'ai pris du retard.

— Voilà bientôt deux heures que tu aurais dû me rejoindre. Que vais-je dire à M. et Mme Prentice ?

— Je pars. Tout de suite. Je serai là dans un quart d'heure, promit-il.

Il raccrocha sans rien ajouter. Un peu déçue par le ton très froid, presque professionnel, de cette conversation, Ella glissa son portable dans sa sacoche, perdue dans ses pensées. Soudain, regardant autour d'elle, elle fut prise de nausées, avec l'impression d'étouffer. Elle avait besoin d'air, vite. Elle se hâta discrètement vers le patio. De nombreux invités l'y avaient précédée, profitant de la douceur de la nuit.

Elle se réfugia dans un coin de la terrasse, derrière une colonne, et respira l'air frais tout en contemplant le ciel. De gros nuages occultaient les étoiles, et ce ciel subitement lui en rappela un autre, il y avait bien longtemps de cela.

Elle devait alors avoir huit ans. Son grand-père avait daigné l'inviter chez lui, où devait se tenir une fête pour Noël. Sa mère, pour l'occasion, lui avait acheté une robe en velours rouge avec de la dentelle. Elle était folle de joie, et impatiente car elle espérait rencontrer son père. Mais celui-ci ne se montra pas. Les autres enfants présents, quant à eux, l'ignorèrent ostensiblement, comme si elle n'était pas à sa place.

Cette fête fut un vrai désastre. La solitude, la honte, le sentiment d'exclusion qu'elle éprouva ce soir-là, elle ne les avait jamais oubliés. Et ce soir, elle retrouvait les mêmes douloureuses sensations.

Elle demeura là un moment, dans l'obscurité, se demandant si elle devait partir et, dans ce cas, si quelqu'un même le remarquerait. Puis elle reconnut une voix masculine derrière elle.

— Walter, heureux de vous voir. Une bien belle soirée.

Brock se tenait à quelques mètres d'elle.

— J'ai rencontré votre épouse, tout à l'heure. Ravissante. Vous ne devriez pas la laisser seule. Quelqu'un pourrait vous la voler, répondit Walter.

— Vous avez raison, répondit Brock avec un rire forcé. Ella est ravissante. Savez-vous où elle se trouve ?

— Elle ne doit pas être bien loin. Nous venons de la présenter à certains de nos amis, remarqua M. Prentice avant d'ajouter, après une imperceptible hésitation : Ella était votre assistante, si ma mémoire est bonne…

— En effet, reconnut Brock. Dès que j'ai compris que nous éprouvions de tendres sentiments l'un pour l'autre, j'ai voulu officialiser notre relation. Je voulais que les choses soient claires.

— Très bonne initiative, acquiesça Walter. Ne jamais mélanger les affaires et les histoires de cœur ! Encore toutes mes félicitations pour votre mariage.

— Merci, dit Brock. A présent, si vous voulez bien m'excuser, je vais me mettre en quête de ma femme.

Walter rit et donna une tape amicale à Brock.

— Je vous souhaite de la trouver avant l'un de nos Casanova. Ils sont nombreux ici, ce soir.

Toujours dissimulée par la colonne, Ella observa Brock sortir son BlackBerry de sa poche et expédier un SMS. Puis il prit un verre de vin quand un serveur passa à proximité avec un plateau. Enfin, il desserra le col de sa chemise, manifestement agacé.

Elle hésita à se montrer, comme si quelque chose la retenait. Son mariage avec Brock n'avait donc qu'un objet, rassurer la communauté bien pensante de cette ville où son mari comptait de richissimes clients. Une vulgaire comédie, dont elle avait de moins en moins envie d'être l'actrice.

Elle se glissa le long du mur jusqu'à la porte-fenêtre et promena son regard sur la foule. Après toutes ces années de clandestinité, à rester dans l'ombre parce que son grand-père souhaitait cacher au monde le fruit des frasques de son fils, l'histoire se répétait donc avec Brock ? Elle était un faux-semblant. Un mensonge. Car fondamentalement, Brock n'avait jamais eu envie de l'épouser. Et sans doute même, au fond de lui, ne lui pardonnait-il pas cette grossesse.

Soudain submergée par cette vieille douleur, qui aujourd'hui resurgissait avec une intensité accrue, elle se précipita hors de la maison et demanda au voiturier de lui appeler un taxi.

Si sa mère ignorait l'exacte vérité de sa relation avec Brock, et était loin d'imaginer que sa fille ait pu passer un marché avec son grand-père, dont l'objet était sa propre santé, au moins savait-elle tout le reste. Et Ella éprouva soudain le besoin de la voir, de lui parler. Elle demanda au taxi de changer de direction…

— Quelle bonne surprise, s'exclama sa mère en lui ouvrant la porte.

Après avoir embrassé sa fille, elle s'empressa de baisser le son du poste de télé où passait sa série préférée, puis, dévisageant un instant Ella :

— Tu es très élégante. Mais… que se passe-t-il ma chérie ?

— Pourquoi cette question ? répondit aussitôt Ella en serrant sa mère contre son cœur. Ai-je pour habitude de m'habiller comme un sac, quand je te rends visite ?

— Bien sûr que non, la gronda sa mère. Mais il est rare que tu viennes en robe de soirée. Vas-tu me répondre ?

— Maman ! Ne pouvons-nous passer un moment ensemble, en toute simplicité ?

— Hmm, assieds-toi… Je t'apporte une tasse de thé vert.

— Oh, fit Ella avec une petite grimace, je déteste cette odeur.

— C'est excellent contre les angoisses, répliqua Suzanne

en se dirigeant vers la cuisine. Et les antioxydants sont recommandés en période de grossesse, pour la maman et pour l'enfant.

Le portable d'Ella se mit à sonner. Elle fronça les sourcils, chercha dans son sac.

— N'est-ce pas ton portable que j'entends ? lança sa mère.

— Mais tu regardais ta série, je te dérange, dit vivement Ella après avoir réduit son téléphone au silence.

Sa mère réapparut, une tasse à la main.

— Qui t'appelait ?

— Je n'en sais rien. La sonnerie s'est arrêtée, mentit-elle.

— Encore une fois, qu'est-ce qui ne va pas, Ella ? Tu sais que tu peux tout me dire…

Suzanne vint alors s'asseoir à son côté sur le canapé, et Ella fut soudain submergée par un raz-de-marée d'émotions. Comme si elle était rattrapée par toutes les épreuves des derniers mois : la maladie de sa mère, le marché avec son grand-père, sa liaison secrète avec Brock, la grossesse, et aujourd'hui, son désespoir d'être mariée à un homme qui ne l'aimait pas.

— J'avais juste envie de bavarder avec toi, dit-elle en tentant malgré tout de faire bonne figure. J'ai été si occupée ces derniers jours…

— Je comprends, chuchota sa mère en glissant un bras autour de ses épaules et en la berçant doucement.

Devant tant de tendresse, un amour si absolu, si désintéressé, Ella ne put retenir ses larmes.

A cet instant, on frappa à la porte.

— C'est étrange. Le concierge ne m'a pas prévenue d'une visite…

— Ne lui dis pas que je suis ici, chuchota Ella, qui avait sa petite idée sur l'identité du visiteur.

— Mais à qui, Ella ? l'interrogea Suzanne, manifestement perplexe. Qui ?

— Brock, confia Ella à voix basse. Je ne veux pas le voir, pas maintenant. Je ne peux pas…

— Mais enfin, Ella, c'est ridicule. Tu ne peux pas te cacher de ton mari, voyons.

— Je t'en prie, maman.

— Une minute, lança sa mère en se hâtant vers la porte. Oh, bonsoir, Brock. Ella et moi parlions justement de vous.

8

— Je t'ai cherchée un long moment, chez les Prentice. En vain, dit aussitôt Brock en apercevant Ella.

Il la regarda un instant. Elle était sublime dans cette robe noire qui dissimulait son petit ventre rond, tout en mettant en valeur chacune de ses formes. Le bleu de ses yeux était éclatant, ses lèvres roses et pulpeuses. Ella était si désirable… Désirable mais sur ses gardes. Pour ne pas dire contrariée par sa soudaine incursion chez sa mère.

— Je t'ai attendu plus longtemps encore, puis j'ai eu envie de rendre visite à maman, répondit-elle, visiblement mal à l'aise.

— Prentice et sa femme sont enchantés d'avoir fait ta connaissance.

— Ils se sont montrés charmants, répondit-elle du ton courtois et distant qu'elle aurait aussi bien employé avec un étranger.

Brock hésita, troublé. De toute évidence, elle n'avait pas envie de le voir. Et c'était une grande première. Lorsqu'ils travaillaient ensemble, il semblait qu'elle ne pouvait se passer de lui. De son côté, il se rappelait son impatience, dès qu'elle n'était pas près de lui. Mais si aujourd'hui il avait la même faim d'elle, il ignorait en revanche s'il pourrait un jour lui redonner toute sa confiance. C'était plus fort que lui. Et sans doute n'était-elle pas dupe de sa méfiance. Le problème, à n'en pas douter, venait de là.

— Que regardiez-vous ? demanda-t-il avec un signe de tête en direction de la télévision.

Suzanne s'éclaircit la gorge.

— Une série, je n'en rate pas un épisode… Un peu de thé vert ?

Brock eut un moment de flottement. Du thé vert ? Plutôt de l'eau croupie. Il garda néanmoins cette réflexion pour lui et répondit en vrai gentleman en s'asseyant sur le canapé :

— Merci. J'ai entendu dire que l'acteur principal était nominé pour les Golden Globes…

— Non, l'actrice principale oui, mais pas le héros, le corrigea la mère d'Ella tout en se dirigeant vers la cuisine. Elle est exceptionnelle dans ce rôle et…

Le commentaire de Suzanne se perdit dans un cliquetis de casseroles. Brock se tourna vers Ella et chuchota :

— Pourquoi ne m'as-tu pas attendu ?

— Je me suis retrouvée là-bas, seule et incapable de donner une excuse valable pour ton retard ! Si ton but est de faire de moi une épouse modèle comme ta mère, soumise à son mari et tenue en permanence au silence, autant arrêter là !

— Comme ma mère ? répéta-t-il, stupéfait. Pourquoi le voudrais-je ? Crois-moi, j'ai résolu depuis longtemps mon complexe d'Œdipe. Que s'est-il passé, chez les Prentice ? poursuivit-il avec douceur. Quelque chose t'a fâchée ?

— Oui, de t'attendre ainsi, répondit-elle dans un murmure. Pour le reste, j'ai passé le temps comme j'ai pu, en écoutant les conversations des gens. Très intéressantes, d'ailleurs. J'ai ainsi entendu dire que si tu m'avais épousée, c'était uniquement parce que j'étais enceinte. Et par pitié, ne t'avise surtout pas de protester, car nous savons toi et moi que c'est la vérité.

Il sentit son cœur se serrer devant son désespoir, sa fragilité.

— Toi et moi voulons ce qui est le mieux pour le bébé, dit-il.

— Oui, mais toi et moi…

Ella se tut, avant de reprendre en baissant la voix :

— Toi et moi entretenons une relation et… cela n'a rien à voir avec le bébé. Mais peut-être considères-tu que coucher avec moi va de soi, la cerise sur le gâteau en quelque sorte, ou que c'est compris dans le forfait… Eh bien sache que cette situation ne me convient pas.

Blessé par son cynisme, il ravala sa colère et fit remarquer avec calme :

— Tu sais bien que notre passion est intacte, Ella. Ou peut-être faut-il que je te rafraîchisse la mémoire ?

Elle le fusilla du regard, rougit.

— J'aspire à plus que de la passion. J'aspire à une vraie complicité, au partage… J'aspire à l'amour, conclut-elle dans un souffle.

Brock resta silencieux un instant, avant de répondre en termes choisis :

— Je comprends tes attentes. Mais en ce qui concerne l'amour, il faudra patienter. J'y travaille pourtant, je t'assure.

Elle le fixa, ses yeux à ce moment comme noyés par le chagrin.

— Je vais être franche, Brock. Je ne veux pas d'un mariage comme celui de tes parents.

Ce fut comme s'il venait de recevoir une douche froide.

— Mais que diable sais-tu du mariage de mes parents ? Tu n'as même jamais rencontré mon père ! dit-il, soudain submergé par la colère.

— Tu oublies que ta mère s'est confiée à moi… De plus, si comme il le semble, tu es bien le fils de ton père, alors je le connais mieux que tu l'imagines.

— Voici le thé, annonça sa mère à cet instant, promenant son regard de l'un à l'autre, manifestement inquiète. Attention, c'est brûlant.

— Merci, marmonna Brock.

— Avec plaisir, répondit Suzanne qui s'assit à son tour, sans les quitter des yeux.

— Et si nous regardions la suite de cet épisode ?

Brock acquiesça avec un sourire forcé et fixa l'écran devant lui, trop préoccupé par sa discussion avec Ella pour suivre les déboires de l'héroïne érotomane préférée de Suzanne.

Pourquoi une telle réaction ? Lui qui pensait qu'elle se réjouirait de participer à la réception donnée par les Prentice. Quand le générique défila enfin, il se leva.

— Il est temps de rentrer. Ella doit se reposer, et vous aussi, dit-il à sa belle-mère.

— Voilà une sage décision, approuva Suzanne et, prenant sa main, elle le regarda au fond des yeux : je suis si heureuse de savoir que vous veillez sur ma fille.

— Il n'y a rien de plus normal, répondit-il, rassurant. Merci pour votre hospitalité, Suzanne. Prête, Ella ?

Il tressaillit quand elle tourna la tête et lui décocha un regard plein d'animosité qui augurait du pire pour le trajet du retour.

— Oui, répondit-elle enfin, avant d'embrasser sa mère. Je t'appelle demain, promit-elle, puis elle se leva et tous deux quittèrent l'appartement de Suzanne.

Ils rejoignirent la voiture sans échanger un mot. Prévenant, Brock ouvrit la portière passager de sa Porsche, puis il s'installa au volant et mit le contact.

— Nous reprendrons cette conversation une autre fois. Je voudrais néanmoins te présenter mes excuses pour mon retard, ce soir. Ce contrat avec la principale compagnie de cosmétiques du pays me demande beaucoup de travail, vois-tu.

Il la regarda à la dérobée. Ella fixait la route, droit devant elle, bras croisés, mâchoires serrées. Il y eut un long silence avant qu'elle ne soupire.

— Excuses acceptées. A l'avenir, j'apprécierais que tu me tiennes informée de tes éventuels empêchements.

— Entendu, concéda-t-il. A présent, à propos de nous... eh bien, je te le redis, je pense que cela prendra du temps, Ella...

— J'en suis persuadée. Avec ta charge de travail, je vois mal en effet comment tu pourrais consacrer du temps à notre mariage.

Cette réflexion lui avait déjà été servie, à quelques mots près, par son ex-fiancée, juste avant qu'elle ne le plaque. Sa gorge se serra à l'idée que sa femme puisse en faire autant. Ella ayant été son assistante, il avait cru qu'elle comprendrait son dévouement à la société. Ils avaient été suffisamment proches pour qu'elle sache que Maddox Communications faisait partie de lui. Son rôle de P.-D.G. était une passion... qui n'était pas incompatible avec une autre forme de passion, elle était pourtant bien placée pour le savoir. Quant au reste… Non, tout cela était prématuré.

— Tu me reproches de trop travailler, c'est cela ?

— Je le regrette, ce n'est pas un reproche.

— Nous passons toutes les nuits ensemble, objecta-t-il.

— A dormir.

— Nous nous endormons rarement avant quelques heures intenses, reconnais-le.

— Justement, soupira-t-elle. Je veux autre chose que du sexe, entre nous.

— Tu en parles comme si cela t'était insupportable, répliqua-t-il. Si je ne te satisfais pas…

— Je n'ai pas dit ça, l'interrompit-elle. Mais peut-être devrions-nous mettre les relations physiques entre parenthèses, un certain temps du moins, afin de tenter d'ouvrir notre couple à d'autres expériences… pour construire notre mariage dans la durée.

Incrédule, il l'observa discrètement. Perdue dans ses réflexions, elle fit glisser à cet instant sa langue sur ses lèvres. L'effet fut immédiat. Le désir le submergea, une succession d'images voluptueuses défila dans sa tête, ses lèvres couvrant son torse de baisers, s'arrêtant sur son nombril, puis plus bas encore…

— Par exemple, reprit-elle subitement, nous n'avons jamais eu de rendez-vous amoureux. Nous ne sommes jamais sortis ensemble, comprends-tu ?

— C'est vrai, convint-il. Mais… est-ce que sortir ensemble signifie que nous ne dormirons plus ensemble ?

— Eh bien, que dirais-tu d'essayer ? suggéra-t-elle, un peu fébrile. Dormir, oui, je suis d'accord. Pour le reste, si nous attendions un peu, le temps de voir comment ce… cette nouvelle relation évolue entre nous ?

Brock hésita, et pour cause, son corps apparemment étant sourd à cette suggestion, mais il se résigna.

— Nous ferons ce que tu souhaites. C'est toi qui décides, dit-il en se garant devant le perron. Si nous dînions ensemble, demain soir ?

— Je préférerais aller me promener dimanche.

Brock réprima un soupir.

— D'accord ? insista-t-elle.

— Bien sûr, répondit-il, frustré mais résolu.

Moins d'une heure plus tard, Brock se glissait dans son lit tandis qu'Ella se blottissait contre lui.

— Merci, chuchota-t-elle, ses lèvres chatouillant son cou.

Il sentit ses seins contre lui, sa main sur son ventre. Serait-il capable de résister, ne serait-ce qu'une nuit ? Il inspira profondément. Il avait pris l'habitude de lui faire l'amour chaque soir. Après tout, elle était sa femme. Une femme sensuelle, sensible, experte…

Non, il devait faire preuve de bonne volonté. Il y mettrait tout son cœur, car elle le valait bien. Leur mariage et leur enfant aussi.

Le dimanche après-midi, Ella, ayant insisté pour une promenade en montagne, se retrouva bientôt à gravir un sentier en pente raide. Devant elle, Brock ouvrait la marche d'un pas alerte. Au fil de la montée, mettre un pied devant l'autre lui demanda un effort surhumain, et elle se maudit pour sa petite forme.

— Tu tiens le coup ? s'enquit-il en tournant la tête vers elle.

— Evidemment, soupira-t-elle, pantelante.

Il s'arrêta brusquement et lui fit face, l'empêchant d'avancer.

— Non, ça ne va pas, dit-il en la dévisageant.

Mains sur les hanches, elle tenta de reprendre son souffle.

— C'est l'altitude, dit-elle.

— Ou l'effort plutôt…

— Il faut dire que ce sentier est difficile.

— Je pensais que tu pouvais y arriver.

— Mais je le peux, répliqua-t-elle en relevant la tête.

Il hocha doucement la tête et sourit.

— Faisons une pause. Tu devrais boire un peu.

— Je suis enceinte, pas en sucre.

— Et moi j'ai soif, répliqua-t-il. Pas toi ?

Sur ce, il s'assit et sortit de son sac à dos une bouteille d'eau.

Ella s'affala contre un rocher et prit sa bouteille qu'elle vida d'un seul trait.

— Attention à ne pas te déshydrater, la mit-il en garde.

— Je sais ce que j'ai à faire.

— Tu veux finir la mienne ? proposa-t-il en lui tendant sa bouteille.

— Non, ça va.

Il sortit une seconde bouteille de son sac et la lui offrit.

— Moi vivant, dit-il, théâtral, une main sur le cœur, ma femme et mon enfant ne manqueront jamais d'eau.

— Merci, répondit-elle en prenant la bouteille. Merci pour nous deux.

— Redescendons, maintenant…

— J'ai l'impression d'être une mauviette. Je ne pensais pas être si fatiguée, cet après-midi.

— Tu es enceinte, dit Brock. Tu manges, respires et fais tout pour deux.

Elle ne put retenir un sourire.

— Tu as raison, chuchota-t-elle en se levant. Allons-y.

— Bien. A présent, raconte-moi. Quand tu étais petite fille, quel cadeau te faisait rêver, pour Noël ?

— Un père, répondit-elle sans hésiter.

— Un père, répéta-t-il. Je serai toujours un père pour notre enfant, je te le promets.

— L'emmèneras-tu au stade pour les matchs de base-ball ? demanda-t-elle en faisant attention à ne pas trébucher.

— Bien sûr. Et quand tu étais petite fille, avec qui rêvais-tu de te marier ?

— Le prince charmant. Un prince qui m'enlèverait pour m'emmener dans son château où il donnerait un grand bal chaque jeudi. Nous aurions beaucoup d'enfants… dont je m'occuperais, car mon prince et moi ne voudrions pas de nounous.

Il rit de bon cœur et, sans ralentir le pas, ne cessa de la harceler de questions tout au long du trajet.

— Dis-moi encore : ton style de film préféré ?

— Le style fleur bleue, avoua-t-elle en rougissant.

— Tu n'as pas à rougir d'être romantique. Je sais aussi que la rose est ta fleur préférée. Et que tu aimes particulièrement les bouquets multicolores.

— Comment sais-tu cela ? s'étonna-t-elle.

— Je t'ai offert des fleurs à plusieurs reprises. Il m'a suffi de t'observer. Et je t'observerai plus encore, à l'avenir…

Il se mit face à elle, et prit son visage entre ses mains.

— Et toi ? demanda-t-elle en posant son front contre le sien. Ta fleur favorite ?

— Je n'y ai jamais réfléchi, répondit-il, surpris, avec un haussement d'épaules. Je ne sais pas. Les fleurs sauvages. Mais je préfère le gazon des terrains de sport aux fleurs des champs, conclut-il avec un large sourire. Tu m'accompagneras au stade, de temps en temps ?

— Avec plaisir.

— Excellent.

Il la serra contre lui, ses mains s'arrêtant sur ses fesses.

— Oh, Ella, j'ai tellement envie de toi…

Cette nuit-là, alors qu'il tenait Ella dans ses bras, Brock souffrit le martyre. Il la désirait, et la puissance, la permanence de ce désir l'effrayait. Il respira son parfum jusqu'à ce que la tête lui tourne, s'enivra du contact de sa peau nue sur la sienne, de la douceur de ses cheveux sur son torse… Puis il se résigna à une nouvelle nuit de frustration et ferma les yeux.

Quelques secondes s'écoulèrent, quand il sentit la main d'Ella aller et venir sur son ventre, ses doigts effleurant son nombril et descendant sur ses cuisses. Il saisit fermement sa main avant qu'elle ne le touche, il ne voulait pas qu'elle sache à quel point il la désirait.

— Pas de ça, marmonna-t-il.

Elle se pressa contre lui, plongea ses yeux dans les siens.

— Même si je te supplie ? demanda-t-elle d'une voix voluptueuse.

— Je croyais que tu voulais que nous prenions le temps de…

Elle le fit taire d'un baiser, sa langue cherchant aussitôt la sienne.

— J'ai envie de toi, Brock, chuchota-t-elle. Ne pas faire l'amour avec toi m'est une torture.

— Si c'est vraiment ce que tu veux, dit-il, lâchant sa main sans se faire plus prier.

Un bref instant plus tard, elle le caressait et l'embrassait comme si sa vie en dépendait. Lui-même ne fut pas en reste.

Ils firent l'amour cette nuit-là avec une passion redoublée, et au matin, lorsqu'il s'éveilla, il faillit céder à un nouvel élan et l'aimer une fois encore. Il n'était jamais rassasié d'elle, il l'avait dans la peau. Mais il se raisonna, elle avait besoin de repos.

La semaine suivante, en dépit de leur discussion, Brock rentra chaque soir tard du bureau. Ella ne fit pas de commentaires et occupa son temps à rendre visite à sa mère et à son grand-père, tout en achevant la décoration de la maison. Le vendredi, Brock étant parti bien avant qu'elle ne se lève, elle décida de prendre son petit déjeuner dans la véranda.

Elle demanda à Anna des œufs brouillés, du bacon grillé et quelques pancakes. Puis, la gouvernante lui ayant apporté le journal, elle se mit à le feuilleter tout en mangeant. Elle finissait ses pancakes quand son regard fut attiré par une photo. On y voyait Brock, un verre à la main, en compagnie d'une ravissante blonde riant aux éclats.

Un morceau de pancake se coinça dans sa gorge. Elle toussa.

— Oh, mon Dieu, soupira-t-elle une fois remise. Elle lut la légende sous le cliché.

« Le ténébreux Brock Maddox fait du charme à la reine du cosmétique, Lenora Hudgins. »

Ella scruta la photo, analysant les moindres détails. Lenora était une femme sublime. Sexy. Une fureur soudaine s'empara d'elle. Quelle idiote elle faisait. A l'attendre sagement chaque soir, jusque tard dans la nuit, pendant que monsieur faisait la cour à Lenora Hudgins. Ou à sa compagnie, peu importait.

Près de douze heures s'étaient écoulées, et sa colère n'avait pas perdu en intensité. Au contraire. Elle attendit le retour de Brock devant la télévision, en regardant le DVD d'un film dont elle ne retint rien.

Il était 20 heures quand il arriva. Elle ne tourna même pas la tête quand il pénétra dans le cabinet de travail.

— Oh, mais c'est notre chère Julia Roberts, non ? lança-t-il d'un ton enjoué.

— On dirait, oui, maugréa-t-elle, sans détourner les yeux de l'écran.

Un silence pesant s'installa, auquel Brock mit bientôt un terme :

— Tu as passé une bonne journée ?

— Jusqu'au petit déjeuner, oui, répliqua-t-elle, incapable de cacher plus longtemps sa colère. Très intéressante cette photo dans le journal, avec Lenora…

Nouveau silence, plus pesant encore.

— Quelle photo ?

— Dans le journal de ce matin, lâcha-t-elle, fuyant toujours son regard. Tu ne l'as pas vue ?

— Non, répondit-il après une hésitation. J'espère que tu interprètes cette photo comme il se doit. Il ne s'agit que de business.

— Si j'étais une femme jalouse, je serais sans doute contrariée. Mais je me demande comment tu réagirais si les rôles étaient inversés, et que je boive un verre avec un homme en souriant comme cela…

Sur ces mots, elle lui jeta le journal à la figure et se remit à fixer l'écran de télévision, avant de reprendre :

— Peux-tu me répondre ?

— Ce n'est pas ce que tu crois, Ella. Je t'en prie. Tu as travaillé pour moi. Tu sais comment se passe ce genre de dîner.

— Je te repose ma question. Si c'était moi sur la photo, quelle serait ta réaction ? Ou bien, si je te répondais « ce n'est pas ce que tu crois » ?

— Je mettrais mon poing dans la figure du type, admit-il.

Elle daigna enfin croiser son regard.

— Je doute que Lenora soit très sexy avec un œil au beurre

noir. Et je doute également que tu signerais avec elle si j'allais lui mettre mon poing dans la figure.

— La prochaine fois que je dînerai avec elle, tu m'accompagneras. D'accord ?

— Sortir avec ta femme enceinte ? Mais tu pourrais bien y perdre ton contrat, répliqua-t-elle d'un ton acerbe.

— Ella. Réponds à ma question.

— Je veux savoir si elle te trouble…

— Si elle me trouble ! s'exclama-t-il en levant les yeux au ciel. Non vraiment pas, trop de plastique à mon goût. Et de botox aussi. Sa peau est tellement tirée qu'on la dirait plaquée en permanence sur un siège de vaisseau spatial par une vitesse force-G…

— Tu exagères, ne put-elle s'empêcher de rire.

— Cette femme ne me plaît pas, dit-il en souriant avec calme.

— T'a-t-elle proposé de coucher avec elle ? demanda-t-elle de but en blanc.

Il soupira, et vint s'asseoir à côté d'elle, soutenant son regard.

— Non. C'est juste une relation d'affaires, très exigeante, et très importante pour Maddox Communications. Une cliente qui demande beaucoup d'attention.

— D'attention ? Tiens donc. Peux-tu m'expliquer ?

— Tu veux vraiment le savoir ?

— Bien sûr. Le bureau me manque tellement, si tu savais. J'adore t'entendre me parler de tes clients. et je suis curieuse de cette Lenora. Est-elle mariée ? A-t-elle des enfants ? Son âge ?

— Célibataire, sans enfants, trente-trois ans. Beaucoup de chirurgie et autant de travail, répondit-il, maintenant buté.

— Je te trouve bien sévère à son égard. Invite-la donc à dîner, un soir de la semaine prochaine. Nous lui ferons un ragoût.

— Elle ne mange que du blanc de poulet.

— Nous verrons bien.

— Tu as l'air très sûre de toi.

— J'oubliais que tu la connaissais mieux que moi…

Il émit un nouveau soupir, et préféra capituler.

Ils partagèrent le même lit les trois nuits suivantes, mais ne firent pas l'amour, bien qu'en théorie, leur petite expérience fût arrivée à son terme. Au début, Ella n'en éprouva aucune frustration, puis cette abstinence, si inhabituelle entre eux, la mit mal à l'aise.

Le lundi soir, ils attendaient Lenora pour 18 heures A 18 h 30, elle n'était toujours pas arrivée.

— Voilà pourquoi travailler avec cette femme me rend fou, pesta Brock en arpentant le salon.

Quelques minutes plus tard, la sonnette retentit.

— Ah enfin, lança-t-il. La voilà !

Ella envoya Anna accueillir Lenora, puis après une profonde inspiration, se leva, prit la main de Brock et se dirigea vers le salon.

— Merci, chuchota-t-il en serrant sa main.

— Je suis confuse pour ce retard, déclara Lenora à peine arrivée. Quel lundi de folie ! dit d'un ton plaintif la blonde platine aux formes trop parfaites.

— Lenora, nous sommes ravis de vous accueillir. Je vous présente ma femme, Ella.

— Heureuse de vous rencontrer, Ella. Hmm, comme ça sent bon.

— Oh, le menu est tout simple. J'ai pensé qu'une femme d'affaires telle que vous saurait apprécier pour une fois une cuisine sans chichis…

Lenora l'observa avec attention, dubitative, avant de remarquer :

— Des petits plats bien nourrissants, comme c'est charmant. J'évite en principe ce genre de nourriture. Mais je vais faire une exception ce soir.

— Ne craignez rien, répondit Ella de son plus charmant sourire. Et de toute façon, comme ma mère me le dit souvent, vous pouvez vous permettre quelques excès.

— Vous me tentez, vraiment. J'en serai quitte pour une séance de gym plus tonique, demain.

— Si vous voulez bien me suivre…

Tous trois se dirigèrent vers la salle à manger et Anna

commença le service. Lenora redemanda du ragoût deux fois et, la dernière bouchée avalée, ne tarit pas d'éloges, manifestement repue.

— C'était délicieux. Déconseillé, mais délicieux.

— Vous devriez vous laisser aller plus souvent, remarqua Ella. Vous travaillez trop, c'est évident.

— Je l'adore, dit Lenora à Brock. Où l'avez-vous donc dénichée ?

— Dans mon bureau, répondit-il. Je suis un sacré veinard.

— En effet, répondit Lenora avant de se tourner vers Ella.

— Dites-moi, Ella, comment vivez-vous le passage des années ? Même s'il est évident que vous n'êtes pas encore en âge de vous inquiéter à ce propos…

— Oh, détrompez-vous. Je m'efforce de prendre soin de moi, mais je n'en fais pas une obsession. L'essentiel étant que je sois en accord avec moi-même.

— Comme j'envie votre sagesse, s'extasia Lenora après quelques secondes.

Puis, joignant les mains, elle se tourna vers Brock.

— Ecoutez, monsieur Maddox, ma décision est prise. Je signe avec votre société pour les prochaines campagnes. Notre slogan sera « En accord avec moi-même ». Cela s'applique à toutes les femmes, quel que soit leur âge. Oui, l'idée est absolument fantastique !

— En effet, dit Brock en adressant un sourire énigmatique à Ella.

Trois heures plus tard, Lenora ayant pris congé après une troisième part de tarte aux myrtilles, Brock et Ella montèrent se coucher.

— Les journées sont longues, sans toi, au bureau, dit-il subitement, tout en se déshabillant.

— Serais-tu prêt à me faire de nouveau confiance ? demanda-t-elle, osant à peine y croire.

— Je te dois le contrat de Lenora. Peut-être pourrais-je t'embaucher comme rédactrice publicitaire… Eh bien, es-tu rassurée à propos du charme… botoxé de Lenora ?

— C'est une belle femme, chuchota-t-elle.

— C'est une tueuse, répondit Brock. Toi, tu as de l'esprit, tu es vive, déterminée, mais aussi généreuse. Qualité qu'elle ne possède pas et… qui m'a particulièrement séduit.

— Charmeur, le gronda-t-elle en glissant une main dans ses cheveux.

— Et puis tu es terriblement sexy, continua-t-il, ses mains courant sur son ventre. Toujours est-il que je ne te remercierai jamais assez. Sans toi, Maddox Communications n'aurait peut-être pas décroché ce contrat. Avant de te rencontrer, Lenora n'était guère convaincue.

Le compliment lui alla droit au cœur. Elle se prit à espérer.

— Oublions les affaires, à présent, veux-tu ? Jamais je ne me pardonnerai ce que j'ai fait à cause de mon grand-pè…

La bouche de Brock s'empara à ce moment-là de la sienne pour un long et tendre baiser.

— C'est du passé, murmura-t-il, ses doigts remontant maintenant sur ses seins.

Ella ferma les yeux, sourit, tout au plaisir de ses caresses.

— J'ai tellement envie de te plaire, lui confia-t-elle au bord des larmes.

Jamais elle n'avait été aussi près de lui dire « je t'aime ». Mais elle s'abstint. Pas encore.

— Tu me plais, dit-il.

— Comment ? insista-t-elle.

— En étant toi, simplement, avec moi.

Le dimanche suivant était jour de la fête des Pères. Un moment difficile pour Brock. Même lorsque son père était absent, il s'arrangeait toujours pour téléphoner à la maison, ce jour-là. Petit garçon, Brock lui disait toute son affection et promettait de rester le meilleur de sa classe, à la grande fierté de James.

Depuis sa disparition, Brock passait cette journée de fête à se souvenir. Debout devant la baie vitrée, une tasse de café à la main, il contemplait les jardins de cette propriété que son père avait tant aimée, quand Ella arriva derrière lui et l'entoura de ses bras. Il sourit, apaisé par son contact et couvrit ses mains avec la sienne.

— A quoi penses-tu ? chuchota-t-elle.

— A mon père.

Un silence douloureux s'ensuivit, puis elle demanda :

— Tu gardes de bons souvenirs de ce jour avec ton père ?

— Pas vraiment. Mais au moins nous téléphonions-nous. J'aimerais tant l'avoir au bout du fil, entendre sa voix…

— Oui, je comprends, dit-elle en l'étreignant. Moi-même, je passais cette journée à imaginer mon père chahutant avec moi. Ou m'apprenant à jouer au golf. Ou me lisant une histoire. Ou m'expliquant avec sagesse les grands mystères de l'existence.

— Je plains ton père de ne pas t'avoir connue, dit Brock en lui faisant face.

— C'est l'un de mes plus grands regrets, murmura-t-elle.

— Tu ne l'as donc jamais rencontré ?

— Un beau jour, il est parti s'installer à Chicago et n'en est jamais revenu. Mon grand-père s'est occupé de ma mère et de moi, mais…

Ella sourit tristement, haussant les épaules.

— Je représentais un fardeau pour Athos, le déshonneur incarné.

— Pour moi, tu es un diamant, dit-il, ses yeux dans les siens.

— Charmeur, dit-elle en souriant.

— Je dis ce que je pense.

— J'ai un petit cadeau pour toi, dit-elle subitement.

— Un cadeau ?

— C'est la fête des Pères, non ?

— Je ne suis pas encore père.

— Plus pour longtemps. Regarde donc ton BlackBerry.

Il lui sourit, puis sa curiosité fut la plus forte.

— Qu'as-tu fait ?

— Ne me demande rien. Regarde ton téléphone.

Brock alla récupérer son BlackBerry puis, voyant un message en attente, il pianota le clavier. Aussitôt, l'image de son enfant, le cliché de l'échographie, apparut sous ses yeux.

— Regarde-le qui joue déjà les stars, dit-il en riant de bon cœur, touché par cette attention.

— Ou regarde-la, corrigea-t-elle. A présent, voici ta carte de vœux spéciale fête des Pères.

La gorge serrée par une émotion dont l'intensité le surprit lui-même, il déchira l'enveloppe et lut la carte. Même dans ses plus lointains souvenirs, jamais, lui semblait-il, sa mère n'avait rédigé quelques mots à l'attention de son père, en cette journée particulière. Mais même si elle l'avait fait, son père n'en aurait eu cure. Tout entier absorbé dans son projet de fonder l'agence de communication la plus importante de San Francisco, James Maddox n'avait pas le temps de s'attendrir.

Pour mieux asseoir sa réussite, son père avait choisi une femme sublime et modelé ses enfants à son image.

Brock ferma les yeux. La vérité, c'était qu'il avait vécu son enfance dans l'angoisse de décevoir James Maddox. Contrairement à son frère qui excellait en tout avec une désinvolture qui faisait son admiration, lui avait dû se battre pour satisfaire l'ambition de son père.

Il vénérait ce père, mais le craignait aussi, et jamais il ne s'était senti proche de lui. Entretiendrait-il les mêmes relations avec son propre enfant ?

— Brock, ça ne va pas ?

— Je réfléchissais.

— A quoi ? demanda-t-elle, sa main effleurant sa joue.

— Au rôle de père. Je me demandais quel genre de père je serai, chuchota-t-il. Différent en tout cas du père que tu n'as pas eu. Différent aussi du père que j'ai eu.

Ella le fixa, puis ses yeux s'emplirent de larmes.

— Tu pleures ?

— Oui, parce que je suis heureuse. Parce que je crois en toi, parce que tu es tellement plus que ce Brock Maddox que tous connaissent. J'ai foi en toi, en ton cœur. Et en nous.

9

Brock relisait avec soin l'argumentaire des prospectus destinés à la campagne Prentice quand son Interphone sonna.

— Oui ?

— Flynn Maddox est ici, monsieur, susurra la réceptionniste.

— Faites-le entrer.

Deux secondes plus tard, Flynn faisait son apparition, tout sourire.

— Alors, comment va le jeune marié ?

— Tu n'es pas passé devant monsieur le maire il y a si longtemps, remarqua Brock en se levant.

— Franchement, c'est le grand bonheur et je ne pouvais rêver mieux, répondit Flynn. Je ne veux plus entendre prononcer le mot divorce. Et toi ? Heureux ?

— Aussi heureux que l'on peut l'être.

Flynn enfouit les mains dans ses poches et le dévisagea avec suspicion.

— Vraiment ?

— En fait, je ne m'attendais pas à éprouver des sentiments pour Ella. Et j'avoue être un peu dépassé par les événements. J'essaie pourtant de garder la tête froide. C'est mission presque impossible, avec elle.

— Excellent ça, ironisa Flynn. Enfin une femme qui est venue à bout de mon roc de frère.

Brock marmonna un juron.

— Tu te méfies d'elle à cause de son grand-père, c'est cela ?

— Ne réagirais-tu pas de la même façon ? demanda Brock en arpentant son bureau tel un lion en cage, rongé par le doute.

Si ta femme t'avait trahi, ne chercherais-tu pas à garder tes distances ?

— Je ne peux pas lutter contre Renée, répondit Flynn, un brin fataliste. Je n'ai d'ailleurs pas envie d'essayer. L'amour est une chose étrange. Si tu veux un conseil, ne laisse pas passer ta chance…

— Facile à dire, répondit Brock avec agacement.

— Vois-tu, après avoir perdu Renée une première fois, je m'étais juré de faire tout ce qui serait en mon pouvoir pour la garder, si je parvenais à la reconquérir. Ce bonheur m'a été donné, et j'en bénis le ciel mais la vie est ainsi faite, qu'elle ne vous offre pas toujours une seconde chance. Si tu as besoin de certitudes, regarde notre couple aujourd'hui. Mère a eu beau tout faire pour nous séparer, nous nous sommes retrouvés.

— Maman complote également contre Ella et moi, dit Brock. En promettant à ma femme un avenir sacrifié à l'ambition de son mari. J'ai dû la faire déménager. Je n'avais pas le choix. Je sais qu'elle est malheureuse, et tout ce que je lui souhaite, c'est de rencontrer un homme qui saura prendre soin d'elle. Un homme riche, évidemment…

Reclus dans son bureau pour le week-end, Brock s'était promis de finaliser le projet de campagne destiné à Prentice. Livrée à elle-même, Ella, n'en pouvant plus, décida de passer à l'action. Un panier de pique-nique à la main, elle se présenta tout sourire devant l'agent de sécurité posté dans le hall d'entrée de Maddox Communications.

— Bonjour, je suis Ella Maddox. Je viens voir mon mari, dit-elle en désignant son panier. C'est une surprise.

— Puis-je voir vos papiers d'identité ? s'enquit l'homme.

Surprise par sa demande, elle lui tendit son permis de conduire. L'homme prit le document puis consulta une liste.

— Veuillez patienter quelques minutes, je vous prie, dit-il et, saisissant son téléphone, il s'écarta de quelques pas.

Ella l'observa, un peu déstabilisée, puis l'agent revint vers elle.

— Si vous voulez bien attendre un peu, s'excusa-t-il avec un sourire crispé.

— Mon nom n'apparaît pas sur la liste des personnes autorisées ? demanda-t-elle, la gorge nouée par une sourde inquiétude.

— Une minute, dit-il avec plus de fermeté cette fois.

Les portes de l'ascenseur s'ouvrirent et Logan Emerson pénétra dans le hall.

— Madame Maddox, la salua-t-il avec une expression sévère. Comment allez-vous ?

— Bien, merci, répondit-elle en reconnaissant l'homme à l'origine du chaos qui avait bouleversé son existence.

— Et vous donc ? reprit-elle, ne pouvant s'empêcher d'éprouver un profond sentiment d'humiliation.

— Bien, bien, répondit-il en jetant un regard à son panier. Un petit casse-croûte ?

— Une surprise pour mon mari, oui.

— Cela ne vous ennuie pas si je regarde, dit alors Logan. Je n'ai pas vu de panier fait maison depuis ma plus tendre enfance.

Bien qu'elle ne fût pas dupe une seconde, elle ouvrit son panier.

— Rôti, fromage et pain complet, pour rester en bonne santé. Et pour finir, une tarte au chocolat avec crème fouettée.

— Hmm. Que ne donnerais-je pas pour une part de tarte au chocolat ? ajouta Logan.

— Vous voulez la mienne ?

— Vous cherchez à me soudoyer ?

Ella le fusilla du regard puis, relevant fièrement le menton :

— Vous n'êtes qu'un sale type, Logan.

Elle inspira profondément, avant d'ajouter à voix basse :

— Je suis venue voir mon mari pour déjeuner, c'est tout.

Il la dévisagea un long moment puis remarqua :

— Je suppose que je peux oublier la tarte au chocolat ?

— Vous supposez bien.

— Mon travail est de protéger la société et Brock.

— Le mien est de prendre soin de Brock et de mon mariage,

lâcha-t-elle, avant de conclure : enfin, sachez Logan que je ne vous remercierai jamais assez de m'avoir démasquée.

Il vacilla imperceptiblement, écarquilla les yeux, puis se reprit en lançant à l'agent :

— Permission d'entrer.

— Pour ce soir uniquement ? l'interrogea ce dernier.

— Chaque fois qu'elle le souhaitera, répondit Logan. Si quelqu'un avait quelque chose à dire, envoyez-le-moi.

Il se dirigea vers l'ascenseur, puis se tourna vers elle :

— Madame Maddox, votre mari a eu une journée fatigante. Une pause lui fera le plus grand bien.

Partagée entre un sentiment de victoire et une certaine gratitude, Ella marcha d'un pas altier jusqu'à l'ascenseur. Au moment de pénétrer dans la cabine, elle hésita, puis sortit une part de tarte de son panier et la tendit à Logan.

— Je vous l'offre volontiers, et sans arrière-pensées. Régalez-vous et, si vous le permettez, trouvez-vous une femme qui saura vous préparer de bons petits plats.

Ella se faufila dans l'ascenseur et pressa le bouton pour rejoindre l'appartement de Brock. Serrant le panier contre elle, elle fit le décompte mental des étages. Enfin parvenue au dernier niveau, elle pénétra sur la pointe des pieds dans la suite plongée dans l'obscurité. Elle sourit en repensant à ces moments volés au monde dans le secret de cet appartement. Après l'amour, ils avaient pris l'habitude de commander un en-cas au traiteur chinois. Ils pique-niquaient dans sa chambre, riant de rien, parlant de tout, Brock nu dans ses bras…

Ce soir, peut-être retrouveraient-ils l'intensité de ces nuits, la magie de ces rencontres. C'était en tout cas ainsi qu'elle voulait leur mariage. Et elle ferait tout pour nourrir la passion, préserver leur couple. Elle avança dans le salon. Il y faisait un peu frais. Regardant autour d'elle, elle nota la poussière sur les meubles, et une vague odeur de renfermé.

— Oh, mon Dieu, chuchota-t-elle en allumant la lumière.

On aurait dit que personne n'avait pénétré ici depuis leur dernière nuit ensemble. Impossible ! Elle se dirigea vers la chambre. Le lit était fait, les chevets vides. Dans la salle de bain, même chose : on aurait cru l'endroit déserté depuis des mois. Même la brosse à dents était sèche.

Alors, malgré elle, elle laissa échapper un soupir de soulagement. Car elle avait douté de lui, imaginé qu'il lui avait trouvé une remplaçante. De toute évidence, ce n'était pas le cas.

Elle sortit la bouteille de vin rouge du panier et en remplit un verre. Après avoir respiré le bouquet de ce cru que Brock appréciait particulièrement, elle se servit un verre d'eau minérale. Elle disposa ensuite quelques bougies dans le salon et les alluma, puis, une fois le repas sur la table, prit l'escalier pour descendre au bureau de Brock. Elle frappa deux coups discrets.

Pas de réponse. Elle frappa de nouveau.

— Oui ? retentit la voix de Brock derrière la porte. Qui est là ?

— Ta femme, répondit-elle.

La porte s'ouvrit dans la demi-seconde qui suivit. Brock, chemise entrouverte, cheveux en désordre, la regarda, visiblement stupéfait.

— Que fais-tu ici ?

— Le repas est servi, répondit-elle en déposant un baiser sur sa joue.

— Le repas ? Où ça ?

— En haut. Si tu veux bien t'interrompre dans ton travail quelques minutes…

Brock plongea ses yeux dans les siens, et elle y lut cette flamme qui la troublait tant.

— Je ne suis pas retourné là-haut depuis notre dernière nuit ensemble, avoua-t-il.

— Je sais, chuchota-t-elle en prenant sa main. L'heure est peut-être venue de rattraper le temps perdu.

— Je n'y vois aucun inconvénient ! plaisanta-t-il en serrant sa main dans la sienne.

Ils rejoignirent l'appartement, éclairé à la seule lueur des bougies. Brock sourit, visiblement charmé par l'atmosphère, puis ils prirent place dans le salon, s'asseyant à même le tapis. Comme avant.

Il mangea avec appétit, dévora même, ne tarissant pas d'éloges sur le menu, dégustant le vin rouge avec plaisir. Ella ne le quittait pas des yeux, mangeant de son côté du bout des lèvres, bouleversée par le bonheur retrouvé, intact, dans cet endroit où tout avait commencé.

— Et la chambre ? s'enquit-il sur un ton innocent au bout d'un moment, son regard se faisant de plus en plus perçant. Je n'ai même pas eu le cœur à l'aérer.

— D'après le peu que j'ai pu en voir, il me semble que le lit aurait bien besoin d'exercice, chuchota-t-elle, frémissant par anticipation à l'idée de faire l'amour avec Brock entre ces draps-là…

Un silence chargé d'érotisme s'ensuivit.

— Hmm. Et se pourrait-il que tu veuilles remettre en forme ce pauvre lit délaissé avec moi ?

Ella sourit, se pencha vers lui pour déposer un baiser sur ses lèvres.

— J'ai cru que tu ne me le demanderais jamais…

Au petit matin, Brock dut faire un effort pour s'arracher au sommeil. Il ouvrit les yeux, sourit en sentant la main d'Ella sur son ventre.

— Il est trop tôt, gémit-elle.

— Pire que ça, répondit-il en attirant son corps chaud contre le sien. Je ne sais pas si je dois te remercier ou te reprocher d'être venue me voir au bureau.

— Tu n'avais pas l'air fâché, cette nuit, dit-elle en glissant ses doigts dans ses cheveux.

Il rit, promena sa main sur son dos, le creux de ses reins, ses fesses. Il tressaillit, le désir s'éveillant instantanément, impérieux, urgent.

Ella se pressa contre lui, lui murmura des mots d'amour. Ensorceleuse. Ses mains le cherchèrent et le trouvèrent, prêt, presque indécent.

— Oh, Ella, j'ai envie de toi…

Et il vint sur elle, plongeant tout de suite en elle, la trouvant chaude et douce, n'attendant que lui.

— Oh, Brock, je te veux…, soupira-t-elle, ses ongles s'enfonçant dans ses épaules.

— Tu m'as, répondit-il, le souffle court, allant et venant en elle. Sur tous les plans.

Ella se referma autour de lui, laissant échapper un cri. Le son de sa voix, ses soupirs lui faisaient perdre la tête. Il avait faim d'elle, des sensations qu'il éprouvait en elle, et qui chaque fois le transportaient. Il sentit le plaisir parcourir son corps, jusqu'à ce qu'un orgasme inouï le submerge.

— Ella, chuchota-t-il en s'affaissant de tout son poids sur elle.

— Oui, dit-elle, ses lèvres contre son oreille, ses bras noués autour de ses reins. Si je m'écoutais, j'emménagerais ici, pour être toujours à portée de tes mains, de ta bouche…

— Par pitié, non. J'aurais du mal à me concentrer sur mon travail.

— Avant, je t'attendais ici pourtant…

— Oh oui ! Et quelle torture c'était de te savoir au-dessus de ma tête. Il me semblait que les journées n'en finissaient pas. Et quand tu pianotais sur ton ordinateur mes courriers, au bureau, je n'avais qu'une envie, monter dans l'appartement et te faire l'amour. Aujourd'hui, tu es ma femme, tu attends mon enfant. Et le désir est toujours aussi fort.

— Vraiment ? s'étonna-t-elle, surprise par sa ferveur. Cela ne t'empêche pas de rentrer très tard à la maison.

— La société traverse une période critique. Mais cela ne durera pas, dit-il sans plus s'étendre.

Il travaillait en réalité à concurrencer Golden Gate Promotions sur son propre terrain. Mais il ne pouvait s'ouvrir à Ella de son intention de couler la société de son grand-père. Elle était trop impliquée, sur le plan affectif. Elle devait à Koteas d'avoir veillé sur sa mère, et se sentait très redevable envers lui. Sa gratitude même représentait un obstacle entre eux. Un obstacle dont il comptait bien se débarrasser dans un futur proche.

— D'ici là, je vais devoir venir à ton secours chaque fois que possible, murmura-t-elle.

— Venir à mon secours ?

— Eh bien, oui. Tu travailles trop, prends à peine le temps de te nourrir. Je t'apporterai donc tes repas… et profiterai de mes visites pour te séduire…

Plus tard ce même jour, Ella s'isola dans la véranda avec les albums photos de la famille Maddox dans le but d'en sélectionner quelques-unes… Perdue dans ses pensées, c'est à peine si elle entendit sonner à la porte d'entrée.

— Madame Maddox est ici, vint lui annoncer Anna une minute plus tard.

— Oui, mais laquelle ? demanda-t-elle, espérant qu'il s'agissait de Renée.

— Oh, excusez-moi. Madame Carol Maddox, répondit la gouvernante.

— Ah, vous voilà, ma chère ! s'exclama Carol qui sourit à Anna en pénétrant dans la véranda. Inutile de faire des chichis. Nous sommes en famille. Que de changements, ici, dites-moi ! Et que pense Brock de tous ces aménagements ?

— Je crois qu'il apprécie mes initiatives. J'essaie d'harmoniser styles moderne et traditionnel. Mais Bree m'a beaucoup aidée.

— J'ignorais qu'elle était décoratrice…

— Elle a un goût très sûr.

Carol s'approcha, observa les photographies devant elle.

— Que faites-vous donc avec tout cela ?

— Je prépare une surprise pour Brock. Je sais combien les souvenirs de son père lui sont chers. J'avais envie de les réunir, et de les classer de façon cohérente.

— Oh, mais regardez ! En voici quelques-unes de moi ! s'exclama-t-elle avant d'ajouter, amère : si peu, en vérité. Mais ne vous excusez pas. Je ne suis que la mère, après tout, n'est-ce pas ?

— En fait, je sélectionne celles du père de Brock, se

justifia Ella. J'aimerais concevoir une sorte de mémorial photographique…

— Bien sûr, bien sûr, murmura Carol. Ecoutez, je suis venue pour une raison précise : j'ai conscience de m'y prendre au dernier moment, mais voyez-vous, je suis moi aussi très occupée par mon nouveau chez-moi. Oh, ce n'est pas aussi grand, aussi luxueux qu'ici, mais je ne désespère pas d'en faire un lieu convenable. J'organise demain soir une pendaison de crémaillère, et j'insiste pour que Brock et vous soyez de la fête.

— Demain soir ?

— Ne me dites pas que vous êtes pris. Je sais que Brock ne sort que très rarement avec sa femme, mais…

Ella ravala un sentiment d'humiliation. Manifestement, Carol semblait penser que Brock répugnait à se montrer en public en sa compagnie, pire encore, qu'il préférait rester des plus discret sur leur mariage.

— Je lui poserai la question. Je sais qu'il est débordé de travail.

— Comme d'habitude, répondit Carol en haussant les épaules. Faites donc de votre mieux pour me l'amener demain. J'aimerais tant lui montrer mon petit nid. Je serais extrêmement contrariée s'il ne venait pas. Je compte sur vous… Bonne chance avec votre mémorial de photos. Quelle idée touchante, vraiment… A plus tard !

Quand Brock fut enfin de retour, Ella lui fit part de l'invitation de sa mère.

— Tu me taquines, c'est ça ? demanda-t-il, perplexe. J'ai si peu de temps à moi, je ne vais certainement pas le gâcher en mondanités.

— Je comprends. Mais Carol est ta mère. Et nous ne resterons qu'un moment.

Il leva les yeux au ciel, visiblement contrarié.

— Une seule minute en compagnie de ma mère suffit à déclencher les pires catastrophes.

— Tu n'es pas gentil, protesta-t-elle, amusée malgré elle. Après tout, toi et ton frère lui devez la vie autant qu'à votre père.

— Pfff, soupira-t-il. Tu prends toujours sa défense.

— Je ne la défends pas, Brock. C'est ta mère, ton unique parent encore de ce monde.

Brock demeura silencieux un long moment, puis il la regarda avec tendresse.

— Tu penses à ta propre mère, et à ses problèmes de santé, c'est cela ?

— Je ne veux pas que tu éprouves un jour des regrets, voilà tout, répondit-elle. Oui, ta mère est parfois agaçante, mais elle reste ta mère. Et qui sait quelle était exactement sa relation avec ton père ?

De nouveau, il soupira avant de se résigner.

— D'accord, dit-il. Une demi-heure, pas plus.

Ella sourit, repensant aux allusions sournoises de Carol, l'après-midi.

— A quoi penses-tu, Ella ? demanda Brock. Je te trouve un peu lointaine.

Elle avala une gorgée d'eau, rechignant à se confier.

— Ella ? insista Brock. Que t'a dit ma mère ?

— Mais elle n'a fait que passer…

— Que t'a dit ma mère ? Je vois bien que quelque chose te tracasse.

Se sentant au pied du mur, Ella releva fièrement la tête.

— Oh, elle a juste dit comme ça, en passant, que toi et moi ne sortions jamais en public et…

— Et alors ?

— Eh bien, j'ai compris soudain quel fardeau je représentais, pour toi.

— Pardon ? s'exclama-t-il, les yeux ronds.

— Mais oui. Tu m'as épousée en urgence. Je suis enceinte. J'étais ton assistante. Imagine comme les gens doivent jaser…

— Je me fiche des ragots. Et si je n'ai pas envie de répondre aux invitations des uns et des autres, c'est parce que je tiens à préserver notre mariage.

Ella retint son souffle, touchée par ces paroles.

— Alors… tu n'as pas honte de moi ?

— Je cherche juste à te protéger de la rumeur bête et méchante propagée par des gens indignes de toi.

Ella dut prendre sur elle pour ne pas lui sauter au cou et couvrir son visage de baisers. Pour la première fois de son existence, un homme se déclarait prêt à la protéger. Cet aveu de Brock lui fit chaud au cœur et elle se demanda combien de temps encore elle serait capable de réduire ses sentiments au silence. Elle devrait patienter encore avant de lui dire qu'elle l'aimait. Et comment réagirait-il alors ? Recevrait-il cet amour comme un trésor, ou comme un fardeau ?

A peine quelques heures la séparaient de la pendaison de crémaillère de sa belle-mère, et Ella ne parvenait pas à opter pour une tenue. La vérité, c'était qu'elle se sentait mal à l'aise dans le monde de Brock. Elle avait beau faire, se raisonner, elle ne s'y était jamais sentie acceptée. Il lui semblait qu'on l'y considérerait toujours comme une intruse. Et aucune toilette ne changerait cela. Pour la troisième fois, elle attacha ses cheveux, passa un peu de gloss sur ses lèvres.

— Sublime, comme toujours, la complimenta Brock, les yeux brillants, depuis le seuil de la salle de bain. Tu es prête ?

— Merci, répondit-elle, flattée, et amusée par son impatience. Oui, je suis prête.

Elle le rejoignit, sa robe de soie bleue cascadant sur son corps, bruissant sur sa peau, sorte de murmures sensuels follement excitants.

— Tu es vraiment exceptionnelle dans cette robe, remarqua Brock. Elle met en valeur le bleu de tes yeux.

— Merci, dit-elle en rougissant. Tu n'es pas mal non plus, tu sais…

Il rit, sans chercher à cacher son scepticisme.

— Je ne plaisante pas. Par exemple, ta chemise blanche fait ressortir ton teint mat. C'est très sexy.

— Vraiment ?

— Oh oui, crois-moi, répondit-elle. Pour être tout à fait exacte, avec ta peau bronzée, tes cheveux noirs et tes grands yeux charbon, tu es diabolique…

— Tant mieux, dit-il en riant de bon cœur. Prête ?

A peine quinze minutes plus tard, Dirk garait la limousine devant la nouvelle résidence de Carol, un bâtiment magnifique, avec concierge et gardiens en uniforme.

— Maman a toujours eu des goûts de luxe, chuchota Brock en montrant sa carte d'identité à l'agent de sécurité. Elle tenait absolument à emménager ici. Je n'ai pas eu le choix.

— Tu regrettes ? demanda Ella, sachant que c'était essentiellement à cause d'elle si Brock avait demandé à sa mère de quitter la demeure familiale.

— Absolument pas. J'aurais pu payer le double, pourvu qu'elle déménage, ajouta-t-il, les yeux pétillants de malice, tout en pénétrant dans l'ascenseur. Avant, je préférais rester à l'appartement, pour différentes raisons dont une que tu connais. Mais tu as su donner une âme à la maison. Je m'y sens bien, avec toi.

— J'en suis heureuse, répondit-elle, émue.

L'ascenseur stoppa à l'étage de Carol.

— Allons-y, dit-il. Trente minutes chrono, ajouta-t-il après un coup d'œil à sa montre.

Un majordome en livrée vint les accueillir.

— Bienvenue chez madame Maddox. Nous nous réjouissons de votre présence. Je vous en prie, entrez.

— Brock, mon chéri ! lança Carol depuis l'autre bout du salon. Approche donc avec ton adorable épouse. J'aimerais lui présenter certaines personnes.

— Je crains le pire, chuchota Brock à l'oreille d'Ella, avant d'enlacer sa taille. Hello maman. Ton appartement est superbe, décoré avec beaucoup de goût. Tu as fait des merveilles !

— Oui, c'est vraiment magnifique, renchérit Ella.

— Merci à tous les deux, répondit Carol, aux anges. Je ne vous cache pas que j'ai travaillé nuit et jour pour arriver à un tel résultat. Mais je voudrais vous présenter mes nouveaux voisins, les Gladstones. Eve et Bill, voici mon fils, Brock, et ma nouvelle belle-fille, Ella. Elle va bientôt me donner un petit enfant, chuchota-t-elle. Je suis si impatiente, si heureuse. Les mots me manquent.

— Nous sommes très heureux nous aussi, renchérit Brock

en serrant Ella contre lui. Ravi de faire votre connaissance, monsieur et madame Gladstone. Ma mère a de la chance d'avoir des voisins aussi sympathiques.

— Enchanté de vous rencontrer, dit Ella en tendant la main, un peu décontenancée par la révélation si prompte de sa grossesse par Carol.

— Tout le plaisir est pour nous, répondit Eve. Et ce petit est attendu pour quand ? L'année prochaine ?

Ella ouvrait la bouche pour répondre, mais Brock la devança.

— Encore une fois, ravi d'avoir fait votre connaissance. Puis il se tourna vers sa mère. Ella et moi allons faire honneur à ton splendide buffet, dit-il avant de s'éloigner.

Puis, il lui demanda discrètement :

— Prête à partir ?

— Tu es incorrigible, dit-elle en pouffant. Ce n'est pas si terrible. Bien que ta mère m'ait un peu surprise en annonçant ainsi ma grossesse.

— C'est l'un des multiples charmes de Carol : ne pas savoir se taire !

Il se servit un verre de vin, puis demanda un verre d'eau à l'un des serveurs.

— J'ai l'impression de connaître cet endroit, dit-il ensuite en observant autour de lui.

— Normal, répondit Ella. Ta mère a emporté ici tout ce dont je ne voulais pas chez nous.

— Elle m'a tout de même fait parvenir la facture de son décorateur. Vertigineuse !

— Tu n'as rien à craindre en ce domaine avec moi. Tu connais mon goût pour les centres commerciaux !

— Voici, madame, dit le serveur en lui présentant un verre d'eau pétillante sur un plateau en argent.

— Merci, répondit-elle. Ta mère a un personnel impeccable.

— Ma mère fait rarement les choses par elle-même, dit Brock, d'un ton railleur.

— Oh, Brock ! s'exclama à cet instant une voix féminine. Cela fait une éternité…

Ella regarda Brock tout en tournant la tête. Elle vit son

regard s'assombrir, et une expression douloureuse s'imprimer brièvement sur son visage.

— Claire, dit-il d'une voix parfaitement neutre qu'Ella ne lui connaissait pas. Quelle surprise.

Ella observa la superbe jeune femme blonde qui venait à leur rencontre. Taille mannequin, une plastique irréprochable.

— Claire ? répéta-t-elle avec appréhension, cherchant dans sa mémoire, avant de se souvenir.

Claire. L'ex-fiancée de Brock.

10

La ravissante gravure de mode regarda Brock avec une insistance gênante.

— Tu es très séduisant, dit-elle enfin, avec un sourire entendu. Comme tu m'as manqué.

Ella contint sa colère. Manifestement, Claire se fichait que Brock soit accompagné. Et d'ailleurs celui-ci paraissait l'avoir oubliée.

— Je ne savais pas que ta mère et la mienne continuaient à se fréquenter, se décida-t-il enfin à répondre.

— Elle a insisté pour que je l'accompagne, ce soir. Elle m'a dit que tu serais présent.

Brock hocha brièvement la tête, puis il s'éclaircit la gorge.

— Claire, je te présente Ella, ma femme.

Claire écarquilla ses grands yeux en amande, entrouvrit ses lèvres pulpeuses, dont aucun mot dans un premier temps ne sortit.

— Je… J'ai cru qu'il s'agissait d'une simple rumeur, dit-elle enfin, toute gaieté ayant soudain disparu dans sa voix, dans ses yeux. Félicitations, reprit-elle en s'adressant enfin à Ella. Vous avez épousé un homme merveilleux.

— J'en suis consciente, répondit Ella, tendant une main crispée. Merci. Enchantée de vous connaître.

— Comme elle est charmante, dit Claire en s'adressant à Brock. Jamais je n'aurais imaginé que tu portes ton choix sur quelqu'un de si…

Elle se tut un instant, haussa ses ravissantes épaules dénudées.

— Oh, mais ça me revient à présent ! s'exclama-t-elle soudain. N'attendez-vous pas un heureux événement ?

Un lourd silence s'installa, et le brouhaha des conversations, des verres qui s'entrechoquaient, assaillit brusquement les oreilles d'Ella.

— Oui, en effet, répondit Brock, imperturbable. Ella et moi sommes très impatients d'accueillir notre premier enfant…

Claire regarda Brock dans les yeux, et Ella n'eut aucun mal à lire dans son regard à ce moment : « J'aurais pu être la mère de cet enfant… »

— Félicitations, c'est formidable, dit-elle avec froideur, son sourire mondain volatilisé. Oh, mais j'aperçois un vieil ami… Si vous voulez bien m'excuser.

— Bien sûr, répondit Brock avant d'avaler une longue gorgée de vin. Nous partons ? demanda-t-il tout de suite après à Ella.

— Quand tu veux, dit celle-ci, n'accordant en cet instant plus aucune espèce d'importance aux règles du savoir-vivre.

Ils s'apprêtaient à franchir la porte d'entrée quand Carol les rejoignit à la hâte.

— Vous partez déjà ? Vous venez juste d'arriver, s'offusqua-t-elle avec une moue réprobatrice.

— Si tu n'avais pas invité mon ex-fiancée, en négligeant de lui préciser que j'étais marié, peut-être serions-nous restés cinq minutes de plus, répliqua Brock, avec une colère retenue.

Ella ne dit rien, trop bouleversée. La fureur de Brock, les basses manœuvres de sa mère ou encore les souvenirs probablement suscités par cette rencontre inopinée avec la ravissante ex-fiancée de son époux… C'en était trop.

— Mais je pensais que vous seriez heureux de vous revoir, se défendit Carol, une main sur le cœur, feignant l'incompréhension. Tu es marié désormais, et le passé est le passé, n'est-ce pas ? dit-elle en jetant un regard furtif à Ella.

— A moins que cela ne ravive de doux sentiments ? reprit-elle soudain dans un battement de cils.

Ella en eut le souffle coupé.

— Pas chez moi, en tout cas, dit Brock le regard noir de colère. Mais bravo. Encore une fois, tes manigances ont fait leur effet. Je sais parfaitement que tu as invité Claire pour intimider Ella.

— Oh, mais non, voyons ! s'offusqua Carol. Quelle drôle d'idée ! D'ailleurs, je vois mal comment Claire pourrait intimider Ella…

— Tu as raison, répondit Brock. Ella est ma femme et la mère de mon enfant. Claire, c'est de l'histoire ancienne. Je te conseille de ne pas l'oublier. Bonne nuit.

Sur ces mots, Brock prit le bras d'Ella et ils quittèrent l'appartement.

Un quart d'heure plus tard, Ella et Brock étaient de retour à la maison, accueillis par Anna.

— Puis-je vous servir quelque chose ?

— Non merci, répondit Brock.

— Un verre d'eau ? demanda la gouvernante à Ella.

— Non merci, dit Ella, qui ne parvenait pas à se défaire d'un profond sentiment de solitude. Je vais me reposer un peu.

Une fois dans la suite, Ella retira son collier, ses boucles d'oreilles, sans quitter son reflet des yeux, dans la glace. Quelle idiote elle faisait. Quelle naïve, plutôt. Elle qui se croyait jolie. A côté de l'ex-fiancée de Brock, elle était ridicule. Claire était d'une beauté saisissante. Face à elle, elle se sentait désespérément quelconque.

— Pas trop fatiguée ? s'enquit Brock avec douceur.

— Elle est sublime…

— Peut-être, mais elle n'est pas faite pour moi.

— Enfin, Brock ! Elle est parfaite, tellement séduisante. Et sans doute très intelligente. Tu ne pouvais rêver mieux…

— Elle est surtout extrêmement exigeante. Notre couple ne pouvait fonctionner.

Sidérée, Ella retint son souffle en le dévisageant.

— Et moi bien sûr, je ne suis pas exigeante, dit-elle avec ironie. Non, moi je suis pleine de gratitude. Alors forcément, notre couple devrait fonctionner.

— Je t'en prie, soupira Brock en venant vers elle. Tu joues le jeu de ma mère. C'est exactement ce qu'elle cherche. Te faire douter de toi.

— Non, non, protesta-t-elle, l'empêchant d'approcher davantage. J'ai simplement besoin de me remettre, dit-elle dans un rire douloureux. Tu m'as épousée parce que je suis enceinte, je ne me fais aucune illusion. Mais rassure-moi, Brock… Tu espères que je resterai ta petite femme reconnaissante jusqu'à la fin de mes jours, une épouse docile et effacée, c'est cela ?

— Bien sûr que non, répondit-il avec calme. Tu as chamboulé tout mon univers, et c'est une des raisons pour lesquelles je suis incapable de te résister. Je me remets sans cesse en question, avec toi. Et puis…

Il hésita, puis reprit avec un haussement d'épaules :

— J'ai le sentiment d'avoir trouvé mon égale, en toi, Ella. C'est comme si, pour la première fois de ma vie, je n'avais plus besoin de courir, ou de fuir, ou de me donner l'impression d'exister en travaillant comme un fou. Tu es là, et cela a tout changé… Mais tu n'es pas obligée de me croire.

Ella le dévisagea, et sut à cet instant qu'il lui disait la vérité. Qu'il l'aimait. Même s'il était incapable encore de prononcer les mots. Elle resta quelques secondes sans voix, sous le choc.

— Je te crois, chuchota-t-elle finalement en se jetant entre ses bras.

— Ecoute, dit-il en la serrant contre lui. Les deux prochaines semaines risquent d'être éprouvantes. Mais après cela, toi et moi nous ferons une pause et partirons quelques jours.

— Au chalet ?

— Où tu voudras, répondit-il, puis il posa sa bouche sur la sienne et l'embrassa avec une tendresse, une gravité presque, qui la bouleversa.

Le matin suivant, Brock régla quelques dossiers l'esprit léger. Puis, l'heure du déjeuner approchant, il appela Ella. Elle était allée rendre visite à sa mère et devait passer ensuite chez son grand-père. L'idée le contrariait bien sûr, mais il s'efforça d'en faire abstraction.

— Alors, à ce soir, murmura-t-il au téléphone.

— Ne travaille pas trop, dit-elle d'une voix douce.

Une voix qui lui fit chaud au cœur, qui le remplit de joie, d'espoir, d'un bonheur vrai, tout simplement.

L'après-midi, il fit en sorte de mettre un point final aux affaires en cours. Il voulait que tout soit en ordre, afin de pouvoir s'échapper quelques jours avec Ella. Loin de Maddox Communications, loin de sa mère, loin du passé. Il venait de refermer son ordinateur quand Logan Emerson se présenta dans son bureau, avec une expression solennelle.

— Il y a eu une fuite, dit-il d'un ton grave.

— Une fuite ? A propos de quoi ? demanda Brock, sceptique.

— Le dossier Prentice, répondit Logan. Quelqu'un a subtilisé vos fichiers et les a fournis à Golden Gate.

— Je ne comprends pas…

— Vous travaillez régulièrement chez vous, n'est-ce pas ?

— Cela m'arrive. Il y a environ trois semaines, par exemple… Mais je n'ai fait que réfléchir à l'ébauche de projets de com…

Logan hocha doucement la tête.

— Il semblerait que cela ait suffi à Golden Gate Promotions.

En un éclair, Brock revit son ordinateur portable, sa clé USB ainsi que ses dossiers empilés sur le bureau, dans son cabinet de travail. Juste après le mariage. Atterré, il demeura immobile, le regard fixe.

Le soir était tombé, et Ella décida de dresser elle-même la table, malgré les protestations de la gouvernante. Elle alluma les bougies, disposa un bouquet de roses. Jamais elle ne s'était sentie aussi heureuse, aussi amoureuse.

Et si… ? Oui, l'espoir aujourd'hui était permis. Son mariage avec Brock était la meilleure chose qui pouvait lui arriver. Elle sourit en pensant à lui, à la soirée qui s'annonçait, à la nuit prometteuse… Elle rougit, se moqua d'elle-même.

A ce moment, elle entendit la porte d'entrée claquer, le bruit familier de ses pas dans le hall. Il était rentré. Elle attendit, plus troublée qu'une jeune fille en fleurs, le cœur battant, le corps en émoi.

— Bienvenue à la maison, dit-elle quand il apparut sur le seuil.

Mais elle se figea en le découvrant. Il était livide, ses yeux étincelaient de colère.

— Quand as-tu informé ton grand-père de la nouvelle campagne conçue par Maddox pour Prentice ? l'apostropha-t-il d'une voix tranchante.

Ella sentit son sang se glacer.

— De quoi parles-tu ?

— Il y a quelques semaines, j'ai rapporté à la maison plusieurs dossiers, ainsi qu'une clé USB. Quelle aubaine, pour toi, dit-il avec un ricanement amer.

— Mais… de quoi parles-tu, Brock ?

— N'essaie pas de me mentir. Tu m'as bien eu. Oh, je ne dirai rien sur le fait que tu aies pu me trahir une fois de plus, en me dérobant des informations confidentielles, et ce juste après notre mariage. Ce qui est fait est fait. Dis-moi seulement à quel moment tu as agi, c'est tout ce qui m'intéresse.

Subitement prise de nausées, Ella porta une main à ses lèvres.

— Je n'ai plus rien dévoilé à personne, depuis ce jour où tu es venu chez ma mère, articula-t-elle avec difficulté. J'ignore de quoi tu parles. Tu n'as jamais évoqué devant moi la nouvelle campagne Prentice. L'aurais-tu oublié ?

— Je m'en souviens. Et je me souviens aussi avoir commis une erreur, en laissant des dossiers professionnels à la maison. Evidemment, c'était trop tentant. Tu n'as pas pu résister.

— C'est faux, Brock, dit-elle presque en chuchotant. Je n'ai jamais remarqué de dossiers ni de clé USB. Et si je les avais vus, je me serais bien gardée d'y toucher. Je ne peux pas imaginer de te trahir une nouvelle fois. Mon seul souhait était que tout soit clair entre nous, que tu retrouves confiance en moi. Que tu croies en moi. Brock, je te demande de me croire.

— Pourquoi est-ce que je te croirais ? demanda-t-il. Tu as été ma maîtresse, tu as passé des mois à me tromper… Et figure-toi que je commence à m'interroger. Après tout, cette grossesse arrive à point nommé. Je ne vais tout de même pas porter plainte contre la mère de mon enfant, non ?

Ella ferma les yeux, l'air soudain lui manqua.

— Tu ne peux pas penser une telle horreur, Brock. Pas au sujet de notre enfant. Pas à mon sujet…

— Je sais une chose, répliqua-t-il en baissant les yeux sur son ventre. Quand il s'est agi de mettre ta loyauté à l'épreuve, tu as choisi ton grand-père.

— Faux, j'ai choisi ma mère ! s'exclama-t-elle, brusquement hors d'elle. Que pouvais-je faire d'autre ? Si ton père avait été malade, que tu te sois trouvé dans une situation comparable, qu'aurais-tu fait, toi ?

— Impossible, ricana-t-il. Jamais je ne me serais mis dans une telle situation. Jamais je n'aurais accepté de me retrouver ainsi à la merci de quelqu'un.

Ella réprima un cri de détresse. Puis elle fut comme submergée par des années de désespoir, de frustration et de colère.

— Oh, mais je suis ravie de savoir que tu ne t'es jamais trouvé en situation de fragilité. Tant mieux si tu es né dans un monde de privilèges, si tu as fréquenté les meilleures écoles et hérité d'une société prospère.

— Je me suis battu pour tenir ma place à Maddox Communications, répliqua Brock. Mon père ne m'a jamais facilité les choses.

— Tant mieux si tu as réussi, dit-elle. Mais je veux que tu entendes bien ces mots : je n'hésiterais pas à te trahir une fois de plus, si la vie de ma mère en dépendait. Je suis désolée. Et cela n'a pas été facile pour moi, car je t'aimais, de tout mon cœur. Et puis, il y a eu cette grossesse.

— C'est trop facile de te cacher aujourd'hui derrière des sentiments amoureux dont tu ne m'as jamais fait part jusqu'ici, répliqua-t-il sans le moindre signe de compassion. Je vais dormir à l'appartement, cette nuit. Toutes mes félicitations pour avoir su abuser de ma confiance une deuxième fois, Ella. Dors bien. Je t'admire de pouvoir vivre ainsi dans le mensonge sans que cela trouble ton sommeil.

Sur ces paroles, il lui tourna le dos et quitta la maison. La gorge serrée, incapable de respirer, Ella crut qu'elle allait perdre connaissance. Un instant, elle faillit l'appeler, lui dire ce qu'elle avait à dire pour sa défense, mais aucun son ne sortit de sa bouche.

Comment pouvait-il croire qu'elle l'avait trompé une fois de plus ?

Mais après tout, pourquoi lui ferait-il confiance ? Quelle preuve lui avait-elle donnée pour qu'il croie de nouveau en elle ? Au bord de la nausée, elle se précipita vers la salle de bain et se pencha sur le lavabo.

Quelques minutes plus tard, elle se rafraîchissait le visage, fixant son reflet dans le miroir. A la place de Brock, qu'aurait-elle cru ?

Elle avait beau savoir au fond de son cœur, au plus profond de son âme, qu'elle aimait Brock et ne tromperait plus jamais sa confiance, elle savait aussi pourquoi il ne pouvait la croire. A cette vérité, ses yeux s'emplirent de larmes, elle gémit. Et soudain, ce fut un raz-de-marée. Elle se mit à pleurer sans pouvoir s'arrêter, le corps secoué de sanglots.

Elle venait de perdre ce qu'elle avait de plus précieux. La promesse, le rêve de quelque chose de différent pour elle, pour Brock et pour leur enfant.

Trop bouleversée, trop désespérée, elle ne trouva pas la force de dîner, ce soir-là. Une question très vite vint la hanter. Quelle décision devait-elle prendre ? Partir ou rester ?

Elle prit une douche brûlante, apaisante, revêtit sa chemise de nuit en coton et se glissa dans le lit de Brock. Elle ferma les yeux, respirant les effluves discrets de son odeur imprégnée dans les draps. Un flot de souvenirs alors la submergea et, de nouveau, elle éclata en sanglots. Elle pleura ainsi jusqu'à une heure avancée de la nuit, avant de s'endormir, vaincue par le chagrin.

Au matin, le souvenir de la scène de leur dispute la frappa de plein fouet dès qu'elle ouvrit les yeux. Manquant de courage, elle se cacha sous le drap, se mordant la lèvre pour ne plus pleurer. Que n'aurait-elle donné pour revenir en arrière…

Malheureusement, elle n'avait pas de baguette magique. Elle repoussa le drap en soupirant, tourna la tête vers la fenêtre. Un autre matin de grisaille se préparait, une nouvelle journée de brouillard se profilait sur San Francisco. Elle se leva, poussa les volets et regarda la baie.

Brock nourrissait un tel mépris pour elle... Elle voyait mal comment il lui serait possible de lui faire de nouveau confiance, un jour. Dans ces conditions, quelle sorte de mariage pouvaient-ils espérer ? Pire, quelle sorte de parents feraient-ils ?

Elle refusait de reproduire avec Brock une relation semblable à celle de ses parents. Ce ne serait bon pour personne. Mais finalement, peu importait ce qui arriverait entre elle et lui, au moins l'enfant aurait-il un père. Et c'était plus qu'elle n'en avait jamais eu.

Perdue dans ses réflexions, elle envisagea toutes sortes de scénarios. Que devait-elle faire ? Il lui faudrait retrouver rapidement du travail pour subvenir à ses besoins et à ceux du bébé. Le bébé, Brock tenterait-il de lui en retirer la garde ? se demanda-t-elle soudain avec horreur. Elle se promit qu'elle s'y opposerait de toutes ses forces.

Son estomac émit quelques gargouillis. Elle devait absolument manger quelque chose, oh pas pour elle, non, quelle importance, mais pour le bébé. Elle reprit une douche, comme si cela devait la laver de son chagrin, de son malheur.

Un peu plus tard, réfléchissant encore à la meilleure décision à prendre, elle descendit, le pas lourd, le majestueux escalier. La gouvernante l'accueillit avec un regard perplexe.

— Comment vous sentez-vous ? Vous n'avez pas touché à votre dîner...

— Monsieur Maddox a dû se rendre au bureau en urgence, mentit-elle.

— Oh, si ce n'est pas malheureux, soupira Anna en croisant les mains. Voulez-vous que je vous prépare votre petit déjeuner ?

— Merci. Quelques toasts avec un peu de confiture, ce sera parfait.

— Je viens de recevoir des œufs frais, et je m'apprêtais à préparer une petite omelette. Et que diriez-vous aussi d'un bol de flocons d'avoine, avec quelques fruits ? Et un peu de bacon pour les protéines. Il en faut à ce petit ange…

Bien que l'estomac noué, Ella se força à manger un peu de tout. Pressée par Anna, elle se résigna à avaler pour finir un grand verre d'orange pressée. Tout en terminant son petit déjeuner, elle dit adieu mentalement à ces privilèges, une gouvernante à ses petits soins, un chauffeur toujours disponible. Elle perdait autrement plus.

Elle décida d'aviser Anna de sa décision plus tard, une fois ses valises faites. Dans la chambre, sur ce lit témoin de ses plus belles nuits, elle jeta deux grandes valises et commença à y ranger ses affaires.

Elle entendit le carillon de la porte d'entrée, mais n'y prêta guère attention. Vu les circonstances, elle n'avait pas d'autre choix que celui de partir. Brock n'aurait plus jamais confiance en elle, et elle ne leur imposerait pas, ni à lui, ni à leur enfant, ni à elle, la médiocrité d'une vie de couple fondée sur le mensonge. Elle ne se sentait pas le courage de supporter toute son existence son amertume, son ressentiment. Enfin, elle n'osait imaginer ce que sa rancœur à son égard aurait comme effet sur leur enfant…

— Hello, ma chère ! la salua la mère de Brock, toute pimpante, sur le seuil de la chambre. Anna m'a dit que vous faisiez la sieste, mais j'ai entendu du bruit. Vous n'êtes pas fâchée que je sois montée, j'espère ? Je tenais à vous remercier d'être venus, vous et Brock, à ma petite fête, l'autre soir.

Puis s'avançant, elle découvrit les valises, l'air effaré :

— Oh, mon Dieu… Vous nous quittez ?

Ella inspira profondément.

— Brock et moi avons pris conscience que nous n'étions pas faits l'un pour l'autre. Je préfère partir, le plus tôt sera le mieux.

— Oh, ma chérie, dit Carol avec des trémolos dans la voix. Je suis tellement désolée. Mais je vous comprends, si vous saviez. Aucune d'entre nous n'est faite pour mener la vie d'une épouse Maddox… Je dois vous avouer que si j'avais su ce qui m'attendait, je ne pense pas…

Elle avait dit ces derniers mots en chuchotant. Elle s'interrompit, haussa les épaules.

— Bref, vous voyez ce que je veux dire. Puis-je vous aider à ranger vos affaires ?

— Eh bien…

— Je suis triste que cela n'ait pas marché entre mon fils et vous, mais je vous le répète, je comprends, reprit Carol. Entre la nouvelle campagne de Prentice et son rival Golden Gate Promotions, Brock ne sait où donner de la tête. Et cela n'en finit jamais. Demain, ce sera un autre client, une nouvelle campagne dont il devra s'occuper.

Ella regarda Carol. Quelque chose dans ses paroles l'avait interpellée.

— La nouvelle campagne pour Prentice ? répéta-t-elle. L'ancienne ne convenait donc pas ?

— Avec un client comme Prentice, il faut toujours savoir se remettre en question. Mais il semblerait que les dernières idées de Brock aient fait mouche.

Elle attrapa un singe en peluche sur le lit.

— C'est à vous ?

— Un cadeau de maman, répondit Ella. Il ne m'a jamais quittée depuis mes cinq ans.

— Comme c'est mignon, dit Carol, avec une pointe de jalousie.

— Dites-moi, vous allez sans doute me trouver curieuse mais… comment se fait-il que vous soyez au courant de la nouvelle campagne de Prentice ? Je n'en savais rien moi-même.

L'espace d'une microseconde, Carol se figea, comme si une main glacée lui avait enserré la nuque. Puis elle retrouva toute sa superbe et répondit avec désinvolture :

— Je ne pense pas qu'il y ait quelqu'un pour l'ignorer, dans tout San Francisco.

— Non, personne ne le sait, Carol, répliqua alors Ella avec colère. Pour être au courant du dossier Prentice, il faut avoir consulté les dossiers de Brock. Il faut pour cela que quelqu'un ait eu accès à son ordinateur et à sa clé USB, ici, dans sa propre maison.

Carol la fixa, les yeux écarquillés.

— Mais que diable insinuez-vous ?

— Hello, maman, lança Brock à cet instant.

Ella sursauta au son de sa voix, se tourna vers lui, le dévisageant comme s'il s'agissait d'un revenant. Pourquoi était-il rentré si tôt ? Il la regardait, avec tendresse, et plus que ça : avec une expression de profond regret qui la bouleversa.

— Oh, hello, Brock, répondit Carol sur un ton faussement enjoué. Quelle surprise !

— C'est donc toi, répliqua-t-il en s'avançant vers sa mère.

Carol fit mine de ne pas comprendre, évitant soigneusement son regard.

— Moi ? Que veux-tu dire ?

— C'est toi qui es allée fouiller dans mes dossiers. Tu as même copié mes fichiers USB.

Carol cette fois vacilla, son visage se décomposa.

— Quels fichiers ?

— Le fichier Prentice. Et tu l'as expédié à Golden Gate Promotions, dit-il. Ton but était de me faire croire qu'Ella était à l'origine de cette nouvelle fuite.

— Cela n'aurait rien eu de surprenant. Ne t'a-t-elle pas menti déjà une fois, avant de t'épouser ? Elle aurait pu causer la perte de Maddox Communications, dit sa mère, ses yeux étincelant de colère.

— Pourquoi as-tu fait cela ? demanda Brock.

— Je savais que tu finirais par reprendre le marché à Golden Gate, mais ton mariage menaçait mon avenir. Regarde où cette union m'a conduite. J'ai dû déménager dans un minuscule appartement ! Et je connais aussi les termes du testament de ton père. Ma pension va forcément être réduite à cause de cet enfant.

Ella regarda Carol, n'en croyant pas ses oreilles. Quelle haine en elle, que de rancœur. Brock, visage crispé sous l'effet de la fureur, sut pourtant garder son calme.

— C'est terminé, je ne veux plus jamais avoir affaire à toi. Je ne veux plus te revoir. Tu n'obtiendras pas un dollar de plus de moi. Tu n'éveilles plus que ma pitié. Mais je ne te laisserai pas détruire mon mariage. Maintenant, sors d'ici.

Carol inspira profondément, fusilla son fils du regard, puis sortit de la chambre. L'écho de ses pas résonna dans l'escalier, enfin, on entendit la porte d'entrée claquer.

Brock soupira puis se tourna vers Ella.

— J'avais tort. Je suis tellement désolé. J'aurais dû te croire. A partir d'aujourd'hui, je ne croirai plus que toi, promit-il.

Submergée par le bonheur, Ella lui sourit, encore sous le choc de la scène qui venait de se dérouler devant elle. Elle regarda ses bagages sur le lit : il y avait quelques minutes encore, elle se préparait à partir, à construire une nouvelle vie pour elle et pour son enfant.

— Je ne crois pas que tu puisses un jour me faire confiance, vraiment, totalement confiance, chuchota-t-elle.

— Je t'ai toujours fait confiance, Ella, répondit-il. Même quand on est venu m'apprendre que tu m'avais trompé. Même avec des preuves irréfutables sous les yeux.

— Que veux-tu dire ?

— J'ai refusé de croire mon détective privé. J'étais convaincu que tout cela n'était qu'un complot. Que l'on voulait me faire du mal, à travers toi.

Ella retint son souffle, au bord des larmes maintenant.

— Si tu savais comme je me déteste pour ce que je t'ai fait.

— Tu dois te pardonner à toi-même, dit Brock d'une voix douce. Moi je t'ai pardonné.

— Mais comment peux-tu ? demanda-t-elle, médusée.

— Parce que j'ai toujours su au fond de moi que tu n'avais pas fait cela sans raison majeure. J'ai toujours su que tu y avais été contrainte. L'amour que tu as pour ta mère a été ta seule motivation. Mais je veux maintenant que tu cesses de te torturer.

— Oh, Brock, soupira-t-elle, au comble de l'émotion. Je suis tombée amoureuse de toi le premier jour. Ce n'était pas prévu dans le plan de mon grand-père. Mais tu m'as subjuguée...

— J'ai trouvé en toi tout ce à quoi j'aspirais, chez une

femme, dit-il en l'attirant entre ses bras. Avant toi, j'ignorais ce qu'était l'amour.

Ella sentit son cœur s'arrêter.

— L'amour ?

— Oui, l'amour, chuchota-t-il en prenant son visage entre ses mains. Je donnerais tout pour toi, Ella. Je pourrais même renoncer à Maddox Communications. Logan m'a conseillé de porter plainte, mais j'ai refusé. Pas simplement à cause de l'enfant. Ce qu'il y a entre nous est tellement précieux. Je ne veux pas le perdre, pour tous les contrats du monde.

— Oh, Brock, je t'aime, plus que tout au monde. Je veux passer ma vie auprès de toi.

— Alors laisse ces valises, dit-il en approchant sa bouche de la sienne. Et reste.

Epilogue

Invité à se produire lors de la grande fête donnée par Maddox Communications, le dernier orchestre en vogue de San Francisco jouait un blues en fond sonore. On célébrait ce soir en grande pompe la fusion de Maddox et de Golden Gate Promotions. Avec pour président-directeur général Brock Maddox. Ella, debout dans un coin de la salle, serra tendrement son grand-père dans ses bras.

— Comment te sens-tu ?

— Pas si mal, répondit le vieil homme avec un faible sourire. Je suis content. Je sais que ton mari fera des merveilles à la tête du groupe.

Ella regarda Brock un peu plus loin, plongé en pleine discussion avec son frère. Elle sourit, se sentit rougir. Leur relation avait évolué comme elle n'aurait osé en rêver, encore quelques semaines plus tôt. Ils étaient les plus heureux des amants, mari et femme complices, et bientôt parents comblés.

— Je ferais mieux de m'asseoir, dit son grand-père, l'arrachant à ses pensées.

— Bien sûr, s'empressa-t-elle d'acquiescer. Veux-tu quelque chose à boire ?

— J'ai mon verre d'eau, c'est parfait, répondit-il avec un sourire. Va donc rejoindre tes invités.

Elle déposa un baiser sur son front. Elle n'oublierait jamais qu'Athos, malgré ses manigances, était celui qui l'avait menée à Brock, l'homme de sa vie. A peine avait-elle fait quelques pas qu'elle fut arrêtée par Evan et Celia Reese.

— Comment se porte l'épouse de notre super P.-D.G. ? demanda Evan. Tu arrives à le voir de temps en temps ?

— Oh, à peine, soupira-t-elle en souriant, car en réalité Brock mettait, depuis peu, un point d'honneur à passer plus de temps avec elle. Vous semblez en forme, tous les deux. Je suis heureuse que vous ayez pu venir.

— Nous n'aurions manqué cela pour rien au monde, répondit Celia, un regard amoureux sur son mari. En fait, nous ne faisons que passer à San Francisco. Nous partons d'ici quelques jours pour la Côte d'azur. Evan a juré de me faire vivre la plus belle des lunes de miel.

— Etre l'épouse d'un perfectionniste n'est pas de tout repos, répliqua Ella en riant.

— A qui le dis-tu, approuva Celia de bon cœur. A bientôt. Et beaucoup de bonheur avec le bébé.

— Merci, répondit-elle en se dirigeant vers Brock.

Elle vit qu'il était penché, comme son frère, sur son téléphone portable.

— Que font-ils ? demanda-t-elle à voix basse à Renée, un peu à l'écart.

— Ils commentent les résultats des matchs de base-ball de fin de semaine bien sûr ! répondit la femme de Flynn en riant. Un rituel chez les mâles Maddox.

— Comment te sens-tu ?

— Impatiente, répondit Renée en posant une main sur son ventre rond. L'enfant ne devrait plus tarder, peut-être la semaine prochaine. Tout va bien pour Brock et toi ?

— C'est le rêve, dit Ella. Nous connaissons enfin le sexe de notre enfant. Un garçon. Nous lui donnerons le prénom du grand-père de Brock.

— Ta mère semble en grande forme, remarqua Renée en regardant la foule des invités, devant le buffet.

— Oui, merci, chuchota Ella. Les médecins sont confiants.

— N'est-ce pas nos épouses, juste là ? lança Flynn à ce moment en cognant son verre contre celui de son frère. On peut dire que nous avons une sacrée chance.

Brock plongea ses yeux dans ceux d'Ella qui, inévitablement, sentit ses joues s'embraser.

— Je suis bien d'accord, répondit-il d'une voix suave à son frère.

Ils furent à ce moment abordés par un jeune couple, dont la femme elle aussi attendait manifestement un heureux événement. Tous deux venaient de créer leur société et promirent à Brock de venir le voir pour leur toute première campagne.

Brock, brillant comme à son habitude, discuta du marché de la communication à San Francisco, un bras autour de ses épaules. Pas une seconde, il ne relâcha son étreinte. Ce soir, lorsqu'ils se retrouveraient seuls, il viendrait à elle, amoureux, passionné…

— Mes amis ! lança-t-il après une minute en interpellant les convives. Je voudrais porter un toast, à l'occasion de la fusion des deux principales agences de publicité de cette ville. Je lève mon verre à Athos Koteas, dit-il en se tournant vers le vieil homme, assis dans un coin du salon. A votre esprit créatif, cher Athos. A mon père maintenant, auquel je dois tout. Enfin, à ma femme, Ella…

Surprise, elle le regarda.

— Oui, à toi, dit Brock, les yeux brillants. Avant toi, je ne vivais que pour le travail. Tu as donné un sens à ma vie. Je t'aime.

— Je t'aime aussi, souffla-t-elle, au bord des larmes.

Un tonnerre d'applaudissements s'ensuivit, puis Walter Prentice s'avança vers eux, donna une tape amicale à Brock. Ella s'éloigna pour dire un mot à sa mère.

— Je suis certain que votre nouvelle campagne pour ma compagnie va faire un tabac ! le complimenta Prentice. Merci et félicitations.

Flynn s'approcha de son frère.

— Tu as oublié de porter un toast, dit-il.

— A qui donc ? demanda Brock en regardant autour de lui.

— A notre mère, répondit son frère avec un demi-sourire. Tu n'as même pas remarqué qu'elle était absente ?

— Oh, mon Dieu, c'est vrai, soupira Brock.

— Renée m'a dit qu'elle s'était trouvé un fiancé richissime, raconta Flynn.

— Tant mieux… Je me réjouis pour elle. Si Carol pouvait connaître le bonheur… Je n'ose y croire.

— Il ne faut jamais désespérer.

Oui, son frère avait raison, pensa Brock en regardant Ella venir vers lui. Elle était son espoir, sa vie, son amour. Il ouvrit les bras, déposa un baiser sur ses lèvres.

— Tu passes une bonne soirée ? demanda-t-elle en cherchant ses yeux.

— Oui, mais ma nuit sera mille fois plus belle entre tes bras, mon amour…

Composé et édité par HARLEQUIN

Achevé d'imprimer en Italie (Milan)
par Rotolito Lombarda
en février 2016

Dépôt légal en mars 2016

Pour l'éditeur, le principe est d'utiliser des papiers composés de fibres naturelles, renouvelables, recyclables, et fabriquées à partir de bois issus de forêts gérées selon un système d'aménagement durable. En outre, l'éditeur attend de ses fournisseurs de papier qu'ils s'inscrivent dans une démarche de certification environnementale reconnue.